·大型长篇连续系列小说·

运途

何常在◎著

贵州民族出版社

图书在版编目（CIP）数据

运途 / 何常在著. -- 贵阳：贵州民族出版社，2013.7

ISBN 978-7-5412-2050-0

Ⅰ．①运… Ⅱ．①何… Ⅲ．①长篇小说-中国-当代 Ⅳ．①I247.5

中国版本图书馆CIP数据核字（2013）第134641号

书　　名	运途
作　　者	何常在　著
出版发行	贵州民族出版社
地　　址	贵阳市中华北路289号
印　　刷	北京兴湘印务有限公司
开　　本	710×1000毫米　1/16
印　　张	29
字　　数	480千字
版　　次	2013年7月第1版
印　　次	2013年7月第1次印刷
定　　价	39.80元

目录

01　孔县怪现象／001

其实关允对于他不被李逸风所喜又不为冷枫信任重用，更被李永昌打压的处境，心里多少有几分明白，知道背后深层的原因到底是什么。如果说李永昌对他的打压是基于不想让他崛起，并让他为王车军让路的出发点，那么李逸风和冷枫作为外来者，本应对他一视同仁，却同时对他漠然而冷落，多半还和他所谓的未来岳父有关。

02　庙小神灵大／043

小小的县委办秘书科，现在的气氛十分微妙，此刻，冷枫的态度成了关键。房间内一时静默，连喘气声都听不到，只听到窗外哗哗的风声。如果说瓦儿是支点，那么关允就是杠杆，一头是李逸风，一头是冷枫，现在李逸风已经加上了筹码，就看冷枫是不是也下注了。

03　第一个支点 / 074

不知不觉中，随着冷枫对关允态度的转变，随着瓦儿的到来，再随着李逸风对关允观感的微小改变，关允在县委的处境也在悄然之中发生了微妙的变化。不过，别说身为当事者的关允完全没有察觉到这一点，其他人等，包括冷枫、李永昌和王车军，也是全然不知。

04　欲将取之，必先予之 / 101

和关允初次在王车军面前扬眉吐气、沉重地打击了王车军嚣张气焰的直接胜利不一样的是，冷枫也在常委会上含而不露地来了一手四两拨千斤，不动声色地埋下了长远的伏笔。孔县的局势，在常委会上研究通过了流沙河大坝项目领导小组成员名单之后，悄然地转了一个大弯。

05　是棋子还是棋局 / 129

冷枫从未像今天这样生气过，当他见到关允和夏苿如一对璧人一样般配，夏苿的端庄和知性，关允的隐忍和成熟，多好的一对年轻人，为什么夏德长非要生生将二人分开？难道仅仅是因为门不当户不对？再回想起夏德长当时说话时不容置疑的口吻，以及轻描淡写要将关允一棍子打死的态度，他右手猛一用力，"咔嚓"一声，折断了手中的铅笔。

06　敲山震虎，用心深远 / 166

对钱爱林话里话外的嘲讽之意，关允假装没有听到，他只是县委办秘书科的通讯员，虽然级别是副科，却不是真正的实权副科。再说，就算他是县委办的副主任，如果不是对口负责公安系统，他也没有权力视察派出所。钱爱林是明知故说，就是想呛他一口。

07　各方碰撞的结果 / 209

关允默然一笑,他岂能看不出金一佳有借醉酒试探自己之意?他和夏莱相恋数年,知道夏莱什么都好,就是有点小心思爱吃醋。也可以理解,女人嘛,不小心眼儿就不是女人了。上次夏莱来孔县,明显是对温琳有敌意,尽管她后来和温琳相处得还不错,但他却清楚,夏莱心里还是担心温琳会趁机取代她的位置。

08　明为视察,实为擂台 / 263

或者说,孔县所有人都没有料到,蒋雪松和关允之间的互动,大有相见恨晚之意。当着无数人的面,二人传递出来的消息相当耐人寻味。尤其是李逸风,几乎无法用震惊来形容自己的心情,他比任何人都清楚蒋雪松对关允的态度有着怎样的偏见和成见。但以刚才的情形来看,蒋雪松似乎对关允确实态度大变,几乎转变了一百八十度!

09　酝酿中的变局 / 302

其实仅仅以关允的见识和眼界,不可能得出如上的分析,只不过他很幸运地刚刚见过老容头,更幸运的是,老容头点评了蒋雪松的书法。而在很早以前关允就记住了一句话,字如其人。老容头说,蒋雪松的字圆润有余,苍劲不足,可以理解为蒋雪松行事手法偏重和光同尘而不是雷厉风行。老容头又说,蒋雪松的书法格局不错,不过有时也因过于照顾大局而在细节上不够果断,就更加直截了当地暗示蒋雪松不够杀伐果断。

10　进一步埋下伏笔 / 338

关允心思一下渺茫了许多,就连和金一佳拉钩时感受到她手心的温热和手指的美好也没有留心。不过想到有了金一佳这样一个内应在夏德长的身边,他心中有一种小小的兴奋,夏德长算计了他这么久,他就小小地算计夏德长一次,也算公平了。

11 意图一剑封喉／384

　　关允默然无语,在家里当着众人的面,他选择了夏莱,对温琳是不小的打击。人就是这样,有时候知道是一回事,真正面对的时候,又是另外一回事。他对温琳何尝没有感情?但可惜的是,他和夏莱初恋在前,而且夏莱冲破了家庭阻力,为他整整等候和煎熬了一年,他怎能负她一腔痴情?

12 舌战,智取,定大局／419

　　柳星雅和郭伟全面面相觑,如果说关允骂退达邵靠的是辩才,吓走陈大头靠的是冷静出手,那么他对陈茉莉说的一番话似乎就不伦不类了,到底是讲大道理还是什么?再说既然陈茉莉已经冲了进来,关允几句不痛不痒的话就能劝退她?

01　孔县怪现象

其实关允对于他不被李逸风所喜又不为冷枫信任重用，更被李永昌打压的处境，心里多少有几分明白，知道背后深层的原因到底是什么。如果说李永昌对他的打压是基于不想让他崛起，并让他为王车军让路的出发点，那么李逸风和冷枫作为外来者，本应对他一视同仁，却同时对他漠然而冷落，多半还和他所谓的未来岳父有关。

县长的秘密

在当上县长冷枫的通讯员半年之后，关允终于发现了关于冷枫背景的一个秘密。

在发现冷枫的秘密之后，关允就决定铤而走险，在冷枫和李逸风的对抗之中，毅然而坚定地站在冷枫这边。

李逸风是县委书记。

在关允看来，知道冷枫的秘密是一把双刃剑——好，则有可能成为冷枫的心腹并最终为冷枫所重用；坏，则有可能被冷枫敌视，还会被不遗余力地打压。

冷枫的秘密说大不大，说小不小，但如果关允猜测得正确的话，冷枫的秘密对他来说，就是可以决定命运前途的大事！而且就关允所知，至少目前在县委除了他之外，再无一人知道冷枫的背景之中到底隐藏着什么惊人的秘密。这让他决定以此为契机，为了改变自己在县委之中的困境，赌上一把。

其实从个人的感情上讲，关允并不喜欢县长冷枫。冷枫人如其名，为人十分冷淡，不管对谁都是冷脸面对，很少有笑脸，即使对县委书记李逸风也是如此。

如果冷枫仅仅是对李逸风没有笑脸也就算了，关键是他对李逸风还大有意见！

在孔县，几乎人人都知道二把手冷枫和一把手李逸风面和心不和，在一些

重大的决策上面,经常会有原则性分歧。表面上,每次争执,冷枫都会尊重一把手的权威而做出让步;实际上,冷枫从来都有自己的主意,在决策具体执行的过程中,还会明目张胆地坚持自己的立场。

冷枫的做法让李逸风很恼火。

人人都清楚,李逸风和冷枫之间矛盾积怨已久,肯定会有一次东风压倒西风或者是西风压倒东风的决胜局的较量。

不过,从政治立场上讲,关允又十分赞同冷枫为人处世的原则,基本上每次在冷枫和李逸风有分歧的决策上,他的看法总是和冷枫的决策惊人的一致。

在县委,几乎所有人都认为冷枫不管是来历还是后台背景,远远比不上李逸风,早晚,冷枫会被李逸风挤走。一开始关允也是这么认为,冷枫根本就没有和李逸风一战的实力,但在察觉了冷枫背景中的一个秘密之后,他迅速改变了原先的看法,决定将赌注全部押在冷枫身上。

除了发现冷枫不为人所知的背景中隐藏着一个十分惊人的秘密之外,关允还坚定地认为,冷枫的时运来了,而且冷枫的官运肯定要比李逸风的官运更长久。

当然,这并不是关允头脑一热想当然的产物,而是他深思熟虑并且经过认真分析得出的结论。

但眼下的现实却是,冷枫在县委的处境很不妙,县委之中上至各个常委,下至中层,绝大多数人都站在李逸风的一边。

冷枫在县委近乎孤家寡人!

而且近来冷枫又因为一件事情,把他和李逸风的分歧摆到桌面上,不但矛盾十分尖锐,且已经到了不可调和的地步,现在选择向冷枫靠拢绝对不是好时机……但关允思来想去还是坚持自己的判断,他甚至认为,越是紧要关头,才越是机遇。

站在县长的办公室门口,关允深深地吸了一口气,过了足足有一分钟,他才让狂跳不止的心平静几分,脑中又将事情可能出现的各种严重后果全部理顺一遍,微微一眯眼睛,蓦然下定决心——不管了,成败在此一举!

与其在县委总是被人排挤和打压,不如放手一搏,反正已经没有退路,就当试试运气。人在官场,虽说凡事不能都依靠运气,但有时候必须承认,要想成事,还真需要三分运气开路。

关允用手理了理微有些散乱的头发,轻轻敲响房门。

"请进!"县长冷枫的普通话微带南方口音,但实际上他是地道的北方人,当然,这个不算是秘密,县委人人皆知。

和县委绝大部分领导只是淡淡地应上一声"进来"不一样的是,不管是谁敲响办公室的门,冷枫都会客气地说一声"请进",就因为冷枫的一个"请"字,还一度有不少县委的人议论他没有官威。

没有官威的说法当然不是褒义,而是嘲讽,是嘲笑冷枫不会当官。当官就要有当官的架子,有时候架子必须端一端,不端,不但没有人认可你的平易近人,相反还会觉得你没有官威,就是不会当官,很容易被下级挑战权威。

关允曾经也是嘲笑冷枫的众人中的一员,但在发现冷枫的秘密之后,他对冷枫的态度有了一百八十度的转变,不但不再嘲笑冷枫,反而对冷枫的敬畏超过了他对县委书记李逸风的敬畏。

推门进去,关允将手中厚厚的一摞资料放到冷枫的案头,轻声说道:"县长,材料齐了。"

冷枫头也未抬,只是"哦"了一声,然后就继续埋头看文件,看也未看关允一眼。

关允心中微有失望,脸色就有些不太好看。他大学毕业分配到孔县县委才一年,作为初出茅庐的年轻人,他的个人涵养和隐忍水平,确实还差了不少。

"县长,没什么事儿,我就先出去了。"又过了一会儿,见冷枫还没有表示,关允就征询地说了一句。

"嗯。"冷枫依然没有抬头。

关允转身就走,走到门口,刚要开门出去,却听到身后忽然传来冷枫的问话:"小关,我有一个问题不明白,你能不能解释一下。"

关允一下站住,回过头来,恭敬而谦卑地朝冷枫望了一眼:"县长请说。"

冷枫三十五岁年纪,鼻直口方,是典型的北方汉子形象,只不过奇怪的是,他说话时总是会不经意间流露出一股南方口音。别人是否深思其中的原因关允不得而知,反正他一听在耳中,就一直留意在心里。

"别人都叫我冷县长,只有你叫我县长,是不是有什么讲究?"冷枫的目光就如旷野的清风,淡淡而辽远地落在关允的脸上。

关允愣了,他以为冷枫会问什么正经严肃的问题,没想到只是一个称呼的问题。

每个地方都有不同的习俗,就拿孔县来说,就喜欢在职称面前加上姓氏,不管是书记还是县长,或是称呼教师、长辈,都会不厌其烦地将姓氏放在最前,以示尊重。关允身为孔县人,虽然在京城上过几年大学,但在称呼别人时,还是改不了先加姓后加职务的习惯。

在整个县委,关允只称呼一人的职务时不加姓氏,就是冷枫。

其实一开始关允也称呼冷枫为冷县长,但后来有几次他微妙地注意到冷枫称呼李逸风时只说"书记"而不是"李书记",他就留了心。再经过一段时间的细致观察,关允发现,冷枫似乎不太习惯别人称呼他冷县长,他就悄然改变了称呼。

以关允在京城上大学的经历,京城的习惯也是要在职务前面加姓氏,更进一步说,省城的习惯也是如此。而冷枫偏偏就是从省城空降到孔县担任了县长,再加上冷枫土生土长的省城人的身份,在称呼上的在意和微带南方口音的普通话这两件事情,是关允对冷枫的背景大感兴趣并暗中发现冷枫秘密的原因之一。

"没……没什么讲究。"关允一时不知道该怎么回答冷枫的问题,不免有些紧张。

冷枫摆了摆手,不等关允继续说下去,就说到别的方面:"你是京城大学毕业的高才生,给我当通讯员,屈才了。"

冷枫这话是什么意思?关允的心不由自主猛烈地跳动几下,正要开口谦虚几句,冷枫却挥了挥手:"你先去吧。"

等关允的身影经过窗外的月季向东面的秘书科走去,冷枫才收回目光,漫不经心地看了看关允提交的材料,并未放在心上。

冷枫随意地翻了一翻,没有细看,又扬手扔到桌子上。忽然,冷枫脸上的神情一变,想起什么,又迅速地拿起材料,认真而细致地通读了一遍。

冷枫的表情由冷峻变成惊愕,惊愕过后,又是微微的惊喜。过了许久,他轻轻合上材料,脸上流露出许久不见的笑容。虽然笑容很浅很短暂,但对于人称冷面冷心的冷枫来说,已经是十分难得一见了。

对关允,冷枫的感觉很复杂,既觉得关允是一个可造之材,又可惜自己一时还不敢重用他。而且冷枫始终觉得关允言谈举止比同龄人成熟,他的许多想法很让人吃惊,似乎是一个饱经官场的老人迸发出的官场智慧,他才多大,怎么会?

过了片刻,冷枫拿起笔,翻开关允的材料,一丝不苟地批阅起来。

孔县现状

关允闷闷地离开冷枫宽大的办公室,轻轻带上门,心情复杂。

领导说话都不会无的放矢,肯定大有深意,也不知冷枫特意点明他京城大学毕业生的身份是什么用意。关允越想越不是滋味,脚步就沉重了许多,他对今天的举动所带来的不可预知的后果又多了几分担忧。

今年二十三岁的关允毕业于京城大学中文系,毕业后放弃留在京城工作的宝贵机会,回到家乡孔县,被分配在县委办公室秘书科担任通讯员。

关允回来的原因有很多版本,最正面的说法是关允吃水不忘挖井人,虽然考上了全国最高学府之一的京城大学,但还是难舍故乡情怀,回到家乡发展。

另有一种说法是,关允回到孔县其实是曲线升迁,他在京城有一个身居高官的未来岳父,岳父早就为他设计好了从政之路,回到县里是为了打实基础,增加资历,不用多久,就会调回京城平步青云了。

一九九五年,纵然普通的大学生也是天之骄子,更何况京城大学毕业的高才生,在哪里没有用武之地?何必非要回到名不见经传的平原小县孔县?

不管是哪一种说法,关允从不回应也不解释,他从京城飞流直下三千尺,一路狂降跌落到县城,个中原因不足为外人道也。而且就目前的形势来看,他是怎样回到孔县的并不重要,重要的是,孔县的现状很令人担忧。

走了几步,关允回头看了一眼县长办公室暗红色的大门,想起冷枫办公室的宽大和奢华,再想起孔县的局势,心中的不安更加强烈了几分。

冷枫的办公室是一〇一,本是李逸风的办公室,在冷枫到任之前,李逸风一直就在一〇一办公室办公。一〇一办公室也是县委最明亮最宽敞的办公室,而且位置也最好。

但冷枫到任之后,李逸风主动让出一〇一办公室,搬到一〇二办公室办公。李逸风这么做可不是谦让,官场之上,书记对县长没有谦让一说,而是李逸风听从王车军的建议,从西院搬到了东院。

孔县县委坐落在县城的中部,坐南朝北,面积不小,整个大院围成一个方正的长方形,一条主道由南向北从中间穿过,将大院分成东院和西院。

县委和政府在一处办公,原本县委在西院,政府在东院,但在王车军说了一句话之后,李逸风不但立即从西院一〇一办公室搬到东院一〇二办公室,他还委婉地转告冷枫,希望政府班子的办公地点和县委对换一下。

王车军的原话是什么已经无从考证,但大意是:"太阳从东边升起,最先照到东院。"表面上是指以东方为尊,更深一层的含义是东风压倒西风。或者说,东方红,太阳升,太阳最先照耀的地方,官运最强。官场中人最在意细节,李逸风又是一个事事讲究的人,他才不会让西方压倒东风的事情发生。

县委的建筑全是平房,没有一栋楼房,东院的办公室从双数排起,西院从单数排。县委搬到东院办公之后,一把手的办公室是一〇二,就让李逸风浑身不自在，李逸风就想把办公室的排号也全部对换过来，后来又是王车军说了一句话，他才熄了心思。

王车军的原话只有八个字："好事成双，好运成对。"

一想到王车军，关允心中就一阵无奈，他头上京城大学的光环再耀眼，也抵不过王车军有一个县委副书记舅舅的背景。

能让县委书记李逸风言听计从的县委第一红人王车军，既不是县委哪位重量级领导，也不是前任的县委领导，而只是一个二十四岁出头的年轻人，而且他还和关允是同事，同是县委的通讯员。

县委领导不够资格配秘书，但县委书记和县长不能事事自己动手，身边需要一个跑腿跟班的人物，通讯员就是秘书的角色。一些大县或县级市，书记的通讯员都半遮半掩地直接称为秘书，但孔县是小县，一直沿用通讯员的称呼。

县委一共三名通讯员，关允是一个，王车军是一个，还有一人是温琳。三人都是去年毕业的大学生，毕业之时，起点相同，但一年之后，人生际遇大不相同。

才想到王车军，关允的脚步刚迈出政府的西院，一抬头就看见王车军迎面走来。王车军迈着副科级以上领导才有的四方步，头发梳理得一丝不乱，上面的摩丝油光可鉴，一只苍蝇试图落在上面，努力了几次都滑到一边。

关允还没有开口，王车军就抢先露出惯常的讥笑表情，抬了抬金光闪闪的金丝眼镜，细长的双眼眯成一条缝，以审视的目光上下打量关允好几眼，说道："高才生，又向冷县长汇报工作去了？"

"高才生"三个字咬得很重，加深了嘲弄的意味。

关允知道，王车军看不起他。其实何止是看不起，简直就是赤裸裸的蔑视！

谁让他是整个孔县唯一的京城大学的高才生，谁让他这名当年轰动了全县的高才生从京城大学毕业之后，不但没有留在京城，反而灰溜溜地回到孔县，并且在毕业一年之后，混得还不如毕业于职业技术学院的王车军！

王车军完全有理由有资格经常拿"高才生"的光环朝关允的脸上抹黑。

关允没有示弱，不以为然地笑了笑："只有领导才能称得上是汇报工作，我们这些通讯员，顶多就是为领导端茶倒水，是服务员。"

关允特意强调通讯员是服务员的身份，也是有意点醒王车军，希望王车军收敛几分，别以为他现在深得李逸风信任，又有一个副书记的舅舅，就真当自己是一棵葱。其实在县委里面，不提副科就是不入流的等外人。

"果然是京城大学的高才生，有见识，口才也好。不过话又说回来，同样是服务,服务的对象不同,最后的结果也不同。"王车军神秘地笑了一笑,他压低了声音,"小道消息,市委已经考虑要将冷县长调离孔县了。"

关允可是吃惊不小,他才鼓足勇气下定决心要将全部赌注押在冷枫身上,怎么冷枫就要调离?消息真属实的话,他岂不是一脚踩空,要摔一个大跟头?

难道他对冷枫背景之中隐藏的惊人的事实所做出的分析是错误的?怎么会!根据他的综合对比,冷枫的官运应该比李逸风更亨通才对!

"真的?"关允紧张地问道,"你的消息可靠?"

"你说呢?"王车军讳莫如深地笑了笑,又用手拢了拢头发,他站在一棵高大挺直的杨树下面,愈加衬托得他高大的身材自信挺拔。只不过和高大身材不相符的是,他的眼光跳跃不定,而且左脚轻微地颤动,显得整个人就不是那么沉稳,有轻浮之态。

王车军是县委之中为数不多的高人之一,高人一说,不仅因为他是县委书记跟前的红人和县委副书记的外甥,还在于他确实长得人高马大,身高超过一米八,不管走到哪里都是鹤立鸡群。

县委就有一个顺口溜说道:"孔县两大怪,京大的高材不成材,技院的高人成大材。"京城的高材指的是关允,而技院的高人当然是说王车军。

真要算起来,虽然关允和王车军都是去年毕业的大学生,但实际上关允一毕业就分配到县委办秘书科,比王车军早到县委半年。王车军毕业后先分配到乡镇,在乡镇上了半年班才来到县委办秘书科,而且还是以借调的名义,现在他的人事关系还在下面的乡镇。

应该说,不管从学历还是论资排辈上,王车军都比关允差了一大截,但偏偏在官场上有一句话是说:年龄是个宝,能力很重要,学历不可少,背景最可靠。

关允和王车军年纪相仿,能力超他一等,学历耀眼很多,唯独没有后台关系。所以孔县的怪现象还可以加上一条——红人是借调——连人事关系都还没有正式调入县委的王车军,只凭一个借调的身份,就成了孔县县委第一红人,而且有望在下一步抢在关允之前提升副科,正式迈入官场的第一道大门。

副科是个门槛,提了副科,在官场就相当于入流了,不再是等外。

关允并不忌妒王车军的耀眼,却心中不服,他不信以他孔县唯一一名京城大学毕业生的身份,不能在县委站稳脚跟并且打开局面。

王车军很满意关允的吃惊,他对自己始终能压关允一头十分开心,不是谁都能有机会骑在京城大学高才生的头上耀武扬威。打败一个比自己更有实力的人,比打败一个弱小的对手要有快感多了。

"我还有两个消息要宣布……"王车军上前一步,故作亲密地拍了拍关允的肩膀,"别怪我没有提前告诉你,关允,听说冷县长一走,县里新提的两个副科人选,就会正式公布。"

别得意得太早了

从王车军扬扬得意的神态中不难得出结论,他的县委副书记舅舅没少在背后给他出力,两个副科人选,他肯定是铁板钉钉要拿到一个名额了。

关允心中很不是滋味,虽然是几乎可以预见的结果,但亲耳听到王车军说出口,还是难受。难道他学历比王车军硬,能力比王车军强,就因为没有一个副书记舅舅,就永远被王车军压上一头,永远走在王车军的阴影之下?

王车军好像还很照顾关允的情绪,叹气说道:"我向舅舅提了你,说是多少也要照顾一下京大的高才生,再说,同年的三个通讯员,我们的关系又最好,舅舅说他会向李书记提一提……关允,我只能帮你这么多,成不成,反正我也尽心了。"

关允假装很感激地和王车军握了握手:"谢谢车军。"

"客气什么,又不是外人。"王车军亲热地抱了抱关允的肩膀,小声说道,"还有一个消息,李书记的千金从省城过来,要到孔县过暑假,李书记特意交代让我去接一下。先不和你说了,车快到了,我可不能误了正事,回见。"

王车军一转身就急匆匆跑了。刚才和关允说话时他气定神闲,似乎并无急事,现在一说有事就飞奔而去,前后反差之大,让人暗暗佩服他在县委才半年时间,就已经练就了一身收放自如的本事。

背后有高人指点就是不一样,关允盯着王车军的背影看了半天,才收回目光。虽然他背后也有高人指点,但和王车军的县委副书记舅舅这个高人相比,他的高人就上不了台面。

关允很清楚王车军在他面前一番表演的深意,既是炫耀又是拉拢,总之是得了便宜又卖乖的胜利者姿态。而王车军刻意强调要去接李书记的宝贝女儿,更是为了显示他和李书记之间非同一般的亲密关系。

领导让谁去办个人私事,谁就是领导的亲信。这么说,王车军已经百分之百获得了李逸风的信任?

比起对李逸风女儿的关注,关允的心思更在意冷枫是否真会调离孔县的传闻……冷枫比李逸风晚来孔县两年，到孔县任上才一年，如果现在调走，不是好事。而且谁都能看得出来他是被排挤走的，对他的形象和今后的升迁极其不利。

关允一边想，一边回到了秘书科。

县委办秘书科位于东院，紧邻县委办，距离县委书记李逸风的办公室只隔了一个房间，距离县长冷枫位于西院的办公室却有上百米的距离。关允紧邻书记办公而服务县长，从位置上来讲就非常尴尬，相比之下，王车军和温琳就方便了许多，显然，也是有人故意为之，就是让他难堪。

本来在县委从西院搬到东院时，冷枫就有意将秘书科一分为二——服务于县委领导的通讯员还留在秘书科办公，而服务政府班子领导的通讯员搬到政府办名下办公。

一开始，李逸风没有什么反对意见，后来不知听了谁的建议，说是通讯员服务的都是县委常委，不应该划分为服务县委还是政府班子，再者，县长不也是县委副书记？

这么说也不无道理，通讯员服务各个县委领导时，是按常委划分，不是按县委和县政府领导划分。比如王车军服务的是以县委书记李逸风为首的三名常委，关允服务的是以县长冷枫为首的四名常委，温琳服务的是以副书记李永昌为首的六名常委。

有人这么一提议，李逸风就没有在通讯员分家的事情上点头，冷枫见一把手没同意放人，也就没再提及此事。

其实据说最早内定的是关允服务李逸风等三名常委，但在书记办公会上讨论的时候，有人说了关允的坏话，结果让李逸风对关允产生了不好的印象，就让排序第二的王车军借机上位。谁都知道服务以李逸风为首的三名常委，实际上就是服务李逸风一人。只要李逸风满意了，就算顾不上服务另外两名常委也没什么。

而且能跟在书记身边天天和书记走动，是每一个通讯员梦寐以求的机会。

东院西院的事情虽然不大，在李逸风和冷枫的几次较量之中，算是最不起眼的一次，但对关允来说却是意义重大，因为县委三个通讯员中，就他一人服务的是县政府班子的领导！

而且也正是因为如此安排，冷枫才误以为关允是李逸风的人，从而对他心生防范。但关允却又被李逸风所不喜，结果就导致了他左右不落好，夹在中间几乎天天吃夹生饭，成了李逸风和冷枫斗争的牺牲品。

关允也想过，怕是向李逸风提议通讯员不分家的人，也有故意整他的意思。也是，谁让他头上京城大学高才生的光环太耀眼了，稍不留意就有可能出头，肯定会处处被人压制。

关允天生就是不服输的性格，他高中时本来学习成绩只在中上游，后来被年级第一名嘲笑了一次，就憋了一股气奋发图强，结果高考成绩一出来吓坏了所有人——他以全县第一的成绩被京城大学录取了。

关允当年是不鸣则已，一鸣惊人。在很长一段时间里，他都是孔县传说中的人物。

现在在县委处处受制，关允自然也不肯就此认输，时运有高低，官运有浮沉，他就当现在自己时运不济。不过一个人不可能总走背运，相信总有时来运转的一天。人人都认为他既无背景又无后台，却无人知道他也有不为人所知的手段！现在，他已经初步看到了曙光……当然前提是冷枫不被调走。

等着瞧好了，关允握了握拳头，坐在了自己的办公桌前。他对面的办公桌空着，温琳不在，只有一个冒着热气的茶杯证明温琳刚离开不久。

尽管从王车军口中听到冷枫有可能调走的不利消息，关允却不会放弃最后的一线希望，他不相信冷枫会任由李逸风摆布，在和李逸风较量的一年多来，冷枫何曾有过一次退缩和妥协？以冷枫的性格，不到最后关头不会认输。而且冷枫背景之中的惊人秘密也让关允心中笃定，想动冷枫，就凭李逸风，怕是没那么容易！

王车军你别得意得太早了。

一边想，一边拿起今天的报纸翻看，看了几眼，关允的目光透过窗户望向了窗外。

县委办秘书科的门前正对着一棵柳树，据说柳树有上百年的树龄，长得郁郁葱葱、枝繁叶茂，合围怕是三个人都抱不过来。记得去年初来县委报到的时候，关允还兴奋地抱了抱柳树，当时还被温琳笑他傻瓜。

蝉声阵阵，在午后的阳光下犹如催眠曲，秘书科只有关允一人。平常，他总是喜欢睡个午觉，但今天却是一点儿睡意也没有，相反，不但不困，反而格外兴奋。回想起冷枫和他之间的对话，关允愈加认为在自己向冷枫提交材料的一瞬间，冷枫对他的印象加深了不少。

竹帘一响，一个面容姣好、身材微显丰满的女子走了进来。

"关允，想女朋友想得这么入神？"她一进来就打趣关允，顺手拿起关允的茶杯就喝了一口水。

关允一把夺过杯子："温琳,你多少注意一下,你是一个女孩子,怎么能随便用男人的水杯？小心以后嫁不出去。"

温琳的丰满不是胖,而是从小在乡下长大的女孩儿特有的健美,小腿结实而匀称,身材丰腴而不肥,正常发育的胸部鼓鼓的,十分丰满,有呼之欲出的美感。不用挤不用压,包裹在白色衬衣之内的山峰和山沟,充满了鲜艳欲滴的成熟气息,直逼人眼。

偏偏温琳又长了一张娃娃脸,圆圆的脸蛋上镶嵌着一双杏眼,笑的时候,左边脸颊有一个浅浅一印的酒窝,一头马尾辫束在背后,走动的时候,伴随着臀部的摆动而左右摇晃,就如门前的柳树随风摇动的树枝。

风摆杨柳用在温琳身上,最是形象和贴切。

温琳是和关允、王车军同年毕业的大学生,关允毕业于京城大学,王车军毕业于省职业技术学院,温琳则是毕业于西南财经大学。可以说三人之中,关允的学历最硬,其次当属温琳。

温琳本来有留校的机会,却还是回到家乡孔县,究竟是因为传言温琳在市里有一个当市委组织部副部长的姨,还是因为她眷恋故乡,就不得而知了。

关允比较喜欢温琳的性格,直爽之中透露出让人无法拒绝的热情,但他又不得不和温琳谨慎地保持一定的距离,官场之上的美女是最具杀伤力的武器,很容易让男人失去判断力并且坠落深渊。

况且温琳也并不如她外表所呈现的那样简单,她有头脑有想法,而且一年来,她在县委的表现,各项评价不但优于关允,甚至还优于王车军。

要不是王车军有一个当县委副书记的舅舅,现在三人之中最耀眼的一人应该是温琳而不是他。

东院进西院出

温琳爽朗地哈哈一笑,又一把从关允手中抢过水杯,故意使坏,让水杯在她的娇艳红唇之中迅速转了一圈,然后才笑嘻嘻地还给关允："就你讲究,我是女孩子都不嫌你脏,你还敢说我？一件喝水的小事你都能上升到嫁人的高度,我看你是咸吃萝卜淡操心,现在,杯子上全是我的口水,你喝一口水让我看看？"

关允本来有些郁闷的心情,被温琳一闹,又明朗了许多,他拿着杯子,喝也不是,不喝也不是,为难地说道："这不太好吧？一喝水,就等于吃了你的口水。"

"我刚才喝水的时候,感觉上面湿湿的,应该正是你喝水的地方,等于已经吃了你的口水。你现在再吃我的口水才算公平,快喝。"温琳不但嘴上说得欢,手上的动作也快,一伸手就抓住关允的手,将杯子送到关允的口中,"就让你吃我口水,看你还敢不敢欺负我……"

关允猝不及防中了招,杯子被推到嘴边,感觉到杯子微湿的温热,心中一股异样的感觉升起。想到温琳娇嫩红艳的双唇轻轻滑过杯壁的情形,他不由心中一阵慌乱。

温琳最爱和他闹,有时候没轻没重闹个没完,也不知道她是什么心思。不过闹归闹,关允知道自己和温琳都没有别的想法。孔县民风纯朴而开放,男女之间也经常开一些无伤大雅的玩笑,尤其是结婚之后生了孩子的已婚妇女,有时说一些荤话会让大老爷们儿吃不消。

关允倒不怕温琳和他闹,但现在是上班时间,又是在办公室,被人看见了影响不好,就想伸手推开温琳。不料他手一伸出,触手之处,柔软宜人、弹性可人,低头一看,右手正中温琳的左胸。

右手不但正好按在温琳的左胸上,而且手掌的弧度和姿势,就如有意袭胸一样。

夏天,穿衣都薄,温琳只穿了一件白衬衣,里面的肉色胸罩因为离得近的缘故,隐约可见。她被关允直接触摸了女性最隐秘的部位,不但没有害羞后退,反而一挺胸,又向前一步,身子紧紧贴住关允,半是挑衅半是玩笑地说道:"想占我便宜,好呀,有本事娶了我,你想怎么样就怎么样……"

关允溃败了,他怕温琳再豪气冲天说出什么不雅的话,忙向后退了一步,算是避开了温琳的锋芒。

温琳满不在乎地整理了一下上衣,冲关允撇了撇嘴:"就知道你有贼心没贼胆。"话一出口,她又禁不住咯咯地笑了:"我刚才就是闹闹你,你可别多想,我有男朋友,你也有女朋友,打个情骂个俏还行,动真格就不行了。"

一句话让旖旎而尴尬的气氛消失殆尽,关允也笑:"谁不知道你是县委出名的小辣椒,冷不防就会呛人一口。"

以关允目前的处境,别说动心思对温琳有非分之想,就算他真想,也不会和温琳发展恋情。办公室恋情在党政机关是大忌,更何况还有一点,关允并不认为自己能看透温琳。别看温琳表面上直爽开朗,其实她也是一个不一般的人。

温琳有没有男朋友关允不敢肯定,但温琳说他有女朋友,却是触动了他的内心。是呀，大学期间他确实有一个女朋友，但大学一毕业就出了变故，直到现在他都不知道该怎样面对曾经的恋情。而且平心而论，他在县委的处境，也和她有关，确切地讲，和她的父亲有关。

县委中有关他在京城有一个高官岳父的传闻，不是空穴来风。

"不闹了,说正事。"温琳说不闹就不闹，还有意无意朝门外望了一眼，八月的阳光铺满花草繁茂的院落，或许中午时分都在休息，院中空无一人，让平常繁忙的县委大院显得格外安静。

款款坐在关允的对面，温琳拿起一把扇子扇了几下，小声说道："听说副科名单定了？"

关允摇摇头："不知道,我消息没那么灵通。"

"我说你怎么总是半死不活的，总要争取一下吧？"温琳埋怨关允一句，又八卦地问道，"听说你未来的岳父在京城是大官，就凭刚才的亲热举动，咱俩肯定比别人关系近多了，告诉我，你什么时候调回京城？"

关允的脸色一下阴了几分："温琳,不提这事行不行？"

温琳挥了挥扇子："行，依你，不提。瞧你，一提你未来的岳父和神秘的女朋友，就好像吃错药一样，真弄不明白你到底是怎么一回事。你说你要是在京城没有一个高官岳父，就别摆乌龙，现在倒好，人人都以为你在京城有一个岳父，既不会重用你，又都对你敬而远之。你现在走也走不了，在县委也吊在半空，多难受？你也不急，还天天爱看报纸，看报纸就能把自己看成副科？真是服了你。倒是王车军天天挺滋润，笑得贼兮兮的，一副小人得志的嘴脸，看了就让人心烦。"

"对了,你听说没有,冷县长可能要调走？"

"听说了……"对于温琳再提冷枫可能调走一事，让关允心情微有低落，他有气无力地回应了一句，"你从哪里听到的消息？"

"你别不高兴，关允，冷县长要是调走，对你来说未尝不是好事。"温琳直接忽略了关允问她消息来源的话，说道，"你现在夹在中间，太难受了，东风和西风一天不分出胜负，县委就天天刮旋风，总是转来转去，谁受得了？尤其是你人在县委办公，却又是县长的通讯员，东院进西院出，多别扭？"

关允无奈地笑了笑："发牢骚有什么用？不说了，说说县长是不是真要调走？我倒觉得县长是一个实干家。"

"实干有什么用？"温琳拿起关允的水杯喝水，她的办公桌就在关允的对面，自己有水杯不用非要故意用他的，除了开玩笑的成分之外，或许她内心真有那么一点点的女孩儿心思也未可知。

"孔县穷呀,需要一个实干、肯干、敢干的县长改变贫穷落后的面貌。"关允感慨了一句,"最近几年,孔县几乎两三年就换一个县长,过于频繁地换政府一把手,不利于孔县的长远发展。"

"呀,没看出来,你还忧国忧民,小女子佩服。"温琳取笑关允,"我呀,没什么远大理想,下一步提个副科,再过三年上正科,然后争取三十岁的时候升到副县,也就满足了。当然,中间再解决个人问题,嫁一个知冷知热、有上进心的好男人。"

关允笑了笑:"你的理想是不远大,但也是面面俱到了,称之为事事如意是文雅的说法,通俗一点说就是想得美……"顿了一顿,他本想开口问问温琳为什么不去外企或是当教师,为什么非要进入官场,微一迟疑,还是没有开口。

关系再熟,有些话还是不问为好。

"其实呀,我最想嫁的人不是我现在的男朋友,而是想嫁一个沉稳、有思想的好男人,比如你……"温琳有时心直嘴快得让人无语,让人不知道她的话几分真几分假,"我就发现,你身上有别人没有的东西,让人很沉迷。"

关允心中一惊,温琳这话是什么意思?

还好,温琳紧接着又说:"你可别多心,我就是觉得你身上有吸引我的地方,并不表明我真的爱上你了。"

"哈哈。"关允自嘲地一笑,"不敢,不敢,我可消受不起温美女的美人恩。"

温琳一拢秀发,小麦色一般的右手充满浑然天成的美感,远非从小在城里长大的柔若无骨的美女所能相比。她莞尔一笑,从小在乡下长大又经历过几年城市大学生活的洗礼,明眸皓齿,就如一株矗立在田野之中的向日葵,明媚而靓丽。

温琳说话看似随意,张口就来,其实话里话外的分寸把握得很好,而且她也就是在关允面前说话随意一些,在领导或外人面前,谨慎得很。但就算如此,关允始终认为温琳并不适合官场,原因只有一个,她太漂亮了。

漂亮的女人在官场,要么是祸水,要么是祸害,没有第二条路可走。尽管关允并不认为自己初出茅庐的见解就一定正确,但他还是坚持自己的看法,温琳从政,走的是一条险路。

但温琳究竟是基于什么考虑才进入了官场,关允不得而知,再说他也不会去问个明白。温琳和他闹归闹,在表面上的嬉笑背后,在孔县县委的许多问题上,他和温琳不但有竞争,政见还不同。

高官岳父的问题,关允不想提。他爱看报的事情,温琳算是说对了,他确实每天不管多忙都要将从中央到省市的日报从头到尾看上一遍,而且不是随便翻翻,是逐字逐句地将每篇文章都精读一遍。

有时一遍还不行,还要再回头多看一遍。其用心和认真的态度,整个县委再无第二人。

事情突然复杂了

有人笑话关允看报比看文件还认真,难道能从报纸中看出升迁之道? 关允只是笑笑,并不解释,更不为自己的行为辩解。他在京城上大学时就养成看报的习惯,到了县里,习惯还是改不了。再者他也不想改,了解国家大事、听风辨雨,党报是最便捷的途径。

不为人所知的是,关允不但喜欢精读报纸,还每天书不离手。书都是史书,《二十四史》《史记》等等,每天不读上一个小时的历史,他就无法入睡。

以史为鉴,可以明得失。如果说国家大事和政策动向全在报纸之中,那么为人处世和世事兴衰,就全在史书之中了。

夏风习习,吹动竹帘叮叮作响,房间内一时静谧,气氛微妙而充满浮想联翩的美妙。关允和温琳都没有说话,二人各自低头不语。

关允想的并非旖旎风情,而是对下一步的担忧。尽管他相信以李逸风的实力未必动得了冷枫,但不怕一万就怕万一。万一冷枫真在眼下的节骨眼儿上调走,他刚刚迈出的一步不但会一脚踩空,而且后果相当严重,极有可能让他目前夹在中间的处境雪上加霜。

怎么办? 关允尽管比一般人多一些见识,但毕竟只是初出茅庐刚刚一年的大学生。初入官场,面对复杂、多变的官场局势,他还是缺乏足够的审时度势的政治智慧。

与关允时刻将注意力投注到县委局势和自身前途不同的是,温琳的表情沉迷而向往,目光时而落在窗外的柳树之上,时而飞快地在关允的脸上一闪而过。微抿的嘴唇透露出她内心中犹豫不定的挣扎,也不知是不是她知道了什么内幕,却正拿不定主意要不要告诉关允……

突然,门帘一响,一个清脆动人的童声响起:"请问,这里是县委办秘书科吗?"是十分标准的普通话。

一个十五六岁的小女孩亭亭玉立地站在门口。她梳了两个羊角辫,穿一身素净、鹅黄的连衣裙,背一个背包,标准的瓜子脸、大大的凤眼,裸露在外的洁白细致的小腿以及白玉一般的双臂,让她显得素净而纯真。

她当前一站,就如丽日晴空之上的一朵白云,高洁而令人向往。

一个粉雕玉琢一般的小女孩突然出现在门口,关允和温琳面面相觑,一下愣住了。温琳是什么感觉关允不太清楚,反正他是突然就有一种天上掉下个林妹妹的意外。

"小妹妹,这里就是县委办秘书科,请问你找谁?"关允离门口近,起身向前一步,关切地问道。

"我找……"小女孩歪着头好像还想了一想,又偷看了温琳一眼,然后冲关允招了招手,以低低的声音说道,"大哥哥,你离近一点,我只告诉你一个人。"

关允疑惑地回头看了温琳一眼,温琳一脸不解的表情,眼神中流露出好奇和好笑。

没怎么犹豫,关允就俯过身子,将耳朵离小女孩近了一些,以为小女孩会对他说悄悄话,不料小女孩狡黠地一笑,以极小的声音说道:"就不告诉你!"

"哈哈!"温琳被逗得前仰后合,笑得直不起腰,用手指着关允嘲笑道,"被一个小女孩耍了,关允,你也有今天?真是笑死我了。"

关允没空理会温琳的嘲弄,他上下打量小女孩几眼,冷着脸说道:"小妹妹,捉弄别人可不好玩,再说,这里可不是你来胡闹的地方,这里是县委。"

"我可不是胡闹,我是有正事,是真要找一个人。听你说话的口气,你一定是温琳了?"小女孩不但狡黠,还够聪明,她眨了眨眼睛,一把拉住关允的手,"温哥哥,我就是找你来了。"

关允哭笑不得,看出来了小女孩成心捉弄他,温琳明明是女性人名,以她的聪明会不明白?她却故意将他错认为温琳,分明是想继续耍他,天下掉下的林妹妹可不是温柔善良的林妹妹,而是一个狡黠多变的林妹妹。

温琳本来已经笑得不行,听小女孩叫关允温哥哥,更是笑得连话都说不出来,干脆伏在桌子上抬不起头。只从她耸动的肩膀之上可以看出,她笑疯了。

关允无奈地笑道:"温琳哥哥?小妹妹,应该是温琳姐姐才对。"然后他用手一指温琳,意思是,她才是温琳,他不是。

原以为小女孩会明白他的话,不料小女孩继续装傻:"温哥哥,你虽然长得白白净净像个女生,但你确实是男生,难道你喜欢别人叫你姐姐?"

"我受不了了,我得赶紧离开,再待下来,我怕我会疯掉。"温琳笑得让关允都不认识了,她弯着腰捂着肚子,狼狈不堪地逃出办公室。

真不够朋友,关允心中恨恨地想,温琳居然也配合小女孩演戏摆他一道,回头要和她好好算账。

关允生平第一次被一个小他将近十岁的小女孩摆布得没有还手之力,只好装模作样地将手背在背后,咳嗽一声:"好吧,就算我是温琳,那么你又是谁,找我有什么事情?"

"我叫李瓦儿,从省城来,我找你是因为没人管我。"李瓦儿上前一步挽住关允的胳膊,露出可怜兮兮的神情,"温哥哥,你不会不理我,让我成为一个没吃没喝没人疼爱的可怜虫吧?"

李瓦儿?从省城来?本来关允打算就此打发小女孩,让她捉弄一下也就够了,他可没时间陪她闹个没完,况且又是在县委办秘书科,万一让李逸风或冷枫发现,又得记他一个大过。但听到小女孩自报姓名和来历之后,他蓦然明白了什么。

目光又落在李瓦儿的脸上,眉眼之间依稀可见李逸风的模样。再见她修长的手指上的印痕和裙子之上因为久坐而产生的褶皱,关允心中一下豁然开朗,眼前的小女孩不是别人,正是刚刚王车军所说要去迎接的李逸风的宝贝女儿。

怪事,怎么王车军没有接到她,反倒让她自己跑到秘书科?肯定发生了什么事情……关允就问:"瓦儿,车军去了哪里?"

李瓦儿为什么要从省城来孔县玩,关允不去多想,或许只是小女孩一时的心血来潮。说实话,孔县没有什么旅游资源,除了有一个平丘山之外,就再无风景可言。作为位于中部平原的小县,孔县是一个贫穷落后的农业县。

"他陪爸爸去市里开会了,顾不上照顾我,就让我来秘书科找温琳。"李瓦儿用手当扇子扇了几下,"真是热,怎么没有空调?"

关允打开吊扇,心思转个不停。李逸风没有任何征兆突然去市里开会,怕是情况有变。而王车军也随行一同前往,等于是王车军和李逸风的关系又近了一层。以前李逸风虽然器重王车军,但去市里开会从来不带王车军。

至于王车军让李瓦儿找温琳而不是找他,也完全在意料之中,王车军最防范的人是他,才不会将这么重要的事情托付在他身上。李瓦儿是谁?她可是李逸风的掌上明珠,是县委书记的千金!

对于温琳,王车军虽然也有提防之心,但温琳毕竟是女人,相对来说,在官场之上受到重用提拔的机会不是很多,而且整个县委几乎人人皆知王车军对温琳的小小心思。

关允正思前想后时,桌上的电话突然响了。

秘书科有两部电话,一部是领导专线,专线一响,必定是领导有要事召唤,必须第一时间接听。另一部是对外公布的公线,公线电话铃响,都会矜持一下,等铃响三声之后再接听。

响起的电话是领导专线。

关允立马接听了电话:"我是关允。"

"关允,我是车军。"电话里传来王车军急切的声音,"温琳在不?"

王车军也打领导专线,派头越来越足了,关允知道王车军找温琳何事,说道:"不在,出去了,有什么事?"

王车军停顿一下,似乎不情愿告诉关允,但事情紧急,又不得不说:"我临时有事和李书记、冷县长一起到市委开会,接到瓦儿后,来不及送她到秘书科,就让她自己到秘书科找温琳,让温琳先照顾一下瓦儿。对了,瓦儿到了秘书科没有?"

关允还未开口,一旁的李瓦儿用力冲他摆手,又吐舌头又做鬼脸,显然是暗示他不要说实话。

关允为难了。

主要是王车军透露的消息很令人震惊,原来不止李逸风紧急前往市里开会,连冷枫也去了,事情就变得更加复杂了。而且变化之快,让关允目不暇接,甚至有透不过气来的紧张。

难道冷枫真的调离在即?果真如此的话,他刚刚递交材料的举动不但等于白费,而且如果冷枫临走之时,将他的材料转手交给李逸风以便落一个人情,那么他在县委就再无出头之日了!

一瞬间,关允的感觉就如一步掉下万丈悬崖,不但呼吸停止,大脑也一片空白。

矛盾焦点

"关允!"没等来关允的回答,王车军等不及了,声音很焦急,"等下你转告一下温琳,让她务必照顾好瓦儿。如果瓦儿到了秘书科,温琳不在,你就先照看她一下,然后你务必将瓦儿托付给温琳……"

随后,王车军又交代几句,就匆忙挂断了电话。等电话断了之后,关允才意识到一点,王车军刚才打来的电话,肯定是用李逸风的手机打来的。

刚放下电话,李瓦儿就喜笑颜开地凑过来:"关哥哥,我承认刚才是我错了,不该把你错认成温琳,你就原谅我一次好不好?只要你原谅我,我就告诉你一个天大的秘密。"

好嘛,小姑娘现在承认他不是温琳而是关允了,而且开口叫出了关哥哥,不简单,可见她对秘书科的几个人员清楚得很。她主动妥协讲条件,肯定又想打别的鬼主意。

什么天大的秘密,关允才不会上当,呵呵一笑:"温琳马上就会回来,李瓦儿,等下你和温姐姐走,关哥哥就不陪你玩了。"

"不,我不喜欢温姐姐,我就喜欢关哥哥。"李瓦儿笑得很天真,天真之中,另有狡黠的意味,她眼睛转了几转,"如果关哥哥陪我玩,我就告诉你爸爸为什么要去市里开会。"

不得不说,李瓦儿才十五六岁的年纪,却是一个十分聪明并且善于发现别人弱点的女孩,只不过她的聪明总有狡黠的成分在内,让人很容易心生提防。

女人太傻了不行,太聪明了也不好,最难把握的就是一个度。如何在男人面前既能展现冰雪聪明的一面,又不过于锋芒毕露而让人敬而远之,就是一门很深的学问,许多女人终其一生都无法达到平衡的高度。

李瓦儿不是女人,只是一个十五六岁的小女孩,但她的聪明和狡黠本是天生,又生得俏皮可爱,宛如玉人。尤其是两条大辫子梳得十分漂亮,既有乡村的田园风情,又有都市的清纯俏影,让人无论如何也对她生不起反感之心。

关允不会让李瓦儿牵着鼻子走,虽然他也很想知道李逸风为什么要到市里开会,开的是什么会,对李逸风和冷枫的个人前途有什么影响。

李逸风和冷枫的一举一动事关他的个人前程,不得不察。

"瓦儿,别闹了,听话,等下你和温琳一起走。"李逸风将李瓦儿交由王车军接待,王车军又委托温琳照应,自始至终没他什么事情。他要是横加一手,不但会让王车军对他大有意见,也会让李逸风不满,认为他居心不良。甚至说不定连温琳也会埋怨他抢了她的机会,怀疑他另有所图。

最主要的是,本来冷枫对他已经不热不冷,如果再因为他不知轻重接手照顾李瓦儿,怕是冷枫更会对他大有意见,认为他有意借照顾李瓦儿而示好李逸风,甚至会一怒之下毫不犹豫地将他打入冷宫。

李瓦儿就是烫手山芋,人不大年纪也小,但杀伤力不小。而且她一人牵动了无数人,在李逸风和冷枫离开县委之后,她的突然出现,俨然就成了县委的焦点和新的契机。

见关允不为所动,李瓦儿咬了咬嘴唇,斜着眼睛想了一想,想通了什么,又

得意地笑了:"只要你让我跟着你,我再告诉你一个关于冷叔叔的秘密,而且还是爸爸亲口告诉我的秘密。"

关允一下屏住了呼吸!

跟了冷枫半年多时间,他和冷枫走得始终不远不近。虽然经过一番努力,关允暗中发现了冷枫的一个秘密,但在对冷枫的了解上,他显然不如和冷枫搭了一年班子的李逸风透彻。李逸风不管是有意还是无意在李瓦儿面前透露出来的关于冷枫的秘密,绝对是高级别的秘密,对他真正认清冷枫的为人和背景并且赢得冷枫的信任,肯定大有帮助。

片刻之间,关允的心思就转了几转。

不行,微一思忖,关允又否定了冒险一试的想法,李瓦儿的身份太敏感,还是远离为好。人在官场,有些规矩必须遵守,否则一不小心越了雷池,恐怕会连怎么死的都不知道。

正要开口回绝李瓦儿时,一抬头,温琳回来了。

外面天气太热,温琳穿的又是长裙,再加上她从小长在乡村,体格好,就出了不少汗,额头、鼻尖上全是汗珠,一缕头发被汗水粘在脸上,平添了俏皮和妩媚之意。

也不知她做什么去了,再一看,胸前都被汗水打湿了一片,更显得山峰高耸,傲然挺拔。站在她旁边的李瓦儿与之相比,差了何止十万八千里,完全就是青藏高原和华北平原的区别。

李瓦儿也注意到了她和温琳之间的差距,下意识地向右挪了挪脚步,离温琳远了一米,离关允近了半米。

到底是小女孩,关允暗暗一笑,他算是多少猜到李瓦儿不愿意跟着温琳的原因所在。

"关允,出事了。"温琳的性格在直爽之中有大大咧咧的一面,她显然没有注意到李瓦儿的异样,只顾一边拿起报纸当扇子扇风,一边气喘吁吁地说道,"飞马镇和古营城乡的人又打起来了,李书记和达县长要到现场去处理纠纷,我得随李书记下去一趟。"

李书记是县委副书记李永昌,正是王车军的舅舅,是温琳对口服务的县委领导。

而达县长是常务副县长达汉国,是关允对口服务的除了冷枫之外的第二号县政府领导。实际上关允和王车军一样,名义上负责几个县委领导,其实只需要让最高领导一人满意即可。

所以对于李永昌下去处理纠纷带上温琳,而达汉国却不点名带他,他并未多想,也完全可以理解。现在县委办秘书科王车军不在,温琳再一走,就只剩他一人了,总要留一个人值班才行。

飞马镇和古营城乡之间的纠纷源于流沙河。

流沙河是孔县境内唯一的一条内陆河,水量并不丰富,但水质富含营养,是灌溉庄稼的优质水源。飞马镇和古营城乡分别位于流沙河的上游和下游,每年七八月份雨季时,只要天公不作美少下几滴雨,流沙河水量一少,为了浇灌庄稼,飞马镇和古营城乡经常为抢水而闹事。

飞马镇位于上游,一直想建一座水坝将水全部拦在自己的一亩三分地里,下游的古营城乡自然不干,免费的水资源凭什么让飞马镇一家独占?虽然现在都打了机井,都可以抽地下水浇地,但从地下抽水费时费力不说,还要花不少电费。而从流沙河抽水,自己用柴油泵抽水就行,比用电要省很多。

有人算了一笔账,前年大旱,流沙河没多少水,结果飞马镇和古营城乡用来浇灌的农业用电费用高达十万元。而去年雨水充足,流沙河水量够用,浇灌的农业用电费用就只有两万元左右。

八万元的差价,对于一个乡的农民来说,是一笔巨大的财富,能省肯定要省。

流沙河的特点是上游地势比下游地势高很多,虽然水从上游来,但上游根本存不住水,只要有一点儿水,如果不拦着,三天就全流到下游了。下游处又正好有一个蓄水塘,等于流沙河汇聚了全县的雨水,然后都无私地流向了古营城。

位于上游的飞马镇想建造一座大坝拦水,古营城当然不同意,官司就打到了县里。县委的态度也分成了两派,一派支持飞马镇建造水坝,既能蓄水,又能水力发电。至于如何分配用水资源问题,可以采取一个折中方案,每年都由飞马镇定时定量放水到下游。另一派对飞马镇建造水坝持否定态度,认为一旦水坝建造成功,飞马镇肯定不会放水给下游,再者建造水坝工程浩大,资金缺口太大,投入和产出不成正比,以孔县的财政收入,支撑不起一座水坝的建造费用。

飞马镇如果是一般的乡镇还好一些,不会处处压古营城一头,偏偏飞马镇是县城所在地,又偏偏支持飞马镇建造水坝一派的为首人物正是李逸风!

而反对飞马镇上马水坝项目的为首者不用说,当然是冷枫。

李逸风和冷枫一向不和,在许多事情上都有明显的分歧。不过好在二人在许多分歧问题上处理得比较高明而隐晦,都能将事情压在暗处。但水坝事件是李逸风和冷枫之间无法绕过去的坎儿,围绕水坝事件,李逸风和冷枫之间的矛盾越来越表面化,越来越突出,关系也越来越紧张。

可以说,水坝事件到底是怎么一个结果,是事关李逸风和冷枫谁能笑到最后的决胜一局。

之前,关允送给冷枫的一摞材料,就是他关于如何解决水坝事件的一点儿建议。如果冷枫采纳的话,不敢说一定能够化解目前的危机,至少可以让局势缓和许多。

但如果冷枫去市里开的是要调离孔县的会,那么关允的提议就毫无价值了,而且如果落到李逸风手中——关允的提议是倾向冷枫的立场——他肯定要被穿上小鞋了。

做出了决定

"刚刚我在县委办接到王车军的电话,他委托我照顾瓦儿,不过我现在有事,脱不了身,你先帮我一个忙。"温琳又快语如珠般地说了一通,喝了一大口水,很没形象地用手一擦嘴,也不管关允是不是答应,转身就走,"瓦儿就交给你了,照顾好点,回头我请你吃饭。"

温琳冲瓦儿笑了一笑,然后一阵风一样消失在门外。

关允愣了一愣,怎么会这样?转身一看,李瓦儿在一旁窃笑,背着手,弯着腰,双眼弯成好看的月牙儿,怔怔地看着关允,意思是,看你怎么办!

关允还没有想好怎么办,桌子上的领导专线又急促地响了起来,他伸手接听电话:"你好,我是关允。"

"关允,你的材料我看过了。"微带南方口音的普通话,不是冷枫又能是谁。

关允的心一下提到嗓子眼儿,紧张得说不出话来!

若是平常,关允也不至于被冷枫一句话就惊得六神无主。主要是他的材料递交的时机太过微妙,不但冷枫在和李逸风的对抗中未必就一定获胜,而且此次冷枫突然和李逸风一起到市委开会,或许就是决定命运的最后时刻……

再说,不管冷枫是去是留,他对材料的看法和处理手法,也和关允的命运息息相关。再加上眼下确实是一个至关重要的重大转折期,在县委被夹在中间左右为难整整一年,眼见到了命运是上是下的关口,关允到底年轻,不紧张才怪。

"县长……"

关允想说什么,刚一开口就被冷枫打断,冷枫的声调没有起伏,淡而无味地说道:"先不要说了,我马上要去开会,等我回去,你再当面向我汇报一下你的想法。"

关允深吸一口气,轻轻地放下电话,抬头望向窗外的绿树、蓝天以及再远处的农田,心中一下轻松了许多。他蓦然闪过一个强烈而执拗的念头,既然冒险赌了一把,何不一赌到底?本来他从京城直落千丈回到县委就是人生的一次意外翻盘,那么现在就算再翻盘一次又有何妨?

人生要么轰轰烈烈,要么一败涂地,一直如现在一样卡在半空不上不下让人喘不过气,是生不如死!

想起京城大学的光辉岁月,想起远在京城的未来和希望,想起逝去的青春和爱情,关允猛然做出一个决定。他的目光落到瞪大眼睛一脸好奇的李瓦儿身上,十分坚定地说道:"瓦儿,跟我走!"

孔县地处华北平原的腹地,境内一马平川,却偏偏在县城以南有一座山峰突兀地拔地而起。山峰也不高,海拔不过几百米,名叫平丘山。平丘山不是什么名山大川,既无名气又无美景,却不知何故在《山海经》中有记载。

相传,当年大禹治水路过平丘山,一时口渴,见平丘山有一处山泉,就饮了山泉水。山泉水清冽可口,大禹一时不解渴,就拿手中的乾坤铲一铲,山泉就汹涌而出,汇聚成瀑布,年深日久,就在半山腰处冲积成一片水潭,名叫平丘潭。

其实最早孔县不叫孔县,而叫平丘县。清朝年间为避孔丘讳,改名为孔县。

关允可不敢带瓦儿去爬平丘山,平丘山虽然不高,却是地势险峻,再加上潭深水凉,易出危险。但瓦儿可不是一个讲理的女孩儿,她不但不讲理,还极有主意,又是耍赖又是撒娇,最后关允无奈,只好退而求其次,同意带她到外面的田野中转一转。

走出县委大门的时候,出了点小意外——正好李永昌、达汉国和温琳一行的汽车从关允和瓦儿身边驶过。

一般领导的汽车驶过的时候,都是疾驶而过,不会停留,毕竟关允算不上什么人物,关允和瓦儿并排而行,就稍微退后一步,想让车队先行。

不想车队通过一半时,忽然前车停了下来。前车一停,车队就全部停了。

李永昌和温琳从前车上下来。

李永昌今年四十五岁,满脸红光,四方大脸,是地地道道的孔县人。如果不是他个子不高、说话声音不够洪亮的话,他当前一站,只凭气势就几乎能让孔县县委上至书记、县长,下至办事人员,都畏惧三分。

即使李永昌身高才一米六八,他在孔县县委之中的地位,却是高不可攀,无人能撼动。别说冷枫对他无可奈何,就连李逸风对他也是忍让三分。

对,是忍让而不是礼让。

李永昌是彻头彻尾的地头蛇,他在孔县盘踞十余年,从一名小小的办事员一步步走到今天的位置,期间经历无数风浪,迎来送走几个书记和县长,他却一直屹立不倒,就如一株钻天杨牢牢地扎根在孔县的大地之上。

县委里私下流传的一句话说:"孔县不姓孔,姓李。"说的就是李永昌对孔县的影响力之大,虽是副职,却是名义上的一把手。

当年李逸风刚来孔县时,无意中听到有人议论孔县姓李,他还暗暗高兴,以为说的是他,后来才知道原来此李是彼李,不由大为恼火。

但恼火也无用,李逸风在上任之后不久就打听清楚孔县的局势,知道李永昌就是孔县的平丘山,虽然不高,却谁也别想攀越。

孔县虽然是一个名不见经传、不显山不露水的小县,但孔县的人保守,而且乡土观念强,李永昌先后在县委工作十几年,树大根深,担任过副县长、组织部长,现在又是县委副书记,培植了大量的亲信,遍布孔县的各个要害部门。也就是说,李永昌是孔县的一面旗帜,他登高一呼,响应者云集。

作为孔县人在县委最高级别的一人,李永昌在孔县人心目中,是比书记和县长都要高上一等的人。

若不是政策规定不能由本县人担任党政一把手,李永昌早就在孔县扶正,当上县长或书记了。

不过让关允奇怪的是,李永昌明明有机会到外县担任一把手,却不走,摆出一副咬定孔县不放的态势,并且放言说要在孔县干到老干到死。最后市委也拿他没有办法,就安排他在孔县副县级的岗位上来回调换。

对于李永昌,关允在钦佩之余,也有敬畏之心。作为孔县二十万百姓几乎人人敬仰的传奇人物,李永昌确实有令人仰视的资本。

李永昌来到关允面前,理也未理关允,径直绕过他来到李瓦儿面前,和颜悦色地说道:"瓦儿,和叔叔一起走,叔叔让人陪你去平丘山转一转。"

关允心中微微一哂,李永昌是故意晾他。想起之前王车军还假情假意就副科人选一事,声称李永昌会向李逸风提名他,现在看来,李永昌不在李逸风面前说他坏话就谢天谢地了。

温琳跟在李永昌身后,悄悄向关允使了一个眼色,意思是,停车是李永昌的临时起意,和她无关。关允会意,微一点头,算是回应温琳。

"叔叔?"瓦儿的眼睛眨了几眨,左右打量李永昌几眼,"怎么会是叔叔呢?

你明明比爸爸年纪大,应该叫伯伯才对。"

李逸风今年四十岁,李永昌四十五岁,瓦儿的话说得没错,确实应该称呼李永昌为伯伯。市委对县委班子的安排布局深远,从李逸风四十岁而冷枫三十五岁的格局上就可以得出结论,二人正好差出一届的年龄,李逸风调走之后,冷枫就会顺势接任。

当然,市委也没有想到冷枫和李逸风之间会闹得不可开交,几乎到了工作无法开展的程度。如果真要深究原因的话,李永昌在李逸风和冷枫的矛盾激化过程中,起到不为人所知的激化作用。

官场中人,最怕被人说年龄大,李永昌也不例外,被一个小女孩一下点破,不由微微一愣。还好他经验老到,只是一笑就化解了尴尬:"好,瓦儿爱叫叔叔就是叔叔,想叫伯伯就叫伯伯。不管是叔叔还是伯伯,你跟我上车,好不好?"

李永昌确实是临时起意决定停车带走瓦儿,他在车内看到关允和瓦儿有说有笑地走出县委,心中立刻闪过一丝忧虑,当即决定阻止关允和瓦儿进一步走近,不能让关允有任何可以和李逸风走近的机会。

李永昌相信,瓦儿一个十五六岁的小女孩,肯定会听他的话跟他走。

"不,就不!"瓦儿很坚决地拒绝李永昌,连连摇头,"我不跟说谎的人一起走,再见,伯伯!"她一伸手拉住关允的手,转身就走,干脆利落,没有一丝商量的余地。

李永昌尴尬地笑了笑,没再说什么,一挥手上车走了。温琳紧随其后,小心地关好车门。见李永昌的脸色瞬间恢复了平静,只是眼神中闪过一丝强烈的不满,她就知道,李永昌是对她不满了。

刚才她的表现确实一般,没有及时开口劝劝瓦儿,也没有及时帮领导化解尴尬,作为通讯员,她很失职。但话又说回来,她能说什么?李永昌一个高高在上的县委副书记,也要处心积虑地算计关允,他不觉得有失身份?

心思

"温琳,今天天气很热,你要注意防暑。"正当温琳心思纷乱的时候,李永昌冷不防冒出一句明是关心实则有所暗指的话。

温琳笑了笑,没说话,她并不怕李永昌,李永昌在县委是权力滔天,却未必能拿她怎样。她的目光跳到窗外,心中有一股说不清道不明的滋味涌上心头。从个人情感上说,她很愿意帮关允一把,但从政治立场上出发,她又不能插手关允的事情。

市委组织部的大姨告诫过她,关允的情况很特殊,有人发话了,谁也不许提拔重用关允。除非关允跳出官场,否则想在官场之中出人头地,一辈子恐怕也没有机会。而且大姨还再三提醒她,不许透露一丝消息给关允,否则,会连自己也受到连累。

温琳暗暗叹息一声,她的目光依然落在关允宽阔的双肩之上,心中泛起的是苦涩和无奈,但愿关允能借李瓦儿的到来,顺利打开局面,不至于继续夹在中间两头受气。

关允只能依靠自己,以她知道的内情,谁也帮不了关允,而且就算有人赏识他,也不敢冒着风险提拔他。温琳就想,如果可能,她希望有机会和关允坐下好好谈一谈,劝关允去南方发展。她可以介绍外企的工作给他,以后的发展空间会比在官场广阔得多。

人的一生,有时候时机真的很重要,关允运气不好,以他京城大学高才生的身份,真没有必要在县委一直浪费才能……温琳双手紧握,收回目光,车窗外,关允和瓦儿的影子已经看不见了。

关允自然不知道温琳的心思,他带瓦儿来到田野,希望瓦儿能开心……站在田间地头,回想起李永昌突如其来的一出,他不由摇头一笑,好,王车军处处防他还不算,连李永昌也亲自出面了,他还真要被二人吃得死死的不成?

八月的田野,气象万千,充满欣欣向荣的丰收景象。作为一个贫穷落后的农业小县,孔县其实优势也很明显,土地肥沃、良田众多,大地平坦如掌,物产丰富,不管种下什么,到了秋天总会收获沉甸甸的希望。

大片大片的玉米地、随风摇动的粟米和大豆,赏心悦目,让人心旷神怡。田野总是给人以无限的希望,慷慨而无私地奉献一切。

迎风而立,关允的心情舒展许多。

谁也不清楚关允在县委的一年是怎样的一种煎熬,他背负太多的重担,也承载了太多人的希望。同时,在人生蓦然转了一个大弯之后,他始终能保持谨慎、乐观和向上的心态来面对一切,他的艰辛无人知晓,也无处诉说。

所以,他很感谢李瓦儿的到来,因为瓦儿的快乐和活泼,让他心情大好。

下午正好无事,又恰好是双休日——不过作为县委的通讯员,平时可没有双休日一说,领导不休息,关允就从来没有休息的可能。

今天比较特殊,书记和县长双双前往市委开会,县委的其他主要领导又前往飞马镇处理用水纠纷,县委一时之间成了空城。在县委工作了将近一年之久,关允第一次享受了难得的休闲时光。

也可以说,瓦儿的到来,为他可以放心大胆地离开县委提供一个充足的理由。

瓦儿就如一只蝴蝶在阳光下穿梭,她的素净、鹅黄的连衣裙在田野中飘来飘去,跳跃不定,她的笑声时而飘近,如在耳边;时而飘远,如在天边。

从小在城市长大的瓦儿还从来没有见过如此成方连片的庄稼,她东看看,西瞅瞅,对什么都感到好奇。她左手采了一大把不知名的野花,右手拿着一个用柳枝编成的花环,就如一朵从天下降落到地上的白云,带来清新喜人的气象。

本来关允只想带瓦儿在田野中转一转,然后安排她到县委招待所住下,他的任务就算完成。但瓦儿玩不够,还非想让关允带她去爬平丘山。关允本不想去平丘山,一是山路危险,二是他不想打扰山中某一个人的清静。但李永昌横插一手提到平丘山,就让瓦儿有了借口,就是非要关允带她上山,否则她就耍赖。

"瓦儿……"关允想明白什么,冲玩得不亦乐乎的瓦儿喊道,"走,我带你去平丘山!"

瓦儿一下站住,满是汗水的小脸一脸惊喜:"真的?说话算数?拉钩。"

关允就和瓦儿拉了钩,瓦儿如葱白一样的小拇指紧紧勾住关允的小拇指,她一边晃动一边念念有词:"拉钩上吊,一百年不许变!"

微带稚嫩的童音,在风吹影动的田间回响,关允哈哈一笑,怜惜地拿手当扇子替瓦儿扇风:"天气太热了,走,爬山去。"

"太好了。"瓦儿开心地跳起来,一时激动,一路小跑地跑向远处,还向关允招手,要关允追她。关允笑着摇了摇头,继续安步当车不紧不慢地走在后面。

跑了一会儿,瓦儿又不跑了,嫌天气太热,她的汗水打湿了头发。

尽管热,瓦儿一刻也不闲着,蹦蹦跳跳边走边跑,不一会儿,她的脸上涂满了五颜六色的色彩——红、黄、蓝、紫。色彩斑斓在她青春娇艳的脸庞之上不但不显得丑,反而姹紫嫣红,愈发衬托得人比花娇。

关允心生怜惜,伸手为瓦儿戴上花环:"日头太晒,小心晒黑了。"

瓦儿十分开心:"关哥哥,我猜你肯定有一个妹妹。"

瓦儿还真猜对了,关允就笑:"你怎么猜到的?"

"你会照顾人,一看就当过哥哥。"瓦儿仰着头,问道,"关哥哥,你的妹妹叫什么名字?她长得好不好看?"

"容小妹,比你好看。"

"你的妹妹怎么叫容小妹,不叫关小妹?"瓦儿不解地问了一句,又说,"吹牛,就看你长的样子就能知道你妹妹肯定没我漂亮。"

"嗯……以后再告诉你好了,现在先保密。"关允卖了一个关子,故意逗一逗瓦儿。他确实很想知道李逸风能亲口说出冷枫的什么秘密,但小丫头现在假装忘了一样,提也不提,他不吊吊她的胃口,岂不是显得太好骗了?

"哼,还保密,别以为我猜不到,你姓你爸爸的姓,你妹妹姓你妈妈的姓,就这样!"瓦儿一噘嘴,气呼呼地说道,转身又跑远了。

关允笑了笑,既不承认也不否认,瓦儿并没有猜对,内情远比瓦儿猜想得复杂。容小妹的事情,是关家一个深藏的秘密。

他很清楚,不能单纯地将李瓦儿当成一个未经世事的小女孩,她的狡黠和刁钻充分说明她不简单,谁要当她是一个什么都不懂的小女孩,谁肯定会吃亏。刚才李永昌的遭遇,就是实例。

其实在李永昌横插一手之前,关允根本没有打算开口问瓦儿什么问题。至于瓦儿所说的关于李逸风亲口透露的冷枫的秘密,他是很想知道,却不会开口去问。他问了,保不准瓦儿一转身就会告诉李逸风。

而在李永昌横插一手之后,他更是清楚,坚决不能主动开口问瓦儿任何有关政治的话题。

李逸风要是知道他有意从瓦儿口中套话,怕是会让他在李逸风心目中的形象一落千丈。

做人有三碗面最难吃——脸面、场面和情面。一个人没有社会地位就没有多少脸面;同样,在人前人后也不会有多大的场面;再进一步讲,在求人办事的时候也不会有几分情面。

最难吃的三碗面,都以一个人的社会地位为前提。

一个人在成功之前,想要人前有脸面、办事有场面、做事有情面,往往会自寻烦恼。关允在通读史书的过程中早就明白这个道理,所以,他做事情不会好高骛远,也不会自视过高。

过了一会儿,瓦儿又活蹦乱跳地来到关允面前,笑嘻嘻地问道:"关哥哥,你想不想知道爸爸为什么要到市里开会?想不想知道爸爸怎么评价冷枫?"

想,关允很想,他却只是笑了一笑,用手一指前方:"看,平丘山。"

瓦儿一皱鼻子,"哼"了一声:"想就大胆说出来,装模作样不像话!你不说想,我偏不告诉你,气死你。等你什么时候想通了,再来问我好了,还得我心情高兴才告诉你。还有,别怪我没提醒你,爸爸对冷枫的评价可是天大的秘密,除了我之外,谁也不知道。"

明明是瓦儿以透露李逸风为什么要到市里开会,以及李逸风亲口所说的冷枫的秘密为条件,好让他答应她的无理要求。现在倒好,她不履行承诺反倒成了他的不是,真是一个狡猾善变的女孩儿。

她是故意为之。

出事

平丘山位于县城东南,距离县城一公里。孔县不是旅游县,平丘山也不是景区,山脚下没有小商小贩贩卖水果和冷饮。对于孔县的百姓来说,平丘山就是一座再平常不过的山丘,没人会闲来无事前来爬山。

山间四下一片寂静,放眼望去,空无一人。

正是秋天丰收的季节,山间树木茂盛,溪水淙淙,别有情致。一步迈入山间树林,就如从盛夏一步步入深秋,凉爽之意扑面而来,让人精神为之一振。

平丘山虽然还没有开发成旅游景点,但却拥有得天独厚的旅游资源,山清水秀不说,最难得的是营造了一个世外桃源一般的美景。单是山脚下自然形成的将整个平丘山团团包围的森林,就是一处天然的森林公园。

天然森林公园虽然面积不大,却胜在每一棵草每一棵树都是自然生长,没有一丝人工的痕迹。更妙的是,自然生长、天然形成的森林,却很巧妙地长成许多巧夺天工的景色。如果有旅游局的专家来此,肯定会叹为观止,并且抱怨孔县县政府暴殄天物,有如此优良的旅游资源却弃之不用。

孔县百姓民风纯朴,观念陈旧,只知道面朝黄土背朝天,很少会想到从土里刨食之外的生财之道。平丘山在百姓眼中只是一处可以乘凉的土丘,至于别的用处,谁也没有想过,就连县委县政府也从未有过要利用平丘山打造旅游品牌的想法。

再者孔县交通不便,位于黄梁市东南,是黄梁市管辖范围内最东南的一个县。孔县南与豫省交界,东与齐省为邻,以前曾经是三不管地带,还曾经划分给齐省,后来又重新划回燕省。

孔县境内只有一条省级公路通向黄梁市,西距黄梁市八十公里,东距齐省天镇市一百二十公里,完全就是一个深入平原腹地的农业县。

不过事物都有两面性,也正是因此,孔县的平丘山才一直不为世人所知,养在深闺待人识,并且保持了原始面貌。

"哇,景色太美了,真漂亮,真舒服。"瓦儿自从一步迈入天然的森林公园之后眼睛就不够用了,她一双大眼四下看个不停,惊讶、惊喜、震撼,都写在她天真无邪的脸上。

在看到平丘潭的时候,瓦儿更是惊呼起来:"天,好漂亮的一块翡翠。"

此时的瓦儿才像是一个稚气未脱的小女孩,她一把从关允身上抢过背包,手脚麻利地打开,从里面翻出一件衣服,然后又将背包甩给关允:"关哥哥,麻烦你帮我把风,我要换衣服。"

关允愣了:"换衣服?换什么衣服?"

"笨呀,当然是换泳衣了。我要下去游泳,还有,你躲得远一点儿,不许偷看。"瓦儿咬着舌头,笑嘻嘻地看着关允。

平丘潭就如一块碧玉镶嵌在平丘山的半山腰,清澈见底,水质优良;潭水不深,最深处不过两米;面积也不大,方圆百十米,就如一个天然的池塘。

平丘山平常就人迹罕至,更何况平丘潭,此时更是除了关允和瓦儿之外,不见一个人影儿。现在又是农田大忙的季节,农民既没情趣也没时间来游泳,而距离平丘山最近的县城,常住人口才两万人,县城中有闲情逸致来山间游玩者,也是寥寥无几。

不得不说,在寂静无人的空旷山林之中,有一处天然的潭水,天气又十分炎热,谁都想下水一游。关允却不允许瓦儿下水:"不行,不能游泳,太危险了,我只答应你来平丘山玩,没同意让你下水游泳。"

"关哥哥……"瓦儿拉长声调,施展撒娇的独门秘技——装可怜加讲条件,"那我告诉你一个秘密,你同意让我游泳好不好?爸爸去市里开会,听说是和人事任命有关。"

瓦儿真是一个心眼儿多、心思快的小女孩,耍赖的水平也是一流。现在倒好,又得寸进尺,在关允陪她之后,又将条件升级成准许她下水游泳的前提。

有一套,关允却不为所动,坚定立场:"不行,就是不行!"不只是因为下水游泳有危险,而且他和瓦儿孤男寡女,多有不便,传了出去,说不定会让李逸风认为他人品多么败坏。

李逸风是不可能压制他一辈子,但如果李逸风在孔县再干三年,三年之内始终压制得他不能前进一步,再给他下一个"不能重用"的结论写进档案,他不能说一辈子进步不了,但背了一个沉重的污点在官场行走,铁定走不了多远。

等等,关允心中一跳,瓦儿说李逸风到市里开会事关人事任命,莫非真是有关冷枫调走一事?

正寻思间,忽然听到山下有人高喊:"关允,你在吗?"

"温琳,我在平丘潭。"关允答了一声,心中突然闪过强烈的不安,温琳怎么来了?她不是陪李永昌去处理用水纠纷,怎么找到平丘山来了,莫非出了什么意外……

温琳几乎是一路小跑上山。

跑得急了一些,天气又热,温琳的汗水顺着头发如雨珠一样向下滴,丝丝缕缕。关允向前接了温琳一把,伸手拉了她:"别急,看你累的。"

温琳一擦额头上的汗,双颊白里透红,明艳照人,展现出天然的健康之美。

"出事了。"温琳连喘了几口气,才说出一句话。

"出什么事了?"关允一惊,"是不是飞马镇和古营城的人又打起来了?"

"是打起来了,还打伤了李书记。"温琳跑到潭水边,弯腰洗了一把脸,呼吸才不急促,说道,"打伤李书记的事情是小事……啊,说错了,不是,我的意思不是说李书记不重要……"

关允笑了:"没外人,没人传话。"话一说完,又想起身后的瓦儿,他回身看了瓦儿一眼。

瓦儿无所谓地摇摇头:"我没听见。"

关允安抚温琳:"好了,可以说正事了。"

温琳才又急急地说道:"李书记被人打破了头,正要回县医院包扎,突然就接到市委来电,然后连医院也没顾上去,就急忙去市里了。"

孔县距离黄梁市八十公里,没有高速,到市委开会开车要一个小时。算算时间,李逸风和冷枫到市委也有一个多小时了。书记和县长没有回来,又紧急召集县委副书记到市委开会,可见事关重大。而李永昌被打破头也顾不上包扎,说明事态紧急。

"你来平丘山又做什么?"关允的思路一时无法理顺,而且事态的变化之大之快也超出了他的认知,他也慌乱了。

"我,我来找你商量一下……对策!"温琳话说一半,目光不经意落在瓦儿的身上,然后又迅速收回,朝关允眨了眨眼。

瓦儿别看才十五六岁,却聪明得很,她摆摆手:"关哥哥,你不用管我,我去游泳了,你们商量完事情再叫我。"

"不行,你不能下水,太危险了。"关允想要拦住瓦儿,瓦儿却做了一个鬼脸,跑到树林茂密之处。

温琳拉住关允,冲他摇了摇头,意思是随她去,不要紧。关允想了想,也没再坚持,就随温琳来到一棵大树的后面。

"县委班子可能真要调整了,关允,你有没有想好下一步怎么办?"温琳心里有一团火在燃烧,直觉告诉她,冷枫调走的可能性有百分之八十。冷枫一走,本来就已经在县委吃了夹生饭的关允,更是会吊在半空。

新上任的县长必定不会沿用前任的通讯员,关允到时就得被打回秘书科当一个闲人了。

"能怎么办?吃不了夹生饭,就吃生饭算了,反正饿不死。"关允一副无所谓的口气。

"你气死人了!"温琳真生气了,用力一指关允的额头,"你怎么就那么死心眼儿,非要在一棵树上吊死?以你京城大学的学历,不管是去京城还是去南方,哪里会没有你的广阔天地?干吗非要赖在县委不走?"

"县委不是有你吗?我舍不得你。"关允嬉皮笑脸地说了一句。

温琳一脚踢在关允的腿上:"我打不死你!别闹了,说正经的。你要是去京城,我帮不上你什么忙,你要是去南方,我同学挺多,替你找一个好工作不算什么难事……你倒是说话呀,成不成你总得吭个声。"

温琳心急火燎,关允反倒气定神闲,而且还背靠大树好乘凉,眯着眼睛要睡着一样,可把温琳气得够呛,她急了,伸手去拧关允的耳朵。

手伸到一半,关允一下睁开眼睛:"你先别急,要是我说冷县长调不走呢?"

峰回路转

温琳的手举在关允的脸前,看上去似乎她要摸关允的脸一样,她愣了一愣:"你别瞎猜了,冷县长肯定要动地方了,要不市委也不会让书记和县长都去市委开会,而且后面还叫上李永昌。为什么要让李永昌去市委?别忘了,他是副书记,市委要定新任的县长人选,要征求一下县委的意见。谁最能代表县委的意见?当然是李逸风和李永昌了。"

温琳分析得也不无道理,但关允还是一副懒洋洋的样子,还有心情开玩笑:"温琳,要不你也下水游泳?你的身材肯定比瓦儿顺溜多了。"

"你……"温琳脸红了,不是羞红,是气红了,她生气地推了关允一把,转身就走,"你真是没救了,烂泥扶不上墙,我何苦管你的事情?我是傻瓜、笨蛋,我是吃饱了撑的……"

温琳转身的瞬间,关允看清了她眼中的泪花,一下触动了他心中最柔软的地方,他向前一步拉住温琳:"温琳,你先别走,听我把话说完……"

"不听!我以后不理你了!"温琳挣脱关允的手,捂住耳朵。

温琳对他的感觉,关允心里有数,倒不是他认为自己一表人才,又有名牌大学的文凭,而是他和温琳在一起共事久了,他的稳重得到了温琳的认可。别看温琳似乎是大大咧咧的性格,而且喜欢闹,但实际上她是一个能坐得住、能沉下心的女孩。

但他和温琳又不可能发展恋情,不提他在京城的初恋女友,就是他的理想和志向,也不可能一辈子留在县城。况且他始终认为温琳在表面的直爽之下,性格太过要强,骨子里总有强烈的控制欲。

要不是关允经历过一次刻骨铭心的恋爱,以他年轻的身心,早就被温琳的热情和青春融化了。

"我的看法和你正好相反,李永昌紧急被召到市委开会,恰恰说明一点,市委暂时还不想调整县委班子。"关允说话时的表情很严肃,也很自信,"你想,要是市委准备调整县委班子,肯定会分别和李书记、冷县长谈话,怎么可能让书记、县长还有副书记都到市委开会?再说就算市委想征求李永昌对下任县长人选的意见,也不会突然要求他到市委开会,而是市委组织部派人来县委走过场,人事调整不是什么刻不容缓的急事,有的是运作的时间。"

温琳的双手慢慢地从耳朵上放下来,脸上的表情先是疑惑,又渐渐变成认可:"你说的还真有几分道理,不过我就不明白,到底是什么急事能让李永昌头也不包就上车走了?"

"今年一月份,京城分别召开农村工作会议和全国金融会议。七月份,京城召开全国农村金融体制改革会议。一年之中有两次全国级别的会议涉及农村工作和农村金融,农村工作和农村金融是县级党政班子的工作重点,市委召开的紧急会议,说不定是传达中央和省委的什么内部指示精神……"

关允一开始也认为冷枫和李逸风紧急去市委开会是事关人事任命,也一直陷在县委有可能面临的人事调整的困境之中不能自拔。直到温琳急急跑来说李永昌也被召集到市委开会,他心中的困扰才一下打通,对当前的局势又有了全新的认识。

如果不是温琳刚才的表现让他十分感动,他也不会在温琳的面前高谈阔论。

"你,你……"温琳被关允的一番高谈阔论惊呆了,"你怎么对京城的政策走向了解得这么清楚?还能具体落实到市委的动向上,你也太了不起了。关允,你是不是在京城真有什么厉害的后台?"

关允嘿嘿地笑了起来,并不正面回答温琳的问题:"如果我在京城真有后台,也不至于在县委被人欺负得抬不起头来。"

"我不相信,你骗人。"温琳拢了拢头发,向前迈了一步,离关允只有半米,"你在京城没有后台,怎么可能对国家政策了解得这么清楚?"

"我背后有高人指点。"关允想后退一步,可惜他背靠大树,无路可退。他的话半真半假,有高人指点是一方面,另一方面,他天天都看从京城到省市的日报,所有的政策走向全在报纸上。

"又骗人!吹牛皮!"温琳对关允的说法嗤之以鼻,用手指捅了捅关允的胸口,"你拍着良心说说,该不该对我说实话?我大老远顶着日头跑过来告诉你,还不是关心你爱护你?你倒好,就会睁着眼睛说瞎话,我真伤心。"

关允不是非要骗温琳不说真话,而是事关他的秘密,不能说。他被温琳逼得退无可退,正愁怎么解围时,忽然听到瓦儿的哭喊声。

"快救我,我腿抽筋了!"

关允大惊,只顾和温琳说话了,忘了瓦儿还在平丘潭中游泳,万一瓦儿出了什么意外,是谁也承担不起的天大的责任!

温琳比关允反应还快,主要是她将关允逼靠在树上,关允动弹不得。她一听到瓦儿的呼救,立刻飞奔而去,三步并成两步来到潭边,顾不上脱掉衣服,一头就跳进平丘潭。

潭水中,穿一身泳衣的瓦儿如一块白玉,静静地浮在水面之上,一动不动。她洁白如羊脂美玉的肌肤和绿如翡翠的潭水相映成趣,就如在一大块碧绿天成的潭水之中,有一朵洁白的云朵飘荡其间,呈现一种惊心动魄之美。

"扑通"一声,温琳鱼跃一般的入水打破了潭水的平静和美感,由于她的动作过快,关允想喊她一声也没有来得及。不过他知道,温琳的水性极好,他都有所不如,所以并不担心她的安危。

温琳一入水,漂浮在水面上的瓦儿忽然就如一条美人鱼一样沉到水底。只见她在水中摆动腰肢,轻妙如流云,转眼间就来到岸边。"哗啦"一声,她从水中一跃而出,伸出白嫩的小手:"关哥哥,拉我一把。"

关允暗叹一声,小坏蛋一个,又骗人。他握住瓦儿的小手,用力一拉,瓦儿就嘻嘻一笑,就势跳到岸上,一下扑入关允的怀中,弄得关允前身湿了一大片。

瓦儿扑入关允怀中,可不是为了投怀送抱,她一是为了发坏,二是为了说悄悄话:"关哥哥,你可要谢谢我呀,你不是想看温姐姐的身材是不是比我的身材顺溜,现在你可以睁大眼睛看了。哼,我还以为你是一个好哥哥,没想到,也很色。"

关允闹了个大红脸,被一个小女孩说色还是有生以来头一回,不由嘿嘿一笑,又不好解释什么,只好假装去关心温琳。

温琳扑了一个空,一入水发现瓦儿从水底游向岸边,就知道上当了,不由又气又急。她当下也不多想,三下两下游到岸上,一上岸就要走过去骂瓦儿。

不想才走两步,却见关允的目光直直落在她的身上,她低头一看,不由大羞——夏天穿得单薄,只有一层衣物,经水一湿,紧紧地贴在身上,让她成熟而饱满的身材纤毫毕现,如同没穿衣服一般。

如果是穿了三点式泳衣还好,至少该露的地方露了,不该露的地方保留,还会自然一些,但现在是穿着衣服湿身,含而不露反而比露了更显诱惑。

温琳刚才还以为瓦儿只是为了骗她下水,现在才明白过来,敢情小丫头是为了让她湿身,好让关允乘机看景……瓦儿才多大,怎么发坏的时候,鬼主意让人防不胜防?

关允欣赏够了温琳健美而匀称的身材,就假扮好人说道:"温琳,你快去阳光下晒一晒,别感冒了。时间不早了,回县委看看,别有什么事情。"

夕阳西斜,倦鸟归巢,林中开始了喧嚣。温琳气归气,却拿瓦儿无可奈何,就是她想骂瓦儿也骂不着,瓦儿办了坏事之后,早就不知躲到了何处。

等温琳从背人处拧干了衣服出来时,瓦儿早就穿戴整齐,小鸟依人一般挨着关允坐在一块青石上,也不知在说些什么,眉飞色舞。显然,瓦儿对刚才骗她下水害她丢丑的事情,早就抛到九霄云外,而且还没有丝毫愧疚之意。

温琳心里来气,上前说道:"关允,你回不回县委?反正我要回去了。还有……瓦儿,我给你订了飞马宾馆的房间三一二,就在县委对面。"

飞马宾馆是县政府招待所,设施虽然一般,却是孔县最好的宾馆了。

"哼,不要你管。"瓦儿拉了拉关允的胳膊,"我跟着关哥哥,他不会不管我。"

"随你!"温琳更生气了,好嘛,害她落水不说,还冲她耍性子,她才不管瓦儿是不是县委书记的千金,转身就走,"反正我该做的事情做到了,就这样!"

关允一行三人回到县委的时候,天色已经昏黄了。一进县委大门,关允就感觉气氛不对,总觉得哪里和平常不太一样,但又实在看不出来哪里不同。走到停车场的时候,他终于明白了什么。

县委一号二号的车并排停在停车场!

关允往事

李逸风和冷枫从市委回来了?关允心中一惊一喜。惊的是,孔县离市委虽然不远,但也不近,来回得三个小时。从李逸风和冷枫突然前往市委到现在,一共才过了四个多小时,就是说,二人马不停蹄地到市委也就开了一个多小时的会。

喜的是,李逸风和冷枫来去匆匆,就说明有关冷枫调离的传言不真。只要冷枫不走,他在随后决定命运的一局,就有反败为胜的机会。

不过关允又发现了一个异常,李逸风和冷枫的车都没有停在原位——县委的停车场虽然没有标注号码,但却有约定俗成的规矩,一号位置是县委书记的车,二号位置是县长的车。但现在李逸风和冷枫的车分别停在二号和三号车位,让出了一号车位,而三号车位原本是李永昌的专用车位,但李永昌的专车不在。

官场之上处处皆学问,很多时候细枝末节决定成败。许多人认为官场之上全是惊天动地的大事,其实不然。官场上的大事也是由无数小事累积而成,不积跬步无以至千里,不留心身边的每一件小事每一个细节,终究干不成大事。

细节,有时往往最考验一个人的眼力。

关允由车位的排序得出两个结论:一是李永昌还没有回来;二是李永昌应该正在向回赶,而且他还不是一个人,还有市委领导随行,否则李逸风一号车位也不会空出来,虚位以待。

再往深处一想的话,现在到了饭点上,书记和县长都不出去吃饭,就说明市委领导快到了……

书记和县长先回来,市委领导和县委副书记李永昌随后一同来孔县,既然不调离冷枫却又如此兴师动众,而且惊动市委领导连夜赶来,怕还是和流沙河事件有关。

关允有一种山雨欲来之前的兴奋和期待,他骨子里好战的性格让他十分渴望在即将到来的大潮之中搏击风浪。整整一年,他在县委夹缝中生存,早就盼望着有一天能突破困境,借势而起。

其实关允对于他不被李逸风所喜又不为冷枫信任重用,更被李永昌打压的处境,心里多少有几分明白,知道背后深层的原因到底是什么。如果说李永昌对他的打压是基于不想让他崛起,并让他为王车军让路的出发点,那么李逸风和冷枫作为外来者,本应对他一视同仁,却同时对他漠然而冷落,多半还和他所谓的未来岳父有关。

京城大学四年,关允有一个相爱的女友,名叫夏莱。夏莱是地地道道的京城人,是关允的同班同学,从大二时起,关允捕获了夏莱的芳心,二人开始了三年的恋爱。从恋爱时起,二人的关系就遭到夏莱父亲夏德长的强烈反对。夏德长的态度很明确,夏莱只能找门当户对的男朋友。

门当户对的含义就是,作为小县城农民家庭出身的关允,他的成绩再好,品学再优异,也无法弥补出身低下的先天不足。而夏莱可是堂堂正正的京城大户人家的女儿,其父夏德长是国家教委的一名副司长。

夏德长的反对虽然强烈,夏莱对关允的爱情却更加热烈而执着。由于爱女心切,夏德长采取了退让的怀柔政策,表面上不再反对关允和夏莱的来往,暗中却在用他的手腕谋划长远之计。

作为一九九五年京城大学的毕业生,虽然留京的指标十分珍贵和稀少,但品学兼优的关允还是凭借出色的口才和机灵的头脑,为自己争取到了一个留京指标!

关允喜不自禁,认为从此就可以留在京城名正言顺地和夏莱在一起了。他的梦想就是用十年时间升到副处,然后外放从县委书记做起,不信有朝一日不能和夏德长比肩。

出乎关允意料的是,在得知他凭借自身能力留京之后,夏德长亲自出面邀请关允到家中做客。关允大喜,认为夏德长总算认可了他,他幻想着夏德长约他见面,是要答应他和夏莱的婚事。

关允和夏莱恋爱三年,第一次迈进夏家之门。在夏家,夏德长先是对关允通过自己的努力留在京城表示赞赏,并对他和夏莱的爱情表示理解,随后话题一转,指出,虽然他可以接受关允和夏莱的爱情,但并不表示他可以允许关允和夏莱结婚。

如果关允能在三十岁之前走到处级的工作岗位,他一定会放下以前所有的成见,亲手将女儿交到关允的手中。

关允到底年轻,没有听出来夏德长话中意味深长的部分,以为夏德长已经改变了对他的看法,当即表示一定好好工作,努力进步,不会辜负夏德长的期望。

夏德长握着关允的手,语重心长地说道:"小关,你还年轻,路还很长,留在京城发展,就我个人认为,前进的空间很小,发展的局限性很大。你可以转变一

下思路,到更需要你的地方锻炼一段时间,然后再调进京城,在履历上也会更好看一些……你是孔县人,如果主动要求回孔县县委工作,等于是京城大学生毕业后放弃留京指标,甘愿到最艰苦的地方支持家乡建设,不但行为高尚,在以后提拔时,会是很浓重的一笔履历。"

关允正沉浸在关德长同意他和夏莱交往的兴奋之中,并没有深思夏德长话里话外深藏不露的用意,答应着说道:"我还年轻,许多事情还不懂,夏叔叔的意思是,我不留在京城,主动要求回孔县工作?"

"你在孔县干上两三年,解决了正科,县里好提拔,又有了基层的经历,我再帮你调回京城。一回来就能提副处,曲线升迁,要比留京熬资历快多了。"夏德长笑得很开心,拍了拍关允的肩膀,"年轻人,不要怕苦也不要怕累,要有长远的目光。"

关允一下就热血沸腾了:"好,我听夏叔叔的话,请夏叔叔为我安排!"

夏德长开怀一笑:"好,孺子可教,我就着手安排了,你的留京名额就由我全权处理。"

关允对夏德长的用心丝毫没有怀疑,并没有意识到初出茅庐的他,和在官场之中浮沉了十几年的夏德长相比,稚嫩渺小得如一棵小草。

离开夏家的时候,夏德长亲自送关允下楼,夏莱挽着夏德长的胳膊,笑得十分甜蜜。她无限期待地看着关允,站在盛夏的阳光下,就如一朵向日葵一样熠熠生辉。

为了夏莱,一切的付出和等待都值!关允默默地为自己打气,却没想到,只是一个转身的距离,他和夏莱就天各一方了。

回到孔县之后,最开始关允还梦想自己真可以有朝一日重返京城,然后平步青云,并且和夏莱在一起幸福地生活。最初,夏莱的电话和来信不断,让他对未来充满向往,但在其后不久,他就发现自己在县委的处境十分不妙——不但没有受到期望中的重用,而且还被领导刻意冷落,并最终成为县委最边缘化的一人。

关允并不理解为什么自己一个京城大学的高才生在书记和县长眼中,还不如学历和能力都明显不如自己的王车军。最初他还认为王车军受到重用是因为李永昌的缘故,虽然早就有人提醒过他,说他当初回到孔县其实是被人卖了,说他太年轻,心思太单纯。当时他还据理力争,认为夏德长不会骗他,在他付出了无数努力却始终得不到李逸风和冷枫的认可后,他终于明白一个残酷的事实,有人不想他前进一步,想让他在孔县原地踏步,就是要将他困死在孔县!

能是谁？关允才大学毕业一年,既无背景又无复杂的关系网,除了夏德长之外,再无别人会对他如此用心！关允在经历一年多的碰壁和彷徨之后,才终于拨云见日,理顺了思路,明白了他目前的困境,只有放手一搏,只有破釜沉舟,才有突围的可能。

他并不知道夏德长到底有多大的影响力,却能猜到李逸风排斥他冷枫冷落他,原因就在于肯定有人跟他们打了招呼。否则,李逸风和冷枫与他无冤无仇,就算不重用他,也不必事事针对他,他也不够资格被一二把手处处提防！

是时候了,关允深吸一口气,因为流沙河的水坝问题,让李逸风和冷枫争执不下,甚至还惊动了市委领导,可见问题到了非解决不可的地步。流沙河事件,将会成为他在孔县的一个支点,他将借势而起,一扫以前的颓势。只要冷枫给他一个机会,他就要借机在孔县站稳脚跟打开局面,然后终有一日要杀回京城站在夏德长面前,还他一个冷笑和惊讶！

至于瓦儿……她其实就是一个既狡黠又聪明的小女孩,她来孔县就是为了游玩,对政治和官场才不感兴趣。但她到来的时机巧了,无意中成了关允的助力,让他在孔县即将到来的动荡之中多了一个支点。

看了一眼身旁的瓦儿,关允暗想,他这一次能不能抓住机遇趁势而起,这个古灵精怪的小女孩,说不定会是一个关键因素。

冷枫的背景

还没有迈进东院和西院中间的内门(县委大院的大门人称外门,而大院之中的小院是县委领导办公的场所,有一个小门,人称内门),就见王车军急匆匆从里面出来,和关允、温琳、李瓦儿正好走了个面对面。

王车军一抬头看到关允走在中间,瓦儿走在右边,温琳走在左边。温琳还好,离关允有半米远,保持了安全的同事距离,而瓦儿几乎紧挨着关允,笑得开心甜蜜。他的好心情顿时沉重了几分,脸色一下就阴了起来。

真是顾此失彼,陪了领导顾不上陪瓦儿,还真让关允得了机会。王车军不敢想,越想越是窝火,直想冲关允白净英俊的脸唯上一口。

不过又想到刚刚在市里开的通气会,以及县委即将发生的变故,他心中又平衡了几分,哼,关允就算陪好瓦儿又有什么用？副科人选没有他,好事轮不上他,但坏事马上就落到他的头上了。想到得意处,王车军差点笑出声来。

不过他终究还是没敢笑,别说笑出声,连笑容都没敢露一下,而是十分严肃地说道:"温琳、关允,市委领导马上就到,今晚得加班,你们赶紧回秘书科,不一定哪个领导随时会有事叫你们。"王车军又对瓦儿说道:"瓦儿,你先去飞马宾馆休息,等忙完了,再去看你,好不好?"

"要你管!"瓦儿冲王车军做了个鬼脸,"我不喜欢你油头粉面的样子。"

王车军最得意的就是他一头乌黑锃亮的头发,他虽然没有关允长得帅气,但也自认不差多少,却当面被瓦儿说成油头粉面,换了别人他早翻脸了,偏偏是瓦儿,他惹不起,只好讪讪一笑:"瓦儿,李书记说了……"

"我不听!"瓦儿耍赖捂住了耳朵。

一阵嘈杂的声音传来,以李逸风为首的县委主要领导,从内门出来,急步朝外面走出。王车军见状,顾不上理会瓦儿和关允,急忙朝李逸风跑去。

市委领导来了?关允一眼看到紧跟李逸风身后的冷枫,正要向前去履行一个通讯员的职责,忽然感觉胳膊一紧,却是被瓦儿抱住了。他心中一惊,糟了,瓦儿要害他。

几乎同时,李逸风和冷枫向关允投来意味深长的一瞥。

十五六岁的女孩儿正是青春叛逆期的年纪,瓦儿早不抱晚不抱他的胳膊,偏偏在李逸风和冷枫同时出现的一刻,在众目睽睽之下一抱。如果非要从政治、官场或是有意让关允难堪的角度分析,未免对瓦儿太不公平,她充其量只是一个好玩、狡黠的小女孩,不会也不可能要害关允在李逸风和冷枫面前两头不落好。

就关允猜想,瓦儿这么做恐怕还是为了故意气一气李逸风。她一个人偷偷从省城跑来孔县,事先并没有征得李逸风的同意,中间肯定有什么事情发生。

但不管瓦儿的出发点是什么,她好奇而赌气地一抱,让包括李逸风和冷枫在内的县委主要领导的目光,一时间全部落在关允的身上。

关允只觉如芒在背,心中七上八下,生怕瓦儿再做出什么出格的举动。还好李逸风和冷枫几乎同时收回目光,没在关允面前停留,大步朝外走去。

温琳还没有意识到发生什么事情,小声问道:"出什么事了?"

"市委来人了。"关允回了一声,正要叮嘱瓦儿几句,不许在县委大院胡闹,瓦儿却主动松开他的胳膊,闷闷不乐地一个人向前走去。

关允顾不上理会瓦儿的小心思,他身为县长的通讯员,此时如果不是紧跟在县长身边,就得在秘书科随时待命。

到了秘书科,关允和温琳都忙起来,整理房间、收拾文件、打来热水,等等。一切准备就绪,就等领导随时吩咐。瓦儿坐在一旁,百无聊赖地翻报纸,把报纸弄得哗哗响，其实一个字也没有看进去。

电话响了，是李永昌让温琳过去。温琳同情地看了关允一眼，想安慰关允几句，一开口却变成："照顾好瓦儿……"

关允知道温琳的心意，默默地点了点头。三个通讯员，两个都跟在领导身边忙着迎接市委领导，只有关允坐在办公室接听电话，谁看不出他坐了冷板凳？

不过关允却没有灰心丧气，他知道，现在就算他跟在冷枫后面忙得团团转，也不会让冷枫对他多加多少印象分。与李逸风喜欢务虚不一样的是，冷枫很务实，以冷枫现在在县委的处境，他需要的是一个秘书型的助手，而不是跑前跑后只干杂事小事的通讯员。

"关哥哥，还是你好，只有你一直陪我。"瓦儿扔了报纸，好像下了多大决心一样，"好吧，我现在完全当你是我的好哥哥了，我就告诉你一件十分秘密的事情……爸爸上次在家里不知道和谁通话，好像是京城的电话，他说冷枫为人深不可测，不能等闲视之，还说冷枫来孔县，不是镀金来了，是要实干……反正他说的话是很官腔的那种，我学不来，但大概就是这个意思。"

关允的眼睛蓦然亮了！

瓦儿果然给他带来了好运气，以前，关允对观察到冷枫的秘密虽然肯定，但毕竟只是自己猜测，不敢百分之百确定。毕竟官场中许多事情只有传闻而没有真相，现在，他在心中大喊，他对冷枫的判断完全正确！

孔县虽然是农业小县，在黄粱市所辖的四区十四县及一个县级市中，很不起眼，但孔县的县委书记和县长都是由省里空降，也算是孔县怪现象之一。其实从省里空降，并不是省委对孔县的重视，而是省委拿孔县当跳板来历练干部。

谁都知道空降干部通常不会安心在地方上工作，都是镀一层金捞点政绩就拍屁股走人。当初关允刚分配到县委时，他就奇怪怎么一个既无工业资源又无旅游优势的平原小县，书记和县长全部由省里空降？当时，以他对官场现象的认识和初入官场的浅薄，还以为孔县在省领导心中的分量重，直接在省里挂号了，孔县以后会有更好的发展机遇。

而后随着李逸风和冷枫之间的矛盾越来越突出，最后闹到不可开交而影响到工作的开展时，市委却无动于衷，关允才从中悟出一点什么，原来孔县不是省里的重点县，只是省领导眼中的一个练兵场。

关允从上大学时就开始读史书，到县委后又开始每天读报，读了几年史书和一年报纸,他的眼光才开阔许多,境界也提升不少。

说来还得感谢李逸风和冷枫之间的较量让他吃了夹生饭,不至于被指挥得团团转只忙一些事务性的杂事,从而有了大量空闲时间读书看报,才让他学会冷静、客观地思索问题,并且能够从许多细微之处发现从明面上看不到的微妙的东西。

当然,关允能够举一反三,还得益于他背后一个高人的指点。

高人究竟是不是真的高人,关允不敢肯定,他只知道,高人的一言一行看似平常,微微一想却又让人浮想联翩,在无形中就教会了他许多察言观色的本领。

比别人都能抢先一步察觉冷枫的秘密,就是他在受到高人的潜移默化之后,才学会从细微处见功夫的眼力。

比如从冷枫说话时微带南方口音的普通话,以及对谁都会客气地说一声"请进",还有他抽烟的姿势、爱吃米饭不爱吃面食等细微之处,关允得出一个结论——冷枫的背景和来历十分复杂,绝非外界传闻他不管是个人资历还是后台背景都远远比不上李逸风那么简单!

县委中的传言是,李逸风不但有省里的背景,还有京城的背景,而冷枫只是省里一个不得志的副处长,下放到孔县当县长,明是升了一级,其实就是放任他自生自灭。

也正是不少人都相信了这种说法,在李逸风和冷枫的交锋中,绝大多数人都站在李逸风的一边。冷枫在县委如此被孤立,身为冷枫的通讯员,关允的日子能好过才怪。

而且关允还不受冷枫的信任,他吃的夹生饭中,除了一半是生饭之外,还经常有沙子硌牙。

关允的当务之急,是取得冷枫的信任,但如果冷枫真的没有什么背景和实力,就算他成为冷枫的亲信也无用。在此时,在所有人都在外面运作的时候,他却无所事事地坐在秘书科碰运气。人在官场之中,有运气的成分,但三分运气不敌七分运作,官运官运,运气是辅助,运作才是王道和主题。

不过话又说回来,如果运气没来,想运作也是不得其门。瓦儿的到来,莫非预示着自己运气来了?运气是不是真来了,关允不敢肯定,他只是心中笃定,他对冷枫的判断不但正确,而且冷枫甚至比他预想中更大有来历。

02　庙小神灵大

小小的县委办秘书科,现在的气氛十分微妙,此刻,冷枫的态度成了关键。房间内一时静默,连喘气声都听不到,只听到窗外哗哗的风声。如果说瓦儿是支点,那么关允就是杠杆,一头是李逸风,一头是冷枫,现在李逸风已经加上了筹码,就看冷枫是不是也下注了。

悄然的变化

作为初入官场的年轻人,背靠大树好乘凉,但在寻找可以依靠的大树之前,一定要确定大树不但枝繁叶茂,而且树大根深。

"瓦儿,你要是累了,就早点休息吧。"关允只当没听见瓦儿透露的秘密,有些话只能听不能接,就算瓦儿是一个十五六岁的小女孩也不行,他不能冒险。不是怕瓦儿告密,而是瓦儿毕竟只是一个小女孩,万一被李逸风套了话去,他必然不落好。

"我不睡,我还没玩够呢。"瓦儿到底是年纪小心思浅,没细想关允为什么不接她的话。她本来和关允面对面坐着,也不知又想起了什么,绕过桌子来到关允的身旁,拉住关允的胳膊,"关哥哥,你明天还陪我玩好不好?"

门帘一响,一个人推门进来。关允一抬头吓了一跳,是县长冷枫。

"县长……"关允忙起身迎接。

"我来看看瓦儿。"冷枫目光平静地冲关允微一点头,转身和颜悦色地对瓦儿说道,"瓦儿,孔县好玩不好玩?"

冷枫问的不是孔县好玩不好玩,而是在问瓦儿对关允的印象。

"冷叔叔好。"瓦儿很有礼貌地先问了好,"孔县可好玩了,山好水好……人也好。"她嘻嘻一笑,双眼眯成一道缝。

"那就好,呵呵。"冷枫的目光又看向关允,"关允,你明天一早先到我的

办公室。"

关允激动地点头："好的,县长。"冷枫特意点明明天一早,显然大有深意,是暗示关允,要比上班时间还要早。平常,关允一上班会先到秘书科,然后才会去冷枫办公室打扫卫生。这么说,他递交的材料起到了应有的作用?

关允目光再次落在冷枫左手无名指的圆形痕迹上,作为关允发现冷枫秘密的关键点,联想到圆形印痕背后发生的一切,他心中对冷枫更多了好奇和敬畏。李逸风对冷枫的评价非常正确,冷枫确实是一个深藏不露的人物。整个县委除了李逸风和关允之外,大部分人都没有摸清冷枫的来历,都被冷枫冷峻的外表和不通人情的工作方法蒙蔽了。

冷枫又关切地问了瓦儿几句,还没有走,又有几人陆续进来,当前一人正是李逸风,李逸风的身后跟着王车军和温琳。

和冷枫进门先关心瓦儿不同,李逸风一上来就先主动伸手和关允握手:"听车军和温琳说,你照顾了瓦儿一天,小关,辛苦了,我得谢谢你。瓦儿很调皮,肯定没少让你受累。"

李逸风明是感谢关允照顾瓦儿,实际上却是故意当着冷枫的面演戏。毕竟关允是冷枫的通讯员,县长的通讯员代为照顾县委书记的千金,而且书记和县长还不和,明显是想落冷枫的面子,同时给关允小鞋穿。如果说关允以前吃的是夹生饭,那么现在吃的就是夹心饼干了。

若是以前,冷枫既不会为关允说话,更不会替关允圆场,以他的冷漠,通常就是点点头,不置可否。

关允还没有来得及客气几句,冷枫破天荒地说话了:"我特意交代关允,一定要照顾好瓦儿,照顾好瓦儿也是一项政治任务。"

冷枫此话一出,不只李逸风吃惊不小,王车军和温琳更是大吃一惊,都向关允投来震惊和不解的目光。

李逸风到底是李逸风,虽然他不敢肯定背后发生了什么,但冷枫的话明显有维护关允之意。他想利用关允照顾瓦儿一事来继续挑拨冷枫和关允之间的关系,不但没有收到预期效果,反而让他敏锐地捕捉到冷枫对关允态度的悄然改变。

"呵呵,瓦儿,你看冷叔叔多关心你,还不谢谢冷叔叔。"李逸风迅速调整策略,拿瓦儿当了台阶。

"谢谢冷叔叔。"瓦儿很听话地对冷枫表示了感谢,又笑嘻嘻地冲关允说道,"再谢谢关哥哥。关哥哥,明天你还陪我,好不好?"

有书记和县长在,瓦儿的请求关允可不敢应允,刚才如果不是冷枫替他解围,他就吃了李逸风的夹心饼干。对冷枫刚才的回答,他心中一阵狂喜,印象中冷枫自从担任县长以来,还从来没有在李逸风面前袒护过任何一个人。

关允不好接话,李逸风就不好不表态了:"瓦儿别闹,关允明天还有工作,让车军哥哥和温琳姐姐陪你也一样。"

王车军是李逸风的通讯员,他当然可以直接安排。温琳是李永昌的通讯员,他也替李永昌做主安排温琳陪瓦儿,却独独绕过关允。事情虽小,话很轻,却从中透露出李逸风对冷枫的排斥和对关允的不信任。

"我不,我就要关哥哥陪我。"瓦儿耍赖,眨了眨眼,她不看关允,却偷偷去看冷枫。

小小的县委办秘书科,顿时气氛十分微妙,此刻,冷枫的态度成了关键。房间内一时静默,连喘气声都听不到,只听到窗外哗哗的风声。如果说瓦儿是支点,那么关允就是杠杆,一头是李逸风,一头是冷枫,现在李逸风已经加上了筹码,就看冷枫是不是也下注了。

冷枫不下注,关允还是会被闪了腰。此时不但关允的心情十分紧张,就连温琳也暗中握紧拳头,替关允担心,她紧张得鼻尖都渗出了汗珠。只有王车军神情悠闲,嘴角还隐隐有一丝得意和嘲弄的笑意。

还好,冷枫只沉默了片刻,就淡淡地说道:"瓦儿喜欢关允,想让关允陪她。关允,你明天理顺一下工作,最近几天,就好好陪陪瓦儿,我放你假了。"

王车军几乎不敢相信自己的耳朵,张大嘴巴一脸震惊地看向冷枫,差点惊呼出声。

不可能!怎么可能?今天是怎么了,冷枫怎么处处维护关允?谁不知道冷枫冷脸冷面,在孔县从来独来独往,而且冷枫从来就没有喜欢和信任过关允!

冷枫怎么就突然之间对关允维护有加了?关允在背后做了什么手脚?王车军目光深沉地看了关允一眼,心中涌起深深的敌意,关允,有你的,想翻身?休想,走着瞧。别以为你攀上冷枫的高枝就能怎样,冷枫在县委的处境自身难保,还想提拔你?等他过了眼下的这一关再说!

想到市委领导来孔县的目的,王车军心中又是一阵得意,到现在关允还蒙在鼓里,不知道李书记和冷县长到市委开的什么会,更不知道市委领导为什么要连夜赶来孔县。对了,关允应该连市委领导来孔县的事情都不知道,完全就是被排斥在了圈子之外的边缘人物。

一个边缘人物,一个在政治上后知后觉的人,就是政治上的失败者,就算他有县长撑腰又能怎样?况且冷枫终将面临失败的下场!

王车军想到孔县即将发生的大事,心情又舒展了几分,再看关允时的目光中就有了居高临下的怜悯。一个京城大学毕业的高才生,运气不好,担任处在下风的县长的通讯员,又没有背景,一个没有运气和背景的人还想在官场混?凭什么!

李逸风意味深长地看了看冷枫,他心中猛然闪过一丝强烈的不安,冷枫今天怎么处处维护关允,是不是和孔县即将迎来的变故有关?难道冷枫真要甘冒风险重用关允了?

平心而论,虽然他一向也觉得关允是个人才,但他就是不能重用关允,不但不能重用,还要处处提防和压制关允。只要他在孔县一天,他就要困住关允一天,不让关允有上升一步的机会。

倒不是李逸风对关允本人多有意见,说实话,他其实挺爱惜关允的才华,也认为关允是一个人才。只是他受人之托忠人之事,不能怪他对关允下手太狠,要怪只怪关允自己得罪了不该得罪的人物。

人生之路,有时候一步也不能走错,尤其是在官场之上,走错一步,就有可能耽误一辈子。李逸风暗暗感慨,瓦儿喜欢关允,让他心中对关允也多了不少好感,但感情不能代替政治……

"明天的事情明天再说,现在先去休息。"李逸风来了一手缓兵之计,他不想关允再继续和瓦儿走近,以免因为瓦儿对关允的好感而影响到他的政治判断。而且明天的事情,事关重大,他和冷枫的交锋将会上演真刀真枪的第一回合。

联想到和冷枫因为流沙河的水坝问题而剑拔弩张的关系,李逸风心中微微叹息。他知道冷枫是为了孔县的经济发展着想,但他又何尝不是?只是他和冷枫在许多问题总是达不成共识,步伐总不一致,说来说去,其实还是经济发展观的不同。冷枫性格保守,认为孔县应该稳步前进,而他却想在任期内就推动孔县向前大步迈进,他说服不了冷枫,冷枫也说服不了他,难啊……

不过还好,听说冷枫在流沙河的问题上,态度有了松动?不管了,反正明天许多事情都要有一个结果出来,不能再拖了。

容半山

关允和温琳送瓦儿去飞马宾馆,夜晚的微风吹动,有了些许秋凉之意。瓦儿仍然不知疲倦地哼唱一首歌曲,一听,竟然是张信哲的《爱如潮水》,关允不由一笑,小小年纪正是少年不知愁滋味的时候,知道什么是爱如潮水?

回想起在大学时爱如潮水的时光,关允一阵感伤,等潮水退去,留给他的只是一地的伤心,京城……距离孔县只有四百多公里的京城,曾经承载了他多少梦想和希望,而现在却是他最不愿意提及和回忆的地方。

本来瓦儿只想让关允一人送她去宾馆,李逸风想让王车军一同陪同,瓦儿坚决不让。关允知道李逸风的爱女心思,就提出让温琳一起陪同,李逸风才放了心。

去时的路上,温琳没有说一句话,心事重重的样子。等好不容易安置下瓦儿,哄了瓦儿去睡,从宾馆出来后,只剩下温琳和关允时,温琳才艰难地开了口。

"关允,你真的不认真考虑一下去大城市发展的可能性?外面的天地很广阔,你怎么就一根筋?"一开口,温琳就是恨铁不成钢的责怪。

夜晚的孔县县城的大街上并没有什么人,关允站在县委大院的对面,依稀可以看清黑色的县政府和红色的党委两块牌子。他回头看了温琳一眼,才注意到不知何时温琳已经换了一身衣服,不再是落水时的裙装,而是一身裤装。

"你是不是怕我和你竞争副科的名额?"关允开了一个玩笑。

"你……"温琳气极,伸手推了关允一把,不解气,又抬腿踢了他一脚,"你气死我算了,我以后再也不管你了。"

"好了,不生气了,琳姐姐,我错了还不行?"关允只好向温琳道歉,他也就是成心逗逗温琳,其实心里明白得很,温琳是真关心他的前途。

"一边儿去,你心里只有瓦儿妹妹,没有琳姐姐。"温琳没过马路回县委,而是朝路旁的树林走去。关允知道她有话要说,就跟了过去。

"你知道市里来了哪个领导?"

"不知道。"作为县长的通讯员,到现在也没人告诉他市里来的领导是哪位,确实说不过去。

"是我姨。"温琳本来一直犹豫要不要告诉关允真相,见关允还是一副不以为然的模样,也不知为什么,她就是气得不行,觉得不打醒关允,关允说不定真废在孔县了,"孔县要有重大人事变动了。"

关允没说话,其实他已经猜到市里来人是市委组织部副部长叶林,温琳的大姨。

关允为人不但注意细节,观察细致,而且记忆力强,市委每个领导的电话号码他都烂熟于胸。虽然他不够资格打出,却始终牢牢记在脑中,以备不时之需。

同样,市委领导每人的专用牌照,他也了如指掌。

送瓦儿的时候,原先空出的一号位置已经停了一辆市委牌照的汽车,他扫了一眼,将车牌号码一对照,就已经知道来人是谁。当时他心中就是一紧,难道他先前的分析结果不对,市委来人,还是为了调整县委班子?否则,为什么市委组织部副部长叶林要连夜赶来孔县?

叶林在市委组织部排名虽然不是十分靠前,但在几名副部长中,是唯一的一名女性副部长,而且分管干部考核,权力极大。

又一想,市委不可能突然就调整孔县班子,孔县的各项工作刚刚步入正轨,纵然李逸风和冷枫步调不一致,但大面上还是维持正常的运转。冷枫到任才一年多光景,现在调走,不但是对冷枫工作的全盘否定,也不利于孔县今后的发展。

还有一点让关允更加肯定的是,退一万步讲,就算冷枫要被搬开,市委也不会急着连夜就派一名组织部副部长来宣布,至少也要缓一缓,安抚一下冷枫的情绪。

那么温琳说的孔县有重大人事变动,又是指什么变动?关允就问:"要出什么大事?"

明明是温琳刚刚挑起话题,现在关允一问,她反而又犹豫了,迟疑着踢了踢脚下的落叶,不肯开口。关允笑了笑,也没勉强温琳:"不早了,早点休息,明天估计会很忙。"说完,摆摆手,转身走了。

望着关允远去的背影,温琳气得一脚踢在一棵大树上:"踢死你,臭关允,你等着,等你后悔的时候,别想让我安慰你。"

温琳的话关允已经听不到了,他回到县委后院的单身宿舍后倒头就睡,还没心没肺地睡得十分香甜,似乎一点儿也不担心明天要发生什么。

清晨的孔县县城,到处弥漫着煤炭和木炭的气息。煤炭是烧来熬粥,木炭是用来烤制烧饼和火烧。县城人口不多,但早起摆摊卖早饭的劳苦大众,还是大有人在。

关允早早起来,先是沿县委大院前面的诚实路跑步两公里,然后和往常一样来到宽心小吃摊吃早饭。在大学里养成的早起锻炼的习惯,回到孔县后一直没有落下,每天都坚持不断。关允告诫自己,锻炼身体不仅仅是为了强身健体,也是为了时刻提醒自己,不要懈怠,要永远保持向上的动力。

宽心小吃摊和常见的夫妻摊不同的是,摊主是一个看不出实际年龄的单身老头儿。说他五十多岁,也像;说他六七十岁,也有。他到底有多大,谁也说不清。

宽心小吃摊一年三百六十五天,几乎每天都风雨无阻地出摊,从来没有一天缺席,而且每天都非常准时。

老头儿姓容,县城的人都叫他老容头。老容头不是孔县人,来自哪里,无人知晓。只是从他一口微带京腔的普通话可以猜测,老容头应该是京城一带人氏。至于老容头什么时候来的孔县,又为什么要落根孔县,谁也说不清楚。但关允隐约知道应该是在他大学毕业分配到孔县几天之后,老容头的早点摊才出现。

整个孔县,没几人知道老容头的大名叫容半山。

老容头单身一人,也没人知道他是不是还有家人。他的早点摊以烧饼和豆腐脑、米粥为主,一个人一边打烧饼,一边为客人盛豆腐脑或米粥,每天早五点支摊,十点收摊,其余时间去了哪里或是在做什么,基本整个孔县怕是除了关允之外,谁也不知道。

没人关心一个卖早点的老头子的生活。

老容头的烧饼全部用木炭烤制,香脆可口。米粥是用文火慢熬,半夜就开始支火,一直熬到凌晨,香气四溢,绵软养人。再加上他自制的咸菜也十分好吃,他的生意一直很好,在县城算是一道独特的风景。

"老容头,来四个烧饼、一碗豆腐脑和一碗米粥。"关允拿过一个马扎儿坐下,大口大口地呼吸着早晨新鲜的空气,迎着初升的朝阳而坐,心中充满活力。

或许在别人眼中,容半山是一个异乡客,流落到孔县,以卖早点为生,没有什么特别之处,但在关允心中,容半山是一个高人。

上次在平丘潭前关允对温琳说,他背后有高人指点,当时温琳以为是一句戏言,是关允敷衍她,其实不然,关允的背后还真有高人。高人,就是人称老容头的容半山。

关允一回到孔县就认识了容半山,他在京城上学四年,一见之后,就对操一口京腔的容半山大感亲切。再加上容半山的早点确实做得好吃,一来二去,他和容半山就成了忘年交。

今天吃早饭的人并不多,主要是周日,而且又太早的缘故。关允一边吃一边歉意地说道:"不好意思,老容头,今天没时间帮你了……"

平常有时间的话,关允都会帮老容头搭一把手,替他揉面或是烧火,半年时间,关允就学会了打烧饼和熬粥。当然,学了一门手艺不是他从老容头身上得到的最大的收获,通过接触和了解,老容头在关允眼中就是一个上知天文下知地理,又对历史典故和人物传记十分精通的高人!

关允最喜欢听老容头讲历史故事,老容头讲出来的历史故事,不但妙趣横生,而且还有现实意义。以史为鉴,可以明得失,每个故事都能让历史照进现实,甚至还和孔县的现状有相通之处,对他的启发很大。也正是在老容头的影响下,关允才开始换了一种角度读史,并从中吸取了许多有益的营养,真正做到开卷有益。

在读史的过程里和听老容头讲的历史故事中,一次又一次让关允对孔县的局势有了多视角的全新认识。

尽管老容头从来都是一副沧桑和潦倒的形象,尽管关允从来没有真正认为老容头是什么世外高人,而且他对老容头只有亲近之心没有崇拜之意,但并不妨碍他戏称老容头是他在官场上的指路明灯。

密谈

"你忙你的去,孔县要刮大风了,你小心点,别吹了眼睛。眼睛进了灰还好说,可以弄出来,要是因为眼睛进灰没看清脚下的路,突然摔了一跤,跌一个鼻青脸肿,就不值了。"老容头嘿嘿一笑。

关允三口两口吃完早饭,见还有一点儿时间,就起身帮老容头搭一把手,弄了弄锯末,又拉了拉风箱,他要是每天不替老容头做点什么,就会觉得浑身不舒服。

帮老容头干活的工夫,关允把县里的局势和即将迎来的变故和老容头说了,就连他想向冷枫靠拢并且已经向冷枫递交了材料的事情,也没有隐瞒。关允什么事情都不会瞒着老容头,一头花白头发的老容头,留了山羊胡,乍一看其貌不扬,但他为人热情,喜好指点江山,最主要的是,他从来不会乱传话。

老容头一边听,一边忙活手中的事情,直到又有四五个烧饼出炉,他才慢悠悠地说道:"我不懂什么大道理,就讲一个故事给你听……"

"好,好。"关允高兴地连连点头,他最喜欢听老容头讲故事,每次都会有意外的收获。

"宇文泰建立了西魏朝,他向一个名叫苏绰的人请教治国之道,就在一起密谈了三天三夜。谈了什么治国良方呢?总结起来就是四个字——用贪反贪。"

"用贪官反贪官?"关允读史不少,宇文泰和苏绰的一番著名的对话,他也听过,但知道得并不详细。

"用贪官,就是给贪官权力,让贪官去搜刮民脂民膏。贪官贪得越多,胃口就越大,就和胖人越吃越胖、越胖越吃是一样的道理。人心是无底洞,反贪官就是等贪官膘肥体壮的时候,便可以开杀了。用贪官,可以巩固统治,贪官为了得到好处,会自觉地维护上层的统治。杀贪官,是为了清除贪官队伍中不听话的人,让百姓看到国家还有希望。"

关允一脸惊愕地看着老容头,虽说老容头讲的是历史故事,但他侃侃而谈时的神态,哪里是一个卖烧饼的老头儿,分明是比京城大学的教授还有深度的专家学者!

"别大眼瞪小眼,时间不早了,我的故事也讲完了,赶紧走你的。"老容头推了关允一把,包了三个烧饼递给一个正在等候的客人,"三个烧饼,一块钱。"

关允揉了揉眼睛,眼前的老容头还是卖早点的老容头,和什么专家学者是风马牛不相及的一类人。他收回胡思乱想的念头,冲老容头摆摆手,大步流星地向县委走去。

到了县委,才七点多一点,县委还没有什么人,关允见时间还早,就先到秘书科打扫卫生,然后打了一壶热水。在七点三十分整,他敲响县长办公室的门。

"请进。"冷枫还是和往常一样,很有礼貌地应了一声。

谁也不会想到,才早上七点半,县长就坐在办公室里。更没人注意到,关允打了热水拿了早饭,来到县长办公室,而且一进门,就关紧房门。

"县长还没吃早饭吧?我买了烧饼和米粥,对付一下。早饭不能不吃,不吃早饭,不但容易发胖,还可能影响身体健康。"关允递上烧饼和米粥,他喝的是豆腐脑,给冷枫带的却是米粥,因为他早就注意到冷枫偏爱喝米粥。

冷枫接过早饭,也没客气,大口地吃了几口烧饼,夸道:"好吃,味道很地道。"三下两下吃完早饭,他起身洗了一下手,又接过关允送来的热水,喝了一口,忽然脸色一沉,问道:"关允,说说你的真实想法。"

关允心中一紧,该来的,终于来了。

关允向冷枫提交的材料,并不是什么整人的材料,也不是哪个县委领导的隐私,而是他关于如何解决流沙河纠纷的一个方案。

对于流沙河,关允再熟悉不过了,小时候他常和伙伴们一起到流沙河游泳、嬉闹、摸鱼,可以说,流沙河占据了他童年一半的欢乐还多。

当年的流沙河只是一条不起眼的小河,据老人们讲,流沙河是黄河古道遗留的一条河道。很早以前,黄河流经孔县,冲积出了孔县肥沃的土地和一马平川的地形。

关允对流沙河有感情,对流沙河的用水纠纷,也早就有了自己的解决方法。之所以一直秘而不宣,倒不是他故意卖关子,而是他作为一名小小的通讯员,在县委没有什么发言权,说给谁听谁都不会重视,说不定还会被耻笑是不自量力。

之所以现在下定决心将他的解决方案提交给冷枫，也是基于对目前县委的局势做出的判断。而且说实话，解决方案并非是他一人的功劳，而是在老容头的启发下，再综合他从刘宝家、雷镔力和李理口中得到的真实情况，他才对解决流沙河的纠纷有了清晰的思路。

说老容头是关允在官场上的指路明灯，一点儿也不夸张。尽管老容头从来都是一副一人吃饱全家不饿的形象，但他有意无意讲出的历史故事，往往和孔县的现实惊人地对应，无形中给了关允在面临关键选择时的启发。

关允关于解决流沙河纠纷的方案，是建议冷枫批准飞马镇在上游建造水坝。水坝的费用由飞马镇和古营城乡分摊，建成后，由飞马镇和古营城乡共同管理。这样，就可以最大程度避免水坝建成后用水纠纷的遗留问题，同时，也可以缓解冷枫在水坝事件上所承受的来自李逸风的巨大压力。

关允向冷枫汇报了他的方案的基本思路，诚恳地说道："这是我比较粗浅的想法，还不成熟，大方向还得县长把握。"

冷枫不说话，目光落在关允的方案上，他左手无名指的印痕又落到关允的眼中。

"你知道我为什么一直反对上马水坝项目吗？"冷不防，冷枫抬头问了一句，他的话是自问自答，其实不需要关允回答，"是因为每一个项目，都避免不了贪污腐败。水坝项目如果上马，将是孔县建县以来最大的投资项目，投资太大，而回报又不确定，到最后很有可能就是一个劳民伤财的工程。你的想法是不错，但没有考虑到现实问题，以飞马镇和古营城的财政收入，建造不了一座水坝。如果县里批准上马水坝项目，就得县财政补贴。"

孔县是穷县，县财政没钱。

关允跟了冷枫半年多，直到现在他也没有完全摸清冷枫的脾气。冷枫太冷静了，遇事从不慌乱，很难从他的表情上猜出其内心真实的所思所想。刚才冷枫的一番话，说得合情合理，但冷枫现在到底对他提交方案的做法是什么态度，关允还是心中没底。

关允要的并不是冷枫采取他的方案，他要的是冷枫对他的态度的转变。方案只是投石问路的一个借口而已，而且说实话，在今天早饭时听了老容头的历史故事后，他自己都否定了之前的方案，觉得方案太折中太保守了，体现不出他的官场智慧，也适应不了孔县目前突如其来的变化。

不过冷枫的话让关允心中欣慰，他果然没有看错冷枫，冷枫和李逸风矛盾不断的主要原因不是争权，而是因为政见不和。

李逸风想要上马大坝项目的原因关允不愿去胡乱猜测，都是打着为孔县发展的名义，无凭无据，谁也不能指责李逸风就是为了个人私利。但从孔县的实际出发，作为孔县人，他还是认可冷枫暂不开发的立场。

"县长，县财政没钱，不是可以贷款吗？"关允壮着胆子说了一句，以他的身份，按说说出这句话也不算什么，但以他和冷枫之间不远不近的关系，就是一次意味明显的试探了。不过既然他已经借提交材料的举动迈出了第一步，就不怕再大胆向前走出第二步。

"贷款？"冷枫冷冷地看了关允一眼，"贷款最后还不上，还不是要平均到每个老百姓头上？现在农民够苦够穷了，不能再给他们增加无形的负担了。"

关允立刻对冷枫肃然起敬。

能站在百姓的立场上为百姓考虑的县长就是好县长。老百姓最大的负担不是各种农业税，而是隐性的债务，政府性的投资失败之后，无法偿还的贷款都会由各大银行抹平。国有银行的损失由谁弥补？自然是每一个存钱的老百姓。

可怜的老百姓无形之中就成了冤大头，要为每一个失误的决策承担后果。

"县长说得对……"关允附和了一句，微一迟疑，还是进一步说出了他的真实想法。如果他还和以前一样瞻前顾后，那么不但不能借流沙河事件赢得冷枫对他态度的转变并重用他，反而会让他的处境雪上加霜，甚至有可能惹怒冷枫而导致冷枫不再用他担任通讯员。

关允也有春天

"可是县长如果被调离了孔县，继任者也许一样会上马大坝项目，而且大坝项目关系到李书记的威望，李书记为了推动上马大坝项目，肯定还会想尽一切办法。孔县是农业县，大坝项目如果成功上马，等于是历史性的突破，对孔县的形象提升大有好处，对李书记和县长来说，也是政绩工程……"

以关允通讯员的身份，他刚才的话说过头了，虽然说得很客观，也是现实情况，却不符合他的身份定位。他是通讯员，不是秘书，就算是秘书也要少说多做，尤其在大事上不能夸夸其谈。没有领导喜欢自作聪明的下属，将聪明说出来，是自作聪明，将聪明藏在心里用行动做出来，才是真智慧。

"关允，你是京城大学毕业的高才生，给我当通讯员，屈才了。"冷枫淡然地说了一句。他的话，和关允上次前来递交材料时的最后一句一模一样，等于又重复了一遍。

领导不会说废话,一句话重复两遍,就有了意味深长的暗示。

要是以前,关允就会无地自容地转身走人,话说两遍淡如水,冷枫的暗示已经很明显,是对他刚才的话极度不满!但现在,他不但不能走,而且还要继续说下去,只能背水一战,否则,就再也没有机会了。

"县长,从京城大学毕业时,我并不想回孔县,本来想留在部委,但因为特殊的原因,最后还是回到孔县。一开始我怨天尤人,总想有朝一日要飞出孔县,心思也没用在工作上。但自从担任县长的通讯员后,我的心慢慢就踏实了下来,心里就想,县长不是孔县人还一心为孔县的发展呕心沥血,时刻为孔县百姓着想,我身为孔县人就不能扎根孔县,踏踏实实地做好本职工作?尤其是当我见到县长真正为百姓着想而坚持自己的原则时,我很惭愧!现在我就是一心为了孔县的长远发展出一点微末之力,虽然人微言轻,但我相信县长明察秋毫,能看到我的真诚。

"我也不觉得为县长担任通讯员是屈才,相反,能为县长服务,是我的荣幸。我从县长身上学到了很多在书本上学不到的知识,县长的为民情怀,也让我体会到一名国家公职人员的神圣职责和使命感!而且我还想说,流沙河的纠纷,表面上是用水纠纷,其实还是飞马镇和古营城乡两个乡镇之间领导不和,怂恿村民故意闹事,就是为了达到打击对方的目的……"

"哦……"冷枫眉毛一动,脸色顿时动容。

冷枫不是孔县人,李逸风也不是,但李逸风身边有孔县的高参和围绕他转的下属,他对孔县的真实情况比冷枫了解得深入多了。冷枫身边也不乏想投靠李逸风不得其门而入、只好退而求其次倒向他的下属。但说句难听的话,都是李逸风看不上眼或是不得志的边缘人物,不但手中没实权,而且也不能提供什么有价值有意义的情报。

关允刚刚透露的内情,是冷枫不但没有听过而且还没有考虑过的情况,他不由对关允刮目相看,暗中打量关允几眼,心中有一个念头突兀而强烈——重用了关允,说不定真能助他在孔县打开局面。

但随即又想到有人点了关允的名,他要重用关允,也许会得罪那个人,而那个人现在虽然位置不高,以后却说不定会前途无比广阔。他用孔县一地的得失为代价换来的有可能是今后长久的压力,培植一个关允却为自己树立一个强敌,太不划算了。

冷枫犹豫了片刻,迎着关允清澈而坦然的目光,心中蓦然一动,多好的一个年轻人,难道就因为人生之中一次无意的犯错——其实也不能算是犯错——就被判了死刑,不公平!

关允一口气说出心中的真实想法,相当于向领导汇报思想心得,中间又有含蓄而委婉的奉承。他自认自己的一番话就算老容头听了,也挑不出什么毛病。老容头能说会道,一年来,关允从他身上也学了不少东西。

如果这番话还不能打动冷枫,让冷枫相信他的诚意,关允就真的无计可施了。

初入官场,他一无背景二无机遇,只能凭借几分运气并且加上主动出击,否则一直等下去,没人会因为他的京城大学的文凭而提拔他为副科。文凭虽然是个宝,但有人赏识最重要。

冷枫依然面无表情,关允想从冷枫的眼神或是神态中察觉他的态度是否有变,绝无可能。正是因为冷枫任何时候都保持了不动声色的冷静,才让他在和李逸风的几次较量中,虽然落了下风,却没有落败。

关允近乎绝望了,冷枫太冷了,自己已经表现出了百分之百的诚意,他还是无动于衷。这一次,关允估计很难过关了,难道真的如温琳所说,他要认真考虑一下跳出官场去大城市发展的可能性?可是,关允不想输,不想让京城的某一个人看他失败的笑话!

冷枫抬手看了看表:"时间不早了,一会儿要开一个会,市委组织部来人,县委领导班子要有变动,副县长达汉国调走,郭伟全担任县委常委、副县长,主持县政府日常工作。"说完,他起身就走:"好了,我先去开会了,材料你先拿回去,工作做得不够细……重做!"

关允忙替冷枫打开房门掀起门帘,等冷枫走后许久,他才醒过神来,一拳重重地砸在沙发上,一下跳起,欣喜若狂——冷枫的一系列暗示明确无误地告诉他,冷枫要转变思路了,他的机会终于来了!

市委组织部来人开什么会,冷枫没必要向他说明,但冷枫却说明了,领导的话没有多余的话,就是说,从现在起,冷枫对他要重新建立信任了。

至于要求他重做材料,更是冷枫在对待流沙河的纠纷上,要换个角度考虑问题了。关允脑中迅速将流沙河事件的来龙去脉理顺了一遍,心中主意已定。冷枫要重新审视流沙河事件,正合他意,他也要借流沙河事件,重新树立他在县委的形象。

一边想,一边回到办公室,关允进门才发现,王车军还没有到,温琳已经到了。

"哎,你知道不,达汉国要调走了,郭伟全上来了。真没想到,郭伟全也有春天。我就奇了怪了,平常没看出来郭伟全有两下子,怎么就是他?还是常务副县长!"作为县委办秘书科的一名通讯员,温琳不应该大嘴巴说领导的不是。郭伟全是副县长,确实在县委不显山不露水,而且工作不积极,能力不突出,但有一样,他紧紧跟随李逸风的脚步。

最近温琳喜欢上罗大佑的《野百合也有春天》,一说话就喜欢用谁谁谁也有春天来形容。

"关允,你什么时候也有春天?"温琳一边擦桌子一边抬头看了关允一眼,发现关允眉眼之间有跃跃欲试的神情,不由奇道,"你的春天……说来就来了?"

关允笑了笑,问道:"知道为什么是达汉国走郭伟全上吗?"

温琳大摇其头:"领导决定的事情,我怎么知道。我又不敢问我大姨,昨天她来了,却没和我说一句话。"

"达汉国和县长走得太近了,他又坚决反对上马水坝项目,县长不动,他动,就是很明显的信号了。达汉国动了,要是别人上还好说,偏偏又是郭伟全上,郭伟全不只一次在政府会议上支持上马水坝项目,是政府班子里面最不和谐的声音。他现在主持政府日常工作,市委在水坝项目上是什么态度,你还看不明白?"关允胸有成竹,一脸淡笑,气定神闲地侃侃而谈。

温琳瞪大眼睛:"关允,你一下开窍了还是怎么了,我好像都不认识你了,你真有春天了?不行,你得告诉我你怎么就看透了局势,对了,是不是你身后真有高人指点?"

有时候说了真话反而没人信,上次关允就明白无误地告诉温琳他有高人指点,温琳以为他是哄她,现在又相信了?他笑着摆摆手:"孔县会有高人?别开玩笑了!我能看透局势,是因为我每天都坚持读历史和读报。"

"我不信。"温琳摇摇头,"你嘴里没一句真话,假话张口就来,骗人从来不眨眼睛……读历史和看报纸能看透局势的话,看门老头儿就是高人了。"

"关允怎么骗人不眨眼睛了?"门一响,王车军推门进来,他今天的头发又光亮了几分,不但衣服上下一新,裤子的压线笔直,而且皮鞋也擦得锃亮,他眯着眼睛在关允的身上迅速一扫,"关允,刚才李书记说,让我去照看瓦儿,就不麻烦你了。"

话一说完,王车军就掩饰不住得意之色,为他挖了关允的"墙脚"而沾沾自喜。照看瓦儿并不是什么光荣而神圣的任务,但它是一个谁在李书记心中分量轻重的风向标。

事到如今

"好呀。"对王车军的显摆,关允只是淡淡地应了一声,既没有失落的表情,又没有愤恨的不满,平静如水。

装,装得真像!王车军很是失望,暗中鄙夷了关允一番,又不无炫耀地说道:"马上就要召开全体干部大会了,我还得去布置会场,布置完会场再去照看瓦儿,忙都忙死了,真羡慕关允,可以坐在屋里看风景……"

关允其实正愁今天要是照看瓦儿无法分身可怎么办,没想到口渴有人送水,他高兴还来不及,还会在意王车军的冷嘲热讽?不过王车军还真说对了,他今天不但要坐在屋里看风景,还要出去布置风景。

是,他是没有王车军有背景,但老容头说了,历史上的大人物,没有几人是靠背景成功的,都是靠了三分运气和七分运作,绕过了五分背景。那么现在他的三分运气已经来临,剩下要做的事情就是七分运作了。关允轻描淡写地看了王车军一眼,笑得早不如笑得巧,别急,孔县的大戏才刚刚开始。

王车军转身刚出门,温琳就冲王车军的背影呸了一口:"我怎么越看他越恶心?你说他成天油头粉面也不觉得难受,天天打扮得跟相亲一样,要有多丑就有多丑,还自我感觉良好,好像多帅一样,我呸他一脸黑!"

关允笑了:"谁都知道车军对你一往情深……"

"关允!"温琳怒了,"你别恶心我了行不行?再说他和我怎么着,我和你断交。"

"行,行,不说就不说,至于这么激动吗?"关允拱手道歉,"你今天怎么也没事了,不去跟着李书记跑腿?"

"李书记头上包着纱布去开会了,我又不用跟进会议室服务,还是说说你吧,冷县长对你态度转变了,是怎么回事?"

关允没接温琳的话,突兀地问了一句:"温琳,你应该知道李书记和县长都排斥我的原因,你却一直瞒着不说,不够朋友。"

温琳脸一红,扭过头去:"你不是也一直瞒着你在京城的神仙女朋友的事情?还怪我不说,我怎么说?我告诉你说是你未来的老丈人在背后黑你,你还不跟我急?就你护短的性格,藏宝一样藏了一年,我都不知道你到底是不是真有女朋友!你还怪我?我不说你就不错了。"

算了,关允知道他说不过温琳,就只好举手认输了:"好了,好了,我错了,琳姐姐,你现在可以告诉我,是不是真有人打了招呼,要把我困死在孔县?"

关允在之前有过猜测,大概也算是猜出了八九分,但猜测不等于事实,必须要听到真实的答案才能让他彻底对夏德长死心。温琳听了,眼神复杂地看了他一眼,咬了咬嘴唇,犹豫了一下:"我姨不让我说。"

温琳够聪明,这话其实就已经等于是默认,关允也不必非要再问个清楚了。他看看时间到了,就起身说道:"我去转一圈,看领导有什么需要没有,有人找我的话,你就替我打个掩护。"

"你干什么去?"温琳伸开胳膊拦住关允的去路,"都什么时候了还出去瞎转,你就不能守在办公室等领导传唤?你怎么就这么不上道?是不是又想和王车军争瓦儿?你说实话,不说实话,我以后再也不管你了。"

"不是争瓦儿,我没那么热情。"关允说了实话,拿起手中的材料,"我去做细流沙河治理工作的方案。"

温琳就更相信她的判断了:"冷县长真要重用你了?他不怕上面有人对他施加压力?真行,到底是冷面冷脸的冷县长!"

"不说了,我先走了,你帮我盯着点,估计会得开一上午,领导不会有事找咱们。万一有事,你知道怎么替我打埋伏。"关允卷起材料,转身出门,只留给温琳一个意味深长的背影。

温琳愣了一会儿,用手拢了拢散乱的头发,心思就如门外的杨柳,随风摇摆不定。之前她还一心劝关允离开官场,前往南方经济发达的大城市发展,肯定大有作为。但忽然间情形大变,关允受到冷枫的重用,看样子,关允还要替冷枫打前站埋伏笔。问题是,冷枫会为了重用一个关允而得罪上面的人?在她看来,冷枫就是为人冷酷,不太像有大魄力的人。

不管了,孔县现在都要乱成一团糟,关允最后是浑水摸鱼得了机遇,还是泥沙俱下背了黑锅,她不是世外高人,算也算不到。不如还是提前为他谋一条出路为好,这么想着,温琳拿起电话打给远在羊城的同学。

县委办秘书科三个通讯员,关允出了县委大院,一路向西而去,不知所踪;王车军前往飞马宾馆,想在瓦儿面前卖力表现;而温琳在办公室守班,替关允担心和操心,打出几个替关允前途着想的电话。此时,孔县县委全体干部大会,正如火如荼地召开之中。

孔县县委礼堂,座无虚席,主席台正台坐着一个中年女人,她一身灰衣,端庄而不失朴素,年约五十,正是温琳的大姨、市委组织部副部长叶林。

叶林的左边坐着李逸风,右边是冷枫。李逸风一脸温煦,春风拂面,显然是喜事临近的欣然。冷枫依然是万年不变的寒冰表情,无喜无怒,看不出他对今天市委宣布任免决定是什么情绪。

坐在台下的达汉国此时一脸沮丧,他突然被调离孔县,到市里担任一个边缘局的局长,明是由副处升到正处,其实是被闲置了。以他的年龄,等冷枫顺势当上县委书记后,他有可能递进为县长,但现在却是……都是流沙河惹的祸!

一条流沙河,生生阻断了他的升迁之路,是他万万没有料到的。他本着公心出发,认为流沙河不足以为孔县百姓造福,也不会为飞马镇和古营城带来效益,只会为县财政增加负担,甚至拖垮县财政。可是为什么市里对此视而不见,甚至不惜将他搬开也要为流沙河大坝项目的上马让路?

想不明白!达汉国愤愤地想。不过还好,没动得了冷枫,相信冷县长在流沙河大坝的问题上,还要继续和李逸风周旋一番。但还有一点让他纳闷儿的是,不是开始传闻要动冷枫为李逸风的大计让路,怎么在风声越传越烈的时候,突然就没有下文,最后动的却是他?

动他也就是算了,人在官场,要随时有当牺牲品的心理准备,他当了李逸风和冷枫斗争的牺牲品也没什么。问题是,一直听说冷枫没什么背景和后台,早先的传闻也是市委对孔县一二把手步子不一致很恼火,决定要调整县委班子,要挪走冷枫。甚至听说市委还专门召开书记办公会讨论,提议也通过了,就等着上常委会表决了。

书记办公会通过就相当于板上钉钉,常委会表决就是走个形式,市长和几个副书记都点了头,基本上说,冷枫离开孔县,大局已定。万万没有料到的是,临上常委会的一刻,市委突然临时取消常委会,又召开一次书记办公会,随后再次紧急召开常委会,宣布了任免决定——不是冷枫的任免决定,而是达汉国的任免决定。

市委组织部副部长叶林之所以连夜赶来孔县,不是说任免事宜有多么紧急和重大,而是为了在今天宣布决定之前,安抚他一番。达汉国虽然听到消息后很震惊,但人在官场,纵然心中再不满,也不能表露出来,他当场表示服从组织安排。

叶林又耐心地向他解释说明,总之官话说得很好听,是为了让他到更重要的岗位发挥光和热。其实,谁都知道在冠冕堂皇的背后,市委采取的是一种折中的策略。

达汉国微微眯着眼睛看向台上的冷枫,见冷枫依然不动声色,心中无奈地想:冷县长,以后你只能孤身奋战了,除非在流沙河大坝的问题上退让一步,否则,失去了他在政府班子的支持,冷枫将在孔县寸步难行!

"经市委研究决定,达汉国同志不再担任孔县县委员、常委,另有任用,郭伟全同志担任孔县县委委员、常委。"

叶林代表市委、市委组织部郑重地宣布了孔县人事调整的决定之后,会场顿时鸦雀无声,才知道消息的众人表情各异,面面相觑,不明白怎么就突然调走达汉国?随即一想都又明白了什么,市委对流沙河大坝是上马还是搁置,已经借调离达汉国提拔郭伟全明确地表明态度。

不少人的目光都齐刷刷地投向冷枫,事到如今,冷枫除了向李逸风妥协,还能再做什么?

东风压倒西风

任命大会很快就结束了。

在叶林宣布完决定之后,李逸风和冷枫相继表态支持市委的任免决定,达汉国和郭伟全也先后发言,一个深情地怀念在孔县工作过的岁月,一个慷慨陈词地表示将来要为孔县奉献全部的心血。在例行的程序走完之后,大会圆满结束。

会议一结束,叶林就来到县委办秘书科。

温琳就猜到大姨会来,她早就泡好了大姨最喜欢的菊花茶,一见叶林进来就递过出茶杯:"大姨,说了半天话,肯定口干舌燥了,来,喝茶。"

和在主席台上一脸严肃刻板截然不同的是,在温琳的面前,叶林和煦如春风,接过水杯喝了一口,笑容慈祥而温和:"小琳,你在秘书科也一年多了,有什么感触没有?有没有想想下一步该怎么走?"

"感触有很多,但下一步该怎么走……没想好。"温琳笑嘻嘻地说道,"大姨,黄梁市一共有四区十四县和一个县级市,孔县最小又最不起眼,市里怎么总是盯着孔县的事情?不就是一个水坝,又不是什么了不起的工程,至于这么兴师动众吗?"

"你还小,官场上的许多事情你还看不懂,看不懂不要紧,要多看多想,但不能多问,知道不?不该问的事情,千万不要开口。"叶林非常喜欢温琳,她本来就和妹妹关系要好,而温琳从小就讨人喜欢,她对温琳就视如己出,"孔县别看县小,但也是怪了,历任孔县的班子都不太协调……我和你说这些干什么,你记着要老老实实地做好自己的分内事,别乱打听,更不要乱传话。这一次提了副科,明后年再解决你的正科,你就跳出孔县,到市里来……"

"可是,我想继续留在孔县发展……"温琳脑中猛然跳出关允的身影,她吓了一跳,忙摇头驱散关允嬉皮笑脸的形象,又说,"市里环境太复杂了,我一个女孩子家,怕应付不来。"

叶林反而笑了:"孔县虽小,但孔县的问题在黄梁市四区十四县和一个县级市中,最复杂也最难解决。你要是在孔县坚持两三年还能站得稳走得直,你去了市里,就什么困难也不怕了。"

"真的?"温琳不敢相信,"小小的孔县,一共才二十万人口,县委班子一帮人,不少是孔县人,人际关系怎么就复杂了?"

"你这丫头,脑子怎么这么单纯?你真不适合在官场。"叶林笑道,"简单说吧,孔县是庙小神灵大……"

这个俗语温琳听过,脱口而出下一句:"池浅王八多!"

"胡闹!"叶林伸手打了温琳一下,"叫你不许乱说话,小心祸从口出,幸好屋里没人,要是话传了出去,你让书记和县长怎么想?对了,关允和王车军呢?"

"都忙去了。"对王车军温琳自然是没有一丝兴趣,对关允的关心,连她自己都没有察觉,比以前越来越多了,"大姨,关允真的没希望了?"

"别人的事情不要管,尤其是你的同事!"叶林脸色一沉,板着脸教训温琳,"关允的事情,以后问都不要问。"

"真有这么严重?"温琳还从来没有见大姨脸色这么严肃过,吓了她一跳,就小心地捂住了嘴巴,"我不问了还不行,至于这么吓人嘛。"

叶林又笑了:"圈子里有很多事情,有时候不知道比知道要好。好了,你以后记住了,离关允远一点,还有,你对口服务的领导是李永昌,李永昌在县委是什么立场,你就是什么立场。你是通讯员,不能有自己的立场。"

"可是……"温琳还想问个清楚,"可是我不明白……"

不等她把话说完,叶林摆了摆手:"没有可是,你照我的话去做,你就不会走岔路。小琳,你要理解大姨的一片苦心呀。"

温琳不说话了,咬着嘴唇,目光望向窗外。孔县在悄然之中发生不小的变故,冷枫在县委更加孤立了,就算现在冷枫重用关允,关允的重要性能替代一个达汉国?达汉国可是常务副县长!

而关允还乐呵呵地去做流沙河治理工作的方案,有用吗?温琳不乐观,怕是冷枫要在和李逸风的较量中败下阵来,他一败,关允再受他的重用,还是一样打不开局面,真是愁人。

温琳替关允犯愁,关允有没有忧愁不知道,但冷枫此时却没有愁闷,反而还很兴奋。

在结束任命大会之后,县委就立刻召开常委会,讨论和研究郭伟全的分工问题,同时,再提流沙河大坝项目的议案。李逸风的用意很直接,就是要趁热打铁,借郭伟全走马上任的东风,一举压倒西风,顺利推动流沙河大坝项目的上马。

孔县县委常委会会议室,面积不小,三间平房,里面就是坐上几十人也十分敞亮。不过斑驳的墙皮,年久失修的房顶,咯吱直响的桌椅,破旧的窗户和全是窟窿的纱窗,无一处不以沉默而冷峻的现实宣告着孔县的贫穷。

孔县是真的穷,县委大院十几年从来没有翻修过,在别的县都是办公大楼的今天,孔县还是平房办公,确实寒酸得可以。

冷枫坐在二号位置,神情比在任命大会上时反倒轻松了许多。只不过一如既往的是,他微眯的双眼和冷峻的眼神,以及几乎没有变化的神情,让人依然猜不透他内心的真实想法。

十几名常委无一缺席,只不过达汉国已去,郭伟全上位,看似不大的变化却让常委会的气氛为之一变。冷枫以前还有达汉国跟随,现在他成了真正的孤家寡人,还有什么实力和资本与李逸风抗衡?

李逸风坐在首位,目光依次从众人脸上扫过,温和而淡然,他清了清嗓子:"同志们,根据市委组织部的指示精神,伟全同志拟主持县政府日常工作,谁有不同的意见可以提出来。常委会就是民主集中制的具体决策机构,希望同志们知无不言言无不尽……"

本来郭伟全的分工应该在冷枫主持的县政府办公会上讨论决定,李逸风却直接提到常委会上讨论,有伸手过长之嫌。他还刻意强调民主集中制,常委会上确实每人都有一票投票权,是民主,但书记有一票否决权,才是真正的集中制大权在握的体现。

不少人听了都是心中一凛,好嘛,李书记今天是非要将流沙河大坝的问题强行通过了。如果冷枫再继续一个人硬撑着不同意,说不定真会上演一场一二把手当场对峙的局面。

东风浩荡,今天的常委会,终于要全面压倒西风了。

"刚才任命大会后,我和伟全碰了个头……"冷枫发话了,他排名第二,理应由他紧随李逸风之后发言,"常委会后,政府班子就会召开常务会议,讨论伟全同志的分工问题。李书记的提议,我原则上没有意见。"

都以为冷枫会多少表露一下个人的权威,没想到他完全没有接招,顺势就答应了。熟知冷枫性格的在座各位,心中多少明白,冷县长不想在郭伟全分工的问题上纠缠太多。常务副县长的职务,名义是政府常务会议讨论决定,实际上是市委的指定,多说无用。显然,冷枫想将主要精力用在后面的流沙河大坝项目的讨论上。

莫非是说,冷枫还要硬撑着不同意?李永昌眼中闪过一丝疑惑,他暗中和分管政法、工业的副书记刘平交流了一下眼神,心中做好了应对冷枫各种说辞的准备,务必一举拿下大坝项目,争取一局定胜负。

冷枫都说没意见,下面的人更是纷纷附和几句,郭伟全的分工讨论算是获得了一致通过。随后李逸风话题一转,就提到此次会议的重头戏——流沙河大坝项目。

"众所周知,流沙河的问题由来已久……"李逸风先来了一出开场白,流沙河的问题是老生常谈了,在座各位不但心里有数,而且人人了如指掌,早就不需要什么开场白。但会议发言就要讲究起承转合,足足讲了十分钟,他的话才落到最关键的问题上:"综合以上情况,我认为,流沙河大坝的建设,势在必行!"

领导发言的时间越长就越证明领导对问题的重视程度,和以前几次提及流沙河大坝项目时李逸风必提建设大坝确实有困难不同的是,这一次,他将大坝项目上升到政治高度,强调不管有多大困难,只要团结一心,携手共进,必定可以排除万难,勇往直前。

众人都听出来了,李逸风要和冷枫摊牌了!团结一心的说法显然是指冷枫步伐不一致,不团结大多数同志,喜欢特立独行。

李逸风一说完,会议室中鸦雀无声,众人的目光都落在冷枫的身上。冷枫冷峻的表情忽然就露出一丝罕见的笑容,他将手中的笔一扔:"经过慎重考虑,我同意上马大坝项目,但我有一个前提条件……"

副科人选

冷枫同意了?

怎么可能这么轻巧就同意了!

众人都面面相觑,不能理解。冷枫和李逸风抗衡半年多时间,不管面对多大的压力从来不肯退缩,甚至在传出市委对他大有意见要将他调离孔县之时,他依然我行我素。怎么就突然在市委刚刚搬开达汉国提上郭伟全之际,立刻缴械投降了?不是冷枫的风格呀。

冷枫也不至于这么不硬气。

众人震惊过后才又想起冷枫的后一句话，就立刻支起耳朵要听听冷枫的前提条件是什么。

李逸风淡淡地"哦"了一声："冷枫同志，流沙河大坝项目是为民造福的工程，如果为民造福也要讲前提条件，我们的党性和原则就要重新审视了。"

冷枫又淡淡一笑："逸风同志不要先扣大帽子，先听我把话说完。我的前提条件就是，大坝工程如果上马的话，资金问题是一方面，另一方面，县委必须牵头成立一个领导小组，毕竟流沙河大坝是建国以来孔县最大的工程项目，必须高度重视，责任到人。我提议成立流沙河大坝项目领导小组，县委方面就由永昌同志牵头，政府方面……就由伟全同志牵头。"

一番话说出，不只李逸风一时不敢相信自己的耳朵，在座众人都目瞪口呆，难以置信地向冷枫投去震惊和不解的目光。

冷枫同意上马大坝项目已经足够让人吃惊不已，不承想他提议成立的项目领导小组，县委和县政府出面的牵头负责人，全是李逸风的人。他就算在县委没有可用的助手，也可以提议由李逸风担任组长，他担任副组长，至少还可以插手项目，牵制李逸风并且全程监控项目的进展。现在倒好，等于他要完全放权了……冷枫干吗要送一份天大的人情给李逸风？

李逸风还以为冷枫会提出什么苛刻的前提条件，没想到却是拱手相送一份厚礼，一下愣住了，他愣了一会儿才微微尴尬地一笑："冷枫同志的提议很好，看来，我刚才误会冷枫同志了，我向冷枫同志道歉。"

冷枫摆摆手："逸风同志也是为了工作，道歉就不必了，下面就继续讨论一下项目的具体实施的问题……"

众人习惯了冷脸冷面的冷枫，突然间见到冷枫和颜悦色地说话，一时之间都难以适应。李永昌和刘平精心准备的要和冷枫唇枪舌剑的腹稿一下没有了用武之地，胎死腹中。二人在惊讶之余，不免郁闷，少了一次冲锋在前大挫冷枫威风的表现机会，总觉得心里闷闷的，很难受。早就想好要当众给冷枫一次下马威，谁知冷枫见势不妙，不战而降，也算是咄咄怪事。

不过不管了，李永昌的心情在冷枫提名他为县委方面的牵头人的时候，一下就如秋天的田野一样舒畅了。如果不是在会上，他几乎忍不住要喜不自禁了。流沙河项目是建国以来孔县最大的项目，投资巨大，能作为县委的牵头人全权负责工程项目，不但荣耀，也是人人羡慕的大有好处可得的好差事。

随后，会议继续进行，讨论了工程项目如果上马需要解决的若干问题。要牵手农行、建行召开一个联席会议,获得银行贷款资金上的支持;再由项目领导小组牵头,和飞马镇与古营城乡的主要领导一起商议一下出工出力的问题,等等。上马一个建县以来的最大项目,会牵扯到许多部门和人员的利益。

会后,冷枫和李逸风一前一后走出会议室,走了几步,冷枫小声地向李逸风说了几句什么。李逸风停下脚步,低头深思了片刻,迎着冷枫的目光微一点头:"行,就这么定了,马上再召开一个办公会,落实一下这个事情。"

李永昌接到通知的时候,还十分纳闷,怎么常委会刚散就召开书记办公会,又出现了什么变故不成?他忐忑不安地来到书记办公室,还没进门就听到身后传来了脚步声,回头一看,是组织部部长陈京。

县委组织部部长陈京是邻县人,平常总是一副笑眯眯的模样,没有一个组织部长应有的含蓄和神秘。他又是和事佬的性格,在孔县两年来,从来紧跟李逸风的脚步,凡事绝对不表露自己的主见,人称笑东风。

李永昌就明白了什么,心中一喜,有陈京在,书记办公会的议题肯定要涉及人事。目前县委最大的人事提拔就是两个副科人选的确定,这么说,在他即将成为流沙河大坝项目领导小组的负责人之时,王车军的副科也要尘埃落定,再有一件喜事临门了?

哈哈,双喜临门,李永昌一时兴奋,忘了头上的伤疤,伸手去拍陈京的后背,以示亲热。不料他手抬得过高,扯动头上的伤口,一下疼得他倒吸一口凉气,眼泪差点儿没掉下来。

下手真狠,下次得好好收拾收拾刘宝家这小子一顿。如果当时他看得没错的话,趁乱在他头上拍一砖的正是古营城乡的刘宝家。只不过当时人多眼杂,不敢肯定就是刘宝家下的手,然后他就匆忙之间到市里开会,一直忙到现在都没有休息,也就顾不上算头上挨了一砖的账。

不管怎样,这笔账算是记在刘宝家身上了,等着,不收拾刘宝家一个半死,他就不是李永昌。

想到刘宝家,李永昌的脸色又阴晦了几分。他没记错的话,刘宝家和关允关系密切,不是发小就是同学,保不齐刘宝家砸他一砖的背后,有关允的功劳。哼,关允,你也等着,有你好果子吃。

陈京见李永昌脸疼得都变形了,立马一脸关切地伸手一扶李永昌:"李书记,慢点儿,你头上有伤,不能太激动。干好革命工作不急在一时,细水长流,来日方长,来,我扶你进去。"

李永昌推开陈京:"没事,一点儿小伤,还扛得住。老陈,副科人选敲定了?"

陈京还是笑眯眯的表情："敲定了，不是早就敲定了？一直在李书记的脑子里，没跑。"

老滑头，软骨头，笑东风……李永昌心中骂了陈京几句，别看他是分管人事的副书记，但陈京事事都直接向李逸风汇报，从来不会提前向他透露半分。他也真拿陈京没有办法，笑东风向来态度端正，说话又好听，实在让人挑不出理。

代价未免太大了

推门进去，李永昌一下愣住了，书记办公室里只有两个人——李逸风和冷枫，除了二人之外，就没别人。他心中不免"咯噔"一下，这个办公会开得有点讲究，分管工业、政法的两个副书记都不在，李逸风唱的是哪一出？

李逸风正和冷枫小声说着什么，见李永昌和陈京进来，就说："就等你们了，赶紧说几句，正好趁叶部长还在，敲定副科人选，报她备案，省得再派人到市里跑一趟了。"

副科和正科的提拔，县里就可以全权决定，但必须到市委组织部报备。

"这一次要提两个副科，组织部报上的人选有三个，关允、温琳和王车军，我和冷枫同志刚才商量了一下，初步意见是……"李逸风的语速很快，不容别人插嘴，显然是想快刀斩乱麻，也是表明他已经做出了决定，不允许别人有不同意见。

一听李逸风说出人选名单的排名时，李永昌心知不妙，不等他开口说话，李逸风蓦然向他投来意味深长的一瞥。他的话提到一半，就生生咽了回去。

李逸风又接着说："按照资历、能力和学历，关允、温琳和车军三个人都可以提副科，但名额有限，只能三选二。我认真考虑了一下，车军是我的通讯员，工作很认真，能力也不错，就是他的关系还在飞马镇，要提副科的话，还得飞马镇向县委走一下程序，但现在时间来不及了。我的意思是，这一次副科人选，就先报关允和温琳，车军就等下一次吧，你们怎么看？"

"逸风同志发扬风格，我很感动。我没什么意见，关允和温琳的学历都很硬，关系也都在县委，提拔他们，符合干部提拔条件。"冷枫言简意赅，重点强调学历很硬的事实，就是要堵李永昌的嘴。

李永昌头上的伤口隐隐作痛，嗓子发干，刚刚因为担任流沙河大坝领导小组的喜悦，一下被冲击得七零八落。什么时间紧迫，完全可以缓上一天再敲定名单,跑市里报备一趟又有什么?什么学历过硬,在官场上,学历不是硬件指标!借口,都是借口。

他气归气,却只能接受事实,书记和县长已经达成共识,他就算反对也无效。官场之上讲究投桃报李,李逸风退让一步允许关允提上来,不是发扬风格,是对冷枫抬手放行流沙河大坝项目的回报。况且冷枫在常委会上提名他的人担任流沙河大坝项目的负责人,从这个道理上讲,他也要还冷枫一个人情才对。

"我也没有意见……"李永昌头上和心中都疼痛难忍,想到王车军早就向无数人炫耀马上就提副科了,现在却一脚踩空,摔了个狗啃屎,该有多丢人……

许多人不知道的是,孔县的局势,在调离达汉国并提拔了郭伟全之后,悄然之中发生了许多变化。不只是一个常务副县长的调换,还有冷枫态度的转变,关允的命运也在冷枫的推动下,蓦然拐了一个大弯。

在县委左右不靠边了一年之久,关允终于抓住机遇顺势而起,迈进官场第一道大门,成功地跻身副科行列,不再是等外不入流的官场中人。

不过对于冷枫对关允的维护和重用,不只李逸风不得其解,李永昌更是想不明白。冷枫是不是急眼了,走了一个达汉国,身边无人可用,才想起关允,想要扶关允上来?纵然关允提了副科,也只是一个小小的通讯员,能成什么大气候?

冷枫到底打的是什么算盘,难道他之前那么痛快地答应流沙河大坝项目的上马,就是为了换取李逸风在副科人选问题上的退让?这代价未免也太大了!李永昌越想越不明白,不免头大。

书记办公会后,陈京向叶林上报了孔县县委新近提拔副科人选名单,叶林接过文件之后,也未细看,就上车而去,李逸风、冷枫等人列队欢送。

等走到半路,叶林才想起孔县的事情折腾得她腰酸背痛,临走时还特意送上副科人选名单,难道就为了省一次跑市里的路费?真会算账。她一边想一边从档案袋中抽出文件,只看了一眼名单,就一下愣住了,关允的名字赫然在列,而且还排在第一位!

关允?叶林一下怔住了,怎么会?又一想,她不由摇头,长长地叹了一口气。再想起临走之时听到孔县常委会上刚刚通过的决议,她的眼前浮现出冷枫一成不变的表情,暗暗为冷枫的决定不值,代价未免太大了。

代价是不是未免太大了……冷枫送走叶林,回到自己的办公室,泡了一杯浓茶,站在窗前凝望院中的景色,心中突兀地闪过一个念头。

不过冷枫所想的代价，不是他以同意流沙河大坝项目的上马来换取关允的副科，而是指以大坝项目上马为伏笔，然后和李逸风、李永昌由明争转为暗斗的较量……或许真是天大的代价。

秋意已经很浓了，八月底的孔县，正是姹紫嫣红的丰收季节。县委大院因为全是平房的缘故，院中的花草树木长得特别茂盛，向来喜欢在办公室养花的冷枫，不再弄一盆花放在屋里养了，推门出去，只需走上两步就是花团锦簇的天然花园。

冷枫还特意在他的窗台下面也开辟了一块一米宽两米长的空地，养了不少花草，现在长势良好，迸发勃勃生机。

流沙河大坝项目终于还是上马了。关允说得对，如果他再硬撑着不同意，最后只有两个结果：一是李逸风强行通过决议，县委上下一起孤立他；二是市委一怒之下将他调离孔县，甚至还会给他一个安慰奖，调他到别的强县继续当县长，但对不起，孔县的一亩三分地得让出来。

不管是哪一种结果，结局都一样，流沙河大坝项目还是会上马。

人在官场，有时候要实现自己心中的执政理念，真的很难，有时候想要爱护百姓，不忍上马劳民伤财的工程，却会被同僚视为绊脚石、被上司当成保守派，怎么才能从爱惜民生的角度出发，为百姓做点实事？

冷枫收回思绪，喝了一口浓茶，提了提神，回到座位上，拿出一份以关允的关于治理流沙河的方案为基础而重新制订的新方案，认真地看起来。他一边看一边想，关允的工作，能不能做到事无巨细并且让他满意？

火候到了

此时的关允还不清楚县委中发生的一切会对他的未来产生多么重大的影响，他兴致勃勃地骑着自行车，来到平丘山下。

自行车上不了山，他就将自行车随便一锁，在山脚下的一棵大树下一放，然后从路边摘了几个红色的甜果，一边走，一边吃甜果，心情愉快，脚步轻巧，不多时就到了山顶。

平丘山一年四季人迹罕至，奇怪的是，却没有人迹罕至的荒凉。县城北边有一片天然形成的树林，少有人去，就十分荒凉而吓人，杂草一人高，阴气森森，还有不知名的怪叫声。平丘山却山气清新，溪水清澈，置身其中，令人神清气爽。

怪不得老容头说平丘山有灵气,关允边走边想,到了山顶向右一转,有一片十分茂密的灌木丛。推开灌木丛,有一处刚刚可容一人通过的山洞,山洞过后,眼前豁然开朗,是一处十分平坦的天地,上有青天,下有百花,就如一处悬在空中的花园。

自从老容头搬来之后,此处就叫空中花园了。

上次带瓦儿前来,关允没有领她上山顶,是不想让她打扰老容头的清静。

站在山顶之上举目四望,整个孔县尽收眼底——北面是高楼林立的县城,南面是一望无际的田野,西面是一条波光闪烁的小河,东面是一个接一个的村庄。

关允一人站在山顶之上,四下只有风声鸟鸣,无人声,他忽然间感觉心胸开阔了许多,心中的浊气一扫而空。想起过去的种种,想起京城的夏莱和夏德长,再想起孔县的局势已经悄然大变,心中蓦然迸发万丈豪情。一年了,整整一年了,是该他借势而起的时候了!

不远处有一个小院,小院不大,有花有草,有树有竹,幽静而空旷。院中有引来的山泉,有农具,有一方石磨,就如一幅纯朴的山水画,入眼之处,处处皆历史。

院里只有一间茅屋,茅屋之中,一棵大树穿房而过,浓密的树荫将茅屋遮了个严严实实。有一幅山水画和此景类似——茅屋一间负青山,老松半间我半间。

关允推开木门来到院中,闻到野菜炖野兔的清香。他嘿嘿一笑,先到水缸前用山泉水洗了一把脸,又拿起扫帚打扫了一遍院中的落叶,然后跑到院中西南角的花椒树旁扯了一把花椒,用手搓了搓,又用嘴吹了吹杂质,快步朝院西的厨房跑去。

"老容头,兔子肉不放花椒,香味不够厚重,快闪开,花椒来了。"关允一路小跑来到厨房,见火上煲着的砂锅突突地冒着热气,锅里翻滚着泛着肉花的肉汤,肉汤中沉浮着一整只兔子,还有几种田间地头常见的野菜,香味四溢。

野菜炖野兔,纯正的天然野味。

系着围裙正在切葱的老容头一见关允冲了进来,受惊一样挡住关允的去路,伸开双手不让关允过去。关允哈哈一笑,手一扬,手中的花椒准确无误地投入砂锅之中。

"臭小子,你气死我算了!"老容头见没拦住关允,气得将手中的菜刀一扔,气呼呼地走了,"你自己吃吧,撑不死你!"

没几人知道老容头住在平丘山的山顶,也没几人知道老容头的小院是关允闲时一砖一瓦帮他盖来起的,更没几人知道老容头不爱吃花椒,而关允偏偏炒菜炖肉都爱放花椒。

平常只要一有时间,关允就会来老容头这里蹭午饭或晚饭,老容头的早点摊收摊之后,平常都会猫在山顶,哪里也不去。要么捉几只野兔野鸡改善生活,要么就是练练书法打打太极拳,日子过得还真是悠闲似神仙。

"老容头,我错了,下次再也不敢了,你就饶我一次,好不好?"关允向老容头求饶,他可没有老容头炖肉的手艺,老容头要是放手不管,一锅肉可就成了半成品。

老容头不理关允,闷头坐在院中的青石上,背对着关允生闷气。关允蹑手蹑脚来到老容头身后,猛然一拍老容头的肩膀,哀求说道:"老容头,别生气了,你说你一把年纪了,还跟我一个晚辈生气,显得你多没气量!快点,再晚了肉就炖老了,现在正是火候。"

"你还知道正是火候?你的花椒放得火候才最准,你个臭小子真有口福,我准备了三天的美味全被你一把花椒给搅了。知道我不吃花椒你还故意放,成心想自己吃独食?"老容头生气的时候和小孩儿一样,气鼓鼓的样子十分有趣,花白胡子微微颤动,好像受了天大的委屈。

关允坐到老容头的对面,嘻嘻一笑:"你老人家不能这么说我,我可不是吃独食的人,就是想让你尝试一下新鲜事物。花椒没什么不好,为什么不爱吃?是不喜欢吃还是不敢吃?要有尝试和挑战的勇气,不喜欢吃,可以试着去喜欢;不敢吃,要努力克服内心的恐惧,挑战自我,去品尝不敢面对的味道。"

"就你能说会道?我老了,不想再去尝试了。"老容头伸手打了关允的脑袋一下,又笑了,"说到火候,你怎么不在县委大院待着,非要来平丘山朝我的肉锅里扔一把调味的花椒?现在县委里的火候也到时候了,你不守着,不怕过了火候?"

"不怕。"关允笑道,"县里的一锅肉已经煮上了,兔子有了,野菜也有了,但还差一把花椒,这不,我到你这里找花椒来了。"

老容头哈哈一笑,没接话,起身来到厨房,拿出汤勺舀了一点汤,放在嘴里尝了尝,点头赞道:"味道还不错,你的花椒一放,汤提了不少味儿,来,你尝尝……"

关允跑过去,尝了一口野兔野菜肉汤,果然鲜美,不由胃口大开。

"来,吃饭,边吃边说。"老容头摆上了桌子,拿出了一瓶老酒。

兔腿就烧饼,再加上味道鲜美纯正的肉汤,另有老容头精心酿造的烧酒,在平丘山山顶一处犹如世外桃源的小院中,一老一少相对而坐,大快朵颐,吃得满头大汗。

三个关键人物

老容头还拿出自制的泡椒花生米、酸甜秋黄瓜、酱咸菜,关允吃得不亦乐乎。山中凉风习习,风声阵阵,风吹入林,溪水淙淙,怎一个"好"字了得。

一时之间,宠辱皆忘,才知一人独居高处的妙处。

不过关允毕竟不比老容头饱经世事沧桑,他一时心有所感,不过是片刻的忘忧。吃饱之后,关允在山泉水中洗了脸,顿时清醒过来,纷纷扰扰的世事又一时涌上心头。

"你该走了,再不走,就变天了。"老容头一边收拾残羹剩饭,一边抬头望天,"日晕三更雨,月晕午时风。你看看日头,乌云遮日,到不了晚上三更,我看傍晚时分就要下大雨。雨一下,流沙河又要蓄满水了。"

流沙河水少的时候,飞马镇和古营城乡会争水,水多的时候,也一样会争水。现在正是大坝上马的关键时期,真要来一场大雨,流沙河万一泛滥成灾,上马大坝项目的理由就更充足了。

关允来陪老容头,可不是仅仅为了一顿野味,他还想让老容头再为他指点一二,但现在还没有得到他想要的答案,怎么走?他就问:"县委的花椒是谁?"

"笨!"老容头笑骂了一句,"谁往我锅里扔花椒了,就是谁。"

"我呀?"关允一指自己鼻子,"我现在还什么都不是,想当花椒也不够资格。"他还不知道他的副科已经尘埃落定了。

"冷枫要是事到如今还不抓住你,他不但在孔县没有了机会,以后不管走到哪里也不会再有机会了。"

关允大摇其头:"我可不认为自己有这么重要。"

"你重要不重要,先不管,重要的是冷枫是不是抓住你,是他有没有当机立断下决心的表现。人在官场,有时候机会稍纵即逝,就和野兔子一样,你一下扑不住,再想扑,肯定跑远了。到时候兔子肉没吃上,还得摔一个狗啃泥。"老容头前两句话还挺文雅,后面一句风格一变,完全就是土话脏话了。

好在关允已经习惯了老容头变来变去的风格,就要下山,忽然转身又说:"对了,今天怎么没讲历史故事?"

"上次的故事你还没有消化,还讲什么讲?"老容头冲关允摆摆手,"赶紧走你的,别耽误我会周公。"

没有消化的意思,关允当然清楚,估计在相当长的一段时间内,他都会继

续消化老容头的故事。在消化完之前,老容头应该不会再讲新的历史故事了。他笑笑,冲老容头一摆手,转身向山下走去。

绿荫不减来时路,只是天色暗了几分,关允加快脚步,十几分钟就到了山脚下,见天上的乌云越聚越多,骑上自行车就飞快地回到县城。

关允并没有先回县委,而是来到了一家名叫睿之乐的台球厅。

台球厅设施十分简陋,基本上一半室内一半露天,室内的部分也不是什么正经的建筑,而是几根木头支起的一个简单棚子,露天的部分就是一张塑料布蒙在上面,保证下雨的时候不淋湿就成。在孔县县城,类似的台球厅有很多,简陋的设施,破旧的桌子,再加上沙沙作响的音响,就是县城之中无业青年的聚散地。

关允一进台球厅,就绕过几个打扮得稀奇古怪的女子,直接向里面最昏暗的角落走去。他走到最靠里的一个台球桌前站住,一言不发地看着三个打球正打得入迷的年轻人。

三个人,一个瘦得跟竹竿一样,留分头,穿喇叭裤,流里流气的样子;一个不胖不瘦,人高马大,浑身肌肉发达;还有一个胖乎乎的,个子中等,笑容好像固定在脸上一样,不管什么时候都是一副乐呵呵的表情。

关允站了好一会儿,三人才发现关允的到来,竹竿哈哈一笑:"关哥,来了也不说一声,光站着不说话,差点儿没吓我一跳。"

关允上去擂了他一拳:"宝家,李永昌的脑袋是不是让你给开花了?"

刘宝家鼻子一皱,揉了揉头发:"打得轻了,没开瓢算是便宜他了。"

人高马大的壮汉上来先和关允来了一个熊抱:"关哥,你可是来了,等你好久了。"

关允又给了壮汉一拳:"镁力,你现在越来越有力气了,我敢打赌,你能搬起台球桌。"

"镁力搬不起来,以前试过了,除非我和宝家给他搭手,否则他一个人成不了事。"乐呵呵的胖子也凑了过来,一伸手不知道从哪里摸出一盒烟,扔给关允一支,"关哥,刚才温琳过来找你了,火烧火燎的样子,好像有多大的急事。跟哥几个说实话,温琳是不是让你弄大肚子了?"

胖子笑得要有多猥琐就有多猥琐,关允恼了,抬脚踢了他一脚:"李理,你不说荤话能死呀?温琳好好的一个姑娘,你非说人坏话,小心我收拾你。"

"关哥饶命。"关允还没动手,李理就求饶了,一脸讨好相,"关哥,哥几个还不都是为你的幸福着想?不过他们想的是你的事业多一点,我就不和他们争了,就多为你的感情问题出谋划策,温琳挺配你,奶大屁股圆,好生养……"

关允气笑了:"小胖子,你再胡说八道,信不信我让镔力和宝家把你扔流沙河里?"

李理一下闭紧了嘴巴,紧张而惶恐地看了看雷镔力和刘宝家,然后一言不发扭头坐到角落里脏得看不出颜色的沙发上,将头埋在黑暗里,老实了。

"哈哈。"刘宝家哈哈大笑,"神了,也就关哥能治住义勇小胖子,关哥威武。"

"少拍马屁,宝家,我还没和你算账呢。"关允不客气呵斥刘宝家,"你怎么能打破李永昌的头?下手太狠了,万一出了人命,你得偿命!你有没有想过后果?"

刘宝家低下头,盯着脚尖,支支吾吾地说道:"我,我,我当时也是昏了头,一时冲动就……"

"还有你,雷镔力,我让你看好刘宝家,你怎么就不顶事?"

雷镔力偌大的个子,在关允面前也和犯了错误的学生一样,低头认错:"我错了,关哥,是我失职了,当时场面太混乱了,我一把没抓住他,就让他凑过去伤了人。"

雷镔力,古营城人,是关允的中学同学,外号雷大力。刘宝家,飞马镇人,是关允的中学同学兼同桌,外号刘二飞。李理,是关允的发小,飞马镇人,外号义勇小胖子。以上三人,是关允最信任的哥们儿,也是他在流沙河问题上有足够自信掌握主动的关键所在。

03　第一个支点

不知不觉中,随着冷枫对关允态度的转变,随着瓦儿的到来,再随着李逸风对关允观感的微小改变,关允在县委的处境也在悄然之中发生了微妙的变化。不过,别说身为当事者的关允完全没有察觉到这一点,其他人等,包括冷枫、李永昌和王车军,也是全然不知。

问题由来

关允的三个伙伴,别看混在台球厅,却全是正经八百的大学生,毕业后都分配到县里各乡镇。今天他们特意在台球厅打球,一是为了打听情况,二是为了等关允。

表面上看,流沙河的问题是飞马镇和古营城乡抢夺水源的问题。在不明真相的县委领导眼中,似乎飞马镇和古营城乡的百姓已经因为一条流沙河上升到了势不两立的地步,其实不然——几次抢水闹事的背后,并没有多少村民参加,大部分闹事者是飞马镇和古营城乡的无业青年。

换句话说,这是有人刻意推动的人为组织的事件。

在几次打架纠纷中,雷镔力、刘宝家和李理都在其中起到不可或缺的重要作用。

流沙河的问题,就关允看来,可大可小。大,可以上升到政治高度,关系到飞马镇和古营城乡八万农民的生计,关系到李逸风和冷枫谁胜谁负的较量。小,可以直接搁置不理,反正多少年了,流沙河一直静静流淌,既没有在大旱之年救万民于水火之中,也没有在发大水的时候起到疏通和泄洪的作用。

只不过在小县孔县,流沙河问题就在人为的推动上,一点点上升成了是东风压倒西风还是西风压倒东风的大问题。正是因为县小,事少,所以事事都入得了书记之眼。不像别的大县,光是几个大局的人事问题、工业问题和三农问题,就能让书记忙得团团转。孔县的各个县局,小得可怜,书记连每个副局长的名字都记得清清楚楚。

孔县的工业问题更是不值一提,整个孔县只有一家农业机械厂和一家化肥厂,效益也差得要死,别说上交利税了,还得年年银行贷款补贴。

那么孔县大事,剩下的就只有三农问题了。

而流沙河恰恰是三农问题的症结,李逸风认为,治理好了流沙河,就可以造福孔县百姓,而治理流沙河的关键就是要在上游建造一座大坝。

就建造大坝、兴修水利、造福百姓的出发点,冷枫的想法其实和李逸风的出发点没有太大的出入,但冷枫比李逸风现实,并且想得长远。他的观点是,流沙河大坝在一定程度上可以造福百姓,或许还能发电,带动孔县经济的增长,同时也有利于提升孔县形象。但孔县太穷,就和一个刚能吃饱穿暖的穷人要不切实际地贷款盖高楼一样,以孔县的财政收入,举全县之力建造一座大坝,名义是上治理水利、提升孔县形象,实际上还是打肿脸充胖子的形象工程。

拿老容头的话说,在为政者眼中,大坝不是大坝,而是为官一任时记载丰功伟绩的丰碑。冷枫不想要丰碑,只想孔县百姓踏踏实实勤劳致富。

身为孔县人,关允对孔县的情况再清楚不过了,孔县气候温和,风调雨顺,只要肯干,再加上勤俭持家,家家小康都没有问题。但一折腾就不好说了,农民辛辛苦苦省吃俭用,一年到头才挣几个钱?十几年攒下的家当,一个水坝就有可能打了水漂。

冷枫要求他做细流沙河的治理方案,不用做,半年多来,流沙河的问题早在他脑中翻来覆去无数遍了,方案也形成三五个。又在多次请教老容头之后,他根据目前的形势分析,大坝必定非上马不可。那么他为了配合冷枫的计划,就要拿出众多方案之中最犀利也是最冒险的一个。

关允坐在沙发上,刘宝家等三人围在周围,四个人几乎头碰头,在小声地商议什么。刘宝家一脸兴奋,跃跃欲试;雷镔力脸色冷峻,双手攥在一起;李理则是脸上洋溢着千年不变的猥琐笑容,边听关允的话边连连点头。

在台球厅昏暗的角落里,谁也不会留意几个小年轻的古怪举动。更没人会想到,一次影响并波及整个孔县的行动,就从台球厅的角落里起风,然后席卷而起,最终形成一股冲天的旋风,改写了孔县的历史,也改变了几个年轻人的命运。

突然间,一阵大风刮来,吹得外面的塑料布哗哗直响,一股尘土伴随着泥腥气息冲进了台球厅，呛得在门口打台球的几个奇装异服的女子咳嗽连连，捂着鼻子躲到了里面。在风声中，一个人的声音穿透了嘈杂的声音，传到台球厅最里面的角落。

"关允,你在吗？"

李理一脸窃笑，挤眉弄眼地说道："关哥，还不承认？温琳一个小时前找你一趟,现在又来了,才半天没见,就想成这样了？不得了,还不承认有情况？"

关允用力一推李理，李理躲闪不及,一下摔倒在台球桌上,又打了个滚,摔倒在地上,他在地上就势一滚,嘿嘿一笑："以后要不要叫她嫂子？"

关允拿他的无赖没办法,正要再踹他一脚，温琳的声音又远远近近地飘来："关允,你在不在,找你有急事！"

"在！"关允大声回应了一句,"我马上出去,你不用进来了。"话一说完,他冲刘宝家、雷镖力一点头,也懒得再收拾李理,转身就出了台球厅。

台球厅里面又脏又乱，温琳进来不方便，关允心中一紧，温琳接连找他两次,必定是事情有了大变。他快步走出台球厅,一看外面的天色已经昏暗了,狂风大作,飞沙走石,伴随着尘土飞扬,已经有豆大的雨点开始落下。

老容头说得真准,雨果然下了。

狂风中,温琳的裙子被吹得贴在身上,曲线毕现。她一手遮住眼睛,一手推着一辆自行车,裙摆被风吹得乱舞,春光直欲外泄,她却腾不出手来压压裙子。

关允见状,急步向前,来到温琳身后蹲下,将温琳的裙子下摆拿在手中,两头一系,就解救温琳于水深火热之中。不过风太大,裙子乱飞,关允不小心在温琳健美而匀称的小脚上摸了一下,入手之处,弹性和滑腻的感觉一流。

温琳将车子交给关允："你带着我,快回县委。"又用手去挡关允的眼睛,说:"别乱看了,还不是为了找你才这么狼狈？风真大,你看我的样子丢人死了。你挺聪明,还会系裙子,以前肯定没少给别的姑娘系。"

关允接过自行车,一跨腿就骑了上去："我没乱看,是怕你走光。以前还真没给别的姑娘系过裙子,想是想,但没机会。"

"你还怕我走光？没想到你挺关心我。"温琳坐在自行车的后座上,她身子不重,上车之后,一手压下裙子,一手就环住关允的腰,"借你的腰一用,风太大,我怕被刮飞了。"

"当然关心你了,你走光让别人看到,我就吃亏了。"关允蹬动自行车,开了一句玩笑,又问到正事,"急着找我,有什么大事？"

老容头何许人也

"我走光让别人看到,关你什么事?你怎么就吃亏了?我又不是你什么人!"温琳继续和关允斗嘴,她刚才火烧火燎地找关允,现在找到了,好像又没有什么急事了。

关允已猜到八九分,也不问她有什么急事,用力骑着自行车向县委方向挺进。正好顶风,雨点越来越急,他又被风迷了眼睛,就举步维艰。

骑不动,推着走也得走,关允下车,推着温琳前行。温琳也不下车,还摆动小腿,一脸高兴地看着关允,心头浮动一丝甜蜜和幸福。风再大,雨再猛,有一个男人为她负重而行,不舍她而去,她这一生还夫复何求?

想远了,想多了,温琳脸上一阵发烧,终于按捺不住心中的喜悦,告诉关允:"副科名单下来了,第一个是你,第二个是我。王车军摔了个鼻青脸肿,丢人丢大发了。"

关允弯着身子卖力地推车,温琳的话他听到了,内心的喜悦如熊熊烈火一样燃烧,直想仰天长啸,抒发心中的憋闷之气。第一步,第一步终于迈出了!冷枫果然如老容头所说,紧紧抓住最后一个机会,还强力推他迈进了副科之门。他没有看错冷枫,冷枫确实是一个拿得起放得下并且不会错失良机的厉害人物。

这么说,他要背靠的大树是一棵根深叶茂并且可以遮风避雨的大树了?

老容头眼光真毒,他到底何许人也,怎么就能将冷枫的背景猜得八九不离十,还将冷枫的为人看得准确无误?关允此时心中愈发对老容头好奇了。他在认识老容头之后不久,就一直猜测老容头的来历,也几次开口问过老容头。老容头要么顾左右而言他,要么就是含糊其词地推托过去,说自己就是一个无亲无故无儿无女的流浪汉,四海为家,哪里有什么来历?

如果说以前关允还多少相信老容头确实就是一个普通的孤寡老人,那么在孔县因为流沙河大坝问题而导致矛盾激化之后,他愈加感受到老容头的神奇莫测之处。此刻再回想起中午吃饭时老容头看似无意中说出的一句话,他忍不住对温琳说道:"温琳,平丘山是一个好地方,有丰富的旅游资源,如果进行旅游开发,说不定能赚上一笔,怎么样,咱俩合伙承包了平丘山?"

"你可真敢想,谁教你的?肯定不是你自己想出来的主意,平丘山好看是好看,但孔县交通不发达,发展旅游业,肯定不行。"温琳捂着嘴巴说话,风太大,

"再说,你和我合伙,怎么合作?咦,你好像听到自己提了副科,没什么表示,是早就知道了结果,还是你太能装了?"

眼见到了县委,雨已经下成一片了,关允和温琳被淋得全身湿透。此时的温琳比上次从平丘潭中出来时更显诱人,裙子紧紧贴在身上,如同未穿衣服一般,头发也一绺绺地向下滴水。或许是受了雨水的冰冻的缘故,她双颊微红,嘴唇更显娇艳,就如雨后海棠,楚楚动人。

"我是激动得说不出话了。"对于自己终于提了副科,关允心中早就跳跃了一团雄心万丈的火焰,只不过他不想在温琳面前表露出来而已,"开发平丘山就是我的主意,而且我认为,平丘山的旅游一旦开发出来,肯定大有前途,我就问你,你想不想加入?"

温琳想了想,点了点头:"想。"

"想就行,等回头我出一个方案给你看看。"关允在吃饭的时候听老容头讲到平丘山的妙处,当时还不以为然,但在他听到温琳亲口告诉他副科落到他的头上之后,他脑中迅速闪出了一个强烈的念头——他不但要在政治上打一个漂亮的翻身仗,在经济上也要抓住时机,一举奠定今后几年的基础。

如果说要选择一个合作伙伴的话,温琳是最佳的选择。尽管温琳不如表面上的直爽那么简单,但她不会背后害人,而且她毕业于财经大学,肯定有经济头脑。

"好呀,我等着。"温琳拧了拧湿透的裙子,用手一指县委大门旁边的侧门,"我先去换衣服,你去秘书科,王车军找你有事。记住了,别给他好脸色。"

望着温琳细腰宽臀娉娉婷婷的背影,不知何故,关允脑中一下冒出了李理的一句粗话——奶大屁股圆,好生养。他摇头一笑,在孔县结婚生子?怎么可能!他的志向在远方,就算不为了让夏德长失望,他一个堂堂的京城大学的高才生,孔县之外的天地广阔,在哪里没有用武之地?被困在孔县,不过是一时的失意罢了。龙困浅水,那么就让他借助一条流沙河一座平丘山,在孔县的一方天地上,开始书写属于他的锦绣文章。

到了秘书科,关允没顾上换下湿衣服,就推门进去,瓦儿的声音已经乱成一团了。

"我不管,我就要关哥哥,别人谁也不要!王车军,你是大讨厌鬼!我就不喜欢你!"

瓦儿的声音穿透了风声雨声,回荡在县委大院之中,关允在门口听得清清楚楚,相信书记办公室和县长办公室,也能听见。他心中暗笑,瓦儿坏得很,就是故意让王车军丢人。

其实丢了副科,王车军已经够丢人了。想想之前,王车军几乎在县委每个人面前都流露过副科在手的自信,大家也都认定王车军必定是副科人选的第一候选人,哪怕县里只提拔一个副科,也会是他。

不承想,偏偏是他最看不起的关允出人意料一跃而上,取代了他的名额,不用想就知道向来在县委心高气傲惯了的王车军会是怎样的灰头土脸!

副科落选也就罢了,还被瓦儿捉弄和贬低,王车军平常可不是一个会吃亏的人,却在瓦儿面前发作不得,哑巴亏吃大了。

一进门,关允就看到了令他惊喜交加的一幕——办公室里,不止是瓦儿和王车军,冷枫也在!

怪得很,冷枫平常可不是一个多事的人,更不会如现在一样一脸似笑非笑的表情坐在一旁看热闹。王车军一身新衣已经和刚洗了一遍没两样,皱巴巴地粘在身上,打了摩丝的头发被水泡得就如劣质粉丝一样贴在头上,和头上顶了一顶黑草帽一样滑稽。

此一时,彼一时

再看瓦儿,身上几乎没湿,只有头发被雨水打湿了一片,反倒更显得她可爱清纯。她正叉着腰冲王车军大发脾气,样子像极了一头发怒的小老虎。

冷枫则坐在关允的座位上,脸上的表情意味深长,既不劝架,也不走,反倒像是故意看热闹一样。如果仅仅是被瓦儿呵斥也就算了,却当着冷枫的面,而冷枫的目光还颇有耐人寻味的意味,就让王车军脸上火辣辣地发烧,恨不得变成蚂蚁钻到墙缝里面。

王车军本来一早去照顾瓦儿时,就被瓦儿劈头盖脸地嘲讽一顿,他赔着笑脸说着好话,想哄瓦儿开心,瓦儿却就是不听,翻来覆去就一句话——她要找关允。

关允……关允有什么好?王车军愤愤不平地想。

王车军本以为有机会和瓦儿走近并借机和李逸风的关系再近一步,认为凭借他的形象和花言巧语,必定可以哄得瓦儿开心。瓦儿不过是一个十五六岁的小女孩,能有多少心思?却不承想,任凭他说得天花乱坠,瓦儿就是不为所动,到最后,瓦儿甚至推他出门。

长这么大,还是第一次被人赶到门外,王车军几乎要发狂了,他被瓦儿关

在门外,走也不是,留也不是,是平生从未有过的奇耻大辱。换了任何一个人,他转身就走了,才不会低声下气、死皮赖脸地留下,但对方是县委书记的千金,而且照顾瓦儿又是李逸风交给他的一项政治任务,完不成的话,会让李逸风认为他无能。

王车军在门口好话说尽,瓦儿就是不为所动,王车军脸皮够厚,索性将心一横,就是赖着不走了,不信瓦儿能一直不出门。结果瓦儿比他有耐性,憋在屋里整整一个上午,又看电视又唱歌,又吃零食又喝水,还故意弄出各种响声,摆明就是要气王车军。

瓦儿连中午饭都没吃,过了中午,天气突变,忽然间就雷雨大作。王车军在门外实在站不住了,正要坐下休息一会儿时,门突然开了,露出瓦儿美如朝霞的笑脸。

"我要去县委!"

"好,好,你说去哪里就去哪里,只要出门就行。"王车军已经被瓦儿折腾得没有一点儿脾气了,起身就走,才下楼不远,雨就下大了。

瓦儿却不紧不慢地漫步雨中,还不忘回头冲王车军一笑:"你不说要照顾我?好呀,就陪我雨中散步吧。"

王车军叫苦不迭,却又只能答应,现在他才知道瓦儿的刁钻古怪,敢情就是故意整他。他没想到要下雨,没有伞,瓦儿却打了一把粉色的雨伞,蹦蹦跳跳地踩着水花,可怜他只能跟在瓦儿身后,被淋成了落汤鸡。

到了县委,瓦儿是玩得开心了,咯咯直笑,他却冻得牙齿打战,想换衣服,又被瓦儿叫住,非要他陪她说话。他被瓦儿捉弄得欲哭无泪,又听到副科的名额最终花落关允头上,眼前一黑,差点没气晕过去。有心扔下瓦儿去找李逸风问个明白,又怕一时冲动之下,顾此失彼,被李逸风看轻,正左右为难时,冷枫迈着方步来到了秘书科。

冷枫说是来找关允,他坐在关允的座位上,似乎非要等到关允才走,一个县长坐等一名通讯员,绝对不是正常现象。冷枫是何用意,王车军想不明白,但瓦儿转眼翻脸,冲他喊叫非要找关允时,他才明白了过来,敢情冷枫在等着看他的笑话。

堂堂的一个县长要看一个通讯员的笑话,真是滑稽,冷面冷脸的冷枫什么时候也有这个雅兴了?王车军在丢了副科又被瓦儿摆布的双重打击下,心中更是对冷枫冷笑连连。但他也只能冷笑了,否则他还能怎样?他再依仗有一个县委副书记的舅舅,也不敢冲冷枫甩脸色,哪怕冷枫现在在县委已经是孤家寡人也不行!

怎么会这样?王车军欲哭无泪,怎么就丢了副科?和瓦儿的嘲弄以及冷枫的冷眼旁观相比,丢掉副科才是他最大的耻辱。他现在最痛恨的不是冷枫,也不是瓦儿,而是关允。

正想到关允,一抬头,关允就推门进来了。

肯定是关允在背后做了什么手脚,肯定是!白脸奸臣,王车军恶毒地瞪了关允一眼,忽然就感觉身上一阵寒意袭来,忍不住打了个寒战。本想再站直一下,也好显示他比关允高上一头,突然想起现在关允是副科而他不是,一下就又不由自主矮了几分。

关允一进门也被房间内的情景惊了一下,随即稳定了心神,先是恭恭敬敬地叫了一声:"县长。"又冲瓦儿点头:"瓦儿。"

最后又看向了王车军:"车军,听温琳说,你有事找我?"

王车军确实有事找关允,他想当面向关允问个清楚,为什么最后副科的名单没有他,关允到底在背后做了什么手脚?当然,还有一件事情是要把瓦儿转交给关允,他实在伺候不起瓦儿了……但冷枫在场,话到嘴边就只成了一句:"我淋雨感冒了,瓦儿你先替我照看一下,行不行?"

"行,怎么不行?"关允痛快地一口应下,"昨天县长也说了,照顾瓦儿也是我的职责所在。车军你怎么感冒了?身体要紧,要赶紧吃药。"

如果不是冷枫在场,王车军恨不得立刻揪住关允的领子质问他一番,但现在只能装作感谢关允的样子,拍了拍关允的肩膀说道:"谢谢你关允,可算是帮了我的大忙。"

"客气什么,又不是外人。"关允回了一句,恍惚间,一天前王车军在他面前得意扬扬地说到副科人选时,说的就是这句话。山不转水转,转眼间,他迈进副科的大门,而王车军却被临门一脚踢到了一边。

人生的际遇确实令人感慨,关允的目光又落在冷枫的身上,心知冷枫不走并不是为了看王车军的笑话,而是特意在等他。由此可见,他是不是做细做好流沙河治理方案的工作,对冷枫而言意义重大。

王车军转身要走,门一响,又一人推门进来,头上顶着一个白布,正是被人打破了头的李永昌。

李永昌一进门,一见王车军的狼狈样子,脸色就变了,再见到冷枫端坐,关允微笑,他一下就火大了,上来就是一句:"关允,你干的好事!"

突出的优点

冷枫眉毛微微一动,没有说话。

瓦儿却不干了,冲李永昌嚷道:"你干什么凶?"

关允拉过瓦儿,不卑不亢地问道:"李书记,我哪里做错了,您尽管批评。"

关允的话虽然简单,却一下让冷枫大为动容,他不由再次暗中打量关允几眼。原以为关允称呼他为县长,称呼别人时,也是只称职务而不加姓氏,没想到,关允只对他一人是特殊称呼。

怎么会?关允难道看出了他的来历?冷枫心中闪过一丝挥之不去的疑问,不可能!关允的简历就和一张白纸一样,从孔县一步迈出到京城上大学,大学毕业后再回孔县,他除了孔县和京城之外,就没有去过别的地方。

对于跟了他半年多的通讯员,冷枫自然对关允再熟悉不过,关允的一举一动虽然恭谨而谦逊,但学生之气未脱,多少可以看出刻意的部分。不过正和他早就对关允所下的结论一样,关允就是一个矛盾的综合体。

是,关允是比同龄人多了一丝稳重,但在县委大院里,相比之下,在稳重和礼节上面,关允并不突出多少。但关允对官场上许多细节的观察力和对大局的领悟力,却有着远超同龄人的非同一般的聪慧!

细节决定一件事情的成败,而对大局的领悟,决定的是未来。冷枫对关允愈加好奇了,尽管是他一手提拔了关允,但现在他忽然发现,随着他和关允的深入交流,他越来越看不透关允了。先不提在流沙河大坝事件上关允突如其来的提议,就是关允一年多来在县委淡定从容地应对困境,就让他对关允高看了三分。一个初出茅庐的年轻人,遭遇人生第一个因为无意中的失误而造成的困扰,却能始终坚持本心,一直左冲右突不屈不挠,真不简单。

而关允对李永昌的回答更是颇显官场智慧,他先不辩解,也不问哪里做错了,直接提出请李永昌批评,是以退为进的战术。就算关允真做了什么让李永昌恼火的事情,李永昌也不好再批评他什么,再说了,关允毕竟是他冷枫的通讯员!

县长的通讯员,县委副书记好意思当着县长的面批评?李永昌再是孔县的地头蛇,他也不敢这么嚣张,这么不懂规矩。

冷枫眯着眼睛,心中突然跳出一个念头,关允在困境中不折不挠,在复杂的局势下始终保持清醒,在人生的重大打击下,从不放弃希望,难道他和许多官员一样,背后有一个隐形的高人?

怎么可能?冷枫随即否定了自己的猜测,莫说孔县这个小地方不会有什么高人,就算有,有哪个高人肯屈就在一个通讯员的身后?想想也不可能。

李永昌头上的伤口淋了雨水,痛得冷汗直冒,他在办公室就听到瓦儿对王车军的喊叫,就急忙过来圆场并想安慰王车军。副科落选的事情对王车军的打击肯定巨大,他太了解王车军了,好面子,又要强,不料一进门就发现王车军如此落魄,心中又气又急,头疼加心痛,情急之下,他就对关允出口呵斥。

话一出口就意识到不对,眼光一扫,冷枫正坐在关允的位置上,虽说他对冷枫的尊敬仅限于职务,在孔县的一亩三分地上,一个劣势县长的话未必有他的话管用。但在流沙河大坝项目的问题上,冷枫目前还掌握着主动,在领导小组的成员名单正式通过县委决议之前,他必须给予冷枫充分的尊重,以免他意外落选。

"冷县长,你也在呀?"李永昌冲冷枫点了点头,算是打了招呼,又回头对关允说道,"你不好好照顾瓦儿,害的瓦儿生气了,你说是不是你的错?"

其实李永昌想当面质问关允刘宝家人在哪里,他头上的伤是不是刘宝家干的好事,话到嘴边,又变成了瓦儿。

"是,是我的错。"关允老老实实地接受批评,他不可能解释说他是为冷枫办事去了,有问题自己担下,领导眼睛亮堂得很,会记在心里。

"瓦儿,李书记有点儿事情走不开,你先跟着关允,车军不会照顾人,也不会说话,你别和他生气。"李永昌忍着疼耐着性子,和瓦儿说了几句好话,又冲冷枫点了点头,和王车军一起走出了秘书科。

风雨依然不小,王车军一出门就打了个喷嚏,浑身冷得发抖。李永昌爱惜地看了他一眼,又埋怨地说道:"别这么不经事,不就是一个副科,顶多再晚半年就又有一批了,到时你肯定能上。"

王车军脸色发紫,浑身发冷,嘴唇直哆嗦,之前的油头粉面全部没有了,只剩下狼狈和沮丧。他现在的样子走到县委大院,没一人能认出他就是如日中天的县委第一红人王车军。

"这就是平衡之术,李书记这么做,也有他的苦衷。你该怎么干工作还得怎么干,不能在领导面前流露出一丝不满的情绪,听到没有?"李永昌加重了口气,见王车军经受一次打击就一蹶不振的样子,他就心里恼火,想到关允一年来在县委不管怎么困扰都挺了过来,现在才知道在心理素质上王车军和关允相比还是有不小的差距。在官场之上,心理素质上的一点差距有时需要付出行动上的百倍努力才能弥补。

"我不服!"王车军猛然一脚踢倒路边的一盆盆栽上,差点没把花盆踢碎,"关允凭什么压我一头?他凭什么?肯定是他在背后黑我了,我要找他算账!"再想到他最喜欢的温琳对他从来不假颜色,而温琳看关允时的眼神一向都是含情脉脉。原本指望提了副科好好羞辱关允一番,好让温琳回心转意对他高看一眼,却没想到先淋成了落汤鸡又摔了一个狗啃泥,丢人丢到姥姥家了!

一年了,整整一年他事事都要压关允一头,让关允在他面前抬不起京城大学高才生的头!为什么在瓦儿到来之后,在流沙河大坝项目终于获得通过之后,在县委局势大变冷枫更加孤立之时,关允反倒扬眉吐气一次了,为什么?

谁是高人

从秘书科到李永昌办公室就几步远的距离,李永昌和王车军一路小跑进了办公室,还是淋湿了不少。一进屋,李永昌突然带上了门,"哐当"一声,声若雷震,他捂着头,脸疼得都扭曲变形了:"抓了刘宝家,只要刘宝家咬出是关允幕后指使他打人,就能记关允一个大过!副科……副科又算个什么,一个大过就让他背一辈子黑锅!"

王车军眼睛顿时亮了:"舅,打你一砖的人真是刘宝家?"

"八九不离十。"李永昌在孔县威风多年,何曾受过这样的屈辱,刚才雨水一淋,他头上的伤口疼得要命,更让他对刘宝家和关允恨之入骨。如果说以前还看在抬头不见低头见的老乡面子上,也就是打压和排挤关允,不让他上来就行了;但现在关允成了冷枫跟前的红人,又暗中指使人打得他头破血流,若不治治关允,他就不是孔县第一人李永昌!

"反了他了!舅,赶紧给城关镇派出所打电话,先抓了刘宝家,不管三七二十一,三拳两脚暴打一顿,肯定就招了。"王车军忽然感觉身上不冷了,摩拳擦掌,仿佛已经看到关允垂头丧气被记大过的情景。

城关镇派出所所长钱爱林是李永昌一手提拔的亲信,李永昌说抓谁,钱爱林一拍脑袋就马上去抓,绝不含糊。

李永昌抓起电话,刚拨了两个号,又放下了:"先缓一缓,现在流沙河的事情正在当口,不能再节外生枝了。等我坐稳了流沙河大坝项目负责人的位置后,再和关允算账不迟。不要灰心,车军,我回头和李书记说说,让你在流沙河大坝项目中,也负责一块儿。流沙河大坝项目是建国以来孔县最大的项目,油水多得很,你现在也不小了,该打打经济基础了。"

"还是舅舅好。"一听有钱赚,王车军心情才舒展了几分,笑得很神秘,"冷县长就这么放手不管了,就不想从大坝项目中捞上一笔?他真有这么大方?"

"冷枫不是大方,是不想麻烦,李逸风也一样,也不会插手大坝项目。成了,是他们的政绩工程;不成,顶多就是决策失误,不会被人查出有以权谋私的问题在里面。冷枫和李逸风一样,孔县只是他们的跳板,不是终点站。"李永昌比王车军看得长远,"孔县是我的终点站,也是我的舞台,不管谁当主角上台,都改变不了一个事实……"

"舅舅才是总导演!"王车军及时拍了一句马屁,别看李永昌是他舅舅,但在舅舅的身份之外,毕竟还是县委副书记,也喜欢奉承。

"我总觉得关允背后有高人指点,要不他怎么就开窍了,突然和冷枫走得这么近?"王车军想起关允的古怪之处,说出了自己的疑问,"冷枫不是一直不信任关允?最近孔县的局势变化太快了,我有点看不明白。关允怎么就交上了狗屎运?不过他就算有狗屎运也没用,没有背景,只有三分运气,成不了事。"

"高人?什么高人?孔县会有高人?"李永昌自得地一笑,"要说孔县真有高人的话,就只有一个……"

王车军心领神会地笑了:"舅舅才是孔县最厉害的高人。"

"什么高人,都是空话,只有手中有权才是真理。"李永昌沉吟了一会儿,"关允确实是交上狗屎运了,不过他的好运气也就到此为止,大坝项目一上马,冷枫就要坐冷板凳了。冷枫坐了冷板凳,关允就只能站在冷枫身后喝西北风。"

话虽如此,王车军还是心中十分憋屈,怎么就让关允拔得头筹了,他以后怎么再在县委大院大摇大摆摆出县委第一红人的姿态?他越想心里越难受,又觉得寒气入体,接连打了好几个喷嚏,坏了,真感冒了。

王车军感冒了,李永昌头上的伤口感染了,一场大雨为秋天的庄稼带来了充足的雨水,也将县委大院冲洗得一尘不染,而且还淋病了李永昌和王车军,为刚刚局势大变的县委又增加了茶余饭后的话题。

县委办秘书科,冷枫起身对关允说道:"关允,等下到我办公室一趟。"

刚才发生的一幕让关允心里转了几转,明白了一件事情。如果李永昌将头上受伤的账算到他的头上,王车军再将副科落选的问题当成是他下的黑手,他和李永昌、王车军之间的过节算是结大了,没有和解的可能了。

不过也没办法,有些事情就是如此,平常关系再好,一遇到争夺一个位置时,再好的朋友也会反目成仇,更何况他和王车军本来就不是朋友!算了,如果他和冷枫的计划顺利实施的话,到最后他和王车军不但没有一丝和解的可能,而且还有可能成为形同陌路的对手,说不定还是不死不休的局面。

"关哥哥,王车军说,你和冷叔叔要联合对付爸爸,是不是真的?"房间内只剩下关允和瓦儿时,瓦儿突兀地问了一句,小脸仰着,一双眼睛天真无邪地看着关允,有信任有期待,也有不安。

关允不知道说什么好,瓦儿还小,不懂什么是政治,他是爱怜瓦儿,但又能怎样?他不会因为对瓦儿好就放弃自己的政治立场,同样,李逸风也不会因为瓦儿愿意和他亲近,就对他另眼看待,在官场,感情不能代替政治。

"你都和我拉钩上吊,一百年不许变了!"瓦儿急了,"你不许骗我,关哥哥,你一定要对我说实话。"

"拉钩上吊,一百年不许变"的话语犹在耳边,关允却真的没有办法答应瓦儿什么,正琢磨怎么回答才能让瓦儿不留下心结时,温琳回来了。

温琳换了一身衣服,还是裙子,刚刚淋湿的是蓝色裙子,现在是淡紫色裙子。关允注意到,最近温琳似乎偏爱裙子,似乎每条裙子都能恰到好处地显露她的曲线和身材。想想也可以理解,正是青春怒放的年龄,爱美是天性,尤其是风华正茂的漂亮女孩儿。

一见瓦儿的委屈模样,温琳就笑:"怎么了关允,你欺负瓦儿了?来,瓦儿受了什么委屈和姐姐说说,让姐姐替你收拾关哥哥。"

瓦儿本来还故作坚强,温琳一句话,让她的眼泪一下涌了出来:"温姐姐,关哥哥不好,他是坏蛋。"

支点

温琳吓了一跳:"他,他怎么你了?"目光中就多了意味深长的内容,又瞥了关允一眼。

关允心想,温琳当他是什么人了,她的眼神分明是怀疑他对瓦儿动手动脚了,女人真是比男人还会联想。

"王车军说,关哥哥和冷叔叔要联合对付爸爸。"瓦儿气呼呼地瞪着关允,仿佛关允已经是她想象中的大坏人一样。

温琳又笑着看了关允一眼,将瓦儿拉到一边,小声说了几句话。瓦儿听了立刻笑逐颜开,欢快地跑到关允面前,拿出一块糖递到关允手中:"关哥哥,乖就有糖吃。"

关允哭笑不得,接过瓦儿手中的大白兔奶糖,一脸疑惑地看向温琳。温琳笑着眨眨眼睛,意思是保密,就是不告诉你。

不告诉就不告诉,关允现在还没有工夫奉陪了,他将糖放到兜里,摸了摸瓦儿的头:"瓦儿乖,我先去汇报工作了,先让温姐姐陪你。"

"嗯!"瓦儿笑眯眯地点了点头,"晚上要一起吃饭,好不好?我和温姐姐等你。"

关允更加疑惑了,瓦儿一开始不喜欢温琳,连和温琳在一起都不愿意,怎么温琳一句话就让她一口一个温姐姐叫得亲切了?再看温琳笑得神秘而开心,他也就呵呵一笑:"好呀,如果晚上冷县长没有事情的话,我一定陪瓦儿和温琳两位美女共进晚餐。"

关允前脚刚走,瓦儿后脚就关紧房门,小声而神秘地问道:"温姐姐,你刚才说的话,是真的?"

温琳点头:"当然是真的,王车军既忌妒关允长得帅,又忌妒关允比他学历硬,所以他总是喜欢到处说关允的坏话。"

瓦儿一脸兴奋,双手托腮:"那……他有没有在你面前说过关哥哥的坏话?"

"当然说过了。"温琳歪头想了想,"不但说过,还说了很多。"

"哦……我明白了。"瓦儿一脸恍然大悟状,"王车军在我面前说关哥哥的坏话,是想让我讨厌关哥哥,不让我喜欢关哥哥。那么,他在你面前说关哥哥的坏话,肯定也是不想你喜欢关哥哥。温姐姐,你是喜欢关哥哥,还是不喜欢关哥哥?"

小丫头够有心眼儿,不问温琳是喜欢关允还是王车军,却问她喜欢不喜欢关允,等于是下了一个套让温琳跳。

温琳还真差点上当,差点脱口说出当然是喜欢关允了……不过还好,最后时刻她的话在嘴里转了一个弯儿就变成了:"当然不喜欢王车军了。"

瓦儿眨了眨眼睛,狡黠地笑了。

关允不知道他走之后秘书科又发生了什么事情,他脚步轻松心情愉悦地来到冷枫的办公室。副科到手,冷枫重用,可谓双喜临门,他没有理由不开心。隐忍一年之久,终于抓住机会迈过官场大门的一个门槛,任谁也会心花怒放。

如果早一些听老容头的话就好了,或许就不用等到今天了,说不定上半年就能借势而起。关允回想起他初识老容头时的情景,当时他把老容头的历史故事只当成故事去听,没有联想到自身的处境,也没有向孔县的局势上引申。

不过话又说回来,真要仔细回味的话,在他担任冷枫通讯员之前,好像老容头为他所讲的历史大多是养精蓄锐、蓄势待发的故事。只有在他有机会和冷枫走近之后,老容头的故事内容里,才多了奋发向上的暗示。

莫非是说，老容头早就认定他能从孔县突围而出，支点还是落在冷枫身上？就是说，老容头和他一样，觉得冷枫大有前景？

背靠大树好乘凉，前提是，一定要找到一棵根深叶茂的大树，否则等靠上之后才发现是一棵根基不稳的小树，就会摔一个仰面朝天。

也是怪了，印象中老容头并没有迈进过县委一步，但他不仅对县委班子每一个领导的姓名和籍贯似乎都了如指掌，还对各人的性格和来历也略知一二，尤其对李逸风、冷枫和李永昌三人，点评得几乎头头是道。

认识老容头越久，关允对老容头的好奇越深，就感觉老容头身上的秘密越多。老容头就像一座深不可测的宝藏，或许有一天他会从中发现价值连城的珍宝。

那么冷枫是否也是一个宝藏？

冷枫正坐在办公桌后，手中拿着一支笔，笔悬在半空，似乎要落下，却犹豫着不知从哪里落笔。他抬头看了关允一眼，示意关允坐下，然后放下笔，端起白瓷茶缸，喝了一大口水才说："小关，这场雨一下，流沙河水量充足了，飞马镇和古营城乡就不用再因为用水而发生纠纷了。"

冷枫的话暗示很深，流沙河大坝问题，就是因飞马镇和古营城乡的用水纠纷，逐渐上升成为书记和县长之间较量的支点。现在大坝项目已在常委会正式通过，即将上马，却天降大雨。大雨一下，民怨平息，大坝项目岂不是成了鸡肋？

当然，关允也清楚，冷枫有此一问，并不是否定大坝项目。大坝项目既然已经在常委会通过了，再加上背后有许多推动力量，肯定会上。但上了之后会发生什么，会是一个什么结果，冷枫心里没底。

心里没底的原因还是冷枫对孔县掌控的力度太弱，在孔县的亲信太少。

"没有用水纠纷只是暂时的，下雨也是暂时的，雨过天晴之后，不出半个月，纠纷还会有。"关允十分笃定地说道。

"你这么肯定？"冷枫的手指轻轻敲击茶缸，露出手指上因为戴过结婚戒指而留下的印痕，"你就是飞马镇人，对吧？"

"我是飞马镇人，一直在飞马镇上学。飞马镇是县城，初中和高中时，全县各乡镇的优秀生都聚集到孔县一中，我的同学遍布全县，古营城乡的同学也不少。"关允的回答也巧妙，既解答了冷枫的疑虑，又暗示他已经做好了布置。

冷枫缓慢地点了点头："明天开会研究流沙河大坝领导小组领导成员的问题，我和李书记碰个头，初步意见是由李永昌担任组长，郭伟全担任副组长，全权负责流沙河大坝项目的建设事宜。按照规定，你可以加入领导小组，负责联络银行方面的工作……"

必须慎之又慎

关允才不想插手流沙河大坝项目的建设,也猜到冷枫有此一说怕是对他有试探之意,就说:"县长,我还是跟在您的身边,做好通讯员工作就行了。对于工程建设我又不懂,跟进去也是掺和,说不定还会妨碍别人正常的工作。"

冷枫意味深长地看了关允一眼,半晌没有说话。他一手端着茶缸,一手背在身后,在房间中来回走了几步,忽然问道:"关允,你是怎么发现我喜欢别人称呼我为县长而不是冷县长?好像整个县委,就你一个人注意到了这一点。"

这一番话问得很直接,差点当场问住关允。

好在关允和老容头在一起久了,倒从老容头身上学会了不少嬉笑怒骂的本领。他微微一惊之后,旋即恢复了平静,答道:"整个县委,县长的通讯员也就我一个。至于怎么发现了县长的这个习惯,也不是什么秘密,就是有几次见到县长称呼李书记为书记,我就留了心……"

"哦。"冷枫不置可否地点点头,他忽然心头一跳,发现他以前还真是疏忽了关允,只顾得上和李逸风较量,也太在意上面有人放出的风声了,却一直忽视了身边原来还有一个不可多得的人才。如果不是流沙河大坝的问题越闹越凶,如果不是关允主动提交一个方案,他还真有可能错失一个在他以后走向更广阔天地时的助力。

不过不管怎样,关允的观察力太强了,能成为县委之中唯一一个注意到他刻意隐藏这习惯的人,关允的眼力还是出乎他的意料,让他吃惊不小。称呼问题似乎是小问题,但对他而言却是一个能隐藏就不显露的隐私,知道的人越少越好。

关允怎么就这么观察入微,还是一直在刻意打探他的来历?从关允的年龄来看,他城府再深也深不到哪里去。再一想关允的学历,冷枫又释然了,能考上全国最高学府京城大学的人,肯定会有与众不同的本事,或许关允的特长就是细致入微。

"关允,流沙河是一条很小的内陆河,不过说不定也能掀起大风大浪……"冷枫又意味深长地将话题引到流沙河上。诚然,他在流沙河问题上的退让,不是在孔县全盘认输,而是另有伏笔。但如果流沙河问题处置不当,最后有可能大坝建成之后,大坝成了李逸风的丰碑,流沙河却将他困死在孔县。

龙困浅滩,也不是不可能,而是大有可能。就他所知,身边就有不少这样的例子,甚至还有一些背景和来历都比他强势的人物,就在阴沟里翻船了。

所以,想要成功地在孔县做好锦绣文章,既为老百姓做一些实事,又能为自己增加政绩和资历,他必须用人得当。而且说实话,孔县一任,事关他今后的长远。如果败走孔县,他的政治生命虽然不至于就此完结,但肯定是一个大大的污点。想起当年在南方下乡的青春岁月,以及在燕市直安县和那个人对酒当歌的豪壮,彼此约定,要各自开辟一方天地。

孔县要成为他的起飞之地,而不是翻船之地,流沙河大坝的后继事宜,必须慎之又慎!也不知道关允稚嫩的肩膀,能不能扛起他的重托。

关允知道冷枫的担忧,或许冷枫对他了解得不深,但他相信,他对冷枫的了解,远比冷枫想象中要多得多。而且他也清楚一点,冷枫冷面冷脸,性格坚定,是目前他视线范围之内唯一一个能带他脱离孔县困境之人,他帮冷枫在孔县布局并打开局面,就是在帮自己。

还有一点,关允认定冷枫不但有深不可测的背景,而且他人品可靠,是一个值得跟随的领导。

"县长,我从小在流沙河长大,河水不深,小鱼小虾不少,但从来没有过大风大浪。当然,偶尔淹死几人的事情还是常有。要我说,就算在上游建造一座大坝,流沙河还是流沙河,水量时多时少,不会从根本上改变流沙河是一条小河沟的事实。"

"关允,你父母都从事什么工作?"冷枫忽然问到了别的问题。

"我爸妈都是老师。"

"听说你还有一个妹妹?"

"是的,今年十六岁,明年就要高考了。"

"我好像听说你的妹妹不姓关,姓容?"冷枫和关允拉起家常,也是冷枫来孔县之后,破天荒第一次和别人说闲话。

"妹妹是抱养的,抱养的时候,有一张纸条,上面写着以容为姓,为了尊重她亲生父母的意愿,就一直让她姓容了。"关允没有告诉瓦儿真相,对冷枫却是实言相告。

"你的父母还是挺开明的人。"冷枫点了点头,又说到了孔县的风土人情以及他来孔县之后的一些感受。总之,与上次他和关允密谈不一样的是,这一次的谈话不但深入了许多,话题也无所不包,从县委局势谈到个人家庭,相当于是一次促膝谈心。如果说之前冷枫对关允的信任仅限于工作关系,那么这一次谈话之后,他和关允之间才算是建立初步的私人情谊。

"县长,我有一个想法,也不知道对不对,想请您把把关。"关允心中欢呼雀跃,比起一步迈入副科的门槛,他赢得了冷枫进一步的信任才更值得庆幸。至此,他从孔县脱困而出的三步走的计划,正式完成了第一步。

但在脱困之前,他还完全可以在孔县布下一个更长远的局。

"是什么?"冷枫饶有兴趣地问了一句。经过一番长谈,他现在对关允不但加深了印象,更多了好感,心中还有一股淡淡的失落和悔意。他一向很少后悔,但在冷落关允的事情上,他确实心中懊恼,如果早早重用关允,也不至于现在如此被动,还害得达汉国被调离了孔县,政治生命等同于画上句号。

他向来就是特立独行的性格,何曾在压力面前低头过?都是盲从的心理害人。上次去省城的时候遇到老领导,老领导有意无意提到关允,说关允很不受京城一个人物的喜欢,那人不希望关允能迈出孔县。他当时就记在了心上,一是领会老领导随口一说的暗示;二是顾忌那人的权势,本能地就排斥了关允。

雨过天晴

现在才明白,排斥了关允,那人念不念他的好还要两说,他却是先堵了自己的路,得不偿失呀。官场上的道路,有时候真是迷雾重重,稍不留心就有可能迷失方向。而且有可能在迷失过后你才发现,原来别人施放的烟雾,根本就和你无关。

"我想承包平丘山。"关允大胆地说出了心中所想,一个全新的蓝图在他心中勾画成型。他相信老容头的话,老容头说,孔县一条河一座山,下河容易淹死人,上山却能平步青云。

平丘山一直是无主之山。

和流沙河一样,平丘山矗立在孔县境内,从来没有具体划归到哪个部门管辖。流沙河还好,可以浇灌庄稼,可以打鱼,沿河两岸的村民就自发地将流经自己一亩三分地的河段当成自家后院。而平丘山除了风景之外,并无太多资源可以利用,对于挣扎在温饱线上的人们来说,只有闲人才会赏景。所以,平丘山在孔县百姓的心目中,百无一用。

冷枫大为不解:"承包平丘山?做什么?"

"旅游开发!"关允迎着冷枫不解和疑惑的目光,一脸淡笑。

冷枫更加好奇了:"平丘山太小了,又没名气,孔县交通也不够发达,你的想法不错,但不现实,能实现的可能性不大。"

"我想试一试。"关允想好了,平丘山山不高名气小,但他坚信一句话:山不在高,有仙则名。而且他也知道,承包平丘山的成本之低,几乎可以忽略不计。权当一试又何妨?

冷枫沉吟片刻,同意了:"承包可以,但不能影响到正常工作,而且你也不能直接出面。"

"我知道了。"关允心中一阵温暖,冷枫的话,等于是对他的关心和爱护,"我已经想好了,一方面是和温琳合伙承包,另一方面已经找好了人手。"

"和温琳合伙?"冷枫眉毛一扬,"温琳是财经大学的毕业生,有经济头脑,和她合作也不是不可以,但要注意不能走得太近了,温琳不会一直留在孔县……"

冷枫的话,既有暗示又有提醒。关允默默地点头,对于他和温琳之间的关系,他早有定位,即使冷枫不说,他也心里有数。

从冷枫办公室出来,不知何时外面已经雨过天晴,夕阳斜照,将雨后黄昏的县委大院照得如诗如画。关允在县委一年了,从来没觉得县委大院的景色竟这般漂亮,雨后的柳树迎风摇曳,月季花枝招展,一切的一切,就如未被人发现的平丘山之美,突然之间,有美不胜收之感。

关允心情大好,路子完全铺开,接下来就看他怎么走了。整整一年,他的心情从来没有如现在一样舒展,正想哼唱几句最喜欢的歌曲时,一抬头,却发现李逸风迎面走来。

李逸风背着手,紧锁眉头,似乎在思索什么解不开的难题,他低头在看脚下的水洼,没有发现关允。县委大院的地面不是水泥地面,而是方砖地面,一下雨就有积水,必须看好脚下再落脚,否则会溅一身泥。

走到一处只容两人通过的过道时,李逸风差点碰到一人身上,不由得一时恼火,在孔县县委,还有人和他抢道,太不懂规矩了。

一看是关允,火气更大了,关允才提了副科,才被冷枫接纳,怎么就一下翘了尾巴,胸怀也太浅了。李逸风反倒不走了,尽管关允站得地方不对,他也完全可以侧身通过,但他是堂堂的县委书记,在关允面前侧身的话,等于是向关允让行一样,可不行。

李逸风最在意细节,一个办公室问题他也会上升到谁主谁次的大问题上,一个通行问题自是不会让步。他在关允面前站定,露出惯常的似笑非笑的表情:"关允,我应该谢谢你照看了瓦儿。"

"不客气,李书记,是我应该做的。瓦儿愿意和我在一起,是我的幸运,而且瓦儿可爱、聪明,谁都会喜欢她。"关允毕恭毕敬地夸了瓦儿几句,这也是他的真心之言,说得既诚恳又坦然。

李逸心里一下舒坦了许多,和别人拍自己马屁相比,大凡为人父母者更喜欢别人夸奖自己的孩子。他轻轻地"嗯"了一声,一下又觉得关允没那么面相可憎了,就点了点头,说道:"让你受累了。"

借说话的当口,他微一侧身,从关允身前擦身而过,并尽量让身子靠近中间,以显得他没有为关允让路。错过之后,他心里还是小有疙瘩,回头又看了一眼。

这一看不要紧,顿时让他心中激起不小的波澜!

只见关允还站在原地未动,依然一脸浅笑地目送他离去。如果说关允行注目礼还不足以让他感受到关允在细微之处对他的尊敬,那么当他的目光落到关允的脚下,发现关允站在一片积水之中,正好替他挡住一脚迈进水洼的可能时,他心中最柔软的地方一下就被触动了。

可以说,自从他从政以来,见过无数下级形形色色的奉承和拍马,手段无所不用其极,目的无一不是为了让他记住人情。甚至许多人还夸大其词,大表劳苦功高,还从未有一人如关允一样,只默默地为他挡了积水,不解释,不浮夸。如果他没有回头观望一眼,还会让他误解关允的举动是不懂事的表现。

关允……到底是怎样的一个年轻人?李逸风第一次对关允产生不可抑制的好感,是的,他没有办法不对关允逆转印象。两天多来,瓦儿的开心,冷枫的退让,处处都有关允的影子在其中。

以前对关允是不是太苛刻了?他毕竟是一个初出茅庐的年轻人,又没犯过什么大错,何必非要让他毁在自己手中?回到办公室,李逸风刚刚坐下,还在回想刚才的一幕,电话就突兀而刺耳地响了。

这是直通市委的领导专线,李逸风心里突突一跳,急忙拿起电话,刚"喂"了一声,里面就传来一个淡淡而不失威严的声音。

"逸风,刚才听叶林说,关允提了副科?"

来得真快,李逸风心中一紧。

关允又能如何

黄梁市下辖十几个区县,每个区县每年要提的副科何止百十人,关允何其有幸,才一上来就被市委重量级领导关注了。看来,有人真是心眼儿小得很,盯死了关允。

"是……是冷枫的意思。"李逸风是对关允有了好感,但他的信念是,感情代替不了政治,他没必要替冷枫扛下压力,"冷枫是县长,他提了关允,关允又有京城大学的学历,各方面表现都很突出,我压下的话,难以服众。"

"逸风……"电话里的声音突然就严肃了几分,也提高了几度,"这件事情,我对你很失望!"

副科正科的提拔,县里上报上去,一般来说,市委组织部象征性走走过场,直接就放行了。当然,也有市委组织部卡住不批的情况出现,但是极少。

叶林办事效率很高,也不知她是因为温琳的缘故对关允有几分好感,还是怕出现节外生枝的意外,一回去就直接批了。如此,关允的副科就成了铁板钉钉的事实,再也无法更改了。

叶林还真是批对了,如果她先汇报后审批,关允的副科还是会被拿下,市委有人盯死了关允。正是叶林的一念之仁,才让关允的副科险之又险地落到了头上。

因此,叶林还被上级领导不轻不重地批评了几句。好在叶林在市委组织部也是老人,而且审批副科人选也是她权限之内的工作,别人再恼火,火也不能落到她的身上。

事后,叶林也是替关允暗中捏了一把汗。就算关允提了副科,只要他还在黄梁市的管辖范围之内,只要市委主要领导不换,他就算跳出孔县又能如何?他只是一只小小鸟,想要飞,却怎么也飞不高,飞不出黄梁市的一方天地。

市委发生的事情,李逸风暂时还不得而知,不过在他被领导冷峻地呵斥之后,想起刚才关允踩水让路的一幕,心中莫名对关允生起浓浓的怜惜之心,以及对市委过于小题大做的不满。

只不过,他知道再有不满也不能流露出来。他是从省城空降到孔县的干部不假,但考核和升迁,全由市委把关,他只能轻轻咳嗽一声说道:"蒋书记,请您批评我。"

如果让关允知道是谁亲自打来电话就他的事情向李逸风问罪,他肯定会大吃一惊,不是别人,正是黄梁市委书记蒋雪松!

堂堂的市委书记因为一个副科提拔的问题和一名县委书记过不去,作为支点人物的关允,也不知道是该庆幸自己大名鼎鼎,还是该悲哀自己被人盯得如此之死。

"批评你还有什么用,算了。"蒋雪松轻叹一声,"这事,也怪不到你头上。说实话,我也懒得管闲事,但我欠了别人人情,别人说了,我多少也要做做样子。关允就到副科为止了。"

蒋雪松的电话断了,电话里的忙音一声紧过一声,声声敲在李逸风的心上。他不由自主地又想起刚才关允谦恭的微笑和注目礼,暗叹一声,可惜了一个优秀的人才。

才放下电话,门就被人一下推开了,瓦儿一阵风一样冲了进来,拉住他的胳膊,只说了一句话:"爸,我晚上和关允一起吃饭去了,你不用管我了,走了!"

话一说完,她不等李逸风开口,转身如一阵风一样跑掉了。

望着瓦儿欢快的背影,李逸风无奈地笑着摇摇头,一边是要防范并压制关允进一步上升,一边是女儿和关允的关系越来越密切,真是让人头疼。

不过又一想,蒋雪松在黄梁市至少还可以再干三年,他在孔县也要三年才届满,三年之内压住关允不让他提上正科,肯定没有问题。至于三年之后就不管了,到时他转身离开孔县,谁爱压制关允谁压制去。

不知不觉中,随着冷枫对关允态度的转变,随着瓦儿的到来,再随着李逸风对关允观感的微小改变,关允在县委的处境也在悄然之中发生微妙的变化。不过,别说身为当事者的关允完全没有察觉到这一点,其他人等,包括冷枫、李永昌和王车军,也是全然不知。

也不能怪关允感觉迟钝,他再聪明再观察入微,也察觉不到李逸风内心的变化。但事情往往如此,许多时候,小事就是由内心最微不可察的变化一点点积累,最终越积越多,从而在一个合适的机会引爆,成为令人难以置信的大事。

踏着县委大院中坑坑洼洼的积水,关允和温琳、瓦儿有说有笑,迈着欢快的步伐,走出被夕阳映得红艳艳的县委大门。雨水冲洗过后的孔县县城,清新怡人,街道两旁的梧桐树,绿得喜人。西方的天空,晚霞满天,有一群飞鸟飞过。关允第一次发现,原来再平常不过的县城,在日落的时候,也有美景。

瓦儿和温琳都陶醉了,尤其是瓦儿,眯着眼睛仰着脸,让夕阳尽情地挥洒在她青春娇艳的面容之上,长长的睫毛微微颤动,美如玉人,白里透红的容颜青春逼人,令人目眩。

温琳哼唱着一首不知名的歌曲,双手插进裙兜之中,一边走,一边笑得甜蜜,也不知道想到了什么好事。

关允也放飞了心情,他洒脱的性子在此刻迸发出来,一下跳起,伸手摘下树上的两朵红花,一人一朵交到温琳和瓦儿手中。温琳和瓦儿高兴地接过花,嘻嘻哈哈地要为对方戴上,关允见状,哈哈一笑,笑声惊飞了树上的几只喜鹊。

无人察觉的是,一辆漆黑的汽车从关允三人的身旁驶过,车上坐着两人,正是李永昌和王车军。

李永昌和王车军要去县医院,李永昌是重新包扎伤口,王车军则是感冒加重,要打针。二人刚有的好心情在遇到关允和瓦儿、温琳三人一行的时候,一瞬间就变成了愤慨和不甘。

曾几何时,一直不将关允放在眼里、视关允如无物的李永昌,突然间就觉得关允的身影如此让人心烦意乱,尤其是他和温琳、瓦儿说笑时干净的笑容,怎么看怎么让李永昌没来由地厌恶。

王车军一拳砸在汽车座椅上,恶狠狠地说道:"关允,小人得志!"

李永昌脸色铁青,忽然就吩咐了一句:"先到城关镇派出所去一趟。"

另有长远谋算

王车军眼中闪出亮光:"舅,是不是让钱爱林先抓了刘宝家?"

"抓不抓再说,先调查一下刘宝家是不是干净。"李永昌目光阴冷了几分,关允提了副科而王车军落选的消息传出之后,不仅在县委大院引发无数议论,老姐还打来电话问了半天,就差训他几句了,让他心里憋了一团火。

原本想等流沙河大坝领导小组成立之后再找关允算账,但他等不及了,关允一副小人得志的嘴脸实在让人心烦。他决定先从刘宝家身上打开缺口,然后再慢慢收网,最后一举拿下关允。

等关允的身影完全消失在视线之内,李永昌才感觉舒服了一些,他纵横孔县几十年了,从来没有一人给他带来过这么大的压力,刚才是怎么了?一个关允,就算他是京城大学的高才生又能如何?只要在孔县,谁都一样被他吃得死死的。孔县是他的天下,他怎么就被一个刚出校门的毛头小伙子激得乱了方寸,不应该,真不应该。

关允除了学历过硬之外,还能有什么过人之处?李永昌收回心思,对王车军说了一句:"你以后在关允面前,表现得自然一些,尽量低调。"

"我明白。"王车军点头,眼神跳动。他明白,从现在起,他要老实做人低调做事,争取成为大坝项目领导小组的成员之一,闷声发大财。

"闷声发大财?你想得美!"温琳坐在关允的对面,好看的杏眼瞄了关允意气风发的脸庞一眼,掩嘴一笑,"就凭你?就凭平丘山?"

关允一行三人来到孔县久负盛名的陈氏火烧店,三人坐在角落里,要了五个火烧和三碗肉汤。温琳爱辣,又专门让店家炸了辣椒油。

陈氏火烧店以火烧和大块炖肉的肉汤为特色,在孔县开了几十年,一直生意兴隆。火烧选用当年的小麦,用石磨磨成面粉,用手工揉面,再用木炭烧烤,烤出来的火烧金黄喷香,外焦里嫩,非常可口。再一人来一碗鲜美的肉汤,佐料有香菜、葱花或是辣椒末,再多加一勺老陈醋的话,别看菜品不够精致,左手火烧右手肉汤也稍欠雅观,但入口之后,绝对是无上美味。

温琳在关允向冷枫汇报工作之际,利用她的专业知识写出了一份关于开发平丘山旅游资源的可行性报告。不过让她沮丧的是,她越是深入研究平丘山开发的前景,越是觉得事不可为,完全就是一出自弹自唱无人捧场的独角戏,不管是黄粱市的游客还是省城的游客,都不会来大老远地来名不见经传的平丘山旅游。所以,当她听到关允自信满满地声称承包平丘山可以闷声发大财时,她再也忍不住出言嘲讽了关允几句,希望能骂醒他。

关允却还是坚持认为他的美梦可以成真:"我不会试图说服你,也不会告诉你,我为什么坚信开发平丘山可以闷声发大财,我就问你一句,你是不是同意和我合作?"

"我同意和关哥哥合作。"瓦儿高高举起右手,好像学生抢答老师的问题一样,急急地表态,"我的存钱罐里有几百块,全部拿出来投资开发平丘山!"她举起的右手中还有被她咬得不成样子的半拉火烧,嘴角还有一根香菜点缀在红唇之上,实在是让人忍俊不禁。

关允拿她没办法,挥了挥手:"赶紧吃你的饭,别捣乱。"

"火烧真好吃,肉汤真好喝,再来一碗。"瓦儿笑嘻嘻地将空碗推到关允面前。

关允还怕瓦儿不喜欢吃火烧,不想她狼吞虎咽的样子,没有一点淑女形象。他不知道,瓦儿中午就没有吃饭,不管怎样,瓦儿吃得开心,他就高兴。

关允无心吃饭,将自己的碗推给瓦儿:"少吃点,小心吃胖了。"

瓦儿吃吃地一笑:"我怎么吃都不胖,就是什么时候能和温姐姐一样……就好了。"她的左手藏在右手下面,故意挡着不让温琳看见,只有关允看得清楚,她的左手指向了温琳的胸部。

温琳没看见,却猜到了瓦儿的举动,脸一红:"瓦儿,别发坏,好好吃你的饭。"她似乎有意将双手挡在胸前,不至于让胸前的波涛过于汹涌,问关允:"你说,承包平丘山得多少钱?"

"三年下来,差不多一百块。"关允一个月的工资才一百多块,一百块要他省吃俭用好几个月。

"三年一百块,是不便宜。"温琳摇头说道,"承包费用是一方面,另一方面,还要有后继投入,比如宣传,比如建造景点……"

"我说错了,不是三年一百块,是十年一百块。"关允笑了笑,"而且我还要明确地告诉你,没有后继投入了,就是前期一百块的投入,我五十,你五十,你干不干?"

"你别骗人,十年一百块承包平丘山,我信。平丘山本来就是无主之山,也是荒山,闲着也是闲着,一百块也是钱,县里巴不得有人承包。但你说没有后继投入,我就不信了。还有就是,一百块你自己也出得起,为什么非要拉我入伙?"温琳吃了太多辣椒,辣得直吐舌头,用手扇风,话都说不清了。

"关哥哥,你帮温姐姐吹吹。"瓦儿故意天真地发坏,"离近点,嘴对嘴吹才有用。真的,我辣着了,妈妈就帮我吹,一吹就不辣了。"

温琳笑着推了瓦儿一把:"小小年纪,心眼儿真多。你还别说,我敢让关允吹,他都不敢凑过来。来,关允,你试试?"

关允还真不敢试,不是怕瓦儿看,而是在大庭广众之下,他可不想成为众矢之的,就笑着摆摆手:"等没人的时候,我吹不死你,现在……先说正事,你投不投资?"

"我出二十行不行?"瓦儿又捣乱了,伸手从口袋里拿出二十块推到关允面前,"真的,我真出二十,按比例算的话,我占五分之一的股份。"

关允可从来没有想过拉瓦儿入股,他拉温琳入股,是另有长远谋算,却没想到,瓦儿非要加入。他心中突然一动,一个突如其来的念头就如野草一样疯长,几乎不可抑制。

一家亲

将二十元钱拿在手里,举在中间,关允郑重其事地说道:"好,我接受瓦儿入股。"

温琳见关允的样子不像开玩笑,对于关允突然接受瓦儿入股先是一惊,随即想通了什么,也从身上翻出三十元,拍在关允面前:"我出三十……"想了想,她又多拿出一块,说:"出三十一好了,我和瓦儿正好占了百分之五十一的股份,只要我们意见统一了,就可以否决了你的决定,哼!"

瓦儿也凑热闹地"哼"了一声,将吃得只剩半碗的肉汤和半个火烧递给关允:"撑死我了,关哥哥,我不吃了,都给你了。"

关允摊开双手:"什么意思,让我吃你的剩饭?"

"怎么啦,有意见?"瓦儿笑嘻嘻地说道,"在家里我吃不完的饭,都是爸爸帮我吃,我信任谁,才会让谁吃。奶奶说,帮我吃剩饭的人,才会是我一辈子的亲人。"

温琳戏谑地看着关允,意思是,看你怎么办?

瓦儿是个小女孩,和容小妹年纪相仿,但她比容小妹刁钻古怪多了,在关允眼中,她就是另一个逆反版的容小妹。本着不浪费的原则,他当下就一口咬掉半个火烧的三分之一,又一口喝掉半碗肉汤的二分之一,哈哈一笑:"吃就吃了,怕什么,不就是多了瓦儿的口水。温琳还爱借我的杯子喝水,还经常吃我的口水呢。"

温琳顿时愕然,半晌才反应过来,伸手要打关允:"你扯上我干什么?"

瓦儿开心了,伸手钩住关允的小拇指:"关哥哥,我要再和你拉钩一次。"

一瞬间,关允又想起在田间他和瓦儿拉钩的情景,恍惚间,瓦儿起伏好听的声音似乎还在耳边回响:"拉钩上吊,一百年不许变!"他笑了,和瓦儿又一次拉钩。

"事不过三,第二次拉钩了,以后不许再随便拉钩,拉多了,就不管用了。"关允钩住瓦儿白如美玉的小拇指,"拉钩上吊,一百年不许变!"

"拉钩上吊,一百年不许变!"瓦儿又说了一遍,眼睛转了几转,"关哥哥,要是成立平丘山旅游公司的话,你是董事长,温姐姐是总经理,我就是副总经理,对不对?"

成立平丘山旅游公司?关允还真没想过,瓦儿的话倒还真提醒了他,规范化经营的话,还真得成立公司,不过等他向老容头取取经再说。老容头当时只是随口一说平丘山如果开发旅游,大事可成,但具体怎么运作,又怎样推广,没说详细。他虽然心中大概有了一个轮廓,但在大体方向上,还得老容头再指点一下才能敲定。

从以前对老容头只是好奇和爱戴,到现在对老容头的敬畏和信服,关允花了差不多一年时间,正是他在县委之中受人排挤并坐了冷板凳的一年。如果说一年来没有老容头的陪伴和指点,他一个人真不知道能不能挨过来。

"关哥哥……"瓦儿想到什么好笑的事情,她虽然狡黠,但脸上藏不住心事,她伸手拉过温琳的手送到关允眼前,"董事长和副总经理拉钩了,和总经理也要拉钩,才是一家亲。"

温琳向来大胆泼辣,突然就羞涩了,要缩回手,不肯和关允拉钩。关允哪里肯放过温琳,哈哈一笑,伸手就钩住温琳的小拇指。

和瓦儿白如美玉的小拇指相比,温琳的小拇指更显健康之美。关允不是没有碰过温琳的手,但拉钩还是第一次,心里的感觉有点怪,也有几分杂乱。他紧紧钩住温琳的小拇指,问道:"拉不拉钩?"

温琳忽然勇气大涨："拉就拉,谁怕谁！我不是怕和你拉钩,而是怕拉了之后,有一天你会后悔……"

"我后悔什么？"关允有意在温琳手心挠了一下,"拉钩上吊,一百年不许变！"

温琳咬着嘴唇,眼波流转："拉钩上吊,一百年不许变！"她手上暗中加了力气,用力一拉关允的小拇指,说："谁变谁是大坏蛋！"

夜幕下的孔县县城虽有路灯,但却昏黄一片,缺少诗情画意的气氛。关允和温琳送瓦儿到飞马宾馆,哄瓦儿睡下,他和温琳一起回县委——关允住在县委大院的单身宿舍,温琳家在县城,虽然她也有单身宿舍,但通常会回家住。

"关允,我总觉得三十一块钱入伙,好像交给你三十一块钱,就把自己卖给你一样。你给我交个底,承包平丘山,不会是什么阴谋诡计吧？"温琳双手放在裙兜里,一边走一边学顺拐,自己把自己逗乐了。

"怎么会？我是好人。"关允呵呵地笑道,"确实是想打打经济基础,人在官场,没钱不行,没钱就底气不足。以后接触到了层次更高实力更雄厚的大老板们,他们会用钱开路,会拿钱砸得你晕头转向。但你有钱就不一样了,至少你不会见钱眼开,被人牵着鼻子走。"

"你想得倒长远,说得跟真的一样,好像你真能走出孔县,冲出黄梁市,直奔首都了,我才不信你有那么大的本事。"温琳又想起了一件事情,"你要是想赚钱的话,为什么不辞职下海？我在南方的几个同学都说了,要是你去南方发展,他们举双手欢迎。"

"在哪里失意,就在哪里起飞,我不会去南方。"关允站在县委门口,目光坚定地盯着左边白底黑字和右边白底红字的两个牌子,"我就一句话,温琳,你记在心上……"

温琳一下紧张了,以为关允要说什么表白的话,她顿时屏住呼吸,心跳如鼓,万一关允说出什么不该说的话,她该怎么办才好……

"和我合伙,我宁肯自己吃亏,也不会害你！"话一说完,关允冲温琳摆摆手,转身迈进县委大院的大门。

温琳呆呆地站在门口,心思从高处落到低处,又羞又恼,羞自己太想入非非,恼关允不会说话。好好的,非说得这么郑重其事干什么,不就三十一块钱嘛,又不是什么大钱,就算害她,她还能吃多大亏不成？

04　欲将取之，必先予之

和关允初次在王车军面前扬眉吐气、沉重地打击了王车军嚣张气焰的直接胜利不一样的是，冷枫也在常委会上含而不露地来了一手四两拨千斤，不动声色地埋下了长远的伏笔。孔县的局势，在常委会上研究通过了流沙河大坝项目领导小组成员名单之后，悄然地转了一个大弯。

暗中行事

关允告别温琳，沿着县委大院时明时暗的青砖地面向后面的单身宿舍走去。此时的县委大院一片静谧，不知名的秋虫在低声吟唱，路旁的树丛发出沙沙的声响，除此之外，就是关允自己的脚步声。

夜深了，孔县的权力中心也要入睡，也要经过休整才能迎来明天的喧嚣。

单身宿舍在县委办公区的后面，另有通道，不必经过内院的内门。单身宿舍区和县委领导的住宅区相邻，中间隔了围墙，却有一个小门可以通行。通常没人会不懂规矩从县委领导的住宅区绕行，毕竟住在单身宿舍的人在县委中都有一定的层次，官场规矩都清楚。

关允回来晚了，今天也不知何故，单身宿舍的大门锁上了，平常也不见有人多事去锁，无奈，他只好绕行县委领导的住宅区。

快走到县委领导住宅区和单身宿舍之间的小门时，忽然在远处的活动中心，一个人影一闪，吓了关允一跳。这么晚了，谁还没睡，三更半夜在活动中心走动，难道大晚上的还锻炼身体？他向旁一闪，就躲进了阴影里。

仔细一看，人影赫然是冷枫！

平常关允早睡早起，从来没有晚过晚上十点回宿舍，更不会在晚上闲着没事去绕行县委领导的住宅区。不想第一次绕行，他又发现了冷枫的一个秘密。

县委领导住宅区其实也是一个大院，位于内院办公区的西面。大院中有几处小院,每家独成一院,颇有田园雅居的味道,但大部分院落都空置,没几个县委领导入住。主要是除了一二把手之外,孔县其他县委领导要么是本地人,要么是邻县人,本地领导,大多回家去住,邻县领导,也都开车回家。

孔县是小县,距离邻县县城,大多都在二三十公里左右,开车就是半个多小时的路程。

基本上县委领导住宅区,大部分时间就是李逸风和冷枫入住。

冷枫在干什么?关允并非有意偷看冷枫,而是下意识地就躲到了一边,不想打扰冷枫的行动。活动中心离住宅区不远,就在同一个院内,里面有各种运动设施,通常也没人去里面锻炼,县委领导顾不上锻炼,如关允一样的年轻人,不用锻炼身体就够棒了。

冷枫从活动中心出来后,背着双手随意散步,走到一处双杠前,突然,他将身一纵,双手一撑,就跃上了双杠。

身手不错,关允暗暗赞叹,冷枫毕竟才三十五岁,而且身材也保持得很好,能一跃上杠不足为奇。又一想,三十五岁就当上县长,虽说不算特别年轻,但也算出类拔萃了,也间接证明了冷枫的背景深厚。但问题是,省里的大县富县多了去,为什么他偏偏要空降到小县穷县的孔县任职?

正胡思乱想时,忽见冷枫又做出一个让人大吃一惊的举动——他一个倒转,身子一挺,竟然稳稳当当地站在了双杠之上!

如果说换了别人,哪怕比冷枫再大上几岁,如冷枫一样站在双杠之上,关允也不会吃惊,但冷枫不是别人,他是县长。而且还有一点,双杠的位置安放得不好,左边是一堆杂物,乱七八糟什么都有,钉子、建筑垃圾、玻璃等,右边是灌木丛,长满了带刺的花草。左右两边,不管冷枫一不小心掉到哪一边,肯定都会很难看。

虽不至于有性命之虞,却也会伤痕累累!

冷枫半夜三更一个人不睡觉,在双杠上"走钢丝",将自身置于危险境界,他又是何意?关允心中闪过无数个念头,想来想去不得要领,实在理解不了冷县长的举动。

等冷枫险之又险地走完了全程,双手一撑平安落地之后,关允才长出了一口气。随后,冷枫的背影消失在黑暗之中,他才悄悄从小门回到了单身宿舍。

关允的宿舍很简陋,除了一床一椅一桌子以及满满当当的书柜之外,几乎就没有什么家当了。上床之后,关允翻来覆去地睡不着,寻思冷枫的举动,琢磨冷枫的为人。每个人性格中都有特定的一面,也许从日常接触中发现不了,但在他暗中行事的时候,往往会无形中流露出内心的真实。

冷枫此举,只从锻炼身体的角度考虑,也未尝不可。但对于关允来说,他喜欢透过现象看本质,想从中参悟冷枫性格中不为人所知的另一面。一连想了半个多小时,还是没有一个说服自己的结论,算了,明天一早请老容头指点一下。

天一亮,关允早早起床,跑步之后,就和往常一样去老容头的早点摊吃早饭。一出县委大门,瓦儿蹦蹦跳跳的正从飞马宾馆出来,冲他高兴地招手。

瓦儿换了一身浅绿色的公主裙,两条辫子散开之后,形成波浪一样的两缕长发,还真如一个骄傲的公主一般,款款朝关允笑吟吟地走来。

"关哥哥,陪我一起吃早饭好不好?宾馆的早饭,太难吃了。"

"好,我带你去吃孔县的特色早点。"关允笑眯眯地打量了瓦儿一眼,"瓦儿真好看。"

瓦儿左手右手拎起两侧裙角,微一弯腰,双眼笑成好看的月牙儿:"谢谢!"

关允矜持地架起胳膊,腰一挺,右臂一弯,瓦儿会意,左臂立刻挽住了他的胳膊。二人配合默契,只一个动作就知道了对方的心意。

关允和瓦儿相视一笑,一时,整个早晨就美好了起来。

老容头的早点摊炉火正旺,新鲜出炉的烧饼和热气腾腾的豆腐脑、小米粥,散发出诱人的香气。刚刚腌制好的小碟咸菜,滴一滴香油,配几片香菜,再来一勺醋,醋香和纯正的小磨香油的气息混杂在一起,绝对是上好的下饭小菜。

瓦儿还没坐下就已经食指大动了,她惊叫一声:"哇,真馋人,我想我又要吃多了。"

老容头正忙得不可开交,没空理关允,只回头看了一眼,目光扫过瓦儿的时候,视若无睹,他只说了一句:"关允,想吃什么自己动手,顾不上你。"

瓦儿只看了老容头一眼,忽然就一阵没来由地心慌,总觉得在哪里见过老容头一样,不但见过,而且他好像还曾经是自己最熟悉的亲人。

门道

关允没注意到瓦儿的异样,他先替瓦儿盛了粥,拿了咸菜,让她先喝粥,就去帮老容头打烧饼了。

关允挽起袖子,动作熟练地揉面,然后揪下一个面团,用拳头一转,一个烧饼的雏形就成了。再拧上几拧,抹上五香粉和油盐,最后在周围捏出花瓣的形状,一个烧饼就算初步做成了。

以上,才是第一步。第二步是将烧饼放进炭炉中,背面贴在炉壁上,正面承受木炭火力的烧烤,必须用纯正的锯末燃烧,才能既不冒烟又火力够用。大概三五分钟之后,一个外焦里嫩通体泛黄的烧饼就火热出炉了。

炭炉一次可以放进十几个烧饼,先前主要是在揉面阶段跟不上出炉的进度,关允一帮手,出炉的烧饼明显就供需平衡了,老容头也大大地缓了一口气。

瓦儿已经惊呆了,双眼发直,小勺举在半空,忘了送到嘴里。刚才第一眼看到老容头时的慌乱,已经被关允熟练而优美的揉面动作所带来的震惊替代了,她心中只有一个声响在回响——哇,关哥哥太帅了!

如果让关允知道他为生计着想替老容头分担生活压力的动作可以被形容为帅,他就真的无语了。没有体会过生存之艰辛和生活之艰难的瓦儿,是不会切身感受到一个生在农村、长在县城,并在大城市上学的孩子一路走到今天的不易!

关允在乐观向上的青春、阳光和笑容背后,从小就为家庭承担了一个男孩儿应该承担的一切。是小子,不吃十年闲饭,十岁以后的他,就会干活了,家务活、地里的活儿,样样拿得起做得来,早早就显示出一个小小男子汉的气概。

虽说关允的父母都是教师,其实他的父亲才是正式教师,而母亲却是民办教师,家中一直有几亩自留地。不过自从关允上了大学,容小妹到县城上了一中,父亲要带高中毕业班,母亲也教初中毕业班,实在忙不过来,自留地就荒废了。为此,关允很是痛惜。作为农民的儿子,他对土地的感情很深,尽管他在京城最高学府上了四年大学,也一心想飞得更高更远,但始终无法割舍的是故乡情怀,是对土地深沉的爱。

只要是力所能及的活计,关允必定亲自动手,不劳别人。

瓦儿自幼在省城长大,从小衣食无忧,娇生惯养,自然不知道生活冷峻无情的一面。在她眼中,关允就是一个帅气、阳光并且灿烂的大哥哥,他几乎无所不能,既幽默风趣,又会体贴人照顾人,他的人生肯定风和日丽,一帆风顺。她却不知道,先不提直到现在关允的母亲还是没有转正的民办教师,他的家庭生活很不富裕,单是一年多来关允在县委所受的委屈和冷落,换了别人,说不定早就一气之下辞职下海了。

瓦儿痴痴地望着关允的背影,只顾愣神,一下就将老容头为什么面熟又为什么让她心慌抛到了脑后。也不能怪她,她只是一个未经世事的小女孩,心里藏不住那么多事情,她只是迷恋关允的阳光,仰慕关允的帅气。

关允背对着瓦儿,哪里会清楚瓦儿在乱想些什么。他特意为瓦儿打了两个烧饼,出炉之后,放到瓦儿面前:"好好吃饭,别乱看。"

"嗯!"瓦儿抿着嘴,眼睛眯成了月牙儿。关允笑笑,回身又帮老容头干活。

"昨天晚上,有一件奇怪的事情……"一边手上不停,关允一边小声地将昨天晚上的事情说了一遍。

老容头似乎在听,又似乎没在听。他接钱,递烧饼,替人盛粥和豆腐脑,不离关允一米左右,忙得跟陀螺一样,也不接关允一句话。直到关允说完了,他才用手捶了捶腰,摇头说道:"老了,不中用了,腰酸背痛,来,扶我坐坐。"

关允扶老容头坐下,此时吃早饭的人已经渐少,出炉的烧饼放在了盖着一层保温被的筐子里,不再需要现打现卖,老容头也终于得以休息片刻了。

"苏东坡有一次和友人章惇去游山玩水,来到一处绝壁万丈的潭水边,水边只有一座独木桥,下面是万丈深渊。章惇很仰慕苏东坡的才华,请苏东坡到潭水边的石壁上题字……"

关允立刻细心静听,以前老容头讲历史故事,不管正史野史,他只当故事来听,一笑了之。现在不同了,如果老容头的话他还只当成故事来听,听过就算了,他就是有眼不识泰山的笨蛋。

不过也别说,关允是当了将近一年的笨蛋才悟出了这个道理,现在想想,其实他这个笨蛋当得也不冤。

"苏东坡看了看深不可测的潭水,又看了看摇摇晃晃的独木桥,连连摆手。章惇却哈哈一笑,如履平地一样走上独木桥,然后又将吊着绳索挽着树木的枝条晃到绝壁前,在瀑布的轰鸣声中,面不改色地题了几个大字。"老容头一边说,一边漫不经心地看了瓦儿一眼。瓦儿此时正津津有味地吃着烧饼,早就将什么疑惑或是不解抛到了九霄云外,老容头是何许人也,她已经不再关心了。

关允慢慢听出了门道,不说话,等老容头继续讲下去。

"章惇回到苏东坡前,气色如常,脸不红心不跳,若无其事地笑着作揖。苏东坡大为叹服,说道,君当来定能杀人夺命。章惇笑问苏东坡何出此言,苏东坡答说,君子不立危墙之下,不把自己性命看重的人,一定不会在意别人的性命!"

"后来呢?"章惇和苏东坡的恩怨,关允也略知一二,但并不详细,是以心中一惊,急欲问个究竟。

"后来嘛……"老容头一拍大腿站了起来,"好了,时间不早了,你该去上班了,后来是怎么样了,自己去查查宋史里面的《奸臣传》。还有……小丫头不简单,心眼儿多,你别小看了她。"

怎么会?关允心道,他可从来没有轻看过瓦儿,早就知道了瓦儿的古灵精怪和狡黠。不过老容头说话可不会无的放矢,他有此一说,肯定另有所指。

不过相比老容头对瓦儿的评价,关允对于章惇其后的所作所为,更迫切想知道个清楚,因为,此事事关他对冷枫为人更深一步的了解!

类比

关允随便吃了几口饭,正要走,又想起一件事情,小声问了老容头一句:"我已经决定承包平丘山了,平丘山开发旅游,真的会有前景?"

"当然会有,你也不想想谁住在平丘山?一位老神仙!有神仙的山,再小再没名气,总有一天也会是名山大川。"老容头哈哈一笑,露出惯常的戏谑的神情,"信不信由你。山不在高,有仙则名;水不在深,有龙则灵……"

关允笑笑,没再理会老容头,只要老容头一自夸,他就知道是该结束对话的时候了。否则,老容头会没完没了地说一些不着边际的话,什么忆往昔峥嵘岁月稠,什么想当年他横刀立马,什么他参加过三大战役……尽管关允现在相信老容头有些本事,但也不认为真如他自己所说一样,他曾经是一个叱咤风云的大人物。

大人物?大人物会卖烧饼?玩笑开大了。

和瓦儿一起回到县委,一路上瓦儿低头不说话,好像在想心事。快到秘书科的时候,她一把拉住关允,羞涩地说道:"关哥哥,我明天就要走了,以后,你会不会想我?"

"当然会,瓦儿这么好的丫头,谁都会想。我还怕有朝一日我去了省城,你会假装不认识我。"

"我才不会,我都和你拉钩上吊一百年不变了。"瓦儿明媚地一笑,"你得记着给我写信,听到没有?如果没有收到你的信,我会非常伤心的,还会哭鼻子。"

"好,我一定给你写信。"关允推门进了秘书科,办公室还空无一人,他又是第一个到。

瓦儿在房间里转了一圈,突然想起了什么:"对了,容爷爷到底是什么人,他的眼睛好吓人,看我一眼,好像我想什么他都知道了。"不等关允回答,瓦儿一摆手又转身跑了。"我先去找爸爸了。"

瓦儿对老容头的评价,关允听过就忘,根本就没有入心。他一边收拾房间,一边回忆宋史中对章惇的评价,想了半天也想不起来,还是不如老容头精通历史。越想不明白就越心痒,他索性回宿舍,从厚厚的一堆史书中翻出了宋史,找到了《奸臣传》,一页页翻下去,总算找到了章惇的条目。

一口气看完章惇的生平,关允合上书本,久久无语。虽然拿冷枫一次双杠事件来对比章惇悬崖题字的举动有失偏颇,但人性之中许多根深蒂固的东西,古往今来一脉相承,枭雄始终是枭雄,奸臣依然是奸臣。

章惇被重用之后,重用朋党,报复仇怨,朝中大小之臣,无一幸免,不但将政敌全部杀死,还祸及家人。当时他昔日的政敌司马光已死,他仍不肯放过,想要挖坟鞭尸,幸好皇上没有答应。而章惇还一而再再而三地迫害苏东坡及其家人,还好,只是贬了苏东坡的官,没要了苏东坡的命。

当然,非要拿冷枫冒险的举动和章惇悬崖题字的举动对比,得出冷枫和章惇一样不爱惜自己性命就一定不会爱惜别人性命的结论,并不公平。章惇悬崖题字,以身试险,是为了题字留名,说到底,他的冒险举动有明确的目的,但冷枫的冒险举动是何用意,就不得而知了。很明显,冷枫不如章惇一样追名逐利。

但有相通的一点,就是冷枫能在夜深人静之时,不惜冒着摔一个鼻青脸肿的危险走双杠,可见他的心智十分坚定,他不爱惜自身,那么等到事情爆发之时,他也不会对别人手下留情!

关允隐隐感觉到了一丝不安,他是孔县人,尽管希望借助冷枫之力脱困而出,但也不想让孔县在冷枫和李逸风的较量之下,硝烟四起,最终一片狼藉。将孔县本土干部斩杀得七零八落,也不是关允所愿。

但愿有朝一日事发之时,冷枫掌握了生杀大权之际,他不要大开杀戒才好。至少,不要让孔县的秩序和经济发展成为斗争的牺牲品。

再回到秘书科的时候,温琳和王车军已经到了。

王车军本来请了病假,他现在还头脑昏沉,浑身乏力,昨天打了一针也不见好,一早又吃了一把药,原本想要闷头睡上一觉,但今天事关流沙河大坝项目领导小组成立的大事,他想第一时间知道消息,就硬撑着来了。

"关允,今天怎么来晚了?平常你可总是第一个到,是不是昨天晚上劳累过度了?"王车军已经决定要低调了,闷声发大财才是正理。但一见关允,他还是气不打一处来,想起昨晚关允陪着瓦儿和温琳的幸福时光,而他不但挨了一针,还一晚上头疼欲裂,没有睡好,差距太大了。

再联想到一早上班路上遇到的几个熟人,阴阳怪气地冲他打招呼,还说什么下次直接一步正科了,明是恭维实则嘲讽,他差点气得当场翻脸。

107

关允早就习惯了王车军的冷嘲热讽,平常他是一笑置之,今天却是淡淡地回应了一句:"是呀,我每天都是第一个到,每天都打扫卫生打好热水。车军,你进来的时候,卫生打扫了没有?热水有了没有?"

一句话既点明了他今天还是第一个到,还暗示王车军,享受一年的无偿服务了,难道还不满意?

王车军脸一红,目光落在冒着热气的水杯上,讪讪一笑:"下次我负责打热水,温琳负责打扫卫生。"

温琳毫不客气地呸了一口:"我呸,凭什么你替我安排工作?王车军,你太抬举自己了吧?你也不想想,秘书科三个人,谁的级别最低?"

平常温琳和王车军关系虽然一般,但抬头不见低头见,有什么不对付的事情,哼哼哈哈也就过去了。今天她是怎么了,上来就是一顿扫射,王车军脸皮薄,这下非被扫得遍体鳞伤不可。

果不其然,王车军一下就涨红了脸,温琳不但哪壶不开提哪壶,以级别论高低,而且还当着关允的面呸了他一脸黑,是可忍孰不可忍。王车军一拍桌子站了起来,怒气冲冲地用手指着温琳:"温琳,你,你……"

气势似乎很足,却最终一句完整的话也没有说出来,王车军摔门而去。临走时,他还不无怨恨地瞪了关允一眼,关允回应了他一个很无辜的眼神,而且说实话,温琳突然发火,关允确实不知道发生了什么。

丰碑和地雷

"怎么了温琳?"关允坐回到自己座位上,见温琳余怒未消,胸脯气得一鼓一鼓,他还纳闷儿,温琳怎么生这么大的气?见王车军的嘴脸又不是一天两天了,再说温琳又不是当面甩脸的人,今天的事情,肯定事出有因。

"怎么了?还不是为了你!"温琳白了关允一眼,"早就对你说过,别给王车军好脸色,你就不听。王车军就是一个烂人。"

"怎么是为了我,是不是他哪里又惹你了?"王车军烂不烂,公道自在人心。关允刚才来秘书科的时候,一路上有不少人和他打招呼,对他荣升副科表示祝贺,也有几个关系不错的同事,小声提到了王车军的名字,讥笑一声,一切尽在不言中。

王车军在县委有一个当县委副书记的舅舅不是错,他有靠山,许多人巴结他还来不及,关键在于,他平常太傲了,总是时不时流露出高人一等的优越感。

学历比他硬的,他比靠山;学历不如他的,他比学历。而且他又是县委之中身高最高的一人,和谁比个子他都是第一。

优越感慢慢形成之后,就会在不知不觉中流露出来,王车军的傲在县委之中就人人皆知。或许他自己不觉得,还一直认为自己低调,其实只是碍于李永昌的面子和威风,无人敢说而已。

"别提了。"温琳喝了一大口水,愤愤不平地说道,"昨天晚上我听到一个消息,李永昌和王车军去了城关镇派出所,让钱爱林找刘宝家的麻烦……"

关允顿时一惊,立刻猜到了什么:"李永昌想从刘宝家身上打开突破口?"

"你说实话,刘宝家到底有没有砸李永昌一砖?你在背后有没有怂恿刘宝家?"温琳气呼呼地质问关允。

温琳父母久居县城,在县城的关系很广,能第一时间得知李永昌夜访城关镇派出所的消息不足为奇,就连她知道了李永昌为何而去,关允也不感到惊讶。他惊讶的是,温琳为了他的事情这般动怒,他心中还是不免感动。

"回头我和宝家说一说,让他活动活动。"见正好到了上班时间,关允先不回答温琳的话,拿起电话打到了飞马镇党委办,正好是刘宝家接的电话,他也不顾忌温琳在场,直接就说,"宝家,最近小心一点,城关镇派出所说不定要找你的麻烦。"

刘宝家在飞马镇党委办上班,虽是普通办事员,但他从小和县城老街的一帮人混在一起,在县城人脉很广。一听关允的话,他就嘿嘿一笑:"昨晚侯皮半夜三更来敲我的门,说老毛猴亲自到城关镇派出所点将,要钱开眼出马抓我进去。我呸,钱开眼真敢动我一根手指头,他就得在县城臭大街。"

和关允性格之中有方正大气不同的是,刘宝家虽是大学毕业之后分配到政府机关的正式国家干部,但他不改当年的痞气。不过也别说,他的性格在县城很吃得开,一般人还真不敢招惹他,就连跺一跺脚孔县抖三抖的李永昌,想要动动刘宝家,也要犹豫三分。

侯皮是刘宝家的发小,是城关镇派出所的一名民警,大名侯坡,但因为长得瘦小,说话嬉皮笑脸没有正经,久而久之就被人送了一个外号——侯皮。而老毛猴自然是指李永昌,意思是讽刺李永昌一无学历二无背景,能一步步混到今天,和猴子成精一样不简单。钱开眼就更不用说了,就是钱爱林了,顾名思义,钱爱林是一个见钱眼开的主儿。

"你还是消停一段时间吧,上班就守着办公室,下班就回家,听到没有?"关允知道刘宝家有几把刀,路数很杂,连他也不能完全摸清底细。但李永昌毕竟大权在握,况且刘宝家也确实打破了李永昌的头,收敛几分是好事,要避其锋芒。

关允想得长远,以李永昌为代表的县委一帮孔县的老人,在孔县经营了二十多年,势力盘根错节,占据了孔县大大小小的部门,就如一张密不透风的网。虽然县城很小,论来论去,都沾亲带故,但如果以他为首的孔县新兴势力要挑战李永昌一帮老人的权威,也会被对方毫不留情地还击。

在政治利益上,感情和乡情有时会脆弱得不堪一击。他才只是副科,刘宝家连副科都不是,纵然刘宝家有一帮朋友暗中帮忙或通风报信,还是抵挡不了李永昌的冲天一怒。

"行,关哥说怎么办就怎么办。"刘宝家敢和上级顶撞,敢不听父母的话,却对关允言听计从,从小到大,他最佩服的人就是关允。小时的影响根深蒂固,长大后也难改他对关允的崇拜。

温琳算是听明白了,气愤地将水杯递到关允面前:"替我倒水。"接着她又愤恨地说道:"关允你也真是,怎么就和刘宝家混到一起了?我怎么看怎么觉得他不顺眼。"

关允笑嘻嘻地替温琳倒了水:"温科,请喝水。"

温琳被关允逗乐了:"你别嬉皮笑脸的,我是真替你担心,好不容易险之又险地提了一个副科,你还不老实三分,都知道老毛猴——呀呸,都跟你学坏了——李书记对你大不满意,早晚他会找你的麻烦。不管是什么原因让你上让王车军下,反正李永昌和王车军都会把账记到你的头上。你还和刘宝家暗算李书记,你让我怎么说你好?你气死我了。"

关允理解温琳对他的一番用心,对于刘宝家打人事件他也不好多解释什么,就说:"一个好汉三个帮,自古成大事者,身边总有几个忠心的朋友,也不能因为你不喜欢宝家的性格就完全否定了他的为人。而且打人事件,也是误会。"

"算了,不听你编造了,我去李书记办公室一趟。"温琳收拾了一下桌上的文件,"又要开会了,要研究流沙河大坝项目领导小组的人员构成。我琢磨着,王车军肯定要进领导小组,你怎么不去争取一下?"

温琳有此一说反倒提醒了关允,关允忙说:"我才不会去找不自在,李永昌主导下的领导小组,我去了不是自讨没趣?听我一句话,温琳,你也别掺和进去。"

流沙河大坝有可能是丰碑,但更有可能是地雷。想到冷枫在人前的冷面和人后的冒险,他很清楚,一旦事发,冷枫出手绝对会雷厉风行,而且不留情面。

不谋而合

温琳意味深长地看了关允一眼,没说话,转身走了。她的背影在早晨的阳光下,生动如画,婀娜如诗。

关允收拾了一下桌上散乱的报纸和文件,起身前往冷枫的办公室。温琳说得对,今天的会议,将要研究决定大坝项目领导小组的成员构成,是一件大事,不夸张地说,也许会是决定孔县未来命运走向的大事。

关允的办公室和李逸风的办公室仅隔了一间办公室,从直线距离上讲,也就是十来米远。他一出门就转身向西,才一迈步就听到瓦儿的哭声隐约传了过来。

"我不,我就不听话!"

"瓦儿!不许调皮!"李逸风呵斥瓦儿的声音压抑着几乎要爆发的愤怒,"我马上让人送你回去!"

"回去就回去,我恨你!"瓦儿的声音尖锐、悲伤,和她平常在关允面前温柔如小妹、乖巧如小鸟截然不同,冷冷的哭喊声中饱含绝望和不甘。

关允不忍再听下去,其实他早就察觉到瓦儿在他面前有故意伪装的一面,装小或是讨巧,都是心中缺乏安全感的表现。瓦儿一口一个关哥哥叫得亲切,潜意识里,也许是她不为人所知的恋父情结。

不管瓦儿和李逸风之间对立的原因是什么,几天来,瓦儿很少和李逸风在一起就已经说明了问题。关允也不会去打听别人的家事,何况还不是别人,而是县委书记,私下打听领导的私事是官场大忌。

关允快走几步,路过内门,就进到了西院,吵闹的声音已经不在耳边了。他在推开冷枫办公室房门的一瞬间,注意到李逸风的司机急匆匆跑向李逸风的办公室。

瓦儿真的要走了?念头刚起,不及多想,关允就进了冷枫的办公室,他的思绪又落到了眼前的事务上,瓦儿就暂时被他抛到了脑后。

冷枫依然是面无表情,淡定地坐在宽大的椅子上,沉静如水,见关允进来,微一点头:"马上就要敲定大事了,关允,你还有什么建议没有?"

眼前的冷枫和昨夜的冷枫一样冷峻而漠然,只不过关允此时的心境大不相同了,将冷枫背后不为人所知的一面和他的表象重合之后,冷枫的形象在他心中更加立体,也更加生动。关允自认比起以前,他现在对冷枫的了解,已经达到了一个全新的高度。

只是……不知何故，关允脑中总是会闪出章惇的名字。

"没有了，县长肯定已经想好了万全之策。"关允相信冷枫此时已经不需要再听他的什么建议了。

"听说你爱读史书？"冷枫站了起来，从书柜中拿出一本书交给关允，"好好读读这本书，对你有好处。好了，我去开会了，你今天哪里也不要去，说不定随时会有事。"

冷枫推门出去，关允手中拿着一本厚厚的大部头，呆呆地立在当场，书名赫然是《宇文泰列传》！

上次在听老容头讲过宇文泰和苏绰的著名对话之后，用贪反贪在关允脑中形成的一个挥之不去的念头，但他不敢说出口，和谁都不能说。他一直想找一个合适的机会，含蓄地向冷枫提上一提，没想到，冷枫和他的想法不谋而合！

不，应该说是和老容头的想法不谋而合。

关允将书收好，愣了愣神，将冷枫的办公室打扫干净并且放好了茶水，测了测温度，估算着等冷枫回来兑上热水正好可以入口，他就关门出去。

一出门就发现一辆汽车绝尘而去，车速极快，从他身前一闪而过，连刹车都没有点一下，就迅速消失在了他的视线之中。他只看了一眼，依稀可见后窗之内瓦儿泪痕满面的容颜，一晃，汽车拐了一个弯儿，驶出了县委大院的门口，就再也看不见了。

关允心中怅然若失，他纵容和宠爱瓦儿，任由她任性、撒娇并且在他面前装小，并不是为了借她讨好李逸风，而是心疼、爱惜她如妹妹。瓦儿的性格和容小妹有很多相似之处，她撒娇的神态和可爱的一面，也酷似容小妹，才让关允对她宽容而爱怜。

想到容小妹，关允一想差不多有一周没有回家了，是该回家看看了。他抬脚就往秘书科走，一抬头，只见李逸风怒气冲冲地从办公室出来，谁也不看，谁也不理，一人迈开大步直奔会议室而去。

回到办公室，温琳和王车军都不在，关允发现他的桌子上有一张纸条，拿起一看，上面娟秀、纤细的字迹应该是瓦儿的笔迹："关哥哥，我很伤心，很难过，我先回去了，记得给我写信……"后面是地址。

纸条上面泪迹斑斑，几乎打湿了纸条，密密麻麻的泪痕数都数不清，少说也有几十滴之多，几十个字的时间能有多长？却长不过一个小女孩的伤心！不过是写了几十个字，也就是顶多两分钟时间，瓦儿的泪水怕是如断了线的雨水一样滴个不停……

本来以为瓦儿是一个藏不住心事的女孩儿,现在关允才知道,他还是不够了解她,很多时候,每个人都愿意表露自己最喜欢的一面,而将真实埋藏在内心。人前的一面和人后的一面,或许截然不同。瓦儿在他面前的欢快和可爱,在背后,却是不为人所知的悲伤。

关允心中一片惆怅,收起纸条,一时久久无语,也不知道何时才能见到瓦儿。他望向阳光明媚的窗外,倏忽来去的瓦儿就如秋日阳光下的一朵白云,忽然就从天际飘来,为他遮挡了阳光带来了希望,却又转眼飘远,带走了梦想和思念。

如果按老容头所说的官运之道来解释,三分运气,五分背景,再加七分运作,瓦儿的到来,算不算他三分运气的开始?

当然关允不知道的是,瓦儿在出现的那一刻,就为他幸运地打开了另一扇大门,就如蝴蝶翅膀的扇动一样,看似微不足道的波动,最终带来的影响,却是想象不到的深远。

门一响,温琳和王车军一前一后回来了。

县委主要领导都在开会,身为通讯员的关允就得在秘书科坐等了。温琳心情似乎又好了许多,脸色明艳,坐在关允对面,还悄然向关允抛了一个意味深长的眼神。

王车军依然脸色铁青,他闷头坐在自己的位置上,先是擦了几把鼻涕,又不停地打了几个喷嚏,忽然就拍案而起。

"关允,你别装了,李书记头上挨了一砖的事情,和你肯定有关系!"

悄然转了一个大弯

王车军平常在县委是傲了一些,但总体来说场面上的事情都还过得去,有什么过节或是争执,他有时也会嘻哈一笑退让一步。毕竟大家在县委抬头不见低头见,出了县委大院,又是乡里乡亲,孔县太小,总能拉上关系,一般除非是利益攸关的大事,凡事都有回旋的余地。

如今天一样拍着桌子当面指责关允,是王车军破天荒第一次不计后果地和关允翻脸!

倒也不是王车军涵养不够,而是他一早就被温琳呛了一口,副科落选的耻辱就如一座大山压得他喘不过气来。而且刚才去送文件,因为吃了感冒药的缘故,头脑不够清醒,他失手将文件洒了一地,李逸风当场大发雷霆,狠狠批评了他几句,让他颜面无存。

一直以来他都是县委第一红人,是李逸风最信任的亲信,自从他担任了李逸风的通讯员之后,李逸风从来没有批评过他一句,不仅如此,在许多事情上还会听从他的建议。第一次被李逸风骂了个狗血喷头,他心情差到了极点。

一回到秘书科就注意到温琳和关允眉来眼去,肯定又是在背后嘲弄他什么,又想起刚才舅舅头上顶着白布去参加会议,被人善意或恶意地开着玩笑的情景,他心中憋闷的怒火再也忍不住磅礴而出。

王车军雷霆一怒,温琳一下震惊了,难以置信地看向王车军。

关允先是一惊,随即又平静了,缓缓地站了起来:"车军,李副书记头上挨砸,和我有什么关系?你倒是说个清楚!"话不多,但一字一句,无形中流露出一股淡定自若的气势,和以前的关允判若两人。

温琳的眼睛睁得更大了,王车军的气急败坏已经足够让她吃惊了,不想关允的表现也和她认知中的关允大不相同。同事一年之久,她才意识到,她对关允和王车军的认识,还是只流于表面。

王车军气势不减,依然咄咄逼人:"说个清楚?还用我说,你自己心里明白得很,别揣着明白装糊涂!"

关允冷笑道:"无凭无据你就想指责我,王车军,官司就算打到李书记和冷县长面前,你也别想讨好。你刚才的话我是记下了,如果你不向我赔礼道歉,我会向县委正式反映你对我的诬蔑。"

真要打官司到李逸风和冷枫面前,他确实讨不了好,如果他有凭有据,还用当面指责关允?早就由舅舅提议召开书记办公会给关允记大过处分了。王车军底气不足,没料到关允直接搬出了李逸风和冷枫。也是,最近关允在县委人气上升,冷枫对他提拔重用,似乎李逸风也因为瓦儿而对他的态度稍有缓和。

"还有,王车军,你以后要记住,上班不要踩着点来,要早点到。打扫卫生和打水的事情,从今天起,三个人轮流来。"关允派头十足地说道,"以后,秘书科不能再自由散漫了,要有严格的规章制度,不能成为县委最没规矩的科室!"

关允话一说完,人已经来到了王车军面前,虽然他比王车军个子矮上几分,但此时气势凛人,让王车军不敢正视。

"王车军同志,你是和我一起到书记和县长面前说个明白,还是你现在就向我赔礼道歉?"

温琳已经不能用震惊来形容她的心情了,关允不管是气势还是威风上都死死压了王车军一头。一向在县委之中昂首阔步的王车军,在关允面前总是莫名其妙自我感觉良好的王车军,终于在关允面前低下了高昂的头。

而且温琳也听出来了,关允刚才的口气明显是居高临下的口吻。她刚才也听到消息,秘书科一直悬而未决的科长人选就要敲定了,不出意外正是关允!这么说,关允的科长的任命已经没跑了?

温琳眉开眼笑地看了关允一眼,真心替关允感到高兴。冷县长用一个流沙河大坝项目的退让换取了关允的副科提拔和科长的任命,对关允确实不错。虽然县委办秘书科从级别上算只是股级,不过由于是县委比较重要的一个科室,科长一直由县委办一名副主任兼任。

前段时间副主任病退,副主任的位置有人接手了,但秘书科科长的职务却还在悬空。

王车军退缩了,他从关允的语气中也听出了什么,是,他当初之所以非常在意副科的提拔,就是在于副科提拔敲定之后,就会从两个副科之中任命一个秘书科科长。他如果提拔了副科,再进一步当上科长,就等于是实权副科,到时他在县委大院之中不但更威风,而且还可以名正言顺的以顶头上司的权威对关允呼来喝去!

只不过人算不如天算,丢了副科提拔,关允和温琳提了副科,科长二选一,通常情况下都会选男不选女。再者关允是县长的通讯员,温琳是副书记的通讯员,不管从哪个角度看都是让关允捡了个天大的便宜。

"对不起,关允,我一时激动,说错话了。"王车军低头了,从开始对关允学历的忌妒,到关允被他压得抬不起头时的得意,再到他第一次在关允面前认错的让步,形势在不知不觉中向关允倾斜了太多!

关允点点头,伸手拍了拍王车军的肩膀:"车军,以后注意点就行了,好了,没事了。"他大度地笑了笑,伸手拿过水瓶:"今天我值日。"

王车军望着关允三分洒脱四分平和的背景,直恨得咬牙切齿,只不过碍于旁边有温琳,又不能表露出来,只好自嘲地说了一句:"关科长很有派头,温琳,你可要加油了。"

和关允初次在王车军面前扬眉吐气、沉重地打击了王车军嚣张气焰的直接胜利不一样的是,冷枫也在常委会上含而不露地来了一手四两拨千斤,不动声色地埋下了长远的伏笔。孔县的局势,在常委会上研究通过了流沙河大坝项目领导小组成员名单之后,悄然地转了一个大弯。

实际上,伏笔在上常委会之前就埋下了——上会前,冷枫和分管农业的副书记桂晓杰在院中的葡萄架下,说了一会儿话。

冷枫的高明之处

桂晓杰是牛城市水流县人,牛城市在黄梁市北面,和黄梁市是燕省最南部的两个地市。水流县位于孔县东南,距离孔县七十多公里。

水流县是大县,也是富县,桂晓杰怎么就到孔县担任了分管农业的副书记,不是冷枫对桂晓杰感兴趣的原因所在。冷枫和桂晓杰在常委会召开前几分钟不期而遇,是他有意要借桂晓杰之手来撬开李永昌的墙脚。

"晓杰,还习惯孔县的气候?"冷枫站在葡萄架下,目光淡然,似乎就是随口一问。

"孔县和水流县才隔了七十公里,别说气候了,风土人情都没有区别,除了方言略有差别外,就没什么不同了。"桂晓杰四十开外,脸型方正,棱角分明,从相貌上看就知道他是一个耿直之人。

"水流县有京杭运河,有黄河古道,孔县只有流沙河。"冷枫引出了话题。

"黄河古道现在是良田了,京杭运河……也早干涸了,说到底还不如孔县的流沙河,怎么着也能浇灌庄稼。"桂晓杰多少明白了什么,猜测冷枫必定有话要围绕流沙河说,不如索性由他挑明话题,"冷县长,流沙河大坝项目,我保留意见。"

冷枫默默点头:"我坚持了半年多,但是大势所趋,只能退一步了。今天常委会的议题是讨论流沙河大坝领导小组的成员名单,我本来提名了永昌和伟全两位同志,但又觉得事关重大,就决定临时再提一个动议,让你也参加领导小组。"

"不太妥,一个领导小组有两名副书记,不合规矩。"桂晓杰说话直,有一说一,"冷县长有话就直说吧,我分管农业,如果被排斥在领导小组之外,也说不过去。"

"流沙河大坝项目虽然可以灌溉农田,但再加上发电机组,也可以划归为工业项目。"冷枫不动声色地观察桂晓杰的反应。

桂晓杰笑了笑:"冷县长的意思是……"

"我的意思就是,领导小组成立两个指挥部:第一指挥部由永昌同志和伟全同志牵头,负责大坝项目的贷款、基建、发电机组等工作;第二指挥部由你和宋育诚牵头,负责大坝的灌溉、疏导等工作。"冷枫冷静地抛出了他的设想,他相信桂晓杰无法拒绝他的提议,因为,他的提议对桂晓杰有利。

果然,桂晓杰只是迟疑了一下,就点头了:"我会配合冷县长的动议。"

桂晓杰心里有数,虽然第二指挥部与第一指挥部相比,权限小了许多,不管钱,不管基建,只管农业灌溉,其实就是一个摆设,但也可以对李永昌、郭伟全形成一定的牵制作用。同时,也彰显了他在县委应有的权威,至少可以表明他没有被排斥在孔县史上规模最大的项目之外。

宋育诚是副县长,不是常委,那么第二指挥部肯定就以他为主了,桂晓杰心想,他要记下冷枫一个人情了,留待以后再还。

如果关允在此亲见冷枫的手笔,他会更加坚信他对冷枫的判断,同时也会佩服冷枫"明修栈道,暗度陈仓"的高明!

常委会一开始,李逸风就开门见山地提到领导小组的成员构成:"经冷枫同志提议,我和相关同志碰头后,流沙河大坝项目领导小组的成员构成初步敲定了框架。下面,同志们讨论一下名单……"

不少人都注意到了李逸风的异常,努力克制的表情中仍然有压抑不住的愤怒流露出来,以至于发言的时候,手还在微微发抖。不明真相的常委就想,谁把李书记气成这样了?

冷枫冷眼旁观,他在办公室里就听到了瓦儿和李逸风的争吵声,心里便有了计较,等李逸风话一说完,他就及时提出了新的动议:"我认为,领导小组的组成机构有必要重新调整一下。作为孔县史上规模最大的项目,为了充分体现县委县政府对流沙河大坝项目的重视,领导小组应该成立两个指挥部……"

当冷枫提出组成机构有必要重新调整一下时,李逸风和李永昌都为之一怔,怎么,冷枫又临时变卦了,想要插手大坝项目了?尤其是李永昌,紧张得心跳加快,就等冷枫话音一落他就要出言反驳,甚至做好了和冷枫唇枪舌剑的准备,反正他不能让到手的好处再飞了。不料等他听完冷枫提议成立两个指挥部的全部动议后,立刻就明白了冷枫的动机,不过是卖桂晓杰一个人情。

李永昌及时偃旗息鼓,放弃了和冷枫辩论一番的想法。不料郭伟全却突然发作了,不等李永昌发言,他就抢先说道:"冷枫同志的提议不太合适,一个领导小组还要成立两个指挥部,机构臃肿,人员冗余,效率就会低下,我不太赞成……"

话未说完,冷枫就冷冰冰地打断了他的话:"伟全同志,该你发言了吗?"

"我……"郭伟全一下闹了个大红脸。

郭伟全是提了常务副县长不假,但他资历有限,在常委会排名十分靠后,几乎就是最后一名了。或许是上升的势头过快,再加上参加常委会的次数有限,就难免忘了规矩,一时冲动之下,他就抢话了。

李逸风本来就正在气头上,一下就发火了,"啪"地一拍桌子:"郭伟全同志,请注意你的发言。如果不懂常委会上的规矩,回去好好学习一下再上会。"

117

此言一出,现场顿时鸦雀无声,人人面面相觑,不知道李逸风为什么突然爆发雷霆之怒,而且话里夹枪带棒,不但有呵斥,还有讽刺意味。

印象中李逸风来孔县时间也不短了,还没有当众骂过一个人,私下里大家都还称赞李逸风书记到底是省城人,不和土生土长的县委干部一样工作方法粗暴简单,不承想李逸风也有露出獠牙的时候!

郭伟全更是无地自容,低下头,连话都说不出来了,恨不得钻到自己脚指头缝里,一句话就引来了二把手和一把手的联合攻击,谁受得了?

众人都奇怪的是,李逸风和冷枫从来没有步调一致过,今天这一出,是巧合还是另有玄机?难道说,李逸风和冷枫之间的对立因为流沙河大坝项目的上马,不但缓和了,而且还有了共同语言?

正当包括李永昌在内的各人猜测不定时,李逸风拍板了:"冷枫同志的提议很有建设性,我个人意见,可行。同志们继续讨论两个指挥部的人员构成……"等于是说,两个指挥部的提议,他同意了,别人反对也无效,各个常委的权力仅限于讨论人员构成。

一把手和二把手第一次达成共识的威力,让在座所有人感到心中一阵寒意。不少人心中隐隐担忧,流沙河大坝项目不上马还好,一上马,怎么总觉得孔县要变风向了?

李永昌的高招

常委会开了不到半个小时就结束了。

最后一致通过决议,流沙河大坝项目成立两个指挥部:第一指挥部以李永昌、郭伟全为牵头负责人,主要负责资金和建设工作;第二指挥部以桂晓杰、宋育诚为牵头负责人,主要负责协调和外联工作。至此,孔县史上投资最大、规模最大的基建项目正式拉开了轰轰烈烈的序幕。

会后,领导小组成立大会如期召开。李永昌主持会议,几名主要成员出席会议,最后经讨论决定,领导小组两个指挥部各设办公室,抽调县委办和政府办的工作人员充实到办公室,负责领导小组的日常工作和对外联络。不出意料的是,王车军如愿当上了第一指挥部第一办公室的负责人,主要负责和银行对接并拨款事宜。

如果说王车军之前县委第一红人的身份虽然盛名在身,但盛名之下其实难副,多是虚名,实权不大实惠很少。那么,当王车军担任了第一指挥部第一办公室的负责人后,手握拨款的财政大权,终于可以一扫先前副科落选的负面影响,再次成为县委之中炙手可热的人物!

而关允和温琳无一例外都没有在领导小组担任一官半职,等于是被完全排斥在了孔县史上最大项目的大门之外。作为孔县近期甚至相当长一段时间内的工作重点,远离大坝项目,就等于远离了权力核心。

权力的最大意义在于掌控人事大权和财权,如果与这两个权力都不沾边,就等于没有实权。

因此,在随后宣布任命关允为县委办秘书科科长的消息公布之后,并没有引起太大的波澜,县委的目光全被流沙河大坝项目吸引了,所有人都翘首以待。孔县史上最热火朝天的秋天,伴随着大坝项目即将夺目的上马,就这样来临了。

一天后,冷枫回家省亲。冷枫走后第二天,李逸风也以探亲为由,回了省城。县委一号二号人物不约而同地一前一后远离了孔县的政治中心,表面上是巧合,暗中是否另有玄机,一般人或是猜测不到,或是想都未想。不过如果从冷枫和李逸风差不多都有两个多月没有回家的前提来说,在忙完了孔县最大的项目之后,回家休息两天也是正常之举。

再深入一想,冷枫回家探亲还合情合理,李逸风的女儿不是前几天刚来过,他却要急急回去,是何道理?

究竟是何道理,不管别人有没有联想其中的关联,关允多少是揣摩到了什么。他闷在心里,谁也没说,就连温琳也没有告诉,不是他不相信温琳,而是他认为有些事情温琳知道得越少越好。

知道得越少,就会越安全。

在李逸风走后的第二天,大坝项目的预算造价出来了,孔县一年的财政收入不及大坝造价的三分之一!就是说,孔县三年的财政收入才能建造一座流沙河大坝。预算一出来,县委一片喧哗,不过是一座泄洪疏导的大坝,造价怎会如此之高?也太离谱了。

尽管负责预算造价的李永昌和郭伟全再三解释,声称造价高是因为大坝除了泄洪、疏导的作用之外,还兼发电,但依然是众说纷纭,质疑声此起彼伏。李永昌却大手一挥,力排众议,迎难而上,不再理会一些不和谐的声音,强行推动大坝项目的进程。

此时才有人后知后觉,看清了部分形势。敢情冷枫和李逸风一先一后回家探亲,原来是放权,是想借李永昌之手大力推动大坝项目的进展,同时置身事外,不担骂名和风险。

才这么一想,李永昌又有了新动作,在预算公布之后质疑的声音还正热烈时,他召集建行和农行的负责人来县委开会,就流沙河大坝项目的贷款事宜,要两大银行孔县支行的行长表态。不少人感慨,也就是李永昌敢这么干,换了李逸风或冷枫,谁也不会逆风而上,多少也要等反对的声音渐渐消失之后才会推动事态向前一步。

会议开得很微妙,李永昌坐在会议室的正中,郭伟全坐在下首,另有副书记兼纪委书记武文件在座。建行孔县支行和农行孔县支行的两位行长愁眉苦脸地坐在李永昌的对面,都低头不语,对李永昌摆事实讲道理的鼓动性发言,都充耳不闻。

说得再好听,牛行长和马行长都心里清楚,贷款给流沙河大坝项目,多半是肉包子打狗一去不回,所以,谁也不接话。贷款如果回收不来,等于是决策失误,上级到时追究责任,县里又没有办法从中斡旋,银行是垂直领导,人事权在上一级领导。

李永昌却是早有准备,见两位行长都装聋作哑,就伸手拿出一摞信件。他一扬手,大约百十封捆得扎实的信件就落在了牛行长和马行长眼前,因为用力过猛了一些,砸得桌子都颤了几颤。

"牛老兄、马老哥,以前喝酒的时候我说过,以后在孔县有什么事情就找我李永昌。如果我李永昌能办到而不去办,你们指着我的鼻子骂我是混账王八蛋,说我不讲人情不讲交情,说我说空话说屁话,我都认。现在,扔到你们面前的举报信,是我拼了一张老脸从武书记手中抢过来的,你们都拿回去,该擦屁股就擦屁股,该生火点了就点了。总之一句话,你们要认清我的为人,我李永昌不是说大话放空话的东西!"

一番话说得软硬兼施,既有官腔,又有戾气,难得的是将两者完美地结合在一起,令牛行长和马行长不寒而栗。

是呀,银行系统虽然是垂直领导,但根据相关规定,银行领导要接受地方纪委的监督,也就是说,地方对银行系统唯一的制约权就是纪委手中的调查大权。不管李永昌扔过来的举报信是真是假,牛行长和马行长对视一眼,心里明白,今天的一关不好过了。

副书记兼纪委书记武文件在一旁只是沉默不语,皮笑肉不笑,就如一尊瘟神。牛行长和马行长没辙了,低头私语几句,二人分别收起自己跟前的一捆信。

"李书记,信,我们收下了,谢谢。贷款问题,我们再回去好好研究一下。"

李永昌满意地笑了,他知道,贷款问题解决了。

暗流

对于李永昌的手腕,关允不但略知一二,还十分佩服,虽然他并不欣赏李永昌的行事手法,太江湖气,也太粗鲁。不过也不能怪李永昌不会用文雅或高明的手法,他本是农民出身,没上过什么学,能在孔县混到今天,成为盘踞一方的地头蛇,全仗他江湖式再加痞子式的手法震慑和收服了许多人。

孔县的局势,在流沙河大坝项目领导小组成立之后,在关允被正式任命为秘书科科长之后,已经全面明朗化了。

眼见就到八月底,牛行长和马行长回去之后,不到三天就有了回音,建行孔县支行和农行孔县支行本着为地方政府排忧解难的原则,愿意为流沙河大坝项目提供贷款支持。

消息传到县委,许多对大坝项目并不看好,认为不可能获批贷款的悲观派,震惊得目瞪口呆,而以李永昌为首的乐观派弹冠相庆。一时之间,李永昌在县委的威望再上一层楼,达到他从政以来的顶点。尤其是最近几天来李逸风和冷枫都不在县委,他俨然就是孔县的太上皇!

而王车军也是一扫先前的颓势,不再沮丧和低调,又重新扬眉吐气地在县委大院行走了。他高大的身影不管走到哪里都是一道风景,不少人就私下称他为王平丘,意思就是他如平丘山一样是孔县的最高峰。而称李永昌为李流沙,显然是暗指李永昌独霸流沙河大坝项目,一手遮天。反倒是老毛猴的外号,叫的人很少了。

周末,关允接到冷枫的电话,说是下周一才会回来。左右无事,关允就决定回家一趟,收拾东西准备出门的时候,温琳风风火火地进来了。

"关允,你有没有听说又出事了?"

关允早就习惯了温琳一惊一乍的性格,呵呵一笑:"什么事情又让你大惊小怪了?"

"我怎么又大惊小怪了,好像我多不经事一样,你说话注意一点。"温琳顶了关允一句,"刚才李书记和桂书记吵起来了,声音还挺大,谁也不退让,也不知道桂书记说了几句什么,惹火了李书记,李书记差点动手打人。我还是第一次见李书记气急败坏的样子,好吓人,也好刺激。"温琳描述得绘声绘色。

关允摇头说道:"领导吵架是常事,你不听不问就是了,非得幸灾乐祸的就不对了。"

"我就是看不惯李流沙和王平丘的嘴脸,真是晦气,我怎么就对口服务李流沙了?让人天天心里堵得慌。"温琳私底下也称呼李永昌为李流沙了,可见流沙河大坝对孔县局势的影响,是多么深入人心,"关允,你完全有机会进入流沙河大坝领导小组,为什么不争取一下?我总感觉你最近变了许多,以前你是沉闷得无趣,现在你是神秘得无语。"

桂晓杰和李永昌因何吵架,关允不得而知,但他知道的是,桂晓杰领导下的第二指挥部,已经对李永昌领导下的第一指挥部形成牵制。冷枫在上常委会讨论之前曾经问他一句还有没有什么建议,他当时什么都没说,当然就算有,也不能说,只拿了冷枫的一本《宇文泰列传》。

随后常委会的决定传出之后,关允先是一愣,随后会意地笑了。果然,冷枫冷静地出手了,他的手法步步推进,不但稳妥,而且时机准确,打入的钉子也恰到好处。这让关允暗中佩服冷枫的手腕,更让他坚定了自己的想法,冷枫不但来历非凡,而且其手腕确实有过人之处。

之前冷枫一直在和李逸风的较量中占据下风,不是他本事不够,而是他太刚直了,一直硬撑着不肯退让。现在初试怀柔手法,以退为进,不想运用得也是得心应手,由此就更说明了一点,冷枫此人,机智多变,潜力深不可测。

对于温琳的问题,关允只能含糊其词地回答:"李书记主导下的领导小组,我非要进入,不是自找不自在?你是他的通讯员,他都没有提名你进去,可见你在他心目中也没什么分量。"

"我才不稀罕他高看我一眼,不让我进,我高兴还来不及。"温琳说的是实话,她本来就不是一个喜欢多事的人,"对了,你的平丘山旅游开发项目,什么时候提上日程,别光收钱不办事,要不,我可要收回投资了。"

关允拍了拍口袋:"钱进了我的口袋,你休想再要回去。再说就算不投资平丘山的旅游开发,难道有一句话你没有听说?让一个人记住你的最好的方法,就是让他欠你的债。所以,你的三十一块钱,花得值了。"

"臭美!我为什么要花三十一块钱让你记住我?"温琳含羞地瞄了关允一眼,"告诉你,我男朋友来看我了,要不要介绍给你认识一下?"

关允心中莫名一跳,一股说不清道不明的情绪弥漫心间,他微一摆手:"算了,还是不打扰你们甜蜜了,我也要回家一趟,而且还要就平丘山的旅游开发,最终敲定可行性方案。"

"那好,我就等你的好消息了。"温琳笑得很意味深长,露出一侧的酒窝,她轻咬嘴唇,双眼忽然就弥漫了雾一样的眼神,"关允,你说实话,你喜不喜欢我?"

关允被温琳的直接打败了,他不是一个不干脆的人,在许多事情上也很有主见,但在对待和温琳的关系上,却一直犹豫。愣了片刻,他勉强一笑:"喜欢……又有什么用?"

"喜欢……就有用!"温琳一下站起,关紧房门,忽然贴近关允,和关允面对面站立,只隔了一个拳头的距离,实际上,她的山峰已经抵在关允的胸膛上,"你上次说没人的时候会帮我吹气,现在没人,有胆你吹吹看?"

关允忽然就大了胆子,微一弯腰,在离温琳嘴唇只有几公分的距离处,猛然吹了一口气。温琳猝不及防被吹个正着,一下闭了眼睛。

再睁眼时,关允已经开门出去,转眼不见了身影,温琳呆立了一会儿,忽然笑了:"胆小鬼,真没种。"

关允真不是胆小,要说他当时还真有放倒温琳的心,但他只能逃避,他和温琳只要在同一个办公室一天,就不能发展恋情。不过对于温琳所说的她男朋友来看她一事,关允嘴上不说,心里还是起了波澜。

不知何故,很久没有再想起夏莱了。在回家的路上,关允突然就不可抑制地想到夏莱的温存和音容笑貌。很久没有夏莱的音讯了,也不知道她现在怎么样了?

容小妹

从县委大院到家中,步行要将近一个小时,骑车要用二十多分钟。迎着夕阳,关允将自行车蹬得飞快,一路飞奔回家。

家在县城以南几公里外的孔县第一职业中学,正是关允的父亲关成仁的任教之地。第一职业中学是孔县效仿各地兴起的实验中学而打造的一所集师范教育、职业高中和中专院校为一体的综合性学校,创办的时间不长,在孔县的影响却极大。不少富裕人家的孩子学习成绩一般,考不上中专或是孔县一中的高中,就会花钱来职中上师范或是职高,每年学费三千元,可以解决非农户口,并毕业后安排正式工作。

一进职业中学的校门,熟人纷纷冲关允招手问好,一个个热情洋溢的笑脸在眼前闪过,朴实、真诚,让关允心中十分舒坦。比起县委之中形形色色的众人那心思各异的笑脸,还是亲朋好友的笑脸更让人感受到温暖。亲朋好友之间的问候,不因关允副科干部的身份,而是对他考取京城大学的敬佩。

职业中学占地面积不小,足有上千亩,除了教学楼之外,教职工宿舍都是单独成院的平房。关允的家位于学校的职工宿舍的偏东南方,是一户独门独院,三间正房,两间偏房,院中还有十几棵果树,此时正是果实累累的季节,苹果、梨挂满枝头,果香四溢。

院中还有几块菜地,长满了绿油油的青菜,院子的一隅还有一个鸡棚,养了十几只鸡,正喔喔咯咯地叫个不停。

一见关允回来,最先出来迎接的不是容小妹,而是小白。

小白长着一个黑鼻子,两个大耳朵上各有一片黑,背上还有一块黄,好玩的是,它的尾巴也是黑尖。小白是关允养大的老狗,关允上大学之前它就来到了关家,到现在,已经六年了。

小白摇头摆尾,兴奋地围着关允跳来蹿去,还立起来,扑到关允怀中。关允爱怜地摸了摸小白身上还算光滑的毛,拍了拍小白的后背:"叫人去。"

小白"汪"了一声跑进了屋里,片刻后,人未至,声音先到:"哥回来了。"

一个人影一闪,容小妹从屋中跑了出来,飞一般来到关允面前,拉住关允的胳膊:"哥,你怎么才回来,都等你半天了。"

或许还真是"不是一家人,不进一家门"的缘故,容小妹虽然和关允没有血缘关系,却和关允长得有五分相像,也是瘦长脸,白净文雅。只不过她比关允的肤色更白一些,眉眼之间,多了妩媚之意。

和瓦儿年龄相仿的容小妹,衣着朴素,远不如瓦儿穿着洋气新颖,但朴素掩饰不住她天生的出类拔萃的气质。乡间气息培育的女儿,又有着与生俱来的一种莫名的端庄气质,一条粗黑的辫子甩在身后,成熟饱满的身体散发着纯朴而天然的风情。容小妹当前一站,就如一朵养在深闺人未识的牡丹,虽未怒放,但仅仅只是含苞待放就已经展现出了即将展翅高飞的凤凰风姿。

孔县不是山沟,是平原,但谁又能说平原就不会出凤凰?

县委虽然离孔县一中不远,但平常关允很少到学校看望容小妹。一是他在孔县一中名气太大,一去,就会被围个水泄不通;二是他不想影响容小妹的学习,小妹对他的依赖心理太强,他每去一次,就会让她的情绪波动很大。

容小妹立志也要考上京城大学,以她现在的学习成绩,正在可上可下的关口。拼一下,或许她真能成为孔县有史以来第二个考上京大的人;稍微懈怠几分,就可能以几分之差而落榜。

关允打量容小妹几眼,怜惜地说:"又瘦了,学习也不要太拼了,要讲究学习方法,不是说熬夜和死记硬背就能考上京大。"

"知道了,哥。"容小妹嘻嘻一笑,挽住关允的胳膊,"到家了,就别拿你的京城大学高才生的身份和秘书科科长的名头压人。不管你当多大的官儿,有多大的威风,在我眼里,你就是我哥,永远是我哥。"

"别说我了,说不定有一天你比我更威风,更有成就。到时候我去找你,你居高临下地看着我,冷冷地说一句:你认错人了,我不认识你!"关允随口开了一个玩笑。

容小妹蓦然站住,无比严肃地说道:"哥,不管以后遇到什么天大的事情,你永远是我最敬爱的哥哥,我也永远是你最亲的小妹!永远!"

关允没想到他随口一句玩笑却引发了容小妹如此郑重其事的回应,愣了一下,笑了:"开个玩笑你也当真,真不好玩。"

"我就是会当真……"眼圈一红,她突然就要掉下眼泪,"哥,我真的担心。"

关允心里一阵难受,将容小妹揽在怀里:"傻孩子,别哭了,没影儿的事情你乱担心什么,杞人忧天。"

"可是我总怕有一天会有人来到我的面前,说是我的亲生父母,要接我走……"容小妹的身世,没有瞒她,她从小就知道自己是被人遗弃的孩子。只不过在关允父母视如亲生的关爱下,在关允体贴的倍加爱护中,她健康而快乐地长大。

只是也不知何故,近来一段时间,容小妹总是无端地担心亲生父母会来寻她,并且还要带她离开孔县。关允开导了几次,收效不大,她还是会偶尔伤心落泪。

"你是不是听到了什么传言?"关允心中一动,问道。

关家

兄妹二人在院中站着说话,傍晚的微风吹拂,带来不远处田野的气息,令人心旷神怡。只是关允的心思忽上忽下,无心欣赏孔县最美季节的美景。

容小妹低下头,踌躇了片刻,低头看脚尖,突然又抬起头来,仿佛下定很大的决心一样,一句话就让关允震惊当场!

"昨天……我见到夏莱了!"

"什么?"关允不敢相信自己听到的话,"夏莱,你确定是夏莱?她在哪里?"

整整一年了,关允大学毕业后一年间,再也没见过夏莱一面。从一开始信件和电话不断,到后来音讯皆无,大学时代的爱情还是跨越不了时间和距离的考验,再有夏德长对他千方百计的打压,让关允对他和夏莱之间的爱情早已绝望。

却没想到,容小妹居然说她见到了夏莱。怎么可能?

"她不让我告诉你……"容小妹只挣扎了一下,心中的天平还是全面倒向关允,违背了她对夏莱的承诺,"她在飞马宾馆。"

"现在还在?"关允情急之下,一把抓住容小妹的胳膊,他迫切想知道夏莱为何要来孔县。

"不知道,应该还在,她没告诉我要住几天,也没告诉我在哪个房间。"容小妹连连摇头,"她告诉我,说我很像一个人,而那个人正好有一个走失的女儿,他现在正在寻找女儿的下落,说是找到后,一定要带她回家。"

原来如此,关允心中涌动起怜惜和疼爱,他安慰了容小妹几句,让她想开一些,或许夏莱只是无心一说,不要当真,要她安心学习,备战高考,不要胡思乱想。在安慰容小妹之余,他心中却有挥之不去的愁绪,夏莱来孔县也就罢了,来到孔县不来见他,却暗中和容小妹见面,她到底是什么意思?

慢慢平息了心中熊熊燃烧的火焰,关允的心情又平静了许多,一抬头,爸妈已经迎了出来。

当前一人,一头花白头发,年约五十,戴一副黑框眼镜。一条眼镜腿已断,用一根麻绳代替,这还不算,镜片也碎了一片,虽不严重,但多少会影响视线,镜框中间显然也坏了,用黑胶布缠了几下。一个遍体鳞伤的眼镜经他一番整治,依然顽强地工作在第一线。

眉粗、眼大、鼻阔,穿一身灰衣,正是关成仁。

关成仁的身后跟着系了围裙的关允的母亲——母邦芳。

母邦芳今年四十八岁,显年轻,也戴眼镜,齐耳短发,步子轻柔,举止文雅,一看就有知书达理的温良和贤妻良母的谦恭。她慈爱地拉住容小妹和关允,笑道:"怎么在外面说个没完,还不快进屋? 宝家他们几个都等你半天了。"

刘宝家几个家伙,听到他来了也不出来迎接一下,关允就知道肯定是李理的主意,李理鬼主意最多。他顺从地跟着母亲向屋里走,一抬手,一不小心一下就打掉了关成仁的眼镜。

"啪"的一声,关成仁那已经风烛残年的眼镜再也禁不起一次高空坠落,当即摔得粉身碎骨,为关成仁服务了十年之久,终于寿终正寝了。

"你……"关成仁惋惜地摇摇头,瞪了关允一眼,"你一回来就毁了我的眼镜,好好的,眼镜又没招你惹你,你干什么非和它过不去? 跟了我十年了,再修修补补说不定还能再用四五年,可惜了,真可惜了……"

容小妹看出了什么,吐着舌头偷偷一笑,一瞬间,她的调皮可爱让关允莫名地想起了瓦儿。

摇头驱散脑中的杂乱思绪,关允伸手从身上拿出一个崭新的眼镜:"爸,眼镜用久了,镜片磨花了,会影响视力,别的方面可以省,但保护眼睛不能省。来,我给你戴上。"

"就知道是你小子故意使坏。"关成仁佯装生气,却还是任由关允为他戴上新眼镜,感觉眼前的景象确实清晰了许多,才知道关允所言不虚,不过还是嘴硬,"以后不许耍花招了,听到没有?"

"听到了。"关允嘿嘿一笑,一进门就看到了刘宝家、雷镔力和李理三个人端端正正地坐在客厅正中,正围着一盘水煮花生米吃得津津有味,头也不抬,不但将关家当成自己家,还一点也没有迎接关允一下的觉悟。

诚然,关妈妈煮的水煮花生米味道一流。取当年的新花生,洗净之后用泡了花椒大料的盐水浸泡一夜,待味道完全浸入之后,再用文火慢煮,火候一到,关火再捂上一会儿,再洒一遍盐,简单但绝对美味的五香水煮花生米就这样出锅了。

关允最爱吃妈妈亲手煮的五香花生米,而且很显然,刘宝家三人正在大吃特吃的花生米本来是为他准备的。他就一个箭步向前,左手推开刘宝家,右臂撞开雷镔力,双手一抱,将一盘水煮花生米抢在手中。

刘宝家、雷镔力和李理同时起身,都装得挺像,好像真的才知道关允回来一样:"关哥回来了?什么时候到的,怎么不说一声,哥儿几个好出去接你。"

关允怒了:"一边去,一群吃货!赶紧出去干活,花生米归我了。"

"是。"三人倒也听话,一齐答应,马上转身,毫不犹豫地出门,去果树上摘果子,去菜地拔菜了。

关成仁和母邦芳、容小妹儿人一起笑了起来。

对于刘宝家、雷镔力和李理几个和关允从小玩到大的伙伴,关家就和他们自家没什么区别,三人今天都从县城过来吃饭,最爱人多热闹的母邦芳乐得合不拢嘴。

刘宝家三人此来,可不仅仅是为了吃饭,关允是有重要的事情要和他们商量。在和父母说了几句话之后,关允慢悠悠地来到院中,他一出现,三个正在假装干活的家伙立刻围了上来。

"关哥,平丘山开发旅游,真的可行?"

"关哥,兄弟们都相信你,你说怎么干就怎么干。在孔县的一亩三分地上,哥儿几个想干成事情,没人拦得住。"

"关哥,我跟在后面跑跑腿、干点零碎活儿还行,我可挑不了大梁。你瞧,我的肩膀多单薄,一压就弯,不过要说投机取巧的事情,找我就对了,肯定办妥。"

关允的目光依次从刘宝家、雷镔力和李理的脸上扫过,微微一笑:"谁也不敢保证一定就能赚钱,但兄弟们在一起做事情,有难同当有福同享,我就问你们一句话,干不干?"

"干!"三个人异口同声。

"好!"关允蹲在苹果树下,将他的计划和盘托出,才说一半,就听得刘宝家三人热血沸腾,直想跳起来立马跑到平丘山上占山为王。

几人正商议得热火朝天时,忽然听到敲门声,一个标准普通话的女声在门外响起:"请问,关允在吗?"

只一句,关允一下就屏住了呼吸!

05　是棋子还是棋局

冷枫从未像今天这样生气过,当他见到关允和夏莱如一对璧人一样般配,夏莱的端庄和知性,关允的隐忍和成熟,多好的一对年轻人,为什么夏德长非要生生将二人分开?难道仅仅是因为门不当户不对?再回想起夏德长当时说话时不容置疑的口吻,以及轻描淡写要将关允一棍子打死的态度,他右手猛一用力,"咔嚓"一声,折断了手中的铅笔。

一好一坏两个消息

刘宝家、雷镔力和李理三人是关允从小到大形影不离的伙伴,自认对关允的了解远超外人,但也从未见过关允有如此失态的时候,只一瞬间,关允的脸色就变得十分难看。

刘宝家三人面面相觑,关允怎么了?

还好,关允几个呼吸之后就恢复了正常,他迈步向外走去:"宝家,你们先到屋里等我,我一会儿回来。"

"关哥,要不要紧?"李理平常嬉皮笑脸,一到正事上,也有正形,向前一步拦住关允,关切地问道。

"我没事。"关允摆摆手,努力笑了一笑,迈开大步来到门前,又深吸一口气,猛然拉开大门。

最后一缕夕阳的余晖尽情地挥洒在关家的门前,将关家的黑漆大门照得熠熠生辉,门前盛开的野花沐浴在光辉之中,闪亮生命中最明亮的一抹色彩。在姹紫嫣红的花草的映衬下,一个女孩儿手拎一个黑白图案的提包,一身鹅黄长裙,长发披肩,标准的鹅蛋脸型,眉似远山黛,眼如秋波横,尤其是她眼波流转时似幽怨又似期待的眼神,正应了一句关允最喜欢的一句古诗——别有幽愁暗恨生,此时无声胜有声!

端庄与秀丽的她,明净和悠远的她,正是关允刻骨铭心的初恋——夏莱。

夏莱!关允心中没来由地发出一声长长的喟叹。在他拼搏一年之久,在他在孔县刚刚打开局面,在他即将迎来人生之中可能降临的第一次飞跃之际,夏莱突如其来地现身在他面前,怎能不让他一时迷茫而不知如何面对?

"夏莱……"关允喉咙发涩,"你怎么来了?"

夏莱却不回答关允的问题,只是痴痴地凝视关允半晌,幽幽地说了一句:"关允,你瘦了,也黑了,不过,更壮实了。"

依然是关允最熟悉的话语,最喜欢的口气,最心动的嗓音,只一句话,他内心的坚强再也矜持不住了。眼前的夏莱,依稀还是当年在京城分手时的夏莱,容颜未改,青春依然,只不过多了一丝岁月沉淀的优雅。

是的,夏莱更优雅从容了,出身世家的她,在当年上京城大学时就是一个耀眼的女子,如今施施然站在孔县的土地上,更是亮如晨星,美不可言。

"我想你……我知道你记恨我,不要紧,爱有多深恨就有多深,我理解。"夏莱的眼睛迎着夕阳,犹如一泓秋水,"你的苦、你的艰难,我看得见。我的难过、我的悲伤,你不知道。"

关允沉默了,他曾经多少次设想和夏莱重见时的情景,却没想到,会和夏莱在此时此刻重逢。远望西天,彩霞漫天,正是一天之中最美好的落日时刻,夕阳无限好,只是近黄昏。

曾经多少次想要当面质问夏莱,或是讨要一个说法,真正面对夏莱时,关允又无言以对了。其实他早就应该想通其中的环节,夏德长防他越紧,就证明夏莱爱他越深。如果夏莱不再爱他,另寻新欢,夏德长也没必要千方百计要将他困死在孔县。

其实,夏德长不可能困他一辈子,但人生之路的关键一段往往就是三五年光景。三五年后他再从孔县脱困而去,一切都已经是过眼烟云了,或许夏莱已经嫁为人妻,而他起步比同龄人晚了许多,想要追赶不仅仅是努力就能挽回的事情。官场之上,有时一步落后步步落后,他有可能永远无法达到自己想要的高度。

"陪我走走。"夏莱用手指向落日照耀下的田野,"我想去田地里看看,秋天的田野,美得让人心碎。"

关允关了大门,默不作声地迎着夕阳走向学校之外的田野,在后院有一个可以直接通往田野的铁门,穿过铁门,就是一望无际的玉米地。

关允在前,夏莱跟在他的右后,以前她总会挽着他的胳膊,紧紧地贴近他。但现在,她和他若即若离,陌生得让人心伤。

田野里,四下空寂,并无人影,正是吃饭的时刻,家家户户正坐在一起享受天伦之乐。关允站在一处土坡之上,举目四望,身后的职中炊烟四起,远处的村庄也是炊烟袅袅,好一幅祥和安康的乡村夕照图。

夏莱依然站在关允身后,半天不发一言。她沉默如树,宁静而致远,披散的头发被风一吹,飘然拂到关允的脸庞。关允伸手抓住夏莱的一缕秀发,忽然间心底深处迸发出不可抑制的感伤,他一把将夏莱抱在怀中,怆然泪下:"夏莱……"

只一抱,夏莱和关允之间因为时间和空间的距离而产生的隔阂顿时烟消云散,她泪如泉涌,喃喃说道:"对不起,关允,真的对不起,不是不爱你,是怕伤害你。我真的快撑不住了,我都不知道怎么熬了一年,也不知道该怎样面对你……"

夏莱泣不成声,已经说不出话了。

她的眼泪打湿了关允的肩膀和胸膛,也打湿了关允的心。关允的心彻底融化了,他爱夏莱,不是他的错;夏莱爱他,也不是她的错;夏德长爱护女儿,从一个父亲的角度不想女儿下嫁贫寒之家,也没错。错就错在夏德长不择手段地想将他困死在孔县,以为这样就可以阻断他和夏莱的爱情之路。确实,夏德长成功地压制了他一年。

但青山遮不住,毕竟东流去,终有一日,他会还夏德长一个意外和冷笑。

"不怪你,夏莱,真的不怪你。"关允感受着怀中熟悉的体温和体香,激荡的心情也逐渐平息几分,轻轻抚摸夏莱的秀发,他曾经最爱的柔顺的感觉又重回手间,"你怎么会来孔县?"

夏莱将头埋在关允的胸前,享受着久违的爱情的滋润,脸色红润了许多。她双手环在关允腰间,久久不肯松手:"让我再抱你一会儿,你别说话。"

关允不说话了,夕阳将他和夏莱的身影拉得极长。

也不知过了多久,夏莱才抬起头,凝望着关允的双眼,以无比坚定的语气说道:"不管遇到多大的困难和阻力,我一定会和你在一起,一定!"然后她又微笑了:"告诉你一个好消息和一个坏消息。好消息就是,我调到燕市工作了,离你又近了许多,坏消息就是……"

局势陡然一变

"坏消息就是爸爸也调到燕市,他外放了。"夏莱小心翼翼地看了关允一眼,唯恐关允流露出失望的神色。

以前在一起时,夏莱总爱在关允面前撒娇、嬉闹,现在关允被夏德长压制,她总觉得心里有愧,在他面前,她就多了心理负担。还好,关允依然是她深爱的阳光男孩儿,尽管现在这个男孩儿又长大了一岁,经历了太多的坎坷,好在他都挺了过来,而且还多了成熟的味道。

关允淡淡一笑:"恭喜夏叔叔高升了,可喜可贺。"

夏德长是国家教委的副司长,京官外放,一般都会提上半格,副司长相当于副厅级,空降到省里的话,少说也是正厅了。联想到夏德长不到五十的年龄,还真是前途无比光明。

夏莱大学毕业后进了国家青年报社,她调来燕市,不出意外,会在青年报驻燕省记者站工作。孔县距离京城四百多公里,距离省城二百多公里,她说得对,她和他的空间距离,确实近了许多。

只是,比起夏莱在省城的新工作,关允更关心夏德长的新职务。

"夏叔叔要主政一方?"夏德长从副厅到正厅,不会一步到位就是市委书记,应该会先从市长做起,是故关允有此一问。不过问过之后,他又忽然觉得哪里不对,燕市是省会,市长才上任不久,不可能走马换将,而省会城市的市委书记都会高配省委常委,以夏德长的资历,没有可能担任省委常委、燕市市委书记。省委常委是副省级。

莫非夏德长进了省委某个部门?

"爸爸进了省委。"夏莱的回答坐实了关允的猜测,"省委组织部常务副部长。"

好家伙,关允倒吸一口凉气,好一个省委组织部常务副部长!

执掌干部官帽的号称天下第一部的组织部,是所有官场中人最敬畏也最向往的部门。原以为他在孔县迈出第一步,以后就海阔天空了,不承想,夏德长还真是他命中的克星,外放出京去哪里不好,偏偏来了燕省。

来了燕省也无妨,随便到一个地市担任市长,也对关允没多少影响。但他却直接空降到省委组织部担任常务副部长,就如一座高不可攀的山峰突兀地拔地而起,挡在关允正准备跃马扬鞭的光明大道上。

怪不得夏莱非要来孔县一趟,也是提前透露消息给他,好让他有一个心理准备。说实话,初听之下,关允确实震惊了,震惊得不知所以,但在片刻之后,他又重新恢复了自信。不仅仅因为他现在远不像以前一样无根无底、无依无靠,他已经赢得了冷枫的重用,还因为他身后有一个随时可以指点江山并让历史照进现实的高人老容头。

冷枫的背景之深厚,不亚于夏德长。或许冷枫不会为他的事情和夏德长较量,但至少他在冷枫身边的重要性越凸显,冷枫就会越看重他并且自发地保护他。相信以夏德长的聪明,不会冒着得罪冷枫的风险而贸然对他出手。

从另一个角度分析,夏德长来到燕省反倒是好事,至少他和关允之间可以更近距离地交锋。关允就不信,他有冷枫作为靠山,有老容头担当高参,就不能在对夏德长的对峙中,最终反败为胜,打夏德长一个措手不及!

而现在孔县的流沙河大坝,就是第一次真正考验他的政治智慧的关键一局,也是他和冷枫能否建立起真正同盟关系的一局,许胜不许败。

关允想通了许多环节,一下心胸开阔多了,只觉眼前天地无限宽广,一把抱过夏莱,用力在她的额头吻了一下:"若你不离不弃,我必生死相依。"

夏莱的脸上一下闪亮了幸福的光芒:"只要你许我一个未来,我痴心不悔,等你到海枯石烂!"

"好!"关允蓦然意气风发,一手揽住夏莱,一手遥指天边的一颗星星,"我指星发誓,只要夏莱不变心,我必娶夏莱为妻。"

"我也发誓,只要关允娶我,我必嫁他为妻,永不反悔!"夏莱也对学着关允的样子,对天发誓。

两个年轻人的誓言坚定而毅然,随风飘散在天地之间,或许未来不会遥远,又或许未来遥远得就如天边的星星一样,可望而不可及。但不管怎样,夏莱的到来,还是为关允带来了新的希望,也让他能更加勇敢更有信心地面对不可预知的前方。

在回去的路上,夏莱紧紧地挽着关允的胳膊,和以前一样,年轻的心又重新合二为一,没有了隔阂和陌生。夏莱一边踢着路边的小草,一边说出她来孔县的缘由。

最开始,夏莱还不知道夏德长暗中对关允的打压,她满怀期望等候和关允重逢的一天,也许一年,顶多两年,就能永远幸福地在一起了。她书信不断,电话不断,倾诉她对关允的思念。夏德长也没有阻止她和关允联系,只是不时提醒她一下,要安心工作。

但后来夏莱慢慢地察觉,夏德长并没有履行他会想办法将关允从孔县调来京城的承诺。相反,她听到的消息却是关允被困在孔县,左右不靠边,受人排挤并坐了冷板凳,而背后的黑手就是夏德长!

怎么会?夏莱不敢相信爸爸当面一套背后一套,会连她都骗!她当面质问夏德长,夏德长一开始说关允在县里的处境和他无关,是关允自己不会做人。后来被她逼问得紧了,夏德长只好含糊其词地承认确实是他施加了影响,但也是为了关允好,为了让关允更快地适应官场上复杂多变的局势,让他更快地成

长起来,也好一回京城就能独当一面。

夏莱相信了夏德长的话,但自此之后,夏德长便在她面前不时说起关允的不是,又说他不再对孔县施加影响之后,关允还是扶不起来,关允让他大失所望。他还要求,不许夏莱再和关允联系,让夏莱忘了关允。夏莱不肯,非闹着要到孔县见关允一面,结果夏德长一怒之下警告夏莱,如果夏莱胆敢私自出京去和关允会面,他就会亲自打电话给黄梁市委书记蒋雪松,让蒋雪松将关允困死在孔县。

只能靠自己

"爸爸出国了,要一周之后才回来,回来后,他会调到燕省,等他回来,我怕就没有机会再和你见面了。关允,情况就是这些,现在你也知道了,爸爸还是坚决反对我们在一起,他如果知道我和你见面的事情,肯定会大发雷霆。他担任省委组织部常务副部长,对你以后的处境更加不利……知道了这些之后,你还会坚定地想和我在一起吗?"夏莱站住,仰起脸,满怀期待地等关允最后的答案。

关允沉默了。

人生就和考试一样,总有许多选择题必须选择,无法回避。但和考试不一样的是,考试通不过可以补考,人生却是单行道,没有补考的机会。

如果他当初没有爱上夏莱,如果夏莱不是爱他爱得如此之深,无论怎样都不肯放手,或许夏德长还不会以十几年的官场手段对付他一个毫无官场经验的年轻人。但人生没有假设,他和夏莱走到今天不容易,已经经历磨难,如果此时放手,先前所受的委屈和艰辛岂不是全然没有了意义?

况且,关允又不是轻易放弃和认输的性格!

是,他是一无背景二无来历,出身平民之家,现在唯一的倚仗就是一个冷枫,一个半真半假的容半山,还有几个忠心耿耿的兄弟。冷枫虽然来历深不可测,但未必会因他的事情而和夏德长对立;容半山再有本事,也毕竟不是官场中人,没有大权在握一言定人前程的权威,只能出出主意,打打外围;而三个兄弟更是在官场之中简单如白纸,不但出不了主意,还得事事听从他的指挥。

说来说去就一点,他想在夏德长的威压之下立于不败之地,所能依靠的,只有自己!

关允不会天真地认为,只凭他一个小小的副科就可以和堂堂的省委组织部常务副部长一决胜负,别说他没有和夏德长的一战之力,就连他和夏德长见上一面的资格都没有。因此,不可力敌,只能智取。

"会!"关允坚定地说出了心中的答案,"三分运气再加上七分运作,我可以超越五分背景!"

"我也会在身后一直支持你。"夏莱将右臂竖起在身前,紧紧攥住拳头,用力一挥,"加油。"

看到熟悉的夏莱的标准招牌式动作,有关初恋的回忆一下就全部复苏了。记得当时关允在追求夏莱时,他假装喜欢上另外一个女生,然后请夏莱帮他出出主意怎样才能追到对方。夏莱信以为真,热心地为关允出了七八个主意,还用竖立右臂用力一挥的招牌式动作为关允加油。

结果关允就用夏莱传授的招式打动了她的芳心,当她恍然大悟意识到上了关允的当时,一颗芳心已经紧紧系在了关允的身上,无处可逃。

记忆重现,感情回暖,关允和夏莱对视一眼,曾经经历艰难险阻的爱情,两颗年轻的向往爱情的心,再次迸发出更闪亮的爱情火花。怕是夏德长无论如何也想象不到,他越是压制,反而越是助长了夏莱对关允的爱。

关允和夏莱手拉手从田间漫步回转,漫天晚霞预示着明天又将是一个艳阳高照的秋日,在无比壮丽的夕阳落日的映衬下,二人的背影成就了今年夏天最后一个壮美的黄昏。

关允和夏莱相视一笑,整整一年的委屈和挣扎,只一刻便烟消云散。他将夏莱拦腰抱起,原地转了一圈,又将嘴唇狠狠地压在夏莱的唇上,将此时此刻塑造成永恒。

回到家中的时候,已经华灯初上,夜幕四合了。当关允领着夏莱迈进房间的一刻,所有人都惊呆了。

姣美如玉、红润如花的夏莱,亭亭玉立地站在门口,她的美丽和风姿一下照亮了整个农家小院!

早就听说儿子有一个京城的女朋友,不但没有见过,后来连提都不提了,关成仁和母邦芳就知道年轻人的感情容易出问题,也就没有过多地问及夏莱,不想让儿子不开心。不想突然从天上掉下个漂亮得跟仙女一样的姑娘,老两口都一下愣住了。

突然,太突然了。

刘宝家三个人惊呆了,不仅是惊叹夏莱的美丽和优雅,还惊讶关允也太有本事了,明明刚才还和他们几个人纵论赚钱大计,转身出去一下就领来一个貌若天仙的媳妇,本事太大了吧?

不过几个人震惊过后,就立刻小声地交头接耳起来,评论夏莱和温琳谁更好看,谁更拿得出手,谁更适合当正室。刘宝家的意见是,夏莱要模样有模样,要气质有气质,适合当正室。雷镔力也赞成刘宝家的看法。李理却坚持认为,从生养孩子的角度考虑,还是温琳更适合娶回家中当媳妇,温琳体格好,身体健美,有着城市长大的女孩儿无法与之相比的先天优势。

几人争论得不可开交时,夏莱甜甜地一笑,落落大方地说道:"叔叔、阿姨,你们好。小妹,你好。宝家、镔力、李理,你们也好。"

点了每一个人的名字,以示尊重,再加上她的声音婉转悦耳,感染力极强,纯净犹如天籁之声,只一个照面,就让所有人都对夏莱不可抑制地产生好感。

李理悄悄向刘宝家伸了伸大拇指,意思是他不再支持温琳,转向支持夏莱,要投夏莱一票了。

关成仁和母邦芳同时站了起来,笑得很开心很朴实。母邦芳一伸手拉过夏莱:"闺女,快来坐。关允,去倒水。"

关成仁憨厚地笑道:"小子……关允,你也不介绍一下,真没礼貌。"平常在家他总是称呼关允为小子,刚才脱口而出又觉得在外人面前不太妥当,就第一次喊出了关允的大名。

关允就是故意要卖一个关子,吊足了大家的胃口之后,他才嘿嘿一笑,介绍夏莱:"夏莱,京城大学的同学……"微一停顿,见夏莱目光闪动,见爸妈一脸期待,见刘宝家三个坏小子在一旁偷乐,他又郑重其事地加了一句:"我的女朋友。"

夏莱的笑容一下就灿烂而生动了。关成仁和母邦芳也是对视一眼,眉开眼笑。容小妹会心一笑,上前一拉住了夏莱的手。刘宝家几人挤眉弄眼,也乐开了花。

一时,因夏莱的到来,关家小院充满了欢乐祥和的气氛,其乐融融。而夏莱也没有千金小姐的娇贵,放下身段,帮关妈妈洗菜,和容小妹窃窃私语,说起关允的小秘密,还不时窃笑几句,总之,她融入关家的速度,远超关允的想象。

吃饭的时候,夏莱坐在关允和容小妹之间,俨然以关家媳妇自居。席间,刘宝家三人一合计,统一了口径,一口一个嫂子叫得顺口。夏莱先是羞涩,后来索性就默认了。

饭后,关允想陪夏莱,夏莱大方地让关允陪刘宝家几人,刘宝家嘿嘿一笑:"干脆让嫂子也参加我们的讨论,说不定嫂子会有更好的创意……"

夏莱大感兴趣:"什么讨论?"

关允脑中光亮一闪,或许真是一个全新的契机也未可知,就笑道:"开发平丘山。"

两手准备

"好主意。"出乎关允意料的是,夏莱第一句话就是完全赞许的口气,"平丘山虽然名气不大,但景色天成,巧夺天工,而且平丘潭潭水碧绿如玉,山脚下的天然森林营造了世外桃源一样的氧吧,最适合休假疗养。如果运作得当,在山脚下的森林里建造一座疗养院,相信可以吸引不少党政机关的大小领导来休养。"

关允原以为夏莱会对开发平丘山提出反对意见,不料她不但同意,还提出了更有创意的建设性意见,不由暗暗欣喜,夏莱到底是京城人氏,眼界确实开阔。

刘宝家三人已经听直了眼,虽然三人也上过大学,但若论眼界和见识,比起出身世家的夏莱还是差了太多。尤其是疗养院的提议,他们几乎闻所未闻,不由大眼瞪小眼,不知道该怎么接话了。

"平丘山十年的承包费用是一百元。"关允并没有正面回应夏莱的提议,只是含蓄地说到承包费用。

夏莱和关允相恋四年,她和关允之间早就有了心意相通的默契。关允一点题,她就立刻回答:"知道你们没钱投资疗养院,但你们的聪明之处就在于先承包了平丘山。我认为十年的期限不够,应该再加二十年,年限越长,升值潜力越多。你们的优势在于掌握了孔县的全部资源,不管是社会资源还是人力资源,又有了平丘山三十年的承包权在手,再加上一份出色的策划书。我想,不管是从京城还是省城找来一笔风险投资来兴建疗养院,都不算什么难事。至少就我所知,就有几笔风险投资正在寻找好项目……"

夏莱神采飞扬,侃侃而谈,端庄而优雅,美丽而知性,更让刘宝家几人佩服得五体投地。

不过佩服归佩服,刘宝家、雷镔力和李理却是如坠云雾,对夏莱所说的风险投资和借鸡生蛋的理论,完全不明白是怎么回事,更不用提该如何操作了。

刘宝家三人是否明白并不重要,重要的是,关允明白了。他突然一把拉住夏莱的手放在手心,粲然一笑:"夏莱,你早点来孔县就好了,我也不必一个人硬撑了。"

"咳咳。"刘宝家站起来,扭头过去,"我没看见,我什么都没看见。"

雷镔力和李理也识趣地站起来,雷镔力没说什么。李理唉声叹气地摇头说道:"太肉麻了,太重色轻友了,太气人,太让人羡慕了……"话未说完,屁股上已经挨了关允一脚。

夏莱莞尔一笑,她是京城人,既有世家女子高贵恬淡的气质,又有京城女孩儿特有的大气豪爽,十分乐见关允几个兄弟之间的互动,也不在意刘宝家几人有意无意的玩笑话。相反,她还非常喜欢关允和几人之间亲密无间的气氛。

晚上,刘宝家几人回了县城,夏莱住在关家。她和容小妹同床,一晚上说了许多悄悄话,话题全部围绕关允从小到大的趣事、丑事和糗事,基本上在容小妹的描述中,关允的大小秘密和隐私都毫无保留地暴露了。

能在短短时间内赢得容小妹的信任,并且和她成为了无话不谈的朋友,夏莱的亲和力确实超人一等。

次日,关允骑着自行车,带上夏莱,再加上容小妹的陪同,来了个孔县一日游。先游流沙河,流沙河此时正是丰水季节,水丰草茂,波光闪闪,偶有飞鸟掠过水面,点缀在广袤平原之中的一条不知名的内陆小河,倒也气象万千,让夏莱叹为观止。

流沙河大坝项目的施工队伍已经开始入驻场地,大坝就位于县城西部,距离县城不过两公里的路程。沿河两岸已经支起支架,搭起帐篷,并有技术人员开始进行放线、测量等前期工作。路过施工现场的时候,关允注意观察了一下,大部分人员都是李永昌的亲信,别说没有冷枫的人手参与其中,就连李逸风的人马也是不见一人。

虽然李逸风和冷枫政见不和,经济发展观不同,但在通过流沙河大坝项目之后,在对待大坝项目的建设上,手法却是出奇的一致。由此可见,李逸风一是不想在大坝项目之中捞取什么好处,二是他有意不插手大坝项目的施工建设,显然也是做好了两手准备。

也是,孔县不过是李逸风和冷枫的跳板,却是李永昌的终点站。李永昌不离开孔县到外县上任的基本出发点就是,在孔县他说一不二,可以为所欲为,要风得风,要雨得雨。去了别的县,他就算当了县长或是书记,也未必如在孔县一样能够凌驾于一二把手之上,当太上皇。

只不过……关允暗暗摇头,若是大坝项目成功了,是李逸风的丰碑;如果失败了,则是李永昌的地雷。李永昌不会一点也猜测不到李逸风和冷枫不插手大坝项目的用心,他却依然大张旗鼓地冲在最前方,难道是他太自信了,认为在孔县的地界之上,只要有他在,就永远不会出现控制不了的局面?

对流沙河大坝项目,夏莱不感兴趣。她在京城大学虽然和关允一样学的是中文,但她天生对经济有敏锐的眼光,从经济学的角度考虑,她不认为大坝项目会是孔县的经济增长点。

在去平丘山的路上,夏莱坐在关允的身后,双手抓住关允的衣角,随着自行车的晃动,她的双手就会不时地碰到关允的痒痒肉,惹得关允直想发笑。

"也是怪了,坐在你的自行车上,比坐在别人的豪华汽车内还要开心。我们约定,十年后你还骑自行车带我来平丘山,好不好?"夏莱右手食指放在右脸之上,歪头一想,又摇头笑了,"十年后,你不一定身材走形成什么样子,到时脑满肠肥,别说骑自行车带我了,怕是你自己都骑不动了。"

关允还没来得及反驳夏莱几句,就发现路中间有一块砖头。他正要躲过,却被夏莱碰到了痒痒肉,就一下笑了,一笑不要紧,车子顿时失去了方向感,车把一歪,连人带车一下摔倒在路边。

在将要摔倒的那一刻,关允用力一转身,将夏莱抱在怀中,结果他后背着地,而夏莱正好压在他的身上,上演了一场活色生香的草地翻滚大战。

一旁的容小妹先是惊呼一声,随后一见二人不但没事,还似乎眉来眼去很是享受这一刻,她受不了了,双眼一闭,大喊一声:"你们不要太过分了,我还在呢!"

关允哈哈一笑,一翻身将身跃起,抱起了夏莱,而夏莱微闭双眼,含羞带笑,娇艳如花。一时之间,平丘山的风光就在二人爱情的照耀之下,生动如画,明亮如诗。

夏莱的到来,不但解开了关允的心结,也让关允的命运再次转了一个大弯!

拭目以待

游览了平丘山之后,关于如何开发平丘山并最大限度地利用手中掌握的资源,实现利益最大化,夏莱心中就有了清晰的目标,再结合关允之前的设想和方案,最后形成一个全新的开发思路。

比关允的设想更有趣的是,夏莱的开发方案之中,还寄托了她的私心——她希望借平丘山的开发,巩固她和关允的爱情,让平丘山的兴盛成为她和关允爱情的见证。

"听说……"夏莱假装若无其事地摘下一朵小花,眼睛眨了一眨,又悄然一笑,"你有一个漂亮的女同事,而且她对你还很好?"

关允下意识地看了容小妹一眼,容小妹偷笑一下,心虚地扭头转向一边。

诚然,若单就漂亮而言,温琳确实不如夏莱夺目,也不如夏莱大气优雅,但温琳的健康和纯朴之美,夏莱也不具备。关允暗暗一笑,听夏莱的口气,她是吃醋了,就笑道:"是挺漂亮,但乡下长大的姑娘,比不上京城女孩儿的大气,再说再漂亮也是女同事,只可欣赏。"

"好呀,你是不是除了欣赏还想采摘?"夏莱扬手要打关允,"乡下长大的姑娘怎么了?更有纯朴的风情,城市女孩儿是有城市女孩儿的味道,乡下姑娘也有乡下姑娘的风味。你吃惯了大鱼大肉,肯定还想吃几口农家菜,是不是?再说你也是乡下长大的孩子,肯定对柴禾妞有偏爱。"

关允不躲不闪,任由夏莱的温柔小手落在他的头上,然后又一把抓住,坏坏一笑:"我什么时候吃惯了大鱼大肉?好像我只闻了味道,还没有真正吃到嘴里。"

夏莱顿时面红过耳,她自然知道关允的暗示。以前她总是想将最美好的一刻留在新婚之夜,但经过一年多的分离,她改变了许多,就不顾容小妹在场,伏在关允耳边,大着胆子咬着嘴唇小声说道:"我来孔县,其实也是抱定了豁出去的想法……"

容小妹捂住耳朵,跑向了远处:"哥,嫂子,你们太气人了。"

关允哈哈一笑:"夏莱,你不要教坏了小妹。"

夏莱反驳:"关允,你不要有贼心没贼胆。"

"晚上见?"关允不敢回应温琳的火热挑逗,却不会在夏莱面前底气不足。作为相恋几年的恋人,他了解夏莱的每个眼神、每个动作、每个暗示,就故意将话说死。

"晚上见!"夏莱以无比的坚定回应了关允,"谁不敢来谁是小狗!"

"哈哈。"关允用力一抱夏莱,"走,下山。"

容小妹嘟囔说道:"早知道就不陪你们了,现在倒好,我当了多少瓦的电灯泡,怕是几千瓦都有了?真是。以前还觉得我哥挺好的一个人,没想到夏姐姐一来,他就露出本来面目了。夏姐姐,你要是早点来就好了,我还从来没见他像今天这样开心的。"

一句话说得夏莱唏嘘不已,她紧紧抱住关允的胳膊:"以后,我不会再让你受委屈了。"

"一个男人,受点委屈和冷落算得了什么,只要心中理想还在,信念不灭,就一定能迎来明天。"关允从未如现在一样对未来充满了信心和斗志。如果说瓦儿的到来还不足以让他相信自己的运气已经来临,那么夏莱的出现就完全让他确认,他的运气之门已然完全打开。

三分运气,七分运作,这么说,不管夏德长即将担任省委组织部常务副部长会给他带来什么不利的因素,只要他靠紧冷枫,再听从老容头的妙计,从此就可以打开全新的局面。

肯定会！关允暗暗握紧了拳头,且拭目以待。

下山的时候,才走到平丘潭,关允继续和夏莱谈论平丘山开发事宜。夏莱为关允推荐了一名风险投资商——金一佳,毕业于法国的海归,金融专家,现在从事融资、风险投资等金融业务。然而以上身份并不是夏莱将她推荐给关允的主要原因。

"一佳是我的表妹,你和她合作,我最放心了。"夏莱抓住关允的右手,在他的手心挠了几下,"要是介绍别的风险投资商,男投资商中,没有我信任的;女投资商中,既能让我知根知底,又能让我对你们的合作放心的人,只有她一个了。"

关允明白了,夏莱其实是对他的爱情节操不放心,他就嘿嘿一笑:"金一佳和我合作你就放心了,万一出事怎么办？"

"不会。"夏莱很坚定地笑道,"一佳的志向是嫁一个外国人,你……不符合她的审美要求。"

"我看未必。"容小妹不服气,"哥哥的魅力中外通杀,夏姐姐,你可一定要事先提醒你的表妹,千万别迷失在我哥的魅力之中。"

"哈哈。"夏莱放声大笑,"小妹,你对关允的评价带了偏心,不算数。"

"关允？"

关允还没有来得及接夏莱的话,一个熟悉的声音在前方响起,一抬头,温琳来了。

温琳是一个人,有点意兴阑珊的样子。关允心情正好,没注意温琳的异样,当即笑问:"怎么就你一个人,温琳,你男朋友呢？"

温琳没回答关允的问题,目光落在夏莱身上,有好奇,有探究,也有一丝不易察觉的敌意。她表情变化几下,忽然就问了关允一句:"你女朋友？"

关允笑着点头:"夏莱,我女朋友。温琳,不是说你男朋友也来看你了,怎么不领他来平丘山转一转？"

温琳气呼呼地说道:"别提了,让我气跑了。他素质太低,一口一口小县城怎么脏怎么土怎么差,说他们市里如何如何,我生气了,让他去找城里的姑娘。他一个大男人还真小心眼儿,说走就真走了。"

夏莱也暗中审视了温琳一番,一听温琳说话,她忍俊不禁:"温琳你好,我是夏莱。你说话可真有意思,又直爽又可爱。我支持你,男人就要大气,就要有担当,小心眼的男人不能要。"

温琳本来一见面就对夏莱有莫名的敌意,或许她不愿意承认的是,她其实一直希望关允远在京城的女朋友永远远在天边,而不是如现在一样近在

眼前。只是，夏莱太耀眼太夺目了，她优雅的气质和极具亲和力的语气，让温琳无法拒绝她的善意，温琳就微微一笑："谢谢夏莱，理解万岁。"

话一说完，温琳又转身对关允说道："关允，冷县长提前一天回来了，他在县委遇到我，说如果我见到你，就让你立刻到县委见他。"

出什么事情了？关允心中一惊，直觉告诉他，怕是事情有变。不料还没有等他开口相问，温琳又说了一句更让他震惊的话："冷县长说，让夏莱也和你一起去见他！"

宁折勿弯

一直以来，关允对冷枫的评价是：沉稳、冷峻，有一说一，说话办事从不拖泥带水。他说周一回来，除非有天大的情况，否则绝对不会周日就提前回来。

偏偏今天是周日，偏偏他提前一天回来了。

一回来就和他见面，倒也情有可原。冷枫关心流沙河大坝项目的进展，从别人口中得到的消息或许不够准确并失之偏颇，想听取他的当面汇报，也符合常情。但问题是，冷枫居然提出要见夏莱，就不得不让关允大吃一惊了。

由此也证明了一点，冷枫知道夏莱人在孔县。但问题是，冷枫是从哪里得知夏莱人在孔县的消息？难道是……关允不敢再深想下去了。

夏莱显然也想到了同样的问题，也是脸色微微一变，不过随即她深吸了一口气，冷静地说道："走，关允，我和你一起见见冷县长。"

夏莱的表现出乎关允的意料，也让温琳立时对她高看一眼。

一路下山，容小妹自己回了学校。关允骑车带上夏莱，温琳跟在后面，几人不多时就来到县委。正值周日中午时分，县委大院并无几人，再加上李永昌忙于流沙河大坝事宜，李逸风还没有回来，很多该值班的人都自发放假了。

温琳只是意味深长地看了关允一眼，无声地摇了摇头，独自回秘书科了。关允也没停留，和夏莱对视一眼，都做好了迎接狂风暴雨的准备。

轻轻敲响冷枫的房门，里面传来熟悉的声音："请进。"

推门进去，冷枫并没有如往常一样坐在正中的转椅之上，而是一人背着双手站在窗前凝望。他的表情是一如既往的冷峻，不过冷峻之中，却隐隐流露出一丝不甘和愤怒。

"关允、夏莱，你们来了。"不等关允开口问好，冷枫先说话了，他用手一指沙发，"坐吧，我有话要说。"

关允心中忐忑,倒是夏莱似乎已经做好了承受一切的准备,她客气而不失优雅地说道:"冷县长好,我是关允的女朋友夏莱。"

"夏莱,你好。"冷枫点点头,"我回省城,在省委见到夏司长了。"

"爸爸是不是有话要传达?"虽然早就预料到什么,夏莱还是微微吃惊。她十分不解,爸爸还要几天才回国,怎么提前回来了?就算提前回国,怎么就到了燕市,又怎么就和冷枫见面了?

冷枫却不过多解释背后到底发生了些什么,他只是淡漠地说道:"你说对了,夏司长确实有话要交代,他让我转告你,让你马上回京,不得耽误一分钟,否则……后果自负!"

说完之后,冷枫又深深地看了关允一眼,他第一次在关允面前流露出一丝笑意,只可惜,是冷笑。

"夏司长到底是京官,还没有正式上任,就已经以省委组织部副部长自居了,嘿嘿。"话说一半,虽未直接点明发生了什么,但冷枫不以为然的表情已经说明了一切,夏德长向他施压了。

如果是一般的县长,省委层面的人事变动,通常会等到正式宣布之后才能知道,毕竟以县处级的层次,还接触不到市厅级以上的内幕,顶多就是听到一些传闻罢了。如冷枫一样可以直接和未来的省委组织部常务副部长对话的县长,不能说绝无仅有,但绝对是少之又少。

由此,就更证实了关允的判断,孔县县委盛传冷枫背景很浅的说法,不但是误传,还是大错特错的谬误。不是有人故意以讹传讹,就是大多数人被冷枫的手法蒙蔽了。

还好,大多数人中,不包括关允。

冷枫如此口气说话,换了别人,或许会觉得尴尬。夏莱却不会,她微微叹息一声:"不好意思,让冷县长受累了,爸爸的为人就是有些强势,有时候连我都受不了。别人可以选择不和他打交道,我没办法,谁让我是他的女儿?但我也有选择爱情的自由和权利,不会事事都听从他的意见。谢谢冷县长,话我收到了,回头我会打电话给他。"

听了夏莱进退有度的回答,冷枫微微点头,神情舒展了几分:"夏莱,秘书科的电话可以打外线。"

以夏莱的聪明,她当然听出来冷枫要单独和关允谈话,就告辞离去。夏莱一走,关允随手关紧了房门,说道:"县长,对不起……"

冷枫摆摆手,打断关允的话:"不要说对不起,我就问你一句话,在知道夏德长就要担任省委组织部常务副部长之后,你和夏莱打算怎么相处?"

"一年前,我满怀憧憬,以为夏叔叔真心放我到孔县历练一年之后,就会调我回京。一年间,我受尽了冷落和排挤,也认清了现实,我被人刻意设计困在了孔县。被一个沉浮官场十几年的行家算计,我输得心服口服。但输了一次,不能再输第二次。一年后的今天,我已经看清了脚下的路,不会再有好高骛远的想法,也不会再有不切实际的幻想,就是立足孔县,紧跟县长的脚步,一步一个脚印,稳步前进。"

说出上述一番话,关允气定神闲,脸上的表情是前所未有的坚定。以他对冷枫的了解,他相信冷枫的性格中有宁折勿弯的一面。如果夏德长有话好好说,客客气气请冷枫传话,冷枫或许不会是刚才不以为然的表情。但自认对夏德长有一定了解的关允心里清楚,在夏德长眼中,冷枫一个小小的县长,能被堂堂的省委组织部常务副部长耳提面命,不知道该有多感激涕零。

夏德长错了,而且还是大错特错,他不但没有看准冷枫的为人,更没有看透冷枫的背景。如果关允所猜没错的话,夏德长在省城和冷枫的会谈,不但没有收到预期的效果,相反,还将冷枫彻底地推向了对立面。

换言之,他得罪了冷枫!

果然,关允话一说完,冷枫突然一掌拍在桌子上,由于用力过猛,震得桌子上台历跳了起来。

"说得好!"冷枫大为动容,向前一步,用力拍了拍关允的肩膀,"关允,只要你埋头在孔县苦干三年,我包你一个明天。"

第一次,冷枫主动伸手过来和关允的手紧紧地握在一起。冷枫目光坚定,关允表情坚毅,一次看似寻常的握手,不但预示着孔县的局面从此一分为二,也正式奠定了未来相当长一段时期之内关允的政治走向。同时,孔县有史以来最异彩纷呈的秋天,也由冷枫和关允之间的握手徐徐拉开了帷幕。

借东风

等关允向冷枫汇报了县委最新的动向之后,冷枫又布置了下一步的工作。关允又提出要承包平丘山三十年,得到冷枫的认可后,时间已经过去一个小时了。

眼见到了午饭时间,冷枫挥手说道:"关允,你去陪夏莱吃饭吧,不用管我了。"

关允想说什么,冷枫只是微一点头,又再次挥了挥手,关允就不再坚持,转身离开了县长办公室。

拿起水杯倒了一杯热水,冷枫回忆起和夏德长在省委不期而遇的情形,又想起夏德长对他说话时居高临下的口吻,他的怒火渐盛。

夏德长因何在任命之前来到省委走动,冷枫不得而知,也不想知道,他只是到省委办事,顺道拜会一下老领导,却不料和夏德长偶遇。之前,他也听到夏德长可能外放出京来省委组织部担任常务副部长的消息,当时听了只是觉得夏德长来历不小,又因为夏德长对关允的特殊关照,心中多少留意了一下而已,并未深想,也未在意。

冷枫的为人就是如此,他不是那种喜欢想方设法巴结上级领导的人,也不会因为上级领导的好恶而改变他的处世原则。他以前冷落关允是因为太在意老领导所说的一句话,而不是因为夏德长的面子。夏德长再有来历,再有背景,关他何事?

现在他既然已经决定要重用关允,要将关允当成他在孔县的支点,不仅是他爱惜关允的才华,也是认可了关允的为人。至于关允和夏德长之间的矛盾和过节,他不去管,也不会过问和介入。

不想,在省委却正巧和夏德长走了个面对面,他并不认识夏德长,夏德长却不知为何认出了他,还主动叫住他,要和他说上几句话。

能和未来的省委组织部常务副部长说上几句话,是每一个副厅级以下干部梦寐以求的机会,冷枫才是一个小小的县长,更应该激动得不知所以才对。但是冷枫只平静地问了好,既没有表现出应有的受宠若惊的神态,也没有诚惶诚恐的谦卑,夏德长的表情马上就流露出一丝不快。

随意说了几句之后,夏德长直接点题:"冷县长,我有一个女儿叫夏莱,可能去了孔县,她去找她的大学同学关允,麻烦你回孔县后通知她一声,让她马上回京,否则,后果自负。还有,关允好像是你的秘书?关允在京城上大学期间,我就认识他,他一直追求夏莱,我并不赞成年轻人在大学时代谈恋爱,就希望他以学业为重。不过,或许是我的思想太传统了,也或许是他的想法太前卫了,总之,我和他之间有过一些不愉快的过去。我希望你在用人上面,不要只看重学历,更要看重人品。"

关允被未来的省委组织部常务副部长直接点名,还被含沙射影地评定为人品不行,冷枫也算是官场老人了,岂能听不明白夏德长的言外之意?换了别人,为了巴结夏德长,说不定会当场表态要拿掉关允,甚至不止是拿掉了事,还会将关允踩在脚下,直到夏德长满意为止。

只可惜,冷枫就是冷枫,他不是别人,他就是只对自己负责并坚定地认为

自己正确的倔强性格。冷枫只是不卑不亢地回应了夏德长一句:"好的,夏副司长,我会转告夏莱。"至于关允如何,他压根就没接夏德长的话!

夏德长当场就愣了。

如果关允在场的话,他会十分欣慰,不仅是欣慰于冷枫对他的爱护,更欣慰于他经过一年多的磨炼,终于炼成了一双火眼金睛。他没有看错冷枫,冷枫确实是一个值得他全心全意倒向的靠山!

当然,关允认准冷枫,也不全是他自己的功劳,还有一个关键人物功不可没——老容头。

冷枫并非是为了特意替夏德长传话而提前回到孔县,夏德长在他心中还没有那么大的分量,他是为了关允。如果说先前重用关允是因为利益上的同盟,那么现在爱护关允则是完全出于真心。他骨子里疾恶如仇的血性被夏德长激发了,关允不过是一个涉世未深的年轻人,他爱上夏莱不是他的错,谁年轻时没有犯过错误,至于被夏德长一而再再而三地打压?过了,太过了!

夏德长如果知道他的做法不但没有收到预期的效果,而且还将事态推向相反的方向,他肯定会追悔莫及。

冷枫从未像今天这样生气过,当他见到关允和夏莱如一对璧人一样般配,夏莱的端庄和知性,关允的隐忍和成熟,多好的一对年轻人,为什么夏德长非要生生将二人分开?难道仅仅是因为门不当户不对?再回想起夏德长当时说话时不容置疑的口吻,以及轻描淡写要将关允一棍子打死的态度,他右手猛一用力,"咔嚓"一声,折断了手中的铅笔。

将手中的断笔狠狠地扔到墙角,冷枫冷冷地冒出一句:"夏德长,但留一线,也好相见!"

假如关允知道冷枫对他的心态的转变,他应该大为欣喜,冷枫轻易不会肯定一个人,但一旦肯定,他要是护短的话,绝对一护到底。只是……回到秘书科的关允并没有欣喜,相反,却有一丝淡淡的惆怅,因为夏莱走了。

和瓦儿不辞而别一样的是,夏莱也是不辞而别,瓦儿留了纸条,夏莱留下了一句话。

"关允,市委来车接我了,我先回去了,照顾好自己,把握好现在,等待美好的明天。"

温琳转述完夏莱的留言,一向爱和关允开玩笑的她却是一本正经地说道:"真羡慕你们的爱情,关允,我还想如果我没有了男朋友会不会把你拉过来当备胎,现在想想还是算了。你和夏莱的爱情太感人了,我不忍心挖你们的墙脚。"

一句话又把关允逗笑了,不得不说,温琳就有一种随时能让人忘忧的本领。

"夏莱没再等你,是不想让市委来人看到她和你在一起,她是保护你。"温琳又说。

"我知道。"关允笑了笑,想起他和夏莱的约定,一下就觉得一切都值得期待和奋斗,说道,"你刚才说错了,应该说你是我的备胎,而不是我是你的备胎。"

"好呀你,夏莱对你这么好,你还想着做对不起她的事情,你简直太坏了。"温琳对关允的行径大加贬斥,"我都替夏莱不值,你真不是男人。"

夏莱真有水平,才和温琳在一起一个小时就成功地让温琳和她同一战线了,关允摆摆手:"不闹了,还不是你总喜欢和我开玩笑,我才拿你寻开心?商量一下正事,说说平丘山开发的事情。"

"等一下,我还有问题要问。"温琳跑到门口,打开门朝外面张望一番,她弯腰翘臀的姿势倒也诱人,丰腴而饱满的身材一览无余,一转身,她又回到关允面前,"万一,我就是打个比方,万一你和夏莱要是成不了,你会不会要我?一定要说实话,关系到我人生之中的一个重大决定。"

"嗯……"关允假装认真地思索了一下,"你要是现在就当备胎的话,主胎一坏,你马上就可以扶正。"

"呸!"温琳白了关允一眼,"呸你一脸黑再说,想吃着碗里的占着锅里的,别想好事。行了,不和你闹了,说正事。"

夏莱在和温琳在一起的一个小时内,和温琳讨论了平丘山的开发。温琳也没隐瞒自己和瓦儿入股的事实,夏莱听了很是赞成,也对温琳阐明了她对平丘山开发的思路。温琳一听大受启发,学财经的她也有一定的经济头脑,只不过在县委待久了,思路不够活跃,不过在夏莱想法的引导下,也迸发了不少新的创意。

经过一番热烈的讨论,夏莱和温琳的经济观点碰撞出更闪亮的火花,形成一套更成熟的可行性方案。夏莱临走时委托温琳将方案提交给关允审查,她相信关允的眼光,能够让方案更趋向完美。

果然,温琳一抛出她和夏莱最后商定的方案,关允就又提出几点修改意见。初听之下,关允的修改意见似乎是画蛇添足,仔细一想不由温琳大为叹服,不得不佩服关允高瞻远瞩的目光。她才知道,她和夏莱考虑问题还是太简单了些,没有考虑到政治因素对平丘山开发的影响,更没有想到流沙河大坝的上马,会对平丘山的开发起到什么样的促进作用。

关允看问题的角度就是全面,温琳大大咧咧地拍了拍关允的肩膀:"不错,我现在总算佩服你一次了。现在万事俱备只欠东风,你说,什么时候开始正式开发平丘山?"

关允神秘地一笑:"流沙河大坝项目一开工,平丘山的开发,就正式启动。"

温琳恍然大悟:"你要借流沙河大坝的东风?"

上马

"有免费的东风可借,不借岂不是对不起李书记的敲锣打鼓?"关允嘿嘿一笑,"刘宝家已经着手成立公司事宜了。提醒你一声,瓦儿直接入股没什么,你不行,你的身份不允许,以后要是被人调查的话,会有麻烦,你要找一个可靠的人当代言人。"

温琳却缓缓地摇了摇头:"不,我就以温琳的名义入股,以后的事情以后再说,我想不了那么长远。"

"你……怎么不听话?"关允很不理解温琳的做法,"真名入股,以后真有可能是大隐患。"

"不用你管,你照办就是了。"温琳下定决心,又习惯性地咬了咬嘴唇,"我已经决定了,有时候一个人要做成一件事情,必须要有取有舍。"

关允直直地看了温琳片刻,忽然觉得在她大大咧咧的外表之下,在她爽直开朗的性格背后,还隐藏着另一个不为人所知的温琳,他不再坚持:"好吧,就依你。"

他又和温琳商议一番,最后敲定许多细节,平丘山的开发方案正式确定,并提上日程。

一周后,由温琳出面正式签订平丘山承包协议,三十年的承包期,承包费用三百元。其中关允出资一百四十九元,温琳出资一百三十一元,瓦儿出资二十元,出资比例还是基于温琳坚持她和瓦儿只要意见统一就能控股的出发点。关允也没有坚持控股,反正他的股份以后肯定要稀释分给刘宝家三人,是否拥有一言而定的控股权,并不重要,重要的是,和温琳合作,他放心。

承包合同签订之后,就由温琳出面和夏莱联系——夏莱回去之后,音讯全无。关允却知道,夏莱是为了爱护他才迫不得已不和他联系,他心中早就没有责怪和不满。以后有事就由温琳出面和夏莱对接,也好不让夏德长怀疑夏莱和他联系密切。

曲径一样可以通幽,并非一定事事都走光明大道。

温琳和夏莱通了一个电话，夏莱让温琳等候消息，金一佳近期正就平丘山开发的前景做风险评估，一有意向，就会主动和温琳联系。

夏莱的调动手续还没有完全办好，大概还要过半个月左右才能正式调到燕市工作，而夏德长的任命已经签发，就等时机成熟时对外宣布。不过话又说回来，一个省委组织部常务副部长的任命，不会闹出多大的动静，多半就是省委内部通报了事。省委组织部常务副部长再位高权重，毕竟也不是副省级的干部调整，犯不着兴师动众并全省通报。

不过奇怪的是，李逸风从省城回来之后，应该也听到夏德长要调到省委的风声，他却还如往常一样对关允不冷不热，既不再过分打压，也不会事事重用。这倒是出乎关允的意料，他还以为李逸风会因夏德长的调动而重回以前对他排挤加冷落的状态。

不想夏德长执掌了省委组织部的官帽，反倒没有将局势推向对关允更不利的一面。

关允百思不得其解，难道说，在继冷枫对他改观之后，李逸风对他的态度也有所好转？莫非是瓦儿的功劳？

想到瓦儿，关允又想起才收到瓦儿的一封信，他还没有来得及回信，就铺开信纸，提笔给瓦儿写了一封回信，让她好好学习，又提了提平丘山的开发一事，当然，只是含蓄一提，并未深说。

又一周后，流沙河大坝奠基仪式正式启动，象征着平静了几十年的中原小县孔县——用李永昌的话说就是——正式进入工业化建设的快车道，孔县人民借流沙河大坝项目，从此以后站起来了。

奠基仪式很隆重，作为孔县有史以来投资最大的基建项目，县委主要领导倾巢出动，几乎全部出席剪彩仪式。

书记李逸风、县长冷枫、副书记李永昌、常务副县长郭伟全——其实按照排名，郭伟全不够资格上台剪彩，而应该是桂晓杰，但李永昌非说大坝项目应该突出政府的作用，最后桂晓杰无奈地退让了。四人一字排开，站在流沙河大坝即将动工的基点之上，迎着习习的秋风，眺望着波涛滚滚的流沙河，在庄严而雄壮的国歌声中，李逸风郑重地剪下第一刀。

在前排就座的县委领导带头鼓掌，周围围观的县委工作人员、警察以及施工人员，一起卖力地鼓掌，掌声雷动。伴随着哗哗的流沙河的河水声，孔县史上最热火朝天的秋天，就在掌声的轰鸣之中，如期来临了。

先是李逸风讲话。

李逸风的讲话言简意赅，只说了三句："同志们，我只说三句话：一是孔县是农业县，流沙河大坝项目结束了孔县没有重大基建项目的历史；二是流沙河大坝项目是孔县人民的丰碑，将会铭刻在孔县的历史上；三是流沙河大坝项目在县委县政府的指导下，在李永昌、郭伟全同志的具体领导下，一定能够排除万难、勇往直前，变孔县风雨飘摇的现状为'忽如一夜春风来，千树万树梨花开'。我的讲话完了，谢谢大家。"

　　李永昌带头鼓掌，他从李逸风的讲话中嗅到了一丝异乎寻常的气息，令他兴奋不已。他一直担心李逸风和冷枫之间的关系会因流沙河大坝项目的上马而缓和，一旦一二把手事事达成共识的话，他在县委的发言权就会被大大削弱，身为三把手，一二把手不和，他的价值才最能彰显。

　　李逸风的讲话对大坝项目寄予厚望，并且暗指以前的孔县是风雨飘摇，明显是对冷枫处处拖孔县工作的后腿表示不满。如此说来，李逸风和冷枫之间的关系并没有因为大坝项目的上马而缓和多少？

　　李永昌心中暗喜，孔县，以后还会是他的天下。

　　冷枫上台讲话。

　　一如往常，冷枫面色不改，一脸平静："同志们，刚才逸风同志的讲话高屋建瓴，很有现实的指导意义。孔县是农业县，上马一项大型基建项目不容易，以永昌、伟全两位同志为首的领导小组，一定要本着为孔县人民谋福、为孔县人民造福的出发点真干实干，要真正将流沙河大坝建造成孔县历史上第一座民心所向的丰碑。"

　　冷枫的讲话也是有所暗指，李永昌只是暗中冷笑一下，虽然对冷枫的讲话嗤之以鼻，认为冷枫的话有嘲弄和敲打的意味，但他依然带头卖力鼓掌，表现出一个官场老油条应有的素养。当然，鼓掌的力度比起刚才为李逸风鼓掌时，稍微弱了几分。

　　书记和县长讲话之后，就该李永昌上台正式讲话了。今天的奠基仪式本来他就是主持人，按说话已经讲得不少，但他上台之后，话还是不少，东扯西扯说个没完，发言的时间长度甚至超过了李逸风和冷枫。明眼人其实都知道，李永昌就是故意在发言长度上做文章，也好显示他虽然排名第三，但却是孔县实际上的第一人。

　　"孔县人民从此站起来了……流沙河大坝项目注定是载入史册的历史事件。从此，孔县人民站在流沙河大坝之上，借水力发电的东风，一跃由农业小县上升为中等工业县，傲立于黄梁市各县之林……"

李永昌的发言稿也不知是谁的手笔,反正既不是温琳代写,更不是他自己所写,以李永昌的水平,离写出发言稿的水准还差了十万八千里——不但有许多地方写得狗屁不通,而且还用词不当,有几个形容词用得不伦不类,逗得连围观的施工人员差点都笑出声来。

冷枫还好,始终面无表情,李逸风听了一半就听不下去,皱了皱眉,和冷枫耳语几句,转身先走了。李逸风一走,王车军虽不愿意离去,也只得跟了过去。还好,李逸风只是挥了挥手,让他留下,独自走了。

关允和温琳站在人群之中,相视一笑,一切尽在不言中,此时才意识到不加入领导小组的好处。身为主要领导的通讯员,一个身份是为领导服务,如果再加入领导小组,另一身份就是为大坝项目服务。一旦两头同时有事,就无法兼顾,只能顾及一头。不管顾哪头,总有一头要丢下,心里肯定不踏实。

果然如关允所料,王车军留下后,站回队伍,先是一脸满足的欣喜,过了片刻,又觉得哪里不对,回头张望李逸风离去的方向,心神不安,左脚又不由自主地开始轻微地颤动。

温琳今天穿了一身职业装,下身长筒裤,黑皮鞋,上身白衬衣,系了一个蝴蝶结。初看端庄而成熟,还多了一丝优雅气息,仔细一看,关允就难免邪恶地想到了别的地方。温琳不系蝴蝶结还好,系了之后,让关允在李永昌台上讲话的当下就走神了,盯着温琳的蝴蝶结不放。

"好看不?"温琳还以为关允真在欣赏她精心系上的蝴蝶结,就故意挺了挺胸,本意是为了让蝴蝶结更醒目。不料也不知是白衬衣过于瘦小,还是温琳的山峰过于挺拔,又或者是衬衣最上面的一个扣子没有系好,就在关允的目光投过去的瞬间,扣子突然开了。

孔县是棋盘

其实扣子开一个也没什么,温琳穿衣服还算保守,就算再开两个扣子也不会露出春光。但开的时机太巧了,正好在她问了关允好看不好看之后,似乎就成了扣子配合她故意挑逗关允一样。

轻易在关允面前不脸红的温琳有口难辩,一下面红耳赤,慌忙之下就失去了平常的镇静。她忙转过身去系上扣子,同时还骂关允一句:"你就是坏得好不如坏得巧。"

关允很无辜:"扣子又不是我解开的……"

"你还说?"温琳又羞又气,差点要踢关允一脚,还好忍住了。毕竟李永昌还在台上滔滔不绝地讲话,在台下不听他胡诌也就算了,公然打情骂俏就是对李大书记的大不敬。

还好,李永昌只顾沉醉在自己的夸夸其谈之中,他的目光只顾着观察台下县委领导的反应,才顾不上关允和温琳。当然,如果让他知道他精心准备的讲话被关允和温琳当成打情骂俏的背景音乐,他肯定会气得双眼冒火。

李永昌是没注意到关允和温琳的小动作,但王车军却正看个清楚。他的目光本来就一直不离温琳左右,每多看温琳一眼,心中的欲望就多上几分,何况今天的温琳比平时更加光彩夺目,更让他眼花缭乱。她的小蛮腰和丰胸,她的曼妙的身段,以及她的一颦一笑,无一不让王车军如痴如醉。

越是得不到的东西就越珍贵,王车军正沉浸在对温琳的幻想之中,正好将温琳和关允之间的眉来眼去看个正着。

王车军的怒火伴随着忌妒一瞬间点燃了,如果不是因为李永昌对他的告诫,他说不定马上就会失去理智地冲上去暴打关允一顿,让关允当众出丑!

还好,理智终于在最后一刻战胜了冲动,他收回已经握紧的拳头,悄悄藏在身后,心中却在酝酿一个大胆的计划。如果暂时无法借刘宝家打垮关允,那么不如让关允和温琳的办公室恋情曝光,让关允和温琳在县委名声扫地,最后如果能让关允背一个大过处分就更好不过了。而温琳在重大打击之下,沮丧伤心,他乘虚而入,让温琳投入他的怀抱。

但怎样设计一个圈套好让关允跳?得好好想想才行,必须确保一击必中,而且还要打得关允没有还手之力。王车军闪动着一双和他身高并不相称的小眼睛,不停地在关允和温琳的身上扫来扫去,最后目光停留在温琳的脸上足足有半分钟。他咽了一下口水,一个更疯狂的想法差点淹没了他——要不,灌醉温琳,乘机占有了她?

突如其来的邪恶念头吓了王车军一跳,他下意识地又看了温琳一眼,温琳的风姿绰约,温琳的眉开眼笑,温琳的健美身材,等等,无一处不让他心中的欲望如野火一样燃烧。以前不是没有狐朋狗友替他出过主意,让他找个机会办了温琳,他想归想,却是不敢。现在他越来越意识到,如果坐等温琳回心转意投入他的怀抱,几乎就是痴人说梦,再等下去,说不定有一天温琳就先和关允成了好事。

升官发财又有美女在怀,好事怎么能让关允都得了?不行,绝对不行。

王车军暗中咬牙,等着,等他借流沙河大坝项目大发一笔横财,再在半年后一举提拔了正科,他就会真正地在县委高高在上,将关允狠狠地踩在脚下。

李永昌在台上讲得兴起,王车军在台下想得兴奋。等奠基仪式结束之后,李永昌和郭伟全各拿一把铁锹,象征性地铲了一铲土。随后,在鞭炮声中,推土机和卡车轰隆隆转动,流沙河大坝项目由此正式破土动工。

　　与流沙河大坝项目轰轰烈烈破土动工不同的是,平丘山的旅游开发,却在悄无声息之中迈出了第一步。刘宝家、雷镔力和李理三人,指挥几十名工人花了整整一天时间,在平丘山四周用木栅栏将平丘山团团围起,还在唯一的一条上山的通道之处竖立了一座山门,山门上有几个苍劲有力、浑然天成的大字——平丘古山。

　　山门很简陋,就是一块大大的木牌子,和颇有飘逸美感的几个大字很不相称,就如一个衣衫褴褛的乞丐却长了一张英俊潇洒的面孔一样。

　　忙活了一天之后,刘宝家几人累得筋疲力尽,不过却是人人兴奋。平丘山的开发迈出了关键的第一步,出于对关允的信任,人人都认为今后的前景肯定广阔。于是李理提议,到陈氏火烧店庆祝一番。

　　"关哥没空,我们也不能亏待自己,走,陈氏火烧店,宝家请客。"

　　刘宝家不干了:"为什么是我请客,不是雷镔力?"

　　李理立刻心领神会地说道:"对,我忘了,是该镔力请客了。"

　　雷镔力哪里有刘宝家和李理心眼儿多,挠了挠头:"好像真该我请客了?"

　　李理赶紧回应道:"当然该你了,你又想说你没带钱是不是?"

　　雷镔力摸了摸身上:"带钱了,走,请客就请客,我不会赖账。"

　　李理冲刘宝家挤眉弄眼地笑了。

　　三人来到陈氏火烧店,要了肉汤和火烧,又点了几盘小菜和啤酒,一边吃喝,一边聊起流沙河和平丘山。

　　"你说流沙河和平丘山在孔县也不知道多少年了,以前怎么就从来没人想过开发利用?怎么今年一下全成了香饽饽?我想不明白,总觉得流沙河的大坝和平丘山的开发好像有一个共同的支点,你们说,是不是关哥在其中起到了什么关键的作用?"刘宝家在三人之中别看穿着上最新潮,有时似乎还有点流里流气,但用他自己的话来说,他其实是一个外表狂热内心深刻的人。

　　刘宝家自吹自擂的话虽有夸张的成分,但也必须承认,他确实是三人之中最有政治头脑的一个。

　　"怎么会是关哥?关哥以前在县委一直在坐冷板凳,现在刚刚有了人气,不可能是他。"李理大摇其头,"关哥想在县委成为关键人物,能压王车军一头,我看还得再等一年半载。"

"我认为就是关哥。"雷镔力瓮声瓮气地说道,他一口喝干了半瓶啤酒,又一口喝光了半碗肉汤,一抹嘴又说,"关哥就是我的偶像,只有我们想不到的事情,没有他做不到的事情。"

李理无奈地摇了摇头:"我也希望关哥所向披靡,拳打李永昌,脚踢王车军。但现实却是,李永昌的地位在流沙河大坝项目之后,不但会更加稳固,而且还会无人可比。孔县二十万人,就出了一个李永昌,也不容易。我就想,就算流沙大坝和平丘山开发的支点全是关哥,关哥最后只能在平丘山的开发上有收获,在流沙河大坝项目上,等于是为李永昌、王车军,还有郭伟全做了嫁衣裳。"

"我看未必。"刘宝家冷静地夹起一块肉块放到嘴里,咀嚼几下,举起酒杯和雷镔力、李理碰了碰杯,"关哥以前被冷落的时候,他什么时候向我们抱怨过?现在他提了副科当了科长,又开发平丘山,又什么时候向我们显摆过?关哥的为人,深着呢,关哥的心胸,广着呢。不信,等着瞧,关哥在下一盘很大的棋。"

"关哥下棋,谁是棋子?"李理喝高了,有了五分醉意。

"关哥下棋,孔县是棋盘,流沙河是楚河,平丘山是汉界,李永昌、王车军、郭伟全,还有我们,都是棋子。"刘宝家也喝多了,哈哈一笑,伸手招呼老板过来,"老板,再来……五瓶啤酒。"

刘宝家的手高高举起,没注意到身后刚好有几个人路过,就正好打在其中一个穿红衬衣留寸头的小年轻身上。在饭店吃饭,碰一下是常事,他也没有在意,不料红衬衣却一把抓住他的手。

"瞎了你的狗眼,打谁呢?"

刘宝家自认从小在县城长大,整个县城的三教九流的人物,没他不认识的。一见红衬衣面生,就知道不是县城老街的人,他就晃悠悠地站了起来:"怎么了哥们儿,碰你一下就乍呼,你是娘儿们?"

雷镔力和李理都不以为然地笑了。

红衬衣一行一共四个人,从穿衣打扮上一看就是无业青年,估计是别的乡镇的闲散人员。

一般常在县城晃荡的无业青年都心里有数,在县城有三种人碰不得。一是国家干部。所谓民不与官斗,干部的地位和权势,装傻充愣的无业青年惹不起。二是在县委工作的办事员。别看办事员手中没有实权,但他们有关系网,可以动用专政力量对付无业青年。三是在县城老街长大的混混儿。县城分为老街和新街,新街都是通过考学或其他途径转为非农户口,在近十几年间搬到县城居住的居民,而老街就是祖辈居住在县城的一帮居民。

老街的后代们,考上学的都出去了,没考上学的就成天在县城晃荡,要么惹是生非,要么游手好闲,不管哪一种,通常都没人敢惹。因为老街出来的混混儿,不仅打架心狠手辣,而且在县城关系网很复杂,就算出事,往往都是前脚关进去,后脚就放了出来。

正是有了老街的出身仗势,刘宝家并未将对方放在眼里,也不认为对方敢动手。不料他才问出一句话,对方四人就一言不发地围住桌子,红衬衣更是冷静而沉默地后退一步,背在背后的右手突然就伸到了身前。

不好!刘宝家一下酒醒了大半。

有备而来

若是平常,刘宝家也不至于这么被动,他虽然也是名正言顺的大学生,但从小打架斗殴的事情可没少干。和关允一直就是三好学生的形象截然相反的是,在老师和同学的眼中,他从来都是一个坏学生。

从小到大打过多少次架,刘宝家已经记不清了,他心中只有一个大概的战绩数字——在无数次实战中,他获胜的比例超过百分之八十!

不管是一对一单挑,还是一对三的混战,他没有一次怯场。有些人天生就喜欢用智慧解决问题,比如关允。而有些人生来就爱用拳头说话,比如刘宝家。但今天,刘宝家为了思索关允在孔县局势中关键的支点作用,用脑过度,结果就直接导致他身体上的反应过慢。事后,刘宝家得出了一个结论,只要他一思索,就会头疼。

确实,当刘宝家看到红衬衣一直藏在身后的右手突然伸到了身前的时候,暗叫不好,红衬衣手中拿着一个酒瓶!酒瓶一亮相,就毫不留情地直接朝他的脑袋狠狠砸下。

真狠,刘宝家躲是躲不过去了,一咬牙,硬生生用脑袋接下了一记重击。"砰"的一声,啤酒瓶顿时粉碎,四散飞溅。

真疼,刘宝家只觉得眼前一黑,头疼欲裂,感觉头上一湿,他知道,头破血流了。

刘宝家打架无数,也受伤无数,但从未如今天这样一个照面就出了血。他一下急了眼,二话不说迎面一拳打出,不偏不倚正中红衬衣的嘴巴。

这一拳使出了十分力气,刘宝家算是恨透了红衬衣的暗算,此时什么也顾不上了,只知道报复性还击。一拳打中了红衬衣的面门还不算完,他双手一伸就抓住了红衬衣的双臂,用力往下一拉,红衬衣被拉得一弯腰,他运足了力气的膝盖往上一提,右膝又正中红衬衣的额头。

若论打架的经验和招式,三个红衬衣也不是刘宝家的对手。刘宝家当年打遍县城老街无敌手,刘二飞的外号不白叫,一飞是指他的拳头厉害,二飞是指他的腿功了得。"一拳二腿,无敌二飞"的外号,是刘宝家凭借无数次实战的胜仗打出来的。

如果不是偷袭,红衬衣别说想砸刘宝家一酒瓶,他就是想近刘宝家的身都不可能。

刘宝家一拳二腿放倒红衬衣的同时,红衬衣的三个同伴已经和雷镔力、李理交上手。

事发突然,李理反应不及,先被红衬衣的一个同伴踹了一脚。对方够狠,用足全力,一脚就踢得李理摔倒在地。就在对方向前一步正要再对倒在地上的李理补上一脚之际,雷镔力及时出手,一拳就打在对方的后背上。

雷镔力号称雷大力,可不是浪得虚名,而是他确实力大无比。一拳打出,只打得对方闷哼一声,连一声疼呼都没有叫出口就飞了出去,直接就摔出三米开外。

不过为了救李理,雷镔力的后背就门户大开。另外两人都是花衬衣,只不过一个黄花一个蓝花,每人手拿一根链条,手一抡,两条手指粗的链条就结结实实地打在雷镔力的后背之上。

李理此时也一个翻身从地上跃起,别看他胖,动作却灵活十分。他就地一转,竟然转到了两个手持链条的花衬衣的背后,一伸手就拉过一张椅子,抡圆了胳膊,狠狠地砸在黄花衬衣的后背上。

"哗啦"一声,椅子散架了,黄花衬衣也被巨大的冲击之力冲得向前一扑,正趴在李理剩下的半碗肉汤上,烫得他哇哇直叫。

而蓝花衬衣又一次抡圆链条,朝雷镔力的腹部打去。腹部是人体最薄弱的部位之一,一旦打实了,剧痛会让人暂时失去行动能力。雷镔力虽然力大无比,却不够灵活,眼见躲不过这致命一击。关键时刻,李理却风一样冲了过去,用自己的后背结结实实地替雷镔力挨了一下。

"咚"的一声闷响,李理被打得猛然向前一扑,身子摇晃几下,却是没倒,勉强站住,脸上还露出了惨笑:"灭了他,大力!"

雷镔力怒火冲天,李理人称义勇小胖子,别看他平时嘻嘻哈哈,真要出事的时候绝对会替朋友两肋插刀,李理挨了一记就和抽打在他的身上没有区别。雷镔刀大吼一声,一脚踢出,正中蓝花衬衣的肚子,一脚就将蓝花衬衣当场踢得晕死过去。

刘宝家、雷镔力和李理三人之中,论最有头脑当属刘宝家,论最能插科打诨肯定是李理,但若论到最有力气最能打,非雷镔力莫属。别看刘宝家出手狠打架经验多,但和雷镔力的天生神力相比,还是差了一截。

若是平常,雷镔力出手也会留上三分情面,但今天却被对方一言不发的狠手逼急了。他是憨厚,轻易不生气,但憨厚不是傻,刚才对方一出手就先朝刘宝家脑袋上来了一酒瓶,可见对方是有备而来,而且四个打三个,要的就是将他们几人全部放倒。既如此,不是你死就是我活,何必再手下留情?

此时,在肉汤之中洗了一把热油脸的黄花衬衣又站了起来,身子摇摇晃晃几乎站立不稳,却依然一脸狠绝,"啪"的一声甩出了弹簧刀,声嘶力竭地嚷道:"谁敢过来,老子捅死他!"

话音刚落,刘宝家在收拾完红衬衣之后,悄无声息地来到黄花衬衣的身后,悍然出手了。

愤怒到极点的刘宝家出手极狠,也不知从哪里拿到一个锅盖,抡圆胳膊猛然砸在黄花衬衣的后背上。黄花衬衣猝不及防之下中招,手中的弹簧刀再也把持不住,脱手飞出,身子也收势不住,一个踉跄直朝雷镔力扑来。

是扑,不是冲,是因为黄花衬衣的身形早就不受控制了。眼见他离雷镔力只有半米之时,雷镔力陡然发力,老鹰捉小鸡一样抓住了黄花衬衣的衣服,顺势借力向外一扔,说道:"滚吧。"

被刘宝家一拍之力袭击,再加雷镔力的顺势一扔,两股力道合为一处,黄花衬衣顿时被扔出五米开外,直接就冲破了饭店的大门,一个驴打滚,滚到门外的草丛里,再也动弹不得。

论单打独斗,县城能和刘宝家不分胜负的不在少数,但若论联合作战,几乎无人能斗过刘宝家、雷镔力和李理三人的三角洲部队的黄金组合。对方四个人,除了刚动手时让三人在没有防备之下吃了一点小亏之外,转眼间刘宝家、雷镔力和李理三人一还手就风卷残云,将对方四人全部摆平。

打得对方一败涂地,刘宝家还不罢休,他咽不下被砸了一酒瓶的恶气,伸手提起倒在地上的红衬衣的衣领,啪啪两声,左右开弓打了红衬衣两个耳光,问道:"谁都敢打?不睁大你的狗眼看看老子是谁?告诉你,今天你不磕头求饶让我满意,你别想走!"

红衬衣满脸是血,一只眼睛已经肿得只剩一条缝了。他只用剩下的一只没有受伤的眼睛看了看刘宝家,睁一只眼闭一只眼的样子虽然滑稽,却不肯求饶,忽然就大喊:"打人了,杀人了,救命啊!"

刘宝家怒极,一扬手,"啪"的一声又是一个耳光打上去:"还敢嘴硬!"

"啪啪……"伴随着两声鼓掌叫好的声音从楼上响起,随后是蹬蹬下楼的脚步声。在脚步声中,一个冷漠、傲然又有几分威严的声音,由远及近,一步步逼近刘定家,"打得好,打得解气,刘宝家,你真行,真有种。"

二楼和一楼在大堂里有一个通道相连,通道处,挂着珠帘。刘宝家几人离珠帘较远,听到说话的声音,回头看时,珠帘一响,一人不怒自威,双手背在身后,一身警服,体型魁梧,已经站在刘宝家身后不足三米之处。

正是城关镇派出所所长钱爱林。

钱爱林一露面,刘宝家被怒气冲昏的头脑犹如被一盆冷水从天浇下,顿时清醒了,他立刻意识到一个问题,今天的事情,怕是被人设计了。

不过刘宝家倒也机灵,一松手,才不管红衬衣被他直接摔到地上会摔得多疼,立马满脸堆笑:"钱所,怎么这么巧?我们哥儿几个凑在一起喝点小酒,谁知道有几个不长眼的东西过来闹事。我怕影响飞马镇的治安,就帮钱所出手修理几下,没想到惊动了钱所,哈哈,没事了,钱所请继续吃饭。"

平常刘宝家见到钱爱林总是嘻嘻哈哈开几句玩笑,钱爱林也拿他没有办法,毕竟都在一个县城,又都认识多年了,面子上过得去就行,就算有什么打架闹事的事情,钱爱林也是睁一只眼闭一只眼。但今天,他却是睁大了双眼。

"宝家,今天的事情闹大了,马虎不过去了,你得跟我到所里走一趟。"钱爱林的脸上没有常见的和稀泥式的笑容,而是一脸严肃,他又用手一指雷镔力和李理,"还有你们,都一起去所里交代清楚。"

话一说完,哗啦啦从外面冲进来三五名警察,将刘宝家三人团团包围。

上午,刚举行了流沙河大坝项目的奠基仪式;下午,平丘山的开发才迈出第一步;晚上,刘宝家三人就被人设计请进派出所。孔县的局势,在一个谁也没有料到的环节上,陡然转了一个大弯。

谁有麻烦了

等关允知道刘宝家、雷镔力和李理三人被请进城关镇派出所时,已经是第二天了。

一早,关允和往常一样来到老容头的早点摊吃早饭。在他帮老容头打烧饼的时候,前来吃饭的县城居民讨论的全是流沙河大坝项目的开工,仿佛等流沙河大坝建成之时,孔县就真是傲立于周围农业县的工业强县了。

孔县无大事,平静了几十年的中部平原的小县城,就连张家男人打了媳妇、李家男人和王家媳妇打情骂俏也会成为新闻,更别说一项有史以来最大的基建项目了。尽管许多人并不明白"有史以来"到底是多么严肃的定语,但人们只需要知道的是,孔县真的要有开天辟地的变化了。

关允对人们的议论从不发表看法,不少认识他的人想问他一些县委的内部消息,想知道大坝项目是不是真的如外面传说的一样将会成为孔县的丰碑。他要么笑而不语,要么回答不知道,让兴致勃勃的好奇者无奈地摇摇头,说他不够意思。

如果只为了一句够意思就将县委的机密在大街上乱说,这样的人在领导眼中,会永远没意思。

差不多忙完的时候,关允伸了伸腰,开始将几天来发生的大大小小的事情,事无巨细地向老容头说了一遍,不但包括夏莱的到来,夏德长的升迁,还包括李逸风和冷枫对他的微妙变化,以及县委因为流沙河大坝项目的上马而暂时平静的局势。

一个流沙河大坝吸引了全部的目光,不止李逸风和冷枫之间的不和因此暂时搁置,就连冷枫和李永昌、郭伟全之间的矛盾,也被掩盖了。

李永昌和冷枫之间的过节自不用说,李永昌在许多事情上处处维护李逸风的权威,对冷枫从侧面进行牵制,冷枫对他有好感才怪。而郭伟全的上任,明显是为了制衡冷枫在政府班子的权力,冷枫和郭伟全能和平共处?而且以郭伟全的性格,早晚会和冷枫爆发冲突。

对于郭伟全,关允再了解不过了,比起达汉国的沉稳和城府,郭伟全简直就是愣头青的性格。郭伟全怎么能够当上常务副县长不是他考虑的问题范畴,他只是清楚,县里的工作,一二把手可以做出摆事实讲道理的样子,但副职直接面对基层的百姓,有时还必须要耍威风。

县里的局势说完之后,关允没忘将平丘山的开发也掀开了新一页说了一说,也没隐瞒平丘山要引入风险投资的做法。当然,连山门的大字都是老容头的书法,不和老容头说个清楚也不行。

老容头一边听关允说个没完,一边收摊儿,等关允说完,他的摊子也收好了。老容头坐在马扎儿上,慢条斯理地问了一句和关允说了半天的话题无关的话:"你的书法,捡起来没有?"

关允在京城大学学的是中文,他的文字有功底,书法有水准,回孔县后,没机会写文字材料,也没时间练书法,倒是荒废了不少。不过底子还在,尤其是书法,不时还能龙飞凤舞几笔。当然,和老容头的字相比,不管是笔势结构,还是气势,都差了太多。

关允不解老容头突如其来地问他书法的缘由,但却知道老容头必有深谋远虑,就老实地答道:"最近没练过。"

"从现在起,每天抽出一个小时练书法,再抽出半个小时读古诗。"老容头的口气是不容置疑的坚定。

"怎么了?"关允本不想问,但还是忍不住问了一句。以前他读史看报,只是出于习惯,并没有引申到身边的政治事件解读,后来也是在老容头的点拨下,才慢慢意识到原来关心国家大事,关心历史,真可以做到上为下用,古为今用。

"少问,多做。"老容头没好气地训了关允一句,又跳到别的话题上,"你最近看报不仔细,没有留意省里一个不能错过的消息。"

关允曾经和县委许多人一样,对省市两级的动向只当成官场轶闻来关注,并不往自身上联想,认为省市两级的人事变动和自己没关系,不会波及孔县的局势。但随着和老容头交往的深入,他渐渐明白一个道理,不管是从县到市,还是从省到市,局势的互相影响都是牵一发而动全身!

不要忘了,省里的政策决定市里的走向,而市里的动向又会影响县里的决策,层层波动,就如涟漪一样,再推而广之,国家层面的政策,早晚也会波及孔县的县委大院。

"省里?"关允一愣,想了一想,以为老容头说的是夏德长,"是说夏德长调任省委组织部常务副部长的消息?"

"不是。"老容头拍了拍关允的肩膀,"你的嗅觉从夏莱来了之后就迟钝了,要好好反省一下。"

关允嘿嘿笑了笑,他听了出来,老容头似乎对夏莱微有不满。怪了,老容头应该见都没有见过夏莱,夏莱怎么就不入他的眼?不管是见到温琳还是瓦儿,老容头都没有表露过失望或是异常,为何他独独对夏莱另眼看待?

难道说以老容头的眼力,夏莱不会是他的前途的助力,而是阻力?

老容头对一个人是好感还是冷淡,出发点全是基于此人对关允的前途是否会有积极的推动作用,这一点,关允心里有数。

关允点了点头:"好,从今晚开始,每天抽出两个小时练习书法和读古诗。"他又低头想了一想,想通了环节,说道:"省里不能错过的消息是指……新上任的省长陈恒峰?"

老容头点头表示认可:"研究一下他的简历,说不定会派上用场。"

关允默然点头,陈恒峰才调来燕省不久,现在还是代省长,要到明年三月人大召开之后才能坐稳省长宝座。一个省长和一个县委的通讯员会有什么千丝万缕的联系?以关允现在的政治智慧,他完全想不出来他和陈恒峰会有交集点。不夸张地说,恐怕十几年之内,他都不够资格见陈恒峰一面。

但既然老容头说了,他就必须照做,冷枫是他现阶段的靠山,老容头有可能是他在官场之上永不熄灭的指路明灯。

陈恒峰的简历?关允瞬间想通了一个环节,难道是……他脱口说出:"陈恒峰毕业于京城大学,他和我是校友。"

"国内毕业于京城大学的高官多了,岂不是说你的校友遍天下?"老容头戏谑地笑了,"所以,你也别得意。你考虑问题的出发点还是不对,再仔细想想。"

"好吧,我回头再好好想想。"关允也不急于让老容头说出答案,自己参悟出来的答案比别人说出来的答案,更对成长有利,他从来不在参悟官场奥秘的事情上偷懒。

悟性通达,才能运作通透。

"夏德长以后会不会对我……"关允和老谋深算的老容头相比,毕竟还年轻,他还是问出了心中的担忧,唯恐夏德长一上任就会对他出手。

"练字,读诗。"老容头耍赖,并不正面回答关允的问题,反而说到冷枫,"冷枫不是一个善于蛰伏的人,李永昌不是一个懂得收敛的人,郭伟全不是一个稳重的人。孔县的局势,平静不了几天,马上就有好戏看了,我得赶紧搬个马扎儿占个好位置,免费看大戏了。"

关允知道老容头是想结束谈话了,不过今天他还有问题要问,就嘿嘿一笑,愣是不走:"冷枫的官运真的比李逸风长久?孔县现在的局势下,李逸风又是什么立场?"

"谁的官运更长久,还真不能告诉你,县里的局势,你自己没长眼睛?身边的事情还看不清,要我怎么说你好?赶紧走,我还要回平丘山看好我的房子,省得被你的旅游开发弄得连住的地方都没有了。"老容头胡子一吹眼睛一瞪,摆出要赶关允走的架势。

关允只好起身:"我早就想好了,到时给你安排一个小院,保证比山顶的房子好。"

老容头挥了挥手,没再说话,关允也挥挥手,转身走了。等关允走后,老容头拍了拍身上的土,站了起来,远望关允的背影,自言自语地点头赞许道:"一

年的时间就能有这样的悟性,不简单。对你,我更有信心了,希望在你的身上能完成我毕生的心愿。"

关允回到县委,一进秘书科,就察觉气氛不对。近来一段时间低调许多的王车军,一大早就神采飞扬,掩饰不住一脸的兴奋和得意,他有什么好事临门?

而温琳在一旁低头乱翻报纸,翻报纸的速度比印报纸还快,她的招牌式生气的动作瞒不过关允,关允立刻就猜到七八分,多半发生了对他或是对温琳不利的事情。

"关允,你听说没有,刘宝家、雷镔力和李理昨天晚上因为打架斗殴被请进派出所。据说,今天一早要请他们的单位领导过去领人……"王车军的头发又开始梳理得油光锃亮了,他说话的时候,眼睛眨动的频率很快,显得他轻浮而挑衅。

"哦。"

出乎王车军意料的是,关允只是淡淡地回应一句,既没有吃惊更没有沮丧,不由他大为失望,关允怎么就不灰头土脸呢?

更让他想不到的是,关允随后又说了一句令他大跌眼镜的话,差点没气得他笑出来。

"钱爱林有麻烦了,请神容易送神难!"

矛盾隐患

原以为刘宝家三人被抓,关允会乱了分寸,而且还有可能遭受重大打击。没想到,关允若无其事,甚至还幼稚地说出钱爱林有麻烦了的话。王车军气极反笑,差点当面指着关允的鼻子说一句:"关允,你以为你是谁?"

还好,他压下了冲动,却还是按捺不住轻视的目光,又轻蔑地说道:"应该说刘宝家、雷镔力和李理有麻烦了才对,三个人都是有正式工作的国家干部,虽然在乡镇只是小小的办事员,但影响太恶劣了……对了,好像他们都是你的好朋友,是吧?"

关允岂能不知被请进派出所对刘宝家三人在政治上的影响有多恶劣,他也多少猜到刘宝家三人被请进派出所的背后肯定发生了什么。早在先前温琳向他透露李永昌亲自到城关镇派出所之时,他就有了心理准备,早晚有一天李永昌会对刘宝家下手。

不承想,李永昌下手是下手了,不是冲刘宝家一个人,而是连雷镔力和李理都捎带了,出手够狠,等于是要一举斩掉他的左膀右臂。

"是我的好朋友,怎么了?"关允轻描淡写地说了一句,又不以为然地笑了笑,反问道,"车军,你不是和钱爱林关系不错?能不能出面说说,赶紧放人了事。"

"我不熟,不好意思,帮不上忙。"王车军假装很遗憾地摆摆手,还一脸惋惜,"真替你可惜,关允,我跟宝家、镔力和李理虽然不是很熟,不过也算是朋友。他们估计要被记过处分了,作为同事,你的朋友出事了,我也很难过。"

关允已经习惯王车军虚伪的表演,对他鳄鱼眼泪式的客套早就有了免疫力,直接就当了耳旁风,又说:"我听说你舅舅和钱爱林走得很近?"

王车军听出了关允的言外之意,知道关允是暗示刘宝家三人被抓的背后有李永昌的影子,他连忙摆手说道:"我舅舅的脾气你也知道,他太正直了,公是公,私是私,这事,我提都不敢和他提,一提他准骂我。昨天晚上他还和郭县长几人开会开到很晚,现在估计还没有到县委……"

最后一句看似画蛇添足,其实是想替李永昌撇清和刘宝家事件的关系。

"好,这么说,如果钱爱林出了事,李书记也不会替他出面说情了?"关允似笑非笑地突兀地问了一句令王车军猝不及防的话。

"啊?"王车军在关允面前已经失去先机,被关允掌控了节奏,他几乎不假思索地答道,"当然了,舅舅在孔县的名声一直很好,谁都知道他只讲原则不讲情面。"

"好,我记住你的话了。"关允笑着点头,脸上的表情讳莫如深,让王车军心里突突直跳,一阵阵发毛,关允是怎么了?他怎么底气这么足?

"李书记已经到办公室了,来得还挺早。"温琳冷不防插了一句,"而且昨天晚上我见到郭县长一个人回家,没在孔县。"

郭伟全是邻县人,通常情况下下班会回家。

王车军微露尴尬,温琳不给面子也就算了,还直接让他下不来台,他忙说:"是啊?来了?我赶紧去看看,有个材料我得提交一下。"说完,他急忙推门出去,一到门外,脸色就冷了下来,隔着窗户看了眉眼飞挑对关允情意绵绵的温琳一眼,心中的妒火和欲火再次熊熊燃烧起来。

关允凭什么在他面前装出一副天塌不下来的拽样?好像凭他一句话就可以让钱爱林放了刘宝家几人,还可以大事化小小事化了?算了吧,别做青天白日梦了。刘宝家几人要完,不死也得脱层皮,而且还会记大过处分,还想大摇大摆从派出所出来,然后没事儿人一样再去上班,没门!

至于温琳,等着瞧好了,总有一天她会求到他的面前,请他宠幸她。刘宝家的事件只是一个开头,后面还有更精彩的部分等着上演,到时或许连关允也会被牵连进去。关允还想在他面前再摆出一副拽样?怕是哭都哭不出来。

不提王车军如何向李永昌汇报工作,他一走,温琳"扑哧"一声乐不可支,她掩嘴而笑:"关允,你刚才装得真像,一下就震住王车军,连我都被你吓住了。别说,你当上科长之后,确实和以前不一样,好像变了一个人一样,我现在严重怀疑,你要么是背后有高人指点,要么就是爱情的力量。你说实话,是哪一种?"

其实如果非要实话实说,温琳的猜测都对,又都不对。关允以前一直低调做人,不是他气势不足,而是时运不济,机会未到;现在环节打通,机遇来临,他也不能再总是被动等候,而是要主动出击了。

而且温琳也说错了一个事实,他不是装,而是确实心中笃定,对于如何应对刘宝家三人的问题,他已经有了解决之道。

"温琳,我希望你以后多提防王车军几分,他现在心态失衡了,万一做出什么失去理智的事情,有可能对你造成不可弥补的伤害。"关允没有回答温琳的问题,而是郑重其事地提醒温琳。

他的话似乎出自于一个饱经世事沧桑的老人,其实不然。他是没有多少人生经历,但他博览群书,熟读史书。历史其实就是人性的历史,每个历史人物的所作所为都是在为后人展现人性中最残酷的一面。

"说得跟真的一样,虽然我很感谢你的好意,但我还是要说,就凭王车军?他有贼心没贼胆。我呸,他是想打我的主意,还偷偷给我塞过情书,我都烧了。他对我贼心不死,我也知道,不过要说他敢对我动手动脚,我借他几个胆子。"温琳看不起王车军也情有可原,王车军写给她的情书连名都不敢署,但他的几笔臭字让温琳一眼就认了出来。

温琳是直爽的性格,最看不起磨磨唧唧的窝囊的男人。

"好吧,你多点小心就行了。"关允也不多说,没影儿的事情说多了也是杞人忧天,他起身就走,"从现在起,平丘山的重担就压到你的身上,我最近可能顾不上。"

"金一佳过几天才会过来,现在平丘山也没什么事情要忙……"温琳一抬头,见关允已经走到门口,忙问,"你要去哪里?"

"当然是向县长汇报工作。"关允扬了扬手中的材料,推门出去了。

一出门,凉风一吹,关允的头脑就更清醒了,微风中已经带来了些许秋的凉意,秋天就要来临了。平静了几十年从来没有发生过大事的小县孔县,在迎来孔县史上最大规模的基建项目之后,也要迎来孔县史上最眼花缭乱的多事之秋。

是的,关允用了眼花缭乱来形容今年孔县的秋天,是因为他相信,冷枫和李逸风之间的矛盾暂时因为流沙河大坝项目的上马而缓和,但矛盾的根源还在。流沙河大坝虽然上马了,前景却未必就如李永昌一相情愿所想的那样明朗。如果李永昌没有节外生枝制造刘宝家事件——姑且先命名为刘宝家事件,那么关允也不想早早出手为李永昌制造麻烦。但偏偏李永昌按捺不住设计了刘宝家不说,还连带让雷镔力和李理也受到连累,关允就不会让他好过。

敲响冷枫的门,进屋之后,关允轻轻关上房门,将材料汇总放到冷枫的面前:"县长,材料齐了。"

冷枫抬头看了关允一眼,眼神复杂且充满疑问,他将材料推到一边,直接问道:"刘宝家的事情,你听说了?"

"听说了。"

"有什么想法?"

"一九八五年,钱爱林是一个基层民警。一九九〇年,他还是一个普通民警。一九九三年,他担任城关镇派出所副所长。一九九五年,他又担任所长。"关允没说有什么想法,却背起了钱爱林的履历。

冷枫暗中赞许,关允的聪明和眼光超过他的预期,他"哦"了一声:"一九九二年发生什么事情?"

"一九九二年,钱爱林经崔玉强介绍,认识了李永昌。"

钱爱林命运发迹是在他认识李永昌之后,他是哪条线上的人就不言而喻了。当然,钱爱林是谁的亲信,冷枫自然心里有数,孔县大大小小的干部,百分之八十的中层干部和李永昌有渊源,李永昌在孔县能屹立十几年不倒,也和他的关系网太庞大有关。

但冷枫并不知道的是,钱爱林的发迹之路还牵涉到崔玉强!

崔玉强是谁?崔玉强是孔县公安局局长。

当然,如果仅仅因为崔玉强是公安局局长,还不足以让冷枫听明白关允话中隐含的刀光剑影。而是崔玉强作为孔县的一个关键人物,他在李逸风上任初期就开始在李逸风和李永昌之间摇摆,一直是李逸风和李永昌之间最有可能点燃重大冲突的矛盾隐患!

06　敲山震虎，用心深远

对钱爱林话里话外的嘲讽之意，关允假装没有听到，他只是县委办秘书科的通讯员，虽然级别是副科，却不是真正的实权副科。再说，就算他是县委办的副主任，如果不是对口负责公安系统，他也没有权力视察派出所。钱爱林是明知故说，就是想呛他一口。

初露峥嵘

崔玉强在孔县大小也是个名人，作为转业军人，他在公安系统一干就是二十多年，从小兵干到局长，可以说孔县的整个公安系统都有他的力量。他为人又最是长袖善舞，历经几任书记和县长，他都屹立不倒，不但不倒，还地位愈加稳固，是孔县仅次于李永昌的名人。

崔玉强和李永昌的关系有些奇怪，二人似乎是亲密无间的同盟，又似乎是互相提防的对手。谁也弄不清楚崔玉强到底是紧紧追随李永昌的脚步，还是对李永昌阳奉阴违。总之，自从李逸风到任之后，崔玉强向李逸风汇报工作的次数明显增加，据说还因此惹怒了李永昌，县委还风传李永昌和崔玉强为此大吵了一架。

至于是不是真有吵架的事情，外界的说法不一，不好验证。但从此以后，崔玉强向李逸风汇报工作的次数大大减少，同时，崔玉强进出李永昌办公室的次数比以前显著增多，就坐实了李永昌向崔玉强施压的传言。

崔玉强虽然表面上远离李逸风靠近李永昌，但他的聪明之处就在于，小事或许先请示李永昌，大事要事还是要先向李逸风汇报。由此，他也得了一个骑墙派的称号，成为李逸风和李永昌之间看似风和日丽的合作之下最明显的一片阴影。

当然，李逸风和李永昌之间原本也不可能没有矛盾，但大多数矛盾都藏在背后，非当事者不可能知道得清楚。崔玉强几乎就是李逸风和李永昌之间最有可能引发冲突的导火索。

由刘宝家事件而牵动钱爱林的话,势必会牵动李永昌、崔玉强的利益,到时将事情闹大,李永昌必然会出面保护钱爱林。而崔玉强作为钱爱林和李永昌认识的中间人,他和钱爱林的关系也肯定非同一般,他是什么立场就很有看头了。

而且更有看头的是,李逸风会不会乘机拿捏一把,利用刘宝家事件为李永昌和崔玉强之间的关系,制造一个天大的麻烦?

好一个关允,一下将一个简单的刘宝家事件上升成县委主要领导之间的刀光剑影,很巧妙,很有手腕,完全就是四两拨千斤的高明。

冷枫几乎一瞬间就想通了其中的环节,不由心中大跳,接连打量了关允好几眼,心中愈加惊叹,自从他和关允走近之后,关允总能为他带来惊喜。以前,他还真是忽视了身边竟然藏着这样一个深藏不露的人才。

冷枫微一深思,更加怀疑关允的身后藏有一个高人,否则以关允的年纪,断然不能有如此的城府和纵观全局的眼光。他就并不急着对刘宝家事件表态,而是饶有兴趣地问道:"关允,你父亲教什么课?"

"教政治和历史。"关允心念一动,猜到冷枫对他兴趣渐浓的原因,恐怕是怀疑他步步为营的手法背后有高人指点。

"一个人能吃透现在的政治,研究透古代的历史,可就了不起。"冷枫意味深长地说了一句,他严重怀疑关允背后的高人就是关成仁。

"可没什么了不起,就是一个教书先生,教了一辈子书,熬坏了眼睛,累坏了身体,最大的欣慰就是桃李满天下。"关允对父亲的职业很尊敬,对父亲的为人也很敬仰。父亲一生淡泊名利,对生活要求很低,但教出的学生却都很优秀。

冷枫点了点头:"一个真正可以为人师表的老师,是社会的财富,是国家的希望。"点评了一句之后,他结束了当前话题,伸手拿过一份文件,是内参,用手轻轻一点:"你看一下。"

内参上面有注明仅限县处级以上干部参阅,关允就迟疑了一下,冷枫却依然将文件向前轻轻一推,关允就不好再矜持,直接拿在手中。

内参上有一篇冷枫加了批注的文章,是一名记者撰写的对代省长陈恒峰的采访,既简要地阐明陈恒峰的任职经历,又有以问答形式对陈恒峰的政治理念的阐述。文章内容生动活泼,采访形式灵活多变,而陈恒峰的回答也是幽默风趣,展现出与高高在上的省长形象截然不同的另一面。

文由心生,文章风格体现的不是记者的风格,而是被采访者的风格。关允第一次接触到县处级以上干部的内参,更是第一次了解到内参的行文风格。他

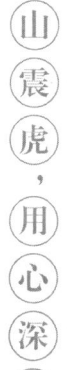

从头到尾仔细地看完全篇文章，并没有再好奇地翻看别的内容，轻轻合上之后，将内参还给冷枫。

冷枫只让他看陈恒峰的专访，他就不能多看一眼别的内容。

"有什么想法？"冷枫罕见地主动问了关允一句。

关允此时正沉浸在对陈恒峰任职经历的回味之中。从表面上看，陈恒峰的履历并无出彩之处，先是在京城部委任职，一直一帆风顺，出京外放第一任就是燕省省长。被任命为代省长以来，他行事低调，在公开场合露面的次数不多，从他公开发表的讲话之中，暂时还看不出他的执政风格。

陈恒峰的任职经历并无引起关允特别关注之处，但他出国留学的经历却吸引了关允的目光。诚然，在国家越来越注重高学历的今天，提拔官员不再以德干为第一参考标准，而是以硬性的学历指标为第一道门槛。当经济发展作为官员升迁的第一要素之后，有出国留学经历的官员，逐渐受到重用。

但有一点关允也心里有数，越是出国留学的官员，思想就越开放，思想开放没什么不好，只是往往在过于宏伟的目标的指引下，会忽视一个最根本的问题——中国是一个传统的农业国家，农民是国家的主体。基层的工作和高层高屋建瓴的伟大政策是完全不同的概念，国家出台一项惠及农民的政策，也要具体由县里落实。但在落实的过程中，往往会出现许多想象不到的偏差。

没有基层工作经历，制定的政策有时会过于理想化。从陈恒峰的访谈中关允得出一条结论：作为一向保守而观念陈旧的北方省份燕省，有陈恒峰担任省长，未必是燕省之福。

"我可不敢乱说。"关允谦逊地说道。他心中忽然想起早上老容头对他的点拨，不由对老容头更加佩服得心服口服。他也知道，老容头刚刚说到陈恒峰，冷枫就拿出陈恒峰的内参专访让他看，只是一个巧合罢了。

但在巧合的背后，冷枫的举动肯定大有深意。

冷枫的深意，就是老容头指点他留意陈恒峰的用意所在，也是他和陈恒峰可能有交集的关键点。现在关允明白了，他和陈恒峰之间当然不会有正面的交集，但间接上的交集，或者说省里政策层面上的影响波及孔县并对他自身产生影响的时候，就等于是有了交集。

果然，冷枫没再继续让关允说出想法，而是直接点明了主题："有消息说，省长上任之后的第一把火会烧到农村田间地头随处可见的坟头上，平坟复耕，要求三年内完成农村公益性公墓全覆盖，火化率百分之百，逐步取消旧坟头，不再出现新坟头……文件大概近期就会下发。"

好一个平坟复耕！关允听到消息后的第一个念头,不是因冷枫对他的信任有加而感到惊喜,而是为老容头敏锐的政治眼光而震惊。老容头就如一个站在最高峰的高人,冷眼旁观世事纷扰,拨云见日,慧眼看红尘,一言值千金！

关允立刻就领会了冷枫的暗示,有些酝酿中的事情因为刘宝家事件的突发,要提前引爆了,而且也正好是为了配合省里的政策出台。不过,直到此刻,冷枫还没有具体表明他在刘宝家事件之中的立场。

"这样……关允,你坐我的车去一趟城关镇派出所,过问一下刘宝家的事情。"冷枫淡然地说了一句,一摆手,"回来的时候,顺道去一下公安局,让崔玉强过来一下。"

"是,明白。"按捺住心中的狂喜,关允步伐坚定地走出冷枫的办公室。

果如老容头所说的一样,冷枫不是一个善于蛰伏的人,最近一段时期的平静是因为他暂时没有出手的机会。现在好了,李永昌精力过剩,一个大坝项目还无法牵绊他的全部注意力,还要暗中制造事端,好,来得好。

李永昌不会想到的是,关允现在初露峥嵘,而冷枫静极思动,二人开始第一次联手发力还击了！

当关允坐上县委二号的专车扬长而去时,王车军恰好从李逸风的办公室出来,就看个正着。他一下呆立当场,一颗心狂跳不停,揉了揉眼睛,确认车上坐着的人正是笑容满面的关允。他忽然感觉仿佛眼前陡然出现一团迷雾,迷雾之中,关允的形象变得模糊并且高大许多,让他再难看清关允的本来面目。

关允怎么会坐上冷县长的专车？王车军心里明白得很,如果关允自己出去,不管走到哪里,虽然有冷枫通讯员的身份,但他说话办事都不会受人重视。而冷枫的专车出动意义就大不寻常了,关允的一举一动代表的就不是他自己,而是县委二号人物冷枫的意图。

那么关允要去哪里,又要去做什么？王车军眯起小眼睛,一阵风吹过,忽然感觉周身生冷,他打了个寒战,想起了什么,急急折回又向李永昌通风报信去了。

直面

关允坐在副驾驶上,和司机贾合须有一句没一句地聊天。

贾合须是县委的老司机了,在县委上班得有十几年,年龄却是不大,充其量三十五岁左右。不过他长相显老成,乍一看,一脸的苦大仇深,好像四十岁开外一样。

贾合须是上任县长的司机,冷枫上任之后却没有替换下他,以冷枫谨慎的性格,足以说明贾合须为人可靠。司机和秘书是领导身边两个最亲近的人,相比之下,司机比秘书介入领导的私生活还要多,因此司机必须忠诚不二。否则,领导也不会让自己的一举一动都被司机的一双眼睛看个清楚。

贾合须是孔县人,军人出身,沉默寡言,他的性格倒是和冷枫的冷峻有几分相似。从县委到城关镇派出所,一共几分钟的路程,他就和关允说了三句话。关允问一句,他答一句,关允不问,他的嘴巴绝对闭得严严实实。

关允暗暗赞许,冷枫的眼光极准,看人不会失误,但为何用了半年时间才看清他的能力和为人?想了想,不得要领,只好作罢。

汽车直接停在城关镇派出所的办公楼前,和县委的平房相比,派出所的办公楼是两层小楼,因为新建的缘故,看上去比县委气派多了。

贾合须没有下车,他只负责开车,其他事情一概不会插手。关允才下车,正要关门时,他突然就冒出一句话:"冷县长来孔县时间也不短了,除了副县级领导之外,你是第一个坐他车的人。"

关允愣了一愣,品味贾合须话中的暗示和分量,点头一笑:"贾哥辛苦了,等我一下。"

越是话少的人说出的话,才越会有暗示,尤其是贾合须身为冷枫司机的特殊身份,更让关允猜测他的话到底是随口一说,还是出自冷枫的授意?毕竟,贾合须比他先得到冷枫的信任。

关允深吸一口气,昂首阔步迈进派出所的办公楼,来到一楼的所长办公室,轻轻敲响了房门。作为他担任冷枫的通讯员之后的第一次独当一面的出击,今天的一局,事关对他的个人能力的考验,也事关冷枫的县长威望!

敲门之后里面无人应声,关允直接推开了门。钱爱林正在打电话,也不知道在和谁通话,反正脸红脖子粗,一副穷凶极恶想要打人的凶狠,一只皮鞋被他踢到窗台上,再看他手中还拿着一把锤子,不时敲打几下桌子,气愤的神情,好像在敲打谁的脑袋一样。

关允见惯了基层干部的做派,连乡长或镇党委书记都会挽起袖子打人,一个镇派出所所长穿一只鞋手拿锤子的形象,在他眼中就再正常不过了。

关允也不说话,就站在一旁等,足足等了有十几分钟,钱爱林才骂骂咧咧地摔了电话,头也不回地嚷道:"谁让你进来的?赶紧出去!今天烦,谁也不见。"

"谁不长眼惹钱所生气了?"关允呵呵一笑,上前一步,伸手抓起钱爱林桌子上的香烟,顺手抽出一支点上,"钱所有好烟,我得沾个光,忘了带烟。"

关允其实不是忘了带烟,而是他平常就不抽烟,之所以拿起钱爱林的烟假装抽上一支,也是为了制造气氛。

钱爱林没上过什么学,很多字都认不全,连自己的名字都写得歪歪扭扭,就是认人民币上的字认得最准。他自己没文化,偏偏又最讨厌别人有文化,尤其对大学生有偏见。只要别人说话客气几分文雅几分,他就会嘲讽别人装腔作势,恨不得别人都和他一样张口骂娘闭口骂爹才好。

关允懂得和人交谈的艺术,上来就借烟抽,也是想先声夺人,不让钱爱林带着偏见和他对话。他不是怕钱爱林,论级别钱爱林还没他高,他要的是在节奏上掌握主动。

钱爱林一见关允,脸色就缓和了几分,皮笑肉不笑地说道:"我说是谁,原来是关大高才?哪一阵风把你刮到城关镇派出所了?视察工作怎么也不提前打个电话,我好准备一下。"

对钱爱林话里话外的嘲讽之意,关允假装没有听到,他只是县委办秘书科的通讯员,虽然级别是副科,却不是真正的实权副科。再说,就算他是县委办的副主任,如果不是对口负责公安系统,他也没有权力视察派出所。钱爱林是明知故说,就是想呛他一口。

关允哈哈一笑:"我怎么敢来钱所的地盘视察工作?我是受冷县长所托,来了解一下刘宝家、雷镔力和李理三个人现在的情况。"故意不说案情而只说了解情况,也是表明刘宝家事件还没有定性。

钱爱林皮笑肉不笑的笑容顿时凝固了,他微显肥胖的大脸抖动了几下,心思闪了好几闪,被关允的话击中,一时不知道该怎么回答。

冷枫在孔县一向不管小事,除了和李逸风在孔县经济发展的大方向上不和之外,孔县其他的大小事务,他不会轻易插手。在刘宝家事件上,钱爱林赌的就是冷枫虽然开始重用关允,但未必会介入其中。

怎么会?冷面县长冷枫也变了性子,要从小处入手开始收权了?钱爱林愣了一愣,立刻恢复惯常的笑脸:"冷县长日理万机,怎么也会关心鸡毛蒜皮的小事,关科长不是假传圣旨吧?"

关允的笑脸冷了三分,语气之中微带五分威严:"钱所长,冷县长委托我亲自过来一趟,了解一下事情经过,还在等我回去交差,你要不打个电话到县长办公室问问?说不定冷县长随时要用车,我也得尽快回去还车。"

以前在关允面前,钱爱林虽然表面上客气,内心却是十分看不起关允,认为他一个京城大学的毕业生回到县里,混得还不如许多没上过学的同龄人。什么最高学府,什么高才生,都是白搭,书本上的东西还是比不了现实生活中为人处世的手法。就是说,关允是驴粪蛋子外面光,只是一副空皮囊。

但刚才关允声音不大的一句话,却蓦然迸发出前所未有的气势,文化的底蕴与权力的魔力结合在一起,一瞬间就让钱爱林在关允面前有了一种底气不足的胆怯。他的目光向窗外一扫,果然,县委二号车就停在院中。他心里顿时就明白几分,从县委过来就几分钟的路程,冷枫的专车亲自出动送关允前来,个中意味就不言而喻了。

车在,就如同冷枫亲临。

钱爱林讪讪一笑:"到底是京城大学的高才生,有气势,刚才说话的腔调,和冷县长还真有几分像……"见关允表情严肃,摆出一副公事公办的面孔,他就不再废话,咳嗽一声,说到了正事:"刘宝家、雷镔力和李理三人,昨天晚上在陈氏火烧店寻滋闹事,打伤四人,打坏店内物品若干,财产损失正在统计之中,受伤人员已经住院治疗,伤情也在进一步确认中。"

到底是在公安系统工作了十几年的老公安,虽然没什么文化,但真要到了正事上,公事公办的话语说得也头头是道。

当时究竟发生了什么,关允现在不是十分清楚,但有一点他敢肯定,陈氏火烧店的打架斗殴事件,绝对不是刘宝家先动的手。他太了解刘宝家了,以前刘宝家虽然脾气不好,爱打架,但上大学之后收敛了许多。尤其是毕业后分配到飞马镇党委办工作,遇到事情也会三思而后行。况且他刚刚交代了刘宝家,在流沙河大坝项目上马和平丘山开发的当下,不要惹是生非,遇事忍三分。

他的话,刘宝家绝对会放在心上。但还是出事了,就证明了一点,有人逼刘宝家出手。

"事发经过……钱所能不能详细地说一说?"关允微微一笑,态度不高不低,拿捏得恰到好处,既有一丝居高临下的味道,又用了不让人反感的征询的口气。

钱爱林本不想说,说了,就如同他向关允汇报工作一样,但不说又不行,关允是代表冷县长而来,他如果不说,就是对冷县长权威的蔑视。但他又不知道该怎么说是好,说得符合事实,没办法栽赃到刘宝家三人身上,说得不符合事实,万一事后查明真相,就成了他的责任。

没想到呀没想到,一辈子在公安系统打转,现在也有作难的时候,而且还是被他最看不上的关允逼到了墙角。钱爱林迟疑了,他可以对冷枫当面说谎,也可以面对李逸风的质问颠倒黑白,却不好直接对关允说假。因为,关允不但是刘宝家三人的好朋友,还是孔县人,他可以亲自从陈氏火烧店里查起,最后还是能摸清事情的真相。

"怎么了,钱所,想不起来了?"关允似笑非笑地追问。

不管了,就按事先编排好的说法圆下去!钱爱林将心一横,正要开口陈述事发经过,忽然,楼道中由远及近传来一个人的脚步声,脚步声不紧不慢,每一步的间隔似乎都分秒不差,而且每一声都如同敲打在钱爱林的心上。

钱爱林眼皮大跳,心道,来得好!

事件发酵了

不但钱爱林闻声知人,关允也听出了脚步声的主人,不是别人,正是李永昌。

李永昌的脚步声很有特点,不但迈出的每一步的间隔相等,而且抬脚和落脚的频率也相等。以前闲来无事的时候,关允曾经测算过李永昌每一步之间的误差,结果十分惊人,他迈步的节奏掌握得几乎分毫不差。

因为此事,老容头还讲过一个轶闻。说是古时有一位名人和客人座谈,谈得投机,一直聊了一夜。名人有吃瓜子的爱好,天亮的时候已经吃了一地瓜子皮,厚厚的一层铺满了地面,只在中间露出了两只脚的形状。

客人见状大吃一惊,一夜座谈,他不知道换了多少次姿势,在椅子上挪了多少次屁股,而名人竟是连脚都没有动上一下,这是何等惊人的毅力!

由故事引申开来,关允对李永昌的评定就是——李永昌此人心智坚定,行事稳重,轻易不会乱了方寸。

门一响,李永昌推门进来,他见关允在,似乎微微一愣。不过,他瞬息变化的神情没逃过关允的眼睛,李永昌是有备而来,不用想,是为钱爱林解围来了。

一个关允出马,肯定不值得惊动堂堂的县委三号人物,但这一次关允不是一个人在战斗,他肩负了冷枫的重托,性质就大不相同。李永昌急急现身城关镇派出所,就说明一个事实,刘宝家事件发酵了。

"关允也在?怎么,你找爱林有事?"李永昌淡然地问了一句,似乎他真不是为了堵关允的路而来一样,只问了一句,也不等关允回答,就又对钱爱林说道,"爱林,逸风同志委托我来了解一下刘宝家、雷镔力和李理案情的情况。"

李永昌直接用了案情的说法,显然是想为案子定性。

直接惊动李逸风了?关允心中一惊,够快的,刘宝家事件已经迅速升温,引发县委一号二号的关注不说,还惊动三号直接出动,支点效应突显!

也可以理解，刘宝家、雷镔力和李理三人都不是一般人，其中两人是飞马镇的正式国家干部，一人是古营城乡的办事员，而且全是正经八百的大学生。孔县一年出不了几名大学生，考出去的大学生没有几人回到县里，因此，刘宝家三人在县里大小也是名人。

"巧了，冷县长也委托我向钱所长了解一下事发经过。"关允及时插话，又强调补充了一句，"就我个人了解到的情况，刘宝家三人寻滋闹事的结论有待查实。"

"哦？冷县长也关心这件事情？"李永昌明知故问，外面停着冷枫的专车，他又不是没有看见，而且他从县委过来之前，县委已经就此事开过碰头会议。他就是有意戏弄关允，好让关允知难而退，"你先回去，转告冷县长，就说有我在，刘宝家等人的问题会妥善解决。"

关允却不走："李书记，我不能走，冷县长交给我的任务，我必须完成。而且宝家、镔力和李理是我的朋友，于公于私，我都有必要了解清楚事情的来龙去脉。"如果被李永昌一句话就打发了，也显得他太没水平。

李永昌脸色微微不喜："不相信我还是不相信李书记？由我亲自出面向爱林了解情况，难道县委的重视程度还不够？关允，我的话你不听是不是？"

什么样的下属最不受领导喜欢？太聪明太自以为是的下属。什么样的领导最让下属头疼？太强势太直来直去的领导。李永昌直接以权势压关允一头，就是摆出县委副书记的威势，逼关允退让。关允可以凭借冷枫的专车来狐假虎威，让钱爱林无计可施，他李永昌就可以摆出孔县太上皇的派头，喝退关允，同时敲山震虎告诫冷枫，不要插手刘宝家事件！

关允如果退了，不但是他的失败，也是冷枫的失败，更是他和冷枫第一次联手的失败。李永昌够狠，不惜以他盘踞孔县几十年的威风来对关允威逼，要的就是让关允和冷枫之间第一次真正意义上的联手以失败而告终。

第一战，事关士气和以后的联手，只能胜，不能败。再说，今天也是他和李永昌的第一次交锋，更是不能后退半步！

"李书记的话当然得听……"关允似乎无计可施了，无奈地说道，"不过，得麻烦钱所给我一份情况汇总，我好回去交差。"

"事情还没有查明到底是怎么个情况，哪里有什么情况汇总？关允，你不要无理取闹！"李永昌见凭借他的威风不能一句话就喝退关允，不由大为恼火，"我和爱林还有事情要商量，你先回避一下。"

许多人不喜欢深不可测的领导，因为无法揣摩领导的心思，把握不了领导的脉搏。实际上,深不可测的领导至少会有含蓄的一面,不会当面以权压人,相比之下,直接而粗暴的领导才最让人头疼。

李永昌现在就是使出官大一级压死人的粗暴手法,直接逼迫关允赶紧走人了事。

关允却还是赖着不走,甚至还笑了一笑:"我就问钱所长一句话,然后就走。"他刚刚还在笑,转眼却一脸寒意:"钱所长,到底是刘宝家三人寻滋闹事,还是他们正当防卫,你如果没有情况汇总给我,我就会按照我的理解向冷县长汇报。还有,我也会实际调查一下事发经过。"

关允的话声音不大,语速不快,却字字如箭,一箭射向李永昌的自尊,一箭射中钱爱林的软肋!

几次三番逼不退关允,又听了关允暗中威胁要在冷枫面前搬弄是非的话,李永昌终于怒极,"啪"的一声拍了桌子:"关允,你马上出去!"

第一次,李永昌在关允面前露出了獠牙。

关允还是站立不动,淡然而立,既不为李永昌的盛怒而惊恐,也不为他的呵斥而尴尬,只是云淡风轻地望向钱爱林,就是要逼钱爱林表态。

李永昌逼关允,关允不接招,却逼钱爱林。钱爱林被关允的软刀子刺中,浑身难受,却又偏偏逃无可逃,差点没气得他跳脚。

谁能想到,一个是跺一跺脚就能让孔县颤抖的李永昌,一个是县城老街新街大小混混儿都要敬上三分的钱大所长,二人加在一起有几十年的人生沧桑,却在一个初出茅庐的小年轻面前使不上力气,怎不能让人恼羞成怒?

李永昌眯起眼睛,双眼几乎喷出火来,他处心积虑防范关允,怕的就是有一天关允会顺势而起,一飞冲天。没想到,千防万防,还是防不住关允的上升之势。他前所未有地感受到关允在淡然而立之中蕴含的自信和底气,心中更坚定了要利用刘宝家事件最后抹黑关允的决心。否则,一旦关允迈出孔县,就会成为心腹大患。

不行就用强了,今天说什么也不能输了眼下的一局,哪怕因此得罪冷枫也在所不惜。李永昌向钱爱林使了一个眼色,意思是让钱爱林直接将关允推出门外。

钱爱林在县城威风惯了,何曾受过现在的逼迫?有了李永昌的支持,他怒从心头起,恶向胆边生,一挽袖子就冲到关允面前,准备拿出他对付农民的流氓手段,强行将关允拖到门外……正在此时,他办公桌上的电话响了。

钱爱林在距离关允不到一米的地方止住脚步,恶狠狠地瞪了关允一眼,回身接听电话,只听了一句就一脸惊愕地将电话交给了李永昌:"李书记,您的电话。"

李永昌一脸纳闷儿地接过电话,心中不解,是谁将电话打到了钱爱林的办公室找他,就很不耐烦地"喂"了一声:"什么事?"

"李书记,出事了。"郭伟全的声音火烧火燎地传来,"出了大事。"

"什么大事?孔县除了大坝项目的建设之外,就没有什么大事。"李永昌对郭伟全过于夸张的语气十分不满,他总嫌郭伟全性格太毛躁,"遇事就慌张,怎么能挑大梁?"

以李永昌副书记的身份用批评的口气呵斥郭伟全,就过于拿大了。但郭伟全却不在意李永昌的口气,上气不接下气地说道:"我正往工地赶,工地停工了,听说是因为平了一户人家的坟地,引起了纠纷,打了起来。"

平坟?李永昌愣了一愣,蓦然想明白了什么,心头一紧:"你先去,我马上到。"说完,他扔了电话就往外走,也顾不上理会关允。

关允微微侧身让李永昌过去,嘴角流露出一丝不易察觉的笑意。李永昌只是冷冷地看了关允一眼,虽然一脸焦急,但依然迈着方正的步子从容离去。

"李书记慢走。"关允冲李永昌的背影礼貌地说了一声,大坝项目的节外生枝,相信足以让李永昌焦头烂额一阵子了,他转身又面向钱爱林,一字一句地说道,"钱所长刚才真是威风,要是晚一步,我说不定就被钱所长当麻袋一样扔了出去,刚才的事情,我是记下了。"

话一说完,关允冷冷一笑,转身扬长而去,扔下一脸不知所措的钱爱林呆立半天,不理解为什么现在时机正好,关允又不过问刘宝家事件了。

钱爱林并不知道,他很荣幸地成为了孔县史上最缤纷的多事之秋的导火索。

各方酝酿

孔县县委。

在关允动身前往城关镇派出所走后不到五分钟,冷枫就敲响了李逸风办公室的门。

"书记,刘宝家、雷镔力、李理三人在陈氏火烧店因为打架闹事被城关镇派出所拘留了。"冷枫见王车军不在李逸风办公室,李逸风正一人批阅文件,他心里就明白了几分,上来就挑明了来意。

李逸风顿时愣了:"怎么回事?"

冷枫心中更坚定了自己的判断,惊讶地问了一句:"书记还不知道?我已经让关允去城关镇派出所了解情况了。"

一句话说得李逸风心头火起,心中对王车军的印象就打了折扣。孔县无大事,刘宝家三人出了这么大的事情,王车军不第一时间向他汇报,是严重的失职。不用想,王车军肯定是先向李永昌汇报了。

先副书记后书记,就算王车军和李永昌有亲戚关系,李逸风心中也是老大不快。更何况冷枫抢先一步,都派关允去了解情况了,等于是他在刘宝家事件上已经被动了,他怎能不恼火?

科班出身的大学生,分配到县里各乡镇工作,也算是为孔县培植后备力量,县委对回县的大学生都建立了档案,随时跟踪观察,并且重点培养。刘宝家、雷镔力和李理三人,也算是孔县为数不多的大学生人才,而且都是正式国家干部身份,直接被派出所拘留,稍微处理不当,就会让三人的履历留下政治污点,李逸风会不清楚其中必有文章?

"到底是怎么回事?"李逸风直接跳过冷枫的问题,他也清楚冷枫的话含沙射影,或许有故意挑拨离间的用意,却又不好责怪冷枫什么,毕竟冷枫说的是事实。

"我也不太清楚,关允一早向我汇报了一声,就急急去了城关镇派出所。"冷枫微微皱眉,"书记,我个人意见,事态应该控制一下。孔县是小县,是穷县,一年考不上几个大学生,回来的更少。如果刘宝家、雷镔力和李理因为一个打架事件影响到个人前途,传了出去,对孔县的形象很不好,会造成孔县不重视人才的负面影响。"

县长的职责是发展经济,经济提升了,县长的政绩就有了。书记的职责是用人,人尽其能,才尽其用,方显书记的本事。连人都用不好的书记,不是一个合格的书记,冷枫一句话就击中了李逸风的软肋。

是呀,孔县的经济发展再好,从官场常态来讲,政绩虽然也算到李逸风的头上,但如果孔县的人事一团糟,会显得身为书记的他很无能。前段时间市委会议上,市委书记蒋雪松还特意点名表扬孔县在人才引进上的成绩,位居全市首位。

孔县也就是因为有关允、温琳、王车军以及刘宝家等一批大学生人才的回流,才有了一个唯一的闪光点。如果因为刘宝家事件导致孔县在人才引进的工作上出现倒退,就成了笑谈,蒋书记必定大为不满。

一瞬间李逸风心思闪动,立刻意识到事件的严重性,他心中的怒火越来越盛,将文件重重地一扔:"胡闹!钱爱林怎么回事,怎么能随便抓人?一点头脑都没有!"

冷枫点头说道:"确实是,刘宝家三人不但是正式国家干部的身份,李理还是预备党员。"停顿了片刻,他又说道:"我让关允通知了崔玉强过来一下,书记看看是不是有必要和飞马镇、古营城乡方面碰个头。"

李逸风意味深长地看了冷枫一眼,心思又转了几转,不明白冷枫拉崔玉强入局是基于什么出发点,按说一个治安拘留事件还不至于惊动公安局局长。不过,如果联想到刘宝家三人的身份,连县委一二把手都惊动了,公安局局长出面也不算什么。

当然,如果李逸风知道崔玉强和钱爱林的密切关系,他就会立刻明白冷枫的伏笔。

冷枫本想和李逸风就刘宝家事件达成初步共识,也好在下一步的布局中,让李逸风也乘机出手。不想还没等再继续和李逸风深谈,李永昌就来了。

来得够快,冷枫见李永昌一脸焦急的样子,就知道必定是有人向他通风报信,他已经知道了关允的动作。到底是孔县的太上皇,孔县方方面面一有风吹草动,李永昌都能第一时间得知。

优势呀,这就是身为地头蛇的最大优势。

冷枫冲李永昌微一点头,也没说话,转身离开了李逸风的办公室。他和李逸风没有先一步达成共识,确实遗憾,那么接下来的事情,就只能看关允的运作了。关允,真能借刘宝家事件搅动孔县的人事僵局?

李逸风来孔县的时间也不短了,却一直在人事调整上没有大动作,不是不想,而是力有不逮,一直没有合适的机会。冷枫回到办公室,目光落在内参上,脸上浮现出少见的一丝笑意。机会马上就要来了,关允抓住了,他也抓住了,就看李逸风想不想也抓住机会,一举击破孔县近十几年没有改变的政治局面。

李永昌和李逸风谈了些什么,冷枫不知道,关允也不知道。但关允能猜到一二的是,李永昌必定是刘宝家事件的背后黑手,而且他的目的不仅仅是打压刘宝家三人,还要借刘宝家事件最终将脏水泼到他的身上。

和李逸风、冷枫防范他另有苦衷不一样的是,李永昌对他以及刘宝家等人不遗余力地进行打压,从小处讲,是不想让他崛起,从大处讲,是李永昌为了维持他在孔县的地位,不想孔县有新兴势力挑战他的权威,他还想再继续统治孔县十几年!

以关允为首的几名回县的大学生,必将会成为孔县政坛上的新兴力量,而且又因为有学历在身,在以后的升迁之路上,会比李永昌走得更高更远。实话实说,李永昌是怕了,怕关允会在孔县替代他的位置,成为孔县新的旗帜。

如果关允可以和李永昌心平气和地对话,他会郑重其事地告诉李永昌,他的目标远大,孔县不是他的终点,只是起点。但他也知道,随着孔县局势的进一步复杂化,尤其是在李永昌制造了刘宝家事件之后,他和李永昌之间已经关上了和谈的大门。

从城关镇派出所出来,关允坐车来到县公安局,直接就敲开了局长崔玉强办公室的黑漆木门。

崔玉强正坐在宽大的办公桌后面掏耳朵,似乎悠闲得很,见关允进来,也不起身,只是微一点头:"关允来了,有什么事?"

今年四十八岁的崔玉强瘦长脸、吊角眉、招风耳,其貌不扬。小时候有相面先生说他长大后是穷苦命,一生碌碌无为,劳累而一无所有。没想到崔玉强中年发迹,从小警察干起,一路上升,坐稳了孔县公安局局长的宝座。

崔玉强曾经放言,说是如果再见到当年的相面先生,他要恭恭敬敬地向相面先生三鞠躬,以感谢当年相面先生的断语对他的激励。如果不是被一句"长大后是穷苦命"刺激,他也不会有今天。

"崔局,冷县长让你过去一趟。"关允对崔玉强的感觉很复杂,既佩服崔玉强一路走到今天的手腕,又对崔玉强和李永昌之间令人琢磨不透的关系而提防三分。

崔玉强放下掏耳勺,迅速起身,拿上手包就走:"走,冷县长有吩咐,马上就动身。冷县长太客气了,有什么事情打个电话就行了,还劳累你亲自跑一趟。"

至少崔玉强的表面文章做得不错,说走就走,既显得他办事雷厉风行,又表明他对冷枫的尊敬,确实有一套。

关允却是呵呵一笑:"我是路过,顺道请崔局过去。"

崔玉强脸色不变,好像关允是特意请他还是路过请他无关紧要一样,随口问道:"路过?去哪里办事了?"

关允暗暗佩服,和李永昌相比,崔玉强说话办事更显城府,估计也和他多年从事公安工作有关——见人说人话,见鬼说鬼话,见神说神话,人鬼神全在,就说胡话。

"去城关镇派出所了,了解一下刘宝家几个人的情况。"关允漫不经心地看了崔玉强一眼。

崔玉强也是漫不经心地问:"刘宝家?宝家怎么了?"

厉害,关允以前不是没有和崔玉强打过交道,但深入接触还是第一次。崔玉强是假装也好,是真不知道也罢,他的神情十分自然,让人感觉不到他有一

丝的伪装。比起李永昌的威势和目中无人,崔玉强应付自如的功夫,才是真正的炉火纯青。

说话时,关允和崔玉强已经来到车前,关允用手一指冷枫的专车:"崔局,上车,我们在路上说。"

从关允一接触崔玉强时起,崔玉强说话办事十分干脆,丝毫不拖泥带水,终于在关允请他上车时,他微微迟疑了一下。

不过也就是微一迟疑,他就拉开车门坐了上去:"好,咱也坐坐县长的专车,长长脸。头一次坐冷县长的车,关老弟,算是沾你的光了。"

崔玉强是个人物,关允在听到崔玉强对他的称呼有了改变时,就更加坚信了自己的判断。从崔玉强坐上冷枫的专车的一刻起,就表明他在刘宝家事件上的真正立场。

用心深远

崔玉强以前肯定坐过这辆汽车。冷枫的专车是上任县长留下的,以崔玉强在孔县的地位,上任县长肯定请他坐过。不过在冷枫时代,他估计还真是头一次坐。车还是原来的车,但车的主人变了,车的身份也就变了。

关允是有意邀请崔玉强坐进冷枫的专车。崔玉强和李永昌关系密切,和李逸风也来往不断,独独和冷枫关系疏远。倒不是崔玉强无视冷枫的权威,而是冷枫在孔县一年来并没有刻意拉帮结派,许多人想投靠却不得其门而入。

以崔玉强在孔县的地位,冷枫有意拉拢,崔玉强还未必会靠拢,更不用提要他主动投诚了。因此,崔玉强和冷枫之间的关系别说密切,甚至可以说是十分冷淡。

崔玉强肯上冷枫的专车,就说明一点,他不会拒绝和冷枫合作,或者说,至少在刘宝家事件上,他不会只听从李逸风或李永昌的指令。

关允心中暗喜,就由他开始来为孔县未来的局势重新设计蓝图吧。李永昌时代,从刘宝家事件引发的一系列的连锁反应时起,就该提前结束了!

路上,关允向崔玉强简要地阐述了刘宝家事件的始末。崔玉强只是皱着眉头,一言不发地聆听,并不发表看法。等到了县委,下车的时候,关允先一步下车,亲自替崔玉强打开车门,崔玉强才露出笑脸,说道:"让关老弟受累为我开车门,我脸上有光。"

"崔局说的哪里话,太见外了。"关允客气地一笑,好像才想起什么似的说道,"刚才我在城关镇派出所的时候,李书记也过去了,没说几句话,接了一个电话,好像说是大坝项目出问题,他放下电话就匆匆走了。"

"哦……"崔玉强好像才认识关允一样,深深地看了关允一眼,呵呵一笑,"关老弟,你的消息很及时,和你坐了一路车,收获真不小。这趟车,没白坐,值了。"

关允点头又说:"大坝项目的问题应该不大,我隐约听到一点,说是平坟引起了纠纷。"

"平坟?"崔玉强若有所思地点了点头,"老农民闹事,无非是想多要点钱,李书记出面,肯定能摆平。行了,先向冷县长报道。"

推门进去,冷枫正在接听一个电话,他伸手示意关允和崔玉强先坐。打了大概几分钟后,他放下电话,第一句话就是:"关允,刚刚《国家青年报》驻燕省记者站的记者打来电话,说是要了解一下孔县非法集资的问题,我回了他,说是孔县没有什么非法集资。不过对方不依不饶,非要刨根问底,还说要来孔县采访……"

冷枫揉了揉了额头:"麻烦呀,这个报社的人,不受省委宣传部的管制,就算没事也能折腾出事情……孔县是个穷县,又不是沿海的富裕地区,哪里有什么非法集资?瞎胡闹!关允,你女朋友夏莱不是《国家青年报》的记者?你能不能让她出面干涉一下,最好别让记者关心孔县,孔县外面的新闻多的是。"

一直以来冷枫以冷面冷语示人,在和李逸风的对抗中,冷酷就是他最强大的武器,以至于让许多人都认为冷枫除了冷漠之外,一无是处,既没有游刃有余的官场手腕,又没有运筹帷幄的政治智慧。但在冷枫突如其来地抛出记者要采访孔县非法集资的消息之后,关允心中蓦然闪过一阵轰隆隆的雷声。

是的,他心中被巨大的惊喜充满,被冷枫高超的政治智慧折服。他终于知道,他倒向冷枫不仅是非常明智的选择,而且冷枫的政治智慧之高,丝毫不亚于李逸风。冷枫掩藏在冷漠背后的冷静和耐心,也是让关允十分佩服的高明!

孔县是小县,也是穷县,但孔县确实有非法集资的问题。原本以为冷枫对孔县的掌控力度很弱,没想到,隐藏至深的非法集资一事,即使县委之中的孔县老人也没有几人知道,冷枫却不知何时暗中早就掌握了一切,不简单,隐忍并且时刻准备伺机出击。果然不出关允所料,冷枫在冷漠的外表的掩护下,掩藏着一颗不甘久居人后的雄心。

冷枫当着关允和崔玉强的面,突兀地提及记者要采访非法集资一事,用心深远。一是敲山震虎,在和崔玉强正式会谈之前,先抛出天大的难题让崔玉强做出选择,是在提醒崔玉强,在接下来的刘宝家事件上,该交一份什么样的答案,一定要三思而后行;二是间接抬高关允,加大关允的分量,让关允成为非法集资一事是掩盖还是曝光的决定者。

关允接过冷枫的话头说道:"现在的记者,听风就是雨,就喜欢捕风捉影。行,回头我问问夏莱到底是怎么一回事,能挡住记者就挡住,孔县可不能出什么非法集资的新闻。"话说得好听,却没有说死,留了悬念,万一要是挡不住,记者来孔县怎么办?

怎么办?就看有些人怎么做了。

崔玉强进来之时还是镇静自若的表情,等冷枫和关允的一问一答之后,他暗中倒吸一口凉气,不但悄悄打量冷枫几眼,还微不可察地眼皮接连跳动了几下,偷偷看了关允好几眼。他的感觉就是,眼前的冷枫和关允仿佛一瞬间同时变了一个人一般,都由以前在县委处于弱势和受冷落的一方,转眼翻身而起,成了掌控大局的优势一方。

怎么会?崔玉强不相信归不相信,但事实摆在眼前,也不由他不信。他心中突然就打了个冷战,幸好以前对关允还算不错,没有处处刁难关允。他就是比李永昌有眼光会做人,以关允京城大学毕业的高起点,谁敢保证他的同学之中以后不会出现什么厉害人物?

现在关允和冷枫要联手还击了,摆在他面前的,将是一道非常难以抉择的选择题。

但……又必须做出抉择!因为非法集资一事崔玉强比谁都清楚,正是见钱眼开的钱开眼干的好事!

"好了,关允,你先去忙,我和崔局长有话要说。"冷枫布局完毕,该进行下一步了。

"好的。"关允恭谨地一点头,转身就走。他走到门口,才要出门,崔玉强突然冒出一句话。

"关老弟,有空一起吃饭,我有事要请你帮忙。"停顿了一下,似乎是故意卖了个关子,他又呵呵一笑,"我家孩子明年高考,想向你取取经,你看你愿不愿意帮老哥一个忙,抽空辅导他一下?"

关允意味深长地看了冷枫一眼,见冷枫目光闪动中,流露出一丝微微的赞许,他就笑道:"没问题,反正平常休息时我也没事。"

回到秘书科,关允脸上仍然难掩兴奋和欣喜之意,王车军不在,温琳正坐在座位上发呆,他一进门就笑问:"你最近发呆的次数越来越多,是不是有心事?"

"大坝出问题了。刚才王车军屁股着火一样跑了,看他的熊样,差点没笑死我。"温琳才注意到关允一脸喜悦,上来就打了关允一下,"最近你是春风得意马蹄疾,一夜看尽孔县花。"

"孔县花？孔县还有花？"关允乐呵呵地笑道,"孔县一枝花就在县委办秘书科关允同志的对面,一眼就可以看到。不过只在白天见过,没在晚上欣赏过。"

温琳踢了关允一脚:"得了吧你,还想晚上赏我？还是赏你家夏莱吧,我要把自己留给我最爱的人来鉴赏,他肯定不会是你。"

"不是我就不是我,能不被孔县一枝花惦记,也是好事,要不,非得半夜吓醒不可。"

"关允,你不要太过分,我要模样有模样,要学历有学历,要身材有身材,哪点配不上你？别以为就你家夏莱好,我除了没有一个当大官的爹,方方面面都不比她差！"

今天天气不错,温琳穿了一身百褶长裙,上身是束腰花边小衬衣,头发似乎也装饰了一番,好像还擦了口红,愈加显得她亭亭玉立,风摆杨柳而多彩多姿。其实如果精心化妆,再加上灯光的衬托,温琳拍上一套艺术照,她的美丽丝毫不亚于现在的当红明星。甚至她那尽显健康之美的如白瓷一样的皮肤,会比明星的并不健康的白色更让人心动。

"你配得上我,是我配不上你。"关允不和温琳斗嘴了,自愿认输,"大坝项目工地确实有了点问题,听说是平了别人家的祖坟,人家不干了,发生了冲突。"

"大坝项目的地址是谁选定的？怎么没考虑到移坟的问题？换了谁,被挖了祖坟会不怒？"温琳瞪大一双美目,歪头想了一想,"啊,我想起来了,地址好像就是李永昌选定的,你说他也是孔县人,怎么会犯这样的低级错误？真不应该。"

关允会心地一笑:"智者千虑,必有一失,没什么可大惊小怪的。"

温琳察觉了什么,问道:"你好像事事都胸有成竹的样子,是不是早就知道大坝项目会出现问题？"

关允摇头:"你当我是谁？我是连你都配不上的角色,会对孔县有史以来的最大项目是否出现问题未卜先知？"

"讨厌,别拿我比喻。"温琳春宜喜宜嗔的样子确实如秋风拂面,令人沉醉,关允正要再打趣几句,门突然被人推开了。

"关允,马上跟我去大坝施工现场,麻烦大了。"冷枫神情严峻。

动静不小

如果仅仅是冷枫一人也就算了,冷枫的身后,还跟着崔玉强。

终于还是惊动县长和公安局局长,说明李永昌和郭伟全出马,没有把施工现场的事态控制在可控的范围之内!

关允和温琳对视一眼,眼中全是惊愕。

"温琳,你也一起去。"冷枫吩咐了一句,转身就走。崔玉强冲关允微一点头,紧随其后,关允和温琳也紧紧跟上。

一上车,关允的心思就飘远了,一个坟头引起的纠纷,能闹出多大动静?又想起冷枫才让他看过的内参,以及省长陈恒峰新官上任即将烧起的第一把火,他心里更是笃定了几分——平坟退耕,在思想观念还比较落后的今天,想在农村顺利推广,难如登天。等文件一下,别的县市是不是尽快落实他不去猜测,反正孔县在李永昌的推动下,肯定会成为黄梁市最积极落实平坟退耕政策的第一县。

此时的李永昌正在施工现场和一名粗壮汉子对峙。

粗壮汉子名叫关支书,关支书祖坟被挖,如五雷轰顶,早就急红了眼。他本以为县委领导出面会给他一个说法,谁知才争论了几句,堂堂的县委副书记凭一句"要站在孔县的大局上考虑问题"就想打发他,没门!他才不管什么是孔县的大局,他只知道谁挖他的祖坟,谁就是想让他家断子绝孙的仇人。

他名字叫关支书,是飞马镇关家村人氏,只是普通的村民,可不是什么支书,只是他那名叫关干部的老爹一心希望他长大后当上村支书,所以就给他起了一个支书的大名。不过他只上了小学三年级就不上学了,大字也不识几个。

所以,当李永昌以县委副书记之尊要他站在孔县的大局上考虑问题时,他当即就回应一句:"考虑个屁,让我到你家的炕头上拉屎,再睡了你的媳妇,你也别生气,也要站在大局上考虑问题,成不?"

李永昌本身就是农民出身,知道农民工作难做。他以为凭借孔县第一人的身份,走到哪里人人都会让他三分,没想到关支书出言不逊,骂他骂得这么难听,他当即大怒:"关支书,你嘴巴放干净点,小心抓你进去蹲监狱。"

"谁挖我家祖坟,我跟谁没完!"关支书鼻孔一仰,一副有恃无恐的样子。他才不管李永昌是孔县的旗帜还是孔县的流沙河,反正他就认死理,他家的祖坟不能动,一动,就断子绝孙了。

李永昌刚从城关镇派出所出来,肚子里本来还有气,和关允的第一次正面交锋,他没有大获全胜,让他心里很不舒服。急急来处理平坟纠纷,本以为手到擒来,顺道再出一口恶气,没想到,恶气没出,又被眼前的关支书灌了更多的恶气,气得他差点七窍生烟。还好,他忍了下来,没有和关支书对骂。他努力克制情绪,以和颜悦色的表情说道:"关支书,你看这样行不行,县里考虑给你一定的经济补偿,不会让你吃亏,你说怎么样?"

"不行!"关支书眼睛一瞪,"除非你家的祖坟也一起挖了,否则谁敢动我家祖坟一根指头,我就和谁拼命。"

"你怎么说话的?"李永昌快被气得跳脚了,大坝地址已经选定,不可能因为关支书一家的坟头而重新选址,不但耽误工期不说,损失也太大了。但关支书简直就是一个二百五,没得商量,李永昌就板起面孔,"你不怕坐监狱?"

"我呸!"关支书红了眼睛,他手中本来就一直拿着一根手腕粗细的棍子,突然就扬起棍子,朝李永昌头上来了一下。

李永昌一弯腰,一歪头,躲得十分狼狈,却还是没有躲过去,被一棍敲打在头上。

刚刚还在关允面前不可一世的李永昌,现在已经狼狈不堪,旧伤未去,新伤又至。前段时间因为用水纠纷被砸了一砖的脑袋上的伤才好,现在倒好,头上又被人打了一个大包!

一棍中头,李永昌只觉眼前一黑,头痛欲裂,差点没有当场晕倒。关支书下手也太狠了,丢人丢大发了!一怒之下,他也顾不上县委副书记的身份,当即抬腿一脚就踢在关支书的肚子上。

关支书被李永昌一脚踢中肚子,他牛劲上来,发疯一样抡圆了胳膊将棍子舞得呼呼生风:"谁敢惹我,我和他拼了,大不了老子一命换一命!"

俗话说,愣的怕横的,横的怕不要命的。关支书摆出一副拼命的架势,李永昌的随从人员中又没有警察,都吓得躲到一边,不敢上前。

危急时刻,到底还是亲人连心,眼见关支书的大棍又要落到李永昌的身上,王车军挺身而出,挡在了李永昌面前,后背被棍子扫中,疼得他惨叫一声,一个踉跄向前一扑,一下就摔倒在地。

关支书疯了一样继续向前一冲,举起棍子就朝王车军的脑袋砸去,这一下要是砸中了,王车军不死也得受重伤。

人群都惊呆了,谁也没有想到事情会失控到这种程度。李永昌也是惊吓得魂飞天外,万一王车军有个好歹,老姐还不骂死他?但要他挺身而出救下王车军也不现实,别说他年纪大了腿脚没么利索,就算是,也不敢冒险上前,再说

他头上被打了一棍,现在耳朵还嗡嗡直响。

眼见王车军躲无可躲之时,突然就从斜刺里冲出一人,他既不救人,也不替王车军挡下一棍,而是蹲下身子,伸出右腿一绊——要的就是巧劲。关支书被绊个正着,身子当即失去了平衡,"扑通"一声就摔倒在地。

人一摔倒,就打不到王车军,几个工作人员才得了空子一哄而上,将关支书按在地上。

王车军逃过一难,惊魂未定,回身一看,原来使出巧劲救他的人正是关允。

周围人群刚才已经被吓得目瞪口呆,关允及时赶到,只轻轻一伸腿就轻巧地解救了王车军,顿时引来围观者的哄堂叫好。

无数掌声和口哨声送给了力挽狂澜的关允。

关允淡然一笑,身子向旁边一让,人群分开,当前一人一步迈出,顿时四下一片鸦雀无声——冷枫一脸冷峻地现身场中!

冷枫的身后,跟着公安局局长崔玉强。崔玉强的身后,是十几名警察。关允一出手,冷枫一露面,立刻震惊了全场。

相比一手捂头的李永昌的狼狈,以及趴在地上脸朝下屁股朝上的王车军的熊样,关允的潇洒出手和冷枫的震撼出场,犹如神兵天降。

尽管关允救了王车军,李永昌和王车军对关允非但没有一丝感激之意,还对关允大出风头怀恨在心,更对冷枫和崔玉强同时现身现场,心怀疑虑和不满。

尤其是李永昌,一瞬间想到了许多,以前崔玉强和冷枫从来没有走在一起的时候,两人的关系十分疏远。但今天崔玉强紧跟在冷枫身后,时值刘宝家案件还没有最后定性之际,崔玉强在如此敏感时刻和冷枫同行,绝对是非常耐人寻味的举动。

李永昌不相信仅仅是巧合。

冷枫上前亲手扶起王车军,安慰道:"车军受委屈了。"他又来到李永昌面前,察看了一下李永昌的伤势:"李书记受累了。"

"玉强同志,立刻派人护送李书记和王车军去医院,一定要安排最好的医生救治,再派人维护现场秩序……"一系列的命令传达下去,冷枫的表情依然冷峻。但和他以前不同的是,此时的他在冷峻中透露出指挥若定的自信,而他平时冷峻的表情,在关键时刻却变成不怒自威的威势。

李永昌不想走,他一走,大局就由冷枫掌控了。谁知道冷枫会怎么处理关支书,又会怎么处置平坟事件,一切都不再按照他的意图前进了。但不走也不行,头疼得要命,双眼直冒金星,他实在是撑不住了。

王车军更是又惊又吓,连话都说不出来了,只顾得上怨恨地瞪关允一眼,就被几人架上了汽车。李永昌和王车军一走,冷枫就来到关支书面前。

关支书被人按住之后要泼皮无赖,坐在地上不肯起来。冷枫就蹲在他的面前,严厉地说道:"我是县长冷枫,你有什么要求尽管提出来,县委县政府会充分考虑到村民的正当利益,但打人就不对了,打人是犯法的行为!"

"我不管你是谁,反正谁挖我家祖坟,我就和谁拼命。"关支书斜了冷枫一眼,"只要不动我家祖坟,什么都好说!"

都以为冷枫会严肃地和关支书大讲道理,不料冷枫一拍腿站了起来:"你先治安拘留,你家祖坟先保留,怎么样,这个结果你还满意不?"

"真的?"关支书也一拍屁股想站起来,站了一半被两名警察又按了回去,他一下就摔了一个屁股蹲,却毫不在意,又问,"你说话算话?只要不动我家祖坟,你关我一个月都成。"

冷枫没再理关支书,一挥手,两名警察就将关支书押了下去。他一步迈到椅子之上,拿过高音喇叭,第一次以县长的身份正式介入流沙河大坝的第一个纠纷。

所有人,包括郭伟全在内,都一脸紧张地仰望站在高处的冷枫,不知道他会怎样全权处理今天的事故。

背后的变故

冷枫手拿高音喇叭,沉默了足足有几分钟。他登高望远,远处是初具规模的施工现场,高大的支架,各种重型卡车以及临时帐篷,都为孔县的秋天带来了勃勃生机和希望。再近一些是波涛滚滚的流沙河,因为前一段时间下了一场大雨的缘故,河水丰沛,还有几只水鸟从水面掠过,白色的鸟身和泛绿的河水相映成趣。

第一次,他感觉到这个平原小县的秋天是这么的美丽。

孔县人民是一群知足而又安居乐业的百姓,日子过得平静而和美,并没有太多的欲望。他上任以来,孔县几乎没有发生过一起群体事件,就连任何地方都避免不了的上访,在孔县也极少见。改革开放的春风吹拂了多年,但依然没有吹绿孔县的大地,孔县百姓大多都守着自己的老婆孩子热炕头,不愿意生活有太大的改变。

流沙河大坝放到别的大县富县,又算得了什么?不过是一个不值一提的小项目罢了。在孔县,它却是开天辟地的大事,它打破了孔县几十年的平静,也打乱了孔县百姓平和的生活,同时,更搅动了县委的局势。

冷枫对孔县不能说有多深的感情,但也不是没有感情,他很喜欢孔县平和的气息、宁静的环境以及勤劳而知足的百姓。也正是考虑到孔县自身的特点,从一方水土养一方人的出发点考虑问题,孔县的经济有两条路可走:要么还是按着农业县的步伐稳步增长;要么彻底打破旧秩序,来一次天翻地覆的变化。

平心而论,冷枫在冷峻的外表背后,其实有一颗敢于冒险勇于开拓的心。他初来孔县之时,也曾想大刀阔斧地打破孔县的旧秩序,改变孔县百姓安于现状的保守观念,彻底扭转面朝黄土背朝天的小农思想,变农业小县为工业强县,等等。他为孔县设想了种种改变现状的思路,但到最后,却全部锁在心里,没有拿出一份来落实为执政思路。

孔县人性格温和,开拓精神不足,喜欢平静而知足的生活,骨子里缺少冒险的精神,如果只凭借他的一腔热情想要不顾实际情况强行改变现状,或许只会收到适得其反的效果。最后冷枫决定,要真正站在孔县人民的角度而不是以唯政绩论为出发点考虑问题,最适合孔县人民的道路就是维持现状,稳步增长。

孔县底子薄,经不起折腾,但他最终还是没能阻止流沙河大坝项目的上马。这也是政治生活中的常态,他可以不唯政绩论成败,别人不行,上级领导也不会同意。所以,不管他怎样努力,还是阻挡不了流沙河大坝上马的脚步。

也是,每个人考虑问题的出发点不同,政见就不同。他是真心为孔县百姓着想,在李逸风的认知中,上马流沙河大坝何尝不是为了孔县的明天更美好?

他想稳步前进,李逸风却想大刀阔斧,最后谁主沉浮,谁对谁错,只能靠时间证明了。不管是从个人感情上还是从政治立场来讲,冷枫其实也希望流沙河大坝项目大获成功,他不是那种宁愿拿百姓当赌注也要自己笑到最后的官僚。

但就眼前的平坟事件来看,他又必须做出一个艰难的选择。

"乡亲们,我是县长冷枫……"围观的人群中,至少有几十人是附近的村民,有人拿了铁锹,有人手持木棍,有人举着斧头,形势十分严峻,濒临一触即发的边缘,处理稍有差池,就有可能引发群殴事件。一旦有了人员伤亡,事态就严重了。冷枫清了清嗓子,提高了声音,"流沙河大坝项目在选址的时候,没有充分考虑到坟地的问题,是县委县政府考虑不周。我代表县委县政府宣布:大坝项目暂时停工,等出台一个让乡亲们都满意的解决方案之后,再重新开工。"

冷枫的一番讲话,当即震惊了郭伟全!

怎么就停工了?这么大的事情,总要常委会研究才能决定,至少也要大坝项目领导小组商量之后才有权宣布。冷枫虽是县长,他这么做也太过分了,完全就是公报私仇!

郭伟全当即冲冷枫的背影喊道:"冷县长,停工是大事,不能草率决定……"话未说完,已经被潮水般的乡亲们的叫好声淹没了。

围观的人群爆发出雷鸣般的掌声和喝彩声。老百姓哪里见过如冷县长一般摆事实讲道理的县领导?都以为今天的事情说不定得闹大,得抓不少人进去,不想最后停工了,村民都惊呆了。

关允和崔玉强对视一眼,心思各异地点了点头。对于冷枫宣布停工的决定,关允早有心理准备,因为他大概猜到了冷枫的下一步。

崔玉强却是猜不透冷县长宣布停工的真正用意,他带来十几名警察,再加上施工人员,控制住局面完全没有问题。冷县长不是没有基层工作经验,他肯定不是被吓着了,那么冷县长这么做,是不是为了配合刘宝家事件?

不管崔玉强怎么想,冷枫宣布完决定之后,跳下椅子,将喇叭交给郭伟全,不听郭伟全说些什么,一挥手,上车走了。

两名警察将关支书带上警车,关支书还乐呵呵地冲人群挥挥手:"没事,没事,反正管饭,我就当住几天不要钱的宾馆了。"

人群爆发出一阵或善意或嘲讽的笑声,在笑声中,村民们各自拿起手中的家伙,四散走了,现场只留下一地的狼藉和呆立不语的郭伟全。

郭伟全愣了半晌,忽然如梦方醒一般一下跳了起来,一脚踢飞冷枫刚才站立的椅子。由于用力过大,椅子竟然被他一脚踢得散了架,他还不解恨,又上前补了两脚。

都是什么事儿?一个小小的坟头,一个大字不识的农民,屁大的事情也要停工?冷枫肯定是故意的,他就是公报私仇,就是要让大坝项目中断,好证明他当初反对上马大坝项目的英明!

好一个阴险无耻的冷枫!

郭伟全尽管很想拿起高音喇叭,大喊一声"开工",忍了忍,还是忍下了。他不能公开反对冷枫的决定,毕竟冷枫是县长,他就算是常务副县长,也不能公然违背政府班子一把手的命令。官场规矩必须遵守,否则就会落人口实,被人诟病。

发泄一通后,郭伟会冷静下来想了一想,现在唯一的办法就是回县委召开紧急会议,最后商议一下解决之道了,相信李逸风不会任由冷枫借机掌控大坝项目的大局。

随后,郭伟全交代项目负责人几句,指出工程虽然暂时停工,但思想上不能懈怠,该进行的工作继续进行,只等开工的命令一下,就立刻全速投入建设之中。

等郭伟全走后不久,又有几辆警车风驰电掣一般赶到现场,为首的警车上面下来一人,正是钱爱林。

钱爱林一脸紧张和不安,在现场转了几圈,问了几句情况之后,脸色更加阴沉了,上了车,沉闷地说了一声:"开车。"

"去哪里,钱所?"司机小刘问道。

本来以钱爱林的级别不够资格配备司机,但为了解决亲戚的工作,他以城关镇派出所是大所为由,特批了一个司机名额。正是因为司机小刘是他的亲戚,所以他平常很少对小刘发火。

今天却突然无名火起:"去哪里?能去哪里?回所里!"

小刘莫名被骂,气就不顺:"不是要去县委?"

"去县委干什么?当二百五?浑蛋。"钱爱林火冒三丈,狠狠地骂了一句,又一脚踢在车座上,"被人当猴耍了。"

小刘挨了骂,不以为意,他也知道钱爱林心情不好,并非是冲他发火,又问:"谁敢拿钱所当猴耍?反了他了。"

"没谁,就是关允那个臭小子。"钱爱林愤愤不平地说道,"这小子太不地道了,阴得很,刚才在所里梗着脖子,连李书记的面子都不给。现在又跟在冷枫后面狐假虎威,指不定关支书闹事就是他的指使……哼,别落我手里,要是有把柄被我逮住,我整不死他!"

话才说完,手机就响了。

本来大坝项目工地现场出事,没人通知钱爱林,不过钱爱林在听说李永昌又被打破了头时,顿时顾不上再研究怎么处置刘宝家三人的问题,马不停蹄地赶往现场。不料还是晚了一步,扑了个空。

真有一套,这么说,借一个坟头的问题强行让大坝项目停工,是关允和冷枫要联手反扑?钱爱林越想越不是滋味,怎么好像从抓了刘宝家三人之后,事情就全部不顺了。

关允被压了一年多抬不起头来,冷枫也是,两个在县委没什么势力的人一联合,就能翻云覆雨?

正越想越憋屈、越憋屈越生气时,一个突如其来的电话就如一盆冰水从天而降,将他浇了个透心凉。

"爱林,刘宝家三个人……放了吧。"是李永昌的声音。

"李书记,就这么放了,不是白抓了?"钱爱林还不知道在大坝项目停工的背后,发生了什么令他胆战心惊的变故!

请神容易送神难

"不放还能怎么着？你天天管饭？当祖宗一样供起来？放人！"李永昌的声音压抑着说不出来的愤怒，他又强调了一句，"马上放！"

钱爱林再不聪明也知道必定发生什么令李永昌忌惮的事情，正要问个明白，李永昌却又冷冷地扔下一句："你尽快把你那些乱七八糟的事情处理清楚，别自己屁股不干净还想往别人身上抹黑，小心先被别人黑了。"

电话断了，钱爱林目瞪口呆地看着电话，不知所措。

回到所里，钱爱林左思右想，越想越不踏实。李永昌的电话虽然有提示，但钱爱林还是没有完全领会到其中的意思，就拿起电话打到县委办秘书科，准备从王车军嘴里套套口风。不料打了半天没人接听，他更是纳闷了，秘书科是县委办很重要的一个科室，基本上不会有没人值班的时候，怎么王车军、关允和温琳三个人都不在？

三个人都不在的话，就证明出大事了。钱爱林的心一下就悬了起来，不知何故，后背突然就一阵发凉，主要是孔县的局势变化太快了，让已经习惯了四平八稳的生活节奏的他一下适应不过来。

放人，赶紧放人，钱爱林终于意识到事态的严重性，迫不及待亲自要到后面的看守所放人。刘宝家、雷镔力和李理三人毕竟不是老百姓，关押他们的地方不是严格意义上的看守所，而是城关镇派出所的单身宿舍。

应该说，钱爱林还是没敢把事情做绝，给刘宝家、雷镔力和李理三人还留了面子。不但安排的地方很舒服，有床有桌子有电视，而且也没有采取任何关押措施，三人可以随时出入房间，还可以在院子里散步。当然，他们不能走出派出所的大门。

说是拘留，其实和羁绊差不多，或者说是软禁。

钱爱林才一迈步，刚走到院中，还没有向里一拐走到单身宿舍的大门，就听到派出所的大门外传来一阵嘈杂的声音。他回头一看，顿时吓了一跳，一群人——少说也有六七十人，气势汹汹地冲进了派出所的大门，有几名警察想拦，被直接冲撞到了一边。

钱爱林一看就知道麻烦大了，为首的三人，正是刘宝家、雷镔力和李理的家长。三个家长的身后，还跟着一帮怒火冲天的人群。

糟了，事情都凑一块了，早不来晚不来，偏偏等他决定要放人的时候才来，不是明摆着让他没面子下不来台吗？钱爱林一缩脖子，假装没看见，就想溜走，却被最前面的刘爱国逮个正着。

刘爱国是刘宝家的父亲，是县城老街有名的一霸。当年他号称老街滚刀刘，意思是他和滚刀肉一样难惹，谁惹了他，他绝对和你没完，保准让你后悔一辈子。

"老钱，跑什么跑？穿上这一身警皮就不认识我是谁了？忘了你以前掉到粪坑里，谁搭了一把手把你拉了上来？人不能吃里爬外，更不能忘恩负义！"刘爱国的话夹枪带棒，冷嘲热讽，当众揭露了钱爱林以前的糗事。

俗话说：打人不打脸，骂人不揭短。滚刀刘却偏偏就是一个当面打脸当众揭短的主儿。如果不是他现在年纪大了，他才不管钱爱林是什么所长，早就大耳光打了过去。

钱爱林嘿嘿一笑："老刘哥，这事不能怪我，宝家他们几个在陈氏火烧店打架，打坏了东西，打伤了人，现在伤者还在医院，我不抓人，没法交代呀。我毕竟是所长……"脸上赔着笑，心里却暗骂滚刀刘真不是个东西，当众揭短，太损。

一边说，钱爱林一边使了个眼色，让跟在他身后的民警赶紧去调集人手。万一滚刀刘发疯起来冲击派出所，他好汉不吃眼前亏，要能脱身才行。

"胡说八道！"刘爱国骂了一句，"谁不知道你钱开眼只认钱不认人，宝家是从小爱打架，但现在他绝对不会再惹事了。如果昨天的打架是他先动的手，我的脑袋割下来让你当球踢；如果不是，你脑袋割下来给我当尿壶，敢不敢打赌？"

钱爱林算是遇到棘手的角色了，他从基层民警干起，一直混到孔县第一大所的所长，不知有多少大流氓小混混儿栽在他的手中，但面对滚刀刘，还真是一点儿办法也没有。钱爱林赔笑道："老刘哥，咱不扯别的，就说宝家的案子，我刚才经过详细调查取证，已经确认是一起误会。这不，我正要亲自去放人，你就来到了，真是太巧了。"

刘爱国的身后是雷汉实和李张，分别是雷镔力和李理的父亲，二人只是站在刘爱国身后，冷笑连连。尤其是雷汉实那一双虽然不大却不时放出精光的眼睛，让钱爱林心里直发毛。

怎么了这是？好歹他也是堂堂的城关镇派出所所长，下一步就要提县公安局副局长了，面对几个一没权二没钱的平头百姓也怕了？不应该，太不应该！忽然，后面传来了纷乱的脚步声，他回头一看，十几名民警赶到了。

钱爱林一下又有了仗势，再怎么着他也是公职人员，是堂堂的公安民警。

他挺直腰杆,试图在气势上压刘爱国一头。

"是呀,真是太巧了。"刘爱国对赶到的十几名民警视若无睹,大马金刀地向前站了一步,"钱爱林,放人是你应该做的事情,你不但要放人,还得向宝家几个人赔礼道歉!"

钱爱林终于冷笑:"老刘哥,你带人冲进派出所,本身就是犯法行为。刘宝家几个人打架,不管是不是他先动的手,打坏了东西打伤了人,是事实。他的行为已经触犯治安管理条例,拘留他十五天都没问题。你们也是,非法集会,冲撞执法机关,也可以拘留你们……"

话未说完,人群之中飞来一个鸡蛋,正中钱爱林面门,鸡蛋一碎,蛋清蛋黄就糊了钱爱林一脸。

钱爱林怒了,一抹脸,大喊一声:"哪个王八蛋扔的鸡蛋?"

"扔的不是鸡蛋,是王八蛋!"人群中有人答了一句,顿时引发一阵哄笑。

钱爱林恼羞成怒,冷冷地说道:"刘爱国,有事说事,别挑事,要是闹翻了脸,谁都不好看。"话虽如此,其实他心里还是没有底气,万一刘爱国带领的一群人真要冲进派出所一顿乱砸,他相信他身后的十几名民警拦都拦不住。

县城老街的人,就凭身后几个小民警,没人敢拦。

不料也不知刘爱国是怕了钱爱林,还是有别的原因,反正钱爱林一发狠,刘爱国倒让步了:"好,钱所发话了,得听,赶紧放人,我们接到宝家、镔力和李理就走。"

钱爱林有点不敢相信刘爱国的话,刘爱国什么时候这么好说话了,滚刀刘可不是白叫的。他眼睛眨了眨,见刘爱国表情认真,确认事情就到此为止,忙顺坡下驴:"老刘哥等一下,我去放人。"

"慢着。"刘爱国向前一步,拦住钱爱林的去路,"放人之前,有件事情要先说清楚,宝家三个人打架的事情到底是怎么一回事,你先说个明白,别一句误会就想糊弄过去。"

"这个……"钱爱林咽了一口唾沫,想了想,知道话不说清楚,刚才的较量还得重新上演一遍,他可没有底气面对滚刀刘和他带领的一群县城老街的人,就犹豫了一下,还是说道,"经调查,事情是由于吃饭时的碰撞引发的误会。年轻人年轻气盛,一句话不对付就打了起来……要不是当时宝家几个人出手太狠,打得几个人都昏了过去,我又正好赶上,职责在身,也不会带他们来所里。"

"哦,这么说,都是误会?是别人先动的手?没有宝家的责任?也不是人为陷害宝家三个人?"刘爱国又问。

"是,是。"钱爱林连连点头。

"好,我等着放人。"

钱爱林心中的一块石头落了地,忙快步如飞赶向后院。后院单身宿舍区,刘宝家、雷镔力和李理三人正悠闲地打着扑克,雷镔力显然是输了牌,脸上沾满了纸条。三人不时还大笑几声,哪里像是被拘留,完全就是在休假。

"宝家、镔力、李理,家人接你们来了,赶紧走。"钱爱林嘻嘻哈哈一笑,推开房门,将桌子上的牌一收,一手拉起刘宝家,一手拉过雷镔力,又招呼了李理,"走了,我送你们。"

"钱所,你就别忙活了,我们兄弟几个还真不走了。"刘宝家挣脱了钱爱林的手,一屁股坐回了原位,"这里有吃有喝又不用工作,哥儿几个还可以天天凑在一起打牌,舒服得很。出去还得上班,还得看领导眼色,哪里有现在潇洒?不走,说什么也不走。"

外面几十号人在等着接人,这边刘宝家又耍赖不走,正是应了一句话——请神容易送神难。钱爱林只好说好话:"宝家,论辈分你还得叫我一声叔,叔告诉你,今天你还真得赶紧走人。"

好说歹说总算请动刘宝家,他又将刘宝家三人亲手交到刘爱国等人手中。等刘家国一行领着刘宝家几人走出派出所的大门时,钱爱林总算长出了一口气,刘宝家事件,就这样不了了之,还好,总算没有出大乱子。

钱爱林才回到办公室,电话就急促地响了,接听之后,里面传来李永昌无比愤怒的声音:"钱爱林,你干的好事!"

即将上演的较量

"怎……怎么了?"钱爱林结结巴巴地问道,吓得一屁股坐到椅子上。他认识李永昌少说也有几十年,还从未见过李永昌发这么大的火。

当然,以钱爱林的见识,一辈子没出孔县,而且孔县平静了几十年没有大事,他一惊一乍也再正常不过了。还有一点,在他的潜意识里,小小的孔县不管出了什么事情,只要有李永昌在,挥手之间就会全部摆平。

"怎么了?"李永昌的声音都颤抖了,"你自己好好想想怎么了,想好了,就赶紧去把事情抹平,别让人把你当成靶子。我要开会了,回头再说。"

"李……"钱爱林还想问个清楚,不料李永昌直接把电话给挂了,他就晕了。要说他耍横充愣还行,冲老农民耍流氓或是收拾几个小混混,也是拿手好戏。但让他去理顺政治关系,用智慧去思索人生,就太难了,不能想,一想就头疼。

钱爱林还是不明白到底他怎么就成了靶子,他身上也没有什么事情让人抓住把柄,除了一个集资的问题。但集资问题也不是什么大事,再说他也不是不还钱,更不是骗人钱,而是替亲朋好友盘活资金,多赚一些利息而已。

除此之外,他身上就真没有什么能让人当成靶子的事情。钱爱林想了一通之后,反倒轻松了许多,认为李永昌过于小题大做了。在孔县,李永昌自称老二,没人敢当老大,还能出什么事情?肯定没事。

一想通之后,反倒无事一身轻,刘宝家几人送走了,等于是他的麻烦也走了,也该放松一下了。

钱爱林轻松了,李永昌却坐在县委常委会会议室内,脸色阴沉,心情低沉。他冷冷地看了一眼坐在首位的李逸风和旁边的冷枫,正要鄙夷地从鼻孔中冷哼一声,不料牵动头上的伤势,一下痛得他差点连眼泪都流了出来。

真倒霉,头上先砸一砖后挨一棍,怎么风水变了?他一直顺顺当当在孔县纵横了几十年,别说头上挨砖,就是碰也没人敢碰他一下。但自从关允在县委被提拔之后,他忽然就发现运势大变,不但处处被动,而且没有了以前指挥若定的顺利,到底是哪里出了差错?

更让李永昌郁闷的是,他在工地现场挨了一棍之后,回到医院包扎,医院替他包扎的大夫都认识他了,看他的目光甚是惊讶。正当他心情郁闷地回到县委之后,又听到另一个更让人心情郁闷的消息——工地暂时停工了。

李永昌差点冲动之下就要找冷枫问个清楚,还没等他去找冷枫,冷枫却主动找到他,告诉他一个消息,关于大坝停工的问题,马上召开常委会研究。

肯定要上常委会研究,这么大的事情,当然不能由冷枫一个人决定。李永昌正想冷冷地质问冷枫为什么自作主张就停了大坝项目,冷枫是县长,也不能越俎代庖,凌驾于大坝项目领导小组之上。不料没等他开口,冷枫却又冷漠而漫不经心地多说了一句:"有记者非要来孔县采访非法集资的事情,多亏了关允在报社有朋友,暂时挡住了记者。"

一句话如当头一棒,正中李永昌的头顶。和关支书的一棍打得他头疼欲裂不一样的是,冷枫的一棍是闷棍,打得他有口难言,头不疼,心口痛,胸闷气短,差点没一屁股坐在地上!

冷枫原来不止是冷面冷言,还有阴冷无比的政治手腕,难道以前对冷枫的看法是错误的?李永昌蓦然想到冷枫向他提及非法集资的时机正值上常委会讨论大坝停工项目的前夕,难道两者之间有什么关联?

再联想到冷枫特意抬出关允,更让李永昌心里发堵又发怵,他最怕的事情就是关允的崛起和关允掌控了局面。冷枫的话是什么意思?难道是说关允要成为孔县的重要人物了?

冷枫不会回答李永昌的任何疑问,转身就走,他只管抛出问题,永远不会说出答案。冷枫一走,李永昌就立刻打了一个电话给钱爱林,希望钱爱林能聪明一点,及时将事情的后遗症处理干净。但即将上会,他在电话里又不能把话说得太直白,不过他相信钱爱林能听明白他的暗示。

紧急召开的常委会,是常委会扩大会议,除了各个常委之外,大坝项目相关的施工人员和公安局局长崔玉强也列席会议。李逸风坐在首位,目光扫过在座的各人,心潮澎湃,心思浮沉,期待已久的孔县大戏,终于要登场了!

目光落在李永昌身上,李逸风心中闪过一丝浓浓的不快,不由又想起孔县的局势。

孔县的中层干部,十个里面有六个是李永昌的关系。另外四个要么是通过别人间接受惠于李永昌,要么他不是孔县人,只在孔县中转一下,然后跳出孔县。

也就是说,只要是孔县人,只要想在孔县站稳脚跟,谁都绕不过去李永昌!

事实就是,在孔县,除了需要书记和县长出面宣布的事情之外,其他事情,基本上都可以由李永昌一言而定!

李逸风尽管和李永昌是合作的同盟关系,但在人事调整的大事上面,他来孔县将近两年,还没有任何作为。别说各县直机关大小头头和大局局长的宝座不由他说了算,就连提拔副科、正科等虚职,也要李永昌先草拟名单才行。

更遑论李逸风根本指挥不动公安系统的专政力量了。

李逸风在和冷枫的对抗中,需要借助李永昌的势力,而且李永昌在孔县盘踞几十年,盘根错节,影响之大,不可能绕过,更不可能连根拔起,只能选择合作。市里并不将李永昌调离孔县,相信也是因为李永昌在市委有人撑腰的缘故。

从根本上讲,李逸风当然想搬开李永昌,相比之下,李永昌对他的牵制比冷枫更大。冷枫可以随时调离孔县,李永昌却如平丘山一样一直矗立在孔县,高不可攀又阻挡阳光。但李逸风却一直苦于没有机会,孔县就如一张密不透风的网,水泼不进,雨打不湿,又如一只蜷缩着身子的刺猬,想下手,却没有漏洞。

现在,漏洞终于来了!

漏洞是谁?就是钱爱林。

钱爱林抓了刘宝家,到底背后发生了什么,李逸风不得而知,而且他也没有向王车军问个清楚。直觉告诉他,刘宝家事件的背后应该有李永昌的影子,那么问王车军实情,王车军会说真话?肯定不会。

用王车军当通讯员也是迫不得已的选择,县委办秘书科只有三个人,关允不能用,温琳是女性,李逸风一向避免女性秘书在他身边,最后就只能选择王车军。其实在当时他已经决定指名要关允了,但李永昌说了许多关允的坏话,再三提出反对意见,他只好放弃。

放弃关允,表面上是他从善如流,实际上是他和李永昌暗中较量的第一局以失败而告终。此事,一直在李逸风心中深藏,从不向外人透露。

除了王车军是他的心病之外,还有一人一直让他如芒在背,不是别人,正是崔玉强!

身为一把手,可以和县长不和,也可以接受副书记对他的阳奉阴违,但却不能接受公安局局长不听从他的指挥。公安局是专政力量,作为书记,人事大权不掌控在手,专政力量又不能如臂使指,就太失败了。恰恰李逸风不愿意承认的是,他在孔县只顾和冷枫较量,人事大权和专政力量两个方面都没有抓在手中。

鹬蚌相争,渔翁得利,不管他和冷枫谁是鹬蚌,反正渔翁是李永昌。

其实李逸风一直将对李永昌的不满压在心里,在他权衡了利弊得失之后,还是将和冷枫的较量放到第一位。但实际上他心中一直没有放弃对李永昌的反攻倒算,没有一个一把手可以容忍一个三把手在头上作威作福。尽管李永昌表面上对他还算恭敬,但暗地做的事情他又不是不知道,孔县的大事小事,有几件事情由他说了算?

机会呀机会,官场之中,虽然谁都不想将胜负大事交给运气,但有时又不得不承认,运气不到,时机不来,那么僵局就不能打开。李逸风又微侧身看了冷枫一眼,对冷枫及时送到的一份大礼而心存感激。同时,他心中对关允的感觉又多了复杂的情绪。

表面上看,停工是冷枫宣布的,僵局是冷枫最先打破的,实际上,最主要的支点还是从中周旋的关允!李逸风甚至想,如果当初他任用关允做他的通讯员,会不会早就突破了被动的局面?

轻轻咳嗽一声,李逸风发言了,第一句话就让所有与会人员大吃一惊。

"同志们,冷枫同志做出的暂时停工的决定,是非常正确的决定。我个人意见是,在没有协商解决好平坟问题之前,工程无限期推迟!"

第一次混战

"哐当"一声,郭伟全的圆珠笔掉在桌子上,他张大嘴巴目瞪口呆的样子,显得他很没城府,又非常失态。李永昌虽然也很震惊,但还是厌恶地瞪了郭伟全一眼,并示意郭伟全别太没形象。

其实李永昌心中的震惊,不比郭伟全少。

大坝项目是李逸风一心推动的项目,冷枫未经县委研究决定,擅自决定停工,李永昌就一心认定此举必定会引发李逸风的强烈反弹。他已经做好等李逸风一点火他就放炮的准备,也好报刚才冷枫对他暗藏杀机的威胁。

谁知……李逸风也同意停工,李永昌脑子一下就不够使了。李逸风到底是怎么回事,他的政绩工程被人强行停工了,不但不生气,不一拳打还回来,还说什么要无限期推迟,他脑子是不是有问题?

李永昌在孔县混迹官场少说也有二十多年,迎来送走了多少任书记和县长,还真记不清了,从来没有发生过今天这样的匪夷所思的事情。他怎么都想不明白,李逸风怎么就和冷枫一个鼻孔出气?

李永昌想不明白不要紧,李逸风也不过多解释,只是强调说道:"人死为大,在农村,祖坟不仅是先辈的归宿,也是后代的脸面。我就想问问在座各位,如果你们的祖坟,不,就说先辈们的骨灰盒被人动了,你们心里会怎么想?基层工作,就是农民工作,做不好农民工作,所有的工作都是无源之水,无本之木。"

"大坝项目的选址工作是大事,怎么当时就不细心一些,为什么没有想到平坟的问题?我想个别同志需要反思一下工作方法,农村工作看似没什么大事、要事,其实不然。农民无小事,他们挣扎在生活的底层,鸡毛蒜皮的事情都是大事,一分一毛都要算计,我们要体谅农民的不易。"

李逸风侃侃而谈,讲了一番站在农民立场上的讲话。他时而慷慨激昂,时而感情深沉,声情并茂,说到激动处,还配合手势用力挥舞,显然,他是有感而发,动了感情。

李逸风的讲话也让冷枫微微感慨,尽管冷枫并不赞同李逸风的政治理念,但他敬重李逸风的为人,知道李逸风来孔县,确实也想为孔县人民做出实事。比起只知道维护自己利益,身为孔县人都不为孔县着想的李永昌,李逸风还算一个合格的政客。

只是，冷枫并不赞成李逸风的政治手法，也不认同李逸风为孔县规划的思路。不过没办法，他和李逸风谁也说服不了谁。

对于李逸风认可他暂时停工的说法，冷枫虽然早有心理准备，但还是微微吃惊，随即一想不由心中大慰，李逸风审时度势，要借东风，要紧紧抓住机会了。

冷枫的目光落在崔玉强的身上，见崔玉强没有抬头，似乎很用心地在纸上不停地写着什么，他暗一点头，崔玉强在乱写乱画，心乱了。

李逸风的话打动了冷枫，打乱了崔玉强的心境，却没有让李永昌回头。当然，如果李永昌因为李逸风一番慷慨陈词就回头是岸，他就不是李永昌了。

"逸风同志，我对停工有不同的看法。"李永昌发言了，他的表情很严肃，"坟地的问题，说大就大，说小就小，我是孔县人，最有发言权了。平坟根本就不是什么了不起的大事，农民闹事，无非就是想多要点经济补偿。选址的时候没有考虑到平坟的问题，确实是我的失误，我也为此付出了惨痛的代价……"

李永昌自嘲地一笑，用手一指自己的头："因为一个流沙河，我的头上受了两次伤，相信孔县谁也没有我对流沙河感情深厚了，我以付出两次受伤的惨痛代价来证明我对孔县的热爱，对流沙河大坝项目的用心。而且我在孔县工作的时间超过二十年，在孔县生活超过四十年，没有人比我更熟悉孔县的一山一水、一草一木，也没有人比我更熟悉孔县人的性格。所以，只因为一个坟头就停工，我觉得小题大做了。我打包票，我出马的话，一天之内解决坟头问题，争取明天下午就恢复施工。工程停工一天，就是不小的损失。"

冷枫暗暗摇头，李永昌的话，句句在理，或许出发点也是急于复工，不想承受因停工而造成的经济损失。但他的话说得太张狂，明显是以孔县的太上皇自居，口气很大，语气很狂，态度很是盛气凌人。等于是说，由他出马，孔县没有解决不了的困难。言外之意更是暗示，不管李逸风也好冷枫也罢，都是外来者，对孔县的了解只限皮毛，远不如他这个土生土长的孔县人。所以，停工的决定，不但仓促，而且不合理。

郭伟全听了李永昌霸气外露的话，微微点头，暗暗一笑，李书记剑刺李逸风，枪挑冷枫，以一人之力力拼县委一二把手，不愧为孔县的太上皇。

在座各位，都微微露出惊愕的表情，尤其是崔玉强，不再埋头写写画画，而是抬起头来，意味深长地看了李永昌一眼，目光又穿梭在李逸风和冷枫的脸上，想从中寻找一丝可以探究的表情。不过让他失望的是，冷枫千年不变的寒冰表情，依然不动如霜，而李逸风听了李永昌隐含刀光剑影的话，居然也不动声色,甚至还微微点了点头。

崔玉强困惑了,冷枫一向表情如冰也就算了,李逸风被李永昌当众挑战权威,身为一把手没有丝毫表示,也太软弱了,还是……李逸风私下和李永昌达成什么共识,要演一出双簧?

"我附和永昌同志的意见。"郭伟全又一次迫不及待地发言了,"永昌同志为大坝项目呕心沥血,付出了一般人无法想象的辛苦和血汗,劳苦功高。而且他是土生土长的孔县人,对于孔县的情况,比谁都了解得清楚。一个坟头是小事,小得不能再小的小事,或许逸风同志和冷枫同志都在大城市待久了,对基层工作没有经验,对付一些胡搅蛮缠的老农民,不能软,只能硬。他们就是欺软怕硬,你和他们讲道理,他们就和你比拳头,你和他们比拳头……"

郭伟全侃侃而谈,一副胸有成竹的样子,双眼几乎放出光来,他环视四周,俨然已经以县委班子重要人物自居了。

实际上,常务副县长在常委会排名虽然不会特别靠前,但也不会十分靠后,而且在国家越来越注重经济发展的今天,政府班子的分量在常委会中的分量有增加的趋势。郭伟全身为大坝项目领导小组的第二负责人,他刚才的发言也算符合身份。

只不过,郭伟全的突击提拔属于政治斗争的产物,他进入常委会的时间还短,而且在县委资历不够,他的发言再高谈阔论,也不会引起在座各人的重视。还有一点,他太紧跟李永昌的脚步了,刚才的发言,几乎就是李永昌发言的翻版。

桂晓杰鄙夷地看了郭伟全一眼,冷冷地说道:"伟全同志,作为基层干部,首先要从认识上尊重农民,不尊重农民,怎么做好农村工作?你也是农民出身,一口一个老农民,要是让你的长辈听到,他们会不会指着你的鼻子骂你忘本?"

"你……"郭伟全气得七窍生烟,"桂晓杰,你不要人身攻击。"

"我怎么人身攻击了,你骨子里看不起农民,不就是对全国农民人身攻击?"桂晓杰不甘示弱,对郭伟全怒目而视。

"好了,好了,不要吵。"李逸风将水杯重重地一放,"在座的各位,向祖上数,三代以上都是农民。农民怎么了?农民是养育我们的衣食父母,没有农民辛勤的付出,哪里有我们的饭吃?我祖上也是农民!"

一番话说得郭伟全无话可说,他梗了梗脖子,又缩了回去。他的目光跳跃时,正好和冷枫冰冷的目光对视,一下就如坠冰窖之中,感觉一阵寒意袭来,差点让他打了个寒战。他不禁心中愤愤地想,怎么都和他过不去,他一心扑在大坝项目上,难道也错了?又一想,李逸风是不是吃错药了,是他一心要上马大坝项目,现在好不容易上马了,却被冷枫强行勒令停工,他不还击也就算了,还和冷枫一个鼻孔出气。难道说,背后有什么阴谋不成?

郭伟全的心思和李永昌一样,他当然不可能知道李逸风的长远用心。从省城空降的干部就是有这方面的优势,可以提前知道省市的政策变化,就有了先人一步的眼光和先发制人的手腕。相比之下,作为县里土生土长的干部,不管是孔县还是别的县,李永昌、郭伟全与李逸风、冷枫相比,在境界上还是有着明显的差距。

李逸风又拿起水杯,慢条斯理地喝了一口水:"大坝项目暂时停工,等省里下发平坟复耕的文件之后,再提复工事宜。"他宣布完决定之后,大手一挥,以前所未有的气势说道:"散会!"

一举震惊当场。

孔县变局

可以说自从李逸风来孔县上任以来,不管大会小会,还从来没有如此强势过。他一言而定,终于拿出县委一把手的气势,将所有的反对意见全部压下去,而且还是不容置疑地最后拍板。

话一说完,李逸风起身就走,不顾会场上各个常委一脸愕然和不知所措的表情,转身推门而去。

李永昌和郭伟全对视一眼,都惊呆了,什么省里文件,怎么一回事?怎么一点也没有听到风声?俗话说屁股决定脑袋,境界决定眼光,层次上的差距,让李永昌和郭伟全顿时明白一件事情:和李逸风玩手腕,原来还差几分。

李逸风初展手腕,预示着孔县的局势,再次陡然一变。由刘宝家事件引发的以钱爱林为导火索的孔县人事变局,以及以大坝项目停工引发的李逸风和李永昌之间的第一次正面冲突,为孔县的大变,埋下了深远的伏笔。

李逸风一走,冷枫也站起来,简单解释了几句:"省里近期会出台一项政策,是关于平坟复耕的相关规定,具体规定怎样,现在还不太清楚,赶在大坝项目的节骨眼儿上,还是等一等好,万一和省里的政策起了冲突,也不好向上面交待。行了,散了。"

一号二号一走,不想散会也得散了,人"哗啦"一声就走光了,只剩下李永昌和郭伟全还坐着不动。崔玉强也留在最后,站在李永昌面前,迟疑了片刻,想说什么却只是摇摇头,也走了。

人都走了,偌大的会议室空空荡荡,让人心里没着没落。郭伟全大气也不敢出,他见李永昌脸色阴沉如水,心里也是敲锣打鼓,完全失去了往日的自信。

孔县怎么了,眼见一切都要步入正轨的时候,突然之间就风云突变,让人辨不清方向?郭伟全想不通其中的变故,只好用求助的眼光看向李永昌。

李永昌也想不通,但多少比郭伟全清楚一点,孔县的局势失控了。先不提省里文件的事情,只说李逸风突然之间和冷枫有联手的趋势,就让李永昌嗅到了危险的气息。

李永昌身为孔县的土皇帝,表面上和李逸风合作压制冷枫,实际上他追求的还是自己利益的最大化。借李逸风之手打压冷枫,让冷枫在孔县没有立足之地,再利用他地头蛇的优势,将李逸风玩弄于股掌之间,最终实现一二把手不和,他名为三把手实为孔县真正掌舵人的目的。

当然,李永昌也心里有数,李逸风对他有提防之心,始终在寻找突破口,也好树立一把手应有的权威。因此,他在和李逸风的合作中,处处设防,事事留上一手,暗中对李逸风围堵,就是为了防止在冷枫被压制之后,李逸风趁势崛起执掌大局。

还好,一切都在他的掌握之中,不但李逸风和冷枫被他摆布得团团转,还顺带成功将关允也压得抬不起头来。可以说,他左手糊弄李逸风,右手拳打冷枫,再脚踢关允,将一切可以威胁他在孔县至高无上的地位的隐患全部扼杀在萌芽状态,确保他在孔县依然可以呼风唤雨、高枕无忧。

但直到今天他才突然发现,似乎局势不再掌握在他的手中,慢慢有了微妙的变化,正朝不利于他的方向发展。尤其是今天的常委会,开得莫名其妙,也开得让他胆战心惊!

形势到底是从什么时候开始失控了?李永昌仔细一想,对了,应该就是从关允提拔了副科之后,或者说,是从瓦儿来了之后。仿佛一夜之间,关允一扫以前的颓势,不再夹着尾巴做人,而是突然就展现智慧的一面,甚至还敢在他面前摆摆威风。

关允……李永昌的目光望向门外,门外几株高大的杨树已经有树叶被秋风吹落,秋天就要到了。他心中蓦然一紧,一阵不可抑制的愤怒冲天而起,一个关允就想搅乱孔县的局势?没门!

李永昌多少猜到李逸风借题发挥的用意。冷枫现在掌握钱爱林集资问题的主动权,关允也横插一手,想从中渔利。而李逸风则是要紧紧抓住大坝项目的主动权,然后与钱爱林的集资问题合二为一,逼崔玉强表态,从而打破人事问题上的僵局。

等于是说,冷枫制造事端,关允从中周旋,李逸风想抓住机会,借机抓权,最终三方受益,只有他一人受损。

"想得美!"想通了其中的环节之后,李永昌拍案而起,"伟全,回头领导小组的工作少安排一些给车军,让他最近多在县委跟着李书记。"

郭伟全会意,知道让王车军时刻跟随在李逸风身上,明是跟班,实则监视。

"还有,银行的第一笔贷款到账没有?"

"到了。"

"把好关,每一笔款的流向,你都要做到心中有数,没有车军的审核和你的签名,一概不拨款。"

"是,请李书记放心,工程款的问题,我一定会严格把关。"

"还有,你准备一下,今晚和我一起去一趟市里,拜会一下蒋书记。"李永昌终于露出一丝得意,"有人拿事先知道省里文件的优势来压我们一头,我们难道不会直接去市里请动蒋书记来孔县视察工作?流沙河大坝项目放到全市,也是有影响的大项目,请动蒋书记来视察工作,也说得过去。"

郭伟全点头一笑:"李书记英明,县官不如现管,拿省里的名头压人,装什么大尾巴狼。我们请动市委蒋书记出面,看李逸风和冷枫还能怎么着。"

李永昌默然一笑,没有说话,他的用心比郭伟全深远多了。他想请动蒋雪松出面来孔县视察工作,是想抬出蒋雪松向李逸风和冷枫施压,让二人知道,在黄梁市的范围之内,就算是省里空降的干部,也得老老实实入乡随俗。因为,二人的考核和升迁大权,全掌握在蒋雪松手中。

另外,李永昌也隐隐听说,蒋雪松非常不喜欢关允,对关允的副科提拔也是耿耿于怀,至于蒋雪松为什么不喜欢关允,他并不知道内情。但无妨,他只需要知道蒋雪松对关允非常不喜就行,请蒋雪松来,除了敲打李、冷二位之外,还要借蒋雪松之手,再狠狠压制一下关允。

李永昌算是看明白了,孔县不宁,关允的破坏作用最大。如果能将关允打发出县委就再好不过了,省得他再在中间掺和搅事,不但让冷枫想打翻身仗,就连李逸风也跃跃欲试,想从中分一杯羹。

都别想了,孔县是他的孔县,谁也别想从他手中夺走孔县的控制权!

"好了,你先去准备一下,我先请示一下蒋书记。"李永昌摆摆手,郭伟全忙

一点头,心领神会地走了。

李永昌起身走出门外,从会议室一步迈入院中,感受到秋天的肃杀之气扑面而来,不由微微眯了眼睛。他在孔县快一辈子了,再有十年八年就到该人大养老去了,他的最终梦想就是退居二线时,到人大担任一届主任就光荣退休。

目前看来,想要顺利实现他的梦想,还要排除几个不小的困难。李逸风他动不了,冷枫他也赶不走,那么最有可能被他拳打脚踢的人,就只有关允了。

好,就让他集中精力好好收拾收拾关允,看关允还能嚣张几天!

关允此时却没有感受到秋天的凉意,相反,他正处在小小的兴奋和紧张之中。

常委会扩大会议后,关允先去冷枫的办公室,商议一下下一步。虽然他现在和冷枫之间还达不到亲密无间的程度,但对话比以前轻松多了,许多话题也可以敞开说,在讨论大坝停工项目和复工的可能性之后,又进一步探讨了孔县以后的局势。

"钱爱林放人了。"冷枫淡然地看了关允一眼,"情况变化有点快。"

关允微一点头:"人是放了,但事情不一定就完结。其实人放出来更好,梁子是结下来,刘宝家、雷镔力、李理不会就这么算了。"

"打打闹闹的事情就不要有了,要阳谋,不要阴谋。"冷枫摇头说道,"要打得对手心服口服,才能显出真本事。"

一瞬间,关允的脑海中又出现一个人的名字——章惇。从处事手法上看,冷枫确实和章惇有相似之处,但从人生追求上看,还不好将冷枫和章惇做一个对比。人生追求决定境界,境界决定手段。但愿冷枫不会如章惇一样,一旦得势就将对手斩尽杀绝。

"请县长放心,宝家他们现在做事很有分寸。"关允小心地问了一句,"事态会发展到什么地步?我是孔县人,我希望孔县能平稳过渡。"

冷枫皱了皱眉:"从我本意上讲,我也希望一切在可以控制的范围之内。但有两个问题我左右不了:一是李逸风想收多少权;二是李永昌的反应会有多激烈。如果李永昌一强烈反弹,李逸风就收回手,事情还是会重新回到原来的轨道上。"

关允笑了,笑得很自信:"不会,李书记不会早早收手,而且到时他想收,恐怕也收不回来。"

冷枫微微一怔:"怎么说?你有了什么锦囊妙计?"

高参之路

关允并没有什么锦囊妙计,但老容头肯定有。孔县的局势从开始时的迷雾到现在的明朗,都走不出老容头的三寸不烂之舌。根据关允的细心观察和对老容头话里话外的暗示的理解,孔县的矛盾由来已久,必定会寻找一个突破口,将多年的积怨发泄而出。

而现在,机会正当时。

老容头说过,他要搬着马扎儿看大戏,那么孔县的大戏肯定会如期登场。

而且根据他读史的分析,天下大事,分久必合,合久必分。李永昌纵横孔县的时间太久,想必也到了盛极必衰之时。

但凡事总要有一个突破口,才能引发一系列的连锁反应,突破口就在钱爱林身上。

"锦囊妙计不敢说,但肯定会有意外的惊喜。"关允话说一半,就闭嘴了。一是有些事情他在暗中做了就行,不必非要向领导汇报清楚;二是有些背后的事情,领导假装不知道最好。

看破不说破,是官场的规矩。再者,没有一个领导会喜欢太聪明的下属,他也不想在冷枫面前过于表现出一切尽在掌握的自信。

冷枫是何许人也,见关允不说破,他就不问,而是问了别的方面:"听说,你还爱好书法和古诗?"

此话一出,关允顿时心中一跳,上次也是老容头刚说出陈恒峰,冷枫就让他看内参上关于陈恒峰的专访。而书法和古诗的事情他还没有来得及具体去做,冷枫又无巧不巧地问到,真是怪事,怎么好像冷枫和老容头之间心意相通一样?

难道仅仅是巧合,还是有别的原因?

关允不好再深入猜测下去,点头说道:"上大学的时候就比较喜欢写字和读诗,毕竟学的是中文。"

"提高自身的文学修养是好事,就我所知,不少市委和省委领导,都有爱好书法和古诗的……"冷枫起身,难得地拍了拍关允的肩膀,"小关,你是一棵好苗子,希望你一路走得顺利,不要像我一样走一段弯路。"

冷枫走过弯路?关允脑中的念头一闪,联想到冷枫背景中的秘密,就不敢多想。涉及领导隐私,领导虽然提了,是对他的信任,但他可不敢多问。于是,关允谦虚几句,就离开冷枫的办公室,准备回秘书科。

才出西院,还没有来到东院,正走到内门时,迎面走来李逸风。

和冷枫平常冷面冷言不同的是,李逸风一般的时候总是一脸平静,有时还会有微微的笑意,给人的感觉是平易近人之中微有威严。应该说,李逸风比冷枫更有官威,任谁见了也会认为李逸风会比冷枫官运更亨通。

但为什么老容头总说冷枫会比李逸风官运更长久?官场之中,冷面冷言的人通常亲和力不足,不够团结别人。人在官场,不是一个人单枪匹马就能打出一片天地,而是需要一个团体整体协作。以冷枫的为人,能团结多少同盟,又能让多少亲信追随?

不知何故,关允不由想多了,对老容头关于冷枫的判断起了怀疑。

"关允。"李逸风平常见到关允,都是等关允主动打过招呼之后,微一点头就算回应了关允,今天却罕见地主动冲关允打招呼,"你有时间没有?"

关允一愣,心想怕是李逸风有事找他,就说:"有时间。"

"好,你跟我来一下。"李逸风当前一步,负手而行。关允跟在他的身后,一路绕过花坛,穿过县委办公区的后门,来到县委后院。

县委后院位于办公区的南边,是一片空地,原先种植了许多树木和花草,后来没人打理就渐渐荒废了,县里也没钱修整一下,就一直荒废至今。放眼望去,除了杂草,还是杂草。正是秋初的季节,又因为前一段时间下了一场大雨的缘故,个别地方草深过膝,再有不知名的虫鸣和沙沙的风声,在荒凉之中,倒别有一番闹中取静的味道。

"怎么样,这里不错吧?我没事的时候会常来这里走走,有时候满眼的荒凉会让浮躁的心沉静下来。"李逸风双手叉腰,迎着阳光而立,他双眼因为太阳的光芒而闭了一半。此时的他,比坐在会议室首位当县委书记时真实许多。

"我在县委的时间也不短了,还真没注意到这里。有时候真是很容易忽略身边的风景……"关允也感慨地接了一句,此时的李逸风少了官味儿,多了文人气息,就不再一板一眼地应答,拿出他中文系高才生应有的水平,"李书记能忙里偷闲,有这样的雅兴,很让人敬佩。"

"关允,你是京城大学哪一届的毕业生?"李逸风笑了笑,突然就问起关允的毕业年份。

"我是九五届的毕业生。"

"京城大学是藏龙卧虎的地方,出来的学生都是各行业的精英,你在县委,屈才了。"李逸风忽然就感慨地叹息一声,"条条大路通罗马,好男儿志在四方,不必非在一棵树上吊死。要我说,你要是去京城或下江,肯定可以大展宏图。"

怎么和温琳一个腔调?关允心里一惊,难道说夏德长又有什么动静不成?不对呀,夏德长的任命还没有宣布,就算夏德长正式走马上任,他初到省城,光是复杂的人事关系就足够他应付一段时间,哪里会有时间腾出来手对付他?

那……李逸风的意思是?

李逸风笑了笑:"关允,你别多想,其实是有这么个事情,省社科院有我一位同学,他是社会政策研究所所长,想带一个硕士研究生,不知道你有没有兴趣?"

社会科学院是政策研究机构,表面上看是学术机构,没有什么实权,实际上是不少从政人士的曲线升迁之地。尤其是社会政策研究所,主要研究方向是社会安定研究、社会结构与阶层分析研究、友好型社会理论与实践研究,以上研究方向,和省委政研室的研究方向多有重叠之处。实际上,社科院的不少研究成果都会和政研室互通,甚至会被政研室直接借鉴。

在外界的印象中,升迁最快的人是秘书,因为秘书时常跟随在领导周围,是领导的智囊。其实不然,秘书从事的只是文秘工作,负责领导的日常活动安排,大秘书会起草发言稿,但还算不上领导的智囊。事实上,政研室的主任才是领导真正的智囊角色,或者称之为高参。

政策研究室是各级党委的智囊机构,是党委的直属机关,专为各级党委研究政治理论、政策及草拟文件,并为党委的决策提供参考性意见。其实各个政研室中不乏人才,更不缺少外放之后担任要职的高官。不夸张地说,政研室里面的人物,个个都是理论上的"高才"。

如果能将理论联系实际运用到极致,那么肯定就会是了不起的官才。

关允心中暗暗不解,他和李逸风之间交往不多,更谈不上有交情,突然之间李逸风想送一份大礼给他,是何用意?诚然,如果他真能跳出孔县,到省社科院跟随导师,边研究政策理论,边攻读硕士,等两年后出师,或许机缘巧合之下,他还真有从社科院跳到省委政研室的可能。

如此,也不失为一条迂回通向官场的坦途。

不过,关允很清楚其中的凶险之处,万一从社科院跳不出来,就有可能一辈子做学问去了。而且就算能从社科院跳出来,就算机缘巧合之定能到省委政研室,也要有领导赏识才行。万一遇到一个不合眼缘的领导,不欣赏他的观点,不采纳他的理论,他就会在政研室闲置。

想成为领导身后的高参,也不是一条好走的光明大道。纵然真有慧眼识珠

207

的领导赏识,能一直跟随在领导身后,但也有可能一辈子只充当高参的角色,而没有执政一方的机会。关允的梦想中,希望有朝一日能够实现心中的蓝图,执政一方,造福一方百姓,用自己的能力和实力实现自己的理想抱负。

"这个……太突然了,李书记,我都不知道该怎么回答。"关允露出窘迫之色,手足无措地说道,"我现在已经适应了孔县的气候和环境,还想借流沙河大坝项目的上马,在孔县大干三年。"

李逸风看出来,关允其实十分镇静,他的手足无措是故意露怯。李逸风看破不说破,微微一笑:"我就是随口一说,你别往心里去。"他转身就往回走:"瓦儿总是提起你,关哥哥长关哥哥短,她其实是挺傲的性格,也有点孤僻,通常不会将一个人这么放在心上,你能让她念念不忘,可见你很有亲和力。亲和力,也是为人处世一项必不可少的基本功。"

此话似乎有所暗示,有影射冷枫之嫌,关允假装没听出来,笑道:"瓦儿她说我会体贴人照顾人,她一见我就觉得我有哥哥一样的亲切,肯定是因为我有一个妹妹的缘故。瓦儿很聪明,我确实是有一个妹妹,从小照顾妹妹,事事让着她,习惯成自然,我一见瓦儿就将她当成妹妹。"

李逸风慈祥地笑了,眼见走到了东院和西院的交界处,他忽然站住,问了一句意味深长的话:"关允,你提个意见,如果我和冷县长对换一下办公室,你觉得怎么样?"

关允立刻心头一紧,果然,李逸风要大做人事文章了。

07　各方碰撞的结果

关允默然一笑,他岂能看不出金一佳有借醉酒试探自己之意?他和夏莱相恋数年,知道夏莱什么都好,就是有点小心思爱吃醋。也可以理解,女人嘛,不小心眼儿就不是女人了。上次夏莱来孔县,明显是对温琳有敌意,尽管她后来和温琳相处得还不错,但他却清楚,夏莱心里还是担心温琳会趁机取代她的位置。

李逸风的长远伏笔

书记抓人事,任何书记在任时都会有调整人事的想法,至于想法最后能不能落实成为举措,就看书记对一地的掌控力度和政治手腕了。

一个聪明的书记,不是说一定不插手政府事务,而是要尽可能地不直接插手政府事务,只紧紧抓住人事大权就可以确保地位稳固了。人事问题是所有问题的重中之重,谋事在人,所有事情的主体都是人,不管事情有多大,只要用对了人,一切都会尽在掌握之中。

关允此时站在李逸风的对面,离李逸风不过半米之遥,可以说自从他分配到县委办以来,还从来没有和李逸风这么近距离地面对面谈过话。

李逸风将办公室从西院搬到东院,是一次象征意义大于实际意义的举动。但在官场之上,有时候只有象征意义并无实际意义的事情还必须去做,就如花花轿子众人抬一样的道理,四人抬轿子和八人抬轿子在乘坐上没什么不同,但八人抬就比四人抬在身份上高了许多。

之前,李逸风的办公室从西院搬到东院,是听从王车军的建议。如今,他又想从东院搬回西院,却来征询他的意见,风水轮流转,关允也有春天。

关允却没有兴奋和喜悦,他清楚一点,刚才李逸风为他指出另一条可行的道路,绝对不是随口一说。官场中人,哪怕只是一个县委书记,也不会做无用的事情,有空闲,他还不如和老领导通通电话,联络一下感情。

但李逸风就是提了出来,他的真正用心关允无从猜测,说不定是为了埋下一个长远的伏笔。

这突如其来的一问,让关允犯难了。

"李书记,搬回西院的话,其实也不是什么大事,相信和冷县长一提,他也会同意。"关允就抬出了冷枫。

"我正要和冷县长商量一下,这不,先问问你的意见,毕竟你是孔县人,对于东院西院的说法,是不是有什么讲究?"

"还真没什么讲究,在孔县,坐北朝南的房子是正房,东房和西房,都算偏房。"关允讨巧地回答了问题,东院和西院的房子其实都是坐北朝南,他的回答,其实是答非所问。

李逸风明白了什么,哈哈一笑,没再说话,转身走了,留给关允一个可堪回味的背影。

关允也笑了笑,转身回了秘书科。李逸风当年从西院搬到东院,是因为他比较在意细节,听从李永昌和王车军的建议,也是为了显示他压冷枫一头的用意。但现在要重新搬回,就是十分耐人寻味的暗示了,是向县委宣告,他要和李永昌保持一定的距离。

看来,李逸风真要紧紧抓住孔县即将变动的机会,好事,大好事!关允兴冲冲地推开秘书科的门,又是只有温琳在,王车军不知去了哪里。他径直坐回到座位上,对正在磨指甲的温琳说道:"听说了没有,大书记想搬回西院。"

因为县委有两个李书记,有时私下说话,就以大书记代表李逸风。

"搬就搬呗,不关心。"温琳懒洋洋抬头看了关允一眼,"领导爱怎么折腾是领导的事情,身为小兵,只有无条件服从的命。哎,我告诉你呀,刚才接到了金一佳的电话,她说三五天之内就会来孔县,初步投资意向是一百万。"

话一说完,温琳如看怪物一样看着关允,直着眼睛,一言不发。

关允吓了一跳:"你的眼神太吓人了,怎么这样看我?"

"一百万呀,你一个创意就拉来一百万的投资!要是算到招商引资的业绩里面,你在县委就又露脸了。我就不明白,你也是长了一个脑袋一张嘴、两个胳膊两条腿,怎么好像处处比我聪明,比我有眼光?我怎么就看不出来一个平丘山就值一百万?你承包了三十年,可是只花了三百元,我真服了你。"温琳震惊的是如果一百万的投资真能落到实处,轰动效果比上马流沙河大坝还要惊人。

而且金一佳直接提出关允的承包合同以入股的形式参与经营,并不是直接买断。她算了一笔账,以入股的形式参与经营,如果前景看好,将是一笔不菲的收入,关键是,还会源源不断。

关允笑了:"其实我的本意是我们自己承包经营,但正好夏莱来了,又介绍风险投资过来,我们就省省心,只负责一些幕后工作就行了。"

"可是……"温琳欲言又止,犹豫了一会儿才说,"金一佳说,我们一方也需要出一个人具体参与到经营中,要负责一摊子事情。我也知道风险投资来了之后,肯定需要一个当地人负责方方面面的协调工作,可是我还没有想好要不要辞职下海呢。"

"谁要你辞职下海了?两手都要抓,两手都要硬,一手抓经济发展,一手做好通讯员的工作,我相信你的能力。"关允鼓励温琳。

温琳眉开眼笑:"真的?"

"当然是真的。"

"那就好。"温琳开心了,收起指甲刀,拿起杯子喝水,喝了一半又急忙放下杯子,"对了,我告诉你一件事情,李永昌和郭伟全去市里了。"

此时天色已晚,黄昏将至,现在出发,一个小时到黄梁市,正好赶到饭点上。关允明白了,李永昌和郭伟全是去市里求助了。

孔县大概有十几年没有市委一二把手来视察工作了。李逸风和冷枫似乎和市委的关系都一般,自从两人上任之后,市委领导来孔县的次数更是屈指可数,也不难理解。一是孔县是穷县,没什么值得惊动市委领导大驾的事情;二是李逸风和冷枫是省里空降的干部,市委对省里空降的干部多少都有一定程度的偏见。

问题是,李永昌和郭伟全去市里,能请动谁出面?关允猜不透,官场上的事情,许多时候都是明一半暗一半。李永昌在孔县多年不倒,固然与他在孔县根深蒂固的关系网有关,也和他在市委有强硬的后台不无关系。

不管了,李永昌能暗中活动,李逸风和冷枫也可以联手抗衡,以李逸风和冷枫的实力,如果真的联手的话,不信没有和李永昌一战之力。孔县的局势已经箭在弦上,眼下,就看谁最先射出第一箭。

"晚上你没事吧?"关允笑眯眯地问温琳。

"干吗?"温琳假装一脸警惕,"你想请我吃饭?"

"猜对了,一起去和宝家、镲力、李理吃个饭,庆祝他们光荣出所。"

"什么光荣出所,真难听。"温琳微有失望之意,"我以为你会单独请我,没想到,一大帮人在一起,多没意思。不过,好吧,正好一起商量一下平丘山的开发。"

关允嘿嘿一笑,当即就打电话,约了刘宝家。

和温琳并肩走出县委大院的时候,正是日落西山之时,又是一个微风习习红霞漫天的傍晚,秋天最美的季节,不知不觉中已经悄然来临。

温琳的耳朵被夕阳一照,在霞光的映衬下,红彤彤的,几近透明。她的耳朵长得好看,耳垂很大,从面相上讲,耳大有轮是福相。

而且温琳的鼻子长得也好,鼻子虽不小巧,却和眼睛搭配得十分协调。鼻若悬胆,不受饥寒,从面相上讲,鼻子主财,鼻子长得好的人,多半有财运。

由财运又联想到官运,关允又暗暗打量温琳一番,想从中观察温琳有没有官运。其实他并不懂什么相面之术,就是听老容头说过,相由心生,一个人的性格和运气,全在脸上,如果有一双慧眼,可以一眼看穿一个人一生的命运。当时他听了嗤之以鼻,将老容头的话当成封建迷信和歪理邪说。不过最近老容头对局势的分析越来越准确,他突然好奇心大起,想试着将老容头的话用在温琳身上对比一下。

"看什么看,没看过呀?"温琳被关允看烦了,推了关允一把,"你的目光色迷迷的,肯定没想什么好事。"

"冤枉,天大的冤枉。"关允叫屈,"温琳,你的想法以后能不能正常一些,不要总是过分引申男人的目光。有些男人看女人,会浮想联翩,而有些男人看女人,只是单纯地从美的角度欣赏。"

"哟,说得好像你多高尚一样,关允,你现在正是血气方刚的年龄,别以为我不知道,你现在青春期的冲动每五分钟就来一次。"温琳拢了拢头发,她和往常一样束了马尾辫,不过额头有几缕头发总是不听话地乱跑。她拢头发的姿势最是诱人,每每都让关允沉迷。

不过对于温琳对他的诬蔑,关允还是据理力争:"你是女人,男人的青春期冲动是怎么一回事,你怎么知道?我还想问你,你的青春期冲动,几秒钟一次?"

温琳脸红了,扬手就打关允:"叫你胡说!我是女的,你得让我几分,不能事事都和我计较,听到没有?"

关允嘻嘻一笑:"听到了,温姐。"

"谁是你姐?少套近乎。"温琳噘嘴冲关允做了个鬼脸,呵呵一笑,向前跑了几步。她的背影在夕阳的照耀下,细腰盈盈一握,如满月一般的臀部圆润而饱满,确实是一个生在乡村却天生丽质的女子。

到了美食林饭店,刘宝家三人已经到了。关允和温琳一到,刘宝家立刻起身来到关允面前,说道:"关哥,换个地方,有点情况,王车军在楼上。"

聚会

"王车军?"关允也微微一惊。

"就一个王车军也没什么,关键是钱一天也在楼上吃饭,我心里不舒服。"刘宝家说话间,还往楼上看了一眼。

"好吧,换个安静的地方。"关允理解刘宝家的心思,都是年轻人,虽然被钱爱林关了一天的事情不大,但心里那关还是过不去。钱一天是钱爱林的侄子,在县城开了几家台球厅和录像厅,身后有一群跟班,每天都在县城耀武扬威,骑着摩托车招摇过市。

温琳一撇嘴:"王车军和钱一天怎么混在一起了?钱一天是什么货色,王车军和他一起,也不怕掉了身份?"

李理嘿嘿一笑:"温姐,你说王车军又有什么身份?"

温琳会意地一笑:"也是,王车军本来就没什么品位,他不和钱一天混一起才不正常,物以类聚,人以群分。"

温琳的话引得刘宝家、雷镔力和李理哈哈一笑,刘宝家的心情也明朗了许多。

几人走出美食林的时候,没注意到身后楼梯的拐弯处,正站着一脸阴沉的王车军和双眼冒火的钱一天。

几人又重新找一个地方——离孔县一中不远的太行饭店。太行饭店名字很大气,其实饭店本身不大,孔县县城也没有几家太像样的饭店。

好在干净整洁,有上好的烤羊排和烤鸡腿等特色菜,还有天然井水泡制的豆腐。如果再来一盘流沙河出产的草鱼做成的焖鱼,配上刚出炉的羊脂饼,就绝对是无上美味了。

几人点了几样特色菜,又要了几瓶啤酒。关允坐在首位,温琳紧挨关允坐下,李理挤眉弄眼,第一句话就说:"温琳越来越像嫂子了。"

"碎嘴,再胡说,我拧烂你的嘴。"温琳扬起筷子打了李理一下。

李理揉揉头,委屈地说道:"我没胡说,我说的是实话,你问问宝家和镔力,看他们怎么说?"

刘宝家和雷镔力也够坏,一起使劲点头。刘宝家只是笑而不语,雷镔力却直来直去地说道:"其实我就觉得,让温琳当嫂子没什么不好,她又好看,人又好,和我们又都认识……"

一番话夸得温琳这么大方的人都不好意思,她含羞一笑,低下了头。

不料雷镔力话头一转,又说了一句:"而且温琳屁股圆,好生养,肯定一生就生男孩儿。"

"噗"的一声,刘宝家一口啤酒全吐了出来,正吐了李理一身。李理正在啃一个鸡腿,被刘宝家一喷,手下意识伸到眼前去挡,鸡腿就脱手飞出,无巧不巧就落在了雷镔力的脖子里。

雷镔力憨厚地笑了:"干吗这么激动,我不就是说了一句大实话?李理,你把鸡腿扔到我脖子里,你太过分了。"

温琳已经快笑岔气了,她只当雷镔力的话是对她的赞美,而且以她的性格,才不会在意雷镔力当众说出她屁股圆的浑话。

温琳笑得乐不可支,雷镔力几人闹得不可开交,只有关允一人一边微笑,一边又吃又喝。不多时,他就吃饱喝足,拍了拍肚子说道:"做人要学会韬光养晦,在你们乱成一团的时候,我吃饱喝足,这就叫闷声发大财。"

"得瑟。"温琳白了关允一眼,"行了,你是吃好喝好了,下面我们开始吃喝了,我们吃喝,你来讲讲平丘山开发的进展。"

关允哈哈一笑,伸手一摸温琳的头:"知我者,温琳也。"

温琳头一摇,想躲开关允的魔手,却没躲过,被他摸个正着,不由恼道:"乱摸什么,小心我赖上你。"

李理就跟着起哄:"你们眉来眼去郎情妾意,干脆就真成好事算了,省得……"话未说完,暗中被刘宝家拉了一把,后面的话他就咽了回去。

李理心思快,猜到其实刘宝家还是更喜欢夏莱,愿意夏莱和关允最后走到一起。他上次见了夏莱之后,也坚定地认为夏莱才是关允的绝配。又一想,算了,替别人乱操心什么,估计关哥心里早就有了决定。

关允咳嗽一声:"说正事,平丘山的开发马上就要进入第二阶段。现在已经有风险投资准备为平丘山的开发投入一百万……"

一百万?刘宝家三人面面相觑,一下都震惊了。太夸张了,太吓人了,几百元的承包费用就能换来一百万的投资,简直就是空手套白狼的最高境界。服了,真服了,关哥到底是京城大学的高才生,有一套。

等几人震惊过后,关允才微微一笑:"先别想投资一百万我们能赚多少,估计暂时没有眼前的利益,目光要放长远一些。我们不要买断,只要股份,而且还要参与经营。我的打算是:宝家负责外围的联络工作,包括公安、工商等,前期一定要铺平路,才好让投资商放心;镔力负责保安工作,不要让县城的大流氓小混混儿都来啃平丘山;李理负责协调工作,哪里有麻烦,你就去哪里解决。"

"嗯!"刘宝家三人一起点头,心中热血沸腾。孔县即将迎来巨变,平丘山的开发如果成功,或许就是他们人生的一大转折点。年轻的心总是向往成功,总想干出一番大事业,虽然人在孔县,心却志存高远。

有这样的好消息,当然得多喝几杯了,刘宝家一时兴奋,拉着雷镔力拼了几瓶酒,喝了有三分醉意。李理倒是没多喝,或许是吸取了上一次的经验教训,他充当起刘宝家和雷镔力守护者。

又喝了几杯,刘宝家终于提到钱爱林的事情:"关哥,钱爱林的事情,搞定了,什么时候要,什么时候就有。"

关允心领神会地一点头:"上次闹得阵势够大,钱爱林一紧张,估计说话就口不择言了。"

刘宝家嘿嘿一笑:"就他能有几把刷子?跟我斗还行,跟我家老头子斗,还差得远。"

温琳听出了什么:"你们算计钱爱林?"

刘宝家嗤之以鼻:"算计他?他还用算计?一身脏泥巴,随便掉一块就是事儿。要不是他算计我,我还懒得搭理他呢。既然他算计我,我就不能让他好过。"

温琳撇了撇嘴:"算计来算计去,你们男人,活得真累。"

"这叫有仇不报非君子。"刘宝家一口喝干了杯中酒,"散了,关哥,我和镔力、李理去兜兜风。"

"好,我就回宿舍了。"关允看了出来,刘宝家似乎对温琳小有意见,也没点破,就挥手散了。

夜晚的微风吹动,吹得温琳的头发飞散开来,她走路又喜欢晃来晃去,一甩头,头发就打在关允的脸上,秀发飘香,沁人心脾。

走了一会儿,关允发现不对劲,说道:"你怎么不回家?"温琳已经错过回家的路,没有拐弯,再往前走,就到县委了。

"我不回家住了,住宿舍。"温琳眼神复杂地看了关允一眼,"我到你宿舍坐坐,有话想和你说说。"

关允吓了一跳:"这么严肃?有什么大事你先透露一下,好让我有心理准备。"

"去你的,一惊一乍,就会逗人。能有什么大事?就是想和你商量商量我的下一步……"温琳抬头看天,天上繁星点点,一轮明月当空,县城的夜空,有城市的夜空无法看到的洁净和辽远。

到了县委单身宿舍区,四下一片寂静。现在是秋收大忙季节,县委的单身年轻人大多晚上都回家帮忙了,关允的宿舍虽然有四张床,但一直就他一人住。

县委的条件还是比乡镇好不少,下面乡镇的单身宿舍不够住,县委的基本都空着。

温琳的单身宿舍在西面,关允的在东头,中间隔了长长的距离。温琳以前没来过关允的宿舍,进来后打量几眼,又嗅了嗅,不由笑了:"你一个大男人,房间不但收拾得挺利索,而且也没有臭脚丫子味儿,行呀,没看出来,你还挺爱干净。"

"习惯了,不收拾干净自己住不舒服。一屋不扫,何以扫天下?"关允一边说,一边腾空桌子,铺上宣纸,磨上墨,提笔运气,开始练字了,"我练练字,你说你的事。"

书法和古诗是可以陶冶情操,但在陶冶情操之外,更有以文会友的深意。关允的书法不能和老容头相比,他的字圆润有余,力道不足,气势也稍逊。书法之道其实和人生阅历大有干系,有时候阅历不到,就无法体会书法之中蕴含的精髓。

"呀,你的字写得还真不错。"温琳凑了过来,头几乎抵住关允的耳朵,下巴就压在了关允的肩膀之上,"没想到,你还真有几把刷子。咦,你写的是一首诗:'丹桂飘香时,燕落茉莉枝。玉簪洁如玉,鱼沉芙蓉池。'谁的诗?"

关允一气呵成,笔走龙蛇,写完之后,将笔一扔,自我感觉良好:"古有郑板桥诗书画三绝,今有关允诗书两绝,怎么样?"

话才说完,忽然眼前一暗,本来灯光点点的县委单身宿舍,瞬间陷入无边的黑暗之中……停电了。

停电也就算了,宿舍前面院子中的大树上,还传来瘆人的猫头鹰的叫声,在漆黑无边的夜里,确实让人头皮发麻。

"啊!"温琳吓得惊叫一声,一头扎进了关允的怀中。

三好学生关允

如果今天温琳没有过来,关允打算练一个半小时书法,再读半个小时古诗,然后再上床睡觉。但温琳有话要说,而且看样子还真有难下决断的大事,他就想先写上几笔字,静静心,也好认真听听温琳到底说些什么。

没想到停电了。

孔县的电力一直就成问题,经常性停电,好在县委通常不会停电。不过单身宿舍和县委不是同一条电路,所以停电的事情也时有发生。

关允和温琳认识的时间不短了,高中时就认识,但不熟,不过都知道对方,毕竟他们当时都是学习上出类拔萃的尖子生,互相仰慕也正常。再说,当时的温琳就有孔县一枝花的美称。

毕业后关允意外回到孔县,又和温琳不期而遇,成了同事,接触之后,少年的记忆复苏,温琳曾经戏称她和关允其实是青梅竹马。关允想了半天,最后终于确定他童年时就曾经和温琳住过一个大院,也在一起玩过一段时间,但由于相处时间太短,后来忘得差不多了。

能由青梅竹马修成正果,算是男女之间了不起的缘分。关允突然温香暖玉扑满怀,感受到怀中女子熟悉的清香——温琳的体香和洗发水的香气,他天天和温琳一起办公,早就熟悉得不能再熟悉了。他不由自主地抱紧了温琳瑟瑟发抖的身体。

"不怕,有我。"猫头鹰的叫声按照民间说法,不吉祥,关允怕不怕先两说,在温琳面前,必须拿出男人气概来保护她。

"你管用吗?"温琳头顶在关允怀中,外面的猫头鹰又不合时宜地叫了两声,她又惊叫一声,回身一脚踢关房门,"我最怕猫头鹰叫了。夜猫子进宅,好事不来,猫头鹰是不是找你来了?"

关允乐了:"胡说八道!再敢乱说,扔你到门外边。"

温琳双手紧紧抱住关允:"就不!我抱死你,看你怎么发坏?"

"我挠你痒痒。"关允手伸到温琳腰间,轻轻一挠,隔了衣服依然可以感受到她肌肤的光滑。

温琳最怕痒了,扭动身子反抗。她扭动身子反抗也就算了,双手却不松开关允,结果身子向后一仰,二人就一起倒在床上。

关允紧紧压住温琳,秋干气燥,又是如此秋风撩人的夜晚,再加上身下的人儿人胆大、腰如酥、眼如媚,他又正是血气方刚的年龄,哪里还把持得住?一伸手就伸进了温琳的衣服里面,触摸到了她光滑细腻的皮肤。

滑过小腹,继续往下探的时候,温琳一伸手阻止了关允继续下行:"不行,不许摸。"

关允很听话地收回手,却又不老实地摸到了上面的山峰。这一次温琳没有阻止他,任由他揉捏,用力狠了,她还忍不住痛呼一声:"轻点,笨蛋。"

"今生只有两行泪,半为江山半美人!"关允低吟一声,声音中压抑不住冲动和渴望,"温琳,我……"

温琳已经很克制自己了,强忍着不让关允突破她的最后一道防线。但关允的一句诗顿时让她最后的心理防线彻底崩溃了——今生只有两行泪,半为江山半美人。如此优美诗句在此时此刻从关允嘴中说出,极具杀伤力和攻击力,她溃败了。

"好吧,我就称了你的心,你要怎样就怎样吧。"温琳身子松弛下来,不再反抗,任由关允开始剥她的衣服。

"关哥,关哥!"

关允才解开温琳的扣子,外面就传来了李理一声紧过一声的呼喊。

"关哥,你在吗?小妹出事了!"

小妹?关允的激情迅速退去,从床上一跃而起,伸手一拉温琳。温琳配合默契地从床上起身,迅速整理好衣服,还顺势拿过火柴,点亮了蜡烛。

"在,快进来。"关允见烛光下的温琳脸色红润可人,虽然从衣服上看不出什么,但从神态上看明显是有过激情。关允本想掩饰一番,一想算了,他和温琳的关系又不是一天两天,也不怕李理猜测什么。

再说,小妹出事是大事,他心急火燎地拉开房门,冲了出去:"小妹怎么了?"

"嗯?"李理正要开口说话,一抬头发现温琳也在,不由愣了一下,随后就当没看到温琳,急急说道,"小妹被几个小混混儿拦住了,小混混儿非要拉小妹出去,小妹不肯,他们就要横,不让小妹走……"

关允一听就急了,一把拉过李理:"马上跟我去一中。"

"我也去!"温琳从屋里冲了出来,顺手抄起关允用来练习臂力的臂力器,"敢碰小妹一根手指,我打不残他。"

几人风风火火赶到孔县一中的时候,事情已经闹大了。

孔县一中是全县最好的中学,有初中部和高中部,里面都是全县的尖子生。初中部还好,农村和县城的女孩儿营养不良,还没有发育好,高中部就不行了,女生个个出落得饱满如田地里的小麦,结实、匀称,并充满了乡村风情的美感。

再有县城长大的女生,在乡村风情之外又多了几分洋气,就更出落得让人心动了。其中在城乡结合地带长大的女生,既有城市女生的礼貌和美感,又有乡下姑娘的健美,两者完美地结合在一起,就是一道令人目眩的风景线。

县城老街有许多半大小子,初中辍学之后,不务正业,天天在县城晃荡,在青春期萌动和荷尔蒙的催动之下,就知道天天追逐异性。孔县一中是适龄美女最集中的地方,于是,孔县一中的门口每天都会有小混混儿拦截过往女生,吹口哨,用言语挑逗,或是直接拦住不让走,等等。他们就如苍蝇一样,来了一拨又一拨,怎么也清理不干净。

家长对此大有意见,县公安局也组织过几次重点打击,但收效甚微。而且县城老街的少年一茬接一茬,层出不穷,打下老的,新的又出来了,可谓前仆后继。后来实在没有办法,大家也就都习惯了每天放学之时门口聚着一群吹口哨穿花衫的无良少年。

容小妹虽是生活在城乡结合部的女孩儿,但她与生俱来的高贵气质让她如明月一般高洁,明净的额头,清澈的双眼,素净的容颜,如一朵牡丹一样的她在孔县一中,不管走到哪里都是引人注目的焦点。

不少人都将容小妹称之为孔县一中建校以来最有气质最美丽的女生。

也正是容小妹不经意间流露出的高贵气质,再加上她有一个在县委工作的哥哥,县城老街许多混混儿虽然对她垂涎三尺,却没人敢拦她。

关允、温琳和李理一行三人赶到孔县一中的时候,一中门口已经被围得水泄不通,聚集了至少几十人围观。人群之中,容小妹站在正中,傲然而立,脸上挂着泪水,虽是一脸的不甘和不屈,但眼泪汪汪的样子楚楚动人,让人心生怜惜。

容小妹的身前,站着两人,一个是刘宝家,一个是雷镔力。二人并肩而站,将容小妹紧紧护在身后,谁想碰容小妹一根手指,就得先从二人身上踏过!

刘宝家和雷镔力的对面,也站着两个人,一个是钱一天——钱爱林的侄子,号称钱无赖,另一个,居然是王车军!

冤家路窄,王车军敢和钱一天沆瀣一气对容小妹无理,关允勃然大怒,分开人群来到场中,大喝一声:"小妹不要怕,我来了。"

关允的身后,紧跟着李理和温琳。义勇小胖子李理此时收起平常嘻嘻哈哈的神情,一脸严肃,目光冷冷地落在王车军和钱一天身上。

王车军醉眼蒙眬,已经有了七分醉意,一见温琳出现,立刻双眼放光,嘿嘿笑道:"温琳,我……"

温琳立刻回应他一个冷若冰霜的眼神:"别理我,丢人!"

王车军的身后站着一个跟班,花格衬衫,分头,应该是钱一天的手下。钱一天在县城开了不少台球厅和歌厅,手下的小弟很多。他一步向前,伸手就抓温琳:"你怎么和军哥说话的……"

话未说完,"啪"的一声已经挨了一个耳光,温琳又一举手中的臂力器:"再

敢伸出你的狗爪,小心打得你骨折。"

花衬衫跟着钱一天一向威风惯了,总觉得县城就是自家的后花园,该怎么横行就怎么霸道,却上来就被人当众打了耳光,顿时大怒,伸出双手就朝温琳胸前抓来:"敢打老子,老子摸死你!"

温琳没想到花衬衫这么无耻,她手里拿着臂力器,想还手也来不及,想后退,动作不够快,眼见就要遭受平生从未有过的奇耻大辱时,关允出手了。

"浑蛋!"

关允从小到大都是三好学生,从不骂人打人,但三好学生的身份并不表明他不会打架。实际上,无数人都被关允蒙蔽了,真正知道关允蔫坏的只有刘宝家三个人。

如果再非要强调一句的话,刘宝家的打架招式和三人之间天衣无缝的分工合作,都是出自关允的手笔!

无敌组合

关允骂了一句,突然就毫无征兆地出手了。

别看他文文净净,像个白面书生,但就如武侠小说中所说的那样,真正的高手从来都是真人不露相。想当年,关允和刘宝家、雷镔力、李理四个人在流沙河边捧着武侠小说研究武功,曾经有过多少次彻夜未眠的经历,数都数不清,谁都有过难忘的青葱岁月!

花衬衫眼见一双魔爪就要落在温琳的胸上,忽然感觉眼前一花,一个人影闪到眼前,他还没有看清来人是谁,一只拳头扑面而来,正中鼻梁。

鼻梁是人体最脆弱的器官之一,鼻梁中拳,不用多大力气,就会让人痛苦不堪,失去抵抗力。关允一击即中,花衬衫当即如遭雷击,一下委靡倒地,双手捂着鼻子,疼得说不出话来。

关允打了人,顺手将温琳拉到身后,低声说道:"动手的时候,让男人来,你照顾好小妹就行。"

温琳含情脉脉地看了关允一眼,刚才关允的出手让她心中温暖如春。每个女人都渴望爱她的男人在关键时刻为她挺身而出,刚才关允护她的一刻,脸上闪耀的毅然决然的光芒,让她甘之如饴。

关允一拳打退花衬衫,钱一天没怎么震惊,倒吓了王车军一跳。在王车军印象中,关允一向都是礼貌有加,用他的话美好一点形容就是温文尔雅,恶俗一点形容就是伪君子,怎么关允也有怒发冲冠的时候?

钱一天已有了八分醉意,鼻子红彤彤的,很是滑稽。他一见关允露面了,一点也不露怯,还向前一步,将衬衣往裤子里塞了塞,露出满嘴的黄牙:"关允来了?你来得正好,我正要和你说一下,我看上你妹妹了,可是她不识抬举,不理我,你说我该怎么办?当着这么多人的面儿,她让我没法收场,要是就这么灰溜溜走了,我以后在县城还怎么做人?有人出主意,说要请动我叔,我说算了,自己的事情自己解决。"

钱一天年纪轻轻,体重却已经超过一百公斤,胖得不成人样,长得满脸青春痘,鼻毛经常露在外面,还有一口黄牙。就凭他的尊容,别说容小妹会看他一眼,他给小妹提鞋都不配。

都什么东西,还敢说看上小妹,真会抬高自己,还搬出钱爱林吓唬人,真以为钱爱林在孔县是一个什么人物?关允冷冷一笑:"你刚才怎么和小妹说的?"

酒壮怂人胆,更何况钱一天自认还不是怂人,他一直认为自己很了不起,有后台,又有钱,看上谁家妹子是谁家的福气。他向前一步,挺了挺肚子:"关允,我没怎么和她说,就是想拉住她的手,领她去兜兜风,她甩开我的手,一点儿面子也不给,傲气,太傲气。再怎么着,我在县城大小也是个人物,不提我叔,就是我……"

"你不算个什么人物,别太高抬自己。"关允不客气地打断钱一天的话。他可以忍受一年来在县委左右不靠边的委屈,但无法容忍别人对小妹有一丝的冒犯。况且今天他已经做出决定,不但要为小妹出一口气,还要借今日之事让县城老街所有混混儿都知道,他不容任何人对小妹有非分之想!

钱一天被关允冷喝一句,脸色一变,正要说话,关允却不给他机会,又追问了一句:"哪只手?"

"什么哪只手?"钱一天恼羞成怒,关允这么不给面子,就让他十分恼火,说话也带了几分火气,他伸出右手,"这只手,怎么了,你还想怎么着?关允,你以为你提了一个副科,就能在孔县呼风唤雨了?要不,请我叔叔来说说理?"

"我还巴不得钱爱林在场!"关允冷哼一声,突然身子错后一步,低沉的声音在夜色中犹如冰水一样寒意袭人,"动手!"

话音刚落,李理的身子就动了。

李理人称义勇小胖子,他身材虽胖,但动作却十分灵活,一弯腰,肩膀向右一晃,一下就撞在了王车军身上。王车军猝不及防被李理撞个正着,身子一歪,就朝旁边倒去,正好倒在被关允一拳砸中鼻子的花衬衫身上。

李理一动手,钱一天的跟班就纷纷围了上来,以李理为主要攻击目标,要将李理团团围住,结果就是……他们上当了,李理的动手不算动手,只是虚晃一枪,真正的杀招在后面。

　　雷镔力紧随在李理的身后,悍然向前迈出一步,他身材高大,力大无比,一步迈出,有势不可挡之威,吓得钱一天一哆嗦。钱一天以为雷镔力要撞他,急忙向旁边一躲。

　　躲了一半,没全躲过去,还是被雷镔力的肩膀扫了一下,他虽然胖,却是虚胖,和雷镔力的健壮不能相提并论。只一撞,他就被撞得一个趔趄差点摔倒,身子就朝关允歪了过来。

　　关允顺势一让,人是让开了,脚下却慢了一步,他伸出右腿——和当时在工地上绊倒关支书的手法如出一辙,暗中下了绊子。钱一天被雷镔力一撞,再被关允一绊,哪里还站立得住,身子猛然就朝前扑去。

　　眼见钱一天就要正面摔在地上,结结实实摔一个狗啃屎之时,一直等候机会的刘宝家终于出手了,他向前迈出一步,伸手一拉钱一天。表面上看是为了救钱一天于水深火热之中,也确实,他一把拉住了钱一天,并且顺势将钱一天从即将摔倒的边缘拉了起来。但他拉的地方不对,正抓在钱一天的右手小拇指上,而且拉的方向也不对,逆向一拉,伴随着微不可察的"咔嚓"一声,再伴随着钱一天的痛呼之声,钱一天的小拇指断了!

　　一切,都在瞬间发生,似乎只是眨了一下眼的工夫,王车军被撞倒,钱一天手指被折断,形势为之陡然一变。

　　县城老街的一帮人,不管是年纪大一些的老混混儿,还是新生代的小混混儿,都听说过刘宝家的大名,知道刘宝家是县城老街近十几年出来的最能打的一个。当然,不少人也听说过雷镔力,雷镔力天生力大无比就不用说了,是天生优势,别人无法与之相比,所以比较下来,人人最佩服的还是刘宝家。因为刘宝家力气不是最大,招式不是最好,但他出手又快又狠,时机总是把握得最准,经验又最丰富,刘二飞的外号就叫得特别响亮。

　　除了刘宝家最能打之外,刘宝家与雷镔力、李理相互配合而形成的打架三人组,也在县城赫赫有名。通常情况下,两个人能打过李理,三个人敢和刘宝家一拼,四个人能放倒雷镔力,但六七个人也不敢对刘宝家、雷镔力和李理三人组出手,都清楚,打架三人组的联合,孔县无敌。

　　如果让刘宝家说,他会说,其实最能打的人不是他,是关允。而打架三人组之所以配合得天衣无缝,可以以三当七,背后全是关允的功劳。

如果让关允自己说,关允并不会承认他最能打。论打架技巧和经验,他比不上刘宝家;论力气,他比不上雷镔力;论灵活和把握出手的时机,他也比不上李理。但他是一个遇事爱动脑子爱琢磨的人,而且心细,思维缜密,事事都要演算一遍才会出手。再根据他多年披星戴月阅读武侠小说的收获,加上无数次观摩刘宝家和人对打的实战之后得出一个结论:打架是一门技术活,并不是说力气最大就一定最后获胜,而是谁的时机把握得最好,谁就有可能笑到最后。

人体有许多薄弱部位,就如雷镔力一样,虽然力大无比,但如果先被对方一拳封了眼睛或是打了鼻子,他就会失去战斗力至少几分钟。在打架时,往往几分钟就已经决定了胜负。

其实如果在以前,关允还不会将打架一事上升到理论高度并引申到官场上解读。后来他在县委受到冷落和排挤,心中慢慢就想通一件事情,其实官场中的较量和打架有几分相似之处:如雷镔力一样天生力气大者就是大有来历之人;如刘宝家一样打架经验丰富者就是基层工作经验丰富,政治斗争水平高的人;而如李理一样既不是天生大力,打架经验又并不是十分丰富,却能在关键时刻为朋友两肋插刀而义无反顾者,就是官场中不可或缺的坚定的追随者。

但以上三种类型的官场中人,都欠缺一点,就是智慧。

在关允看来,打架不但是一门技术活,也是一项高智慧的较量,并非只是简单的拳拳到肉的暴力。孔县无敌的打架三人组,就是关允利用智慧将刘宝家、雷镔力和李理三人各自的优势充分放大之后,进行重新分工和排列,并得以在对战之时,第一时间抢占先机并且赢得最终胜利。

关允并不是最能打的一个,但他绝对是最能将智慧运用到打架之中的一个。刚才的一出,就是他和刘宝家三人多年练习形成的默契,不用开口,只要一个眼神一个动作就能各就各位,知道下一步该谁出手、该谁还手、该谁狠手的无敌组合的再次出击。

钱一天一摔倒在地,围攻李理的钱一天的几个跟班立刻转身把关允围了起来,要为钱一天报仇。他们一动,雷镔力又动了。

虚实结合

千军易得,一将难求,如果说刘宝家是打架三人组中的将才,那么关允就是坐镇军帐的帅才。没有关允居中指挥若定,刘宝家三人联合可以对付七八人。但如果关允在场,不需要他出手,只需他当前一站,刘宝家就能信心倍增,打架三人组的战斗力就会上升几个等级,对付十几人不在话下。

千军也好,三人也好,任何时候都需要一个灵魂人物,一个灵魂人物的存在,会让一个团体士气大涨。

刘宝家三人在饭店和关允分手之后,说要去兜兜风,其实刘宝家心里还是放不下钱一天。他以前和钱一天有旧仇,再加上刚刚被钱爱林关了一次,就一直记恨在心。今天见到钱一天和王车军在一起,他知道二人肯定不干好事,就和雷镔力、李理一起又悄悄返回美食林。

不料钱一天和王车军已经不见了,问了别人,有人说看到两人去孔县一中了。

看看时间,正是夜自习快要下课的时候,不用想,喝得醉醺醺的钱一天和王车军又去一中调戏女学生了。

要是平常,刘宝家才懒得理会钱一天去一中调戏谁家姑娘,但今天他气不顺,想看看钱一天怎么个坏法,就和雷镔力、李理一起来到一中。才到一中门口,就发现钱一天和王车军领着一帮跟班围住了一个女孩儿,走近一看,他顿时火冒三丈,竟然是容小妹。

雷镔力更是怒火冲天,低头找了一块砖头就要一砖拍倒钱一天。不过刘宝家吸取上次打架的经验教训,冷静地一想,觉得还是先让李理通知一下关允为好,让关允来决定是打还是谈。

刘宝家和雷镔力及时出面阻止钱一天对小妹的得寸进尺,钱一天既不走,也不敢对刘宝家大打出手。也就是刘宝家出面能镇住钱一天三分,换了别人,钱一天身后领了七八个跟班,早就将来人打得头破血流。

不止钱一天认为关允来了也不敢对他怎样,就连王车军也认定关允不会动手。没想到,关允只一露面,三句话后就动手,不但动手,而且下的还是狠手!

李理冲撞王车军,将他撞倒,其实是保护他。作为县委副书记的外甥,又是县委书记的通讯员,他的身份可不是钱一天一个混混儿所能比的。

李理的出手只是虚招,随后雷镔力的出手,则是虚实结合了。虚,是要将钱一天撞倒,好让刘宝家痛下杀手;实,则是在等刘宝家得手之后,他再大打出手。

刘宝家得手了,钱一天的几个跟班勃然大怒,转身要对关允和刘宝家还手时,雷镔力身子原地一转,又重新冲撞过来。这一次和从侧面冲撞钱一天时就大不相同了,是正面冲撞在三个跟班的后背之上。

雷镔力体沉力大,下盘功夫好,又是以有心算无心,一击之下,顿时将三个人撞得横飞出去。雷镔力一击得手，李理身子一转，也如风卷残云一样加入战团。他左一撞，撞倒一人，右一推，推开一个，转眼工夫，钱一天的七八个跟班在雷镔力和李理的扫荡之下，就倒了五六个。

剩下的两三人还没有来到关允面前，刘宝家一拳打倒一个，又侧身一脚踢飞一个，剩下最后一个已经吓傻了，双腿发抖，迈不动脚步。他平常欺负的都是小鱼小虾米，哪里见过如刘宝家三人拳拳到肉的真正打架，当场就吓得动弹不得。

七拳八腿之后，结束了战斗。王车军吓得心惊胆战，躺在地上干脆就没起来，起来只有挨打的份儿，不如装死。钱一天断了手指，疼得已经说不出话了，只知道捂着手指坐在地上，眼泪、鼻涕和汗水一起出来，弄得脸上跟五花肉一样恶心。

刘宝家、雷镔力、李理三人动手完毕，各自归位，分站在关允周围，俨然将关允包围在中间，成掎角之势，保护关允不受一丝威胁。任谁都看得出来，关允虽然并没有怎么动手，这场战斗的主角和指挥官其实是他。

关允抬头看了一眼围观的人群，有学校的老师，有学生，也有老街其他的小混混儿。他又看了倒在地上东倒西歪的一帮无良少年一眼，朗声说道："今天的事情大家都看到了，老街的人都听着，以后谁再敢来一中胡闹，钱一天的下场就是你们的下场。不，你们会比钱一天更惨，因为你们谁也没有一个当派出所所长的叔叔！"

关允的话掷地有声，话一说完，看到远处警车的警报灯闪烁，知道是钱爱林终于赶到了，他淡定地回头对小妹和温琳说了一句："你们先走，剩下的事情，由我处理。"

小妹已经恢复了镇静，她擦干眼泪，坚强地说道："哥，你小心点，万一顶不过，就别硬撑，好汉不吃眼前亏，以后有的是机会还回来。"

好一个小妹，小小年纪就有了长远的目光，知道隐忍的重要性，关允不由对她刮目相看。

温琳冲关允吐了吐舌头："我现在都有点怕你，你太厉害了。以前还觉得你不太男人，现在才知道，原来是你隐藏得太深。刚才你真威风，有指挥千军万马的气势。"

"你才知道呀？我哥可厉害了，我早就觉得他有朝一日一定能一飞冲天。他现在是潜龙在渊，不用多久就会是飞龙在天。"容小妹无限仰慕地看着关允，"他是我的英雄。"

温琳悄然一笑,赞同容小妹的说法:"其实呀,他也是我的英雄。"话一说完,脸莫名红了。关允领会了其中的暗示,也是会心一笑,一切尽在不言中。

温琳和容小妹刚走,钱爱林就赶到了。一身警服并且带领十几名警察的钱爱林威风凛凛,一到现场,就将人群包围了,展现出他一个派出所所长在平头百姓面前高高在上的派头。

"怎么了,都怎么了?"钱爱林大声嚷嚷,分开人群,一脸威严,"谁在聚众闹事?谁在打架斗殴?谁敢在一中的门口……"

话说一半,发现坐在地上的钱一天捂着右手,脸已经扭曲得变形,他顿时跳了起来:"谁干的?谁下的狠手,滚出来,老子今天非灭了他不可。"

"是我。"伴随着一声淡然的回答,刘宝家人影一闪,来到钱爱林面前,"钱所,你今天想怎么灭了我?"

钱爱林是谁通知过来的已经并不重要,重要的是,他来了,肯定会不问青红皂白就偏向钱一天的立场。

钱爱林本来一见侄子的惨状就急火攻心,抬头一看是刘宝家,顿时心里一颤,气焰莫名就低了几分:"宝家……怎么是你?"

"怎么不能是我?"刘宝家气焰嚣张,"钱所,今天的事情,我承认是我先动的手,来,有本事带我走!钱一天的小拇指也是我废的。刚才就算你在场,我也照废不误!"

挑衅,明目张胆的挑衅,钱爱林担任所长以来,没有任何一人在他面前闹了事还敢如此嚣张地说话。本来有心看在刘爱国的面子上忍让一下,没想到刘宝家打伤人还敢这么狂妄,钱爱林勃然大怒:"好,你承认是你打人,我就成全你。铐上,带走!"

"慢着!"关允镇静地向前迈出一步,"钱所,在事实没有调查清楚之前,我希望你先不要带走人。"

钱爱林瞥了关允一眼,极度轻蔑地说道:"关允,你以什么身份和我说话?"

"我以受害者家属和县委办秘书科科长的双重身份!"关允直视钱爱林的双眼,他虽然才二十多岁,和钱爱林四十多岁的人无法相比人生阅历和经验,但他的气势丝毫不输钱爱林半分,甚至还隐隐压了钱爱林一头。

于公,关允比钱爱林级别高,于私,钱一天冒犯容小妹在先,于公于私,他都不理亏,自然心里底气十足。况且,既然今天将事情闹大,敢当着钱爱林的面承认废了钱一天一根手指,就是不怕和钱爱林撕破脸皮。

就如上次冷枫对关允所说的一样,要阳谋,不要阴谋。虽然打打闹闹有违冷枫意愿，但是对方挑事在先，也并非关允所愿，好在关允记住了一点，要打就打得对方心服口服，他要在钱爱林面前露露本事，同时，也要正式点燃钱爱林这根导火索。

也是时候了，相信李永昌和郭伟全的黄梁市之行会有一定收获，那么可以预见的是，孔县的变局有了新的变动。还有一点，李永昌在常委会之后就立刻动身前往市里，证明他的反弹十分强烈，并不想放弃在孔县庞大的利益。

孔县今年的秋天，必定会有一场秋风苦雨。

"受害者家属？什么受害者家属？"钱爱林将心一横，感觉受到了平生莫大的屈辱，侄子手指被废，关允几个小年轻嘴巴上毛都没有长齐，就想骑到他的脖子上拉屎，真以为他是吓大的，就用手一拍腰间的手枪，恐吓说道，"你们聚众闹事，打伤路人，信不信我连你这个科长也一起抓了？"

逼退

"我信。"关允看了周围黑压压的人群一眼，依然不慌不忙，"上次刘宝家被你抓走，我就对王车军说了一句话，你是请神容易送神难，车军还不信。现在车军也在场，你问问他，如果你连我也带走，你会有什么严重的后果？"

王车军早从地上装死的状态中恢复过来，已经站了起来，躲在人群之中，不敢露面，也不想走，想暗中观察事态发展，不料却被关允点了名。王车军只好硬着头皮站出来，勉强一笑："关允，今天的事情，我看就算了。钱所，都是朋友，各退一步，抬头不见低头见，闹僵了不太好。"

钱爱林目光阴阴地看了王车军一眼，王车军和钱一天关系不错，他心里有数。钱一天现在倒在地上，王车军不但没事人一样，还打圆场和稀泥，他心里就对王车军有了意见，认为王车军不够朋友，没有担当，就不满地说道："车军，人倒了一地，就你没事，有本事啊。"

王车军心中暗骂钱爱林笨猪，都什么时候了，还鼠腹鸡肠计较这些，难道没看出来关允摆的是龙门阵，准备了一个大陷阱？以他对关允的了解，如果关允不是准备充分，早有了应对之策，才不会这么淡定，而且说到底，今天的事情还是钱一天有错在先。

王车军心中暗暗后悔，怎么就一时酒后失态，跟钱一天来一中转悠，他是什么身份？堂堂的县委书记的通讯员，还要和老街的混混儿一样在一中门口吹口哨调戏小女生，传到舅舅耳中，肯定会被大骂一顿。

主要还有一点,他潜意识里不愿意承认的是,他是被关允刚才冷静而冷漠的出手吓到了。他比谁都看得清楚,别看真正动手的是刘宝家三人,实际上指挥若定不发一言的关允才是策划者。

"本来就没我什么事,我又没有调戏关允的妹妹。"王车军很及时地撇清自己,也是在暗示钱爱林,见好就收,事情是由钱一天先引起的,理亏。王车军也看清了形势,不能陷到里面,否则容易沾一身脏水。

钱爱林顿时明白几分,王车军的舅舅是他最大的仗势,现在王车军明显向后退,他就知道事情不好收场,回身对关允说道:"车军既然这么说了,要不这样,先送一天去医院,关允你和车军留下来,把情况说明一下。宝家几个人也先别走,补充一下情况……"

话没说完,钱一天突然从地上站起来,一脚就朝刘宝家踢去:"害我断手指,刘宝家,我跟你势不两立。"

刘宝家岂能让他打中?一让就闪到一边,回了一句:"呸!就你也配!"

钱一天没打中刘宝家,转身就又来踢关允。他算是想明白了,刚才关允绊他一下就是信号,所有的一切都是关允在暗中操作:"关允,我……"

话没出口,关允一扬手,一个耳光就打个正着:"钱一天,你再敢闹腾一下,就算钱所长在,今天也要再打到你心服口服!"

钱爱林怒了,当面打他的侄子和当面打他的脸没有区别,他猛然掏出手枪,伸手去推关允:"关允,你再敢动手,信不信我就开枪了?"

围观的人群顿时爆发出一阵惊呼,就连王车军也吓得脸色惨白!

"有种你就开枪,想动关哥,得先打死我!"刘宝家一闪身来到关允面前,用自己的身躯挡住了钱爱林的手枪,"不过我敢说,钱所,你枪一响,我的两个兄弟拼了命不要,也要把你和钱一天当场打死。"

有兄弟舍身相救,关允当欣慰矣。

"还有我!"

"还有我!"

雷镔力和李理一前一后都挡在关允身前,将关允挡得严严实实,都毫不犹豫愿意牺牲自己也要让关允活命。如此兄弟情义,生死相依,不离不弃,令现场无数人为之动容。

王车军目光闪烁不定,心思浮沉,关允有这么好的三个兄弟,他忌妒得要死。人的一生,权力固然重要,但生死相依的兄弟情谊,也是一生最重要的财富之一。关允这小子,太幸运了。

关允轻轻分开三位兄弟,挺身站在钱爱林的面前,只说了一句话:"钱所,收起枪,你的枪里没子弹,吓唬不住人。还有,李二狗、翟大坏虽然跑到了直全县,但他们逃跑之前,都说了实话,陈氏火烧店的事情,已经瞒不住了。"

钱爱林张大嘴巴,难以置信地看着关允,被关允的一番话震惊得耳朵嗡嗡直响,李二狗和翟大坏就是在陈氏火烧店挑事的四人中的两个。钱爱林的内心一阵阵后悔和恐慌,更让他差点站立不稳的是,刘宝家也冷冷一笑,接了一句:"钱所,李金莲的家门,你最近可是没少去,脚印留了不少,照片估计也有。"

李金莲是钱爱林在县城后街的相好李寡妇。

关允和刘宝家的话就如两记重拳,一拳打中钱爱林的左脸,一拳打中他的右脸。钱爱林愣了片刻,默默地收起手枪,还挤出一丝笑容,一挥手,一言不发地转身就走。

人群一下轰动了,等钱爱林和几名警察灰溜溜拉走钱一天之后,猛然爆发出雷鸣般的掌声。

关允一句话吓退钱爱林,刘宝家三人在一中门口爆打小混混儿,一夜之间传遍了县城。到第二天,消息更是如长了翅膀一样传遍全县,尤其是关允掷地有声的一句"以后谁再敢来一中胡闹,钱一天的下场就是你们的下场"的警告,让全县城的混混儿为之胆寒。

事后有人不服,认为关允说大话,照常来一中门口招摇,结果就被人打得连滚带爬,满地找牙。从此以后,为害了一中多年的顽疾终于得以治愈,再也没有小混混儿敢来一中门口调戏妹子了。

一场风波就此平息,等人群渐渐散去,就连关允、刘宝家等人也消失在暮色之中,王车军才一个人迈动沉重的脚步,一步一挪地回了县委。今晚的变故,让他大受打击,不仅仅是关允强势出手,压得钱爱林当众丢人不说,自己也全面溃败,而且关允身边的三个追随者对他太忠心耿耿了,第一次让王车军感到了自身的孤单。

一个好汉三个帮,谁不想身边有几个忠心追随的好兄弟?王车军一向自认为除了学历不如关允以外,他的身高和背景都比关允强太多,现在才发现,其实和关允相比,他还有欠缺的地方,就是太势单力薄了。

光有一个舅舅还不行,关键的时候,还是需要几个朋友挺身而出才行。刚才刘宝家、雷镔力和李理为关允挺身而出的一幕,说实话,他真是感动,感动之余,更是忌妒得不行。

也不知道舅舅在黄梁市的事情进展得怎么样了?王车军被夜风一吹,又清

醒了不少。他更加认识到，今天的事情不同寻常，关允在县委隐忍一年多，从来不敢大声说话，即使翻身了，也还刻意保持低调。但刚才关允当众盛气凌人，逼迫得堂堂的城关镇派出所所长哑口无言，最后灰溜溜走人……背后肯定有文章。

难道是想拿掉钱爱林，让崔玉强重新站队？王车军也不白在县委混了一年多，对县委的局势了解得还算透彻，想明白其中的环节之后，他就想等明天一见到舅舅，就告诉舅舅刚刚发生的事情。

关允回到宿舍，又练习了一会儿书法并且读了几遍古诗才睡下。睡前，他又想起温琳找他本来有事要说，却不承想先是停电闹出了旖旎事件，然后又因为小妹，他和钱爱林真刀实枪上演了一场大戏，最终温琳还是回家去住，没说成事情。

次日一早，县委之中就开始有风声流传，说是昨晚钱爱林当着一中无数老师和学生的面，在孔县一中门口拔枪对准县委一名副科干部，影响十分恶劣。孔县一中全体师生对钱爱林的行径十分不满，准备联名向县委、县政府提出抗议。

八点多，李永昌迈着淡定自信的步伐走进办公室的时候，温琳已经打好热水并且清洁了房间。他淡淡地看了温琳一眼，想起昨晚在黄梁市一切顺利的进展，心情大好，说道："温琳，昨晚我在市里见到你大姨，她一切都好，让你不用挂念她。"

"谢谢李书记。"温琳清楚李永昌是在向她暗示他昨晚去市里了，言外之意就是他在市里的关系很硬，虽然现在县委形势有变，但他还是会屹立不倒。

"对了，有这么一个事情，对你来说也许是一个机会……"李永昌意味深长地看了温琳一会儿，才慢条斯理地说道，"蒋书记的秘书明年下半年要外放，从现在开始，市委办就开始为蒋书记物色新的秘书，我觉得你的条件挺不错，可以争取一下。"

温琳一下愣住了。

怎么接招

温琳却没有露出李永昌期待中的惊喜表情，只是很平静地回了一句："我不太合适，谢谢李书记的好意。"

"怎么就不合适？不要看轻自己，我就觉得你很不错嘛。"李永昌试图说服温琳,"机会难得,要相信自己的实力,总要试一试才知道行不行。再说,叶部长又在市里,正好可以互相照应。"

温琳虽然不明白李永昌如此热心为她着想是什么用意,但她自认和李永昌没什么交情,李永昌对她也一向一般,天下不会掉馅饼,肯定背后有讲究。更何况,她的志向已经悄然有所改变,昨晚她本想和关允商量一下的事情是,她想跳出官场。

"不如让车军去更好。"温琳努力笑了一笑,"李书记还有事吗?没事的话,我先回秘书科了。"

李永昌脸色微微一变,随即摆了摆手,等温琳走后,他又摇头笑了:"丫头片子,还想跟我耍心眼儿?"话音刚落,他听到敲门声,接着王车军急急进来了。

"舅舅,昨天晚上出事了。"

李永昌今天凌晨才回到县委,还没有听到发生在孔县一中的大事。他正沉浸在对县委局势下一步的规划之中,却没想到,一件突如其来的事件,打乱了他的精心部署。

"什么?"听完王车军的叙述,李永昌怒了,扬手打翻桌子上温琳刚倒的一杯热水,骂道,"钱爱林这个不长眼的东西,真没脑子。"

"怎么办,舅舅?"王车军一脸紧张。

"不怎么办,见机行事。"没什么文化的李永昌突然冒出一句文雅词,或许是怕王车军听不懂,又强调说道,"走一步看一步,以不影响大局为前提,主要看李逸风和冷枫的反应。最后实在没办法,就只能牺牲钱爱林了。"

"我也觉得钱爱林不能再保,是卸磨杀驴的时候了。"王车军目露凶光,"该狠的时候,就得狠一点。"

"就算卸磨杀驴也不能由我们动手,这个难题,得交给崔玉强。"李永昌低头一想,"车军,你一会儿通知一下崔玉强,让他来我办公室一趟。"

"好。"

"最近李逸风对你的态度有没有变化?"李永昌又想起昨晚和蒋雪松一起吃饭时的谈话,心中更加多了几分自信。

"还好,老样子,没看出变化。"

"没看出变化就是有变化了。冷枫用冷面冷言来掩饰他的手腕,李逸风用一成不变来迷惑外人,东风和西风都有两下子。"李永昌叮嘱王车军,"工程暂时停工了,你最近少去工地,多围着李逸风身边转,争取尽快摸清他的心思。"

"我知道了。"

"还有一件事情,蒋书记有意从下面区县的通讯员中选拔一个秘书,他的秘书要外放了,我昨天和他吃饭的时候,推荐了温琳。"

"温……琳?"王车军差点跳起来,"舅,能跟在蒋书记身边当上大秘书,是多少人梦寐以求的机会,你怎么不推荐我?"

"迷糊,我能推荐你吗?"李永昌自得地笑了,"我推荐温琳是卖叶林一个人情,最后各区县报名的时候,叶林还要把关,如果她不放行,就不可能调到市委办。"

"可是……"王车军还不明白。

"蒋书记很在意个人名声,他是一个很自律的人,绝对不会用女秘书。"李永昌微微一笑,目光深远地望向窗外,"我推荐温琳,叶林到时候会好意思不推荐你吗?"

王车军会心地笑了:"舅舅真高明,要是我有舅舅一半的本事,现在估计也能飞出孔县了。"

"你以后肯定会超过我,早晚会飞出孔县,但也不必过于着急。孔县虽小,五脏俱全,而且孔县的局势很复杂,你要是在孔县能站得高看得远,等以后你出了孔县,不管走到哪里,都有底气。"

王车军点点头,认可了李永昌的说法。别的不说,单是孔县从省城空降的一二把手,就足以让孔县的局势复杂难辨。

王车军就在李永昌的办公室,用李永昌的电话打给崔玉强。崔玉强接到电话,说是马上就到。

崔玉强和李永昌会面要谈到钱爱林的命运,以及崔玉强在县委局势中的立场,王车军就不好旁听,转身回了秘书科。关允不在,只有温琳一人在托腮沉思。

"温琳,昨天晚上的事情……对不起,我喝多了,不是故意的。"王车军见温琳神思渺茫,一脸落寞,好像在思念谁,他心中的妒火就点燃了,想起昨晚关允和温琳在一起,越想越觉得温琳和关允发生了什么。

温琳漫不经心地看了王车军一眼,根本就没接他的话,而是说道:"王车军,我要恭喜你了。"

王车军不解:"恭喜我什么?"

"你舅舅又要为你安排更远大的前途,祝你前程似锦。"

王车军愣住了,刚才和舅舅对话时,听舅舅的口气温琳应该是没有听出什么,没想到,真是小瞧了温琳,原来温琳这么有政治头脑?他不由多打量了温琳几眼。

不看还好,一看脑子"嗡"的一声,差点失手打落手中的水杯。

温琳的脖子上明显有一处吻痕,虽然藏在衣领深处,但一向喜欢顺着女人衣领向里看的他一眼就看得分明,肯定是关允干的好事!

蓦然,王车军感觉就如自己最心爱的东西被人夺走一样,一股不可抑制的愤怒如潮水般瞬间将他淹没。好一对狗男女!他心里狠狠地骂了一句,等着,等着……

到底要让关允和温琳等着什么,他已经想不出来什么恶毒的语言来形容了,只觉得一阵天旋地转,身子一晃,就要摔倒。

"车军,怎么了?"关允正好进来,伸手扶了王车军一把,将王车军扶到座位上,"是不是受了风寒?"

王车军不是受了风寒,是受了心伤,他不领情地推了关允一把:"我没事,不要你管。"他又觉得有些事情不吐不快,就说:"关允,温琳,我提醒一下,虽然县委没有明确规定一个办公室不能谈恋爱,但我希望你们不要做出影响工作、影响自身形象的事情。"

要是平常,温琳非得一顿快语如珠还回来不可,但这次只是脸微微一红,低下头,不说话了。还是关允脸皮厚,呵呵一笑:"车军你多心了,我和温琳没谈恋爱。"

不等王车军再说什么,关允压低了声音说道:"我们今天说话办事都注意点,刚才冷县长发火了,火气很大,拍了桌子,找李书记去了。李书记也生气了,立刻召开书记办公会,现在估计快讨论出结果了……钱爱林,不好过关了。"

"冷县长发火了?真的,我还没见过冷县长发火,以为他一直冷若冰霜,原来冰人也有火气?"温琳嘻嘻一笑。

"嘘。"关允做了一个噤声的手势,"安心工作,少说,多做。"

温琳白了关允一眼,埋头做事。王车军却目光深沉地望向窗外,一言不发。

一个小时后,从书记办公会传出风声:冷枫坚决要求严惩钱爱林;李永昌替钱爱林开脱;崔玉强列席书记办公会,没有表态;李逸风最后拍板,暂停钱爱林工作,停职反省。

按说一个派出所所长的处置,不值得上书记办公会讨论。但孔县无大事,小县的弊端就是任何事情都会发生在书记的眼皮底下,被书记看得一清二楚,书记就会事事插上一手。如此一来,下面副职的权力就被大大削弱了。

冷枫借机想拿下钱爱林的举动,在不少人的意料之中。毕竟钱爱林和关允起了冲突,出于对关允的爱护和维护县长的尊严,拿一个派出所所长开刀,彰显县长的权威,也在情理之中。不过李逸风的态度令人不解,许多人都以为李逸风会抓住机会,力主拿下钱爱林,同时借钱爱林撬开崔玉强和李永昌之间的联盟。但没想到,李逸风在关键时刻似乎没有下定决心,而是采取一个让钱爱林停职反省的折中方式。

县委许多想借机看戏的人大失所望,同时也暗暗猜测,莫非是哪里出现了变故?到底是崔玉强态度摇摆不定,没有决定好倒向李逸风还是李永昌,又或是另有其他的原因?

一天后,一则传闻让县委众人恍然大悟——市委书记蒋雪松将于一周之后亲临孔县视察工作。这是孔县近十年来,第一位来视察工作的市委一把手!

原来如此,原来是李永昌请动蒋雪松来大壮声威。怪不得李逸风没有在钱爱林的事情上坚持,怪不得崔玉强在钱爱林的事情上也没有正面表态,怪不得李永昌态度强硬地为钱爱林开脱!

不过更让众人期待的是,蒋书记来孔县视察工作,肯定要视察流沙河大坝项目,现在大坝停工,难道说等蒋书记来孔县的时候,大坝项目还不会复工?

也有人猜到了其中的微妙之处,李永昌请动蒋雪松来孔县视察,是想利用蒋雪松的工作视察,逼李逸风和冷枫让步。

李逸风和冷枫要怎样接招?

还没见到李逸风和冷枫有什么举动,三天后,省里关于平坟复耕的文件下发了。

东风西风要变旋风

和冷枫所说的一样,省政府下发的平坟复耕文件,要求三年内完成全省农村公益性公墓全覆盖,火化率百分之百,逐步取消旧坟头,不再出现新坟头等等。政策规定,要求各地市根据省政府文件精神,再根据当地情况具体落实,并提出在具体执行的过程中,要充分考虑到农民的情绪,并给予一定的经济补偿。

文件一下发,李永昌顿时喜出望外,省委省政府的文件简直就是及时雨。这下好了,李逸风和冷枫还有什么理由压着大坝项目不开工?他当即找来郭伟全,一合计,准备联名向李逸风提议召开常委会,来研究讨论平坟复耕政策落实问题,以及流沙河大坝项目的开工日期。

郭伟全坐在李永昌办公室的沙发上,喜形于色:"好事不断,李书记,局面就要全面打开了。等落实了省里的文件精神,然后大坝复工,再在蒋书记视察工作之前让钱爱林复职,节奏就又重新掌握在了手里。"

"什么叫'又重新'?"李永昌自信地一笑,"孔县的节奏从来就没有被打乱过,有些人唯恐天下不乱,到处制造麻烦,又能怎么样?说到底,孔县还是孔县人民的孔县。"

"说得是,李书记就是孔县人民的民心所向,是孔县的代表。"郭伟全不无谄媚地奉承一句。

"哈哈,伟全,你太高抬我了,我不过是孔县的儿子,想为孔县百姓做一点儿好事,毕竟孔县是生我养我的地方。我和别人不一样,别人以后可以拍拍屁股走人,管他身后是洪水滔天,只要自己有前程就行,但我还要在孔县一直生活下去,要在孔县养老,谁也没有我对孔县的感情深啊。"李永昌的话,既暗示他永远不会放手对孔县的掌控,同时也是一次深情的演说,要将自己的形象升华并且无限拔高。

"崔玉强最近……"郭伟全也意识到李逸风有意借钱爱林事件逼崔玉强表态,以此收权,但崔玉强忽然又谨慎地收回脚步,难道是李永昌在背后又警告了崔玉强?

"崔玉强最近工作忙。"李永昌含糊其词地说道,"他对钱爱林问题的处置是正确的。"

郭伟全多少明白几分,知道李永昌在背后肯定敲打崔玉强了,就不再多问。但基本上可以断定,孔县局势,又完全向李永昌一方倾斜了。

随后,县里召开了书记办公会,研究落实省政府平坟复耕文件精神。

参加书记办公会的与会人员除了李逸风、冷枫之外,还有李永昌、桂晓杰和郭伟全。尽管规定书记办公会不是一级决策机构,不得决定重大问题,不能用书记办公会代替常委会,但由于党委班子在常委会所占的比重过大,基本上书记办公会讨论通过的决定,就等于是常委会的决定。

毕竟,书记和县长以及几名副书记都点头了,就占了常委会一半的比例。也就是说,今天书记办公会讨论通过的决定,就相当于最终决定。

李永昌环视一下李逸风并不宽大的办公室,心情无比舒畅。李逸风一来孔县就处在他明里暗里的摆布之下,也正是在他的一手推动下,李逸风和冷枫才势不两立,在孔县上演了一场又一场刀光剑影。就连李逸风在哪间办公室办公,也得他说了算,这是何等的权势!

现在李逸风和冷枫想折腾事情?想不听他摆布?可以,出了孔县,随便。但在孔县境内,别想,不按照他的意志来,就算是县委一号,也不行。

李永昌心中豪气冲天,哪怕就是李逸风和冷枫联手,也别想绕过他!

众人到齐后,李逸风就说:"今天召集同志们来开会,有两件事情:一是省里下发的平坟复耕的文件,要具体研究一下怎么落实;二是借省里推动平坟复耕的东风,研究一下大坝项目的复工问题。"

果然,两项议题全是围绕坟头和大坝,李永昌微微一笑,一切都在他的掌握之中。停工了,可以复工,能有什么?也就是他头上挨了一棍而已,反而更显得他劳苦功高,为孔县鞠躬尽瘁,死而后已。

"不过在讨论之前,我先宣布一项决定。"正当李永昌沾沾自喜之时,李逸风突然又抛出一个意外插曲,"经过我和冷枫同志协商,决定将办公室对换一下。"

李永昌脸上的微笑顿时凝固,不止是他,就连桂晓杰和郭伟全也全部惊呆了,这……这又是哪一出?好好的,怎么又要对换办公室,不是才换办公室不到一年?

桂晓杰和郭伟全惊呆也算正常,李逸风当初和冷枫对换办公室的内情,他们并不清楚,而李永昌就不只是惊呆了,心中还一阵莫名的恐慌。是的,他慌乱了,尽管他自信满满,不认为李逸风和冷枫联手会对他造成什么威胁,但真正意识到李逸风和冷枫在背后达成某种共识,还是不免信心动摇了。

他再自恃在孔县有几十年的根基,但面对一二把手的联手,也清楚政治上的事情,有时候确实是权力意志不可抵挡。李逸风和冷枫交换的不是办公室,是意见,是达成某种妥协的信号。想当初是他摆布李逸风如他所愿换了办公室,现在李逸风事先没有征求他的意见,连王车军也毫不知情,就直接做出决定,很明显,李逸风是在借此向他宣告,要和他保持一定距离了。

李永昌的情绪就一下低落了。

"平坟复耕的政策,是好政策,市里近期也会有相应的文件下发。或许别的区县可以根据自己的实际情况,等一等再制定具体的落实政策,但孔县等不及了,因为大坝项目的问题,正好和平坟复耕政策相顺应。我个人意见是,具体落实工作,由伟全同志主抓。"李逸风说完对换办公室的事情后,不等别人发表意见,就直接提到议题,可见,对换办公室的事情已经定了,不容讨论。

李逸风话一说完,目光看向冷枫。

冷枫接过话头:"孔县的情况特殊,大坝项目涉及大概十几个坟头,处理不好,说不定会和省里的政策冲突。逸风同志提议伟全同志主抓平坟行动,我没意见。不过伟全同志不是孔县人,对孔县的风土人情可能不够了解,我认为有必要成立平坟行动领导小组,由永昌同志担任组长,负责指导工作,伟全同志主抓具体落实。"

桂晓杰意味深长地说了一句:"这样的话,永昌和伟全同志身上的担子,会不会太重?"

"不会,永昌和伟全正好负责大坝项目,大坝项目和平坟行动不冲突,可以同时交叉进行。"冷枫做了解释说明,目光淡然地看了桂晓杰一眼,他心里清楚桂晓杰有意见。身为副书记遇到大事情总被排斥在外,确实令人气愤,但也没办法,也不是有意排挤桂晓杰,而是另有原因。

桂晓杰不说话了,不过脸上还是明显地流露出不满的神色。

李永昌的自信又恢复了,怎么样?孔县大事小事,还是绕不过他,离开他,孔县的事情就玩不转。他当仁不让地说道:"既然县委县政府这么信任我和伟全,多压点担子也没什么,都是为了工作嘛。回头我和伟全拟一个草案出来,再报常委会讨论通过。"

郭伟全也点头附和:"我表个态,一定不会辜负县委县政府的重托,切实落实平坟复耕的文件精神。"

第一个议题就算定下了,李逸风点点头,又问:"关支书的问题和关家村的坟地征用的协商,处理得怎么样了?"

关支书一直被看管在拘留所,李永昌最近忙,没顾得上吩咐钱爱林特意照顾关支书一下。钱爱林也正好被一堆杂事折腾得够呛,也忘了好好请关支书吃一顿板面。结果,关支书还真悠闲地住起了"免费旅馆",管吃管住的日子还挺滋润。

大坝项目的地址正好坐落在关家村的地界。原本以为只有几个坟头,结果关支书被抓之后,关家村一下冒出了十几人,声称大坝压住了自家的祖坟,在工地上又抢东西又闹事,幸好停工了,否则非得闹得鸡飞狗跳不可。

郭伟全出面和关家村做工作,村支书也出面协调,最后初步达成共识,每家每户补偿五十元,算是暂时平息了坟头事件。

"进展顺利,关家村的村民已经接受补偿条件,大坝项目随时可以复工。"李永昌答道。

李逸风和冷枫交流了一下眼神,随后李逸风站了起来:"好,我宣布,大坝项目即日起正式复工。"

孔县无人丰收

书记办公会后,李逸风和冷枫要对换办公室,大坝项目要重新复工,再有蒋书记要来孔县视察工作,等等。一系列的风声传闻交织在一起,从而让孔县历史上最绚丽多彩的秋天,正式进入第二阶段。

李永昌和郭伟全的工作效率极高,只开了个碰头会就敲定了孔县平坟复耕的具体落实的指导意见:一是充分调动广大党员干部的带头作用,实行分片包干制,每个党员干部负责一片,务必按期完成任务;二是每户人家平坟补偿费用为六十元,由县财政承担。

指导意见提交到常委会研究,李逸风没提什么意见,冷枫也点头默认,就一致获得了通过。随后,又举行了平坟复耕行动领导小组成立大会,组长李永昌,副组长郭伟全,组员若干,并同时召开平坟复耕行动的动员大会。

一身兼任两大领导小组的组长和副组长,李永昌和郭伟全在孔县的威望和风头,一时无二!

尤其是李永昌,在受到大坝停工事件的冲击、钱爱林问题的牵连以及崔玉强左右摇摆的负面影响之后,成功地借助蒋雪松即将前来的工作视察和省里的平坟复耕政策,打了一个漂亮的翻身仗不说。他再次跃居潮头,压得李逸风和冷枫只有招架之功,没有还手之力!

不,甚至有人认为,李逸风除了象征性地将办公室和冷枫对调之外,似乎已经无计可施了。

不少人就私下议论,难道说孔县离开李永昌真的就不转了,怎么事事都要李永昌牵头?堂堂的县委一把手和二把手,事事都不抓在手中,也不知道到底想要怎样,真的就任由孔县被李永昌全盘掌控?

平坟复耕是省里的政策,书记和县长不主抓在手,不趁机捞取政绩,却要拱手让给李永昌。李逸风也好,冷枫也罢,难道是脑子进水了?

不止外人不理解,关允也是一时迷惑。上次冷枫事先透露省里要出台平坟的相关文件时,他以为文件一下发,冷枫就会借机亲自上阵主抓平坟复耕,借平坟复耕的东风,逐步掌控大坝项目的主动权。没想到,文件正式出台后,不但李逸风没有接手,冷枫也没有亲自挂帅,还是将担子压在李永昌身上,背后……又有什么内情不成?

不过联想到李逸风和冷枫各自的背景,不约而同都不接平坟复耕的担子,肯定是二人都看出了什么。如果说大坝项目不是丰碑就是地雷,那么或许平坟复耕行动就完全是一个大坑,所以李逸风和冷枫才避之不及。

一天后,在李永昌的主持下,流沙河大坝项目重新开工。在隆隆的机器轰鸣声中,李永昌的脸庞被秋日的骄阳映得通红,仿佛年轻了十几岁一样。现场不少人纷纷议论,孔县今年秋天的主角就一个人,除了李永昌之外,孔县无人丰收。

流沙河大坝项目重新开工之后,平坟问题就正式提上日程。现在正是秋收大忙时节,现在奠定平坟的基础,动作快的话,大干一周就能将坟头全部放平,还可以播种上冬小麦或是别的作物,可以大幅提高来年的粮食产量,绝对是天大的政绩。

平坟复耕工作会议在县委礼堂召开,李永昌主持会议,与会人员包括孔县大大小小的中层干部,包括各乡镇的一二把手、各局局长以及相关部门负责人。

"村民自平一个坟头,可获补偿六十元,如果由工作组出面平坟,一分补偿也不给。"李永昌坐在主席台上,指挥若定,挥斥方遒,重重地一拍桌子,强调道,"平坟复耕是一项必须完成的政治任务。村干部不带头,就免职;教师不带头,就停课;党员不带头,就撤销党籍;村民不主动回家平坟,就用铲车抓坟。总之一句话,不惜一切代价,铲平孔县大地上每一个坟头!"

其实在许多政策落实的具体执行过程中,轰轰烈烈也好,热火朝天也好,都是下级为上级精心准备的大餐。至于在大餐背后耗费了多少人力物力,有没有真正落到实处,上级领导不清楚,基层干部却心里有数。

李永昌的政策一出台,县委、学校和乡镇一片骂声。不少人都跳着脚骂李永昌数典忘祖,自己是孔县人,却挖孔县的祖坟,不是个东西。

骂声未落,李永昌就做出一个令无数人震惊的事情,顿时让众人鸦雀无声——李永昌带头平了自家的祖坟,不但是带头,而且还亲自动手,一铲下去,他祖上三代的坟头全部铲平!

厉害,果然是一个厉害人物,竟然对自己也下得了狠手。

榜样的力量是无穷的,李永昌亲自带头平了自家祖坟,让许多心存幻想准备负隅顽抗的村民彻底死了心,决定不再死撑到底。当然,也有个别死心眼儿的村民放出话来,坟在人在,坟平人亡,要以死抗争。

李永昌听了只是淡淡一笑,说道:"瞎胡闹,活人重要还是死人重要?谁敢拦着,拉一边去,让他在一边看着,直接用推土机推平坟头,看他是死是活。"

平坟行动在李永昌的强力推动下，开了一个还算不错的头。就连李逸风和冷枫听了消息后，也是十分震惊，没想到李永昌真敢拿自家祖坟开刀，还真是小瞧了他。

其实要论糊弄百姓，玩欺上瞒下的手腕，李永昌在孔县自称第二，没有敢说第一。关允对李永昌带头平了自家祖坟一事，初听之下也是微微吃惊。但等他到李永昌祖坟实地考察之后，他就含蓄地笑了，回到县委，就敲开冷枫办公室的门。

"县长，平坟行动的实质不是平坟，是要在广大村民心中树立起火葬的观念，移风易俗，改变土葬的旧观念，而不是只平了了事。"关允现在和冷枫的关系密切了许多，一进门就说了一通话。

冷枫正在埋头看一份文件，一听关允的话，就知道他话里有话，问道："有什么话你就尽管说，别吞吞吐吐的。"

"李书记家的祖坟是平了，但只是平了坟头，下面的棺材没动，最主要的是，墓碑也没有搬走。"关允一边说，一边替冷枫续了水。

"哦？"冷枫听出了弦外之音，饶有兴趣地看了关允一眼，"墓碑没有搬走，又是什么用意？"

"直接埋在坟头，随时可以再堆起坟头立起墓碑。"

"原来是猫盖屎。"冷枫微微点头，"有一套，真有一套。在基层工作时间长了，手法让人防不胜防。"

关允默然一笑，相信李永昌的手法确实瞒过了冷枫和李逸风。他又想了一想，还是忍不住问道："平坟复耕是省政府直接下发的文件，县委县政府应该更重视才对。"

更重视的言外之意就是，李逸风或冷枫应该有一人出面挂帅负责才对。

冷枫没有说话，站了起来，端起水杯，不经意间，他手上的印痕又落在关允的眼中，关允的心思就又动了一动。官场之上，每个人的背景都掩藏在深处，没那么容易看清，但有时候根据细心观察和综合分析，也能从蛛丝马迹之中发现有用的信息。

冷枫的来历深不可测，虽然他三十五岁担任县长似乎并不算突出，但关允有理由相信，冷枫要走的官路可能不同于一般人，不可以寻常度之。

"上次的内参你也看过，知道了陈省长是海归派。海归派思想开放，思路活跃，但缺点也很明显，就是基层工作经验不足，对国情的了解不够深入。"冷枫很爱喝水，茶杯几乎从不离手，他喝了一口水，又说，"平坟复耕政策是好事，但再好的事情也要讲究一个方法策略。曾国藩说过,事以急败,思因缓得,官场上有些事情要缓事急办,而有些事情却要急事缓办。"

关允点头,一直以来在对许多问题的看法上,他和冷枫的立场总是惊人的一致,也是他最终决定全面倒向冷枫的关键因素。如果他事事和冷枫的看法相左,即使冷枫再有背景,他也不会紧紧跟随冷枫的脚步。尽管说来以他现在的层次谈政治理想,说出去会让人笑掉大牙,但关允还是认可老容头的话,宁肯晚上几年等一个志同道合的靠山,也不会病急乱投医,倒向一个政见不和的后台。

"在中国人的传统观念中,坟墓有着特殊的情感寄托。平坟虽然是趋势,但这样大规模、急速的平坟行动,还是需要一个缓冲期,一个让老百姓接受的过程,一个在心理上可以接受的感情缓冲期。坟头好平,民心难平呀。"冷枫猛然转过身来,目光无比坚定地说道,"我认为省政府平坟复耕的政策没有问题,有问题的是下发的时机不对,有问题的是陈省长没有看清省委的形势!"

以关允目前的境界,对市委的局势还是雾里看花,更何况省委。一听冷枫第一次分析省委形势,他立刻竖起耳朵,想要听听冷枫对省委局势的看法和老容头曾经说过的三言两语的点评,是否不谋而合!

孔县四件大事

不过让关允失望的是,冷枫并没有长篇大论地谈论省里的局势,只是在沉吟一会儿之后,轻轻地放下水杯,说道:"省里的局势,你也不用过多关注,和你关系不大,天天仰着脖子向上看,很累人,还是埋头做好孔县的工作为第一。省委的局势,现在很复杂。据说平坟复耕文件下发之前,没有报省委一号过目,文件下发之后,一号很生气。现在,陈省长很被动,就等平坟复耕政策收到良好的效果,才好让省委一号满意。如果最后引发各地的反弹,还不知道会是一个什么结果……"

至此,关允算是明白冷枫和李逸风都对平坟复耕行动避之不及的原因。官场之上果然处处陷阱,步步雷区,稍不留神,有时就会热心办坏事,最终哪怕出了成绩,也有可能落不了好。可怜李永昌还以为孔县离了他不转,却不知道,他只是被冷枫和李逸风当成一张牌打了出去。

有时候官场上的事情就和打牌一样,该你的时候,你必须出牌,但又想不出,怎么办?最后只能挑最没用的一张牌打出去。

话一说完,冷枫无奈地摇了摇头,沉默小半会儿,又说:"关允,上次你和钱爱林的冲突,还是太冲动了……"

关允诚恳地说道:"是,我还是年轻,没忍住,请县长批评我。"他其实知道,冷枫提及此事并不是要批评他,要批评早就批评了,也不会等到今天。冷枫的用意是想问,钱爱林身上到底有多少泥点,是不是已经数清。

"钱爱林只是停职反省,我觉得对他的处罚太轻,以他身上的问题,判个十年八年都不成问题。"关允又补充了一句。

冷枫点点头,显然是心里有数了:"先停职反省,再等等时机,孔县最近不太平,钱爱林留着比拿下有用。现在拿下了,说不定谁也牵连不到,留到以后,也许就是一个活靶子。"

关允明白了:"那接下来就只能等蒋书记的视察了?"

"蒋书记的视察,其实也是好事。"冷枫敲了敲了额头,"至少说明市委对孔县的重视。还有,蒋书记来孔县,可不是只为了视察流沙河大坝项目,他还对孔县在人才引进上面取得的成绩很感兴趣。据说,他有意从孔县挑选一名秘书。"

关允笑了笑:"估计会推荐王车军或是温琳。"

冷枫拍了拍关允的肩膀:"如果你想担任蒋书记的秘书,我也可以推荐你。"

关允摇了摇头:"蒋书记不喜欢我,还是不麻烦县长推荐了。我还是觉得跟在县长身边好一些,先扎实地做好基层工作,才能更好地进步。"

走出冷枫的办公室,关允抬头仰望明净辽远的天空,秋深了,秋天的天空愈加高远了许多,一眼望去,湛蓝得让人心醉。

现在的孔县,大事有四。

一是钱爱林的停职反省,等于是暂时搁置了。究竟钱爱林的问题会进一步发酵,还是会不了了之,最终要看各方力量碰撞的结果。

二是流沙河大坝项目重新开工。不出意外,开工之后就会全速前进,不会再有停工的可能。而且看样子,以李永昌的做事风格,大坝有望在冬天上冻之前完成百分之八十的工程量——李永昌在赶工期,要充分向县委和市委证明他的才干,要在最短的时间内在流沙河畔树立一座丰碑。

三是平坟复耕。平坟复耕最终会有什么成效,又或者说是以什么形式收场,不但事关李永昌的个人威望和地位,也和大坝项目能否顺利进展息息相关。

四是蒋雪松即将对孔县的工作视察。蒋雪松前来孔县,是孔县十几年来的大事,如果再加上流沙河大坝项目,不夸张地说,今年的孔县就如一颗耀眼的明珠,闪耀在黄梁市所辖的四区、十四县及一个县级市之中,成为黄梁市今年最耀眼的一县。

只不过在孔县耀眼的光芒之下,有许多隐患不知道何时会突然引爆,更不知道一旦引爆,会引发什么样的连锁反应。

钱爱林的问题暂时压了下来,冷枫对待此事的态度,关允还可以揣摩一二,李逸风究竟是何用意,他就不得而知了。钱爱林事件如果全部暴露出来,会不会牵连到李永昌还不好说,但肯定会连累钱爱林的直接领导崔玉强。而崔玉强到底是和李逸风暗中达成了什么共识,还是他已经铁了心要和李永昌联合到底,现在还是一团迷雾。

先不管了,反正该他做的事情他都已经做完,接下来他要着手准备的事情也有两件,一是迎接金一佳的到来,二是替老容头物色一处安身之所。平丘山山顶是不能再住了,平丘山的开发马上就要提上日程。

最近忙得有点晕头转向,有几天早上没有去和老容头聊聊了。虽然书法和古诗按老容头的要求捡了起来,而且关允自认水平还有所提高,但几天没见老容头,他还是不免想念,也有许多问题要向老容头请教。

眼见到了下班时间,明天是周六,关允回到秘书科,收拾一下东西,正准备去一中接上小妹回家——他一般一周也就回家一次,门帘一响,温琳进来了。

温琳手里拿着一份资料,一扬手,远远地扔到关允面前,"啪"的一声,声音不小,差点吓了关允一跳。关允拿起资料看了几眼,笑道:"不是挺好的,你发什么火?"

"我没发火。"温琳双手插进裤兜,半靠在桌子边上,"我就是不明白,这是什么乱七八糟的账目?大坝项目的资金管理也太成问题了。"

温琳不知道从哪里弄了一份流沙河大坝的账本,她是经济专业出身,只看了几眼就看出问题所在,顿时就恼了。

"不在其位,不谋其政。"关允淡淡地说了一句,将资料还给温琳,"哪里拿到的,赶紧还回去,省得别人多心。不该我们过目的东西,还是不看为好。"

"关允……你?"温琳愣愣地看了关允半晌,忽然叹了一口气,"也许你没有我想象中正直。"

关允也叹了一口气:"也许你没有你想象中么适合官场。在没有掌权之前,妥协或是让步,都是为了积蓄力量。和钱一天这样的混混儿过招,可以冲冠一怒,想动手就直接动手,不用含糊。但要征服孔县的最高峰,每走一步,都要

系好保护绳,小心脚下一滑就会摔下悬崖。"

"唉。"温琳无奈地摇了摇头,"官场一点也不好玩,我想辞职下海。"

关允顿时吃了一惊:"你别吓我。"

"我闲着没事呀,吓你做什么?是真这么想。上次去你宿舍,就是想说这事来着,没想到就停电了……"温琳脸红了,微一低头,又眼睛上翻偷看了关允一眼,"后来就忘了,直到今天才想起来。"

"你再好好考虑考虑,别一时冲动。"关允的手放在账本上面,翻开又合上,"有些事情明明你知道,却不能说破,为什么?因为你没有证据。看破不说破是官场常态,也是一种境界。行了,温琳,你把账本还回去,然后陪我一起去看房子。"

"看什么房子?"

"我要为老容头找一处房子,平丘山一开发,他就不能住在平丘山了。"

"好,我陪你去。"温琳似乎又开心了几分,眼睛一转,又问,"老容头是谁?"

关允才想起直到现在为止,他和老容头的忘年交还没人知道,温琳当是第一人,就连刘宝家三人也没怎么听他说过,就说:"路上再告诉你。"

"你的秘密真多。"温琳拿起账本打了关允的脑袋一下,"好吧,等下我也告诉你我的一个秘密。"

不多时,温琳还了账本回来,看到了下班的时间,二人就一起出了门。关允又特意跑到冷枫的办公室问了问还有没有事情,得知没事之后,他才和温琳一起走出县委大院。

"明天金一佳来,要正式谈判,我还有点紧张。"温琳笑了笑,一下跳起,伸手从树上摘下一片树叶拿在手中转着玩,"我告诉你一个秘密,你可不许告诉别人。蒋书记还真有意让我当他的秘书,还特意让我姨将我的简历调了出来。这下好,李永昌弄不好要弄巧成拙了。"

"真……的?"关允可是吃惊不小,这么说,温琳将会是秘书科三人中跳出孔县的第一人了,他以前就一直设想说不定温琳会是最先飞出孔县的通讯员,没想到成真了,"祝贺你,温琳,真心为你高兴。"

"真的?"温琳仰着脸,神采飞扬,青春在她的脸上流光溢彩,年轻、亮丽再加上纯真烂漫,让她光彩照人,"你是愿意我在事业上进步,还是想让我赶紧离开孔县,不让我在你面前晃来晃去?"

"这话说的……"关允笑着摇摇头,"我真有点舍不得你。"

"真心话?"温琳眨了眨眼睛,喜上眉梢。

"我对天发誓,确实是真心。"关允往天上一指,天上正好一轮明月高悬。

"好吧,我暂时相信你,虽然男人的话多半不可信。"温琳嘻嘻一笑,"既然你不舍得我,我就不走了。我已经告诉我姨了,让她推荐你当蒋书记的秘书。"

关允愣了:"开什么玩笑?你不知道蒋书记对我不太满意?"

一言为定

其实关允并不是十分清楚,夏德长到底借谁之手对他打压,但可以肯定是市委某一个重量级人物。

以夏德长的影响力,能直接影响到孔县的可能性,微乎其微。那么夏德长就只有一条路可走了,就是借黄梁市委某个人物之手,向李逸风和冷枫暗示。

以李逸风和冷枫空降干部的身份,市委之中能对他们施加影响的没有几人,除非……除非是能决定升迁和考核的市委书记!

之前夏莱来时,在和关允聊天中,无意中透露出一个信息:在党校进修的时候,夏德长曾经和蒋雪松是同学。

官场之上三种关系最牢靠,一是知青,二是战友,三是同学。党校的同学也是同学,而且说不定蒋雪松和夏德长还政见相同,一见如故。

算算年龄,夏德长和蒋雪松确实是同龄人,蒋雪松五十岁,五十岁的市委书记,也算是出类拔萃了。而且要知道,蒋雪松担任黄梁市委记已经两年多了,就是说,再有两年多就有可能前进一步,成为副省级高官。

如此说来,能现在跟在蒋雪松身边担任大秘书——在市委大院秘书很多,只有一把手的秘书才能称为大秘书,是为了区别市长和其他常委的秘书——不敢说以后肯定前途无量,但比起现在,绝对算是一飞冲天。

不过,关允可不会天真地认为蒋雪松能看上他。退一万步讲,纵然蒋雪松真的赏识他,回想起一年多来在孔县受到的排挤和冷落,背后无处不在的影响力应该都是蒋雪松的影子,他还是连想都不要去想了。就算他是天纵之才,蒋雪松也不会为了一个秘书而得罪即将上任的省委组织部常务副部长!

夏德长比蒋雪松还小几岁,今年四十七岁。尽管以前夏德长一直在国家教委任职,而且只是一个副司长,似乎前途黯淡,但此次出京外放,一举跃居省委组织部常务副部长的要职,任谁都能看得清楚,夏德长来燕省不是镀金来了,而是准备在几年后接任省委组织部长一职。

等于说,夏德长的官场大门,正式打开了。

夏德长究竟有多深厚的背景，关允不得而知，为什么以前一直在国家教委任职而不是别的要害部门，他也猜不透。每个人的官场之路不尽相同，并不是一定要从基层一步步向上迈进。

关允也没有去套夏莱的话，相信对政治兴趣不大的她也所知甚少，而且以夏德长的为人，也未必会让夏莱知道他的政治势力。夏德长是一个极有城府之人，连对他一个初出校门的大学生也极度防范，并且设计了一个大坑让他跳，更何况对别人？相信夏德长来到燕省，虽然一个省委组织部常务副部长并不是多有分量的人物，也不在常委班子，但他肯定会为燕省的局势带来不小的影响。

初听温琳要将他推荐给蒋雪松担任秘书，关允开始是吃惊，随后又淡然了，笑道："算了，推荐就推荐了，反正相信蒋书记无论如何也不会看上我。就算看上我，他也不会任用我，你算是白操心了，不管怎样，替我谢谢叶部长的好意。"

"什么叶部长，要叫姨。我就不明白，为什么非要说蒋书记看不上你？我看不一定，你去当蒋书记的秘书，总比王车军强。你不知道，李永昌假模假样地说向蒋书记推荐了我，他就是想有意卖我姨一个人情，想让我姨推荐王车军。别以为我没看出他的用心，谁比谁傻？哼！"温琳飞了关允一眼，又说，"不用找什么房子，我家老宅子还闲着，让老容头住下就行，反正闲着也是闲着，老宅子闲久了，没有人气，容易荒废，有人住着反倒好。对了，老容头到底是谁？"

温琳说得也对，老宅子如果一直住人，有人气，房子就结实，如果一直荒下去，原本可以住十年的房子，也许五年就倒塌了。很奇怪，有人住和没人住差别巨大，可见世间之事，确实有未知的神秘之处。

"老容头是一个外乡人，也不知道从哪里来，在孔县也许几年，也许十几年，反正他无亲无故，就一个人以卖烧饼为生。我觉得他很可怜，就一直尽自己所能帮他一点，不过要说这一年多，我从他身上还真学了不少东西。"

"你可真是个怪人。"温琳走到礼让街，向左一拐，又走几步，向右一转，就来到一个窄窄的胡同，"收养一个小妹也就算了，还不让她姓关，又要帮助一个老容头，你还真让人看不透。到了，看看我家的老宅子怎么样？"

温琳家的老宅子坐落在县城的老街，是一处不大的小院，平房，三间正房，两间偏房。房子虽然有点旧，但保存完好，而且生活气息很浓，院中的老树和水缸，红砖地面，可以直通房顶的木梯，一切都显示出老宅子无声的历史。

县城老街许多住户都搬出老宅子，搬进了楼房，老宅子大部分都闲置了。

或许随着时间的推移,老宅子终究会成为过去并淹没在时间的洪流之中,但老宅子留给一代人的记忆和欢乐,却永远鲜活地留在往事之中。

温琳对老宅子感情挺深,东走走西看看,不时流露出会心的笑容,她指着一棵石榴树说道:"你就在这棵树下对我说,要我当你的媳妇,我说不行,你就推了我一把,我坐在地上就哭了。"

关允挠了挠头,使劲想了想,没有印象,只好无奈地说道:"好吧,就当是发生过吧,我不否认。"

温琳上前一步,抬腿就踢了关允一脚:"你要记住,你曾经向我求婚,但我拒绝了你。你还要记住,如果你有一天还想向我求婚的话,我也许念在你第二次求婚的诚意上,勉为其难地考虑一下。"

关允无语了:"这个……这个事情太遥远,以后再说。老宅子不错,我就替老容头谢谢你。来,帮我收拾一下,也好让他随时可以搬进来。"

"嗯。"温琳答应一声,挽起袖子就干活,她腰一弯,浑圆的屁股就翘了起来,细腰一收,腰肉外露,确实美不胜收。

关允忍不住以欣赏美的眼光多看了温琳几眼,不料却被温琳察觉了,她回身瞪了关允一眼:"赶紧干活,看什么看,上次是不是没看够?"

关允老实地承认:"上次停电了,没看见。"

温琳扭头过去,但从她的脖颈之处可以看出,她脸红了。上次的旖旎事件确实是令人印象深刻,在二人的心中都留下了不可磨灭的回忆。男女之间有些事情一旦点破,就永远无法掩盖了。

此时暮色四合,老宅子之中格外静谧,又有秋虫呢喃,正是宜人的时节,气氛就渐渐浓郁了几分。

关允不免又有些意动,他毕竟年轻,在血气方刚的年龄阶段,哪个少年不多情?青春的激情和年轻的荷尔蒙,总是容易激发心中的渴望而使人做出一些冲动的事。他向前一步,伸手抓住了温琳的手,柔声说道:"温琳,我……"

温琳轻轻挣脱关允的手,目光中虽有渴望,却比关允冷静多了,她粲然一笑:"好了,我们还是不要做傻事了,我问你,容小妹和老容头都姓容,会不会小妹是老容头的什么亲人?"

关允的激情也在瞬间消退,他暗暗感谢温琳的冷静。是啊,在他不能给予温琳任何承诺和未来的时候,就算得到温琳又能如何?留给她一个虚无缥缈的承诺,还是让她一直在孤独中等候他一生?表面上温琳和他嬉闹玩笑,其实她骨子里是一个很传统的女孩儿,有从一而终的固执想法。她也说过,她只将自己献身给她要珍爱一生的人。

"应该不是,只是一个巧合罢了。"关允想了一想,"在老容头出现时我也想过这个问题,还含蓄地问过他,他说他没有亲人,一直就是孤身一人。"

"关允……"温琳的心思显然并不在意容小妹和老容头的关系,她双眼忽然迷离如雾,"如果有一天你去了黄梁市,我还在孔县,又或者我也离开了孔县,我们不在一起了,你会怎样对我?"

这是一个很难回答的难题,关允沉默片刻才说:"如果说你算是我青梅竹马的女朋友,我会永远把你珍藏在内心深处。"

"什么叫算是?我就是!"温琳嘻嘻一笑,伸手抹了关允一脸黑,"我还是那句话,如果你和夏莱成不了,你第一个要娶我。"

"好,一言为定。"关允要和温琳击掌,温琳却不抬手,只伸出了小拇指,要和关允拉钩。

拉钩就拉钩,关允和温琳的小拇指紧紧勾在一起,温琳的声音就在老宅中回荡:"拉钩上吊,一百年不许变。"

人生哪里有百年的光阴?或许美好的时光只是一瞬,但一瞬也能铭刻在记忆之中,成为永恒。

第二天一早,关允照常来到老容头的早点摊,想告诉他已经找好了新住处的好消息时,却意外发现,一年多风雨无阻从未缺席的老容头,今天没有出摊!

谈判

关允可是吓了一跳。

印象中,他认识老容头的一年多来,每天早起,不管风和日丽还是刮风下雨,老容头都会准时出摊。曾记得有一天狂风暴雨,老容头依然在风雨中孤单而伟岸地守候。尽管一早上没有一个客人,他还是坚持等到十点才收摊。

关允感动了,虽然老容头不过是一个为了生活而挣扎在社会最底层的老人,不知道他在风雨中的坚持是为了什么,但关允却一句话没说,一直陪老容头到最后一刻。

等老容头收摊时,他对关允说了一句话:"小伙子,不经历风雨怎么见彩虹?你陪我一段风雨,我陪你风雨兼程。"

当时,关允并不理解老容头这句话的含义,以为他只是随口一说,但关允和他之间忘年交的友谊却在风雨中建立起来了。

奇了怪了,老容头在孔县只有两个地方可去,一是早点摊,二是平丘山。除此之外,就关允所知,老容头在孔县几乎无处可去。

反正今天是周六,不用上班,关允就骑上车子朝平丘山进发。到了山脚下,他扔下车子就一路小跑上山,还好,一直从未放下锻炼的他上山如履平地,十几分钟后就爬上了山顶。

推开木门,院内静悄悄的,关允喊了一声:"老容头?"

没人回应。

关允心中一沉,老容头别出什么事情才好。他一个箭步冲进了房间,房间里空空荡荡不见人影,真是不见了?

一缕阳光透过窗棂落在正中的桌子上,桌子上有一张淡黄色的信纸,上面有漂亮的蝇头小楷写成的一句话:"关允,我有事外出三天,不用挂念。另外,你帮我找好住处之后,直接将家当搬过去就行。"

寥寥几笔,只说有事外出,不说是什么事情,和他以前一样,关于他的身世和来历,许多事情都是只说一半,让人无语。好在关允已经习惯了老容头的神龙见首不见尾,只是摇头一笑,收起信,转身下山。

约上刘宝家、雷镔力和李理,简单向他们说明了他和老容头的忘年交。三人出于对关允的绝对信任,才不会多问关允为什么要帮老容头,就一起动手帮关允为老容头搬家,忙活一上午,总算搬了个干净。

老容头的家当不多,就是早点摊里面的零碎多。关允细心,就由他亲自打包,还好没有丢一件东西,否则老容头非得和他生气不可。

搬好之后,就将老容头的旧家封了起来。正准备连院门也封上时,突然身后传来一个清脆轻灵的声音:"别封!"

关允回头一看,不远处的一棵柳树之下,站立着一位一身职业女装、长相清秀的女子,只看了一眼,就让他差点惊呼出声。

倒不是说对方多漂亮多惊艳,而是她明净的双眼、光洁的额头以及漂亮的鼻子,就如一朵向日葵一样在秋日阳光下熠熠生辉。隔了十几米远的距离,就连对夏莱无比熟悉的关允也是一时恍惚,差点以为她就是夏莱。

像,太像了,简直就如孪生姐妹一样!

一旁,温琳灿然而笑,站立在金一佳身边。她依然是清水出芙蓉的素颜,也穿了一身职业女装,头发随意地一挽,和金一佳并肩而立,风姿绰约,丝毫不逊色一分。

金一佳除了和夏莱有八分相似之外,唯一一处可以让她和夏莱有直接区别的就是，夏莱不戴眼镜，她戴。戴了金丝眼镜的她添了知性之美，如果此时站在她身边的不是温琳而是夏莱，十人之中会有八九人认为她和夏莱是花开并蒂的姐妹花。

金一佳不用温琳介绍，主动向前来到关允身前，伸出右手："你好关允，我是金一佳。"

关允猜到了她是金一佳，也知道她今天要来。和她的纤纤素手轻轻一握，感受到她手心的温热，再注视她酷似夏莱的容颜，他心中莫名一阵颤动："你好，一佳，我是关允。"

不呼其姓直呼其名，以示亲热，也是关允觉得金一佳身为夏莱的表妹，虽然未曾谋面，但也不是外人。不料话一出口，金一佳眉梢微微一挑，神情傲然地说道："关先生，还是请叫我金一佳或是金小姐好。现在我是代表投资商和你会面，是正式谈判，不要有私人因素在里面，好吗？"

好一副公事公办的口气，关允也就收起亲热的语气，一板一眼地说道："可以，先公后私，金小姐说得对。"他又后退一步，用手一指老容头的院子："你说说看，为什么不让封门？"

金一佳轻轻一推眼镜，推开院门，走到院中，四下察看了一番，连连点头，又让刘宝家打开了屋门，到里面又转了足足有十几分钟，才又重新回到院中。正要说话，忽然她又跑进了厨房，东摸摸西看看。

刘宝家几人面面相觑，不知道突然冒出的和夏莱有八分相似的美女到底在做什么。看她好奇的样子，似乎什么都没有见过，当然，也可以理解，从小在城里长大的女孩儿，没有见过古老的农具和厨房也正常。但看她的样子，又好像不是只在好奇地打量，好像还在琢磨什么。

关允笑而不语，温琳也只是旁观，几人就站在院中，一直等金一佳完全将小院看了一遍，才听金一佳长长出了一口气，说道："好地方，好地方。"

"看出门道了？"关允笑问。

"你想出答案了？"金一佳并不回答问题，却是反问。

"是。"关允自信地笑了，他看出了金一佳的用意，是想用老容头的院子当卖点来炒作，就说，"山不在高，有仙则灵……"

一句话就点中金一佳的心思，她嫣然一笑："聪明！院子保留下来，再改造一下，打造成古色古香的仿古建筑，在屋子里面打通一个洞，一直通到山后，再在山中凿一个人工洞出来，里面摆放一些古代的物事……"

"山洞的门口最好再有几个大字——洞天福地。"关允接了一句，赞道，"想法不错,堪称金点子。"

"你也不错,一点就透,怪不得表姐会喜欢你,果然有本事。"金一佳掩嘴一笑,目光中有戏谑之意。

关允一本正经:"对不起金小姐,现在谈论的是正事,请不要讨论无关的话题。"

金一佳脸色一变,随后又恢复了正常,傲然说道:"是我错了,我向你道歉。"其实,她心中却是嘟囔了一句:小气,大男人怎么能这么小心眼儿?

随后,几人就坐在院中,商量起关于平丘山开发的正式规划。平丘山的资源比金一佳想象中更有优势,她虽然声称不要因私人因素而影响到正式谈判,但毕竟是人都避免不了亲情的影响,何况她从小和夏莱一起长大,视夏莱如亲姐姐一般,对夏莱刻骨铭心的初恋——关允,总是不由自主地有好奇和探究的意味。因此,她在和关允、温琳等人谈判时,不知不觉就带有了主观倾向。

"原定的一百万的风险投资,现在看来还是力度小了,我回去后会说服风险投资商追加至少五十万的投资,同时,还准备壮大声势,大力宣传平丘山的优势。除了山清水秀、天然氧吧和洞天福地的优势之外,我建议再编撰一个古代神仙在此修道成仙以及现代隐士在此隐世不出的故事,增加游客的好奇心理和趣味性,也容易激发新闻媒体的注意力。新闻媒体纷纷报道的话,就等于为我们节省了一大笔广告费用。"

金一佳侃侃而谈,作为专业的风险投资的中间人,她的目光卓越,曾经筹划过无数大型项目,无一失败,而且都让投资商赚了个钵满盆满。所以,只要是她认准的项目,只要她开口,无数风险投资商就会蜂拥而来。

关允不知道,温琳不清楚,刘宝家三人更不明白,夏莱为他们介绍的金一佳在京城风投界是如何的大名鼎鼎,是如何的一语千金!

金一佳提出追加五十万投资的提议,让关允心中暗喜,让温琳紧紧握住了拳头,更让刘宝家三人相视一笑,热血沸腾。什么流沙河大坝是孔县开天辟地的项目?流沙河大坝花的是银行的钱,是老百姓的钱!平丘山的开发,才是孔县历史上第一个真正意义上招商引资的项目!

刘宝家、雷镔力和李理心中在同时呐喊:关哥威武!

关允现在没有一丝威武的神态,也没有多么自我感觉良好的表情,而是一脸淡定的微笑。等金一佳话一说完,他就提出几个要求:"一,我方会有四人进入管理层,温琳、刘宝家、雷镔力和李理,他们的工资要按照黄梁市的平均水平支付。二,我方以平丘山三十年的承包合同入股,要求占股百分之四十。三,所有前期工作由我方负责,资金到位后,有任何需要我方协助的工作,请事先提出申请,我方会尽力配合。四,未尽事宜,本着友好互助的精神,协商解决。"

温琳差点没咬住自己的舌头,她瞪大眼睛,百分之四十的股份,关允真敢狮子大张口,三百块的承包合同,就想换成六十万的股份,怎么可能?金一佳绝对不会答应!

别开生面

金一佳傲然而充满挑衅意味地看了关允一眼,半晌没有说话,她的沉默给温琳、刘宝家几人带来不小的压力。

尤其是刘宝家,手心都出汗了,如果不是双腿绷直,他几乎就要颤抖了。以前他和人对打,面对三五个穷凶极恶的对手,面对对方手中晃动的阴森闪光的弹簧刀,他都不曾害怕。但今天,在听到关允一张口就提出百分之四十的股份时,他第一次感觉到紧张的滋味,而且还是紧张得几乎窒息。

百分之四十就是六十万,虽然不是现钱,但等同是现钱了,而且投资平丘山的固定资产也搬不走。如果金一佳的娇艳红唇上下一碰,答应了关允的条件,那么关允瞬间就成了富翁。而如果金一佳拒绝关允的条件,一怒之下拂袖而去,那么就有可能前功尽弃,最后一分钱也赚不到。

关哥是不是太贪心了,是不是应该少要一点?刘宝家心里七上八下,指甲直接刺了手也不觉得疼。

温琳也是紧咬嘴唇,一脸紧张,小脸既泛白又白里透红,格外好看。尤其是一脸期待的神情,就如含苞待放的花朵,令人怦然心动。

只有关允坐在金一佳对面,保持一脸似笑非笑的平静,目光落在金一佳妩媚多姿的容颜之上,不但没有一丝紧张,反而却像在欣赏金一佳的美色。

金一佳目光淡然地回应关允的注视,毫无羞涩,也不退缩。在和关允对视了足足有一分钟之后,她还是被关允的目光击退了。因为她忽然发现关允的目光中多了意味深长的内容,似乎是柔情,又似乎是挑逗,反正就是一个男人看女人时应有的眼神。她心中好不羞恼,忙移开目光,心中暗骂关允一句:流氓眼光。

关允才不会承认用目光耍流氓,不过心中还是暗叫一声惭愧,侥幸赢了金一佳一局,而且还是凭借男人和女人对视时天然的性别优势,胜之不武。不过也没有办法,为了股份,为了温琳和刘宝家几个兄弟的长远,他必须这么做。

脸皮厚点没什么,在起步初期,从风投资金的碗中抢饭吃,不胆大心细怎么行?

金一佳终于开口了:"关允,你的胃口太大了,百分之四十的股份?你真敢想!"

"不敢想怎么成?我其实一直是一个异想天开的人。金一佳,你能猜到一个京城大学的毕业生在孔县整整一年一事无成,却不想跳出孔县的动力是什么吗?你猜不到!你能想到坐在这里的温琳、刘宝家、雷镔力和李理,四个全部毕业于名牌大学的大学生为什么甘心待在孔县,而不是去大城市发展?你想不到!"

关允一番话说得字字如玉,铿锵有力,让金一佳一时哑口无言,微微张开嘴巴,惊讶不已。

"百分之四十的股份并不多。资金到位之后,你们只需要负责外围的宣传就行了,孔县所有的问题,无须担心,全部由我们来解决。"关允站了起来,他一起身,温琳、刘宝家等人也全部起立,"你有足够的时间考虑,没有最后期限。"

话一说完,关允转身就走:"温琳,你继续陪一佳游览平丘山,我和宝家他们去订好宾馆,安排酒店,晚上为金一佳接风。"

下山路上,山风一吹,关允才觉得后背舒服了许多。刚才和金一佳的一番斗智斗勇,他表面上镇静自若,其实内心也是熊熊烈火,毕竟是第一次漫天要价,以他的性格,还真不适合坐地起价。

不管了,成败在此一举,关允又拿出当初向冷枫靠拢时的勇气,人生之中运气是很重要,但实际上,每一次运气都是一次赌博。赌对了,就叫机遇;赌输了,就叫错失良机。

"关哥……刚才太紧张了,我差点就说只要百分之二十就行了。"刘宝家忍了半天,终于忍不住,说出了他的担心,"会不会要价太高,最后就黄了?"

"不会。"关允摆摆手,"金一佳只是负责考察项目和托管风投资金,她不是出资方,百分之二十或百分之四十对她来说都一样,不会影响到她的个人收益。当然,她受风险投资方委托,会站在风险投资方的立场说话。相信她会出面说服风险投资方,最后就算给不到百分之四十,也不会低于百分之三十。你如果开口提百分之二十,对方就知道你的底限了,会压到百分之十。"

"高,关哥真高。"刘宝家服了,竖起大拇指,"不愧是京城大学的高才生。"

"少拍马屁。"关允给了刘宝家一拳,"你应该说不愧是你哥。"

"不过留下温琳一个人对付金一佳,我怕温琳顶不住,金一佳是个厉害角色。"李理心有余悸地回头看了一眼,他第一次从内心深处对一个女人有畏惧之意,而且还是一个漂亮女人。

"温琳和金一佳现在只会谈山谈水谈风景。"关允哈哈一笑,一挥手,"走,先去为金一佳准备一顿丰盛的晚饭。"

几人没有去饭店订餐,而是采购了一些原材料,来到老宅子。关允亲自动手打烧饼,刘宝家从老四兔肉家买了一只刚杀的野兔,清洗干净后,生火支锅,开始炖肉。雷镔力从陈记烧鸡店买来一只新出炉的烧鸡,撕碎之后,再自制调料。李理则动手洗菜、切菜,他的拿手好菜是大锅菜。

谁也没有想到,关允四人组,四个年轻的小伙子,居然亲自动手要制办一桌丰盛的酒席!

不到一个小时,炖兔肉、手撕烧鸡、大锅菜、贴饼子外加新鲜出炉的烧饼,摆满了一桌。刚刚摆好筷子放好凳子,门"吱呀"一响,温琳和金一佳回来了。

金一佳和温琳现在都是白领丽人的打扮,不过秋天露水浓,她们又是踏着暮色回来,身上被露水打湿不少。温琳还好,早有避开露水的经验,她只湿了头发,湿了的头发贴在额前,更添几分妩媚之意。金一佳就狼狈了几分,不但头发几乎水洗一样,身上也湿了几片,让紧身的职业装更加贴身。

金一佳的身材很不错,和温琳健美的身材不是同一类型,却前凸后翘,曲线曼妙,也是引人遐思。或许是微受风寒的缘故,娇艳欲滴的嘴唇微微发紫。

关允起身,让温琳带金一佳去洗漱一下,他又让刘宝家去拿一瓶白酒。本来今天不准备喝酒,不过酒能驱寒,姑且一用了。

不多时,金一佳换了衣服出来,由白领丽人装扮换了一身运动装。此时的她比之前真实亲切了许多,乍一看,还有邻家小妹一般的清纯。关允不由暗暗惊叹,比起夏莱的沉静如水一般的美丽,金一佳却是百变女郎一般的妖娆。

对,关允是用了妖娆来形容金一佳,原本他也以为金一佳既是经济学出身,又从事风险投资工作,必定是一个刻板无趣的女孩儿。而且她一身职业装穿在身上,说话时公事公办的腔调,很容易让人忽略她的性别。但现在再看,才知道百变女郎确实不是传说,而是真实存在的。

更让关允吃惊的一幕出现了,金一佳入座之后,伸手拿过酒杯就倒了半杯白酒,递到关允面前,豪气十足地说道:"来,关允,现在我是以私人身份和你一起吃饭,我敬你一杯。"

关允也倒了一杯,和金一佳碰了碰杯:"要说敬酒,也是我敬你才对,你远来是客。"

"我是客人不假,但你也有可能是我未来的表姐夫。"金一佳嫣然一笑,"不管谁敬谁,都要干了。"话一说完,她一仰脖子,一饮而尽。

不只关允愣了,温琳、刘宝家几人也全部惊呆了。金一佳也太厉害了,三两白酒一口喝干,简直就是女中豪杰。

金一佳干了,关允自然不能示弱,也一口喝干。关允一干,刘宝家三人也都纷纷举杯,也是一饮而尽。

温琳端着酒杯,左右为难。关允想劝她不要勉强,她也不知想起了什么,一咬牙,也一口喝了三两白酒,呛得她一阵咳嗽。不过她不要别人帮她,又喝了一口水压了下去。

几人以力拼白酒为开头,倒也别开生面。随后,关允致词热烈欢迎金一佳的到来,然后又隆重推出他的烧饼、刘宝家的兔肉、雷镔力的手撕鸡和李理的大锅菜。金一佳每品尝一种就一阵惊呼,娇憨之态,可爱之意,和在山顶谈判时判若两人,也让众人大开眼界,直怀疑眼前的金一佳并非山顶的金一佳。

每样东西品尝过之后,金一佳赞不绝口,连连夸奖关允几人果然厉害,放到京城,就是极品好男人,不但有帅气和才华,还有一手好厨艺,如果再顾家并且用情专一的话,就是天下难寻地下难找的绝品了。

温琳嘬着嘴:"他要是用情专一,月亮就白天出来了。不过一佳,他对你真好,我认识他这么久了,都不知道他会打烧饼,真有心眼儿,居然瞒了这么长时间。要不是你来,我还不知道他要瞒到什么时候。"

金一佳掩嘴吃吃地笑:"有些男人是珍品,需要慢慢品味才能知道他的隽永和回味悠长。"笑过之后,她忽然话题一转,对关允说道:"关允,姨夫托我捎话了。"

金一佳的姨夫当然是夏德长了。

你来我往

原本以为金一佳来孔县会瞒着夏德长,之前夏莱也说过,想借金一佳为平丘山投资之际,让金一佳成为她和关允之间的传声筒。

怎么金一佳第一次来孔县,就让夏德长知道了?关允目光闪动,在金一佳的脸上多停留了片刻。

金一佳和夏莱是表姐妹,是姨娘亲,夏莱的妈妈是金一佳的姨,反之亦然。关允只知道金一佳出国留学和回国的部分经历,对于金一佳的家庭构成全然不知,夏莱没讲,他也没问。

"哦,夏……叔叔有什么指示精神？"关允本想称呼一句夏部长,后来一想主观上太疏远了也不好,就随和了几分。但问到有什么指示精神,他还是明显流露出对夏德长的不满。

金一佳有了三分醉意,掩嘴而笑,美人既醉,朱颜酡些,多了三分妩媚四分娇羞:"关允,你对姨夫还是很有意见嘛。不过,他对你的态度好像改变了不少。他托我告诉你,平丘山开发的创意非常不错,希望你再接再厉,在孔县做出更大的成绩。"

这叫态度改变不少？关允默然一笑,要么是金一佳对政治一知半解,没有听出夏德长的言外之意;要么她就是故意为之,明明知道夏德长这句话的意思是暗示让他继续扎根孔县,埋头在孔县工作下去,却偏偏要反话正说。

不管金一佳是哪一种,他只是举起酒杯,并没有顺着夏德长的话题向下说,而是提议:"来,我提议孔县人同起酒杯,热烈欢迎金一佳小姐的到来。"

金一佳也举起酒杯,俏目笑兮看了关允一眼:"谢谢你们的盛情款待,孔县人民的热情好客,给我留下了深刻的印象。当然,关先生的精明、机智和少年老成,也让我难忘。"

关允不理会她话里的影射,笑道:"和金小姐人中龙凤相比,我就是浅水虾。金小姐不但才貌双全,学通中外,而且商场官场通吃,才华横溢,无人可比。"

"什么叫官场商场通吃？"金一佳听出了关允话里有话,脸色就微微一沉,"关允,你是什么意思？我和夏莱一样,对官场上的事情不感兴趣。你是不是觉得我替姨夫传话,有什么不可告人的目的？告诉你关允,我来孔县的事情,是姨夫无意中知道,并不是我特意告诉他。"

金一佳脸色说变就变,刚才还是美人既醉,朱颜酡些,转眼就是美人既恼,朱颜冷傲,确实厉害。如果她在官场,想必也是一个令人棘手的角色。

温琳也变了脸色,下意识地看了关允一眼。

关允反倒摇头笑了:"你误会我的意思了,一佳,我人在小地方,总是要仰望来自大城市的杰出人物,尤其是出国回来的海归。再加上你又是夏莱的表妹,和夏莱长得又这么像,我真心诚意夸你一句,你就对我不满了？"

有时候有些事情当面点破反而更好,尤其是如金一佳一般心高气傲的女孩儿。她听关允这么一说,也觉得自己刚才反应过激了,不好意思地笑了,端起酒杯一饮而尽:"我错怪你了,自罚一杯。"

"我陪你一杯。"关允顺势就上,也喝了一杯。

温琳暗暗赞许,关允看人很准,他刚才的话明明有试探的意思,被金一佳察觉了,他又自圆其说,反倒让金一佳信了,有一手。她不由心思转了一个弯儿,关允是不是经常在她面前兜圈子,让她跟着他的思路走?有可能。

刘宝家几人也长舒了一口气,雷镔力别看力大无比,但刚才还是被紧张的气氛激出了一身冷汗。他和四五人打架不会怯场,但面对娇艳如花却冷艳如霜的金一佳时,终于体会到了什么叫气势上的咄咄逼人。

真是一个厉害角色,漂亮是漂亮,但吃不消,现在多看她一眼就心惊肉跳。雷镔力暗暗擦了一把汗,下定决心,以后找媳妇,不要漂亮,一定要听话贤惠。

又几圈酒后,金一佳喝了差不多半斤白酒,关允见火候差不多了,就不再劝酒。虽然他也震惊金一佳的酒量过人,不过如果灌醉了她,让她醉后失态,终究也是不好,关允就说:"好了,酒喝到尽兴就行了,一佳,主食吃什么?是想吃烧饼夹肉,还是喝米粥,又或者是鸡蛋汤?"

"你哪样最拿手?"金一佳双颊飞红,特别是双眼周围,红晕喜人,或许是白酒的热力,她头发也干了,嘴唇也红了,站了起来,"我喝米粥就咸菜,有没有?"

"有,我样样都拿手。只要一佳要,要什么,就有什么。"关允笑眯眯的神情,像是哄小孩儿一样。

金一佳一只胳膊搭在关允的肩膀上:"走,姐夫,你亲自打个烧饼让我看看,我还没见过烧饼是怎么炼成的——"她又拉长了声调,近乎撒娇:"行——不——行?"

还是喝多了,关允无奈偷笑:"行,你说什么就是什么。"

关允在前,金一佳在后,二人进了厨房,厨房的木门一关,就和院子隔开了,成为一个隐蔽的空间。温琳噘嘴说道:"偷偷摸摸的,肯定背着人说什么悄悄话。"

温琳也喝了不少酒,和金一佳双颊飞红不同的是,她是双腮红润。金一佳脸型微微瘦长,她是圆脸,如果说金一佳是苗条纤细的女子,她就是圆润并且喜相的女孩儿。

金一佳一醉是美人既醉,朱颜酡些,她一醉则是芙蓉不及美人妆。此时月上中天,院中的白炽灯并不明亮,在月光和灯光的交织下,温琳的容颜恍如梦幻,亦真亦假,就连和她认识很久的刘宝家三人一时也惊呆了,天,温琳原来这么好看!

也不能怪温琳醋意翻腾,确实,等关允和金一佳一进厨房,厨房的门一关,金一佳趁势和关允勾肩搭背,醉眼迷离地说道:"关允,你真是一个好男人,我见过形形色色的人,你还是第一个样样精通的人物,夏莱有眼光。"

各方碰撞的结果

257

金一佳脚步虚浮，双眼迷离，似乎是真醉了，但七分醉中有三分醒，何况如金一佳一般时刻在商场之中搏击风浪的精英？关允双手架住她的胳膊，顺势后退一步，将她安放在后面的板凳上，说道："一佳，你坐好，别乱动，厨房地方小，有热锅有开水，小心烫伤了。"

金一佳眼中闪过一丝不易察觉的愠怒，随即又释然了，笑道："你忙你的，我就坐着欣赏。"

关允默然一笑，他岂能看不出金一佳有借醉酒试探自己之意？他和夏莱相恋数年，知道夏莱什么都好，就是有点小心思爱吃醋。也可以理解，女人嘛，不小心眼儿就不是女人了。上次夏莱来孔县，明显是对温琳有敌意，尽管她后来和温琳相处得还不错，但他却清楚，夏莱心里还是担心温琳会趁机取代她的位置。

毕竟，他和夏莱大学时代相恋数年，大学毕业后苦恋一年，现在又两地分离，还要瞒着夏德长暗中维系来之不易的爱情。他和她虽然都对对方矢志不渝，但生活不是承诺，相信夏莱还是会担忧他会顶不住夏德长的压力，也担心他会变心。

不管是夏莱的本意，还是金一佳的自作主张，反正关允看清了一点，金一佳想试探他的人品。

"你是不是很奇怪我和夏莱长得很像？"金一佳老实地坐在关允的身后，没再有所动作，而是和关允聊起了家常，"我的妈妈和夏莱的妈妈是双胞胎，而且我和夏莱的生日也是同一天，她只比我早出生几个小时就要当我一辈子的姐，真不公平。"

世界哪里有绝对公平的事情，关允一边干活一边答道："怪不得你和夏莱就像孪生姐妹一样……"

"你心中是不是在想姐妹花？"金一佳打趣问道。姐妹花和孪生姐妹意思相同，但意境不同，比起孪生姐妹的正式，姐妹花一说很容易让人浮想联翩。

又来了，关允心中一笑，说道："没有，你和夏莱不是同一类型的女孩儿，不适合相提并论。"

"哦……真的？"金一佳沉吟了一下，却又不等关允回答，转移了话题，"算了，不和你扯闲篇了，我这一次来孔县，其实是有三件事情。第一件，当然是亲自考察平丘山的环境和资源，确定合作框架。这一件事情，目前看来完成得还算顺利，除了你太贪心胃口太大之外。"

"我在听。"关允没有回头，却能猜到身后的金一佳此时必定是一脸探究的表情。

"第二件事情就是替姨夫捎话。我也不知道他怎么就知道我要来孔县,还要和你见面,就非要让我带话给你。说实话,他的话没什么意思,以你的聪明,肯定知道他是什么想法。对了,后天会正式公布他的任命,你怎么想?"

"不怎么想,省委组织部常务副部长的任命,不是我一个副科级应该考虑的问题。"关允的回答很巧妙。

"第三件事情就是我在替夏莱测试你的好色程度,很幸运,你过关了。"金一佳咯咯一笑,一下站起,伏在关允耳边,吐气若兰,小声说道,"再告诉你一个秘密,其实夏莱现在就在孔县,在暗中秘密采访钱爱林非法集资的事情……"

终于来了

怎么会?关允一下愣住了,停下了手中的活计,猛然回头说道:"她怎么不事先打个招呼,孔县很危险!"

不料回头用力过猛,忘了金一佳几乎就爬在他的肩膀上,他的鼻子就撞在了金一佳的额头上。

鼻子最柔软了,金一佳的额头再光洁,也是额头,不是脸蛋,就一下撞得关允鼻子一酸,好像吃了一斤酸杏一样,顿时眼泪都流了出来。

"哎呀,你怎么这么不小心?"明明是金一佳的错,她还怪关允,"我以为你多有本事,原来也是毛手毛脚。"她一边说,一边伸手帮关允揉鼻子。

不得不说,金一佳在扮演白领丽人时给人的感觉冷漠而淡然,拒人于千里之外。而在刚才吃饭时她一身居家打扮,就如邻家小妹,让人大感亲切可爱。现在,她却又如同温婉可人的表妹,用她温柔细腻的小手,一边轻揉关允的鼻子,一边呵气。

关允彻底无语了,他虽然不是万花丛中过的花花公子,但从小到大也见识过不少各具特色的美女,如金一佳一般变化多端又性格多变的女孩儿,还是第一次接触。

"别闹了,快告诉我夏莱在哪里?"关允忍着疼,一把推开金一佳,"孔县太小了,一举一动都很容易被人发现,现在形势还不明朗,说不定会有危险。怎么就突然来调查非法集资了?简直就是添乱!"

"怎么就是添乱?夏莱已经调到燕省记者站,她是驻地记者,调查省内一县的非法集资事件,是分内的事情,你管得着吗?"金一佳恼了,一甩手,跳开到一边,"不识好人心,替你揉揉还落你埋怨,你不要太霸道。"

"不是我管得着管不着的问题,是现在时机不对。"关允很着急,"你快告诉我,她在哪里?"

"我也不知道,我和她没有同路,她和一个同事一起来的,为了安全起见,晚上住市里,白天来孔县,现在应该回市里了……你急什么急?记者暗访是常事,她又没有嫁你,再说就是嫁了你,她也要有自己的工作,有自己的事业。"

"不是……"关允觉得和金一佳说不清,索性不说了,"你见到她,替我转告她,暂时先不要调查钱爱林非法集资案了,不是孔县想捂盖子不让新闻媒体曝光,而是还不到时候。"

"好吧,我一定帮你把话带到就是。"金一佳不满地白了关允一眼,"我就当你是真关心夏莱,而不是只为了你自己的前途考虑。一个小小的孔县能有什么危险?危言耸听!"

孔县虽小,但李永昌势力太强,也正是因为县小,外来者的一举一动才都难逃李永昌的耳目。毕竟孔县出现一个明显是城市女孩儿的陌生面孔很容易被人一眼认出,如果暗中调查的又是钱爱林的非法集资问题,必定会第一时间引起李永昌的警惕。

其实李永昌察觉了也没有什么,关键是现在崔玉强的态度不明。如果崔玉强已经明确倒向李逸风也好说,但在听到蒋雪松即将视察孔县的消息之后,崔玉强的态度再一次模棱两可了。关允不免隐隐担心,以崔玉强对公安局的掌控力度,想要不知不觉中查明夏莱来孔县的目的,并不难。

而如果更进一步,崔玉强想要阻止夏莱的调查,想要掩盖钱爱林的问题,从而动用专政力量送夏莱出孔县,也不是不可能。

现在钱爱林的问题暂时压下没有引爆,根本原因就是,李逸风也好,冷枫也罢,都没有争取到崔玉强的支持。

孔县的局势到目前为止,还没有明朗的迹象,怕是局势要等平坟复耕的行动尘埃落定,等蒋雪松的工作视察结束,才能透出曙光。

其中,平坟复耕是虚招,最终结果如何,还很难说。主要是看省里的政策变化,是让李永昌闪了老腰丢了老脸,还是让他挺直腰杆长了老脸?这还在两可之间。而蒋雪松的工作视察是实招,尤其是蒋雪松来到孔县之后的讲话,是偏向李永昌的立场,还是只站在大局观上泛泛而谈,区别可就大了。

在两件事情上,李逸风和冷枫都同时表现出冷静和审时度势的姿态,似乎一切尽在掌握之中。但究竟二人有多少底气,或是在背后达成多少共识,关允也不得而知。

一时间,关允想了许多,不由入神了。

"危险有许多种,下面县里的人,有时也有让人防不胜防的刁钻手法。"关允出了一会儿神,忽然察觉金一佳没声音了,回头一看不由笑了,她坐在板凳上正津津有味地喝粥,不由笑道,"你倒是能吃能喝,一点也不担心夏莱的安危。"

"她的本事也不小,你别小瞧了她。"喝完了粥,金一佳将碗一推,一抹嘴说道,"我明天回市里,先和夏莱见个面,向她传达你的话,然后当天就可能回京了,最晚三天之内就会有最后结果。不过我事先提醒你一句,百分之四十的股份,可能性不大。"

"凡事总要争取一下才行,想都不敢想,就太失败了。我从来不是一个看低自己的人,百分之四十,我不会退让。"关允依然一口咬定百分之四十的股份不放松,他就是要赌一把。赌对了,就是莫大的胜利;赌输了,也没有太大的损失。

金一佳自从露面之后,一直在关允面前十分强势,此时终于摇了摇头:"我算是见识了你固执的一面,怪不得你一直不肯放弃夏莱,敢以一个小小的平民百姓出身,就想娶省委组织部常务副部长的女儿,有胆气。"

"金一佳,请你明白一件事情,我和夏莱的恋爱是大学时代最纯真的恋爱,没有掺杂任何杂质,你不要戴着有色眼镜胡乱点评。我也不是不肯放弃夏莱,是我们都不愿意放弃对方!"关允不假颜色,很认真地反驳了金一佳。

金一佳一甩头,推门出去:"凶什么凶?我就是说你一句,至于还我十句?小男人!"

关允真想追上去再和她理论几句,一想算了,何必和她一般见识,她是夏莱的表妹,也算是他的表妹,既然是妹妹,就得让她几分。

等关允来到院中,发现温琳和刘宝家几人都神色各异地盯着他不放,不由问道:"我脸上开花了?"

"是开花了,开了一朵鲜艳的红花。"温琳"啪"的一声扔了筷子,"你真有本事,我告诉夏莱去。"

"我怎么了我?"关允大叫冤枉。

李理凑了过来,伏到关允耳边小声说道:"关哥,你鼻子上全是口红……"

关允一下明白了过来,大叫一声:"金一佳,你害我!"

金一佳已经换了职业装出来,恢复了一脸傲然,她若无其事地看了关允一眼:"关先生,你的意见我会反馈给投资商,最终结果如何,要由投资商做出决定。如果你改变了主意,也可以随时拨打我的手机。谢谢你今天的款待,天色不早了,都累了,早点休息,晚安!"

她的彬彬有礼中流露出疏远之意,仿佛转眼间金一佳就由邻家小妹摇身一变成了谈判桌上的对手,公事公办,不讲一丝私人情面。她变脸之快,让雷镖力和李理对视一眼,不由自主地后退三步。

好在关允已经充分领略了金一佳的善变,他和金一佳微一握手:"就由温琳送你去宾馆,金小姐,后会有期。"

温琳临出门时,还狠狠地挖了关允一眼,尽管她也不相信关允会和金一佳在厨房里有什么不雅的举动,但毕竟事实摆在眼前,她不由心中又气又恨。金一佳却对关允鼻子上的口红视而不见,好像和她真的没有半点关系一样。

第二天一早,温琳送走金一佳。关允本想出面送行,金一佳不让,也不知是她心虚还是出于别的考虑。不过,她让温琳转告了关允一句话:"后会有期。"

是呀,有些人在生命中出现,只是一瞬,是过客,而有些人注定可以成为常客。

上班后,关允拨打夏莱的手机,提示关机,他心里焦急,却又不能打夏德长的电话,让夏德长通过特定渠道提醒夏莱一下。

虽然可以理解初出茅庐的夏莱为民请命的迫切心情,但记者有时还真是一个危险行业。尽管关允清楚以崔玉强的胆量不会伤害夏莱,但在基层混了几十年的崔玉强,对付没有多少社会经验的夏莱,有的是方法,会让夏莱有苦说不出。

从小在孔县长大,又在县委待了一年的关允,对于基层干部的穿着西服耍流氓的手腕可是深有体会。

还好,到了中午时分,金一佳就打来了电话。

"关允,我见到夏莱了,她采访到了大量翔实的资料,掌握了一手的证据。她让我告诉你,不用担心她,她和她的同事有明察暗访的经验,而且她还说,姨夫也支持她的采访。你不用操心了,夏莱有自己的事业和理想,她想做什么,你就让她放手去做吧……"

也只能如此了,关允知道就算他和夏莱见面,怕是也劝不了她,夏莱有时也很固执。

不过,怎么夏德长也支持夏莱的采访?难道夏莱采访的背后,会是夏德长精心安排的一出好戏?

08　明为视察，实为擂台

或者说，孔县所有人都没有料到，蒋雪松和关允之间的互动，大有相见恨晚之意。当着无数人的面，二人传递出来的消息相当耐人寻味。尤其是李逸风，几乎无法用震惊来形容自己的心情，他比任何人都清楚蒋雪松对关允的态度有怎样的偏见和成见。但以刚才的情形来看，蒋雪松似乎对关允确实态度大变，几乎转变了一百八十度！

看问题的角度很习

关允不是在新闻上看到夏德长的任命，而是在冷枫的办公室里，从一则来自省委的传真里看见的，内容是：经中组部决定，燕省省委同意任命夏德长同志为燕省省委组织部常务副部长。

省委组织部常务副部长的任命，不算重大事件，不必全省通报，只需内部通告一声即可。

任命传真，是冷枫有意拿到关允面前，让关允过目的。

关允看过，默不作声地还给冷枫。冷枫不动声色地问道："有什么想法没有？"

"夏副部长来到燕省，日子也不会太好过。"关允微微一笑，冷枫有意考他一考，他就不能露怯，"从省委方面的用词来看，省委对夏德长的任命，不是很高兴，只是不知道是谁对夏德长有抵触情绪。"

"除了一号二号，还有谁敢和京城过不去？"冷枫说道，"夏德长也不是非要来燕省不可，而是燕省正好有了空缺，要去别的省份，可能还要等，但情况不允许他再等下去了，只好退而求其次来了燕省。但来是来了，以后的工作怎么开展，是个难题。"

冷枫转动手中的水杯："你也不用担心，安心工作。夏德长的手还伸不到孔县来,等他在省委站稳脚跟,少说也要一年半载了。"

第一次,冷枫对他出言安慰,关允心中闪过一丝暖意。尽管他也知道,也许冷枫和他同仇敌忾不过是因为夏德长和冷枫并非一条线上的人,但还是有些感动:"谢谢县长。"

"不用谢我。"冷枫很直来直去地说道,"如果你不是自身优秀,我也不会帮你。"

"对了,县长,夏莱正在孔县暗中采访钱爱林非法集资的问题。而且我还听说,夏德长也支持夏莱的暗访……"关允透露了夏莱采访的消息,有必要让冷枫知情,万一出现不可预测的事情时,也好让冷枫出面。

冷枫听了微微动容:"现在时机不对,夏莱暗访也就算了,她是出于记者的职责所在,夏德长又是什么意思?"想了一想,他又一脸冷峻地说道:"你最好转告夏莱一声,调查可以,但一定不要让人发现。现在形势不明朗,在同时进行的几件事情没有出来结果之前,谁也不敢保证最后会是一个什么局面。"

冷枫话中的含义,关允听了出来,是说目前孔县的局势还不在他和李逸风的控制之下。换言之,专政力量没有掌控在手。

崔玉强还在观望,看来,李逸风的个人魅力和冷枫的手腕,在崔玉强的心目中的分量暂时还没能超过李永昌在孔县经营了十几年的庞大势力。

也是,在崔玉强不敢肯定李逸风和冷枫会对李永昌造成什么重创之前,李逸风和冷枫终究要离开孔县,李永昌却不会。况且蒋雪松的视察在即,到底蒋雪松对李永昌的支持力度有多大,怕是连李逸风和冷枫也不得而知。

忽然,关允想起一个问题:"县长,蒋书记应该清楚,陈恒峰省长平坟复耕的政策没有得到省里一号的支持,也不知道他有没有暗示李永昌什么?"

如果蒋雪松假装不知平坟复耕政策背后事关省委一号和二号之间的理念冲突,不对李永昌有所暗示,岂非说明蒋雪松对李永昌的支持,也不过尔尔?

冷枫罕见地露出一丝笑容:"小关,你不简单,看问题的角度很准,也很细心。你提出的问题,确实是一个让人深思的问题,呵呵。"呵呵一笑之后,他却没有进一步的解释。

没有进一步的解释就是解释了,关允明白了,到底蒋雪松和李永昌之间是什么关系,冷枫现在还不清楚。但关允已经清楚了一点,在平坟复耕政策的问题上,李逸风和冷枫将李永昌当成一张不想出却又必须出的牌打了出去,蒋雪松也是!

一天后,市委关于平坟复耕的政策也下发了,只是转发了省里的文件之后,加了一句——各区县根据实际情况,酌情落实。

明眼人都看了出来,市里对平坟复耕的政策,只是例行公事地应付一下,并没有真正当成大事主抓。不少人都暗想,到底是怎么回事,市里好像一点也不重视平坟复耕,有什么问题不成?

众人想不透猜不明白,按说以李永昌的聪明应该能嗅出什么。偏偏他最近因出奇顺利的各项事情兴奋得飘飘然了,并没有深想其中的内情,却忘了,向来紧跟省里脚步的黄梁市,在每一次省里有政策下发时,总是第一个贯彻落实。为什么平坟复耕这么一件大事,却是雷声大雨点小?

以蒋雪松的政治智慧,如果说他没有察觉平坟复耕政策的背后发生什么,他就不是蒋雪松了。

市里的态度,更让关允断定,平坟复耕政策可能会在中间有变故。他更佩服李逸风和冷枫的政治眼光,尽管二人也许不被蒋雪松所喜,但在对待平坟复耕的政策上,却是和蒋雪松的态度出奇的一致。或者说,是提前一步猜透了蒋雪松的立场。

在大局观上,和李逸风、冷枫相比,李永昌还是差了火候。

几天来,在李永昌的号召和带领下,平坟复耕的行动轰轰烈烈地在孔县全县开展,其中涉及关允家中的祖坟。关允是党员,又是副科级领导干部,关成仁也是党员,还是老师,必须要起带头作用。不等关允回家做工作,关成仁就主动平了自家坟头。

从心里讲,关允是支持平坟复耕政策的,但政策也要充分考虑到国情。许多政策的出发点是好的,却因为操之过急或是一刀切,往往就会流于形式化,要么富了贪官,要么害了百姓,如是等等。平坟复耕政策诚如冷枫所说,需要一个缓冲期,否则坟头好平,人心难平。

百姓需要一个心理上的接受过程,如果政策的出发点首先考虑到民心民情,其次再考虑到政绩名声,效果应该会好上百倍。

实际上,在各乡镇的平坟复耕行动遭遇不少奋起反抗的对抗事件,甚至小郭村还有一个老农民郭老汉天天睡在坟头上,谁要平坟他就死给谁看,反弹十分强烈。但在李永昌的强力推动下,又借平坟复耕政策的东风,他以铁腕推动平坟的进程,哪里有反抗,哪里就有李永昌的影子出现。

在和以死相拼睡在坟头的郭老汉的战斗中,李永昌亲自出马,一边拉家常一样和郭老汉说话,一边使眼色让人乘机平坟。事后,郭老汉发现上当,气得跳脚,大骂李永昌是混账王八蛋。李永昌哈哈一笑,拂袖而去:"这年头,王八蛋都比笨蛋强！"

就在孔县平坟行动即将大功告成之时，流沙河大坝项目工程进展顺利之际，孔县的秋天一片欣欣向荣之际，蒋雪松对孔县破天荒的工作视察，如期来临。

期待已久的视察

在平坟复耕行动轰轰烈烈进行的同时，流沙河大坝项目的基建工程也初战告捷，在流沙河两岸竖立起一个大坝的雏形，宏伟、壮观。在周围都是一马平川的平原的衬托下，大坝无比高大巍峨，巍巍然如另一座平丘山。

孔县的金秋，田野中一片金黄，良田万顷，玉米如海浪一般翻涌，大豆在阳光下闪耀丰收的光芒。流沙河大坝工程现场，不少人穿了红衣，系了红围巾，张灯结彩，布置得喜气洋洋，正准备载歌载舞地迎接市委领导的到来。

事先接到通知的孔县县委，也早就清水净道，黄沙铺地，准备迎接蒋雪松的大驾光临。县委四套班子全体成员，全部到齐，以李逸风为首、冷枫为次的迎接队伍，一字排开，在县委大院门口耐心等候着。

本来李逸风准备带领四套班子到孔县和直全县的交界处迎接。从黄梁市一路向东到孔县，中间要经过三个县，直全县是孔县向西一出县境的第一个县，通常市委重量级领导前来，都要到县界处迎接一下。但蒋雪松不同意，说是不必兴师动众。

李永昌只当蒋书记说话是客气，以为李逸风嘴上答应着，到时还得亲自到县界迎接。官场上的事情，怎么可能领导说不用下级就真不用？

不料李逸风当真了，真不去县界迎接，李永昌不可能一个人当出头鸟自己去迎接，这不合规矩。他站在人群之中，屈身在冷枫的身后，冷眼打量着身前的李逸风和冷枫，心中愤愤不平地想，就算是省城空降的干部又能怎样？李逸风和冷枫还是太傲了，竟然不到县界去迎接蒋书记，让蒋书记的脸面往哪儿搁？

等着，蒋书记来后，肯定会给李逸风和冷枫一个下马威。

冷枫微微错后李逸风半个身子，他比李逸风个子稍高一点，肩膀却是宽了不少。从后面看，他和李逸风站在一起，忽然就有了并驾齐驱的错觉，而且乍一看，他和李逸风似乎还很像是同一个人。

李永昌心中下意识地打了个激灵，以前怎么从来没有注意到冷枫和李逸风有相像之处？总觉得二人之间不是东风压倒西风，就是西风压倒东风。不过以前是从前面看,第一次站在背后打量二人,他心中一下绷紧了一根弦,从后背看,东风和西风现在是大有联手的迹象呀,不是好兆头。

不过……李永昌联想到他在孔县的所作所为,孔县秋天的欣欣向荣,他居功至伟,不夸张地说,几乎全是他一人的功劳。而且蒋书记对孔县破天荒的工作视察,也是冲他一人前来。可以说,孔县所有的闪亮点,全部聚焦在他一人身上。

再有崔玉强及时收回了倒向李逸风的脚步,还有在他的力主下昨天恢复了钱爱林的正常工作,孔县的脚步只是稍微乱了一点节奏,随后就马上回到了正常的轨道上。除他之外,孔县今秋无人丰收。

关允、温琳和王车军站在人群后面。关允梳理了头发,穿了西装,显得整个人精神了百倍,皮鞋也擦得锃亮,当前一站,英俊、帅气并且英气逼人。

温琳穿了职业女装,上身收腰长袖外套,下身直筒长裤,头发也挽了起来,不再是以前散漫的青春发型,而是多了几分成熟的味道。再加上她化了淡妆,抹了口红,描了眉毛,初看之下,明艳照人,细看之下,美丽动人。

而王车军一如既往地打了摩丝,头发根根支起,摩丝的定型功能让他的发型十分新潮,就如港台明星一般。他的衣服显然也是新买的,西装袖口上的商标都没有撕下,裤子的裤线笔直,皮鞋亮得可以当镜子照,又因为他个子最高,站在人群之中,就让他心中大生鹤立鸡群的自我良好的感觉。

王车军今天心情格外高涨,蒋雪松对孔县的视察,不仅仅是对舅舅工作的肯定,是对舅舅的力挺,而且恐怕关允和温琳都不知道的是,蒋书记这一次来孔县还有另外一个目的,是为了暗中挑选一名秘书。据说蒋书记对孔县的几名通讯员很感兴趣,在其他区县的通讯员都还是中专师范毕业生的大背景下,孔县作为一个小县穷县,能拥有三名大学生通讯员,证明了孔县在人才回流方面,确实有独到之处。

王车军心中最为得意的是,经过李永昌的幕后运作,他的档案已经成功地摆在了蒋书记的办公桌上。相信以他的学历再加上在孔县的经历,他最终可以被蒋书记选中,从而一步登天,将关允、温琳等人远远地甩在身后,一报当日落选副科之耻。

只要被蒋书记选中,一个副科算得了什么?特事特办,他可以直接跳过副科,破格提拔为正科,然后再调入市委。哼,到时关允不一定多忌妒他的高升。

孔县一干人群,人心各异,都站得整整齐齐,就等蒋雪松的大驾光临。

十点整,李逸风的手机响了,他接听之后,只听了一下就立刻挂断电话,转身对冷枫说道:"蒋书记马上就到。"

片刻之后,车队浩浩荡荡驶来,警车开道,四五辆汽车依次停在了县委门口。从头车上下来一人,微瘦,长脸,戴眼镜,穿灰色夹克,四十出头,不是别人,正是黄梁市委常委、市委秘书长冷岳。

冷岳跑向后车亲自为蒋雪松打开车门。蒋雪松的秘书师龙飞晚了一步,下车后站在冷岳的身后,微微尴尬地一笑。

如此富有戏剧性的一幕发生在蒋雪松落地的一刻,孔县一干人等不由都心思各异。有人收回了目光,假装没有看见,有人忙把头扭到一边,避免被人误会是故意盯着看。形态各异的人群却有一个共同的想法——外界传闻蒋书记对秘书师龙飞很不满意,有意将他外放,看来,传闻并非空穴来风,而是确有其事。

蒋雪松一步迈出汽车。

五十岁的蒋雪松显年轻,头发茂密,一丝不乱,他一身正装,脸色红润而健康,鼻梁上架着一副银边黑腿眼镜,周身上下有一股儒雅之气。初看之下,很有南人北相的福相。

蒋雪松确实也是地道的南方人。民间传说,南方人长了北方人的面相,是为南人北相,必定身居高位,到底是传说还是有据可查,并没有人一探究竟。

蒋雪松后面还有一辆汽车,车上下来一人,五十多岁的年纪,挺胖,背微驼,方脸大眼,很典型的北方汉子形象,正是市委常委、常务副市长曾伟宪。

蒋雪松的视察队伍虽然并不浩大,但随同人员的安排很耐人寻味。市委书记出行,市委秘书长必定随行,是常态。之外通常也会有副市长陪同,不过一般不会是常务副市长,毕竟常务副市长作为政府班子之中仅次于市长的第一序列,位高权重,而且身份敏感,象征意义重大。

常务副市长随同市委书记视察工作,不能说他一定就和市委书记走得很近,至少也透露出一些信息。官场中人都清楚一点,市委书记和市长搭班子,比不了县委书记和县长能和平共处,一县之地毕竟小,利益纠葛少,矛盾冲突就少,一市之地就大多了,冲突和矛盾在所难免。

具体到黄梁市,市委书记蒋雪松和市长呼延傲博之间是否步伐一致,外界传闻很多。有人说,蒋雪松对四十五岁的市长呼延傲博一向谦让,因为呼延市长和黄梁市的三大宗姓关系密切。也有人说,蒋雪松对呼延傲博笼络人心、滴水不漏的圆滑很反感。还有人说,蒋雪松和呼延傲博表面上不和,其实暗地里紧密联手,为了对付黄梁市三大宗姓的庞大势力,明修栈道,暗度陈仓。

不管是哪一种传闻,毕竟都是传闻,谁也不清楚幕后的真相。

蒋雪松在前,曾伟宪在后,冷岳和师龙飞跟在最后,几人来到李逸风、冷枫等人面前。蒋雪松伸手和李逸风握手:"逸风同志,古代官员出行,都是黄土铺道、净水泼街,我一路走来,孔县的县城几乎连一片落叶也没有,早知道我就不来了,太伤民了。"

看破不说破是官场常态,为了迎接上级领导的视察,下级经常会做一些表面文章。蒋雪松虽然贵为市委书记,但他也是从县委书记做起,自然清楚下面的人怎么粉饰太平,怎么迎来送往,却第一句话就点破了,不由让孔县一干人等都吃了一惊。

李永昌却是沾沾自喜,蒋书记肯定是借机表达对李逸风不到县界之处迎接的不满。领导说的都是反话,这么说,李逸风和冷枫肯定是要在蒋雪松面前讨不了好了?

正当李永昌暗喜之时,蒋雪松的第二句话顿时让他大吃一惊。

"谁是关允?"

谁的机遇

不只李永昌大吃一惊,就连李逸风和冷枫也吃惊不小。如果说蒋雪松批评孔县全城清洁以迎接市委书记的视察,只算是意味深长的敲打的话,那么在如此重要的迎接仪式上直接点关允的名,就绝对是出人意料的用心。

关允正躲在人群的后面,细心留意蒋雪松的一言一行,正试图从蒋雪松的随从人员的构成之中推测出一些有意义的结论,冷不防听到他的名字从蒋雪松口中喊出,他顿时惊呆了。

不过关允并没有向前迈出一步,只是高举右手,高呼"我是关允"。他懂规矩,不管蒋雪松是市委书记还是更高级别的官,他也只能等李逸风或冷枫发话才能露面。

蒋雪松话一出口,全场鸦雀无声,几乎全部的目光一瞬间聚焦在关允的身上。如果目光有热力的话,关允此时已经被架在火上烧了。

王车军脸上的笑容凝固了,他无比怨恨并且忌妒地看了关允一眼,双眼几乎要喷出怒火,凭什么?关允凭什么?他心思片刻转了几转,又想到蒋书记此来孔县视察还有在孔县挑选一名秘书的目的,他心中焦虑万分,难道说蒋书记看中关允了?

官场无小事,尤其是堂堂的市委书记当众点一个小小通讯员的名,而且还是在如此重要的场合,个中意味,怎能不让在场的每一个人心思浮想联翩?

因为蒋雪松是在和李逸风握手时问到关允,尽管关允是冷枫的通讯员,李逸风也只能接话道:"关允在后面,我让他过来一下。"

蒋雪松点到为止,要的是效果,他摆手说道:"先不用了,等下我和他私下见面再说。"

李逸风和冷枫对视一眼,都从对方的目光中看出不解和疑惑,以蒋雪松市委书记的权威,必然不会是为了当众打压关允而点他的名,那么又是为了什么?

谁也猜不透上级领导的心思,何况李逸风和冷枫本来就与蒋雪松关系一般。

欢迎仪式过后,人群依次回到县委之中,关允落在了最后,正低头琢磨刚才蒋雪松点名的用意,并且自嘲今天算是出名了。忽然,关允感觉有人拍他的肩膀,他回头一看,吓了一跳,竟然是李永昌。

"李书记。"关允先打了个招呼。

"小关,刚才蒋书记点你的名,过一会儿也许还会找你谈话。你要记住一点,有一说一,尽量少说,不要给蒋书记留下不好的印象,好不好?"李永昌和颜悦色地说道,似乎是真心为关允着想一样。

关允忙说:"我记下了,谢谢李书记的提醒,我不会乱说话。"

李永昌满意地点了点头,漫不经心地又问了一句:"你以前认识蒋书记?"

"不认识。"

"哦。"李永昌见问不出什么,便不置可否地微一点头,大步向前走去,很快就将关允远远地甩在身后。

关允摇头一笑,官场中人,太容易被表面迷惑了。他是无欲则刚,相信蒋雪松找他,不会有什么了不起的事情,也不会是为了当面敲打他,他不急,李永昌却急了……

蒋雪松一行先被迎到孔县的礼堂,按照事先约定的程序,应该是蒋雪松发表重要讲话。不过蒋雪松却打乱了既定的安排,对李逸风和冷枫说道:"逸风同志,我看讲话的排场就免了,就不升堂了,我就站着随便说几句好了。"

蒋雪松当前一站,周围围绕的都是县委、县政府、人大和政协的主要同志,既然不召开全体干部大会,无关人等就进不来了,包括关允、温琳等人,也只能在外面等候了。蒋雪松中气十足地朗声说道:"同志们,我其实早该来孔县走一走看一看了,我应该向同志们道歉,我来晚了。孔县山清水秀,民风纯朴,是个好地方。"

"我来孔县有两件事情。一是为了和同志们见个面,好好地聊一聊孔县的风土人情,了解一下孔县各项工作的开展情况;二是想参观一下流沙河大坝,流沙河大坝是孔县开天辟地的大项目,为孔县的经济发展注入了一针强心剂……"

蒋雪松的讲话很有特点,喜欢脱稿讲,而且兴趣所致信手拈来,很真实,很有感染力。蒋雪松的话讲到一半的时候,李永昌就已经露出会心的笑容,他听了出来,蒋书记对流沙河大坝还是寄予厚望。如此说来,在蒋书记视察的整个过程中,他将会唱主角了?

尽管有蒋书记意外点名关允的插曲让李永昌心里犯堵,还好蒋书记视察的主题没有偏离主线,就让他一颗心又放回肚子里。

李逸风和冷枫只是微微点头附和。冷枫还好,即使面对蒋雪松,也是一脸的沉静如水,面无表情。而李逸风却目光跳动几下,从蒋雪松身上跳到常务副市长曾伟宪身上,又从曾伟宪身上落到市委秘书长冷岳的身上。

冷岳和冷枫同姓,但并无传闻表明冷岳和冷枫认识,也无人知道冷岳和冷枫是不是系出同门。二人之间除了同姓之外就没有共同点,冷枫是省城人,而冷岳却是京城人。

没错,冷岳身为京城人,却在黄梁市担任市委常委、秘书长,似乎大有可堪玩味之处。再联想到冷岳才四十出头就官居副厅级的市委常委之位,如果说他不是大有来历,谁也不会相信?

"我看现在时间还早,就先去参观一下流沙河大坝,逸风同志,你是什么意见?"蒋雪松倒也雷厉风行,也不坐下喝一口水,就直接提出去工地视察,也不知他平常风格就是干脆利落,还是故意为之。

"蒋书记,不如先喝口水,休息一下……"

李逸风刚开口说了半句,就被李永昌抢过话头:"蒋书记刚到孔县就要视察大坝项目,一路上是不是太劳累了?希望蒋书记休息一下再去。这不,正好快到午饭时间了,县委安排了乡村风味的午饭,请蒋书记、曾市长和冷秘书长先吃饭。"

李永昌的话没什么错,说得也很得体,错在他抢了李逸风的话,犯了官场大忌!他是县委的三号人物,前面不仅有李逸风,还有冷枫。况且在李逸风话未说完的情形之下,当着蒋雪松的面抢话,李永昌的用心当真是险恶之极。

他就是有意为之!

蒋雪松脸色不变,对李永昌的抢话视而不见,抬手看了看手表,说道:"才十点,吃哪门子饭?先去工地上看看。"

蒋雪松的表现,明显有袒护李永昌之意。而在蒋雪松身后的曾伟宪也是一脸平静,对刚才的一幕置若罔闻,倒是冷岳微不可察地动了动眉毛,目光迅速从李永昌的脸上一扫而过。

更不为人所注意的是,冷岳的目光还在极短的时间内和冷枫的目光有过交流。虽然一闪而过,二人的目光在电光火石间所交换的内容却十分丰富。

李逸风脸上闪过一丝不满,不过他没有太明显地表露出来:"一切按照蒋书记的指示办。"

蒋雪松一行要去流沙河大坝视察工作,除了市委的随同人员之外,县里四套班子不可能全部出动,政协、人大的老同志就主动告退了,县委县政府也只能挑选几名主要领导。李逸风看出来,不管是假装也好,或者真是个人风格也罢,蒋雪松确实喜欢轻车简从,不喜欢兴师动众。

县委就点了两名副书记——李永昌和桂晓杰,政府班子就由冷枫和郭伟全出面,然后又让三个通讯员全部陪同。点到关允的时候,李逸风心中还闪过一丝疑惑,明明打压关允的压力来自蒋雪松,蒋雪松一露面就点了关允的名,到底蒋雪松对关允是什么态度,很让人摸不着头脑……

李逸风最清楚蒋雪松和夏德长的关系,如果说蒋雪松对关允改变了看法,他认为可能性极小。虽然夏德长的省委组织部常务副部长对一名市委书记的前途的影响不大,但蒋雪松和夏德长私交密切,那么蒋雪松当众点关允的名又有什么内情?

想不明白就索性不去想,李逸风却不知道,连他自己都没有察觉到,不知不觉中,他对关允的态度已经悄然地转了一个大弯,由以前的冷落排挤变成了关心爱护。或许是瓦儿无意中影响了他的判断,又或许是他和冷枫之间达成的共识让他对关允多了好感。

一行队伍浩浩荡荡奔向流沙河大坝,关允、温琳和王车军同乘一车。本来温琳坐在中间,关允在左,王车军在右,温琳却以晕车为由和关允换了座位,等于是她连坐都不愿意挨着王车军。

王车军愤愤地看了温琳一眼,随后又假装若无其事地望向窗外,心里却想,等蒋书记视察大坝的时候,会由他出面向蒋书记介绍大坝项目的施工进度,他要大出风头了。说不定到时能让蒋书记立马对他另眼相看,等他真的成了蒋书记跟前的红人,一个小小的关允又算得了什么?还有温琳,等温琳主动来求他临幸,他也要矜持一下再说。

到了大坝工程现场，蒋雪松兴致颇高，叉腰仰望高高矗立的大坝，说道："逸风同志，谁来介绍一下大坝的情况？"

当面向市委书记介绍大坝的情况，绝对是一个露脸的大好机会，是无数人打破头也要争着上的千载难逢的机遇！

不小的挑战

上级领导下来视察工作，从陪同人员到吃饭、住宿，以及每一个环节该由谁对等接待，基本上事无巨细，都会事先由县委办和市委办沟通，达成共识之后，最后由双方确认，蒋雪松的视察才会正式启动。

等具体落实时，会一步步按照约定好的程序进行，就和排练好的大戏一样，不能有丝毫闪失。事先在安排由谁为蒋雪松介绍大坝项目的情况进展时，李逸风和冷枫合计之后，觉得应该由李逸风出面比较合适，也只有李逸风能代表孔县发言。

当然，李永昌本想由他出面做情况介绍，毕竟他是大坝项目的主要负责人。但冷枫提议由李逸风出面，李永昌再想出风头，也得遵守官场规矩。

但刚才在县委抢了李逸风的话头之后，李逸风没有表示，蒋雪松也是默许的态度，李永昌的胆子就大了起来。依仗蒋雪松是由他请来视察工作的天时优势，再加上他在孔县的地利和人和，等于是天时、地利、人和全部具备，此时不争，更待何时？

相信李逸风也奈何不了他！

"还是由我来介绍比较合适，毕竟大坝项目由我具体负责，我比较清楚每一个环节。"李永昌主意既定，就不等李逸风说话，当仁不让地站了出来，毛遂自荐。

算上第一次抢李逸风的话头，在蒋雪松来到孔县不到一个小时内，李永昌已经是第二次以三号人物的身份，越过二号直接单挑一号的权威了。

果然够牛气，不愧为孔县不倒的平丘山。

此话一出，李逸风脸色微有不喜，却还是保持了风度，而冷枫终于动容了，十分不满地看了李永昌一眼。以冷枫的冷静，都忍不住动怒，可见李永昌确实是太过分了。

不过耐人寻味的是，蒋雪松依然不动声色，对李永昌公然挑战李逸风和冷枫权威的举动视而不见，真是明显偏袒李永昌。就连曾伟宪和冷岳也不约而同

明为视察，实为擂台

地看了李永昌一眼,微微流露出不满的神色。

李永昌傲然而立,不理会别人的目光,只等蒋雪松的许可。

蒋雪松的目光没有落在任何一人的身上,而是越过了众人,凝视远处的大坝。大坝工程现场,高立的脚手架,高大的吊车,以及初具规模的大坝雏形,矗立在孔县苍茫的大地上,别有诗意和美感。

"为有牺牲多壮志,敢教日月换新天。"蒋雪松忽然就吟了一句诗,哈哈一笑,豪气冲天地说道,"谁介绍大坝项目并不重要,重要的是,谁会用诗一样的语言介绍?我是文人出身,喜欢壮丽的山河和优美的诗句。"

蒋雪松的话音刚落,李逸风和冷枫心中一动,同时脱口而出:"关允……关允是京城大学中文系的高才生!"

二人同时说出关允的名字,先是一愣,随后相视一笑,只一笑就都明白了对方的心意。在借关允之手打击李永昌的嚣张的目的上,二人的心意达到前所未有的默契。

"蒋书记,关允并没有具体参与到大坝项目中,他对大坝项目的具体进展可能不太了解。"李永昌急了,急忙说出关允的不足,试图将关允可以大出风头的机会扼杀掉。千万不能让关允在蒋书记面前露脸,万一关允给蒋书记留下深刻的印象,在事关蒋书记秘书人选的大事上,说不定会出现他最不想见到的变故!

见李永昌差点急了,李逸风和冷枫又对视一眼,会心地暗暗一笑。人都有软肋,李永昌最怕见到关允的崛起,因为自始至终虽然李逸风和冷枫压制了关允一段时间,但都留了余地,李永昌却不一样。他不但怕关允会骑到王车军头上,还担心关允会挑战他在孔县土皇帝的权威,因此,关允才是他真正的心腹大患。

蒋雪松却笑着摆了摆手:"孔县不大,流沙河大坝项目怕是在县里人人皆知,关允就算没有具体参与,大概情况肯定也知道一些吧?就让他给我介绍一下也好,听听年轻人的想法,总能感受到年轻的活力。永昌,等一下平坟复耕的工作开展,我一定要听你具体介绍进展,别人介绍,我都不会听。"

李逸风再次和冷枫对视一眼,冷枫微微地摇摇头,意思是他也不知道蒋雪松是何用意。原本以为蒋雪松此来孔县是为李永昌造势,毕竟蒋雪松肯来孔县工作视察,是李永昌一手推动的结果。不承想,蒋雪松对李永昌的态度在纵容之中,似乎又有疏离之意。

看不透,想不通,蒋雪松先是点名关允,现在又同意让关允为他介绍大坝项目的进展,究竟蒋雪松打的是什么算盘?李逸风和冷枫都暗自摇头,也不知道关允是交了好运,还是要被蒋雪松变着法子收拾。

不过蒋雪松特意点名让李永昌接下来介绍平坟复耕的工作开展,大有深意呀。

有好戏看了,蒋雪松这一次来孔县,看来不仅仅是为李永昌撑腰,他肯定还别有用意。

情况变复杂了。

李永昌只能说道:"那好,我一会儿再向蒋书记汇报平坟复耕工作的进展。"表面上很顺从,其实李永昌内心却是恨得不行,怎么就让关允抢了头彩?失误,真是失误!早知道这样,早先还不如找个机会让关允去干别的事情,不让他跟来就万事大吉了。

县委办主任柳星雅见几位主要领导达成共识,就忙不迭从人群之中领着关允来到蒋雪松面前。他也想借机小露一脸,好让蒋书记记住他。

"蒋书记,我是县委办主任柳星雅……"

柳星雅的话还没有说完,就被蒋雪松打断了,蒋雪松并没有冲他说话,而是直接问关允:"关允,你是京城大学中文系毕业的?"

关允突然被天上掉下的金砖砸中,并没有中奖一样的兴奋,相反,他早就知道他在孔县的待遇和眼前这位市委一号人物有关。所以,关允对蒋雪松和他之间的互动并不抱什么不切实际的幻想,只要蒋书记不当众呵斥他,不让他的处境雪上加霜就不错了,至于其他的好事,想都不会去想。

"是。"关允老实地回答。

"听说你还是孔县历史上第一个考上京城大学的学生,至今还没有人超越你?"

"我相信孔县以后一定还会有人再考上京城大学。孔县是个人才辈出的好地方,在李书记和冷县长的领导下,孔县的教育事业发展水平逐年提高……"

蒋雪松哈哈一笑:"好了,不说套话了,你就为我介绍一下大坝项目的进展吧。要注意,你一定要用词优美,我很挑剔的,不喜欢只有骨头没有血肉的官样文章。"

难度不小,用优美的语言介绍一项政府项目,确实是一道天大的难题。尤其是对长年累月在政府机关工作的文秘来讲,早就习惯文秘式的语言和说话方式,让他转变思路,用诗一样的语言来汇报工作,简直就是一种折磨。

好在关允从未放下书法和古诗。古诗,关允心中蓦然灵光一闪,想起前段时间老容头让他捡起书法并且熟读古诗,难道说老容头未雨绸缪,是在为他指路?

诚然,有老容头的指路明灯确实可以让关允有先人一步的先机,但路灯再

明为视察,实为擂台

亮,终究还要自己铺路并且自己脚踏实地地走路才行。还好,最近几天关允不但书法进步不小,还背下了许多首古诗,对于一直热爱文学并且有一定文学功底的他来说,练字和读诗不仅仅是应付差事,还是他的一项爱好。

能将爱好转化为生活中实际动力并且有助于自身成长的人,是聪明人。

"在孔县历史上最欣欣向荣的秋天,在县委李逸风书记和冷枫县长的大力支持下,在李永昌副书记的亲自领导下,在金黄遍地的原野之上,在河水充沛、水草丰美的流沙河畔,一座象征着孔县精神和孔县人民不屈的奋斗意志的大坝,即将落成为孔县最壮丽的丰碑……

"在此丰收的季节,孔县大地繁花似锦,孔县人民热火朝天,孔县百姓载歌载舞,迎来了孔县历史上最尊贵的客人——市委蒋雪松蒋书记。于是,孔县大地处处诗情画意,孔县人民一片欢声笑语,孔县的秋天,就成了美的海洋、美的世界。

"万丈红尘三杯酒,千秋大业一壶茶。蒋书记的到来,挥洒间,流沙河大坝拔地而起;弹指间,流沙河波涛滚滚;谈笑间,流沙河大坝项目已经完成三分之一的工程量……"

关允侃侃而谈,以诗意一般的语言开篇,生动地描述了孔县秋天的盛景,既高抬了主要县委领导,又突出了蒋雪松视察的高度。总之,他的叙说犹如一次生动的告白,虽然在李永昌、郭伟全耳中听来不伦不类并且装腔作势,但人人都知道,哪怕李逸风和冷枫听了不喜欢也不要紧,只要蒋雪松满意就行。

官场上是老大优先制原则,眼下,在场之中最大的老大是蒋雪松。

关允说完,也不等蒋雪松表态,用手遥指大坝雏形,提出了一个连李永昌、李逸风都不敢当面向蒋雪松提及的十分过分的要求:"蒋书记,流河沙大坝必将成为孔县的丰碑,如果由您来题字,肯定可以在孔县历史上留下浓重的一笔。"

众人顿时为之一惊!

打擂台

最震惊的不是李逸风、冷枫和李永昌,而是冷岳。作为市委秘书长,蒋雪松视察期间的每一个细节他都要考虑周详,不能出一丝差错,按照事先敲定的视察方案,并没有题字一项。

尽管他也知道蒋书记的书法确实不错,但蒋书记为人含蓄,从来不向外界透露他喜好书法的事实,冷岳心中疑问连连。就连蒋书记点名关允也是意外插曲,关允向蒋书记介绍大坝项目的进展,更是意外之外的意外,而现在,关允又提出请蒋书记题字,这完全就乱套了。

冷岳急忙向李逸风使了个眼色,意思是赶紧让李逸风阻止关允,万一关允的提议惹得蒋书记不高兴,事情就不好收场了。他清楚地记得,有一次蒋书记去视察一家企业,企业老总也不知道从哪里打听到蒋书记的书法不错,非要提出请蒋书记留下墨宝,结果蒋书记一怒之下拂袖而去,工作只视察了一半,闹得不欢而散。

事后,蒋雪松狠狠地批评冷岳几句,指责冷岳工作不细致,冷岳当时就满头大汗,事后努力了很久才重新获得蒋雪松的信任。

李逸风也是吃惊不小,关允才有在蒋雪松面前露脸的机会,怎么一句话又弄砸了?到底是年轻不经事,不知道有时候一句话不对,就有可能一辈子止步不前?更何况蒋书记本来就对关允有偏见,一时间他都替关允着急了。

冷枫也是暗中替关允捏了一把汗,关允也真是,怎么这么胆大?官场上不能傻大胆,要步步为营。

李逸风正要开口说话,蒋雪松却一伸手阻止李逸风,他的目光淡然而威严地落在关允的脸上,似是探究,又似是不解。过了片刻,蒋雪松才饶有兴趣地问道:"关允,你刚才的介绍确实不错,诗情画意都在其中,尤其是'万丈红尘三杯酒,千秋大业一壶茶'引用得好,有浑然天成之妙,不过你怎么就知道我会为流沙河大坝题字?"

这一句话问得有陷阱,如果关允回答不好,很容易栽一个跟头。众人一听,不由得紧张起来,就连轻易不会动容的冷枫,此时也是紧锁眉头。而在人群后面的温琳,更是额头冒汗,鼻尖上都浸出了豆珠般的汗水。

只有李永昌和王车军交换了一个眼神,暗暗得意,一个大好的露面机会被关允自己搬起石头砸了自己的脚,活该!谁看不出来,蒋书记生气了!

蒋雪松真生气了?关允却不这么认为。他在众目睽睽之下,第一次置身于无数人的中心,成为市委和县委两级主要领导的焦点,说不紧张那是骗人。但诚如他以前下定决心迈出倒向冷枫的第一步一样,骨子里不服输的勇气和天生好赌的冒险精神让他甘愿一试。

更何况,他此时脑中闪现的全是老容头让他练习书法和背诵古诗的教诲。老容头做事情,从来不会无的放矢,总有先人一步的眼光,让关允佩服不已。

蒋雪松为何点他的名,关允不清楚,但他要紧紧抓住机会,就要获得蒋雪松对他的好感,就是要让蒋雪松知道,对他的偏见站不住脚!

关允微微一笑,谦逊地弯了弯腰:"古人通常都是诗书画三绝,蒋书记一身儒雅之气,又出口成章,肯定是才高八斗的高才。流沙河大坝项目是孔县开天辟地的大事,也只有胸中有丘壑的人题字,才能镇得住流沙河的滚滚河水,才能配得上孔县的大好河山。"

这一番话说得气势十足,既将蒋雪松无限拔高,又含蓄而间接地化解了蒋雪松咄咄逼人的攻势——题不题字是蒋雪松的事情,但如果题字了,就是胸中有丘壑的高才。

蒋雪松愣住了,显然以他多年的见识,也是第一次见到如关允一样有意思并且机智的年轻人。他不由又多打量了关允几眼,忽然笑了:"小关啊,我不是不能题这个字,而是我题字时有一个习惯,需要酝酿一下气氛,你看现在人声嘈杂,又是外面,心境静不下来,字怎么能写得好?心到才能意到,意到才能字好。"

蒋雪松一番话说完,李逸风提到嗓子眼儿的心总算落地,好一个关允,竟然过关了。不但过关了,还引起蒋雪松深厚的兴趣,聊起了书法的话题,气氛顿时为之一转,由刚才的肃杀之气变成了微风徐徐。

李逸风此时才忽然意识到,怎么突然间他对关允这么关心了?

冷枫也是长出了一口气,不由心中又气又恼,关允太冒失了,万一稍有不慎惹怒了蒋雪松,他在县委刚刚好转的处境就有可能一落千丈,并且再无翻身的可能。年轻人有冒险精神是好事,但也要分时间场合,尤其是对自己不熟悉的可以决定自己命运的高官,还是不要抱着侥幸的试探心理为好。

不管别人如何想,关允此时已经没有了退路,而且说实话,他从一开始就没有想过要后退。因为关允知道,他能否给蒋雪松留下好印象,关系到今后的长远。

随着夏德长的上任,随着孔县局势有可能再重新回到李永昌的掌控之中,形势正在迅速滑向对他不利的一面,关允不能坐等李逸风和冷枫及时出手力挽狂澜。诚然,他没有李逸风的权力,也没有冷枫的背景,但他的优势是年轻,而且身后有一个惊天之才的高参老容头!

此时再不出手,更待何时?等蒋雪松视察完毕离开孔县,他或许就再也没有和蒋雪松见面的机会。想通此节,关允暗中长舒一口浊气,说道:"蒋书记,您想要怎么酝酿气氛?"

尽管知道他这一句话一出口,蒋雪松必定会出难题,但也必须说出来,否则就会前功尽弃。

蒋雪松题字与否,和大坝项目最后能否顺利竣工并无关系,却和他以后的发展有莫大的关系。

"你既然是京城大学的高才生,应该也有一定的书法基础吧?要不这样,你起头,如果你的字写得到位,我一时兴起,说不定也就挥毫泼墨了。"果然,关允话一出口,蒋雪松就将难题抛了出来,而且他一脸意味深长的笑容,直视关允的眼睛,笑容之中有一丝玩笑的调侃之意。

现在的大学生中练习书法的寥寥无几,关允如果不是有一个教授历史和政治的父亲,说不定也不会从小就练习书法并且重视国学。换了别人,比如王车军和温琳,必定会被蒋雪松的难题难倒。

只可惜,关允就是关允,不是别人,他谦逊地一笑:"我确实会写几笔字,不过阅历有限,心境不够,气度就打不开,字写得就不够开阔。不过要是能起到抛砖引玉的作用,我倒不怕当着蒋书记的面,在李书记、冷县长面前献丑。"

"好。"蒋雪松一听关允关于书法的点评很到位,就知道关允在书法上肯定有所造诣,便兴趣大增,"逸风,有没有笔墨?"

"有,有。"李逸风冲柳星雅使了个眼色,柳星雅急忙亲自回县委拿笔墨,领导要笔墨,就算没有也得说有。

还行,柳星雅虽然名字女气了一些,办事倒是利索,几分钟后就找到了笔和墨汁。不料,蒋雪松一看是墨汁,皱眉说道:"写字要研磨才有意境……"

话才出口,冷岳从身后拿出了易砚和墨块,关允接过,微一低头,说道:"谢谢秘书长。"

冷岳莫名对彬彬有礼并且英俊的关允多了一丝好感,微微一笑,小声说道:"领导喜欢浓墨和楷书。"

一句话就让关允对冷岳无比感激,作为蒋雪松身边最近的人,冷岳对蒋雪松的了解绝对是外人所不能及的。有时候在官场之上,关键时候的一句话,就能成大事。

关允倒水,挽袖,两根手指捏住墨,胳膊不动,手腕用力,开始研墨。蒋雪松在一旁初看之下微微点头,再看之下微露惊喜,他看了出来,关允还真是内行。

研好墨汁之后,关允试了试,浓而稠,烈而香,他提笔在手,向蒋雪松微一弯腰。每一个细节都必须到位,才能显示出良好的修养,关允恭谨地说道:"蒋书记,那我就献丑了。"

蒋雪松微微一笑,此时也放下了市委书记的架子,右手一伸:"请。"

关允提了一口气,饱含了全部的情感——字如心声,无情不动。想起停电的夜晚,他和温琳的一次意乱情迷的意外事件,想起温琳的种种好,想起他和温琳或许只能今生错过,一时情之所至,有感而发,情到笔端,落笔成字,两句诗以行楷一气呵成:"今生只有两行泪,半为江山半美人。"

不得不说,关允的字写得很有气势,以他现在的年龄能写出如此飘逸出尘的字体,实属不易。蒋雪松看了连连点头,才念出他写的两句诗,正要称赞关允的字写得不错,突然之间就怫然变色!

旗开得胜

李逸风和冷枫离得近,二人和蒋雪松的表情一样,一开始也为关允的字暗暗叫好,没想到关允年纪轻轻,竟然写得一手好书法。虽然达不到苍劲有力、挥洒自如的大开大合之势,却也初具气象,颇有几分功力。

不过等看清了关允所写的两句诗后,二人也是同时变色,不约而同地心想,名诗名句多了,抒怀或是慷慨悲歌,都可以,关允怎么就偏偏写了一首情诗?

蒋雪松可是堂堂的市委书记!

这个场合写情诗,关允是傻掉了还是疯掉了?李逸风心底深处发出一声无奈的悠长叹息:完了,关允算是一头栽倒,绝对没好果子吃了。明明是一个在蒋雪松面前露脸的绝好机会,他不知道珍惜,自作聪明,终究还是聪明反被聪明误。

别说李逸风连连惋惜,连冷枫也是微微闭了双眼。从他脸上无奈和痛心的表情可以得出结论,冷枫也对关允失望之极!

李永昌和郭伟全文化程度不高,思路跟不上李逸风和冷枫的政治智慧,但从蒋雪松的脸色以及李逸风、冷枫失落的表情,他二人立刻察觉到什么,肯定是关允闯祸了。

闯祸了好,太好了,露脸不成反丢脸,又是丢在了市委和县委两级主要领导的面前,关允以后就永远别想翻身。

蒋雪松怫然变色,周围随同的几十人,顿时鸦雀无声,无人敢发一言。官场之上规矩大过天,而且蒋雪松说笑时满面春风,变脸时气势为之一变,和天地之间肃杀的秋意融为一体,无形中迸发而出的威势令人不敢仰视。

官威,可以令人臣服的官威,就是多年久居人上养成的气势,关允第一次近距离感受到上位者逼人的威压,一瞬间几乎不能呼吸!

他毕竟还是年轻,蒋雪松又是他面对的最高级别的官。在蒋雪松怫然变色的威逼下,能站立不动就已经不错了,不能强求他还能镇静自若、谈笑风生。不过还好,关允虽然感受到蒋雪松身上迸发的源源不断的逼迫之意,却还是轻轻放下毛笔,然后后退一步,一言不发,等待着蒋雪松最后的评定。

蒋雪松一脸凝重,拿起关允的字,目光深沉,久久凝视,半晌无语。他脸上的表情时而沉痛,时而沉静,周围的人大气都不敢出,不知道关允的题诗到底触动了蒋书记的痛处还是痒处。

"今生只有两行泪,半为江山半美人……好,好一首一往情深的情诗,好一句'半为江山半美人',真情流露,人生至爱。关允,你还年轻,现在有半为江山半美人的想法固然可以,但等你真正有一天走到更重要的工作岗位上,一定要改变想法,要全心全意为人民服务。"

"是,我一定牢记蒋书记的教诲。"关允忍住不去擦额头上的汗,还好现在是秋天,秋风一吹,汗很快就被吹没了,他刚才可是提心吊胆了半天,"以后一定要改成——今生只有一行泪,全心全意为人民。"

"说得太好了。"蒋雪松兴致大涨,右手一伸,"拿笔来。"

关允离得最近,急忙及时递上毛笔,又赶紧铺上宣纸。蒋雪松笔走龙蛇,手腕翻转,转眼间一首诗已经写就,赫然就是关允刚才所念的"今生只有一行泪,全心全意为人民"。

关允大喜,蒋雪松不仅题诗一首,而且提的还是他随口而改的两句诗,只此一举,就足够让在场的所有人引申解读了。他的目光越过蒋雪松,正好和不远处的温琳四目相交,温琳正双眼热泪长流,对他痴痴凝望。

而在人群的后面,在一辆紧闭车窗的车内,有一个女孩儿端坐在车上,双手托腮,隔着车窗玻璃眺望人群之中的关允。等蒋雪松念出"今生只有两行泪,半为江山半美人"时,她粲然一笑,艳若朝霞,随后却又鼻子一酸,潸然泪下。

"关允,你的两行泪,一行为江山而流,另一行,可是为我?"车中女孩儿喃喃自语,不是别人,正是夏莱。

蒋雪松写完一张还不算,兴趣所致,再次铺开宣纸,浓重而苍劲地写下了"流沙河大坝"五个大字。

终于,在关允的提议下,蒋雪松以堂堂的市委书记之尊,为流沙河大坝题名。其意义影响之深远,足以对孔县的局势带来不可低估的促进作用,至于是正面还是负面,就因立场不同而有不同的解读了。

关允不知道的是,他的一句"今生只有两行泪,半为江山半美人"感动的不只温琳,同时还有夏莱。

其实关允多少猜到了,蒋雪松特意点名的背后有可能是夏莱的手笔。就从夏莱来孔县暗中调查钱爱林非法集资而夏德长是默许的态度,他推测出在事情的背后,以夏德长的城府,必然会考虑到夏莱的安全问题,那么由谁出面照顾夏莱放心呢?

唯蒋雪松而已。

当然,关允只是猜测而已,却不知道夏莱就跟随在蒋雪松的视察队伍之中,躲在暗处,将他的一举一动尽收眼底。关允更不知道他的两行泪同时感动了两个女孩儿。

关允是赚到了,不但赚到了温琳和夏莱的眼泪,也赚到了蒋雪松的好感。他不知道的是,蒋雪松最喜欢"今生只有两行泪,半为江山半美人"这首诗,个中原因不足为外人道也。总之,他在初见之下,还以为关允知道他的隐私,以此来讽刺他,所以才会怫然变色。

但深思之下,蒋雪松才知道自己错怪关允了。关允也喜欢这首诗只能说是巧合,以关允的年纪,正是"半为江山半美人"的阶段,而且关允为之流泪的美人正在他的车内。他想通之后才为之释怀,同时大为欣喜。一是欣喜关允的书法确实不错,是可造之才;二是关允骨子里的文人气质和他相通,第一次让他对关允有了惜才之心。

再有他被关允的书法勾起了雅兴,虽然关允的书法比他想象中要好上几分,但也在他这个年龄段的水准之内。不过关允的书法很有特点,似乎有某个失传的书法大家的风韵,让他兴趣大增,蒋雪松一比高下的心思就提了起来。

蒋雪松来黄梁市的年头不短了,如关允一样在书法上有一定造诣又和年轻时的他极其相似的年轻人,他还是第一次遇上。想起以前不问青红皂白,为了还夏德长的人情就施加影响,要将关允困死在孔县,真是不应该呀。

多好的一个年轻人!

蒋雪松为流沙河大坝题字之后,桌子上就摆了三幅字:一幅是关允的题诗,一幅是蒋雪松的题诗,还有一幅是专为流沙河大坝的题字。冷岳向前一步,将流沙河大坝的题字郑重收起,李逸风会意,立刻双手接过,喜形于色,一边感谢蒋雪松,一边欣喜地向关允投去感激的一瞥。

蒋雪松虽然书法造诣很高,但惜墨如金,黄梁市不知有多少人想请他题字,他从不动笔。没想到,在关允的因势利导下,流沙河大坝意外收获了蒋雪松的亲笔题名,确实是天大的意外之喜。

孔县的秋天,真是绚丽多彩。

李永昌和王车军已经傻眼了,怎么形势突变,变得让人跟不上思路。明明刚才蒋书记变了脸色,突然间又春风吹拂,关允反倒因祸得福了?到底是怎么回事?

没人会解释清楚到底是怎么一回事,更让李永昌、王车军无法接受的是,蒋雪松拿起关允的字,打量了几眼,颇有爱不释手的意思,问道:"关允,你的字送我了,肯不肯割爱?"

都以为关允肯定会求之不得地答应,不料关允却还提出条件:"送蒋书记可以,不过我还有一个条件?"

"哦……"蒋雪松一脸笑意,此时的他再也没有一丝市委书记的权威,而是慈祥如长辈,"说来听听。"

"我想珍藏蒋书记的墨宝,用心研究一下蒋书记的起笔和落笔,也好完善我的不足之处。"关允的话说得很圆润,珍藏是从钻研书法为出发点,既不会让人怀疑他有巴结蒋雪松的用心,又含蓄而委婉地拔高了蒋雪松的个人修养,一举两得且不着痕迹。

蒋雪松哈哈一笑:"我要了你的字,我的字送你,理所应当。好,换了。"他笑过之后又意味深长地说道:"不过,等下我还有问题要和你探讨,你不许隐瞒。"

"是,不敢隐瞒。"关允老老实实地答道,心中几乎按捺不住兴奋之意了。

蒋雪松见火候到了,就挥手向众人说道:"流沙河大坝的建设和工程进展,都很不错,我对孔县县委县政府的工作很满意。尤其是李永昌同志劳苦功高,一身担两职,值得表扬。好了,小插曲结束,下面是不是该去看看平坟复耕的进展了?"

蒋雪松话一出口,李逸风和冷枫再次对视一眼,心中同时闪过一个强烈的念头……

各种因素

应该说,蒋雪松来孔县视察工作,虽然李逸风和冷枫早有心理准备,猜到蒋雪松此行在一定程度上确实有为李永昌壮势之意,但一个执掌一市的市委书记,不会只为了一个小小的县委副书记而专门来孔县跑一趟。

那么,蒋雪松的工作视察,除了有对李永昌的力挺之外,也有对孔县工作的支持在内,或许更深一步讲,更有对孔县局势的关注。

但从蒋雪松迈进孔县县委的那一刻起,事态的发展,似乎偏离了预期。不但偏离了李逸风和冷枫的预期,也和李永昌的预期相差不小。

或者说,孔县所有人都没有料到,蒋雪松和关允之间的互动,大有相见恨晚之意。当着无数人的面,二人传递出来的消息相当耐人寻味。尤其是李逸风,几乎无法用震惊来形容自己的心情,他比任何人都清楚蒋雪松对关允的态度有怎样的偏见和成见。但以刚才的情形来看,蒋雪松似乎对关允的态度大变,几乎转变了一百八十度!

而蒋雪松一入孔县自始至终对李永昌模棱两可的态度,也让李逸风和冷枫看出了什么。联想到平坟复耕政策背后隐藏的悬而未决的隐患,再对比蒋雪松不听李永昌当面介绍流沙河大坝项目的进展而听关允介绍,最后却点名要听李永昌汇报平坟复耕的工作进展,以李逸风和冷枫的政治智慧,心中就立刻有了计较——蒋雪松来孔县,远非表面上力挺李永昌那么简单,而是各种因素累积在一起,最终促成蒋雪松的孔县之行。

比起李逸风和冷枫审时度势的政治智慧,李永昌还是差了几分。他在刚才蒋雪松和关允吟诗泼墨时,一颗心就沉到谷底,感受到巨大的危机感和压迫感。他心中七上八下不停地揣度蒋书记到底为什么突然就对关允另眼看待,为什么对关允这么感兴趣?

王车军更是沮丧到极点,从刚才的情形来看,岂不是说蒋书记已经点中关允,只等暗示下去,县委就会将关允的关系调往市委,从此关允脱困而出,一飞冲天了?一想到关允真有可能再次在和他的竞争中获胜,抢走原本属于他的市委一秘的宝贵机会,王车军就恨不得冲上前去一把掐死关允!

凭什么关允又赢了?凭什么?

蒋雪松和关允一场互动的大戏,不知让多少人心思大动,也不知吹皱了流沙河多少涟漪,更不知会对孔县的局势带来怎样微妙的影响?人群之中,崔玉强目光闪动,脸上的表情变化不定,几次从身上摸出电话想拨一个号码,却又几次放下,似乎还是难以最后下定决心。

蒋雪松金口一开,先是盛赞李永昌劳苦功高,又提出要去看看平坟复耕的进展,才让李永昌一颗高悬的心落下来。李永昌心中又重新升腾起热烈的希望,蒋书记还是很看重他的。也是,孔县离了他就不行,没有他,流沙河大坝项目就没那么顺利,孔县也不会成为全市落实平坟复耕政策最彻底的第一县。

李永昌正要开口说话,李逸风却没有给他机会,抢先说道:"时候不早了,蒋书记,还是先回县委吃饭吧。"

蒋雪松微微一想,点头同意了:"吃饭,先吃饭。我再不去吃饭,许多人都对我有意见了,认为我不近人情。你说呢,永昌?"

李永昌连忙附和:"蒋书记一心扑在工作上,为我们做出了好榜样。"

"哈哈,我刚才和关允比试书法,可不算是工作……"

李逸风就接了一句:"蒋书记是偷得浮生半日闲,文武之道,一张一弛嘛。"

冷枫也说:"莫听穿林打叶声,何妨吟啸且徐行。古人且有徐徐而行,安步当车的雅致,现在生活节奏快了,其实也失去了许多平常心。孔县没有竹林,却有树林,等下有时间,蒋书记可以到平丘山参观参观,体会一下'何妨吟啸且徐行'的心境。"

"说得是,说得是呀。"蒋雪松心情大好,接了一句,"归去,也无风雨也无晴。孔县的天气不错,确实是也无风雨也无晴。"

李永昌就接不上话了,心里却恨恨地想,知识越多越反动,拿腔捏调地说话,文人真酸。但不管他是如何忌妒李逸风和冷枫能与蒋雪松谈诗论对,却也只能在一旁附和着笑,插不上一句话。他没有意识到,冷枫看似无意地一提平丘山,其实是要为关允埋下伏笔。

人群之中,走在后面的关允听到冷枫顺势提到平丘山,不由会心地一笑。温琳悄悄打了他一下,嗔怪地说道:"臭美!"

关允不是臭美,而是他心里清楚,冷枫见时机大好,正在积极主动地推动下一局。蒋雪松用"也无风雨也无晴"来形容孔县的天气,可是大有深意,说的不是天气,是政治气候。

果然,兴趣颇高的蒋雪松又说:"孔县的平丘山我也听说过,有时间倒可以去看看。"

经关允的妙笔生花,再加冷枫的妙手推动,蒋雪松的工作视察,正在逐渐朝着有利于李逸风和冷枫的方向倾斜。

午饭安排在了县委食堂。

本来想到孔县最好的飞马宾馆接待蒋雪松,但李永昌再三强调蒋书记吃惯了山珍海味,只想吃特色风味。恰恰孔县就有特色美食,安排在县委食堂,由他亲自制定菜单。李逸风和冷枫也没坚持,觉得李永昌和蒋雪松关系不错,熟知蒋雪松的喜好,就由他安排了。

还好,蒋雪松对饭菜的安排还算满意。就餐时,县委几名主要领导围绕蒋雪松而坐,边吃边谈,谈笑风生间,蒋雪松平易近人的风格给不少人留下深刻的印象。众人在私下议论说,蒋书记威严并且很有手腕,现在见了,也很有亲和力,不见有多厉害。

明为视察,实为擂台

但关允和别人所想的截然不同,他算是深切体会到了蒋雪松于和风细雨之下滴水不漏的行事手法。果然是一等一的官场老手,于无声处见惊雷,以润物细无声的政治手腕,让孔县前三号人物都感受到蒋雪松处理孔县局势游刃有余的布局,而且还是长远的布局。

吃饭时,关允不够资格和蒋雪松同桌,就和温琳、王车军坐在一起,王车军坐在他的对面,温琳在他的左边。温琳埋头吃饭,不说话,心事重重的样子,倒是王车军的目光不停地穿梭在来来往往的人群之中,也不知在搜索什么。领导们都在里面的雅间,在外面大堂的人,都是要随时服务领导的工作人员。

"关允,你今天可是出风头了,万一被蒋书记相中,调进市委,成了大秘,可就真是出人头地了。到时,别忘了跟你一起奋斗过的哥们儿。"王车军估计是没找到想找的人,收回目光,阴阳怪气地对关允说道。

"没影儿的事情,就不要说了。车军,我倒觉得你比我希望大。"关允回应王车军,笑了笑,"下午蒋书记视察平坟复耕政策的落实情况,车军,你可以和李副书记一起向蒋书记汇报,你的口才也不错。"

温琳本来正专心致志地吃饭,一听关允的话,低头一笑,悄悄用脚踢了关允一下,意思是,你不要太坏了,怎么挖坑让人跳?

关允没理会温琳的小动作,目光中充满鼓励,直视着王车军。

王车军动心了:"真的可以?"

"当然可以,我都没有参与大坝项目,蒋书记还同意听取我的汇报,你对平坟复耕的政策肯定早就吃透了。再者李副书记负责平坟复耕,你近水楼台先得月,肯定对数据成果什么的,都能倒背如流。"

王车军的眼睛亮了:"数据什么的,我早就记得清清楚楚了,就是怎么才能让蒋书记点我的名,是个问题……"

"我觉得不是问题。"关允嘿嘿一笑,"你直接和李副书记一说,等汇报的时候,让他假装忘了一个数据,然后他点你的名,说你记得清楚,你不就可以顺势而上,出现在蒋书记面前了吗?我觉得,蒋书记同意让我介绍大坝项目的进展,是为了考察我。但蒋书记来孔县,要同时考察三个人,所以下面就该你出场了,最后温琳也得露露面。不过,机会要靠自己争取。"

关允现身说法,让王车军心思大动,他再也坐不住了,站了起来:"谢谢你的提醒,我去找舅舅说一声。"

王车军一走,温琳趁人不注意拧了下关允的腰肉,笑骂:"你太坏了,坑人没商量。"

关允大呼冤枉："我坑谁了？我一片好心好意，你别不识好人心。"

"就你还好心……"温琳得意而心满意足地笑了，"你的坏，我还不知道？不过，你坏得好，坏得可爱，我喜欢。但我还是不太明白，你怎么肯定蒋书记就一定会同意让王车军露脸？又怎么肯定王车军一定会在蒋书记面前栽跟头？"

真假难辨

关允大摇其头，很无辜很无奈地说道："我真的不知道，我真是出于好心。"

"才不信你。"温琳暗中又踢了关允一脚，还白了他一眼，小声地说道，"别以为我没看出来，你想发坏水的时候，眼睛里面会有坏笑，鼻子微微皱起，右手小拇指还会向上翘一翘。"

关允吓得不轻："你是千里眼呀，观察得这么仔细？你说的都是真的？"他可从来不知道一个人会把他摸得这么细，如此一来，他在温琳面前岂不是没有秘密了？

"当然了，骗你是小狗。"温琳咬着嘴唇笑，很得意很嚣张，"心虚了吧？我闲着没事的时候，就天天坐在你的对面研究你，看你骗人的时候、高兴的时候、心情不好的时候，都有什么不一样的表情，慢慢地我就摸出了门道。现在，你的一举一动都逃不过我的眼睛，看你以后还敢不敢骗我。还说今生只有两行泪，半为江山半美人，鬼知道你今生会不会有四行泪，四分之一为江山，四分之三为美人……就是说，你最少要有三个女人了……"

这都哪跟哪呀，关允无语了，不过想到他经常会在办公室伏案午休，会不会……温琳在他睡觉的时候也观察过他？这个温琳，太调皮了。

正想好好地训斥温琳几句，温琳说了一句话，却又让他愣住了："关允，今天是金一佳给出的最后日期，她还没有答复，是不是事情黄了？我就觉得你要百分之四十的股份，太血盆大口了，现在好了，一分钱也没得到，人啊，就不能太贪心了，知道不？不要吃着碗里的想着锅里的，总觉得远方的风景才美丽，其实，身边的风景才最动人。"

得，温琳的话有所暗指，关允一时意动，充满深情地看了温琳一眼。他回想起当时题诗时，心中虽然想的是温琳，却是惜别之意、惋惜之情。说来他和温琳虽然并不是真正的青梅竹马，却也算是从小一起长大，而夏莱算是他的初恋。假如温琳所说他小时候确实说过要她当他的媳妇，莫非是说，温琳才算是他今生第一个钟情的女子？

算了,不去想了,感情上的事情最是伤神。他是深爱夏莱,却又在回孔县一年的时间里,和温琳日久生情,年轻的心最容易碰撞出爱的火花,况且温琳的性格又最是讨喜。说实话,他不是见一个爱一个的性格,但如果不是夏莱的及时出现,他和温琳之间说不定真能确定关系。

只不过人生总是如此,没有假设,恰恰就在他和温琳关系朦胧即将透明的关口,夏莱不期而然地来到孔县。或许是夏莱心有灵犀,她的孔县之行,将关允从差点迈到温琳身边的脚步生生拉了回来。

对于如何处理夏莱和温琳的问题,关允一时头大,但对于怎样对付金一佳,他头脑还是十分清楚。关允就只当没听到温琳话里的暗示,直接接过金一佳的话题:"不急,平丘山得天独厚的自然资源是不可复制的,金一佳在和我们比耐心,我敢打赌,不出三天她必定会给出一个确切的答复。"

"她会答应百分之四十的股份?"温琳眼睛亮了,一副财迷的模样,"哇,发财了,我算算可以分到多少?这下好了,嫁妆不用愁了。"

要不是人多,关允真想朝温琳的脑袋敲一下。别说,她财迷的样子还真可爱,不过他还是必须打击一下温琳的热情:"百分之四十的可能性不大,我的底线是百分之三十。另外,百分之三十的股份折合下来也就有四十五万,但实际上,一分现金也拿不到。等到有了效益分红的时候,最早也得明年,所以你的嫁妆还得自己想办法。"

温琳一瞪眼一噘嘴,想要反驳关允几句,一抬头,柳星雅和冷岳走了过来。

作为县委办主任,关允和柳星雅再熟悉不过了,平常打交道也不少,但他和柳星雅来往却不多。倒不是因为柳星雅的名字过于女气的缘故,而是因为柳星雅是黄梁市人。

没错,孔县县委办主任柳星雅,一个名字十分女气的县委大管家,却是黄梁市人。当然,并没有规定市里的人不能到县里当县委办主任。

柳星雅在县委的名声还不错,作为李逸风身边的第一人。除了管理县委机关一摊子事务之外,他也相当于李逸风的大秘,负责所有文件的起草和上传下达。也就是说,相比王车军,他才是李逸风身边最信任的人。

但柳星雅在县委之中的存在感并不强,反倒不如县委办秘书科三个通讯员光芒照人。一是因为三个通讯员都是大学生又是本地人的缘故;二是柳星雅为人太低调,平常上班的时候,李逸风不需要,他就不会出现,一旦李逸风有事,他总能及时出现并且替李逸风分忧。

真正聪明的秘书长也好,秘书也好,都是极有眼力的人。在领导需要分忧的时候,总能第一时间出现;在领导需要安静的时候,悄无声息地退下。在领导眼中从来都以正面形象出现,而不是让领导想起来就厌烦。如此,才是一个秘书长或秘书的最高境界。

孔县是小县,不设秘书长,县委办主任就相当于县委秘书长。

显然,柳星雅达到这个境界了,他不但在李逸风眼中达到县委办主任的最高境界,也在关允眼中达到为人处世的最高境界。尽管在县委许多人眼中,都觉得柳星雅太没用了,一点儿也没有一个县委办主任应有的气势和权威,但正是柳星雅为而不争的从容,才让他成为孔县县委最八面玲珑的县委常委。

以关允的猜测,柳星雅在孔县之所以一团和气,从不计较什么,是因为他的志向并不在孔县的一县之地。据说,他的媳妇是黄梁市三大宗姓之一崔姓之女,在黄梁市极有势力,他早晚会调回黄梁市。

关允虽然和柳星雅交往不多,除了工作上的接触,几乎没有私交,但他对柳星雅的印象不错,也很佩服柳星雅的处世之道。

柳星雅和冷岳同时出现,关允和温琳就急忙起身相迎。县委食堂的大堂是四人一桌的格局,平常县委各科室的人都会打饭回办公室吃,今天特殊,大堂内人来人往好不热闹。还好,关允和温琳的一桌,王车军一走,对面就空了。

"坐,别客气。"冷岳没有市委常委、市委秘书长高高在上的派头,微笑着点点头,坐在关允的对面。柳星雅也是一脸浅笑,坐在温琳的对面。

等二人坐下,关允和温琳才敢坐下,冷岳开门见山地说道:"是这样的,关允,我想和你商量一个事情……"

秘书长说是商量,那是客气,是平易近人。关允忙说:"秘书长有事,尽管吩咐。"

"还真不是吩咐。"冷岳呵呵一笑,看了柳星雅一眼,交流了一下眼神,才说,"刚才吃饭的时候蒋书记问起冷县长,不知道你的书法师承何人?和已经失传多年的一个书法大家的笔锋很像,但蒋书记又不敢肯定,因为失传的书法大家应该已经不在人世了,他的书法在世面上几乎没有流通,就算临摹,也学不来……"

关允心中"咯噔"一下,蒋雪松的书法造诣果然了得,只从他几笔字中就看出了端倪。不错,关允从小到大学习书法一直临摹颜真卿的字帖,遇到老容头后,受老容头影响,笔风变化很大,现在正处于模仿老容头的阶段。

但老容头的事情可不能说出来。关允心中不解的是,老容头的书法怎么就和失传多年的书法大家的笔锋很像了?难道老容头当年的书法还名震一时?

关允很想向冷岳问出自己心中的疑问,比如蒋书记口中失传的书法大家是谁,但又不能问。有些事情只能听不能问,他在孔县一年的浮沉,确实沉下心来领会到了许多东西。

冷枫不知道他书法师从何人就对了,他练习书法的事情,压根就没有几人知道,冷枫也只知其一不知其二。

冷岳替蒋雪松来问个明白,但关允却不能说个明白,就歉意地一笑:"不好意思,秘书长,我意外得到了一本字帖,见上面的字很有气势,自己也很喜欢,就一直照着临摹。"

"哦……"冷岳微露失望之色,不过显然他相信了关允所说,因为蒋雪松已经强调过是失传大家的书法,他就又含蓄地提了一提,"字帖上面有没有署名?"

关允听出冷岳的意思是想借字帖一看,就说:"没有,等晚上我取一下字帖,请蒋书记鉴定一下。"

"要是不方便,也没关系。"冷岳面露喜色,不过还是淡定地说道,"君子不夺人之爱。"

对冷岳欲取还拒的手法,关允心里自然清楚:"没关系,反正就是一本旧字帖,不是什么名家之作,蒋书记不嫌弃就行。"

冷岳笑了笑,没再说话,和柳星雅耳语几句,然后冲关允一点头,起身走了。冷岳一走,柳星雅压低声音说道:"关允,你的机会来了,秘书长很欣赏你,刚才要了你的档案……"

关允心思大动,这么说,蒋雪松真是有意用自己当秘书?

要麻烦了

尽管和蒋雪松以字会友,当着无数人的面上演了一出意味深长的题字大戏,但关允清楚,蒋书记现场挥毫泼墨,可不是真为了当众表演书法才艺,而是借兴趣所致,显露出身为上位者多才多艺和惜才的一面。

孔县在人才回流方面成绩突出,蒋书记在任上又多次强调引进人才,重视人才回流。就连他一个小小的县长通讯员都可以和堂堂的市委书记同台写书法,传到外面,绝对会让无数黄梁市考上重点大学的学子心动,真实而深切地感受到蒋书记惜才爱才的决心,肯定会动回黄梁报效家乡的念头。

如此,蒋雪松的政治秀的目的就达到了。

当然,蒋雪松也是文人出身,文人骨子里的情怀不变,当众题字,也是真性情的一面。

蒋书记不会真因为他的几笔书法就动了要将他调到身边当秘书的念头吧?关允暗暗摇头,联想到从冷枫之处隐约听到关于蒋雪松和夏德长之间私交甚厚的传闻,以及夏莱也向他透露过蒋雪松和夏德长是党校同学的事实,他又从震惊和惊喜之中回到现实,并不认为冷岳热心地从县委办抽看他的档案,就真是蒋雪松对他动了爱才之心。

他再有才华,也比不了蒋雪松和夏德长之间的私交,况且夏德长还是省委组织部常务副部长。

算了,不去想了,先想想老容头的字帖问题是正事。

老容头的字帖其实不少,关允只拿了一本最基本的框架字帖来练习。用老容头的话来说,先学会折字,再练习组合,要会爬,再会走。言外之意就是说,关允的书法水平还处于蹒跚学步的阶段,连走路都还没有走稳。

按照老容头的划分方法,岂不是说蒋书记的书法也才是步行阶段,还没有达到挥洒自如的大家气象?

送蒋雪松一本老容头的字帖倒没有什么,只是老容头也不知道回来没有,不当面征求老容头的意见就将字帖送人,多少有些不太好。想想也没办法,关允想,就当他替老容头决定了,相信老容头也不会小气到不愿意将一本字帖送人。

饭后,关允和温琳一起动身随同蒋雪松去视察平坟复耕政策的落实情况。上车后,温琳照常坐在了最边上,又让关允坐在中间,关允打趣说道:"你就这么不想挨着王车军坐?"

"怎么了,你愿意我和他坐一起?"温琳不满地回敬了关允一个白眼,又将头扭向窗外,不说话了。

怎么了这是,一句话就生气了?关允摇摇头,没理会温琳的小性子。这时王车军上车了。他一上车,就拍了拍关允的肩膀,感激地说道:"谢谢你关允,事情办妥了。要不是你事先提醒一下,事情就不好办了。"

"客气什么,机会是均等的,都要努力争取才行。"关允客气一句,又漫不经心地问到另外一件事情,"钱爱林复职了,车军,你说是不是复职的时候不对?"

钱爱林复职动静不大,在李永昌的力挺下,在崔玉强的推动下,李逸风和冷枫都默许了,钱爱林就悄无声息地官复原职,并没有任何处分。

李永昌的理由很充足,蒋书记来孔县视察工作,主要活动范围是在县城,城关镇派出所重任在身,负责县城的治安工作,而钱爱林在城关镇担任所长多年,也只有他出面才能镇住县城老街的混混儿不出来惹事……

王车军没想到关允的思路跳跃到钱爱林身上,他并不清楚关允为什么会提到钱爱林复职问题,就假装很无奈地说道:"领导决定的事情,我们只能无条件服从了。"

关允点了点头,没再说话,一旁的温琳却一脸疑惑地扭过头来,悄然向关允使了一个眼色,意思是钱爱林又怎么了。关允却没有回应温琳的眼神,眼睛望向前方,神游物外了。

平坟复耕政策落实情况的现场汇报地点选择在了小郭村。小郭村是大村,离县城最近,坟头最集中,最有代表性,而且是平坟复耕行动之中最难啃的硬骨头。工作队出动三次都没有将坟头全部放平,最后还是由李永昌亲自出面,才一举定乾坤。

李永昌选择小郭村,自然有他的用意,一是小郭村平坟之后腾出的土地最多,数据最翔实,也最好看;二是小郭村反对平坟的阻力最大,谁出面都不行,只有他出面才摆平,最能显示出他的重要性和不可替代性。

站在路边,遥望小郭村坟头集中地被放平之后腾出的大片空地,李永昌兴致勃勃地向蒋雪松汇报孔县平坟复耕政策落实过程中取得的巨大成绩。虽然在汇报中肯定了县委县政府的领导作用,但言语之中透露出十足的自信,不经意间还是强调他的个人贡献。

由于他的话过于直露并且自我抬高,李逸风听了微微皱眉,冷枫干脆将脸扭到一边,不愿再看李永昌的嘴脸。周围围观的人群之中,有人暗笑,有人偷笑,也有人佩服李永昌强大的自信和霸气。从蒋雪松来到孔县之后短短不到半天的时间里,他已经第三次公然挑战一号二号权威,并且一再突出个人了。

李永昌暗中将孔县当成他的一亩三分地还情有可原,没想到当着市委书记的面还敢这么张狂,就连曾伟宪和冷岳对视一眼,也是各自摇头。

蒋雪松的兴致不如上午视察流沙河大坝时高涨,背着手听取李永昌的工作汇报,不发一言。李永昌汇报到一半的时候,暗中冲王车军招了招手,等王车军来到跟前,他就正式推出王车军:"蒋书记,下面的情况就由王车军来具体汇报一下,车军同志是省职业技术学院的高才生,记忆力过人,许多枯燥的数字我背上三遍都记不住,他却能过目不忘。"

"哦……"蒋雪松顿时来了兴趣,打量了王车军几眼,"小伙子不错,一表人才,个子也长得出类拔萃,好,我就听听你的专业性的汇报。"

和关允在蒋雪松面前镇静自若大不相同的是，王车军虽然早就期待在蒋雪松面前露脸，但真正站在执掌黄粱市的市委书记面前，他还是底气不足，身子微微颤抖。尽管蒋雪松平易近人，没有冷着面孔，甚至还有一丝笑意，王车军还是难掩心中的胆怯之意。

不是每个人都有在重量级人物面前泰然处之的胸襟。

"蒋……书记，我叫王车军，是县委办秘书科的通讯员。"王车军强迫自己平静下来，先做了自我介绍，声音都微微颤抖。此时他才佩服关允的水平确实比他高了一等，当时关允比他应付自如多了，他深吸了一口气，接着又说，"平坟复耕政策下发之后，县委县政府非常重视，成立了以李永昌副书记为工作组的专项行动领导小组，领导小组在李永昌副书记的带领下，推出了一系列行之有效的方针政策……"

"说点具体的。"蒋雪松打断了王车军的话，"大而空的帽子就不要扣了，我想听听具体数字。"

"是，蒋书记。"被蒋雪松一敲打，王车军反倒冷静了几分，他一年多的历练也不是白历练的，而且他也确实在数据记忆上面有过人之处，"孔县开展平坟复耕行动以来，截至目前，一共平坟两万三千二百一十座，恢复耕地三千一百二十三亩，可以预计的粮食增产高达……"

蒋雪松满意地点了点头："不错嘛，年轻人脑子就是灵活，数字记得这么多清楚，有一手。走，到地里实地看看平坟的效果。"

通常市委书记下来视察工作，都是站在田间地头指点江山，听取汇报，然后坐车走人了事。谁也没想到蒋雪松不嫌皮鞋会沾上泥土，竟然要实地查看，可是吓坏了李永昌，他急忙向前一步："蒋书记，地里正在施肥，臭得很，您就别下地了。"

"我怎么就不能下地了？"蒋雪松饶有兴趣地笑了，"我以前又不是没有干过农活，还怕大粪？纸上得来终觉浅……"

要说背下一长串数字是王车军的长项，但要他接上下一句诗，就是强人所难了，对于李永昌来说，更是难如登天。蒋雪松话说一半，等人接下句，王车军和李永昌面面相觑，都不知道该怎么回答。

"纸上得来终觉浅，绝知此事要躬行……蒋书记事必躬亲，很值得我们学习呀。"冷枫一挽裤腿，"下地，才能接上地气。"

蒋雪松也弯腰一挽裤腿，一步就迈进了田地之中。李永昌见状，只好向王车军使了个眼色，又朝身后的县委办副主任贺运小声吩咐了几句，贺运就转身匆忙走了。

关允将一切尽收眼底,冲温琳耳语一句:"李永昌要有麻烦了。"

温琳正双眼冒火盯着王车军不放,心里想不通,王车军在蒋书记面前小露一脸,没见倒霉,反而长脸了,关允替王车军出主意的出发点真是为了王车军好?怎么可能?关允有这么好心?关允这么做是为了什么?

"什么?李永昌怎么就要倒霉了?"温琳的情绪一下就被调动了,想通了什么后恍然大悟地说道,"哦,我明白了,你是让王车军露面,让李永昌倒霉,设的是连环计。"

急转直下

关允笑了笑,想说什么,还没有来得及开口,崔玉强不知从哪里冒了出来,悄然来到他的身边。

温琳见状,加快脚步向前走去,她知道崔玉强必定和关允有话要说,她不方便听,再说,她也不想听。反正她知道没什么好事,多半还是为了钱爱林的事情。

钱爱林复职,温琳很不痛快,但她什么也没说。她当然清楚李永昌以城关镇派出所需要维持县城治安为由提出让钱爱林复职,表现上理由很充分,其实还是借蒋雪松视察为由,向李逸风和冷枫施压。钱爱林是个小虾米,但他却是李永昌和李逸风较量的一个支点,钱爱林是上是下,就是谁胜谁负的标志。

钱爱林羞辱了关允,还能官复原职?温琳不能想钱爱林,一想就生气。她离关允远了,目光一扫,正好落在指挥警察维持秩序的钱爱林身上。见钱爱林飞扬跋扈地呵斥围观的老百姓,她心中突然闪过一个不无恶意的想法,钱爱林,看你还能狂多久,希望你直接在蒋书记面前栽一个跟头,一头摔在坟头上,再也爬不起来!

关允见温琳知趣地走开了,他也知道崔玉强必定有话要说,就先打了招呼:"崔局,这会儿不忙了?"

崔玉强递来一支烟:"来一支?不忙了,都布置下去了,我三天三夜没合眼,再忙下去,人都瘫了。"

关允摆摆手:"不抽了,几个大领导都在,都没抽烟,咱们抽就不好看了。"

"真是。"崔玉强忙收起烟,呵呵一笑,"到底是文化人,眼力高。"

见崔玉强绕弯,关允见时间不允许,蒋雪松马上就要走到坟地了,他就直接问道:"崔局有什么指示?"

"我哪里敢指示你关大秘?"崔玉强打了个哈哈,开了句玩笑,目光左右一扫,见周围没人,才刻意压低声音说道,"钱爱林复职,不是我和老弟你过不去,是我说了不算。"

好一个见风使舵的崔玉强,关允心中暗笑,知道崔玉强又摇摆了。既然他的立场动摇了,索性就再敲醒他,关允就说:"其实我和钱所的矛盾是私事,他复职是公事,公私要分明,对吧崔局?不过有件事情我得提前和崔局说一说,万一到时被动了,就麻烦了。"

崔玉强脸色顿时变了:"什么事情?"

关允一见崔玉强脸色大变,就知道他已经知情了,也故意压低声音不无寒意地说道:"钱爱林复职从另一个角度来说,也算是好事,他在台上如果被查出了有问题,就是一个好靶子。在台下,事情也许就会悄无声息地解决;在台上,事情就会闹大。事情越大,谁提拔了他,谁就得承担连带的领导责任。崔局有没有听说,省里已经有记者来县里暗访了?"

崔玉强的脸色又变了变,从口袋中摸出烟,抽出一支,放在鼻子下面闻了闻,又塞了回去。他抬头又看了看前面的队伍,蓦然,好像下定多大的决心一样,小声说了一句:"记者暗访的事情,我早发现了,不过谁也没有透露。听说,这一次蒋书记下来,随行人员中,就有暗访的记者。"

话一说完,他又提高声调,亲切地拍了拍关允的肩膀:"关科,说好给我家小子辅导功课,什么时候才有时间?"

关允会心地笑了,崔玉强真是老油条,早早就发现了夏莱的暗访,却瞒了下来,估计也是想卖一个人情,不想最后人情却卖了他。不过也由此说明,崔玉强和李永昌的关系,还真是合中有分,崔玉强的立场就从来没有坚定地倒向过李永昌,而是一直在犹豫不定中摇摆。

关允就热情地回应崔玉强:"好说,明天晚上成不成?"

"成,怎么不成?"崔玉强哈哈一笑,摆手走了,好像自始至终他和关允就在商量给孩子辅导功课一样。

不少人的注意力都集中在蒋雪松身上,对于崔玉强和关允之间接触的一幕,并没有几人留心,却有一人投来了探究的目光,那人就是柳星雅。

柳星雅将关允和崔玉强的互动尽收眼底,他含蓄地一笑,悄然来到李逸风的身边,向李逸风耳语了几句。李逸风微微点头,看了远处的崔玉强和关允一眼,神情淡淡,眼神之中却流露出自信的光芒。

蒋雪松当前一步来到平坟之后的空地上,他用力踩了踩了脚下的泥土,感慨地说道:"死人与活人争地,相信地下的先辈们也不愿意子孙后代没有土地可以耕种,孔县平坟复耕政策,落实得很好。但我还要强调一句,要注意工作方式,不要粗暴地对待农民,土地是命根,但坟地也寄托了对祖先的怀念,平坟之前,要先平民心……"

果然,蒋雪松的讲话既肯定了成绩,又提出了要求,大有含义。

以县委办副主任贺运的级别,本不该在人群的核心圈子内,也不知道他怎么就不顾规矩地挤了进来,而且还有意无意站在了不该站的地方——无巧不巧正好挡在了一座坟头的前面。

贺运的举动,自然引起了柳星雅的注意,他只是微微一笑,悄然来到贺运的身边。

蒋雪松又向前走了几步,正好朝贺运的方向走来。按理说,贺运应该立刻让开才对,不料贺运不知何故,仿佛没有注意到堂堂的市委书记正朝他正面走来,还愣愣地站在原地不动。

不少人都被贺运的举动惊呆了,贺运好歹也是县委办副主任,怎么一点规矩也不懂?李永昌副书记在哪里,贺运是他的对口副主任,他怎么不发话让贺运让路?

眼见蒋雪松离贺运只有一米远时,贺运如果还不让路就闹大发了,贺运的目光躲闪,望向远处,一脸焦急的似乎在等待什么。眼见蒋雪松又向前迈出一步,他终于不堪威压,身子一软,让到一边,却又脸色一喜,用手遥遥一指:"蒋书记,快看……"

话音刚落,一阵敲锣打鼓的声音从远处传来,众人回头一看,远处的马路上,一群穿红戴绿的村民载歌载舞,打出了大大的条幅:"热烈欢迎蒋书记来孔县视察工作!"

刚才在关键时刻不知道躲到了哪里的李永昌,此刻及时地冒了出来,他一脸兴奋地向蒋雪松邀功:"蒋书记的官声真是深入人心呀,村民听说市委蒋书记来孔县视察工作,自发地组织起来欢迎蒋书记。"说话间,他带头鼓掌。

人群也就附和地响起了热烈的掌声。

蒋雪松岂能不知所谓的自发组织是怎么一回事?但到下面视察,有时候即使知道下级弄虚作假,也不能点破,否则下面的工作就没法做了。他笑了笑,双手虚压:"好了,好了,就不要惊动群众了,现在是秋收大忙的时候,让老百姓忙自己的事情去。冷枫同志,你去让村民散了,就说我谢谢他们的好意。"

李永昌的脸色顿时为之一变,他精心组织了这一出,以为可以讨蒋雪松欢心,不料蒋雪松直接就闪开了。闪开也就算了,还让冷枫出面,分明是对他的当头棒喝!

难道说蒋书记看出了什么?蒋书记对他不满了?

不等李永昌反应过来,冷枫已经沉稳地分开人群,出面去解决村民自发组织的问题了。蒋雪松也没再理会李永昌,又向前迈出一步。

就在蒋雪松向前迈步的同时,早就站在贺运身边的柳星雅及时出手了。他轻轻一拉贺运,贺运不及防备之下,脚步一动就让到了一边,蒋雪松脚下不停,一步就迈了过来。

脚一落地,蒋雪松就面露疑惑之色,用力踩了踩脚下的土地,用手一指说道:"拿铁锹来。"

李永昌脸色顿时灰白,千算万算,还是失误了!当真是聪明反被聪明误,搬起石头砸了自己的脚,当初他选中小郭村,不仅是因为小郭村是最难啃的硬骨头,也是因为小郭村的坟头成方连片,平了之后最能显示成绩。

原本以为蒋书记视察平坟复耕工作,只是到田间地头远远看看,没想到蒋书记还非要实地查看,李永昌就吓着了。小郭村的坟头是平了不少,但也有一座坟头只是随便遮掩了一下,连墓碑都没有搬走——没错,就是他家的祖坟。

李永昌不是没有考虑到他平了别人家的祖坟却留了自家的坟头是以权谋私,但他并不认为蒋书记会亲自下地……人算不如天算,等他发现阻止不了蒋书记下地查看时,就想让贺运先挡一下,然后借村民自发欢迎蒋书记的手法来转移蒋书记的注意力,结果,也没成功。

李永昌一瞬间明白了什么,蒋书记似乎就是直冲他家祖坟而去,那么可以肯定的是,在背后有人向蒋书记打了小报告。

铁锹拿来了,蒋雪松用手一指脚下,说道:"挖!"

李逸风亲自动手,一锹下去,"当"的一声,挖不动了,他用铁锹分开浮土,露出了下面的墓碑。

蒋雪松脸色变了,李逸风脸色变了,李永昌脸色已经变得不能再变了!

正在此时,远处的敲锣打鼓声突然停了,停了之后却传来一阵撕心裂肺的哭喊:"李永昌,你还俺爷的命!"

事情,急转直下。

明为视察,实为擂台

算计

小郭村是李永昌亲自出马才啃下的硬骨头,也正是他在小郭村的强势,才顺利推动了全县平坟复耕行动的胜利。

小郭村不仅有李永昌家的祖坟,也是他上次智斗以死相拼睡在坟头的老农民之地。当时他骗了睡在坟头的老农民郭老汉,平了郭老汉的祖坟,气得郭老汉跳脚骂他混账王八蛋,他霸道而无赖地回敬了一句:"这年头,王八蛋都比笨蛋强!"

可以说,小郭村一战成就了李永昌的威名!小郭村的坟头被全部推平之后,全县再无一处有强有力的抵抗,小郭村都被攻克了,所有想闹事惹事的乡镇,全部噤若寒蝉。

成也萧何败也萧何,同样,成也小郭村,败也小郭村。

蒋雪松眉头紧锁,一改先前一脸春风拂面的和蔼,吩咐道:"冷秘,你去看看发生了什么事情。"不称呼姓名而称呼官职,让所有人心头一凛,而且直接绕过孔县县委,由市委秘书长出面,对孔县县委的不信任,一目了然。

冷岳应了一声,目光从李逸风、冷枫和李永昌脸上一闪而过,匆匆推开人群,去查看情况了。

气氛顿时由春天一路直降,成为滴水成冰的寒冬。

蒋雪松蹲了下来,从李逸风手中要过铁锹,亲自动手,一锹一锹将浮土分开,露出了里面完整的墓碑。他只看了一眼上面的字,就勃然大怒,将手中的铁锹一扔,厉声质问:"李永昌同志,这是怎么回事?"

李永昌此时确信无疑,他被人算计了,自始至终一步步掉进了一个精心设计的陷阱,是谁这么无耻阴险地害他?不管是谁,他事后一定加倍还回来!

墓碑是用上好的石料打磨而成,上面雕刻着先人的名字,下面注明了立碑的后人之名,赫然正是李永昌!

要说李永昌聪明一世糊涂一时一点不假,但也不能怪他马虎,他在孔县纵横久了,谁也动不了他分毫,孔县的大事小事都由他说了算。自家坟头假平,再放倒墓碑,神不知鬼不觉,谁又能知道?李逸风和冷枫不可能实地查看,蒋书记来视察,也不过走马观花。

谁能想到呢,蒋书记不但下地实地查看,还亲自动手挖出了墓碑,李永昌就像被当众扒光了衣服一样,羞愧难当,深深地低下了头。

在孔县一手遮天十几年,李永昌第一次栽了跟头,还是一个大大的跟头。莫道浮云终蔽日,严冬过尽绽春蕾……李永昌肯定没有学过这首诗。

周围的人群神态各异,有人震惊,有人冷笑,有人幸灾乐祸,也有人愤愤不平。一时之间,现场几十人的队伍,除了浓重的喘息声和秋风吹过衰败的荒草发出的呼啸声之外,竟然没有一丝声响。

"同志们,我很痛心。"蒋雪松站了起来,一脸严肃,"平了百姓的坟,自家的坟却不平,猫盖屎一样,糊弄谁呢?糊弄鬼呢!坟头好平,但如果我们的干部都不以身作则,只平别人的坟,却留了自家的坟。这样的平坟,是落实平坟复耕政策,还是为平坟复耕政策抹黑?同志们,扪心自问,坟头平了,民心平了没有?"

一句"民心平了没有"掷地有声,回荡在空旷的田野之中,回荡在天地之间。

此话如一记耳光打在李永昌的脸上,李永昌无地自容:"蒋书记,我错了,我一时糊涂,老母亲说了,要是我敢平坟,她就上吊给我看,我就想了这么一个馊主意……"

"你有老母亲,谁没有老母亲?平坟不是粗暴地把坟头推倒就行,而是要平民心改观念。"蒋雪松气犹不平。

李逸风和冷枫同时向前一步,异口同声地说道:"蒋书记,我们都有错,请蒋书记批评。"

"你们当然都有错。"蒋雪松一回头,见冷岳领着一群披麻戴孝的村民走了过来,他一甩手扔下李逸风和冷枫转身离去,"都好好反省一下。"

李永昌不知道又发生了什么事情,但心中隐隐感觉不对,怕是今天的这一关难过了。怎么事情会急转直下,变成他的滑铁卢?明明是他请动蒋书记前来视察,明明蒋书记来孔县是为他撑腰来了,怎么眼睛一眨,风向大变了呢?

平坟复耕政策是省里的政策,刚才蒋书记话里有话,隐隐透露对平坟复耕政策有抵触的情绪,到底是怎么回事?上次他连夜去市里请蒋书记吃饭,席间的气氛一直很好,蒋书记还鼓励他好好干,结果干到今天,怎么干出了一身不是?

想不明白,李永昌头上的汗水就流了下来。他悄然打量了李逸风和冷枫一眼,见李逸风和冷枫都是忧心忡忡的样子,不由心中暗暗咬牙,心道,装得真像,今天的事情,背后绝对是李逸风和冷枫联手作乱。等着,等他过关了,一定要让李逸风和冷枫好看,好好报报今日之仇。

这么想着,李永昌一回头,见到一群孝子孝孙披麻戴孝排着整齐的队伍过

明为视察,实为搿台

来,不由心中一阵冷笑,又在玩什么把戏?关公面前耍大刀,鲁班门前弄大斧,这些小儿科的东西,他早在十几年前就用过了,现在还想用到他的身上,太没创意了。

不过等李永昌定睛一看,看清最前面一人手中捧着的遗像时,他的脑袋"嗡"的一声,身子一晃,险些摔倒!怎么会?怎么可能?怎么是他?

遗像中一脸沧桑的老者,正是被他连哄带骗拖到一边然后平了坟头的郭老汉……李永昌瞪大眼睛,心思忽上忽下,不敢相信自己的眼睛,郭老汉壮实得很,好好的,怎么就死了?

孝子孝孙在冷岳的带领下,来到蒋雪松面前,扑通跪倒一片:"青天大老爷,冤枉啊。李永昌害死我爷爷,你要替我们做主呀。"

李永昌几乎无法抑制心中的怒火,他一个箭步冲到前面,一把拎住跪在最前面的郭老汉的孙子郭良的衣领:"郭良,谁指使你来毁我?谁怂恿你来蒋书记面前喊冤?"

"李永昌,请注意你的形象!"李逸风怒而发作,冷冷地喊了一声。

李永昌只好松开手,后退一步,急忙向蒋雪松辩解:"蒋书记,郭老汉的死,和我没关系,上次我把他从坟头上弄走,他还好好的……"

蒋雪松伸手阻止李永昌继续说下去,看也不看李永昌一眼,上前一步扶起了郭良:"老乡,有话好好说,不要下跪,现在不兴下跪。"

郭良站了起来,一脸眼泪:"李永昌把俺爷骗了,说是要和俺爷商量一下迁坟的事,俺爷信他了,才走没几步,他就让推土机平了俺家的祖坟。俺爷气不过,回家就病倒了。后来他还是气不顺,说是一辈子老实,没想到被政府给骗了,就上吊了……呜呜。"

李永昌简直不敢相信自己的耳朵,郭老汉死了他怎么不知道?孔县的大事小事还能瞒得过他?他无比疑惑并且十分不满地瞪了崔玉强一眼。

崔玉强将脸扭到一边,不接李永昌的目光。

至此李永昌已经完全确定,他被人推到坑里了。不,确切地讲,是早就有了一个大坑,不过没人告诉他。挖坑的人还在上面洒了一层浮土,他不知有诈,还傻呵呵地使劲跳了下去……一直以来被他掌控得密不透风的孔县,怎么突然之间有了失控的迹象?

原来前一段时间李逸风和冷枫的退让、示弱,都是在为他准备一个天大的陷阱,李永昌恨得咬牙切齿。他一辈子算计别人,没想到到头来,居然被人结结实实地算计了一次!

虽然郭老汉之死并不能完全算是李永昌的责任，但毕竟平坟事件是诱因。政策在落实的过程中不管再怎么辩解，出了人命就要有人负起相应的领导责任，何况又是在市委书记蒋雪松面前下跪喊冤？

通常情况下，市委领导下来视察工作，遇到上访喊冤的事情，一般只是象征性问上几句，然后指示一定要严肃查处，就会转身走人。上级领导也要给下级面子，不可能事事插手，否则还要下级做什么？蒋雪松怎样处置此事，不但事关李永昌的威望和前景，也事关市里对平坟复耕政策的态度，必须慎之又慎。

蒋雪松没有说话，目光深沉，一脸凝重。突然，冷岳的电话突兀地响了。他一看来电号码，不顾蒋雪松在场，就急忙接听了电话。

只听了几句，冷岳就挂断了电话，快步来到蒋雪松面前，跟他耳语了几句。蒋雪松脸色微微一变，又疑惑地看了冷岳一眼，冷岳坚定地点了点头。

蒋雪松向前迈出一步，表情沉重地说道："乡亲们，平坟复耕政策是一项利国利民的好政策，但在具体落实的过程中，会因为人为因素出现各种各样的问题，还出了人命，我很痛心。在此我宣布，平坟复耕政策暂停实施！"

明为视察，实为搭台

09 酝酿中的变局

其实仅仅以关允的见识和眼界,不可能得出如上的分析,只不过他很幸运地刚刚见过了老容头,更幸运的是,老容头点评了蒋雪松的书法。而在很早以前关允就记住了一句话,字如其人。老容头说,蒋雪松的字圆润有余,苍劲不足,可以理解为蒋雪松行事手法偏重和光同尘而不是雷厉风行。老容头又说,蒋雪松的书法格局不错,不过有时也因过于照顾大局而在细节上不够果断,就更加直截了当地暗示了蒋雪松不够杀伐果断。

来得好

一场轰轰烈烈彰显李永昌不可替代的权威的平坟复耕政策,在李永昌大张旗鼓推行不到一周之后,在孔县境内百分之九十的坟头被平,还因此让一名倔强的老汉丧命之后,堂堂的市委书记蒋雪松借工作视察之际,不事先向孔县县委、县政府通报一声,直接当众叫停。不止李永昌震惊得无以复加,就连郭伟全也是差点一屁股坐在地上!

玩笑真的开大了。

不过人群之中,关允目光淡然,表情平静,正应了蒋雪松上午的一句话——也无风雨也无晴。是的,自始至终,关允就是一副云淡风轻的样子,仿佛一切尽在掌握之中。

其实,以关允的级别和能量,一切,不可能都掌握在他的手中。只是他旁观者清,知道李逸风和冷枫不会坐视李永昌的逐步坐大,肯定会有后手。

早在李逸风和冷枫默认让钱爱林复职,关允就得出了结论。不管是暂时的利益联合,还是别的原因,至少在现阶段,李逸风和冷枫的利益共同点迫使二人第一次联手对付李永昌了。

那么在蒋雪松前来孔县视察工作的问题上,二人会任由李永昌翻云覆雨,继续将孔县当成自家后院一样经营？绝对不会。官场之上，哪里有一二把手拱手礼让三把手的咄咄怪事？况且蒋雪松视察孔县是千载难逢的机会，二人会无所作为地错过大好时机？

在蒋雪松和他同台比试书法的时候，关允就想，蒋雪松对孔县局势的态度大可玩味，相信李逸风和冷枫会更有信心实施计划了。至于李逸风和冷枫准备有多充分，又为李永昌设计了多大的陷阱，关允不得而知，毕竟李逸风和冷枫之间的秘密不可能告诉他。

现在他知道坑有多大了……

不过，蒋雪松意外宣布平坟复耕政策暂停实施，多少也出乎关允的意料。尽管他大概知道平坟复耕政策可能长久不了，却没想到，会巧合到在蒋雪松视察期间暂停，难道省里有了新的动向？

在蒋雪松宣布完平坟复耕政策暂停实施之后，李永昌倒还能勉强站立，却有一人身子一晃，一屁股坐到地上，当众出丑。

不是别人，正是王车军！

在巨大的压力之下，在一系列的变故之下，王车军的心理承受能力到了极限。李永昌是他最大的靠山，他眼见李永昌遭遇重创，急火攻心之下，终于支撑不住了。

王车军一倒，他刚才在蒋雪松面前精心树立的良好形象，也随之毁于一旦。

蒋雪松宣布完决定之后，一言不发，转身就走。孔县的摊子还得孔县自己收拾，他才懒得操心，主要是他现在没有心情操心孔县的局势了，省里局势已然大变！

对他而言，省里的风吹草动事关他的前程，必须慎重对待，孔县毕竟只是治下之地。再者，孔县之行他的目的已经全部达到，现在，是该见好就收了。

此时，蒋雪松无比迫切地想要现在就动身回市里，不过，忽然又想起另外一件事情。他回头一看关允正好在视线之内，就冲关允招了招手："小关，你来一下。"

在刚刚叫停平坟复耕政策并当众呵斥李永昌之后，蒋雪松此举，立刻吸引无数人或意味深长或别有用心的目光。

关允坦然间大步来到蒋雪松面前，微微弯腰："蒋书记。"

蒋雪松看看时间："我晚上返回市里。"

关允一点就透："我马上取字帖。"

蒋雪松呵呵一笑："我过后会还你。"

"就送蒋书记了。"

"不行,无功不受禄。"蒋雪松摆了摆手,"君子不夺人之爱。"

"蒋书记有时间其实可以到平丘山转一转,山门有几个大字,写得不错,不看遗憾。"关允见蒋雪松归心似箭,以他的级别不好开口劝蒋雪松缓缓再走,但想起冷枫暗中想推动蒋雪松平丘山之行,他就想再努力一把,试上一试。

蒋雪松好奇心大起:"以你的眼光评价一下,写得如何?"

"气度非凡,气象万千。"

"真有这么好?"蒋雪松按捺不住心痒,"我让冷岳安排一下,晚一两个小时回去也没什么。不过,回到县委还要先开一个会。"

蒋雪松和关允边走边谈,一直走到车前,等关允为蒋雪松打开车门,又恭敬地为蒋雪松关上车门的那一瞬间,师龙飞的脸色难看到了极点。

几乎所有的人都将关允的举动看在眼里,不少人都一致认定,只凭刚才两人一路交谈和关允为蒋雪松打开车门的举动,关允十有八九会平步青云,成为人人仰视的市委第一秘。

熟识关允的人对关允既羡慕又忌妒,谁能想到一个月前还在县委坐冷板凳的他,不但转眼间提了副科,担任了县委办秘书科的科长,而且还被市委书记相中,眼见就要调往市委。谁不知道担任了市委书记的秘书,三年之后一外放,就是副县级起步。

关允现在才二十三岁,三年后二十六岁,二十六岁的副县级干部!而且作为市委一秘,不管外放到哪个区县,肯定要进常委班子,不得了,是即将冉冉升起的一颗政治新星。

关允可不知道他和蒋雪松的一番接触,能让外界联想如此丰富,他只是转身上了自己该上的车。车上没有王车军,也不知去了哪里,只有他和温琳坐在后座。

汽车发动后,温琳拢了拢头发,俏目带笑飞了关允一眼:"我就知道,总有一天你会飞出孔县。"

关允摇头笑了笑:"不说没谱儿的事情。"

"好,就说点有谱儿的事情。"温琳咬了嘴唇,神情有点古怪,"你猜我看到谁了?"

"谁?能有谁?"关允见温琳卖关子,就笑,"重要人物都在,你还能看到谁?"

"夏莱。"

"不可能!"关允吓了一跳,"你在哪里看到夏莱的?"

"在蒋书记随行的一辆汽车里。"温琳打量关允几眼,确认关允没有假装,

"你真不知道夏莱也来了？"

蒋雪松来孔县视察，肯定要有随行的记者，记者分摄影记者和文字记者，摄影记者跟在领导周围拍照，文字记者就不一定非要跟在身边了。

"当然不知道。"关允心中不但纳闷儿夏莱来了为何不见他，还有不小的震撼。夏莱不是黄梁市新闻单位的记者，不隶属蒋雪松管辖，她跟随蒋雪松前来，肯定不是为了报道蒋雪松的视察，而是另有他事。

夏莱在孔县只有一件事情——钱爱林非法集资案！

蓦然，关允脑中闪过一个强烈的念头，该自己出手了。

如果说让李永昌栽了一个大跟头是李逸风和冷枫的手笔，那么借机推动钱爱林案件，让崔玉强彻底倒向李逸风或冷枫，和李永昌划清界限，就是他接下来要做的事情。

"来得好。"关允兴奋之下，用力一拍大腿——可惜他太激动了，拍中的不是自己的腿，而是温琳的腿。

"你……"温琳顿时脸红了，"流氓。"

"失误，失误。"关允忙道歉，眼光一扫司机，还好，司机专心开车，对后面发生了什么不闻不问，他就小声说道，"真的谢谢你告诉我夏莱也来孔县了。"

"你不知道她来孔县了最好，我就放心了。"温琳一脸满足和幸福。

"放心什么？"关允不解。

"两行泪。"温琳咬着嘴唇吃吃一笑，笑容中有坏坏的得意，"你不知道她在，两行泪就只为一人而流了。"

女人终究是女人，关允笑了，原来温琳在意的是这个。好吧，就当他当时写下"今生只有两行泪，半为江山半美人"是为温琳而写。一个男人在一个特定阶段只爱一个女人，是不是也算一往情深？

不过刚才一掌拍在温琳的大腿上，尽管隔了衣服，还是让关允感觉到温琳大腿的弹力。想起停电那一夜的风情，他不由又多看了温琳几眼。

不看还好，一看温琳粉颈泛红，一直红到耳根，他就知道温琳也思春了，忙打开窗户让秋风吹进来冷静一下。现在可不是调情的时候，现在是即将迎来孔县史上最大变故的绝佳时机。

蒋雪松来孔县视察，千载难逢，也许在他任上，就只此一次，不抓住机遇，绝对抱憾终生，是该让孔县回归正常轨道了。虽然关允是孔县人，但他清楚得很，李逸风和冷枫对孔县的发展思路虽有冲突，但出发点确实都是为孔县的明天。而李永昌则不同，他所做的一切只为了稳固自己的地位，只为了保证自己的个人利益!

一到县委,关允就急忙下车,趁众人纷纷各归其位之际,他迅速接近冷枫,和冷枫耳语了几句。冷枫听后一脸冷峻,只深思片刻,就和关允一前一后进了办公室,关紧了房门。

几分钟后,冷枫和关允同时出门,冷枫前往会议室参加会议,关允却回到秘书科,拨通了夏莱的手机。

还好,这一次夏莱没关机,一打就通,关允第一句话就是:"夏莱,有很重要的事情,马上来秘书科见我。"

真正用意

"你知道我在孔县?"夏莱的声音微有惊喜,也有一丝不安,"你得先答应不骂我,我才见你。"

"我不骂你。"关允笑道,他熟知夏莱的脾气,有时她的乖巧很让人喜欢,但有时她的固执也很让人头疼,"我还要感谢你。"

"好吧。"夏莱愉快地答应了,"我马上到,还有一个好消息要告诉你。"

刚放下电话,温琳进来了。她渴了,拿起关允的杯子就喝起来。温琳还没开口说话,电话就响了,她伸手就抢过电话。

"你好,秘书科……我就是,呀,一佳,你好。"温琳的神情立刻神采飞扬起来,眼睛还转了一转,向关允抛了一个媚眼,"你到黄梁市了?晚上就到孔县?好,我等你。"

放下电话,温琳高兴得跳起来。兴奋之下,她也不顾是在办公室了,就抱住关允的脖子:"太好了,听金一佳的口气,投资的事情八成是定了。关允,你真棒!"

"关允……"正在此时,门突然被人推开了,夏莱风风火火地闯进来。她接到关允电话,急忙下车,一路小跑来到秘书科,不料一推门就见到她最不愿意见到的一幕。

"啊!"温琳听到身后传来熟悉的声音,回头一看真是夏莱,不由赶紧松开关允的脖子,尴尬地笑道:"夏莱,刚才借关允的肩膀来表达一下我内心的喜悦,你可别多想,我和他一直是好哥们儿。"

夏莱怔而不语,目光冰冷而委屈地看着关允。

关允伸手推了温琳一把:"我早说过,你就不听,看,闹出误会了吧?温琳,你以后要保持淑女形象,别总让我一见你大大咧咧的样子,就想夸你一句——

姑娘,你真是条汉子。"

"扑哧"一声,夏莱终于被逗乐了,她狡黠地一笑:"关允,以前在京大的时候,经常有女孩儿借你的肩膀表达内心的喜悦,我都习惯了。没关系,肩膀可以随便借,心不外借就行了。"

温琳悄悄地吐了吐舌头,转身要走:"你们聊,我出去站岗。不过现在人多眼杂,拉手可以,进一步的亲热动作就免了,省得被人看见说闲话。"

夏莱嫣然一笑:"温琳不要走,我和他不说什么私密话,是正事。"

"对,温琳你留下。"关允下一步的计划需要温琳的配合,就顺着夏莱的话往下说,"我和夏莱要做的事情,还需要你配合。"

温琳故意发坏,以掩饰刚才的尴尬:"你们亲热,我怎么配合?"

一句话让夏莱面红过耳,啐了温琳一口:"呸,你个温琳,一个女孩儿家羞不羞?"

"你们亲热,我羞什么?"温琳也不知是真不懂还是装傻,"真不用我去把风?"

"别闹了。"关允板起脸,回身关上门,"时间紧迫,再晚就来不及了。夏莱,你先说你的好消息。"

"我的好消息呀……"夏莱眼波流转,有意无意地看了温琳一眼,笑了,"就是一佳晚上会到孔县,她已经成功地说服投资商,不但要投资平丘山的旅游开发,还要在孔县考察投资高效农业的前景。"

"太好了。"关允一拍桌子,"孔县的根本出路还是在农业上,来孔县发展高效农业,我举双手赞成,相信冷县长也是热烈欢迎的。好了,这个问题等金一佳来了再讨论,先说眼下的事情,夏莱,你掌握了多少钱爱林非法集资的证据?"

"本来掌握得也不少,但都不是致命的证据,孔县人太保守,许多人明明被骗了,也不敢说真话。"夏莱秀眉微蹙,一脸忧色,忽然就又展颜笑了,"可是事情突然就有了转机,就在刚才,有个人敲了车窗,扔进来一沓材料。"

说话间,夏莱从包中拿出一份材料递给关允。

这个人是谁,关允不用猜也知道,当李永昌遭受重大打击之后,当他和崔玉强在田间一番深入浅出的对话之后,孔县的变局已经悄然启动。钱爱林已经被当成弃子,在材料被扔到夏莱车窗里的那一刻,就意味着弃子出局了。

就连温琳也小有兴奋,一副地下工作者的神情朝窗外看了几眼,从关允手中拿过材料翻了几翻,啧啧说道:"真是'要想人不知,除非己莫为',真详细。这一笔笔记的东西就跟钱爱林自己的账本一样,钱爱林老小子,你跑不了了。"

夏莱莞尔一笑,温琳说话直来直去,率性可爱,她的性格很讨喜,但愿她不要成为自己的情敌。

关允从自己的抽屉中也抽出一沓材料,递给夏莱:"作为你的调查材料的补充,你看看是不是有用?"

夏莱将信将疑地接过材料,低头看了一会儿,惊喜地说道:"呀,关允,你太厉害了,你的材料太有用了。哪里是我的材料的补充,应该说我的调查材料还不如你的材料证据充足……你怎么不早告诉我?省得我调查得这么辛苦。"

"你又没有告诉我你在暗中调查钱爱林?还故意不接我电话,瞒着我,是不是怕我骂你?"关允敲了夏莱的头一下,"还和以前一样,只要是怕我不同意的事情就瞒着我去做,是你有错在先。你说说你做得对不对?"

"我不对,我错了。"夏莱低眉顺眼地认错,眼睛却偷看关允,她知道关允不管多生气,只要她一认错,他就会心软,"可是,我也是一心为了工作,我也要有自己的事业,对不对?记者,就要为民请命,我还想说说你,你明明都调查清楚钱爱林的问题了,却还故意压下,你心里到底有没有正义和公正?"

"有,我心里的正义和公正不比你少半分。"关允慨然道,"记者可以激昂文字,可以暗中采访,但新闻报道免不了一个官员的职务,想要伸张正义,为民请命,最终还得落实到实力斗争上。任何一个官员的任免,背后都会涉及许多人的利益,可不是你想象中那么简单。你来孔县暗访,以为神不知鬼不觉,其实早就被人察觉了,只不过发现你的人和我还能说上话。而且他立场不稳,犹豫之下没有采取措施,要不你早就被请出孔县了。"

关允一番长篇大论并不是为了批评夏莱的所作所为,而是想提醒她以后做事情要三思而后行,不要冒险。夏莱也不知有没有听进去,反正她摇着关允的胳膊撒娇:"好啦,好啦,说了不生气的,你还骂我?我都知道错了,下次再也不敢了,行不?"

"咳,咳,我还在呢。"温琳受不了了,咳嗽一声提醒关允和夏莱不要太肉麻了,还强调地说道,"关允,你自己说时间紧迫,这时候怎么又乱爱了?"

关允无语,他哪里是乱爱了,不过是想点醒夏莱,在孔县还好说,去别的县采访,万一出了大事,后悔都来不及。不过也确实是时间紧急,他就没再说什么,将两份材料汇总到一起,递给夏莱:"留一份复印件给我,原件你一起交给蒋书记。"

夏莱点了点头:"你怎么不问我为什么会跟随蒋书记一起来孔县?"

"不用问。"关允神秘地笑了笑,"我让你把材料原件直接交给蒋书记,是什么用意,你还不明白?"

"关允,这一年在县里,你变成熟了,也比以前聪明多了。"夏莱温柔地笑了,她心爱的男人经过风吹雨打之后,不但没有消沉,反而更快地成长起来,怎不令她欣喜?她俏笑道,"我会继续在蒋伯伯面前替你美言几句,让你给他当秘书,就要气气某人。"

某人当然指的是夏德长。

还是孩子气,关允笑着摇摇头,看了看时间,说道:"差不多该开会了,夏莱,你先去递上材料,务必赶在蒋书记决定回市里之前交到他的手中,很重要,能不能办到?"

"能。"夏莱听话地用力点了点头,娉娉婷婷地转身出了秘书科,她一身长裙紫衣的装扮让她比以往更加靓丽动人。一般对肤色不太自信的女子通常不敢穿紫衣,夏莱的紫衣搭配,正好衬托得她肤白如雪。

夏莱一走,关允沉思了。诚然,他猜不透蒋雪松允许夏莱随同前来孔县的真正用意。但从蒋雪松迈入孔县的第一步起,他的所作所为就很耐人寻味——表面上有偏袒李永昌之意,却暗中行打压李永昌之实。这不由关允不浮想联翩,蒋雪松心思大变的背后,肯定是哪里发生了变故。

能影响到蒋雪松对李永昌支持力度大减的背后,应该不是李逸风和冷枫的运作,而是他本身的原因。原因是什么?以关允的眼界和层次,自然无从推测,但肯定有不为人所知的变故。或许,蒋雪松之所以答应夏莱随同他出行孔县,并非只是为了他和夏德长的私人情谊,而是基于一定程度的政治考虑。

如果让蒋雪松知道关允的推测,他肯定会大吃一惊,会更加对关允高看一眼。因为关允的眼光确实非同一般,已接近了真相的边缘。

在关允精心准备发动雷霆一击的同时,县委常委会会议室,常委扩大会议正在紧张地召开之中。蒋雪松坐在首位,开口第一句话就解释了他叫停平坟复耕的原因。

步步推进

如果是市级常委会扩大会议,通常会有新闻主管部门的负责人和报社的社长、总编辑列席。但县级常委会扩大会议,因县里没有正规报社,就没有新闻人员与会了。

但今天不同,今天的孔县常委会扩大会议,出席会议的不仅有市委书记蒋雪松,市委常委、常务副市长曾伟宪以及市委常委、市委秘书长冷岳,还有市电视台、日报社的随行记者。

人员已经到齐,会议正要召开时,有人敲响会议室的门。坐在门口的县委办主任柳星雅开门一看,见门口站着一名紫色上衣灰色长裙的女孩儿,胸前挂着一个记者牌,不过显然不是市里哪家报社的记者。市里大大小小报社的记者,没有谁他不认识,尤其是如眼前一般漂亮的女孩儿,他更能记得清楚。

"你是……"常委扩大会议虽然扩大了,但也不是随便什么人都可以进来的,柳星雅不能放行。

"我是《国家青年报》驻燕省记者站记者……"夏莱轻轻地推开一道门缝,露出脑袋,确信足够能让蒋雪松看到她。

蒋雪松见夏莱公开露面了,就悄然看了冷岳一眼,冷岳会意,起身来到柳星雅身边小声说了几句什么,柳星雅一点头,就放夏莱进来了。

夏莱歉意地一笑,悄然坐到了最后面的一个空位,她双手紧紧抱着厚厚的两摞材料。众人的注意力都落在蒋雪松身上,尽管夏莱明艳过人,但此时还真没有人多看她几眼,只有一人例外——崔玉强的目光从夏莱手中熟悉的材料上一扫而过,眼神跳跃不定,手中的笔不停地在本子上写写画画,显露出他内心的焦躁和不安。

崔玉强的本子上赫然写着大李和小李,其中小李被他重重地画了一个圈,还一连圈了许多遍。

"同志们,市委刚刚接到省委的通知。鉴于各地在落实平坟复耕政策的过程中,出现了许多意想不到的突发情况,省委、省政府经研究决定,暂停平坟复耕政策。"

省里直接叫停平坟复耕政策?还有这等怪事?哪里有政策才发布不久就直接叫停的先例?在场众人尽管早在蒋雪松现场叫停平坟复耕政策之时就猜到什么,但听到蒋书记当众宣布是省里直接叫停,都不免面面相觑,一时无法接受。

当然,政策发布之后又收回的先例不是没有,不过实在太少。通常都是县里的政策被市里叫停,或是市里的政策被省里叫停。省里的政策被省里叫停的例子,在座各人都是闻所未闻。

李逸风和冷枫对视一眼,眼中流露出欣慰之意。这一把,算是赌对了,省委紧急叫停省政府的平坟复耕政策,不管背后发生了什么,都证明二人的远见。能够站在一定高度上纵观全局,在和李永昌的较量中,就会始终有抢先一步的优势。

李永昌投入全部精力并且引以为最大政绩的平坟复耕,不但闹出人命,省里还紧急叫停了相关政策,这一跤摔得肯定鼻青脸肿了。

不过话又说回来,省里的政策被省里叫停,肯定不会正式公开,只会内部下发一个通知了事。平坟复耕是好事,但诚如蒋雪松所说,要平坟头,先平民心。民心不平,平了坟头又有何用?

蒋雪松在台上想些什么,李逸风和冷枫猜不透,但二人能肯定的是,蒋书记必定要出手打压李永昌了。相信蒋书记在最初也不敢确定平坟复耕政策最后会怎样收场,但时机就赶得这么巧,偏偏在郭老汉的命案爆出之后,省里叫停了平坟复耕政策。

这让李永昌的处境雪上加霜。

蒋雪松宣布完决定之后,久久无语,会场就一片寂静。他的目光从在座的每一个人身上扫过,还有意在夏莱身上停顿片刻,最后还是耐人寻味地看了李永昌一眼。

"应该说,孔县在执行平坟复耕政策的过程中,出发点是好的,但工作方法有问题,李永昌同志是做出了一些成绩。不管是流沙河大坝项目的建设,还是平坟复耕政策的具体落实,他都劳苦功高。不过革命工作不是请客吃饭,也不是功过抵消,有功要表扬,有过要批评,有大过还要处罚。李永昌同志在平坟复耕的落实中所犯的错误和所造成的恶劣影响,以及导致郭老汉意外死亡,还有以权谋私等行为,都是一个党员干部不应该犯下的低级错误。我建议孔县县委研究一下针对李永昌同志所犯错误的若干意见,有了结果后,上报市委。"

蒋雪松的话并不严厉,只是以正常的口气和语速徐徐说来,却如一阵阵惊雷在会场之中回响,直炸得李永昌头皮发麻双眼发黑,差点当场昏倒在地!

其实他认为,虽然他在具体落实的过程中犯了一些不大不小的错误,但基层干部开展工作,谁不是端起碗吃肉放下筷子骂娘?指望基层干部如关允一样文质彬彬地说话,如李逸风和冷枫一样摆事实讲道理,老农民根本不吃这一套。

没想到他辛辛苦苦付出,到头来却被蒋雪松当众点名通报批评,而且还要县委研究他的若干问题上报市委,言外之意,他的问题要上纲上线了?难道蒋书记真要摘掉他的乌纱帽?

李永昌想到事情最坏的后果之后,反而冷静了。他目光阴沉如水,低头不语,纵横孔县几十年,又精心经营十几年,就算蒋雪松想将他免职,也要考虑清楚他下台之后的严重后果!

随后,蒋雪松简单就孔县的经济发展点评几句,就结束了讲话。之后,李逸风和冷枫分别发言,先是就孔县出现的问题做了自我批评,又各自表态一定要按照蒋书记的指示精神办。不过似乎是早有默契,在针对李永昌问题的处理上,二人都是含糊其词,并没有太明显地流露出个人倾向。

在座不少人都知道,孔县在迎来史上最大规模的基建项目的同时,也迎来了史上最大的动荡。被市委蒋书记当众点名批评,谁都认为李永昌的政治生命怕是要完结了……

不少人甚至向李永昌投去幸灾乐祸的目光。也是,李永昌在孔县盘踞多年,肯定树敌不少,孔县并非只有他一人有政治野心,不知有多少人想取而代之。李永昌一直如平丘山一样挡在许多人前进的道路之上,他如果倒下,会有许多人弹冠相庆。

散会后,又发生了出人意料的一出,蒋雪松即将迈出会议室大门之时,开会前最后一刻进来的美女记者夏莱,及时出现在蒋雪松的身边,小声和蒋雪松说了几句,还递上了两沓厚厚的文件。

蒋雪松接过文件,边走边打开,只看了几眼就一脸凝重,回身对李逸风和冷枫说了几句,李逸风就招手叫过来柳星雅和崔玉强。

混在人群之中走在后面的李永昌,目光紧盯着崔玉强的身影不放,他的双眼之中几乎喷出怒火,郭老汉之死能瞒过他,孔县只有一人能办到——就是崔玉强。没想到,崔玉强成了白眼狼。

蒋雪松一行直接到了李逸风的办公室。李逸风已经和冷枫对换了办公室,现在他的办公室是县委第一宽敞。蒋雪松只点名让李逸风、冷枫参加,市委方面的曾伟宪不知去了何处,只有冷岳一人陪同。另外,多了一个年轻漂亮的女记者夏莱。

蒋雪松坐在李逸风平常坐的位置上,神情十分凝重,将手中的材料翻了一会儿,然后又把两份材料分发给李逸风和冷枫,微微感慨地说道:"逸风、冷枫两位同志,孔县的问题相当严重啊。"

孔县的问题何止是相当严重,根本就是非常严重,李逸风和冷枫此时还不清楚蒋雪松话中所指的是什么事情。二人接过材料之后,只看了几眼,就顿时一脸震惊。

二人震惊之中,又有一丝不易察觉的笑意。好一个关允,拿出了痛打落水狗的气魄,及时而巧妙地推动钱爱林事件的发酵,孺子可教。

其实早在李、冷二人点头同意让钱爱林复职时,就等于暗示关允,等时机成熟,就可以将钱爱林的问题摆到台面上摊牌。却没想到,关允选择的时机还真及时,李、冷二人都差点忘了趁蒋雪松在时将钱爱林捅出来。

现在好了,关允暗中布置好了一切,而且还是通过记者之手,巧妙而不着痕迹。这就让李逸风和冷枫不约而同地心想,一年多的磨炼,关允在承受委屈的同时,也学会了隐忍和审时度势,磨难有时让人消沉并且一蹶不振,也能让人迅速地成长起来,在沉默中积蓄力量。

"这件事情,一定要严肃处理。"李逸风率先表态,右手用力一挥,态度十分坚决。

"我赞成逸风同志的意见。"冷枫也表态了,"县里出了这样的事情,我和逸风同志都难辞其咎,请蒋书记批评我们。"

"批评你们还是轻的。"蒋雪松威严地说道,"我想有必要再调整一下孔县的领导班子了。"

李逸风和冷枫同时心惊,莫非是说,蒋书记真要下定决心拿下李永昌了?

联手一击

平心而论,李永昌不算是孔县的毒瘤,充其量是孔县的赘肉。

许多年了,孔县有许多事情确实离了李永昌不行,作为传统的农业小县,孔县无大事。

同样,对于收入微薄的百姓来说,鸡毛蒜皮的小事也都是了不得的大事。前来县委上访的百姓,往往是因为邻居偷了一只鸡或是盖房时邻居多占了一尺宅基地,等等。如果事事接待,绝对让人不厌其烦,根本就没有时间和精力去考虑全县的发展大计。

在初期,李永昌确实为县委的正常运转立下了汗马功劳。不管是哪一任书记县长上任,一开始都挺抵触李永昌的威望,但不久之后就发现,鸡毛蒜皮的事情,各乡镇的农民工作的问题,以及所有需要农民配合的政策,都得由李永昌出面不可。

孔县就如一台陈旧的机器,书记和县长是驾驶员和副驾驶,但李永昌却是方向盘,离了他,孔县还真不转了。

只是近年来,农村工作的开展比以前容易了许多,而李永昌经过十几年的经营,在孔县逐渐有尾大不掉之势,他和新任的书记、县长之间的矛盾越来越突出。尤其是在李永昌担任副书记之后,开始插手人事大权,孔县的大小部门,他都安插自己人,大有将孔县经营成自家后院的趋势。

不管哪一任书记和县长,或是市里,都不愿意看到李永昌逐渐变成阻碍孔县前进和发展的赘肉。

赘肉多了,就要减肥,不减肥,就没有办法跑步前进。市里一直下不定决心要将李永昌调离孔县或调到二线,原因有很多。到底是因为李永昌和市委领导私交很好,还是因为他在孔县树大根深,一时很难撼动他的地位?无人肯定是哪一种原因,但有一点大家都看在眼里,在李逸风之前,历任书记和县长都想搬开李永昌,却都以失败而告终。

由此就造成一个假象,似乎李永昌真成了孔县的平丘山,会一直矗立在孔县的天空之下,在苍茫之中,问大地谁主沉浮。

说实话,李逸风初来孔县选择和李永昌合作,也是没有办法中的办法。但不久他就发现,他在孔县的地位反倒不如坚持己见的冷枫,冷枫以冷酷和冷峻独树一帜,而他却一步步被李永昌架空了。

李逸风想搬开李永昌,是基于李永昌挡了他的路;冷枫想挪开李永昌,是因为他的执政理念和李永昌的利益有冲突。

蒋雪松话一出口,李逸风和冷枫同时心想,传闻蒋雪松是李永昌在市委的最大后台,他说要调整孔县领导班子,肯定是要调离李永昌了。

"逸风,你是班长,先说说你对班子成员的调整意见。"蒋雪松不谈钱爱林的事情怎么处理,反倒问起李逸风对调整班子的意见。

诚然,调整一级领导班子,按照惯例会先征求班长也就是书记的意见,书记的意见有时会占很大份量。当然,书记的意见提归提,很多时候并不会被上级领导采纳。

李逸风为难地看了夏莱一眼。

夏莱识趣地站起来,向蒋雪松、李逸风和冷枫等人致意,悄然离开了会议室。她一走,会议室的气氛就更加凝重了。

"蒋书记,我认为李永昌同志已经不适合再担任孔县县委副书记职务了。"李逸风见时机成熟,知道机会不能再错过,就直截了当地提出了自己的想法。

冷枫也随即表态:"我也是同样的看法。"

一二把手同时联名否定三把手,班子就得非调整不可了,要不工作就没法开展。通常情况下,如果一二把联名向市委提交调整班子的建议,市委肯定会慎重考虑。

"就是因为落实平坟复耕政策过程中出现一些问题,就否定一个多年培养的干部?"蒋雪松一脸似笑非笑的神情,大有深意地看了李逸风和冷枫一眼,"我是想调整孔县领导班子,但是不是调整李永昌,还没有考虑成熟。"

什么?李逸风自以为已经修炼得不动声色了,不料还是被蒋雪松的话震惊得不知所以。蒋书记是什么意思?调整班子不是拿下李永昌,又是想调走谁?

"蒋书记的意思是?"冷枫忍不住问出口。如果他和李逸风联名弹劾李永昌还动摇不了李永昌的根基,那么结果只有一条路可走,他和李逸风要动一人。

"我只是有一个初步的想法,还不太成熟,想先征求一下你们的意见。"蒋雪松还是没有透露口风,又将难题抛到李逸风和冷枫的面前。

李逸风和冷枫作难了,很明显,他们二人联名提议将李永昌撤职的意见被蒋雪松否决了。以眼下的形势来看,孔县领导班子,除了调整李永昌之外,还能调整谁?而且说实话,李逸风和冷枫都自认为自己现阶段不应该被调整。

按说领导否决了提议就不能再提了,但冷枫却一咬牙,心想,拼了,不调整李永昌,以后的工作就无法开展。与其在孔县和李永昌空耗在斗争上,不如赌上一把。哪怕最坏的结果就是李永昌不动,他走,他也要坚持到底。

"我的个人意见还是撤职查办李永昌同志。"冷枫依然生硬地顶了回去,"李永昌同志不调整,县委班子不团结。"

"冷枫同志,不要意气用事。"蒋雪松生气了,"李永昌同志只是犯了一点儿小错误,你就抓住不放。要本着治病救人的想法,不能将个人情绪带来到工作中,更不能轻易否定一个干部。"

李逸风以前在和李永昌明里暗里的较量中,一直处在下风,而且绵里藏针的手腕多一些,雷厉风行的时候很少。但今天,他不想忍了,从身上拿出一份材料,很恭敬地双手递到蒋雪松手中:"蒋书记,据查,李永昌和钱爱林的非法集资案有直接的关系。"

蒋雪松脸色为之一变:"你有可靠的证据?"

李逸风的指责要担相当大的政治风险。如果最后李永昌还是动不了,蒋雪松因为李逸风指责李永昌事,早晚会记他一笔。

冷枫暗暗佩服李逸风的临门一脚,对李逸风顿时高看了一眼,他和李逸风虽政见不和,但出发点都是为了孔县的经济发展。虽然他也不喜李逸风讲究妥协的政治智慧,却不妨碍他敬重李逸风的为人。其实,本来是该由他来抛出李永昌和钱爱林非法集资有干系的内幕,不料却被李逸风抢先了。

"有。"李逸风索性将事情做到底,"证据就在材料上,如果我对李永昌同志的指责不成立,我愿意承担全部的责任。"

李逸风豁了出去,不留后路了。

蒋雪松一言不发地拿过李逸风递交的材料,埋头看了片刻,猛然抬头问了一句:"又关关允什么事情?"

李逸风和冷枫对视一眼,知道此时虽然将关允当成支点对他不公平,但整个孔县除了关允之外,再无一人可以担此重任,只能委屈他了。成,关允可能会有收获;败,关允可能会因此被蒋雪松列入永久黑名单。

第一次,李逸风和冷枫对关允心生愧疚之心,都暗叫惭愧,为了扳倒李永昌,还要让关允冲锋在前,实在是不应该。

不过,身为合格的政治人物必须具备的基本素养就是,感情不能代表政治。

李逸风和冷枫交流了一下眼神,一齐点头:"关允是最先发现钱爱林非法集资案的关键人物。"

关允,被李逸风和冷枫联手推到了风口浪尖之上!

此时的关允还不知道自己将要面临怎样的风浪,正在秘书科和温琳说话,夏莱又进来了。一进门就是她的招牌式动作,右臂向前一伸,攥紧拳头,用力挥舞一下,兴奋地说道:"成功了!"

成功可没那么容易,还要看蒋雪松是怎样从大局观上安排孔县局势,关允笑了笑,说道:"材料交给蒋书记了?"

"嗯!"夏莱一脸灿烂的笑容,"我办事,你放心。蒋伯伯一接到材料就立刻召开了紧急会议,看样子,肯定要抓人了……"

关允算了算时间,说道:"夏莱,你和温琳先在这儿待着,我出去一趟,一会儿就回来。"

"去吧,我和温琳等一佳,算算时间,一佳快到了。"夏莱暗访一周有余,第一次为民请命就旗开得胜,怎能不喜出望外?欣喜之下,她也懒得问关允在眼下的节骨眼儿还要出去做什么大事。

关允做的不是大事,只是取字帖的小事,但小事不小,有可能这件小事就能影响他一生的命运走向。如今蒋雪松对他态度有所改观,他必须趁热打铁才有可能成功。

县委离老宅子并不远,关允骑上自行车,几分钟就推开了老宅子的门。推门进去一看,关允不由惊呆了,院中的葡萄架下端端正正坐着一人,正一边喝茶一边提笔写字,正是失踪了几天的老容头!

对峙

老容头失踪得是时候,正好是金一佳来孔县的当天。他出现得也是时候,正是蒋雪松视察孔县的当天,对了,也是金一佳再来孔县的当天。

同时,更是孔县的火山即将喷发的当下。

这个老容头,走的时候不辞而别,回来的时候也悄无声息,而且还能自己找到老宅子,气定神闲地写字。如果让他去演电影,不用化妆就是让人望尘而拜的世外高人形象。

　　"老容头,你怎么自己就找到了老宅子?"关允很奇怪,老容头也太神了,温琳家的老宅子可是有些年头了,如果不是温琳领关允来,他都找不到。

　　老容头正好写完字,将笔一扔,哈哈一笑:"山人掐指一算,天上地下无所不知。"

　　关允信以为真:"你又是怎样进来的?"

　　"钥匙就在门框上。"老容头消失了几天,精神状态依然饱满,自顾自喝了一口茶,"来,看看我的字写得怎样?"

　　关允凑近一看,是一首古诗:"生年不满百,常怀千岁忧。昼短苦夜长,何不秉烛游。"字迹飘若浮云,矫若惊龙。最难能可贵的是,和以往老容头的笔风之中经常流露出的沧桑悲壮之意不同,这一次的笔风,有直抒心意、仰天长啸的冲天气势。

　　字表心声,关允端详几眼,哈哈一笑:"好字,好字,气势大变。老容头,你出去了一趟,肯定收获不小,心境开阔了,天地也宽了。"

　　"是你的天地宽了。"老容头眯缝着眼睛打量关允几眼,连连点头,"不错,不错,气运来了。"

　　关允嘿嘿一笑,不接老容头故弄玄虚的话,笑道:"有两种可能,一是你随便一打听谁家搬家了,就能大概知道你的新家安在了哪里;二是你的家当有一种特殊香味,你闻着香味就找到了老宅子。"刚才他被老容头一句掐指一算糊弄了一下,随后一想又明白了几分,就推测出老容头自己找到老宅子的原因。

　　老容头哈哈一笑,既不承认又不否认:"现在形势这么紧张,你急巴巴地来看我,肯定不是尊老爱幼来了,说吧,有什么事?"

　　"我来求一个字帖送给蒋书记。"关允实话实说。其实应该说,他想从老容头的家当中翻一本字帖送人,但正好老容头回来了,就得说求了。

　　老容头似乎早有准备,回身抽出一本字帖递给关允,又将他刚刚写好的字也一并收好:"好人做到底,都送你。县城的大街小巷都传遍了,说是蒋雪松和你题字比试。我就知道,蒋雪松爱字如命,肯定会问你师从何人。"

　　关允此时才明白,老容头怕是早就知道蒋雪松痴迷书法,否则也不会提前让他捡起书法和背诵古诗。如果是一定级别的官场中人知道蒋雪松的个人爱好也没什么,但老容头就是一卖早点的老头儿,他怎么知道高高在上的市委书记的秘密?

在孔县的大街上随便问一个老头儿市委书记是谁,百分之九十九的人都不知道。

"老容头,这几天你去哪里了?"关允心中的疑问还有很多,却没时间问个清楚。再说,他知道就算问,老容头也不会明说,但他突然消失了几天,肯定事出有因。

"散心去了。"老容头狡黠地一笑,"你没时间和我聊天吹牛,赶紧回县委去。对了,我上午在人群中看到冷枫的背影,忽然就想起了一个故事……"

关允顿时为之一愣:"什么故事?"

"当年韩信在刘邦和项羽对峙的时候,他如果帮刘邦,则刘邦胜;帮项羽,就是项羽得天下。如果他自立为王,就有可能和刘邦、项羽三分天下。手下有一个谋士对他说,他的后背龙行虎步、气度非凡,是帝王之相。"

后背是帝王之相,暗指谋反之意,关允心中明白了什么,老容头以韩信比拟冷枫。帝王当然只是比喻,但表达的意思却是说,冷枫在关键时候如果反戈一击,就有可能取得决定性的胜利。

"这么说,孔县局势最后的走向,会掌控在冷枫的手中?"

"我可没说。"老容头笑呵呵地打了个马虎眼。

"蒋雪松为什么被李永昌请动来孔县视察工作,却又没有力挺李永昌,和以前传闻中蒋雪松是李永昌最大的靠山不太相符呀?"关允又问道。

"我怎么知道?"老容头继续耍赖,不过他还是暗示了一点,"蒋雪松的字圆润有余,苍劲不足。"

"蒋雪松会怎么处理李永昌?"

"蒋雪松的书法格局不错,不过有时也因为过于照顾大局而在细节上不够果断。时间不早了,你该走了。"老容头又铺开了宣纸,"我要练字了,别影响我的心境。还有一点你要记住,冷枫以后如果要当韩信,他身边得有一个谋士指点。好了,赶紧走吧,别烦我了。"

老容头的意思关允明白了,他要充当冷枫身后谋士的角色,就笑了笑:"行了,我不烦你了。不过别怪我没提醒你,要是蒋书记问起字帖的问题,我就说是你写的。他可是说过,你的字很像一个失传的书法大家的笔风。"

老容头不惊慌,微微一笑:"等蒋雪松看到我的字帖,他就不会这么说了。还有,我相信你不会对一个堂堂的市委书记说你的书法师从一个卖早点的老头儿。哈哈,你敢说,却没人敢信。"

老容头说对了,关允是不能说,说了出去,蒋雪松不会当成离奇的故事来听,而是怀疑他说假。说不定还会让他辛辛苦苦在蒋雪松眼中建立起来的良好形象毁于一旦,成为贻笑大方的笑柄。

字帖和新鲜出炉的题字在手,关允告别老容头,匆匆返回县委。一到秘书科就听到一个消息,李逸风和冷枫紧急要见他。

关允见金一佳已经到了,也顾不上和金一佳寒暄,只冲她点了点头,嘱托温琳和夏莱先陪着金一佳,拿着字帖和题字就赶紧来到书记办公室。

书记办公室内,蒋雪松坐在首位,脸色阴沉如水,李逸风和冷枫坐在下首,也是脸色沉静,一旁还坐着冷岳。柳星雅则是坐也不敢坐,站在一边,随时听从领导吩咐。

关允见气氛不对,就悄然将手中的字帖和题字顺手交给柳星雅,柳星雅会意,将东西收好,放到一边。

"关允来了。"蒋雪松淡淡地看了关允一眼,此时的他坐在首位,官威外显,一副公事公办的口气,"有几个问题要找你核实一下。"

关允心中一惊,迅速和冷枫交流了一下眼神,目光又落到蒋雪松案前厚厚的两沓材料上。他顿时心中有了计较,钱爱林的事情发酵了。

不过关允还是不太理解,钱爱林的事情是小事,直接由县委提出处理意见就行,相信蒋雪松才不愿直接过问,但以眼前的阵势来看,事情似乎闹大了。难道是……关允又向冷枫投去征询的目光。

冷枫微不可察地点了点头,算是回应了关允的疑问。关允多少明白了什么,怕是钱爱林的问题,在李逸风和冷枫的推动下会波及孔县的整个局势。

"嗯。"关允努力让自己平静下来,双脚并拢,身体微微一躬,向蒋雪松投去慕敬的目光。

"你以前和钱爱林有过矛盾?"蒋雪松一脸探究的表情。

"是的。"关允知道有些事情不能隐瞒,"孔县太小,难免会有冲突。不过都是私人恩怨,不影响工作。"

"啪"的一声,蒋雪松将一沓厚厚的材料扔到桌子上,发出十分清脆的声响。在无人出声的办公室中,格外响亮,显然,是一种在心理上施压的战术。

"你在背后调查钱爱林的问题,是出于私愤,还是公心?"蒋雪松的一声质问,冷峻而严厉,大有一语将关允问倒之势。

以关允的层次和阅历,很难正面抵抗堂堂市委书记的雷霆一怒。不管蒋雪松是真发火还是假装,他在官场沉浸多年,以关允的眼力,可是看不出真假。好在关允还能平静面对,主要也是心中早就有了应对之策,否则也会被蒋雪松一声断喝吓得六神无主。

其实在抛出刘宝家等人暗中调查钱爱林问题的材料时，关允就做好了被李逸风和冷枫推到第一线的心理准备。他很清楚想要扳倒李永昌没那么容易，李逸风和冷枫就算正面全力出击，也需要一个支点。

身为孔县人，又是李永昌眼中钉和钱爱林肉中刺的关允就是最佳的支点。

"公心。"关允斩钉截铁地说道，"钱爱林及其同伙以一分利和二分利为诱饵，许诺以高额回报，从亲朋好友以及熟人中借款高达两百万。许多人因此倾家荡产，如果不及时根除钱爱林这个毒瘤，孔县早晚会爆发群体事件。"

蒋雪松的脸色缓和了几分，直视关允的双眼："关允，你是孔县人，你站在孔县的利益上实话实说，钱爱林该不该拿下，李永昌该不该调离孔县？"

这一句话问得极有杀伤力，关允顿时为之一滞。关允明白，蒋雪松明是问他，其实是在借他之口来试探李逸风和冷枫之间的合作到底有多密切！

这个问题要是回答不好，关允就有可能同时让蒋雪松、李逸风和冷枫三人都对他大为不满！

关允的重要性

"钱爱林触犯法律，他的问题有法可依。"关允打出一招巧妙的太极，将钱爱林的问题交给法律，其实言外之意还是主张拿下钱爱林，"李永昌副书记是孔县人，十几年来一直在孔县担任重要职务，为孔县的发展付出了巨大的心血，劳苦功高。他虽然犯了一些错误，但站在孔县的利益上实话实说，我觉得孔县离不开李副书记。"

关允的话，让李逸风和冷枫同时大吃一惊，二人一齐朝关允投去质疑的目光，怎么会？这么好的机会，不将李永昌一棍子打死，怎么还站在李永昌的立场上说话？说什么孔县离不开李永昌，关允到底是怎么想的？

别说李逸风心中十分不解关允既然主动推动了钱爱林的问题，为什么在紧要关头又退后了一步，而不是痛打落水狗？就连冷枫也是目光连连闪动，脸上的表情更加冷峻，证明他对关允的回答也是十分疑惑加不满。

关允话一出口，就已经惹得两个主要人物大为不满了。那么，如果蒋雪松再对他的回答也不满意的话，他之前为之付出的全部努力，就算前功尽弃了。

蒋雪松不说话，手指无意识地轻轻敲击手中的材料，双眼如电，直视关允的双眼。以蒋雪松在官场之中历练几十年的功夫，眼神中蕴含的杀伤力非关允一个官场的毛头小伙子所能与之相比。但关允只是低眉顺眼,努力保持一脸平静,神态既恭谨又谦逊,让人实在挑不出一丝毛病。

房间内的温度几乎滴水成冰,安静程度落针可闻,空气凝重得如水雾一样,压迫得每一个人都呼吸不畅。非官场中人是体会不到在决定堪比生死大事时的紧张程度的,关允心中也是绷紧了一根弦。自己之所以收回要将李永昌一脚踢倒的临门一脚,改口声称孔县离不开李永昌,是因为在迈进房间的一刻,脑中蓦然闪过一个无比强烈的念头——如果蒋雪松真的已经决定要拿下李永昌,他绝对不会拖到现在,而是在小郭村就可以直接将李永昌就地免职!

李永昌是县委副书记,是去是留,市委书记可以一言而定。

而回到县委之后,在召开了常委扩大会议,只听蒋雪松严厉批评李永昌的声音,并未听到一句关于怎样处理李永昌的话。再加上抛出了钱爱林问题之后,此事也牵涉李永昌,而蒋雪松依然没有明确态度,还要当着李逸风和冷枫的面,问关允的意见。

以关允的级别,还不够向市委书记进言的程度。蒋雪松表面上是问他,实际上是借问他之举来间接地表达对李逸风、冷枫联手要逼走李永昌的不满!

尽管李永昌已经成为孔县的赘肉,但蒋雪松对李永昌的信任程度还是超过李逸风、冷枫,毕竟李逸风和冷枫是从省里空降到孔县的。如果拿下李永昌,孔县将无人制约李逸风和冷枫。从市委的角度来说,虽然也希望县委一二把手步伐一致,但具体到孔县,相信市委也不愿意看到两个空降的一二把手紧密合作,将孔县经营得密不透风。

李逸风和冷枫也是急于搬开李永昌,当局者迷,以为凭借郭老汉之死加上钱爱林非法集资案,双管齐下,就可以将李永昌一脚踢开。但是二人却忘了一点,蒋雪松是市委书记,他要站在市委的高度全盘考虑问题,而不仅仅是从孔县一地的局势为出发点。

其实仅仅以关允的见识和眼界,不可能得出如上的分析,只不过他很幸运地刚刚见过老容头,更幸运的是,老容头点评了蒋雪松的书法。而在很早以前关允就记住了一句话:字如其人。老容头说,蒋雪松的字圆润有余,苍劲不足,可以理解为蒋雪松行事手法偏重和光同尘而不是雷厉风行。老容头又说,蒋雪松的书法格局不错,不过有时也因过于照顾大局而在细节上不够果断,就更加直截了当地暗示蒋雪松不够杀伐果断。

之前,关允也认为可以一举将李永昌搬开,就算李永昌不会轰然倒塌,也有可能黯然收场。但在被老容头点醒之后,现在又站在蒋雪松面前,被他当面一问,关允才豁然开朗,想通了蒋雪松摆出龙门阵背后的考量,才顺着蒋雪松的话往下说。

诚然,关允也想彻底搬开李永昌,但蒋雪松不点头,现在又没有可以一举置李永昌于死地的致命事件。因此关允如果说出希望李永昌滚蛋的话,一时过了嘴瘾,实则于事无补,反而会更让蒋雪松对李逸风和冷枫的联合心生提防。

不过话又说回来,关允并不认为李逸风和冷枫会一直联合下去。二人政见相差太大,眼下的联手,只不过是权宜之计罢了。

在场的几人,蒋雪松是堂堂的市委书记,李逸风、冷枫是县委的一号二号,冷岳是市委秘书长,是承上启下的市委大管家。几人都在官场浮沉多年,都是一路过关斩将才有了今天的地位。但谁也没有想到的事实是,在场的几人之中,不管是猜度蒋雪松的心思,还是在对孔县前景的分析上,唯一人心境澄明,将眼下局势和几人的想法全部猜中!

关允当欣慰,他眼下不但是孔县的支点,也是蒋雪松和李逸风、冷枫之间的支点。他站在场中,几人都坐,就他一人站立,似乎所有的压力都压在他的身上。实际上,他心里最清楚,孔县的局势,马上就要拨云见日了。

沉默了足足有几分钟之后,蒋雪松终于开口了:"你的话,代表了孔县人民的心声啊……"

一句话既出,李逸风和冷枫对视一眼,一脸灰白,不过二人的眼神中都流露出一丝欣慰之意,幸好关允的回答让蒋雪松满意。如果关允还是一心朝推翻李永昌的方向说话,不知道会引发什么严重的后果。

政治人物都不是鲁莽的人,在无法做到给予对手致命一击、确保对手无法还手时,就会及时收回拳头。李逸风和冷枫都暗中捏了一把冷汗,失误了,没有揣摩透蒋雪松的心思,没想到蒋雪松处理李永昌是大事化小的心理。幸亏关允够聪明,否则事情有可能麻烦了。

到底蒋雪松想怎样处理李永昌?这让李逸风和冷枫心里没底了。不过冷枫想得比李逸风更长远,等确信关允的回答契合了蒋雪松的心意后,他对蒋雪松对此事高高举起轻轻放下的处理手法微感失望。但失望也没有办法,谁让蒋雪松是市委书记?不过随即一想蒋雪松当众向关允问话的另一层含义,不由怦然心惊,难道蒋雪松真有意要让关允当秘书?

蒋雪松明是借向关允问话来向孔县县委暗示,不要将李永昌的事情闹大,暗中何尝没有借机考验关允是不是一个合格的秘书之意?冷枫想通此节,心中复杂难言。他才刚刚和关允建立默契,正打算在关允的辅佐下,在孔县推动他的执政理念。万一关允真被蒋雪松选中,从孔县调往黄梁市,他岂不是身边无人可用了?

此时冷枫才深切地体会到关允的重要性!

"李永昌同志的处理意见,逸风、冷枫,县委先拿出一个建议,回头报我一下。"蒋雪松合上材料,站起来,"钱爱林的问题,就和关允说的一样,依法处理。"

蒋雪松金口一开,等于是孔县的两大问题,就此画上了句号。同时也是暗示,钱爱林的问题依法处理,而李永昌的问题酌情处理,但两者不能混为一谈。等于是说,钱爱林的事情不要波及李永昌。

怎么会这样?辛辛苦苦将钱爱林事件在此时及时引爆,却没能收到预期效果,被蒋雪松轻轻一推,就将爆炸的威力抹平了,为什么?

关允心中愤愤不平,钱爱林倒台是小事,李永昌下马才是大事。不过听蒋雪松的意思,李永昌估计是暂时保住官帽,顶多就是背一个处分。

不过,气愤之后,关允忽然又想通了什么,直觉告诉他,蒋雪松并不是非要刻意袒护李永昌,似乎他在左右为难中,因为有什么顾忌,才不敢对李永昌悍然出手。究竟是什么原因?关允当然不可能知道。蒋雪松当场落了李永昌的面子,又当面叫停平坟复耕政策,又允许夏莱随行来孔县……似乎是一盘很大很复杂的棋局,孔县只是一枚棋子,但棋盘可能是整个黄梁市。

如果关允所猜不错的话,最终如何处置李永昌,还要涉及蒋雪松和市里主要领导之间的平衡。

"还有一点儿时间,关允,你陪我到平丘山转一转。"蒋雪松又不急着回市里了,脸上又露出清风明月一般的笑容。

"好呀,我正想向蒋书记汇报一下平丘山旅游开发招商引资的情况。"关允顺势就上,此时正是争取市里支持平丘山旅游项目的大好时机,不容错过。

李逸风明白了,蒋雪松要关允陪同去参观平丘山,那么他和冷枫就不必跟着了。因为,蒋雪松是要给出他和冷枫时间,尽快拿出关于李永昌若干问题的处理意见。

孔县的局势,要掀开新的一页了。

孔县一人丰收

此时正是下午四点时分,日头西斜,余晖洒落万道金黄,秋天的平丘山,红叶漫山,被阳光一照,煞是喜人。

陪同蒋雪松游览平丘山的人员安排,很耐人寻味。县委一号二号同时缺席不说,三号也不见身影,县委出面的最高一人是县委办副主任周立,其次就是关允和温琳。

市委方面,常务副市长曾伟宪依然不见出现,似乎从平坟现场回到县委之后,曾伟宪就不知去了哪里。蒋雪松不解释,谁也不会多问。冷岳身为市委大管家,肯定要随时跟在蒋雪松左右,还有蒋雪松的秘书师龙飞,也跟随上山。

师龙飞三十岁左右,倒也长得高大帅气,只是眉宇之间不时流露出一丝阴郁之色,偶尔对关允的身影也是投上几眼冰冷而充满敌意的目光。只不过不管他怎样表达心中的不满,他的身影还是落寞而孤单,不能近身到蒋雪松身边,只能跟在后面。市委第一秘落魄到这种程度,怪不得别人,只能怪他自己不会做人做事。

很有意思的是,夏莱和金一佳也在随行人员之中。夏莱是以随行记者的身份,金一佳则是以投资商的身份。

更有意思的是,刚才在县委书记办公室阴沉如水官威如山的蒋雪松,此时满面春风,站在平丘山山脚之下,抬头仰望简陋但却朴实的山门,对山门上的几个大字赞不绝口:"平丘古山——笔力饱满,古意昂然。小关你看,'平'字气势平缓,'丘'字显示出胸中有丘壑的气度,'古'字古风纯朴,'山'字却笔风一变,巍巍然如一座大山扑面而来,令人仰视才见……妙,妙不可言。没想到,小小孔县还真是卧虎藏龙之地,你一定要让我见见题字的高人。"

此时的蒋雪松,哪里还有之前身为上位者一言定人前程的气势,他激动之下,拉住关允的手不肯松开。周围等人呈半圆形将蒋雪松和关允环绕其中,此时的关允,说是蒋雪松的忘年交也可以,说是他的秘书,也有七分像。

冷岳离蒋雪松最近,他笑意淡然地站在蒋雪松身后,对蒋雪松和关允之间的互动,一副乐观其成的姿态。也许是巧合,也许是有意,他站的位置恰好挡住身后所有人,师龙飞想向前一步离蒋雪松近上半分也不可能。

夏莱微瘦,苗条而曼妙;温琳丰腴,饱满而圆润;金一佳不胖不瘦,多一分就胖减一分则瘦。

三人之中,夏莱紫衣长发,皮肤白嫩而细腻,细腰长腿;温琳红衣长发,肤色健壮而结实,细腰圆臀;金一佳粉衣中长发,她比夏莱丰满,比温琳瘦削,肌肤既不如夏莱的白嫩诱人,也不似温琳的麦色迷人,却是如美玉一般散发光泽,她个子中等,细腰翘臀。

三女各具特色,其美艳秀丽,平丘山与之相比都黯然失色。蒋雪松的随从中不少人都自认见识美女无数,此时还是被三女之美吸引了目光——简直是乱花渐欲迷人眼。

不过美色当前,关允却没有心思欣赏。他以前并不觉得"平丘古山"四个字好在哪里,只觉得老容头的书法确实不错,听蒋雪松一点评,才感觉眼界大开,果然是每一个字的笔风和走势都各不相同。

"蒋书记在书法上的造诣深厚,我可比不了,我只是感觉四个字写得气度非凡,但具体好在哪里,却说不上来。"关允顺势接话,"不过老容头现在不在县城,蒋书记恐怕见不到他了。"

蒋雪松一脸遗憾,不是假装,是真失望:"可惜,太可惜了。"

关允乘机将老容头的字帖和新鲜出炉的题字拿了出来——从书记办公室出来时,柳星雅很及时地将两件宝贝还给了关允,就让关允对柳星雅更多了些好感。关允将字帖双手递到蒋雪松面前:"蒋书记,我取了字帖和他新写的一幅字,请您点评。"

关于老容头,关允对蒋雪松的说辞是:老容头是一个卖艺老人,路过孔县的时候,和他成了忘年交,但老容头行踪不定,并不长住孔县,有时不知道去了哪里。蒋雪松听了信以为真,流露出怅然若失的神情。

由此,更让关允断定,蒋雪松骨子里文人气质不改,他对蒋雪松的为人又多了一点了解。实际上关允并不知道的是,此时他对蒋雪松性格的了解,已经超过了李逸风和冷枫对蒋雪松的认知。

官场之中,重重迷雾,首先是对领导性格的摸索,其次是对领导背景的分析,最后才是选择站队。摸透性格,才好确定是否脾气相投,若是性格不合,即使站队过去,也很难赢得领导的信任。分析背景,则是考虑长远,毕竟谁也不想找一个根基不稳的靠山。

每个人初入社会初进官场,都是单枪匹马,除了少数天生的官二代之外,大多数人要从零开始。所以,人人都需要选择一个靠山,没有人赏识,个人能力再突出,也无人提拔。但如何才能得到靠山的赏识,全在运作之术。

关允对冷枫的判断,基于他一年多来对冷枫的细致观察,再加上老容头的点拨,算是摸到了冷枫背景的冰山一角。现在,他有了和蒋雪松近距离接触的宝贵机会,不细心留意蒋雪松的一举一动,岂非错失良机?关允从来不是一个不会把握机会的人,尽管他还是不认为蒋雪松真有意用他当秘书。

蒋雪松接过字帖和题字,先打开题字,念了出声:"生年不满百,常怀千岁忧。昼短苦夜长,何不秉烛游!"

他双手捧字,足足欣赏三分钟之久,才心满意足地放下,又拿起字帖。

只看了几眼,他就惊讶地"咦"了一声,又拿起题字看了几眼,似乎是在对比什么。反复各看了几遍之后,将字帖和题字收回,他随手交给了冷岳,然后不再说话,负手上山。

关允就紧随其后。

走到半山腰,似乎一路一直在欣赏美景的蒋雪松突然说了一句:"关允,我说你的笔风很像一个失传的书法大家的风韵,你却说师从老容头。不过从你拿来的老容头的字帖和题字来看,他似乎并不是失传的书法大家,也许是我看错了。"

关允暗暗点头,老容头真有一手,也不知道怎么在题字中变了笔风,让蒋雪松不再误会他是失传的书法大家。不过,关允严重怀疑老容头还真有可能是蒋雪松所说的书法大家。

一行人到了山顶,蒋雪松的兴致才被平丘山的美景吸引,关允见时机成熟,就及时说出了平丘山的旅游开发。蒋雪松本来因为山门的题字就对平丘山印象大好,又听说平丘山的旅游开发是夏莱的表妹金一佳的风险投资,更是兴趣大增。等关允将金一佳引见到他的面前,他见金一佳的俏丽干练和年轻,哈哈一笑:"后生可畏,后生可畏呀!好,说说你们的想法,我来替你们把把关。"

关允大喜。有多少县委书记和县长想向蒋雪松当面汇报工作,都不得其门而入。平丘山的旅游开发,现在还没有正式提交县委,却可以直接上达市委书记之耳,确实是天大的幸事。

而且关允还有一个私心,就是乘机推出温琳。

每个人都要有一个试一试的机会,关允相信温琳也会有成为蒋雪松秘书的机会。尽管他听温琳说过,蒋雪松爱惜羽毛,不会任用女性秘书,但凡事总要试过才知。

温琳落落大方地站在蒋雪松面前,金一佳则是坦然而立,干练而优雅。二人你一言我一语,将平丘山旅游开发的前后经过,一五一十地向蒋雪松做了汇报。难得的是,蒋雪松十分耐心地听取了二人的汇报,还不时问到一些数据和规划方面的问题,可见蒋雪松并非应付了事,确实上了心。

关允在一旁听了无比欣喜,温琳在对数据的记忆和对数字的敏感上,不比王车军差上半分。从蒋雪松的积极回应上不难看出,不管是温琳的数据补充还是金一佳的前景描述,都深得蒋雪松之心。这么说来,平丘山的旅游开发,能得到市委书记的首肯,前景将会更加灿烂。

随后,温琳和金一佳汇报完毕后,都又强调了一点,平丘山的旅游开发是关允的创意。由此,将关允一下推到了高点。

如果李永昌在场,必定会气得七窍生烟。曾经李永昌自得地想,今年秋天,除他之外,孔县无人丰收,现在他才知道大错特错,应该是,今秋除了关允之外,孔县无人丰收!

下山的时候,冷岳有意无意和关允走在一起。他一路上和关允说了不少话,大多是围绕孔县的风土人情和地理,忽然话题一转:"关允,你和冷县长关系不错,如果你有机会调往市里,是不是愿意离开冷县长?"

关允一下愣住,忽然意识到冷岳和冷枫同姓,而冷岳却是京城人士,据说还大有来历,莫非冷岳和冷枫之间还真有什么联系不成?再联想到冷枫背景之中深不可测的部分似乎真和冷岳的来历有交集,他不由心思大动!

强势推动

"调往市里?我还真没想过。"关允笑了笑,很云淡风轻地说道,"我还想跟着冷县长在孔县大干三年,为孔县的明天多出一份力。"

冷岳探究的眼神在关允脸上停留了片刻,又拍了拍关允的肩膀:"你在孔县,屈才了。"

"秘书长过奖了。"关允谦逊地笑了笑,似乎无意地随口问道,"秘书长和冷县长认识?"

冷岳不动声色地说道:"认识,当然认识,全市十几个区县的一二把手,我都认识。再说我和冷县长五百年前是一家,更得认识了。"

冷岳的回答滴水不漏,关允也只得报以一笑。如果他一句话就问出了什么,冷岳就太浅薄了,试想身为市委大管家,谁不是八面玲珑的人物?不过同样姓冷,冷枫冷面冷言,冷岳却是让人如春风拂面,可见一个人的性格和姓氏还真没有关系。

不过关允总感觉冷岳和冷枫之间似乎有什么关系,刚才冷岳的问题很奇怪,似乎有为冷枫试探他之意。按说就算蒋雪松有意调他到市委担任秘书,冷岳打前站为蒋雪松试探他的口风,也不应该从冷枫的角度来提出问题。

冷岳冲关允一点头,向前走去,关允就落后几步,来到夏莱、温琳和金一佳的中间。他左边温琳,右边夏莱,正好一红一紫,姹紫嫣红,金一佳就打趣关允:"你敢不敢伸开双臂,左边抱温琳,右边抱夏莱?"

"敢,怎么不敢?"关允还当真双臂伸展,不过却没有分别落在温琳和夏莱的肩膀上,而是只伸了一伸就迅速收回了,"不过不是现在,蒋书记在前面,金一佳你想害我就明说,我又没得罪你,你怎么这么坏?"

金一佳咯咯一笑:"小心眼的男人。"

关允还没反驳她,夏莱不干了:"一佳,你不要说关允的坏话,他可不是小心眼,他是大男人。"

"一佳,你可真说错了,关允从来不小心眼,你要觉得他小心眼,肯定是你小心眼了。"温琳也紧接着毫不犹豫地反驳金一佳。

金一佳告饶了:"好,好,我错了,不该说有女人缘的小男人的坏话。夏莱,你也真是,多少年的情谊,还不如认识关允几年。女生外向,真是一点儿不假。还有你,温琳,关允又不是你男朋友,你维护他干什么?你也不想想,他肯定是一个薄情寡幸的人,早晚负你。"

温琳又气又恼:"一佳,我和你不算太熟,你不要乱说我好不好?什么叫关允负我,我和关允是普通的同事关系,哪里有负我一说?你再乱说,我和你断交。"

夏莱上前就拧了金一佳腰间一把:"让你乱说!从小你就碎嘴,现在长大了,还出国留了学,怎么改不了乱说的毛病?你再胡说,我也和你断交。"

金一佳败退了,举双手求饶:"夏姐姐,温姐姐,我错了,我真的错了,再也不敢了。以后如果我还乱说,就让我随便被关允欺负。"

关允无语,怎么又扯上他,而且金一佳的话还容易让人产生歧义,他好好的,欺负她做什么?不过让他奇怪的是,怎么金一佳对他就有了小心眼的印象?

夏莱听出来了金一佳话里的歧义,却只是笑而不语,并不点破。温琳心直口快,脱口而出:"一佳,你说随便让关允欺负,是不是关允怎么你都可以?"

金一佳蓦然脸红了,呸了温琳一口:"温琳,你曲解我的话……"

得了,古人云:三个女人一台戏。诚不我欺。关允听不下去了,挥挥手,快步向前走去,只留给三位嬉笑的美女一个毅然决然的背影。

其实关允加紧脚步和夏莱、温琳、金一佳三人保持距离,是因为已经步入县委大院之中,而且他已经看到柳星雅脚步匆匆地迎了过来。从柳星雅严肃而凝重的表情可以看出,县委之中,恐怕发生了什么事情。

果然是发生了事情,而且是大事!

前脚,蒋雪松和关允一行刚离开县委前往平丘山;后脚,县委就紧急召开了关于李永昌同志若干问题的处理意见的书记办公会。

书记办公会只有六人参加,除李逸风、冷枫之外,还有桂晓杰、副书记兼纪委书记武文件、组织部部长陈京以及县委办主任柳星雅。每次书记办公会都会出现的县委三号人物李永昌,数年来,第一次缺席书记会办公会!

"同志们,接市委蒋书记工作指示,要求县委针对李永昌同志所犯的若干问题,拿出一个处理意见上报市委。"李逸风主持会议,先起头,将李永昌的几个问题简单一说,最后强调道,"都说说自己的看法,最后汇总一下。"

历来各级政权内部开会,都是小官先说,大官后说,最大的官最后总结。但今天的事情是特例,李逸风让众人发表看法,谁也不敢先开口,几人就你看看我,我看看你,没人敢说出第一句话。

谁也不清楚蒋书记到底是什么意思,在摸不透上级的心思时,闭嘴是最好的明哲保身手段。万一一句话说错,会错了意思,蒋书记本想是将李永昌一竿子打到底,自己却说李永昌劳苦功高,岂不是和上面唱反调?

再者,万一蒋书记本想大事化小,自己却非说李永昌应该撤职查办,结果最后李永昌依然安稳地坐在台上,事后还不得找自己算账?而且市委想怎么处置李永昌是市委的事情,那是市委的权力,县委既没有资格对一名副书记评定,更没有权力对一名县委副书记采取任何措施。那么让县委拿出一个处理意见上报市委,不是多此一举吗?

当然,谁也不会真幼稚地认为蒋雪松会做多此一举的事情,而是都各有猜测,怕是蒋雪松借机给李逸风和冷枫出难题,想试探孔县两个从省城空降的一号二号对市委的服从程度和对市委书记指示精神的领会水平。

李逸风等了一会儿,见没人说话,就不快地说道:"怎么都哑巴了?平常研究干部提拔的时候,都争先恐后地提名,现在还是研究干部,不过是研究干部的问题,就都怕得罪人,不敢说话了?"

与会众人之中,除了桂晓杰和李永昌不和之外,陈京是墙头草,平常虽然事事跟随李逸风的脚步,但那都是好事,坏事他不跟。而副书记兼纪委书记武文件和李永昌关系莫逆,剩下的柳星雅是县委办主任,在几人之中排名最低。

李逸风敲打了几句后,见还没人应声,就恼了:"都不说是吧?好,我点名了,晓杰你先说说。"

桂晓杰平常是和李永昌不对付,但在事关一个党员干部的前途大事上,他也不敢乱说话,只好支支吾吾地说道:"李永昌同志为孔县做出了巨大的贡献,没有功劳也有苦劳。我个人的意见是,县委要充分综合考虑,从大局出发,本着治病救人的出发点拿出一个让各方都满意的处理意见。"

让各方都满意是最没有营养的官腔,李逸风没想到就连和李永昌最不和的桂晓杰在关键时刻也靠不住,可见李永昌在孔县的影响力,真是根深蒂固。大家都怕打蛇不成反被蛇咬,他就知道,今天的会议很难开下去。

"你怎么看,文件同志?"李逸风又点名武文件。

武文件摘掉老花镜,擦了擦镜片,又重新戴上,慢条斯理地说道:"我的意见就是,李永昌同志犯的都是小错误,不值得上纲上线,警告处分就可以了。"

得,武文件更是不遗余力地维护李永昌,李逸风心中恼火,却又不好直接当众说出他的意见,只好又问陈京:"陈京同志,说说你的看法。"

"我……"陈京的眼睛快速眨动几下,避开李逸风的目光,"我附和桂晓杰同志的意见。"

就只剩下柳星雅一人了,作为李逸风身前最近的一人,李逸风是什么心思,柳星雅岂能不知?他不等李逸风点名就直接说道:"李永昌同志确实为孔县的发展付出了巨大的心血,但也犯下了一个党员干部不应该犯的错误。县委在处理李永昌的问题上,我的意见是,一是一,二是二,功过分别对待,不能以功抵过……"

不等柳星雅说完,一直脸色阴沉如水的冷枫冷不防打断柳星雅的话,以十分坚定的语气说道:"我个人认为,李永昌同志的问题很严重。而且还是发生在市委主要领导的眼皮底下,县委如果还遮遮掩掩,等于是不肯承认孔县的工作中存在着这样那样的问题!有了错误就要敢于承认,我的个人意见是,李永昌同志不再适合担任县委副书记了!"

冷枫在明知蒋雪松不想调整李永昌的前提下,依然要强硬地推动李永昌下台的进程,他孤注一掷的勇气,着实让李逸风大吃一惊。

不过震惊过后,李逸风也突然迸发出前所未有的勇气,铿锵有力地说道:"冷枫同志说得好,我也认为,李永昌同志再继续担任县委副书记,不利于县委领导班子的团结!"

在一二把手强势推动下,孔县县委上报的关于李永昌的处理意见,令蒋雪松勃然变色。

有担当

蒋雪松希望孔县县委拿出符合他心意的处理意见,好让他回市委之后,在处理李永昌的问题上掌握主动权。不承想在他的一再暗示下,李逸风和冷枫还是违背他的初衷,不由大为恼火。

当蒋雪松被柳星雅迎到李逸风的办公室，听取了孔县县委关于处理李永昌的最终意见时，他因游览平丘山并且意外收获字帖的喜悦随之消失殆尽，取代的是强烈的气愤和不满。

如果李逸风和冷枫不是从省里空降的一二把手还好一些，偏偏李逸风和冷枫在空降之初就并不称蒋雪松的心意，他对李逸风和冷枫本来就有成见。那么李逸风和冷枫强行压下别人的反对意见，一二把手联合控制了孔县的大局，公然挑战市委书记的权威，就让他气愤难平了。

"是县委一致的意见，还是主要是你的个人意见？"蒋雪松耐人寻味地问了李逸风一句。

此时的书记办公室内，只有蒋雪松、冷岳、李逸风、冷枫几人，就连柳星雅也识趣地关门出去了。蒋雪松如此直白地一问，等于是质问李逸风，是否将个人权威凌驾于县委班子之上。

李逸风还没有回答，冷枫冷峻地答道："蒋书记，李永昌同志不再适合担任县委副书记的建议，是我最先提出来的。"

李逸风一愣，冷枫冲锋在前，不怕正面面对蒋雪松的怒火，是一个很有担当的男人，一瞬间，他对冷枫又多了几分好感。

"好，很好。敢作敢当，不愧是冷家人。"蒋雪松愤然说了一句，忽然起身，"我会充分参考孔县县委的意见，从现在起，李永昌同志先停职反省，等候处理。"

话一说完，蒋雪松抬手看了看表："时间不早了，冷秘，安排一下，回去了。"

"蒋书记，吃过饭再走也不迟，孔县离市里也不远。"李逸风虽然早有承受蒋雪松怒火的心理准备，却没想到蒋雪松说走就走，就客气地挽留了一下。

"不必了。"蒋雪松摆摆手，脸色已经恢复正常，"还要回去研究一下平坟复耕政策的遗留问题。"

孔县县委主要领导送走蒋雪松的时候，正是华灯初上时分，蒋雪松一行的汽车尾灯消失在苍茫的暮色之中。一阵秋风吹过，雾气弥漫上来，让蒋雪松的车队显得迷离而遥远，似乎预示着蒋雪松并不明朗的态度导致了孔县并不清晰的前景。

蒋雪松走后，冷枫和李逸风开了一个闭门会议。半个小时后，关允接到通知，来到冷枫的办公室。

已经是晚上了，县委大部分人已经下班，但主要领导的办公室依然灯火通明。不过唯一例外的是，李永昌的办公室却是一片漆黑，可以说是近十几年来第一次。

"关允,你要做好心理准备,你的工作在近期可能需要调整一下。"冷枫微显疲惫之态,关允一进来,他就直接点明主题。

"怎么了?"关允明知不该问,但还是忍不住问出了口。他已经听说了蒋雪松返回的消息,也多少知道县委在研究针对李永昌的处理意见时,冷枫在关键时刻的冷静一击。

冷枫还是忍不住沉着地出手了,但问题是,能不能一击命中?关允猜不透冷枫为何宁肯惹得蒋雪松大为不满,也非要推动李永昌下台。以冷枫的智慧,肯定看出来蒋雪松有意暂缓对李永昌的处理,为什么还要甘冒惹怒市委书记的风险,放手一搏?

冷枫并不过多解释什么,话一说完,轻轻地摆了摆手:"没事你先回去吧。"

关允见冷枫情绪不高,只好退下,回到秘书科,夏莱、温琳和金一佳都在,正在等他。

"都几点了,该吃饭了。"温琳习惯了和关允打闹,习惯成自然,伸手一推关允,推了之后才意识到不对,有夏莱在,怎么也轮不到她和关允打闹,就嘻嘻一笑,掩饰了一下,"一向当关允是好姐妹。"

关允笑了笑:"走,去吃孔县的特色小吃。"孔县的局势虽然将破未破,但已经不是他所需要操心的问题,日子该怎么过还得怎么过,何况夏莱和金一佳都是贵客。

"孔县有什么特色小吃?"金一佳笑眯眯的神情明显想发坏,"不如你再亲自下厨,为迎接我和夏莱的到来,再来一次自己动手丰衣足食?"

说话间,几人一起往外走,夜色醉人,正是不冷不热的好季节,秋风有信,凉月无边。刚刚经历一场动荡的孔县,大街上行人稀少,来往的居民并不关心县委有没有什么重大变故,只在意自己的生活是否幸福安康。

关允体格壮,穿白衬衣、黑裤子、黑皮鞋,再加上长身而立,秋风一吹,玉树临风,更显洒脱。而夏莱灰色长裙,紫色上衣,身材苗条而修长,紫衣衬托得人比花娇,肌肤胜雪。而温琳圆润可爱,一笑如花,红衣长裤,别有风情。金一佳就更不用说了,亭亭玉立,粉衣如桃花艳丽,脖颈长而光洁,显高贵出尘之意。

虽说金一佳和夏莱犹如姐妹花,但二人气质大不相同,夏莱含蓄而内敛,性子虽淡,却有执着不肯放弃的一面。而金一佳热烈而奔放,百媚千娇,却又善变,令人难以捉摸。

和三位性格迥异的美女同行,关允心情大好,哈哈一笑:"一佳想再吃我打的烧饼?对不起,这一次没机会了。"

"为什么？"金一佳不肯放过关允，"你不想在夏莱面前露一手？"

夏莱本来走在温琳和金一佳中间，听到金一佳的话，就转身来到关允身前，一把抓过关允的手打量几眼，忽然鼻子一醉，眼泪流了出来："对不起，关允，让你受苦了。我上次听一佳说了，你还要打烧饼卖钱，要是你留在京城，生活哪里有这么艰难？都怪我，都是我不好，我不该爱上你。如果我不爱上你，你现在肯定留在京城了。"

关允的手其实细皮嫩肉，没什么茧子，当然，也因为经常打烧饼而微有粗糙。不过也没什么，男人的手要那么细腻有什么用？而且他打烧饼只是为了帮助老容头，并不是为了生计，也不知金一佳怎么传话的。但不管如何，夏莱一哭，还是触动了他内心的柔软，他轻轻将夏莱揽在怀中，安慰道："真的和你没关系，再说我一个大男人，吃点苦受点累有什么？"

"是没什么，但都是因为我，我心里不好受。"夏莱柔情似水，她的柔情是关允最抵抗不了的杀器。

"哎哎，我还在呢。"温琳受不了，背过身去。

"咳咳，我也在呢，别肉麻了，赶紧吃饭，肚子饿了。"金一佳干脆横刀夺爱，伸出右手自上而下将关允和夏莱分开，然后一把将夏莱拉走，"以后你们有的是时间亲热，现在就别碍眼了。"

夏莱脸红了，拧了金一佳一下："碎嘴丫头，等以后你有了男朋友，我一定还回来。"

温琳奇道："一佳怎么还没有男朋友？你的条件这么优秀，身边应该有无数男人追求才对？"

"她呀……"夏莱双眼弯成一泓秋水，刚才的忧伤荡然无存，笑得比春光还灿烂，也是一个说变就变的女孩儿，"她以前有过一个男朋友，不过好像被她一脚踹了，她嫌那人太小气，说是小男人一个。我就说她，别眼光太高，天下不是没有好男人，而是总有人拿着放大镜，不，是显微镜去找男人。"

"随你怎么说，反正我是宁缺毋滥。"金一佳昂起高傲的头，"男人不过是生活的补充，事业才是生活的全部。"

说到事业，关允才想起金一佳第二次前来孔县，怕是要定下平丘山合作框架了，对了，还有高效农业的投资意向。虽然金一佳有时比较傲气，又有目中无人的清高，但她的出现，确实为孔县注入了新的活力。

高效农业应该一直是冷枫最想推动的执政思路。不过，在得罪了蒋雪松之后，冷枫不要说能在孔县推行自己的执政思路了，能否在孔县继续担任二把手还要两说。

不过让关允乐观的一点是,孔县的局势不管如何变化,只要冷枫还想继续在孔县完成未竟的心愿,他就有足够的办法留任!

不多时来到美食林,关允和老板娘陈茉莉打了招呼,要楼上一个雅间,陈茉莉一脸歉意地说道:"不好意思,关兄弟,楼上雅间满了。"

陈茉莉三十开外,风韵犹存,如果不是故意穿得邋遢了一些,身材稍微丰满了几分,仔细打量她的脸型的话,依稀可见当年的美人模样。

金一佳只看了陈茉莉一眼,就小声说道:"这个女人不寻常,当年肯定名震一方。"

还真让她说对了,陈茉莉当年在孔县可是风云人物,号称孔县的交际花。和温琳的孔县一枝花不同,她的交际花之称是贬义。县城老街两大混混儿为她决斗,结果一死一伤,此事轰动一时,成为孔县史上的十大新闻之一。不过经过此事之后,陈茉莉随便找了一人嫁了,从此收心,安心过起了安稳日子。

既然没有地方了,关允就想走人,因为在大厅吃饭,太怠慢夏莱和金一佳了。关允头前带路,他一只脚刚迈出门口,就听到身后传来一声清脆的耳光声,然后是金一佳的一声娇斥:"流氓!"

欺人

关允顿时停下了脚步,回头一看,金一佳的裙子一角被一个长发小青年拽在手中。小青年的表情很精彩,一只手抓住裙角不放,一手捂脸,瞪大了眼睛,不敢相信地盯着金一佳。

还好,金一佳的裙子是长裙,被抓住一角,只是露出一侧的小腿,倒也没有春光外泄。

孔县是民风纯朴,但自从八十年代的第一次严打,经过长达十年的平静期后,新一代的流氓混混儿迅速成长壮大起来。县城大街上经常有不学无术的小青年晃来晃去,打架斗殴事件屡见不鲜。

所以才有了刘宝家号称打遍县城老街无敌手的刘二飞的外号,也才有了刘宝家、雷镔力和李理铁三角的无敌组合。

但从去年开始,刘宝家三人就开始收敛锋芒,轻易不再打架,老老实实当起了好孩子。不是因为几人一下都收了性子,而是在关允的严格约束下,都不敢造次了。

关允敏锐地感觉，又一场暴风雨就要来临了——第二次严打。

倒也不是说他多有政治敏感性，而是通过浏览新闻，嗅到了一丝不同寻常的气息，从京城到地方的报纸，都有一种山雨欲来风满楼的紧张。因此关允再三要求刘宝家几人必须低调，不能再冒头。

老容头有一次也有意无意地提醒关允一句，快要起大风了，要低头弯腰走路，省得迷了眼睛。

但低头弯腰走路，不等于被人欺负到头上也不还手。关允和三位美女同行，温琳先不说，县城认识她的不在少数，或许还不算扎眼，但夏莱和金一佳走在街上，绝对是引人注目的焦点。尤其是金一佳，相比夏莱的典雅和含蓄，她太过锋芒毕露，很容易吸引异性的目光。

不过关允也暗暗摇头，金一佳出手也太狠了，一掌下去，小青年的脸上立刻就出现五个红红的手指印，可见力度之大。

小青年名叫司有立，和几个朋友在楼上雅间吃饭，下楼拿烟的时候被夏莱和金一佳的美色迷了眼，眼中就只有夏莱和金一佳了，没有注意到走到最前面的关允和温琳。司有立一时色心大起，本想借着酒劲摸夏莱一把，不料夏莱机灵，见势不妙，轻巧地一转身闪了过去，而金一佳就没有那么幸运了，被司有立的脏手抓住了裙角。

司有立以前没少调戏别的姑娘，对方顶多就是骂上一句臭流氓，然后转身走人，还从来没有被人打过耳光，而且，还打得这么疼。他顿时就火了，"啪"的一声摔了个酒瓶，顺手一划，就将金一佳的裙子划破，恶狠狠地吼道："臭娘儿们，敢打老子，不想活了？老子就是睡了你，你也不能动老子一根手指！"

金一佳何曾受过这样的屈辱，性子暴烈的她二话不说，一转身就将裙子拉了回来，再一扬手，又结结实实地打了司有立一个耳光："打的就是你！流氓、色狼、垃圾、人渣！"

司有立更是怒不可遏了，拿起酒瓶就朝金一佳的脸上比画："我要毁了你的容。"

"拿开你的臭手！"温琳挺身而出，毫不迟疑抬脚就踢了过去，一脚正中司有立的小腿，"放老实点，在孔县的一亩三分地上，没你撒野的份儿。"

温琳下脚够狠，踢中的地方是人体最薄弱的部位，直疼得司有立蹲了下来，嘴里直骂："你谁呀，下手这么狠……"

才说一半，金一佳飞起一脚，踢在了司有立的嘴上。

都说温琳的性格泼辣，不想金一佳也有强悍的一面，夏莱几乎惊呆了。

司有立被打,疼痛难忍,楼上就哗啦啦下来四五个小青年,要么有文身,要么长头发,要么叼着烟,上来就围住温琳、夏莱和金一佳三人。

为首一人,温琳也认识,长得肥头大耳,不是别人,正是崔玉强的侄子崔小太。崔小太的身后还有一人,她也认识,竟是钱一天。

崔小太怎么和钱一天混在一起了?温琳嘴直心快,想到说到,上来就说:"崔小太,你真会胡来,都跟什么垃圾混在一起?这个人撕了我的朋友的裙子,你说怎么办吧?还有,你和钱一天混一起,小心崔局骂你。"

"我当是谁,原来是温姐。"崔小太嬉皮笑脸地打了个哈哈,他的目光在夏莱和金一佳脸上迅速一扫,眼中闪过一丝惊艳,"你的两个朋友可真是绝色,怎么样,介绍一下?"

一边说,一边使了个眼色,钱一天会意,恶狠狠地瞪了温琳一眼,弯腰扶起司有立。

"介绍你个头。"温琳毫不含糊,"你让他赔礼道歉,再赔一条裙子,今天的事情就算完。否则,咱们得好好算账。"

崔小太用手一指司有立:"温姐,别怪我没提醒你,你知道他是谁?你打错人了,他是从市里来的,来头还不小,是市旅游局司局长的儿子。"

"我管他是谁,是他先耍流氓,他就得赔礼道歉。"温琳不依不饶道。

"要是不赔呢?"崔小太眉梢一挑,胖脸皮笑肉不笑,抖动几下,"我倒觉得,你还得向司公子道歉。"

"道你个头。"温琳气坏了,"我的面子你也不给,崔小太?"

"我倒是想给,但不好意思,给不了。"崔小太嘿嘿一阵冷笑,"温姐,你的面子,还真没那么大。司公子被打了,我没法向司局长交代。"

"不能放她们走,小太,你敢放她们走,咱们的关系就玩完了。"司有立恢复了几分精气,气急败坏地指着崔小太嚷道。

"好吧,温琳的面子不算大,我的面子算不算大?"陈茉莉出面了,来到了场中间,"崔兄弟,看在我的面子上,事情就这么算了。这位小兄弟先抓了人家的裙子,是有错在先。温琳和这位姑娘也动手打人了,是有错在后,算下来一出还一出,扯平了。"

陈茉莉也是远近闻名的人物,不提她当年的事情,就是她开的美食林,在孔县也是一绝。孔县许多特色小吃,都是最先由美食林传出去的,在孔县一提陈茉莉,无人不竖起大拇指称之为能人。

平常谁在美食林有了冲突,只要陈茉莉一出面,没有摆不平的纠纷。但今天,崔小太却摇头了:"对不起,陈姐,你的面子也不够大。"

陈茉莉脸色一变,不快地说道:"呵,小太,别说是你,就是你叔来我这里,也得给我三分薄面,怎么,你现在比你叔还摆谱?"

"就是我叔在,他今天也得向着我。"崔小太还是寸步不让,"对不住了,陈姐,今天的事情,我说了不算。为了朋友的面子,温琳也不能走,还有这两个美女,不让我朋友满意,都别想迈出大门一步!"

"口气真是不小,崔小太!"犹如一股冷风从门外吹了进来,一个冰冷的声音从门口响起,随着一步紧似一步的脚步声,关允缓缓地来到场中,"我想问你一句,谁的面子都不给,我的面子,你给还是不给?"

之前,关允最先出门,门口正好一片漆黑,他站在黑暗之中,谁也没有发现他。等他一步来到房间之中,仿佛一股干冷的秋风也被带了进来,让崔小太的呼吸都为之一滞。

什么时候关允这么有气势了?被关允的气势一逼,崔小太险些站立不稳。

和崔小太相比,钱一天就完全露怯了。关允一露面,他就浑身一紧,手指一疼,一阵尿意袭来,差点把持不住,脚步不由自主向后一退。一退不要紧,正好绊到台阶上,就一屁股坐在地上。由于身子过胖,摔得够狠,发出了重重的"扑通"一声。

关允之威,威力如斯!

"关……哥?"崔小太一见关允,气定神闲立刻不见了,胖脸上挤出讨好的笑容,"怎么是你?这几个人,都是你的朋友?"

"你算老几?给我让开!"司有立见关允一出场就镇住所有人,顿时恼羞成怒,他是谁?他是堂堂的市局局长的公子,来到小小的孔县,还不得横着走?没想到孔县还有一出面就吓得钱一天一屁股坐在地上的人,他伸手就想收拾关允。

"滚!"关允冷喝一声,抬手一拳,正中司有立的鼻子,一拳就将司有立打得坐到地上。他又冷冷地冲崔小太说道:"小太,你也马上滚出美食林。"

平常崔小太在县城可比钱一天嚣张多了,钱一天才是派出所所长的侄子,他却是堂堂的公安局局长的侄子,谁敢不让他三分?但关允话一说完,他立即点头哈腰、满脸赔笑:"关哥发话了,我滚,我马上滚!"他回头招呼众人:"还不赶紧滚,还要我抬你们出去?"

所有人都震惊了,包括温琳、夏莱、金一佳,也包括陈茉莉。尤其是陈茉莉大为不解,关允什么时候这么盛气凌人了?

酝酿中的变局

337

10　进一步埋下伏笔

关允心思一下渺茫了许多，就连和金一佳拉钩时感受到她手心的温热和手指的美好也没有留心。不过想到有了金一佳这样一个内应在夏德长的身边，他心中有一种小小的兴奋，夏德长算计他这么久，他就小小地算计夏德长一次，也算公平了。

柔情

陈茉莉在孔县大小也是一个人物，孔县的大事小事，都瞒不过她的耳朵，美食林饭店也是孔县各种传闻的消息集散地。虽然她早就听说关允和钱爱林有过冲突，也打得钱一天断了一根手指，但关允毕竟还是虚职，他的秘书科科长的名头可以压钱爱林一头，但在崔玉强公安局局长的强权面前，却还是差得太远。

那么崔小太又怎么一见关允就如见鬼一样，怕得要命？崔小太虽然不如钱一天浑蛋，但在孔县也一向横行惯了。他仗着崔玉强的权势，身后跟了一大帮兄弟，耀武扬威，轻易没人惹他，也算是有头有脸的人物，怎么被关允一句话就吓退了？

陈茉莉忽然发现，她对孔县的局势已经看不透了，似乎一夜之间，孔县风向大变，李永昌被停职，关允强势崛起，大有取代李永昌之势。不过怎么可能？关允才多大，才是什么级别？李永昌在孔县足足奋斗了几十年才有今天，关允才一年多，怎么就有了这样的气势？

不管陈茉莉是不是理解眼前发生的一幕，也不管温琳、夏莱和金一佳对关允的盛气凌人是如何的震惊，反正崔小太点头哈腰、满脸堆笑，让人强行拖走了司有立，一群人灰溜溜地离开了美食林。

司有立却还不肯罢休，凶狠地盯着关允："关允是吧？我记住你了，等你什么时候去黄梁市,我会好好请你吃一顿大餐。"

关允只是似笑非笑地点了点头:"黄梁市很大,不是你家后院。"

司有立被关允暗藏机锋的话呛了一下:"你,你等着……"

秋夜的夜风微凉,出了美食林,关允一行四人前往孔县一中附近的山外山饭店。因为出了司有立一档子事,谁也没有心情再在美食林吃饭了。尽管陈茉莉热情地挽留关允几人,还说她请客,但金一佳已经坏了心情。

温琳就很聪明地提出要去孔县一中的山外山饭店,又以可以见到容小妹为由头,引起了夏莱和金一佳的兴趣。夏莱见过容小妹,对小妹的印象极好,一听可以和小妹一起吃饭,眉飞色舞地说道:"好呀,太好了,我想小妹了。对了一佳,小妹很像一个人,你见了就知道了。你肯定想不通,为什么在县城里长大的女孩儿,会有让人仰视的气质。"

"真的?"金一佳兴趣大增,忘记了刚才的不快,她的裙子破了一个洞,随便系了一下,走不了几步又开了,让她十分扫兴。

"当然了。"夏莱笑逐颜开,"而且小妹可漂亮了,长大后,肯定我们都比不过她。"

关允见金一佳走动时裙子摇摆间,白嫩的大腿若隐若现。虽然是晚上看不分明,也实在不太雅观,他就弯腰解下鞋带,蹲在金一佳身前:"别动,我帮你把裙子处理一下,省得着了凉。"

"着凉倒不怕,就怕露了春光。"金一佳见关允屈身在她身前,就如单膝跪地向她求爱一样,心情又瞬间好了许多,"你是不是怕别人看到我的大腿?"

这话就问得太直接了,关允嘿嘿一笑:"不识好人心。"

说话间,他已经用鞋带打了一个结,手法灵活地将裙子的破洞之处系好。不过由于金一佳不太配合的缘故,她或许是怕痒,或许是别的原因,扭动了几下身子,关允一不小心手掌就从她的大腿上一滑而过。

光滑而富有弹性,饱满而充满活力,是关允摸过的女性大腿中,手感最好最令人意动的一个。当然话又说回来,关允并没有摸过几个女人的大腿,迄今为止,他还是纯洁的好孩子。所以,虽然无意中摸了金一佳的大腿一把,他还是不好意思地笑了笑。

金一佳热烈而奔放,平常似乎很大胆很开放,这一次不知何故,忽然就脸红了一下。低头看关允细致而耐心地为她系裙子上每一处坏掉的地方,金一佳心中莫名一阵温暖。长这么大,还从来没有一个男孩儿肯为她弯腰俯身蹲在地上,如此温柔地关心她呵护她。而她接触过的所谓的绅士和公子哥儿,都在彬彬有礼的外表之下，藏着以上床为目的的肮脏想法。

夏莱在一旁看得心都醉了，她爱关允爱得苦爱得累也爱得痴迷，就是爱关允的细心和耐心，就是爱他的呵护和温存。关允有时很男人，强势而霸道；有时也很温柔，热烈而缠绵。无情未必真豪杰，在她眼中，关允就是一个矛盾的综合体。但正是如此，她才爱他爱得如痴如醉，尽管被爸爸一再反对，尽管心中备受煎熬，却始终不肯放手。

温琳也是心中甘之若饴，上次风雨大作的那一天，关允骑自行车带她回县委，因为风大，他也如眼前一样蹲下身子为她系了裙角。回想起来，她不由心中又是甜蜜又是伤感。或许终有一天关允会成为别人的丈夫，他和她曾经的往事，都会如过眼烟云一般，只能成为忧伤的回忆。

关允不会知道，他一个为金一佳系上裙子的举动，让三个女孩心思缠绵而伤感。他更不会想到，他蹲下身子的身影，会长久地铭记在几个女孩的心中……

到了一中门口的时候，时间还早，容小妹还没有下晚自习，温琳自告奋勇要去班上请小妹。关允想了想，还是决定和温琳一起去接小妹。

一中的校园内，绿树成荫，浓密的梧桐树站立两旁，就如列队欢迎的人群一样。此时正是夜自习时间，教室灯火通明，透过窗户可见里面伏案学习的学子。关允和温琳忽然同时想起当年在一中的学习时光，谁都有过难忘的少年岁月，不由对视一笑，回忆一下就复苏了。

"哎，你说我和你算不算是青梅竹马？"温琳突兀地问了一句。

"肯定算了。"少年的记忆总是让人心中温暖，关允也一时感慨万千。想起当年和温琳之间没有早恋，没有暗生情愫，但年轻的心肯定有过向往和追逐，他就心中一阵莫名的意动。

温琳的手悄悄摸过来，轻轻地抓住关允的手："希望有一天，我能一直拉着你的手，走得很远很远……"

感受到温琳小手的微凉和肉感，关允用力握了握她的手："生年不满百，常怀千岁忧。昼短苦夜长，何不秉烛游！确实是好诗。"

温琳身子朝关允身边靠了靠："你刚才好威风，一句话就吓退了崔小太，我就奇怪了，他怎么那么怕你？我认识你时间也不短了，感觉你以前和绵羊一样，现在怎么突然成老虎了？"

"我不是老虎，我是狼，披着羊皮的狼。"关允呵呵一笑，"该威风的时候就得威风，不能总当绵羊。"

"你威风没什么,我高兴还来不及,但我不明白,崔小太怎么见到你,和老鼠见到猫一样?他以前可从来没有怕过谁!"温琳继续问个明白。

"很简单,崔玉强的前途捏在我的手中,崔小太还敢跟我耍横?他仰仗的是谁?就是他的公安局长叔叔。如果他叔叔倒了,他在孔县别说威风八面了,连个屁都不是。你说他不怕我,还会怕谁?"关允嘿嘿一笑。

"你手中又抓住了崔玉强的小辫子?你太厉害了,崔玉强老奸巨猾,肯被你拿捏?"温琳对关允愈加佩服得五体投地了。

"我没拿捏他,我只是告诉他,让他在这个方面那个方面要多注意一下,别让钱爱林的案件和李永昌的下台影响他的前途……他是聪明人,这么一说,他还能不明白?"关允自信满满地说道。

温琳松开关允的手,退后几步,上下打量了关允几眼:"我都不认识你了,你不但威风八面,城府还深如海。关允,你老实告诉我,你是不是一直对我隐瞒了什么?我怎么越来越觉得你深不可测了?"

"哪里有,你想多了。"关允哈哈一笑,抬头一看到了小妹的教室,就说,"你去叫小妹出来,我就不露面了。"

温琳嘻嘻一笑:"你是一中的名人,你一露面,无数少女都要为之疯狂。"

"废话真多,还不赶紧去?"关允笑骂了温琳一句,还推了她一把,还好,推在了后背上,没推到敏感部位。

温琳嗔怪地白了关允一眼,又嫣然一笑,风摆杨柳一样推开了教室的门。

不多时,小妹出来了,一身运动衣打扮的小妹束了一个马尾辫,青春的气息逼人欲醉。她一见关允,就高兴地抱住关允的胳膊:"哥。"

不等关允说话,温琳突然发坏,冲教室里喊了一声:"同学们,孔县第一帅哥加才子关允来了,快来参观欣赏。"

语惊四座,教室里顿时传来一阵桌椅乱响的声音,紧接着无数人冲出教室,还有人高喊:"关允在哪里?看关允了。"

关允先是一惊,随后狠狠地瞪了温琳一眼,拉上小妹就落荒而逃。温琳见了哈哈大笑,想起关允刚才在崔小太面前的威风,对比现在的狼狈,让她无比开心。

当小妹被关允拉到山外山饭店,金一佳只看了小妹一眼,顿时就惊呆了,不敢相信自己的眼睛:"像,太像了,小妹,你想知道你的亲生父母是谁吗?"

进一步埋下伏笔

秘密

上次夏莱见到小妹时,就一眼认出小妹和她认识的一个长辈很像。当时她就觉得小妹可能是对方失散多年的女儿,但小妹却不肯听她说下去,只说她家在孔县,父亲是关成仁,母亲是母邦芳,哥哥是关允,除此之外,世上再没有别的亲人。小妹还告诉夏莱,不要告诉那个人她在孔县。

夏莱答应了,真的替小妹保守了秘密。她很疼爱小妹,从小没有兄弟姐妹的她和小妹一见如故,真当小妹是亲妹妹一样。

而且夏莱也听了出来,小妹是在逃避,她已经深深地融入关家,不想知道亲生父母的事情,更不想认亲。不管小妹和亲生父母是怎样走失,她对亲生父母没有丝毫的留恋和向往。

只是没想到,快人快语的金一佳第一句话就单刀直入,问到了小妹最担心的事情。不由夏莱暗暗替小妹担心,唯恐小妹承受不了金一佳的直接。

不料小妹只是淡然一笑:"金姐姐,谢谢你的好意,我不想知道亲生父母是谁,他们在哪里。我有爸爸妈妈,也有爱我的哥哥,我很幸福,这一切就足够了。"

金一佳以为容小妹会一脸迫切地问她亲生父母是谁,不料小妹淡淡的神情,让她为之一怔,不敢相信一个才十六七岁的小女孩,怎么会面对人生之中最大的困扰而不动声色。容小妹不是冷淡,也不是漠不关心,而是一种万事不过于心的平和……怎么会,尽管在金一佳眼中,她确实端庄而优雅,一举一动隐隐流露出一股高贵的气质,但毕竟年龄太小,不可能有饱经世事之后平淡如水的沉静。

"你真不想知道?也许我知道的伯伯、伯母真是你的亲生父母,你和他们长得确实很像,而且他们还有一个儿子。这么多年,他们也一直在寻找亲生女儿的下落,尤其是伯母,忧伤成疾……"

"不要说了。"容小妹轻轻地摆了摆手,"对不起,我不想知道。"

金一佳又是一愣,容小妹太冷静了,她不甘心,又说:"伯父、伯母不但是京城的高官,而且家世极好,你要是认了家门,就是千金小姐……"

"谢谢金姐姐。"容小妹没再接金一佳的话,拉开椅子坐下,"想吃什么?我来介绍几样孔县的特色菜。"

金一佳算是彻底服了容小妹,以前她总是轻视农村出来的孩子,觉得小地方长大的人，要么粗俗无礼，要么太过小家子气，今日一见小妹，终于相信了一句话——山沟里飞出金凤凰。

小妹是不是凤凰不好说，但她肯定是平原小县孔县仅此一枝的牡丹——唯有牡丹真国色的牡丹。

金一佳还想再说什么，夏莱及时拉了她一下，她也意识到什么，就闭了嘴。金一佳又仔细打量了小妹几眼，不由赞道："关允，小妹长得比你漂亮多了。"

关允本来就对金一佳逼问小妹大有意见，听金一佳不伦不类的对比，嘲讽道："男人要用帅气形容，懂不懂？要是男人长得和女人一样娇媚，那不是男人，是人妖。还有金一佳，小妹马上就是成年人了，她有选择自己生活的权利，她不想知道一些事情，你不要强迫说给她听。"

"小心眼儿，我也是关心小妹。"金一佳十分不满地回敬关允一个大大的白眼，"你是自私，是不想让小妹认了亲生父母……"

"住嘴！"关允蓦然发火了，"小妹的身世，还有她怎么来的关家，你又知道多少？不要被你看到的片面表象欺骗了，就以为是全部的真相。"

金一佳一下被关允吓住了，愣愣地看了关允半晌，忽然一摔筷子："好，你凶，我不奉陪了！"说完，她起身就走。

夏莱、温琳和小妹面面相觑，怎么说着说着，关允和金一佳又吵架了？不等夏莱拉住金一佳，关允一句话就又让金一佳坐了回来。

"你走，我不拦着，小心眼的女人，把我的鞋带还我！"

在关允和金一佳的年龄段，虽然在各自的工作岗位上也算是重要人物，但毕竟年轻，偶尔耍耍小性子也在所难免，而且年轻男女之间又最是敏感。不过关允的聪明之处在于能充分调动气氛，找到切入点，他一句话说出口，金一佳身子立刻原地向后转，迅速坐回座位。速度之快，反应之敏捷，令温琳目瞪口呆。

更让温琳惊奇的是，金一佳一坐回座位，先是嘟囔了一句："小男人！"就又"扑哧"一声乐了："行，关允，算你狠，我记住了，你有为我系裙之情，以后有机会，一定厚报。鞋带先借了，明天之前，不许再要了！"

一根鞋带的情谊，就让金一佳再难对关允傲气，都说女人的心思最容易打动，果不其然。

一场小风波就此化解。随后，小妹为夏莱和金一佳推荐了几个孔县的特色菜。菜上来后，夏莱和金一佳赞不绝口。

饭间，聊了一些家常，金一佳没提投资的最终框架，关允也没问。反正他也

知道,金一佳就是为了此事前来,她早晚会说。现在是享受秋风沉醉的夜晚的晚餐时间,就不提公事了。

不过夏莱没有随同蒋雪松一起返回黄梁市,多少让关允有些意外,但他没问夏莱什么。夏莱和他之间隔着一个夏德长,许多话还是含蓄一些好。况且,他也不想说得过于直白,不想让夏德长和夏莱父女之间因为他而产生隔阂。尽管他深度怀疑夏德长默许夏莱暗中调查钱爱林非法集资案的用心,肯定有不可告人的政治目的。

夏莱还单纯,她左右为难居于他和夏德长之间,在亲情和爱情之间,她向爱情倾斜了。但她毕竟是夏德长的亲生女儿,血浓于水是永远改变不了的事实。关允明白,就算有一天他冲出孔县,摆脱了夏德长精心为他编织的樊笼,他想抱得美人归,娶了夏莱,也要夏德长点头才行。

他和夏莱之间的距离,还是和千山万水一样遥远。

关允更清楚的一点是,孔县局势即将大变。李永昌的事件已经闹到了僵持的地步,李逸风和冷枫是铁了心要搬开李永昌,并且以县委的名义上报市委,事态就严重了。蒋雪松必定会慎重考虑孔县县委的建议,哪怕他对李逸风和冷枫千不满万不满,也不可能大手一挥,将李逸风和冷枫全部调离而保下李永昌!

孔县的局势,必定会迎来一次不小的动荡,而且现在李永昌已经停职反省,李永昌的命运究竟怎样,相信用不了多久就会尘埃落定。

先不想那么多了,关允举起酒杯敬夏莱和金一佳:"欢迎两位来自远方的客人,孔县人民热情好客,纯朴善良,远方的客人,请你留下来。"

金一佳和关允碰了下酒杯:"孔县人民确实热情好客,但纯朴善良嘛……就不好说了,反正我遇到的孔县人中,就温琳和小妹还算不错。"

含沙射影,故意针对他,关允呵呵一笑:"也没办法,孔县是小地方,许多人没见过大美女。"

夏莱也和关允轻轻一碰酒杯:"我倒觉得孔县确实是个好地方,有山有水有阳光,就是梦想中的天堂。"

金一佳轻笑一声:"天堂再好,没有自己珍爱的人,又有什么好?你喜欢的不是孔县,是孔县的某一个人。"

"喜欢一个地方,当然是要喜欢上这个地方的人了,怎么了,你不服气?"夏莱噘着嘴,冲金一佳一摆脸色,"在姐姐面前说话,要注意你是妹妹的身份。"

金一佳无语了:"才比我大几个小时,就当我一辈子的姐姐,天啊,太不公平了。"

几人哈哈大笑起来。在笑声中,秋意盎然的夜晚,就沉醉如酒了。

再美好的夜晚,也会过去,再快乐的聚会,也要结束,曲终人散的时候,小妹突然提议:"明天是周六了,哥,你带夏姐姐、金姐姐一起到家里做客,对了,还有温琳姐姐也一起来,好不好?"

几人都看向金一佳,金一佳忙说:"好像就我另类一样,好吧,我同意。"

金一佳同意,别人就都没有意见了。随后,小妹回学校,夏莱和金一佳回宾馆,温琳回家,关允回县委宿舍。

回去的路上,金一佳先走一步,反正她也认识路:"给你和夏莱留点空间说点悄悄话,不过夏莱你要记住,不能超过十点。"

夏莱吐舌头做了个鬼脸:"要你管,你可真操心。"

金一佳一走,夏莱就自然而然地挽住关允的胳膊,喃喃地说道:"我随蒋伯伯一起来孔县,你真没怪我?"

"没有,怎么会?"关允微笑着拍了拍夏莱的头,一股熟悉的爱意涌上心头,"不过,我想你没有和蒋书记一起回去,留下来,肯定是有事情要告诉我。"

"又被你猜中了。"夏莱调皮地一笑,年轻的容颜焕发出青春的光彩,随即压低声音说道,"告诉你一个关于爸爸的秘密,和他到燕省上任有关,你想不想听?"

背后

"嗯……"关允拉长声调,装模作样地想了一想,"在不影响你们父女关系的前提下,听听也无妨。"

"去你的,都没外人,你还装腔作势,讨厌。"夏莱作势欲打,关允也不躲,任由她的小手打在胸膛之上。不过她的手举得挺高,落下之时,却如四两棉花一样,软绵绵的,没有三分力气。

"爸爸到燕省上任,其实不太顺利,上任后,我见他情绪不高。"夏莱面有忧色,"我来孔县调查钱爱林的非法集资案之前,和爸爸商量过,他开始并不同意我插手孔县的事务,说是可能会有危险,但后来在和蒋伯伯通了一个电话之后,又同意了。不过再三叮嘱我,让我注意安全,万一有什么事情,第一时间告诉蒋伯伯。"

关允心中暗想,夏德长才调到省委,根基未稳,就贸然介入孔县的政治斗争之中,虽然他躲在了幕后,借助了夏莱之手和蒋雪松的权力,但并非明智之举。孔县虽小,却直通省城,李逸风和冷枫都是由省城直接空降过来的。而且,现在形势已经明显可以看出,李逸风和冷枫并非同一阵营,同时,李逸风、冷枫又和蒋雪松不是同一战线。

孔县是庙小神灵大,局势之复杂,非局内人不能真切地体会其中的凶险。尽管关允猜不透夏德长想借夏莱之手调查插手孔县事务是何用心,但多少也能推测一二夏德长的用心,怕是和李逸风、冷枫在省城的背景有关!

而从蒋雪松对孔县用意不明的工作视察中也可以得出结论,蒋雪松明是视察孔县,其实是想借机摸清孔县局势,并且要出手调整孔县班子。联想到上一次冷枫险之又险的过关,关允就多少揣摩出蒋雪松想对孔县的情况彻底摸个底,然后……然后他就不知道了,到底蒋雪松是想怎样让孔县按照自己的意愿向前迈进?大概只有市委秘书长冷岳能揣摩清楚市委书记的心思。

别人,包括关允,毕竟离蒋雪松太远。要是关允真成了蒋雪松的秘书,恐怕蒋雪松是什么心思,他就能猜得八九不离十了。

"这么说,你暗中调查钱爱林的事情,蒋书记早就知道?"关允忽然意识到另一个以前一直忽略的问题。

"知道呀,我刚调查时,蒋伯伯就知道,而且他也支持我的暗访。"夏莱到底天真,仰起小脸,不解地看着关允。

果然,关允忽然惊出了一身冷汗,自始至终蒋雪松早就知道钱爱林非法集资一事。而自己还想借夏莱之手引爆,却不知道,姜还是老的辣,蒋雪松分明是有备而来,早就将孔县的大事小事摸得一清二楚。

好一个厉害的市委一把手!

想通之后,关允蓦然发觉,和沉浮了官场几十年的老手相比,他确实还嫩了不少,也许蒋雪松早就有意等他主动引爆钱爱林事件,好借机动一动孔县的局势,然后再按照他的意思拨乱反正。不过相信李逸风和冷枫的联手强势出击,也打乱了他的计划,让他的孔县之行不如预期中那么顺利。

不过还好,关允在蒋雪松视察期间也并非全无收获,至少书法和题字让他初步摸到了蒋雪松性格之中真实的一面。而且,他和蒋雪松以文会友,也真切地感受到蒋雪松在市委书记的面孔之外,作为书法家或是普通人的真情实感。

而字帖和题字,作为他和蒋雪松之间的纽带,相信已经让他和蒋雪松建立了一种心意上的默契。不管蒋雪松是不是真会用他担任秘书,至少关允相信自己在蒋雪松的心中,已经留下了好印象。

"蒋书记对你调查钱爱林非法集资的事情是怎么说的?"关允要问到底了。

"也没怎么说,就说调查非法集资是一个记者职责所在,他支持我的调查,并且让我注意安全,万一出现意外,要及时和他联系……就这些,没有了。"夏莱从关允的脸色上猜到什么,又问,"是不是我做错什么了?或者说,我成了谁的枪了?"

"没有,你的调查是对的,是履行你的记者职责,我支持你。"关允抱了抱夏莱微显瘦削的肩膀,不想让她知道太多官场之中沉重的内幕。官场是男人场,不是女人尤其是如夏莱一样单纯的女孩所应该承受的重压,他怜惜地说道,"你也太瘦了,以后多吃点。"

"我才不要胖,我要减肥。"

"你还减肥?都这么苗条了,别减了,女人太瘦了不好。"

"哪里不好了?"

"太瘦了……硌得难受。"

"什么硌得难受?"夏莱在大学期间纯真得跟高中女生一样,关允有过几次青春的冲动,都被她坚决地拒绝了。不是她不爱关允,而是她从小家教极严,恪守家训。

"就是,就是……"关允已经送夏莱到了宾馆门口,他不好意思地嘿嘿一笑,"就是如果你当床垫,我压下的话,会硌得难受。"

"我为什么要当床垫?"才问了一句,夏莱忽然想明白什么,面红耳赤,伸手拧了关允一下,又踢了他一脚,还不解恨,又打了他一拳,"你坏死了,怎么成天不想好事?"

回到县委单身宿舍,关允还美滋滋地回味夏莱的娇羞,想想她白里透红的如雪肌肤,不由饥渴难耐,忙铺开纸张,吸气,收心,提笔,用心地写了一个小时书法,然后又背了一会儿古诗。关允正准备躺下睡觉,忽然听到外面传来异样的声响。

谁三更半夜不睡觉?今天是周末,在县委住宿的人不多,关允悄然出门,来到院中,借昏黄的灯光一看,远处的双杠之上,冷枫又在走"钢丝"。

双杠上的冷枫,离得远,灯光又暗,虽然看不清他的表情,但关允可以肯定,他绝对是一脸的坚毅和不甘。其实关允心里明白,冷枫走的不是双杠,而是在自己为自己壮胆。

李永昌的最终命运如何,确实牵动了每一个人的心,就连冷酷如冷枫者,也被困扰得彻夜难眠。也是,李永昌困扰了孔县十几年,岂能一朝倒塌?

就算一朝倒塌,也会轰然倒下,并且激起漫天的尘土。

次日一早,关允向冷枫请示有没有事情,冷枫就放他假了。在李永昌的处理结果出来之前,孔县人心惶惶,也没人安心工作。流沙河大坝项目继续施工,由桂晓杰和郭伟全负责,离了李永昌,倒也正常运转。平坟复耕行动,悄无声息地收场了,领导小组也自动解散。

李永昌被停职反省,暂时回家去了。听说李永昌回家之后的第一件事情就是重新立起墓碑,又堆起祖坟,还在祖坟前痛哭一场,自称不孝子孙。

王车军住院了,在田间昏倒之后,他头疼难忍,到医院一检查,医生建议留院观察。

钱爱林已经被崔玉强控制住,今天就要开会研究他的问题。不出意外,几个小时后,钱爱林就会丢官。

孔县在蒋雪松大手的拨弄下,在李逸风和冷枫的推动下,在经历了激烈的动荡之后,暂时回归平静。平静之后会迎来什么样的局面,谁也不清楚。现在的平静期,只是在等待下一个可能更激烈的动荡的前奏罢了。

不过,孔县也并非一无所获。关允关于平丘山旅游开发的招商引资就是最大的亮点,成为多事之秋的孔县唯一的沉甸甸的收获。

虽然冷枫说是没事,关允还是向冷枫简单地汇报一下平丘山旅游开发的进展,也提到了金一佳有意投资高效农业的想法。果然,一提高效农业,冷枫微显疲惫的表情顿时多了几分神采:"高效农业是孔县唯一的出路,关允,你的这个朋友金一佳,不简单,有眼光。孔县的优势就是农业,如何利用孔县的土地优势大做文章,才是为官者的根本。"

说了一通,冷枫又着重提出关允的下一步:"你要做好心理准备,县委办副主任有一个空缺,我和李书记碰过头了……"

向来秘书科科长由县委办副主任兼任,关允现在提升为县委办副主任,也算正常升迁。不过虽然级别未升,还是副科,但意义大不相同,县委办副主任,等于是列入县委领导的后备序列。

关允微有激动:"谢谢县长……"

冷枫挥手打断关允的话:"别说客气话了,孔县的担子还很重。"

关允重重地点了点头。

走出县委,清晨清新的空气让关允精神一振,他迈着轻松愉快的步伐来到飞马宾馆,上了二楼,敲响了二一二的房门。

"等一下。"里面传来了夏莱的声音,"我还没起床。"

夏莱有睡懒觉的习惯,还美称为美容觉,关允经常嘲笑夏莱是个懒虫。其实夏莱的坏习惯还真不多,除了不怎么会做饭和睡懒觉之外,她不娇气不小气,还算是一个不错的女孩。

夏莱的话才说完,门就被穿戴整齐的金一佳打开了。她换了一身紫色的裙子,乍一看和夏莱的紫色上衣很像,关允才看了一眼,她就说道:"别看了,就是夏莱的裙子。"

"你还敢穿紫色裙子?"关允一边说一边向里走,"皮肤不够白,穿紫色会让肤色泛黄。"

"你什么意思,是说我不如你家夏莱白了?"金一佳撩起裙子一角,露出了小腿,又一把扯掉床上夏莱的被子,露出了夏莱青春美好的胴体,"你比比看,我哪里比夏莱黑了?"

老容头的点评

"金一佳,我要杀了你!"

夏莱没想到金一佳不经她同意就放关允进来,进来就进来吧,却将她身上的被子扯掉,让她春光大泄。她又气又恼,一把拉回被子,顺手拿起一个枕头扔向金一佳。

还好,夏莱没有裸睡的习惯,而且还穿了睡衣,只露出粉致白嫩的大腿和曲线玲珑的身材。虽然瘦了一些,但苗条自有苗条的美感,更显胸前峰峦叠嶂,曼妙无比。

夏莱的腿形很好看,修长而匀称,光洁而紧致,而且肌肤胜雪,无一处伤痕,堪称艺术品。关允以前就曾经沉迷于夏莱的美腿,刚才惊鸿一瞥,再次勾起了对往事美好的回忆。

比起夏莱修长而匀称的美腿,金一佳的腿虽然也修长,但稍微丰腴的缘故,不如夏莱的腿形完美,也不如夏莱的双腿笔直。当然,若要和别人相比,金一佳也是一等一的身材。

还有一点,关允固执地认为她的肤色不如夏莱白皙。

"和夏莱相比,你还是差了一分白,我说的是实话,一佳,你得接受现实。"关允一副老实人的表情,认真而肯定地说道。

"去,信你才怪。"金一佳摆了摆手,"你和夏莱是什么关系?当然是自家人向着自家人。不过好吧,就算夏莱比我白,但她没我香,有一句话说得好,'梅须逊雪三分白,雪却输梅一段香',就是说的我。"

"夏莱也挺香,至于你香不香,我没闻过,不作评价。"关允嘿嘿一笑,笑容中有三分坏四分戏谑。

"夏莱,起来了,别赖床了。"金一佳不和关允抬杠,又要扯夏莱的被子,"你不会换衣服也背着关允吧?"

"我还是到门外等一会儿吧。"关允转身出去了。

金一佳看出了什么,小声问夏莱:"你和他,还清白着呢?"

夏莱从被子里探出头来,点点头:"你以为呢?坏丫头,以后别闹我,多羞人。"

金一佳愣住了:"我还以为他早就和你……原来他还是一个负责的男人,行,不枉你对他一片痴情,算是所托是人了。"

说话时,金一佳神情忽然落寞了几分,又摇头自嘲地一笑:"如果有一个男人爱我爱得痴迷,又不强迫我婚前上床,我一定对他好一辈子。"

"姥姥家教很严,她影响了妈妈和姨,然后妈妈和姨也影响了我和你。"夏莱迅速地穿好衣服,下了床,"我不管别人怎么想,反正我会坚持到新婚之夜,相信关允也会尊重我的选择。"

等夏莱和金一佳收拾完毕,出门的时候,已经早上八点多了,关允头前带路,领二人去老容头的早点摊吃早饭。走到半路,正好遇到结伴而来的温琳和小妹,就一行五人,声势浩大地来到老容头的摊位前。

今天高峰时间过了,老容头并不太忙,出炉的烧饼也有好几个,够吃了。金一佳却嚷着非要关允亲自动手打一炉新鲜的烧饼,关允就挽起袖子干活了。

老容头对关允的几个朋友,没怎么理会,只是点了点头。他见过温琳和容小妹,对夏莱和金一佳,是初见面。老容头目光从夏莱和金一佳的脸上扫过时,停留了片刻,眼神之中似乎微微起了波澜。

夏莱和金一佳对老容头并没有过多留意,虽然也听说过老容头和关允关系不错,却并未深想二人忘年交的背后有怎样的故事。她二人只和温琳、小妹坐在一起,一边说话,一边欣赏关允的劳作。

关允手法熟练地和面、揉面,他系了一个围裙,从后面看,还真有几分大厨的样子。尤其是他用拳头将面团压成烧饼形状时,腰板用力,健美身材一览无余。虽然不是健美先生一般的肌肉,但一看就是肌肉匀称有力,浑身上下没有一丝赘肉的标准型男,让金一佳看得啧啧称奇。

金一佳一拍夏莱的肩膀说道:"我以前总认为一定要找有出身的男朋友,现在忽然发现还是你目光长远,找一个凤凰男也不错,起码他的身体条件好。男人嘛,长得高长得帅倒在其次,最主要的就是身体结实而健康。身体是本钱,本钱好了，以后什么都会好。"

关允手一转，一个烧饼成形，放进了烤炉内。他手法极快，几分钟时间，就有十几个烧饼打成，等烤熟出炉。

夏莱看呆了。

她心爱的男人——既是她的初恋，又是她认定今生唯一的爱人，在经历了生活的风吹雨打之后，不但没有消沉，反而被生活磨炼得愈加成熟愈加有了男人气息，这让她心中有一丝苦尽甘来的甜蜜。她苦苦等了他一年，承受了怎样的煎熬，又面对多少人的追求而不动心，只为了曾经的海誓山盟，只为了她认定可以和他开花结果，要一生守候在他身边。她的苦她的累她的心路历程，又有谁知？

好在，一切都挺了过来；好在，她终于守得云开见日。

她没看错关允，以前，关允是个大男孩，开朗、活跃并且乐观向上。现在关允还是一个大男孩，依然阳光灿烂，不过却多了男人气息，更多了因为生活的沉重而肩负的责任，他长大了。

长大了，真好，夏莱莞尔一笑，下定了决心，这么好的男人，不能让他跑了，一定要把他牢牢抓在手心，要爱护他守护他一辈子。当然，也要他呵护她关心她一辈子。

至于温琳，对不起了，关允是她的，谁也别想抢走。金一佳？夏莱暗暗摇头，一佳对关允只有好奇没有好感，何况又是她的妹妹，应该不用提防了。最该提防的一人就是温琳，日久生情，办公室恋情虽然最庸俗，但也最常见，怎么办才好？

夏莱的眼睛悄悄地转了几转，想到一个好办法。如果促成关允调往市委成为蒋伯伯的秘书，和温琳分开的话，就不会出现关允被温琳抢走的悲剧了。对，就这么办。

夏莱趁人不注意，又悄悄竖起胳膊，为自己加油。

谁也没有想到，关允的一个背影，引发夏莱即将打响爱情保卫战的小小心思，而且她还要动用她和蒋雪松的私人关系为关允美言。同时为了避免关允多想，怕关允骂她爱吃醋小心眼，她决定瞒着关允。

不多时，关允新鲜出炉的烧饼摆在了夏莱、温琳、金一佳和小妹面前，小妹起身帮几人盛粥拿咸菜。她动作麻利，手脚轻巧，身段婀娜，充满了纯朴和高贵完美结合的美感。

关允干活之后，和老容头坐在一旁说话。

"三个女人一台戏,现在是四个女人,关允,你想闹哪样?"老容头一边拿起自己茶垢极厚的罐头瓶水杯喝茶,一边似笑非笑地看了四个女孩儿一眼,也不知是敲打关允,还是取笑关允,"你不要分不清轻重。"

"我……"关允被老容头说得不好意思,他和老容头之间的关系亦师亦友,大多时候,他对老容头亲近多过尊重,"夏莱是我女朋友,金一佳是来考察投资,小妹是我妹妹,温琳是我同事,我怎么分不清轻重了?关系都明明白白、清清楚楚。"

"夏莱是个好姑娘,不过用情太深了,也不是好事,情深不寿,你要多宽慰她。"老容头是第一次点评夏莱,关允总觉得他对夏莱似乎有成见,果然,老容头又说,"你真想娶夏莱?"

老容头和关允离夏莱几人有几米远,二人又是小声说话,夏莱几人又都津津有味地品尝关允的手艺,谁也没有在意老容头和关允在说些什么。

"想。"关允老老实实地说了实话,他和夏莱有几年的感情基础,现在又迅速升温,大学时代的爱情是初恋,又最难忘怀,"难道我最后娶不了她?"

"以后的事情,谁也说不好。"老容头悠然地说道,"除非有一天夏德长对你态度大变,你成了他的左膀右臂,但依我看,纵然夏德长从心理上接受了你,你和他还是很难坐在一起坐而论道。"

"为什么?"

"你和他出身不同,政见不同,理念不和,以后的冲突,嘿嘿,多着呢。"老容头一副老神在在的样子,指点江山,点评堂堂的省委组织部常务副部长,犹如闲庭信步。若是别人听了,肯定会笑话老容头吃的是烧饼,操的是省委的心。

关允却不,他很清楚老容头的话不是绝对正确,但肯定不是随口一说。他正要再问几句关于夏德长的问题,老容头又说到了金一佳。

"金一佳和夏莱长得挺像,性格却迥然不同,她眼角飞挑,脸颊粉红,是命犯桃花之相。"老容头嘿嘿一笑,"命犯桃花的女子,遇到好男人,会有好结果,如果遇人不淑,就麻烦了。"

"温琳呢?"关允兴趣大起,他还是第一次见老容头点评别人,就想挨个儿问个清楚。

不料老容头没说温琳,却突然说到小妹:"温琳先不说了,你就能看透她,先说说小妹……"老容头的目光落到小妹身上,眼神就慈祥了许多,"你没有觉得,小妹越长和我越像?你从来就没有想过,小妹会是我的亲人?"

关允惊叫出声:"啊?"

和金一佳的深入合作

"真的假的?"关允脸色都变了,有震惊也有疑惑。

其实关允早就问过老容头类似的问题,老容头的答复是,只是巧合的同姓而已,他无亲无故,一直孤身一人。

算算年龄,老容头如果是小妹的爷爷,似乎偏小。虽然关允并不清楚老容头的确切年龄,但以他推算,应该不会有六十岁。小妹今年十六岁,按两代人的差距算,她的爷爷最少也要六十六岁。

当然,也不排除老容头真有七十岁的高龄,但关允不相信,一是从老容头的精神状态来看,不像古稀老人;二是老容头身体矫健,面相也不显老,若说他年过七旬,还真不像。

但不知为何老容头今天主动提出小妹的身世问题,再加上上次金一佳非要多嘴说到小妹京城的亲生父母一事,两相结合,怎能不让关允大为震动?

不是关允自私不让小妹认亲生父母,而是小妹现在已经融入关家,她不想离开关家,不想回到亲生父母身边,不想打破现在平静的生活。不管当年她的亲生父母是出于什么原因遗弃了她——对,就是遗弃,所以关允才对小妹的亲生父母没有好感。现在再想弥补当年的错误,已经晚了,人生没有回头路可走。

但现在老容头又提到容小妹可能会是他的亲人,差点让关允一下跳起来。

"老容头,你别吓我,小妹怎么会是你的亲人?"

老容头饱经沧桑的脸上,露出一丝耐人寻味的笑容:"说小妹是我的女儿,我年纪太大;说小妹是我的孙女,我又年纪小了。但转个思路想一想,小妹说不定会是我的侄女……"

关允头大如斗:"什么叫说不定会是,你倒是说个准话儿。"

老容头忽然叹息一声:"我倒想给你准话儿,可我不是无所不知的神仙,我也是从她的姓氏和相貌上推断,她可能和我是一支容家。按辈分论,她应该叫我伯伯。等我以后弄清了,再告诉你真相吧,不过从现在起,你要让她叫我容伯伯。"

"好吧,那我呢?"关允问道。

老容头说得情真意切,似乎是勾起什么伤心往事,眼神迷茫并充满了向往,向北而望,一时久久无语,半晌才回答关允:"你还是叫我老容头好了,听着亲切,让人感觉心里踏实。"

进一步埋下伏笔

353

老容头说的心里踏实是什么意思，关允当然理解不了，只是忽然觉得老容头忽远忽近。远时，远在天边，就如天边明月一样；近时，就如一个和蔼可亲的长辈。老容头的沧桑，他不知道；老容头的往事，他也近乎一无所知。他知道的是，在他力所能及的范围之内，他要尽心尽力让老容头过得好一些。

"老容头，等平丘山旅游开发成了气候，我有了钱，你就别出摊了，我养你。"关允的话发自肺腑，虽然还叫他老容头，却当他亲人一样。

"我还干得动，干吗要你养老？不急，不急，我至少还能干二十年。"老容头呵呵一笑，嘴上说不，目光中却是慈爱和满足，显然对关允的孝心十分受用。

关允一行五人，饭后出发前往关家。五人，分三辆自行车，关允一辆，带着夏莱。温琳一辆，带着金一佳，小妹自己一辆。五人一路欢声笑语，沿着公路一路南下，在秋日阳光的树荫下，洒落一地青春的美好和向往。

九月的乡村，骑车行进在柏油马路上，两旁是高大的白杨树，阳光斑驳，影子忧伤，秋风习习，喜悦无边。道路两旁远处的农田里，农民正在秋收大忙，有些土地已经平整出来，像一块伸平的手掌，正等待着种下冬天来临之前的希望。

夏莱不敢太放肆地抱住关允的腰，只是抓住他的衣角。她再次坐在他的车后，心里如饴如蜜，想起上次从平丘山下来时，也是如现在一样坐在后座，幸福充盈心间，只想道路没有尽头，一直走到永远。

夏莱颇有几分小清新的气质，尤其是她紫衣衬托得肌肤如雪，双腿轻轻摆动，还小声哼唱一首不知名的歌曲，细听之下，是周华健的《让我欢喜让我忧》。

温琳一边骑自行车带着金一佳，一边偷眼去看夏莱，心中微有失落和酸意。或许关允终究还是夏莱的爱人，或者她和关允还是有缘无分。这么想着，不由悲从中来，鼻子一酸，差点落泪，温琳忙别过头去，不想让人注意到她的心伤。

金一佳却是察觉到了温琳的异常，见温琳的目光总是落在关允和夏莱身上，心里就明白几分。她心里暗叹一声，关允这个家伙，处处留情，怎么办才好，让她以后怎么放心夏莱的幸福？这么想着，她一下跳下自行车，冲夏莱喊道："夏莱，换换座位。"

夏莱正沉浸在幸福中，冷不防金一佳叫她，一下跳了下来："干什么？"

"没事，我想感受一下坐在一个男人的身后是什么感觉，是不是能遮风挡雨，让人心里踏实。"金一佳狡黠地一笑。

"哎，你要清楚一点，关允是我男朋友，他有没有安全感是我的主观感受，你就算觉得他再好或是再不好，也没用。"夏莱不想让位。

"别闹，我得替你把把关，赶紧，坐温琳的这车后座上来。"金一佳很倔强地一拉夏莱，然后自己就坐到了关允的车上，还很大方地环住了关允的腰。

夏莱拿她没办法，又不好吃她的醋，知道她没有恶意，只好坐在温琳的车后座上。

金一佳不知是有意气温琳，还是成心气夏莱，不但用手环住关允的腰，还将头靠在他的后背上，小声说道："关允，骑快点，到前面，我有话对你说。"

虽然金一佳是妹妹，夏莱还是生气了，嘟囔道："一佳真是的，就会乱闹。"

温琳也生气了："夏莱，小心金一佳抢走你的关允。"

"她敢！"夏莱扬了扬拳头，尽管她的拳头不大，没什么威力，不过也显示了她的决心，"亲姐妹，也得明算账，裙子可以互相穿，男朋友概不外借。"

温琳忧伤的心情忽然又明媚了："就是，追上去，不让她有机会诱惑关允。"

小妹在一旁只是含笑不语，为关允深受众人喜爱而自豪，心中却也有一丝淡淡的失落。其实她对关允的爱中，除了亲情之外，何尝没有少女怀春的情怀在内？只是她终究小了几岁，等她长大了，哥哥也早就有了嫂子。

关允对金一佳的捣乱很是不解，又不好意思让她下车，被她抱住腰痒痒的，就腾出一只手抓住她的手："松开。"

金一佳被关允的手抓住，莫名一阵心慌，急忙松开手，嗔怪地说道："小气。你是男人，被女孩子抱一下还嫌弃，真当自己是金娃娃？"

关允乐了："说吧，你坐我车上，有什么话要说。"

"我就是想告诉你，以后，你要是负了夏莱，我和你没完。"金一佳见离温琳和小妹远了，就拍了关允的肩膀一下，"夏莱就一个缺点，爱吃醋，但她是女孩子，谁不希望自己心爱的男人只爱她一个？你要理解她爱护她，永远不许伤害她。"

"还用你说？"关允回头看了金一佳一眼，"碎嘴，多事。管好你自己的事情就行了，就算夏莱是你的表姐，她的事情也不用你操心。你来孔县，不是管她和我的感情事情来了，而是为了平丘山的旅游开发和考察高效农业。"

"好吧，我就坐在你的自行车后面，和你讲讲我这一次来孔县的打算。"

金一佳也没想到她和关允会在这样的情形下谈论合作大事。她在飞机上和富甲一方的投资商谈过合同，也在价值百万的豪车中和客户谈过条件，第一次坐在一个人的自行车后面，正经八百地谈论合作事宜，她的感觉既新奇又好玩，还有一丝小小的兴奋。

按说金一佳作为风险投资商的代理人,不应该偏向合作方关允一方。但人都是感情动物,关允是夏莱的男朋友,她又对关允既好奇又有兴趣,在向风险投资方介绍情况时,难免就带了个人的偏向。

在她的说服下,风险投资商做出决定,投资一百五十万开发平丘山的旅游,平丘山的承包合同以入股的形式参与经营,占股百分之三十一。

"百分之三十一呀,会不会太少了点?"关允挠头说道,"我不能同意。"

"你不要太贪心,百分之三十一还是我特意为你努力争取的结果。关允,你要是再贪得无厌,我就真不和你合作了。"

关允嘿嘿一笑:"到家了。到了家里,你不许说一句关于小妹身世的事情,记住没有?"

"为什么?"

"不要问为什么,你记住就行。"

"真霸道。"金一佳又笑了,忽然压低声音,神秘地说道,"如果我告诉你,蒋雪松为什么又想拿下李永昌又不敢下狠手,你会不会对我温柔点?"

谁会让步

关允站在职中的门口,一脸不解地看着得意扬扬的金一佳,直到身后温琳和小妹的车铃声响起,他才恍然惊醒。

一直以来,关允都认为不管是夏莱还是金一佳,似乎都对政治漠不关心。夏莱性格单纯中有倔强,只想当好无冕之王;金一佳精明而开朗,一心扑在经济事务上。而且对于金一佳的家庭,他也一无所知,就一厢情愿地认为金一佳也不关心和不懂政治。

但金一佳话一出口,关允就知道自己大错特错了,和金一佳善变的性格一样,她背后隐藏的本事可真是不小!

能说出蒋雪松想拿下李永昌又不敢下狠手这样的内行话,金一佳不但关心政治,而且还很懂政治。她居然能一语点破蒋雪松对李永昌犹豫不定、既想敲打又难下狠手的矛盾心理,着实不简单,让关允既惊又喜。

正好一阵秋风吹过,将金一佳的秀发吹起,关允半是调笑半是有意地伸手穿过金一佳的秀发,哈哈一笑:"我一直对你很温柔,只是你不懂罢了。"

说罢,关允转身就走,背影洒脱狂放。

金一佳蓦然一怔,被关允刚才轻佻的动作惹得心头又恨又慌,却又忽然想起了一句"穿过你的黑发我的手"的歌词,脸颊一阵发烫,心跳莫名加快,一时竟是痴了。

夏莱来到她的身前,推了她一把:"该,让你招惹他!你不知道他坏起来很有杀伤力?"

夏莱说什么,金一佳已经不过心了,只是机械地迈动脚步,来到关家的小院之中。

关父关母正在打扫院子,小妹欢喜地抢先一步回家,告诉爸妈家里来了客人。小妹这么一说,关成仁和母邦芳无比欢喜,忙要杀鸡宰鸭款待贵宾,却被金一佳制止了。

"叔叔、阿姨,不要忙了,我们来家里就是看望一下二老,可不是当贵宾来了。随便吃点家常饭就行,我就爱吃炒笨鸡蛋。"

夏莱也不想关父关母奉她为上宾,她是晚辈,虽然来自京城,但良好的身世和严格的家教让她懂得尊重长辈的道理,也说:"就是,叔叔、阿姨,一佳她吃素。"

关成仁和母邦芳是老师,知道尊重他人习惯的重要,也就不勉强了。不过对于家中一下来了三位大美女——温琳也算,虽然温琳是关允的同事,但很少来,也是稀客。二老忙得手忙脚乱之余,也是喜笑颜开。尤其是关母,她其实很喜欢夏莱,夏莱柔弱而感性,骨子里有一种含蓄典雅的气质,而且她觉得似乎在某一方面,夏莱和小妹很像。

关母喜欢夏莱的另一个原因,是夏莱的声音很好听,声线极有感染力,而且很纯净。她一直觉得,一个声音纯净的人,一定是一个心灵纯净的人。

但不知何故,关成仁不太喜欢夏莱。上次夏莱来后,关成仁总说夏莱给人太高高在上的感觉,怕关允娶了她会受气。京城的世家千金,不如小地方出来的女儿家会持家过日子,他点中的人是温琳。

母邦芳虽然也觉得温琳不错,但她从小妹身上知道一种东西叫气质。小妹是一个有气质的小女孩,夏莱是一个有气质的大女孩。温琳是个好姑娘,她温柔善良,而且身段一看就好生养,但她缺少一种与生俱来的气质。

气质决定后代的素质,母邦芳教书育人,自然知道家庭氛围的重要性。

结果母邦芳和关成仁争论了好几天,谁也没有说服谁。现在倒好,温琳和夏莱都来了,她就有意让关成仁好好对比一下,看看谁更适合当关允的媳妇。

"小莱、小琳,跟我到院中择菜。"母邦芳挑衅似的看了关成仁一眼,意思是,看看谁的眼光好,看看大家闺秀和小家碧玉,哪个更适合娶进关家。

"来了。"温琳欢快地应一声,来到了关母身后。

"好的,阿姨。"夏莱也轻快地跳了过来,她如一只小鸟一般轻盈,心里十分开心。关母叫温琳和她一起帮忙择菜,证明没当她是外人。

关成仁见状,也跟了出去,老脸堆满笑容:"我也去帮忙。"

关允还纳闷儿,老爸什么时候愿意干家务活了?真是奇了怪了,以前老妈一让他搭手帮忙,他就满口"君子远庖厨",并且引申为"男人远厨房教师不择菜",理论一大堆,讲得天花乱坠就是为了一件事情——不干家务活儿。

关允正不解时,小妹笑眯眯地过来,伏在他耳边小声说道:"爸妈在替你把关,一个相中了夏莱,一个看上了温琳。哥,你麻烦大了。"

是麻烦大了,关允无奈地一笑,回头一看,更笑了,金一佳坐在椅子上,正抱着一个向日葵嗑瓜子,吃得还津津有味,连头都抬不起来了。

金一佳的样子,真不像一个懂政治的女孩,不过现在时机正好,不问她个明白,关允才不会善罢甘休。他坐到金一佳的对面,轻轻地敲了敲桌子:"哎,瓜子好吃不?"

"好吃。"金一佳头也不抬,像头小猪。

"好吃就行,那么下面是不是可以说说你都知道一些什么了?"关允循循善诱。

"好呀,吃人家的嘴短,而且你刚才确实对我还算温柔,好吧,我就告诉你。不过,我还有一个条件,就是你得陪我到外面走走。"金一佳放下向日葵,拍了拍手,笑容可掬。

上午的阳光正好,微风徐徐,田野的秋色也正好,绿黄相间,既有成熟的庄稼等待最后的收获,又有繁华落尽的作物即将成为废料。金一佳也不怕脏了皮鞋,踮着脚尖走在田间,阳光打在她的脸上,青春的光芒闪动,让人目眩神迷。

不得不说,虽说金一佳不如夏莱典雅而含蓄,也不如温琳健美而开朗,但她却有一种与生俱来的感染力,很容易让人沉迷在她的气质之中。

"话说上次我还在京城,去姨家找夏莱说事情,无意中听到姨父在打电话,也没听得太清,只是仿佛记住了几句话……"到了田野里,金一佳心情大好,她就主动说了她所知道的内情,"就是听说什么黄梁市三大宗姓势力根深蒂固,蒋雪松啃不下硬骨头,很头疼。好像还说,蒋雪松支持李永昌,其实是想让黄梁市的三大宗姓看在眼里,让三大宗姓认为他支持孔县的本土势力就是支持三大宗姓……就这些了,到底是什么意思,我也不太懂,要不,你给我讲讲?"

金一佳的目光中闪动狡黠的光芒。她真不懂？关允才不信,一个不懂政治的女孩会记得住夏德长和蒋雪松的电话内容？而且还是晦涩难懂的对话？她就那么巧无意中听到了,到现在还能记得这么清楚？最关键的是,她还能将对话引申解读到蒋雪松的孔县之行上,就愈加让关允断定,在金一佳嘻嘻哈哈的表面背后,其实她比夏莱对政治敏感多了!

不简单,以前小瞧她了,关允不由又多打量了金一佳几眼。

金一佳一挺胸:"看什么看,就比你家夏莱肤白貌美。"

又来了,金一佳最善于用假装的肤浅来掩饰她深刻的一面,关允现在算是深有体会了。他没理金一佳,迈步向前走去,深思金一佳话中透露出来的重大玄机。

是的,关允有一种拨云见日的感觉,忽然之间就豁然开朗了,快要摸到蒋雪松脉搏的感觉让他隐隐兴奋,甚至还有一种即将揭晓答案的期待感。

蒋雪松的孔县之行,留下一个令人琢磨不透的迷局,而李永昌最终的命运如何,也随着蒋雪松的离去,成了一个悬而未决的遗留问题。关允当时还没有完全想明白,明明蒋雪松已经掌握了钱爱林非法集资问题,并且引爆之后可以牵涉李永昌,为何还以力挺李永昌的名义来孔县？而到了孔县之后,却又对李永昌欲擒故纵,又拉拢又打压,到底唱的是哪一出？

直到最后,蒋雪松毅然离去,关允也没有猜透蒋雪松的真正用心。当然了,别说是他,就是李逸风和冷枫,恐怕也不敢确定蒋雪松最终会怎样处置李永昌。

却没想到,金一佳透露的消息,让关允再次深信不疑地确认了一点,蒋雪松来孔县是下棋来了。李逸风、冷枫和李永昌都将孔县当成棋盘,只可惜,蒋雪松是将黄梁市当成棋盘,只将孔县当成棋子。

从金一佳的话中,关允还是不能完全看透黄梁市的局势,毕竟他离市里还远。但不要紧,他已经理清思路,既然蒋雪松要将孔县当成棋子来下棋,最终李永昌的结局如果不能让李逸风和冷枫满意,不排除李逸风和冷枫会跳出孔县内部较量的狭窄思路,也会将目光放到全市甚至全省的高度来调动各方力量,自上而下逼蒋雪松让步!

李逸风会不会坚持到底,关允不敢说,但冷枫肯定会！联想到冷枫深不可测的背景,蒋雪松想利用李永昌盘活黄梁市这一盘棋的想法,怕是会在冷枫强硬地要拿李永昌盘活孔县这一盘棋的执着面前,最终做出让步。

这么说,李永昌必定要为孔县让路不可了？

进一步埋下伏笔

好一场肉搏战

想通了孔县的下一步,他的心境忽然开阔了许多。不管蒋雪松再怎样利用李永昌想做黄梁市的文章,冷枫考虑问题的出发点只是为了孔县的发展,那么最终在幕后,说不定还要上演一场不为人知的刀光剑影的较量。

不过,那已经不关关允的事了,他别说参战了,连观战的资格也没有。但是还好,他至少还可以从最终结果上面得出谁胜谁负的结论。

一时想得入神,一抬头,见金一佳正好奇地伸手去摸一个稻草人。她侧着身子,裙子的一角提起,露出白皙的脚踝和粉色的袜子,更显身姿曼妙而美好。尤其是她专注的神态,从侧面望去,高挺的鼻子、光洁的脸庞和长长的睫毛,活脱脱一个翻版的夏莱,而且还是升级版的夏莱。

说实话,金一佳不凶不闹的时候,安静怡人的神态倒也迷人。

金一佳长得漂亮没有错,错就错在她太像夏莱了,她和关允在一起的时间一多,就总让关允恍惚将她错当成夏莱。

"别动!"关允冷不防冷峻地叫了一声。

金一佳以为关允逗她玩,才不以为意,偏偏就伸手去摸稻草人,在她想来,一个稻草人怎么还摸不得?不料她的手刚刚触到稻草人的身上,关允一个箭步就冲了过来,拦腰将她抱住,猛然向前一推,结结实实将她扑倒在地!

扑倒在地也就算了,关允也倒了下来,正好压在她的后背之上,而且还贴得很近。这一下可把金一佳吓得不轻,惊叫一声:"臭流氓,快放开我!关允,我要杀了你,我和你没完。你敢强迫我,我告诉夏莱……"

能在紧要关头一口气说出这么多话,也不得不让人佩服金一佳的水平。不过话又说回来,关允压在金一佳身后的姿势实在不雅观,他的双手还紧紧抱住金一佳的双胸。换了任何一人见到此时的情景,都会认为关允不但是在非礼金一佳,而且还准备对她采取进一步的侵犯……

关允扑倒金一佳,一个翻身又坐起,就地打了一个滚,一伸手就抓住一条五彩斑斓的花蛇尾巴。花蛇长约一米,被关允抓住尾巴,不肯就范,扭动身子吐出舌信,发出"嘶嘶"的声响,试图缠上关允的胳膊。

此时金一佳也翻过身子,正要继续对关允痛加贬斥,并且还准备对关允大打出手。长这么大,还从来没有一人敢对她动手动脚,她多么娇贵的身子,爱惜如宝,却被关允又摸又压,还让她倒在地上,沾了一身泥土,她愤怒了!

羞辱加愤怒，金一佳真的恨不得杀了关允……只不过她一回头，看到关允力斗花蛇的一幕，她顿时吓得花容失色，一句正要骂关允的话顿时咽了回去，只变成惊恐的叫声："啊！"

许多人也许从小到大都没有见过真蛇，即使在动物园见过，也是隔着玻璃，感受不到蛇的阴冷和吓人。也是怪了，绝大多数人都对蛇有天生的畏惧感，金一佳也是在动物园见过各种各样的蛇，不管是剧毒的眼镜蛇还是一口就可以让人致命的竹叶青，都是只觉得好奇而不觉得害怕。但现在，一条一米多长的花蛇距离她不过咫尺之遥，她何曾有过如此经历？在吓得惊叫一声之后，她吓得连话都说不出来了。

北方的蛇，多半没剧毒，但也有少数有毒。毒性尽管不大，但也可能致人非命。根据关允的经验，色彩越是斑斓的蛇，越有可能有毒。刚才他发现稻草人下面的棍子上缠着一条蛇，正吐着舌信对金一佳耀武扬威。金一佳只顾好奇穿着鲜艳衣服的稻草人，没有察觉危险的逼近，情急之下，他才做出了扑倒金一佳的动作。

关允不是打蛇专家，他小时也干过农活，但不多，北方的田间地头蛇很少，他没有多少对付蛇的经验。但此时身为男人，总得拿出男人的气概，就一把抓住了蛇尾巴。见蛇还想回身咬他一口，他也吓得不轻，不过还是没有松手，抡圆胳膊甩了几把，几圈下来，蛇就被甩晕了。然后他用力一扔，将蛇远远地扔了。

金一佳吓得已经站立不起来，她的裙子也如同在泥土中洗了一个澡。因为在地上打滚的缘故，裙子已经褪到了大腿根部，甚至露出了里面粉色还绣有卡通图案的内裤。再在紫裙、枯草的映衬下，粉嫩的大腿更白得触目惊心。

金一佳也顾不上遮羞，更不骂关允了。她才知道刚才关允不是想非礼她，更不是想……她误会了关允。她一边用手抚胸喃喃自语："吓死我了，吓死我了！"一边伸出另一只手递给关允："快拉我起来，关允。"

关允也是惊魂未定，手上还有握着滑不溜手并且冰凉的蛇尾巴一样的感觉。说实话，他也怕蛇，平生还是第一次抓住一条大蛇。关允努力平息狂跳的心，伸手拉住金一佳的小手，用力将她拉起来："还好，你没有被咬一口，不然说不定小命就交待了。还骂我臭流氓不？"

"你……真小心眼，你刚才把我压在身下，不管你是不是想非礼我，反正你沾光了。"金一佳恢复了几分精神，脸色由惨白多了几分红润，想起刚才都让关允看到了她的内裤，不由羞红了脸，"刚才的事情，当成我们之间的秘密，不许说出去，否则，我跟你没完。"

"是，我刚才什么都没有看见。"关允心有余悸地看了远处一眼，确信花蛇已经被他打得没有还手之力了,忙弯腰替金一佳拍打裙子上的土,"赶紧收拾利索了,别让人怀疑什么。"

"能怀疑什么?"金一佳想起刚才的事情,又后怕了,心里恨恨的,推了关允一把,"关允,我恨你,都怪你,要不是你,我怎么会差点被蛇咬?你说,会不会附近有一个蛇窝,里面有几百条蛇?"

"别自己吓唬自己。"关允又细心地为金一佳清理身上和头上的草屑,不得不说,他的细致和温柔很容易让女孩心动,也许是他一直以来就细心照顾小妹的习惯所致,"北方没那么多蛇,我长这么大,也是第一次抓蛇。"

"啊?"金一佳以为关允不怕蛇,刚才他的样子威武得很,"你是不是也怕蛇?"

"怕,当然怕了。"

"那你刚才还敢抓住蛇,真厉害。"

"不是厉害,是怕蛇咬了你,我没法向夏莱交代。"关允认真的样子很有男人味道,"我皮糙肉厚,咬一口没什么,你就不同了,所以不管怎样,我也得保护你。"

关允说的是实话,现在他的腿还微微发抖,金一佳此时也看了出来,关允出了一头的冷汗,手也冰凉。这么说,他虽然怕得要命,但是为了保护她,宁肯自己被蛇咬,也要呵护她?这么一想,她心里蓦然升腾起前所未有的温暖,哪个女人不希望一个男人爱她护她如掌上明珠?刚才关允为她挺身而出大战花蛇的情景,铭刻在金一佳的心中,成为永远不能忘却的纪念。

忽然,金一佳感觉关允的手指故意在她的屁股上滑了一下,她又羞又恼。奇怪的是,对男人接触她的身体无比反感的她,竟然忍了,只是咬了咬牙,没有出声。不想关允得寸进尺,又摸了一下,而且还有向深处探究的趋势,她就不能再忍了。

"关允,你的手放老实点!"话一说完才意识到不对,关允已经站在她的对面,正在为她摘掉头上的一根稻草。

关允人在对面,手在头上,不可能绕过她的身子去摸她的屁股,那又会是谁……或者说是什么东西?难道是蛇?一想到蛇,金一佳吓得花容失色,连话都说不清楚了:"蛇……蛇,在我的裙子里面……"

关允以为金一佳说笑:"不可能,蛇除非缠着你的腿才能爬上去。"

"真的,哎呀,在我的屁股上。"金一佳也顾不上害羞,一头钻进关允的怀中,浑身发抖,"你快帮帮我。"

关允伸手拎住金一佳的裙角,抖了抖,不见有东西掉出来,正要说没有东西,金一佳又大叫一声:"真有东西,还在爬,都快爬到……你快钻裙子里,关允,救救我。"

好吧,关允一咬牙,大义凛然地蹲下,不等他掀起金一佳的裙子,金一佳自己一抖裙子就罩在了他的头上。嗯,长这么大,关允还是第一次钻女孩子裙子里,而且还是女孩子主动掀起裙子。这种高级别待遇,他确实第一次享受。

"不在前面,在后面。"金一佳又惊呼一声,身子一动,她的小腹就撞在了关允的脸上。

成交

关允一向是好孩子,不骂人不打架不偷看女生洗澡,更没干过钻到女生裙底的糗事。但现在,他不但钻进女孩子的裙子里面,还将脸紧紧贴在了女孩子的小腹之上,如果现在有外人看到,要说他没有耍流氓,瞎子都不会相信。

但关允确确实实一点儿也没有耍流氓,相反,他还很冤枉——金一佳动作幅度过大,尽管他感受到金一佳小腹的柔软和令人热血沸腾的体香,还有她大腿的热力和弹性,但钻在裙子底下的感觉有违关允做人的原则,而且金一佳差点就要骑到他的头上了……

原来是一只四脚蛇在捣鬼。关允怕蛇,可不怕四脚蛇,他伸手捏住了四脚蛇……女人的隐蔽之地,可不是你一只小小的畜生能参观访问的地方。

取了四脚蛇,关允钻出裙子,拿着四脚蛇让金一佳看了看:"四脚蛇,没毒,也不咬人。"说完,扬手将四脚蛇扔到一边。

"真不咬人?我怎么总感觉痒痒的,真没毒?"金一佳可是吓得不轻,先是被蛇吓,后又被四脚蛇吓,她今天的经历,是她前二十年都没有过的惊险体验。

"放心,我不骗人,我小时候就被四脚蛇爬过裤腿,一直爬到我的……"关允一下闭了嘴,不由嘿嘿一笑。

"爬到了哪里?快告诉我。"金一佳迫切想从关允的亲身体会上找到安慰,非要问个明白。

"别问了,反正你知道没事就行了。"关允就是不说,开玩笑,男人也有自尊。

"啊,我知道了,肯定是爬你男人的东西上了。"金一佳刚才吓得要命,现在忽然有了嘲笑关允的笑料,"扑哧"一声乐了,"真丢人,不知道有没有咬坏你的东西?"

关允怒了:"金一佳,刚才你裙子里的风光,我可是都看得清清楚楚,你敢说我,是不是想让我描述一下你的身材?"

"你!"金一佳柳眉倒竖,不过只坚持片刻就红了脸,想起刚才关允在裙子里面都看个清楚,不由又羞又急,"关允,我恨死你了,我恨死孔县了,我,我再也不来孔县这个破地方了!"

"不来就不来,有什么了不起。"关允对金一佳不假颜色,不过嘴上话说得硬气,手上动作却不停,一一帮金一佳摘干净头上的草屑,又围着她转了一圈,裙子虽然皱了,不过差不多没土了,就说,"走了,回家去。"

金一佳又突然喜笑颜开:"关允,你刚才的样子还真有点迷人,那么细心那么温柔。你刚才救了我,我要好好谢谢你。不过呢,看在我一心为孔县的发展尽心尽力的份儿上,你答应我一件事情,好不好?"

"你放心,刚才的事情,我不会说出去一个字,对谁都不会说,包括夏莱。要是让夏莱误会我和你怎么了,会让她伤心的。"关允嘿嘿一笑说道,"再说,又不是什么好事,钻你裙子里面,多丢人呀!"

"向来男女之间的事情都是男人夸口女人丢丑,你钻我裙子里面,传了出去,是你占了便宜,我可是吃了大亏。长这么大,我都还没有让男人这么看过这么摸过,我丢死人了……"金一佳眼泪说有就有,刚刚还笑得阳光灿烂,现在立刻就泪雨纷飞了。

关允败了:"好了,不说这事了行不行?说说你对投资孔县高效农业的看法。"

"关允……"金一佳的脸色又变回公事公办的面孔,神色凝重几分,"你要是有机会跳出孔县,还是出去吧。孔县虽然小,但蒋书记视察之后的局势,太让人看不清了,一团雾。要是你离开孔县,高效农业的投资,我也不管了。"

关允理解金一佳的想法,到一个地方投资,不仅仅是因为当地的优惠政策和环境,还因为在政府部门有可靠的人。否则,谁也不放心巨额投资拿到一个陌生的地方。

金一佳一番话,让关允更加确定她果然是一个非同一般的女孩儿,对政治气候的敏感度极高。不像夏莱,直接跳进蒋雪松拨弄孔县局势的旋涡之中而不自知,还乐呵呵地以无冕之王的身份为民请命。不过也好,她是乐天派,暗中有蒋雪松保护,他也不会让她吃亏。

"孔县局势不会乱,我也不会离开孔县,你不用担心,孔县局势过不了多久就会回到正常轨道。不管是平丘山的开发,还是高效农业,我肯定会切实负起责任,交给我,你放心。"

沉思了一会儿,金一佳重重地点了点头:"我来孔县投资,就是奔着你来的,你可不能让我失望,要不,我恨你一辈子。"

这话就说得太女人气了,关允笑道:"我会对你负责一辈子……"

"你说什么?"

"啊,不好意思,说错了,我是说我会对你的投资负责到底。"

"好吧,原谅你了。"

"一佳,我答应你今天的事情不说出去,就是对夏莱也不说,你也得答应我一件事情。"关允笑得有点坏,嘴角一哂,有几分要挟的味道。

"我不接受任何威胁。"金一佳脸色一板,"如果合理,我会考虑;如果不合理,请便。"

"合理,肯定合理。"关允不理会金一佳的脸色,"其实就是小事一件,对你的智商来说,不过是捎带的事情。就是以后你去夏家的时候,或是有机会和蒋书记见面,能不能适当不小心地听听对话或电话什么的,然后转告我一声?"

金一佳脸色缓和了几分,想了一想,又意味深长地笑了:"我不懂政治呀官场呀什么的,你让我怎么听?"

"还装?"

"除了你保守秘密之外,我还有什么好处?"

"尽我所能,帮你成功。"

"成交!"金一佳伸出手和关允击了一掌,似乎又觉得意犹未尽,又伸出小拇指,"拉钩敢不敢?"

"怎么不敢?"嘴上说着,关允心里却是莫名一动,想想和他拉钩的女孩有瓦儿,有温琳,现在又有了金一佳。自始至终,他和夏莱都没有拉钩,莫非真应了老容头的话?

关允心思一下渺茫了许多,就连和金一佳拉钩时感受到她手心的温热和手指的美好也没有留心。不过想到有金一佳这样一个内应在夏德长的身边,他心中有一种小小的兴奋,夏德长算计他这么久,他就小小地算计夏德长一次,也算公平了。

推开院门,夏莱、温琳和小妹三人搬着马扎正坐在院中的水井前择菜。只有三人,不见了老爸老妈。关允想起小妹说到老爸老妈要各自观察温琳和夏莱,现在老爸老妈都不在了,难道已经有结果出来了?

看夏莱坐在马扎儿上像模像样择菜的样子,关允欣慰地笑了。夏莱是千金小姐,却没有千金小姐的娇气,但家务活不太会干,现在为了讨好老爸老妈,却耐着性子坐下择菜,真是难为她了。

不过夏莱择菜就没有温琳专业了,温琳毕竟是农家孩子出身,基本上什么活儿都会干。要说优雅贤淑,她是不如夏莱,但要说持家过日子,确实是里外能手。

小妹坐在二人中间,她左手一把青菜,右手轻盈扬起,将青菜上的虫洞去掉,将坏掉的叶子扔掉。她干活的神态很专注,动作很优雅,犹如艺术一样充满了美感。

关允和金一佳来到近前,温琳抬了抬眼皮,说道:"哟,大少爷和二小姐赏景回来了?良辰美景奈何天,赏心乐事谁家院……是不是又去铁门外面的野外了?"

夏莱回头冲关允粲然一笑,目光落到金一佳身上,不由惊叫一声:"哎呀,一佳,你怎么了?摔倒了?有没有事情?"

温琳坏笑:"不像是摔倒,像是两个人抱在一起在玉米地里撒欢。"

"被一条蛇吓了一下,摔了一跤。"关允说了一半真话,瞪了温琳一眼,意思是没你的事,别捣乱。温琳不甘示弱地回敬了他一眼。

"啊?要不要紧?"夏莱急忙站了起来,吓得不行,目光是关心金一佳,却拉住了关允的手。

"肯定没事,关允有了英雄救美的机会,肯定不会放过,他呀,最会抓住机遇了。"

不等关允反驳温琳几句,院门被人"哐当"一声推开了,刘宝家风风火火地闯了进来,说道:"关哥,出事了,有人在背后黑你。"

不是孤立事件

刘宝家的身后,跟着雷镔力和李理,三人骑了三辆自行车,满头大汗,看样子是一路紧赶慢赶赶来的。

一进门,三人愣住了,才发现夏莱、温琳和金一佳都在。夏莱和温琳在也就算了,金一佳在,雷镔力就不由自主后退了一步。

金一佳漫不经心看了刘宝家三人一眼,没理三人,自顾自坐下,只当什么也没有发生一样,帮忙择起菜来。

"怎么了?"关允知道一年多来刘宝家也不如以前遇事慌张了,见他的样子,肯定是真有急事。

"刚才我和镔力、李理到县委办事,你猜怎么着?遇到了万事通,他一见面就拉住我,问我你是不是和温琳……"刘宝家话说一半,才想到夏莱、温琳和金一佳都在,就不好再说下去了。

温琳一听涉及自己,将菜一扔就站了起来:"说关允和我怎么了?宝家,你说下去,我不怕。"

夏莱和金一佳还在,刘宝家支支吾吾还是不敢说。夏莱和金一佳对视一眼,都没有走开,夏莱说道:"没事,宝家,不管有什么谣言,我相信关允。"

刘宝家就只能说了:"万事通说,不知道是谁最先造的谣,县委现在都传开了,说你和温琳乱搞男女关系,孩子都有了……"

万事通本名万时同,就因为爱到处乱传话,又最是消息灵通,上到京城省城,中到黄梁市,下到孔县的大事小事,他无所不知。当然,真假暂且不论,反正一有谣言,他绝对第一个传播,久而久之就被人叫成万事通。

夏莱手中本来拿着一个菜筐,一听之下,菜筐失手落地。

倒是金一佳比夏莱冷静多了,将手中的菜一扔:"温琳有孩子?温琳明明还是处女,造谣的水平也太次了。"

金一佳的话虽然直接,温琳正在气头上,也顾不上在意金一佳的话,顺手抄起一个马扎就走:"王车军在哪里?我打他满头开花!"

关允脸色瞬间阴沉如水,眼神阴冷如冰,一脚踢飞一个马扎:"放屁!"

关允勃然一怒,刘宝家几人纷纷抄起家伙,准备出门:"关哥,王车军真不是东西,李永昌都快要倒台了,他小子还敢闹事,废了他。"

关允后退一步,拦在门前:"先别急,等事情理清了再说。"

"你让开,关允,理什么理,直接和王车军当面对质,他敢不承认,我呸他一脸黑!"温琳火辣脾气上来,怒不可遏的样子像一只母老虎,"他是想毁我清白,毁你名声,他敢挑事,我就不怕和他撕破脸。"

关允当然清楚王车军手段的阴险无耻,尽管还没有直接证据表明造谣者就是王车军,但不用想也知道,除了王车军再无第二人。他也知道王车军早就对温琳垂涎三尺,一直欲求不得,再加上此次李永昌失利,王车军住院,心态失衡之下,做出再无耻再没有底线的事情,也可以理解。

可以理解但并不表明关允会忍受王车军的无耻!

县委大院是什么地方?是孔县的最高权力机构,是孔县政治中心,最忌讳的事情有二:一是经济问题,二是男女问题。关允级别低,又不是实权人物,没有什么经济问题可查,他的年轻和未婚,就正好成了可以被人攻击之处。

尽管他是未婚之身,就算他和温琳真有什么事情,也不算什么大事。男未婚,女未嫁,又正是适龄,正常恋爱,无可厚非。但突然传出他和温琳未婚有子,就是十分歹毒的流言了。

孔县民风纯朴,但对于未婚有子的事情十分反感,孔县又小,人言可畏,万

进一步埋下伏笔

一三人成虎,最终传遍三里五乡,他和温琳还不被人嚼烂舌根?他还怎么在县委立足,温琳以后又怎么抬头做人?

堂堂的县委办秘书科的国家干部,没有结婚就胡搞一气,丢的是县委的人!

"撕破脸皮只是早晚问题,但现在,先吃了中午饭再说。"关允越是想明白了王车军造谣的歹毒,越是冷静。

温琳却冷静不了,接话说道:"吃什么吃?气都气饱了。你说我以后还怎么做人?整个孔县到时都以为我和你……我,我气死了。"眼圈一红,她顺手打开马扎,坐在马扎上哭了起来。

温琳一哭,刘宝家三人更是按捺不住,又要夺门而出。

夏莱轻轻地坐回原位,目光淡然,似乎事不关己一样。不过她脸上淡漠而清冷的表情说明,她对关允不但信任,而且还认定关允可以处理好这件棘手的麻烦事。

比起温琳的火爆和夏莱的淡定,金一佳倒有意思,她快步来到关允身边,和关允并肩而立,挡在门口,说道:"不要闹了,都冷静下来好好想一想,为什么王车军早不造谣晚不造谣,偏偏在李永昌的问题还没有明朗化之时造谣?不要以为这只是一件造谣中伤关允和温琳的孤立事件,要学会分析事件背后会不会有更深的用意?忠告你们三个人一句,武力解决不了问题,你们真去打了王车军,王车军死不承认是他造谣,你们还得承担法律责任!到最后明明是受害者却变成了犯罪嫌疑人,怪谁?只怪自己的智商太低!"

关允大为佩服地看了金一佳一眼,好嘛,本来他想说的话,却被金一佳一口气说完了,这丫头,真不简单。以前她在他面前还假装对政治不感兴趣,刚才一番话不但说得切中要害,还分析得丝丝入扣,关允顿时对她又高看一眼。

在场几人之中,除他之外,当属金一佳政治水平最高。

金一佳话一说完,一拍关允的肩膀,说道:"行了,剩下的话该你说了,我就不班门弄斧了。"

关允终于笑了,刚才的灰暗心情又多了几缕阳光。"一佳说得对,王车军早不造谣晚不造谣,偏偏在李永昌停职反省期间造谣,宝家,你说他是傻了还是嫌身上的泥巴不够多?都不是,他背后肯定有人指使,而且说不定还是为了配合李永昌的大动作……"

关允点到为止,不再多说,毕竟自家院子,不是议事的场所,而且他的猜测也未必正确。不过他敢肯定王车军的异动,正如金一佳所说,绝对不是孤立事件。

李永昌不会甘心就此退出政治舞台,除在上层发动力量保卫官位之外,相信他也会利用自己在孔县庞大的本土势力,想演一出大戏让市里看清局势——孔县,离不开他!

究竟李永昌在背后酝酿什么动作,关允当然不知道。如果说在王车军造谣之前关允还不知道李永昌不想下台的决心有多大,现在关于他和温琳的流言一起,他就知道,李永昌为了保住自己的位置,说不定会不惜绑架孔县人民!

刘宝家还算有点政治头脑,听金一佳和关允一说,也明白了过来:"关哥,现在怎么办?总不能让谣言越传越离谱,传到最后,不一定会传出什么花结出什么果……"

"不怕,不会开花更不会结果。"关允来到温琳面前,一拍温琳的肩膀说道,"姑娘,你真是条汉子。"

温琳"扑哧"一声就乐了:"没心情和你闹,我知道你有办法解决,可我就是想朝王车军的脸上打两个耳光才解气。"

"温姐,耳光先记账,回头我一定替你加倍打了。"刘宝家咬牙切齿地说道。

关允又来到夏莱面前,伸手一拉夏莱:"到时让夏莱陪我在县委转一圈,向所有人都隆重推出我的女朋友,然后再有温琳陪同。温琳和夏莱关系情同姐妹,到时什么谣言,什么孩子,就都不攻自破了。不过,在揭穿别人精心设计的谣言之前,先等等看,看看除了开胃菜之外,后面还有几道菜……"

"还有七八道菜。"关母不知何时来到院中,正好接上关允的最后一句,"开饭了,别在院里站着了,孩子们,都进屋来。"

一句孩子们,刚才因为王车军的无耻行径而带来的气愤心情如雪遇阳光一般融化了。是呀,不管一个人年纪多大本事多高,只要有父母在,就永远有可以停靠的港湾。夏莱抢先一步跑到关母面前,挽起了关母的胳膊,温琳晚了一步,只好尴尬地收住脚步,和金一佳并肩而行。

意外多了刘宝家三人,关家的盛宴,拼了两张八仙桌才坐下。排座位的时候,很奇怪的是,关母和夏莱、小妹坐在一起,关允本想坐过去,却被老爸叫了过去。他就只能听从老爸的吩咐,坐在老爸和温琳的中间。

如此耐人寻味的一幕表明,关母和关父关于儿媳的争论,还是没有达成共识。

金一佳埋头吃饭,边吃边偷乐,刘宝家和雷镔力、李理挤眉弄眼,大有调侃关允之意。关允倒还镇静,热情地以主人的身份招呼众人吃饭。

"关允,你年纪也不小了,趁着大家都在,今天我想和你说说你的婚姻大事。"饭吃一半,关成仁筷子一放,摆出家长的威严,一本正经地说道。

有动静了

关允正在吃一根玉米,咬了一半,一下愣住了,他年纪不小了?哪里大了,还小得很。再说婚姻大事,也不必当着外人的面谈论,老爸为何突然来了这么一出?

再者,他现在的心思全在孔县的局势会怎样收场,收场之后,平丘山的开发和高效农业的投资该怎样运作,等等,哪里有心情谈婚论嫁?而且才被王车军黑了一把,正琢磨着怎么让王车军再摔个鼻青脸肿,突然让他心思落到婚姻上,不是强人所难吗?

"爸,我不想谈这事。"

"不想谈也得谈。"关成仁拿出父亲的威严,"你也老大不小了,是该慎重考虑婚姻大事了。而且你又在党政机关工作,婚姻问题如果处理不好,有可能会成为影响一辈子的大事。"

到底是政治老师,懂得稳定的婚姻对政治前途的重要性,关允认可老爸的观点,但并不赞成他的做法,也不想当着这么多人的面讨论婚姻大事。其实他多少也猜到老爸的心思,是想让他当众表态,不管是选择夏莱还是温琳,总要明确态度,省得让温琳产生误判,也省得别人说闲话。

以关允和老爸多年的默契,他从老爸的眼神中看出了什么。老爸听到刘宝家带来的消息,为了他的前途,也为了温琳的清白,要让他正式确定和夏莱的恋爱关系,好让温琳死心,也好堵住悠悠众人之口。尽管关允看了出来,老爸眼中还有不甘,从他安排座位上的用心就可以看出,他心中的理想儿媳还是温琳。

但老爸显然没有说服老妈,也知道关允心中倾向夏莱多一些,所以只能无奈地选择妥协。

温琳默默地低下了头,轻轻地放下筷子,神情顿时落寞了几分。夏莱却是一脸羞涩,微微低头,偷看关允一眼,不敢说话。金一佳依然一副无所谓的样子,自顾自地吃自己爱吃的玉米,不过眼光还是迅速地从关允、夏莱和温琳脸上扫过,眼神中有几分戏谑和隔岸观火之意。

刘宝家、雷镔力、李理三人各自挤了挤眼,都埋头假装吃饭,却支起耳朵听关允怎么应付。

众人之中,只有小妹最淡然,她轻轻夹了一小口菜,放到嘴里,细嚼慢咽,神色平静如常。

"好吧。"关允一瞬间下定了决心,"爸、妈,我就把话说明了,夏莱和我在大学里相恋了三年,大学毕业后分开了一年,但现在又走到了一起,就证明我们谁也离不开谁。她也来过家里两次了,第一次,我介绍她说是我的女朋友,这一次,我想说,我以后会娶夏莱为妻。而且,我还要带她到县委,正式宣布她是我的正牌女朋友。"

虽然关允的话早在预料之中,夏莱听了,还是满脸幸福,双眼笑成了一泓秋水。而关母也是一脸喜色,暗中拉住夏莱的手。关成仁则微微失望,不过还是点头说道:"身为父亲,我尊重你的选择。你还年轻,每一步路都要走好走稳,才能走得更远。好,你既然决定要和夏莱走到一起,我当父亲的,就祝福你和夏莱了。"

"谢谢叔叔。"夏莱及时地端起一杯茶,"以茶代酒,敬叔叔一杯,谢谢叔叔成全我和关允,理解我和关允来之不易的爱情。"

一句来之不易,让关成仁心中感慨万千。他不是不喜欢夏莱,而是始终觉得儿子和夏莱之间差距太大,主要也是两人之间横亘着一座高不可攀的大山——堂堂的省委组织部常务副部长。就算关允和夏莱能冲破重重阻力走到一起,夏德长能改变以前的观念,对关允另眼相看?

作为一名教书育人几十年的老教师,关成仁自认对人性的了解不比官场中人差。虽然夏莱没有高高在上的千金小姐的傲气,但夏莱有时不经意间流露出来的出身世家的气质,还是有一种让人仰视的傲然。

"希望你和关允相亲相爱,相扶相携走一程。少年夫妻老来伴,年轻时性子跳脱,在一起就是情情爱爱,走到白发苍苍的时候,还能手拉手,才是一生一世的爱情。"关成仁发一番感慨,和夏莱轻轻一碰茶杯,一饮而尽。

"我也祝关允和夏莱白头偕老,永远恩爱。"温琳端起酒杯,酒杯中有满满一杯酒,足有二两,她虽然笑得很用心,但谁都看了出来她笑容中的落寞和勉强,"我先干了。"

温琳一饮而尽杯中酒,白酒的热力一冲,呛得她连连咳嗽,咳嗽得连眼泪都流了出来。她急忙起身跑到了一边,心中不停地闪回一个声音:"今生只有两行泪,半为江山半美人……"终究,她不是关允的美人!

借着酒的辣劲和咳嗽,温琳的眼泪夺眶而出,关允一行泪不是为她而流,不要紧,她的两行泪都是为关允而流!

一桌人都惊呆了,小妹不再是淡然漠远的表情,终于眼神中流露出一丝无奈和忧伤,她起身去安慰温琳。而关允也想起身去安抚一下温琳,却被老爸坚定的眼神制止了。老爸的目光坚定,在向他暗示,男人当断不断,必受其乱。长痛不如短痛,让温琳哭哭也好。

夏莱黯然无语,她能责怪温琳什么?一年来她不在关允身边,温琳和关允朝夕相处,日久生情是再正常不过的事情。而关允并没有因为爸爸对他的打压而迁怒于她,也没有割断对她的爱,也算是一个有情有义的男人了。关允和温琳之间情愫暗生,互有好感,只不过是人间平常事,她难道能怨恨温琳爱上关允?

当然不能。

一时之间,饭桌上的气氛就不免沉闷而凝重,还好,刘宝家见势头不对,和雷镔力、李理一使眼色,三人你一言我一语说起孔县最近发生的大事小事。比如陈茉莉的老头去找老相好,被陈茉莉发现后暴打了一顿;比如钱爱林已经被撤职查办,据说非法集资事件还牵连到一名公安局副局长,还差点烧到崔玉强身上,现在崔玉强也是焦头烂额。

还说李永昌回家后,被他娘好一顿臭骂,还打了他几拐杖。后来李永昌到祖坟上重新竖起墓碑不久,就被人推倒了。他不甘心,又立起来一次,结果一转身墓碑就被人打碎,气得他跳脚大骂,却没有找到是谁下的黑手。

还说到李寡妇本来和钱爱林有染,一听说钱爱林事发,她连夜卷了一笔钱回娘家了。李寡妇的娘家在邻县,距离孔县百十公里。不过也不知道是谁,在李寡妇的门前挂了一双破鞋,破鞋上面还钉了钱爱林的照片。

还有钱爱林的非法集资,涉及几十号人。奇怪的是,大部分人都不配合调查,主要也是钱爱林只找亲朋好友借钱,许诺高额利息,有的打了白条,有的甚至连白条也没有打。县里的人见识少,以为钱爱林多有能耐,还以为告了钱爱林钱就拿不回来了,也有人认为钱爱林早晚还得放出来……

如是等等,孔县最近发生的一系列的有意思没意思的事,都从三人口中源源不断地说了出来,气氛大为缓和。

金一佳吃饱喝足,忽然就冒出一句:"刘宝家,我问你,孔县的土质怎么样?"

刘宝家在大学里学的是园林绿化专业,对土质有一定的研究,他想了一想:"孔县土质比较复杂,东面以沙性土质为主,主要是黄河故道冲积下来的沙土过多,导致土壤沙化严重,不过沙性土质比较适合种西瓜。孔县东边出产的西瓜,个大、沙瓤,特别好吃。"

"也适合种速生杨。"金一佳点头插了一句,又说,"你接着说。"

刘宝家微微惊讶,这个小妞不简单,连这都知道?看不出来,她还真有不少本事,又接着说:"南面是中性土质,适合种植各类经济作物和主粮,比如棉花和小麦。"

"中性土质好,可以种植园林绿化树木。"金一佳又打断了刘宝家的话,插了一句,"你继续说。"

刘宝家无语了,金一佳怎么跟领导一样?算了,不和她计较了,他就又说:"北面和西面都是黏性土质,最适合种棉花。"

金一佳点点头,若有所思地说道:"这么说,孔县的农业基础还是很不错的,底子很厚实,各种性质的土质都有,发展高效农业,有得天独厚的优势。怪了,以前怎么就没人发现孔县的优势?"

"以前呀……"刘宝家嘿嘿一笑,"以前是关哥没出手,现在关哥一出手,孔县就要跑着向前走。"

午饭后,温琳借口家里有事,提前离开了。她的情绪还没有缓过来,小妹出去送她,关允想去,却被金一佳拉住:"算了,你别给她徒增烦恼了。"

下午,金一佳提出要到孔县各处转一转,考察一下土质,关允决定向县委要车,孔县是不大,但不可能骑着自行车转遍孔县。不料他刚要打电话到县委办找柳星雅,柳星雅的电话就打到了关允的家中。

"关允,马上来县委开会。"柳星雅的声音透露出急切,"有动静了。"

谁有动静了,不用说关允也猜到了,果然,该来的终于还是来了。

风声再起

在关于他和温琳乱搞男女关系的风声刚起之时,县委就突然意外起风,有些人,还真是不想消停一天!

关允想了一想,叫过刘宝家三人:"你们先回县委,我稍后回去。"

"我们去县委做什么?"刘宝家一下没有理解关允的安排。

"露个面,亮亮拳头,让一些人收敛一下。"关允的目光微有冷峻之意。

"知道了。"刘宝家嘿嘿一笑,"走着,兄弟们,到县委排队走一走,亮亮相。"

雷镔力和李理一起嘿嘿一阵好笑,李理笑道:"关哥,万一对方见我们亮拳头了,还不收敛,该怎么办?"

"怎么办?"关允一拍雷镔力的肩膀,"小葱拌豆腐,一清二白,该怎么办就怎么办。"

"得令。"雷镔力双手一抱拳头,"关哥说了,兄弟们,走。"

刘宝家三人一走,金一佳"扑哧"一声就乐了:"关允,你挺厉害,三个兄弟对你服服帖帖,你是靠拳头收服了他们,还是靠小恩小惠?"

"哥哥靠的是人格魅力。"小妹最是维护关允的形象,"靠拳头收服,口服心不服。靠小恩小惠,不能长久。只有靠人格,才能让人一直追随。只要是认识哥哥的人,都会慢慢地被他的人格魅力征服。"

"他才多大?比我大了有半岁?还人格魅力?我看是个人崇拜还差不多!"金一佳一撇嘴,"不过就他的单薄身板和不太男人的大男孩形象,谁会崇拜他?除非眼神和人生观价值观有问题。"

小妹却只是淡淡一笑,并不和金一佳争辩:"我不和你争,就告诉你一个事实。以前温琳也总是挑哥哥的不是,挑来挑去,她就成了刚才的样子……女孩子眼里有了一个人,才会对他挑剔。"

"我……"金一佳顿时哑口无言,被小妹淡然而沉静的回答呛得一愣,又摇头一笑,自我辩解一句,"小丫头,你懂什么?不和你理论。"

小妹却依然只是笑了笑,不再反驳金一佳。

关允一行三人回县委,还好,柳星雅派出县委办的汽车来接关允——也是关允担任通讯员以来,第一次享受超高规格待遇。同时,也就省去了骑自行车回县委的苦恼,来时还有温琳带着金一佳,如果不是有车来接,回去的时候,他骑车带着夏莱,金一佳怎么办?

关允第一次深切地感受到女人多了麻烦也多的苦恼,当然,等他有了汽车也就不会有这样微不足道的苦恼了。不过此时关允坐在前排,心中想的可不是女人的问题,而是到底出了什么大事,值得县委办主任亲自出面请他回去?

汽车一路飞驶,十几分钟后就到了县委。关允客气地向司机道谢,下车后,特意让夏莱挽住他的胳膊,在县委大院招摇而过。关允挺拔如松,夏莱灿烂如花,一对玉人在县委一亮相,就立刻吸引了无数人的目光。

金一佳跟在后面,昂首挺胸,目光傲然,看也不看别人一眼,恢复了她高高在上的气质。

今天本来是周六,正常情况下县委的人应该不多,但此时不少人进进去去,一副忙碌的样子,显然是出了大事。

大部分人应该是已经听到传闻,见到关允第一眼时,目光古怪而嘲讽,第二眼再看到关允身边灿烂如花的美女时,就都惊讶而无语了。再等关允介绍夏莱,说是他京城的女朋友时,不少人的表情就无比精彩了。

达到了预期效果,关允心中暗暗一笑。王车军想利用男女关系大做文章,黑他和温琳一把,他不及时为自己正名,还要任由流言发酵不成?正名只是第一步,其实在关允的潜意识里,何尝没有要故意气气王车军之意。王车军忌妒他和温琳关系密切,他却领了一个更漂亮出身更好的女朋友让全县委都知道,其实他有女朋友了,而且,正牌女朋友比绯闻女友更有身份。

更是为了气气王车军,怎么着吧,不服气是吧?有本事你也去找一个出身好的正牌女友,再让温琳也去喜欢你?

正名之后,关允也不会放过王车军,王车军的造谣太恶毒了。如果不是他真有一个正牌女友,恰好夏莱人又在孔县,事情越传越大的话,他真有可能名声受累,而温琳在孔县也别想做人了,除非远嫁他乡……确实是一手歹毒的一石二鸟之计。

关允故意放慢脚步,在县委大院还有意绕了一个弯儿,让不少人看到了他精心表演的一出,效果十分明显。许多人转身之后,就交头接耳,对关允终于亮出他传闻已久的正牌女友大加议论,都一致得出结论,关允和温琳有了孩子的事情,铁定是有人造谣。关允女友这么漂亮又这么高贵,他怎么会和温琳乱来?再说一年来温琳一直在县委上班,生了孩子会没人知道?

王车军精心设计的一出,被关允轻轻反手一拨,就化解了。流言还没有发酵,就变成另一个版本——关允果然在京中有人,传说他有一个高官岳父,确实不假。他在京城的女友正式在县委露面,是不是预示着关允就要被高官岳父调出孔县了?

一时间流言由关允和温琳生了孩子变味成了关允的正牌女友露面,关允即将调出孔县,等等,众说纷纭,各执一词。不管怎么传播,总之一句话,王车军的阴谋破产了。

无巧不巧的是,刚进内门,迎面走来了的人正是王车军。

王车军失去了往日的光彩,头发不再精光,皮鞋不再锃亮,脸色也灰暗而没有神采。显然,他身受李永昌停职反省事件的打击。只不过从他跳跃而躲闪的眼神中依稀可见,他不甘心失败,还想随时翻身而起。

正低头走路的王车军一抬头顿时愣住了,眼前的关允,神采飞扬,气宇轩昂。更嚣张的是,他的右边还有一位亮丽夺目的美女,谁都能看得出来,美女和他关系非同一般,难道是他传说中的高官千金女朋友?

更让王车军眼红的是,关允的身后还有一位美女,和他身边的美女长得如同双胞胎一般。不过细看还能分辨出来并非双胞胎,却是一样的漂亮一样的气质一样的令人不敢逼视!

关允……怎么身边总有美女围绕?王车军忌妒得几乎要发狂了。

"车军,县委开会,你怎么要出去?"关允主动打了个招呼,微微一笑,"介绍一下,夏莱,我女朋友;金一佳,京城投资商。夏莱,一佳,这位是王车军,我的同事。"

夏莱点头一笑:"王车军,你好,常听关允说起你。"表情虽有热情,却隐隐流露出拒人于千里之外的疏离,也不主动和王车军握手。

夏莱还保持了基本的礼貌,金一佳却是看也未看王车军一眼,侧身让到一边,意思很明显,请吧,赶紧走人。

王车军勉强挤出一丝笑容,神态极不自然地说道:"马上要开会了,我到外面给领导买点办公用品。"话一说完,匆忙逃走一样离开了。

关允冲着王车军的背影喊了一句:"慢点,车军,别摔倒了。以后说话注意点分寸,别什么都说。"

王车军的身影明显一滞,却还是没有回头,快步走了。关允心中一阵好笑,想当初王车军风光之时,虽然采办办公用品是他的分内事,但他却可以指使别人去干。现在倒好,正是开会的紧要关头,布置会场、安排领导座位等重要工作不让他插手,说明冷板凳已经坐上了。

夏莱和金一佳去了秘书科,关允先来到县委办,敲开门,柳星雅正在收拾东西。见关允来了,柳星雅连忙说道:"关允,先到冷县长办公室去一下,他找你呢。"

关允先来柳星雅的办公室另有目的,他应了一声,脚步却不动:"柳主任,冒昧地问一句,黄梁市三大宗姓是哪三大姓?"

柳星雅愣住了,片刻之后不解地问道:"怎么想起问这个了?黄梁市三大宗姓几乎人人知道……别让冷县长等你久了,快去。"

好一个柳星雅……关允不再多说,点头出了办公室,微微摇头一笑,柳星雅确实和他猜测中一样,滴水不漏,连三大宗姓是哪三大姓都不亲口说出,嘴巴真严。

其实关允当然知道黄梁市的三大宗姓都是什么姓,作为历史悠久的古城,黄梁市的三大宗姓的形成,由来已久。但他只知其一不知其二,刚才看似随口一问,其实是想试探柳星雅。

上次蒋雪松前来孔县,柳星雅的表现可圈可点,让关允对柳星雅多了许多猜测,直觉告诉他,柳星雅似乎和冷岳关系很好。

来到冷枫办公室,推门进去,冷枫正背窗而立,一脸凝重。

"关允,流沙河大坝项目停工了。"冷枫开门见山地说道,"事态很严重,工人和附近村民一起闹事,桂晓杰和郭伟全出面做安抚工作,镇不住场。"

果然,王车军才出阴招,李永昌又出明招,配合得还真是默契。关允心中顿时想通了一个环节,怕是市里针对李永昌的处分,已经有风声传出了!

绝地反击

关允并没有接冷枫的话,而是问道:"我有两个问题,想向县长请示一下。"

冷枫微一点头,关允就接着说:"第一,县委传出我和温琳男女关系混乱的流言,还说温琳有了孩子,我向县长保证,我和温琳之间是清白的,没有什么乱七八糟的事情。第二,是不是市里关于李永昌的处分有什么动静了?"

冷枫眼神中微微流露出一丝讶然,好一个关允,看问题的角度真是犀利。从谣言事件到市里针对李永昌处理意见的传言,再到流沙河大坝项目的停工,一系列的事件看似风马牛不相及,其实却有一个内在的连接点。

应该说,是市委关于李永昌处分决定的传言传出在先,然后才有关允和温琳乱搞男女关系的谣言在后。事件接踵而至,肯定不是什么巧合,冷枫岂能心里没数?

市委不可能这么快就做出对李永昌的处分决定,而且现在还是周六,主要领导不会为了一个李永昌而加班开会。但偏偏一早就有风声传出,说是市委决定将李永昌撤职查办。

冷枫心里明白,市委主要领导之间,肯定还没有达成共识。不说还没有上书记办公会讨论,恐怕蒋雪松书记和呼延傲博市长都还没有碰头,更不可能现在就有决定。风声是有心人故意放出来的,出发点就是为了进一步搅乱孔县的局势,要为市委最终作出针对李永昌的处分决定制造障碍。

果然,市委的风声刚刚传出,县委就有了关允和温琳的谣言。听到谣言后,冷枫甚至连冷笑都懒得笑上一笑,完全是不以为然的态度,不料谣言才起,流沙河大坝项目就停工了。

原来是一系列的事件,冷枫此时才完全看清局势,有人不甘心就此坐以待毙,要绝地反击了。

"市里没动静,只有风声。"冷枫对眼前微显瘦弱但却有着超出同龄人的成熟的关允,更多了几分欣赏。关允能一语道破一系列事件之中的关键点,确实让他高看一眼,"传言对李永昌很不利,不过只是传言,市委应该还没有专门召开会议研究李永昌的问题。"

"百足之虫……"关允没说下一句话,相信冷枫知道他说的是谁表达的是什么意思,"刚才我和夏莱一起在县委大院走过,遇到不少人,我介绍说,夏莱是我的女朋友。"

"呵呵。"冷枫忽然就笑了，平常少有笑脸的他，虽然笑得勉强，却是不易了，"关允呀，你真是一个人才。"

关允不好意思地呵呵一笑："在县长面前，我可不敢自称人才，还有许多地方要向县长学习才能进步。"

"废话，要是你现在什么都懂了什么都会了，我不是要退休了？"冷枫罕见地一笑之后，更罕见地和关允开了一句玩笑，"兵来将挡，水来土掩，孔县的局势，乱不了。"

冷枫霸气地一挥手："走，开会去，研究一下大坝停工的问题。"

关允知道，不管李永昌想在背后掀起什么风浪，都阻拦不了冷枫要将孔县局势掌控在自己手中的决心。关允跟在冷枫背后，从冷枫的背影上也看出了他毅然决然的信心。

想起老容头将冷枫形容成韩信，关允仔细观察冷枫的后背，虽不是虎背熊腰，却也十分威武。但要让他从冷枫后背上看出什么迹象，关允还真看不出来。冷枫的后背怎么就是帝王之相了？当然，帝王之相只是比喻，但他怎么也想不通老容头怎么就从冷枫看似平常的背影中看出了冷枫的性格。

会议室里，已经坐满了人，李逸风坐在首位，其余县委领导分别各安其位。温琳正在一旁忙着布置会场，平常李永昌专坐的第三号位置，空着。

关允进来，立刻吸引了在座主要县委领导的目光，而且与会的工作人员，也全部向他投来或疑问或好奇的眼神。温琳也抬头淡淡地看了他一眼，随即又将头扭到一边。

冷枫岂能不知众人的眼神中有什么疑问，他回身对关允说道："小关，回头把你的女朋友夏莱介绍给李书记认识一下，国家级报社的记者很少来孔县，让她多宣传宣传孔县，有利于孔县的经济发展。"

冷枫是为抬举关允，也是为了化解县委中关于关允和温琳的谣言，李逸风闻弦歌而知雅意，当即接话说道："冷县长说得对，小关，回头介绍一下，女朋友再宝贝，也不能藏着，孔县的发展，需要借助新闻的力量。"

二号起头，一号推动，一二号人物联手高抬关允，与会人员不由心中一惊，都不约而同向关允投去意味深长的一瞥。关允在县委之中由冷板凳到红人，转变速度之快，不由得人深思背后到底发生了什么。

尤其是柳星雅，他比关允还先到会议室一步，也在布置会场。他大有深意地看了关允一眼，想起关允刚才关于黄梁市三大宗姓的问题，不由心思大动。关允现在越来越受到冷枫和李逸风的重用，难道传言蒋雪松要任用关允担任秘书会成真?

"开会之前,我先强调一件事情,以后县委再出现一些不着边际的谣言,希望同志们都不要乱传乱说乱猜测。如果被我发现是谁在造谣,一定严肃处理,绝不姑息!"李逸风突然提高声调,说到县委的谣言上,而且说到最后,还当场拍了桌子。

什么时候李书记也这么有气势了?众人意识到李逸风刚才一番话是有感而发,目光落到正好推门进来的王车军身上,心中瞬间明白了什么。李书记的话,根本就是在直接敲打王车军。

王车军的脸色顿时就变了,会议室里没有李永昌,他就跟失去了主心骨一样,心里没着没落,更没有一丝底气。刚才李逸风一拍桌子,差点吓得他一哆嗦,感觉和打在他的脸上没区别。

不过想到大坝的停工和舅舅即将采取的下一步行动,他心中蓦然又升腾起强烈的快感。等着,李逸风、冷枫,你们都先别得意得太早,舅舅的本事比你们想象中大多了,到时你们肯定要有一人灰溜溜地离开孔县!

"车军,你去飞马镇一趟,送一份文件。"柳星雅拿过一份文件,交到王车军手中,此时让王车军去送文件,明显是支开他的意思。

王车军一愣,自己现在已经被冷落到这种程度,完全被边缘化了?他不由又气愤又羞辱,抬头看了李逸风一眼,意思是想请示李逸风。

李逸风并不理他,开口说道:"下面开会。"

王车军羞愧难当地推门出去,他在县委办一年了,从未受过像今天这样的奇耻大辱。一出门,他就愤恨地一脚踢在门前的柳树上,心中恶狠狠地骂了一句:"柳星雅,你就是李逸风的一条狗,真是狗眼看人低!走着瞧,有你求我的一天。"

如果让关允听到王车军的狠话,他肯定会讥笑王车军的鼠目寸光,柳星雅虽然事事跟随李逸风,对李逸风的指示无条件服从,但仅限于孔县境内。实际上,柳星雅不但不是李逸风的狗,他甚至都不能算是李逸风的人。

王车军出了县委大院,转向往西,却并没有直接前去飞马镇党委,而是拐了一个弯儿,来到一个脏水遍地、苍蝇乱飞的胡同。

胡同很窄,只有一户独门独院,王车军径直推门进去。院中,有几个光着膀子的半大小子正围坐在一起喝酒。酒是泥坑,烟是荷花,下酒菜是一碟花生米。几个人围着一个炉子,炉子上炖着一大锅五花肉,泛着白沫的肉汤不停地翻滚,冒出蒸腾的热气。

"车军来了,来一口?"一个左臂上有一条青龙文身的小年轻递过来一杯酒。

王车军摆摆手:"不能喝,还在班上,不能让领导闻出有酒气。万龙,事情怎么样了?"

"我办事,你放心,随时都可以动手。"万龙用手一指右臂上文了一条白虎、长得有三分文净还戴着一副眼镜的小年轻说,"万虎已经把温琳每天的上下班时间、必经路线都摸得清清楚楚,以及关允的作息时间、每天大概的活动范围,也都记下来了。只要你一句话,放倒关允推倒温琳,都是小意思。"

四个人,分别是万龙、万虎、万鹰、万豹,是堂兄弟四人,也是王车军的远房亲戚。在王车军的帮助下,四人在县城开了一家摩托车修理店。因为兄弟四人齐心,打架心狠手辣,一出手就是重手,在县城老街也有几分威名,人称万家四雄。

四人既然是王车军的远房亲戚,自然也是李永昌的远房亲戚。李永昌要倒台王车军要倒霉,万家四雄出于维护自身利益的需要,不用王车军鼓动,也会不遗余力地和关允战斗到底。

"好,先不要动,等大事一出来,你们再动手。孔县一乱,到时关允被人黑了,温琳被人弄了,让他们怎么死的都不知道!"王车军一脸阴沉,恶狠狠地说道。

赌注

"主要是怕刘宝家、雷镔力、李理三个家伙碍事,刘宝家确实有两把刷子,要论单打独斗,我估计弄不过他。"万龙用一把尖刀叉起一块五花肉,一口放到嘴里,满嘴冒油,"雷镔力那小子也有一身力气,万虎顶多和他打个平手,说不定还得加上万鹰才能放倒雷镔力。倒是李理,万豹一个人就能干倒他。不过要是三个家伙一起的话,我怕万家四雄一起上,都打不过。"

无敌三人组合的威名,确实非同一般。就连一向目中无人的万家四雄也畏惧三分,可见人的名树的影,不是假话。

四人之中,万豹最冷静,也最有头脑,他大口喝了一杯酒,将酒杯重重地一放:"出其不意攻其不备,各个击破。什么无敌三人组合,都是吹出来的,我见过刘宝家打架,也就一般般的水平。我和他对打,十几招放倒他没问题。"

王车军摆摆手说道:"到时候我有办法让刘宝家三个人不和关允在一起,也会让他们三个人分开,你们不用操心别的事情,准备好随时出手就行了……等我消息。"

出了门,王车军还是没有前去飞马镇党委,而是先去城关镇派出所。钱爱林已经被停职,暂时由副所长石立主持全面工作。石立也和李永昌有千丝万缕的联系。

李永昌在孔县经营的时间太久了,不可能一朝肃清,况且李永昌还没有真正倒台。

石立一见王车军到来,急忙起身迎接,和王车军到办公室密谈了半晌。等王车军出门的时候,他亲自送出派出所大门。如此一幕落在有心人眼中,都在想,李永昌估计要没事了。

对于李永昌被停职反省,消息还没有传播开来,大部分孔县百姓都还不知情。而且就算消息传开,老百姓还是照常过自己的日子,没有太多人对政治上的浮沉感兴趣,毕竟离百姓的生活太远。

但对于孔县许多被李永昌一手提拔的中层干部来说,李永昌就是头顶上的一片天,现在天要塌了,他们就不免惶惶不可终日了。他们四处打听消息,想知道李永昌到底会背一个什么样的处分,又会是一个什么下场。

也有部分知道内情的中层,对李逸风和冷枫要联手推倒孔县的平丘山大为不满。两个来自省城的外人,为什么非要把孔县折腾得尘土飞扬?随便干上一届拍拍屁股走人就行了,孔县最终还是孔县人的孔县。

不只县委传言四起,到处有人散播对李逸风和冷枫不利的消息,就连整个县城也是有一股支持李永昌反对李逸风、冷枫的潮流在暗暗涌动……当然,潮流的背后肯定有巨手在推动,否则,在李永昌前途未定之际,官场中人谁会在看不清形势之下就站队?

不过在市委传出李永昌将被撤职查办的消息之后,暗流涌动的力量就减弱了几分,不少受惠于李永昌的人也悄然退缩了。在大是大非面前,还是坚持原则为好,毕竟在胜负最终确定之前,贸然追随一方,最后可能会一脚踩空摔一个大跟头。

但不料风向转变之快,让人目不暇接,转眼又有消息传出,流沙河大坝项目停工了!停工是一个信号,流沙河大坝项目是李永昌主导的项目,也是李永昌要在孔县为自己竖立一个永远的丰碑的政绩工程。最主要的是,谁不知道市委蒋书记亲自为大坝题字,现在居然停工了,县委、县政府或者说李逸风和冷枫,怎么向市委交代?

不少李永昌的势力又准备蠢蠢欲动,都隐隐猜到了一点,李永昌要还手了。盘踞孔县几十年的李永昌,岂能就此黯然收场?

只不过却并没有人暗中串联并传达李永昌的最新指示精神,但王车军在

进一步埋下伏笔

381

城关镇派出所露面并且由石立亲自送他出门的一幕,短短半个小时之内就传遍县城的每一个角落。早就憋了一口气的李永昌的嫡系都暗暗兴奋,流沙河大坝的停工和王车军的举动明白无误地向孔县宣告,李永昌要掀起一轮还击狂潮了。

是该还手了,孔县怎么也不能让外来人掌握主动权。李永昌的亲信和嫡系们,在遭受李永昌停职反省的重大打击并各自意志消沉后,开始摩拳擦掌,准备要联合向李逸风、冷枫挑战了。

王车军的露面果然是一个信号,随后不到一个小时,李永昌在孔县的全部亲信几乎都通过短信或是其他渠道收到消息,要求在适当时候配合孔县即将到来的大行动。收到消息的人都兴高采烈,互相交流看法,期待着孔县一场盛大的好戏上演。

流沙河大坝在李永昌刚刚停职反省不久就停工,是对李逸风和冷枫权威的当头棒喝,是李逸风和冷枫对孔县的掌控力度不够的直接体现,也是间接为李逸风和冷枫出了一个天大的难题。现在流沙河大坝项目已经成了市委的重点项目,而且市委蒋书记也亲自题字,如果大坝不能按期完工,让蒋书记的亲笔题字束之高阁,就是对蒋书记权威的不尊重。

县委关于流沙河大坝项目停工的会议,召开一个多小时就结束了。会议达成共识,决定成立以冷枫为组长的新一届领导小组。

终于,冷枫一步迈出,由幕后走到台前,挑起了流沙河大坝项目的重担。同时,向孔县全体干部表明决心,县委县政府不会任由个别人搅乱孔县局势!

会后,李逸风又当众宣布了一项任命,鉴于关允同志工作能力突出,任命关允为县委办副主任,并继续兼任秘书科科长。任命一公布,顿时让许多人十分讶然,关允最近的升迁速度之快,和火箭一样,了不得,不得了。昔日的孔县第一红人王车军沦落到边缘化的地步,曾经在县委流传一时的顺口溜"孔县两大怪,京大的高材不成材,技院的高人成大材",如今要改写为"京大的高材成大材,技院的高人滑下来"。

县委办副主任其实不少,有七八人之多,大多数都兼任各科室主任或科长。关允身为秘书科科长,任命为县委办副主任也算顺理成章。论资历,关允才工作一年,虽然学历高,但论资排辈的话,在县委办还得排到最后。耐人寻味的是,在随后公布的县委办领导名单上,关允在七八名副主任中,排名第三!

诚然,秘书科算是县委办一个重要科室,但科室再重要,关允也不可能一举跃居到排名第三,甚至比兼任政研室主任的县委办副主任周立的排名还要高……这说明什么问题？

县委的大小头头谁不是人精，立刻就嗅出不同寻常的味道，这是为关允下一步的升迁埋下伏笔！

关允此时却没有心思关注他的任命，况且他早就有了心理准备。当然，心情还是十分愉悦，毕竟算是他在官场之中迈出了更加扎实的一步。但现在有更重要的事情等他解决——大坝项目的停工，想要重新开工，不是一句话的事情，还需要克服许多困难。

关允准备随同冷枫一起前往大坝现场。冷枫回了办公室，他回秘书科交代一下，心想，也不知道要忙到什么时候，让夏莱和金一佳先去宾馆住下。才一进屋，他却发现县教委主任刘建廷坐在他的座位上，而夏莱和金一佳已经不在了。

"刘主任来了？"关允笑呵呵打了一个招呼，"有什么指示？"

"关主任……"以前刘建廷见到关允，总是一口一个小关，而且还不时在关允面前流露出大权在握的高姿态，今天却一反常态，对关允笑脸相迎，说话也十分客气，"母老师代课有二十年了吧？"

一听刘建廷提到母亲的事情，关允就想起以前父亲为了解决母亲民办教师转正而奔波几年没有结果的伤心往事。他大有深意地看了刘建廷一眼，说道："是有了。一直申请转正，一直不批。刘主任，你日理万机，还能记得这点儿小事，真是难为你了。"

"说的什么话，母老师的事情我一直放在心上，早就让下面的人去办理了。结果是母老师的姓太奇怪，政审不过关，就卡到现在。我想母老师辛辛苦苦二十年，再不为她转正，天理难容，就特事特办，特批了母老师的转正手续。"

关允知道刘建廷是特意邀功示好来了。母亲的转正卡了十几年，却在他刚刚升任县委办副主任之际，刘建廷就立刻送了一份大礼，真会做人。他对刘建廷的为人多了几分了解。不过现在他可没有时间和刘建廷多说，谢过刘建廷后，就随同冷枫急急赶赴工地现场。

工地施工现场一片狼藉，不但停工了，还有打斗的痕迹。再一看对峙的双方剑拔弩张，足足有两百多人，关允顿时怒火中烧，李永昌真要拿孔县人民当赌注赌一把了！

11　意图一剑封喉

关允默然无语,在家里当着众人的面,他选择了夏莱,对温琳是不小的打击。人就是这样,有时候知道是一回事,真正面对的时候,又是另外一回事。他对温琳何尝没有感情?但可惜的是,他和夏莱初恋在前,而且夏莱冲破了家庭阻力,为他整整等候和煎熬了一年,他怎能负她一腔痴情?

悍然出手

历经波折的流沙河大坝项目,从开始就磨难重重,好不容易等冷枫让步同意项目上马,却又因为坟头问题打破了李永昌的头。

随后,李永昌借平坟复耕政策的东风,大力推动,大坝项目的建设才进入快车道。到蒋雪松工作视察时,工程进展完成三分之一。而到今天为止,已经基本上完成了近二分之一的工程量。抬眼望去,高高耸立的流沙河大坝已经初具气象,就如一座巍峨的城门,在下午的阳光之中,灰色的墙壁闪耀着冷峻的光芒。

对峙的人群一方是施工队伍,另一方是关家村的村民,领头者依然是上次因为祖坟问题打了李永昌一棍的关支书。坐了几天牢出来之后,关支书自以为也算见过了世面。和上次闹事时大吵大嚷不同的是,他摆出一副泼皮无赖、天塌下来也不怕的嘴脸,站在队伍的最前面,理直气壮地要求直接和县长谈判,县长不露面,工程别想开工。

事情的起因还是坟地纠纷。

本来流沙河大坝项目领导小组已经和关家村就坟地征用和补偿问题达成一致,每家每户的补偿金额已经敲定,村干部也做通了村民工作,而且补偿款也已经发放到位。但平坟复耕政策一暂停,关家村的村民又人心思动,最主要的是李永昌家的祖坟重新堆起坟头竖起墓碑,极大地刺激了关家村的村民,尤其是关支书。

县领导干部带头堆坟,关家村的村民都不干了。再加上别有用心的人在村民中散播小道消息,说是小郭村每个坟头补偿一百元,关家村才六十元,吃了大亏。村民们一经煽动,情绪就被点燃了,见有利可图,短短时间内就组织了上百人冲击工地。

工人们也不肯示弱,抄起家伙就和村民们打在了一起,最后险些酿成重大冲突事件。关键时刻桂晓杰挺身而出挡在前面,挨了关支书一棍。所幸的是,关支书想起看守所的日子不太好过,一激灵吓得住了手,否则说不定还会闹出人命。

在事件冲突最严重的时刻,郭伟全抱头躲到指挥部里面,不敢露面。作为大坝领导小组的主要负责人,他的表现让人失望。

大坝项目的施工队伍来自邻县和市里,工人中没有几个孔县人。也不知是谁在工人中散播谣言,说是村民喜欢欺负外地人,才一而再再而三地冲击工地闹事,如果不奋起反抗,村民们还会变本加厉。

工人们的怒火也被点燃了,纷纷停工,抄起家伙要和村民们打仗。还有人鼓动工人,要求县委县政府保护工人们的安全,在县委县政府没有落实好安全措施之前,不能复工。

桂晓杰虽然以头破血流的代价制止了工人和村民之间的打斗,却劝不退双方。工人要求县委县政府给出安全保障的承诺,否则不复工。村民要求加大补偿,否则都要重起坟头。

冷枫和关允赶到的时候,双方已经对峙半天了。

在详细了解了事发经过之后,冷枫心里完全明白了,有人真是用心良苦,连自家重新竖起墓碑堆起坟头的事情都可以用来大做文章,还暗中安排人手分别鼓动关家村村民和工人,两处煽风点火,确实是唯恐天下不乱,想要局势大乱,好乱中取利。

斗争与较量虽然不可避免,但鼓动不明真相的群众,利用工人和村民的单纯来制造事端,不管工人和村民的死活,只为了一己私欲,将自己的权势建立在他人的生命之上,这样的行径,让冷枫不耻!

冷枫快步走进工程指挥部。指挥部内,郭伟全正坐在椅子上发呆,他还不知道冷枫已经赶到,正头大如斗不知该如何应对。一见冷枫冷不防进门,他被吓得一下跳了起来:"冷……冷县长……"

"你坐着就行了,坐着不动,外面的冲突就会自动解决。"冷枫不无嘲讽地说道,"桂书记都头破血流了,你还能坐得住?真沉得住气,有没有再泡一杯龙井?"

"冷县长,我……"郭伟全被冷枫讥讽得脸红脱子粗,半天也说不出一句完整的话。

关允心中一阵叹息,郭伟全的能力实在有限,怎么市委就扶他当上常务副县长?当时还以为是李逸风的手笔,李逸风和蒋雪松多少还有几分关系,但现在再用心推想,或许郭伟全的任命,并不一定是李逸风为了牵制冷枫而大力推动的结果。说不定是李永昌的手笔,或者也可以说,是蒋雪松安插的一枚打入孔县的钉子。

关允此时越来越意识到,他以前对于李逸风和冷枫之间关系的判断,太过简单和表面化了。李逸风和冷枫在孔县虽然有对立的一面,但也有合作的基础和意愿。只不过不管是市里也好,还是李永昌也罢,都在拼命地为李逸风和冷枫之间任何一次有可能的联手制造麻烦。

不过也必须承认,蒋雪松或李永昌的担心是正确的,李逸风和冷枫第一次联手的威力非同小可。在蒋雪松视察坟地时精彩的一出,让李永昌摔了个结结实实的跟头,墓碑事件应该就是李逸风和冷枫的精心布局。背后到底是怎样的安排,关允当然不能去问,但他可以肯定的是,在搬开李永昌的问题上,李逸风和冷枫达成完全的一致。

至于省里突然叫停平坟复耕政策,应该只是一个巧合。冷枫已经向关允暗示过,平坟复耕政策出台过于仓促,叫停只是早晚的事情。但无巧不巧的是,正好赶到蒋雪松发现李永昌祖坟的问题时叫停,也证明一点,李永昌时运不济。

只是没想到李永昌也有一套,可以借平坟复耕政策的东风平坟,也可以借平坟复耕政策的叫停重新堆起坟头。他还借机鼓动关家村闹事,点燃报复的导火索,到底是老油条,有一手。

形势比人强,孔县的局势围绕一个流沙河大坝,已经一再风云变幻了。固然有李永昌不肯退出政治舞台的原因,也有方方面面力量的推动,就如金一佳所说,孔县虽小,但形势复杂。尤其是蒋雪松视察工作之后留下的摊子,成了一团迷雾。孔县不但直通省城,也是市委领导眼中的热点。

只不过也许不是正面的热点,而是反面的热点,但不管是哪一种,孔县要想突破目前的困境,必须要有一只强有力的巨手的推动才能力挽狂澜并且拨云见日。或许,真是到冷枫转身一背的时候了。

关允始终清楚地记得老容头说的话——冷枫的一背,是帝王之相。

"是谁走漏了小郭村每个坟头补偿一百元的事情?又是谁在工人中间传播小道消息?还有,李永昌的祖坟重新竖起墓碑的事情,又是谁故意在关家村煽风点火?伟全同志,你都查清楚了没有?"冷枫一连串的质问,将怒火毫不客气地倾泻到郭伟全身上。

郭伟全面如土色:"冷县长,我,我还没有来得及调查。"

"是没来得及调查,还是没想到从哪里调查?又或者是根本就不想调查?"冷枫不容郭伟全有喘息的机会,继续炮火连天,"作为大坝项目领导小组的主要成员,郭伟全同志,你让李书记和我很失望!"

郭伟全被冷枫咄咄逼人的质问逼到墙角,忽然就耿直脖子,死猪不怕开水烫似的无赖道:"事发突然,我哪里来得及调查?再说有桂书记在前面维持秩序,我去了不也是多余吗?"

"好,你都说了你多余了,现在你先回县委,即日起,暂停大坝项目领导小组的工作。"冷枫正等郭伟全的这句话,立刻顺势拿下郭伟全的权力,"马上将大坝项目的全部账目交到关允手中,交接清楚后,你就可以走了。"

好!关允几乎要为冷枫一手漂亮的强势夺权而开口叫好了。冷枫果然不是一个能隐忍太久的人,风向一变,时机一到,他即刻悍然出手,要将大坝项目的主动权抢夺在手。

如果说当初冷枫并不接手大坝项目的领导权,出于更快地推动大坝进程以及隐含的用贪的政治目的,那么现在时机成熟,及时将主动权拿回自己手中,则是要收起反贪的大网了。关允瞬间想起老容头所讲的宇文泰的历史典故。

冷枫要收回全部账目的手法,明显是想查账。

再往深处一想,关允更是佩服冷枫反击李永昌的犀利手段。李永昌挑起大坝停工事件,好,冷枫立刻收回全部账目,要从经济问题上继续对李永昌穷追猛打,拿出痛打落水狗的精神,要让李永昌再无翻身的可能!

那么接下来就要看冷枫怎样强势处理工人和村民之间的纠纷了。只有将纠纷妥善处理之后,冷枫才能腾出手来,再利用流沙河大坝的账目,引爆埋葬李永昌政治生命的最后一枚"地雷"。

沉着冷静的一击

郭伟全涨红了脸:"冷县长,你,你不要太专制了。就算撤销我大坝项目领导小组的领导权,也要常委会讨论才能决定。"

言外之意就是冷枫一人说了不算。

冷枫冷冷地一笑:"李书记已经点头了,桂书记,你有没有意见?"

桂晓杰捂着脑袋,疼得直吸凉气。郭伟全不顶事,让他一人冲锋在前,他会向着郭伟全说话才怪,就没好气地说道:"我没意见。"

"我同意,李书记没意见,桂书记也赞成,郭伟全,你说上常委会讨论会有什么结果?"

郭伟全已经说不出话了,他还从未见过冷枫如此强势如此霸道。确实,一二把手都点头了,三号人物李永昌已经失去了发言权,四号人物桂晓杰再附和了意见,常委会上哪里还会有反对的声音?他怒不可遏地转身就走:"冷枫,你等着,我会向市委反映你的独断专行。"

"请便。"冷枫冷冰冰地扔下一句,又对关允说道,"关允,整理一下账目,一定要做到账目齐全,不能有任何遗漏。"

"是。"关允向前一步,毫不客气地接管项目的全部账目。具体管理账目的几个领导小组的成员,目瞪口呆,无人敢拦,任由关允将账目抱走。

关允很清楚冷枫赶走郭伟全的目的,就是要肃清李永昌在大坝项目中的遗留势力,消除李永昌对大坝项目的影响力。这样不但方便查清大坝的全部账目,也好彻底让李永昌利用大坝项目制造事端来达到目的的阴谋破产。

而且现在王车军也正好不在,绝对是一个最佳的全部接手大坝项目的机会。冷枫的出手,冷静、犀利,不给对方喘息之机。

关允就更加期待冷枫处理停工事件和关家村闹事的手法了。

"账目等下带回县委核实一下。"冷枫又吩咐关允一句,随后背手走出指挥部,"走,先会一会关支书。"

关支书算是出名了,先是打了李永昌一棍,现在又打了桂晓杰一棍。一个再寻常不过的村民,棒打两大县委干部,他也算是奇迹人物了。关允倒要看看,面对冷枫,关支书又能怎样嚣张。

冷枫异常冷静并且泰然自若地来到工人们中间,工人们都认识冷枫,一见县长现身,就纷纷围了上来。大家七嘴八舌地要求县委县政府保护工人的人身安全,否则,工程无法保质保量地按期竣工。冷枫并不理会工人们的诉苦,回头对桂晓杰说道:"桂书记,你先安抚一下工人的情绪。"

随后,他大步如飞地来到关支书面前,目光如电地直视关支书的双眼:"你是关支书?"

冷枫冷面冷言久了,就养成不怒自威的威严,尤其是他冷峻的表情,让关支书着实吓了一跳,向后退了一步。后退一步也就算了,还踩到了后面一人的脚上,惹得村民们一阵哄笑,让他感觉很丢人。

关支书自以为连李永昌这个地头蛇都敢打,何况冷枫一个外来的县长,敢拿他怎样?他就又上前迈出一步,用棍子指着冷枫,说道:"冷县长,我代表全体关家村村民,要向县委县政府讨还公道……"跟政府打交道久了,又在看守所待过几天,他也能装模作样地学几句官腔了。

关支书以为冷枫会和桂晓杰一样摆事实讲道理。也确实,上次冷枫站在椅子上大讲道理的情景,还牢牢地记在关支书的心中。他天真地认为冷枫既然和桂晓杰一样是外乡人,不敢对孔县的老百姓动粗,就想扳回一局,在冷枫面前耍耍威风,好让乡亲们都高看他一眼。不承想,他的棍子刚刚伸出,就被冷枫一把抢了过来。

冷枫伸手从关支书手中夺过棍子,手法之快,众人只觉得眼前一花,棍子就易主了。

棍子有大拇指粗细,而且通体光滑,约有两米长,显然平常经常被拿在手中当武器使用。冷枫拿过棍子,双手各持一端,用力向下一压,同时一提膝盖,"咔嚓"一声,棍子应声断裂。他扬手将断成两截的棍子扔到一边,朗声说道:"谁还有棍子,都尽管拿来!"

这一手一下震惊了所有人,关支书更是吓得后退了两步,差点一屁股坐在地上,心想好家伙,这个冷县长难道是当兵出身,怎么这么大力气?这棍子跟了他两年,结实得很,一般人别说一下折断了,就是想弄弯都要费很大劲。

冷枫背手站在村民面前,他身前身后没有前呼后拥的警察,只有关允和桂晓杰分别站在左右。他毫无惧色,大声说道:"乡亲们,你们要求每个坟头补偿一百元的提议,没有道理!是,小郭村的每个坟头确实是补偿了一百元,关家村每个坟头补偿了六十元,知道为什么吗?你们自己想想还不明白?不要总向县委县政府伸手要补偿,要从自身上找原因。小郭村一亩的粮食产量是多少,你们关家村一亩的粮食产量又是多少?而且小郭村的坟头多集中在农耕用地上,你们关家村的坟头又集中在哪里?沿河两岸的荒地能和农耕用地是一样的价值?"

冷枫的话说到了关家村的痛处。

关家村是个穷村,不是土地贫瘠,而是人懒。人误地一时,地误人一年,关家村盛产好吃懒做的懒汉和婆娘,经常有上好的田地长满荒草也没人清理。关家村的土地优良率在全县第一,但粮食亩产在全县倒数第一。一个县有一个县的风土人情,一个村有一个村的风气,关家村就是孔县有名的懒人村。

"冷县长,我不听你讲大道理。反正县里每个坟头不多给关家村四十块的补偿,事情就没完,我们天天来工地上闹事,谁也别想好过。"关支书耍起无赖的脾气,摆出死猪不怕开水烫的架势。

关支书是不敢对冷枫动粗了,耍起泼皮无赖的惯常手段。

"好,说得好。"冷枫不但没有被关支书的无赖气得无可奈何,反而拍掌叫好,"现在平坟复耕的政策已经叫停,县里已经取消平坟复耕的专项资金。你们想让县里再为平坟复耕多出一分钱,对不起,没钱!以后只要是关家村的村民来工地捣乱,立刻治安拘留十五天!"

关允暗中叫好。以前他一直以为冷枫冷面冷言,对付基层百姓恐怕经验不够丰富。但刚才的一番话说出,他就更确信无疑冷枫以前肯定在农村待过,和农民打过交道,知道农民怕什么。

话又说回来,冷枫明明是城里人,他在担任县长之前一直在省城任职,怎么又有基层工作经验了?关允就更确定对冷枫背景的猜测,在回省城之前,冷枫应该在南方某地下乡,而正是在他的那段岁月,他结交了一个至关重要的人物。

尽管冷枫复杂的背景掩藏至深,但他的南方口音和他手指上的戒指印痕,还是无意中透露出许多信息,也让关允认定冷枫是一座可以依靠的高山。

关支书终于领会到冷枫的厉害,哑口无言,想再耍横,却没有了胆气,想后退,却又没有台阶下。正犯愁时,关允及时向前一步,来到了关支书的身前,站他身边耳语几句……

关支书脸色顿时大变,吓得不轻,立马软了:"我走,我马上走,关兄弟,我错了,再也不敢了。你饶我一次,行不行?"

关允似笑非笑:"还不赶紧滚蛋?"

话一说完,关支书二话不说转身就走,速度之快,跟兔子见了老鹰一样……棒打两位县委副书记、敢在县长面前挥舞大棍的耀武扬威的关支书,被关允一句话喝退,顿时震惊得所有人目瞪口呆。

关支书一走,村民们失去领军人物,又因为刚才冷县长的强势,知道讨不了好去,就都招呼一声,一哄而散。冷枫微微点头,目光就又冷峻地落到了带头的工人们身上。

不怕乱

桂晓杰呆呆地看着冷枫和关允,心潮翻腾,无法形容他此时此刻的心情。

冷枫来孔县一年有余,大多时候坚持己见但不是强势和霸道,刚才的冷枫,和关允认知中的冷枫判若两人。他第一次意识到冷枫深不可测的一面,心中蓦然惊醒,难道说以前的冷枫只是露出了自己真实面目的冰山一角?

关允的镇静和举重若轻的处理手法，也让桂晓杰震惊莫名。他在基层多年，太了解无赖的刁民是怎样油盐不侵，耍赖撒泼，只认钱不认人。管你是书记还是县长，张口就骂举手就打，他还从未见过如关支书一样的无赖会被一句悄悄话吓得屁滚尿流的事情。想起他在关支书面前苦口婆心地劝告却没有效果，还不小心被关支书打了一棍的悲惨经历，再看冷枫和关允联手，一个照面三言两语就化解了一场危机，他不由心中笃定，孔县如果掌控在冷枫和关允的手中，绝对不会出什么大乱子。

此时的桂晓杰，就更期待冷枫如何处理工人的闹事了。

村民一撤，工人们面对的压力立刻为之减轻。但几次三番被村民骚扰，而且还被打伤了人，工人们的情绪很不稳定，围在一起不肯散去。他们要求冷枫给一个明确的说法，要求县委县政府务必保证工人的安全。

冷枫刚来时就已经摸了底，知道有人故意在工人中散播蛊惑人心的言论，试图挑起工人和关家村村民的对立情绪，最终目的就是引发暴力事件，从而达到其不可告人的目的。

冷枫更清楚的是，流沙河大坝的停工只是一个示威，或说是警告。如果能引发工人和村民的打斗最好，如果引发不了，也是含蓄地向他和李逸风宣告——虽然有人不在其位了，但在孔县还是拥有一呼百应的能力。

冷枫一脸冷峻地来到工人面前，叉腰而立，和刚才面对村民时的气势截然不同。如果说刚才他是强硬加霸道，那么现在他就是强势加盛气凌人。霸道是不讲道理，盛气凌人多少还有道理可讲："工人兄弟们，你们来到孔县，为孔县的建设付出了辛苦和劳动，我代表县委县政府和孔县二十万父老乡亲感谢你们，你们是孔县的功臣！"

说完，冷枫深深地鞠了一躬。

工人们的情绪稍微缓和了几分，冷枫刚才的样子让他们吓了一跳。以为冷枫也要摆出刚才对付村民的架势对付他们，不料却是和风细雨式的感谢，工人们都放松了警惕，减少了抵触心理。

"到目前为止，大坝的工程量已经完成一半以上，按照预定工期，在年底之前，大坝就能竣工。从现在起，大坝的施工将会逐步削减施工人员，凡是觉得没有人身安全感愿意提前回家的工人，可以向大坝项目领导小组提出申请，结清工资，提前回家。"

如果说刚才冷枫的鞠躬，让工人们以为冷枫会代表县委县政府做出郑重的承诺，要保证工人们的安危，要如何如何。不料冷枫话题一转，脸色一寒，一把软刀子高高举起,寒光一闪,竟然提出要裁员,顿时工人们震惊连连,你看看我,我看看你,都吓呆了。

工人出来干活不容易,而大坝的工期结束正好接近春节,到时拿钱回家过个好年,多好的事情。现在冷县长软刀子杀人,要让一部分人先回家,谁愿意现在回家闲上两个月没有收入?

冷枫此话一出,就如一场从天而降的倾盆大雨,将工人们怒火滔天的情绪顿时浇灭。不少工人准备向冷枫提出一大堆条件,话到嘴边,立马咽了回去。谁当出头鸟了谁肯定被第一个清退,人人都不由自主后退了三步。

冷枫一语吓退一众工人,依然一脸严肃:"怎么,没人想离开不安全的孔县?我宣布,即日起,谁再在工人中间散播谣言制造事端,直接开除,工资全部扣发!安全问题,县委县政府一向非常重视,也会采取必要的措施保证工人兄弟的人身安全。但这一次事件,显然是有人故意闹事,是想引发流血事件。只要调查出来是谁在背后鼓动人心,挑拨离间,绝对严肃处理,毫不手软!"

冷枫大手一挥:"即日起,大坝项目领导小组由我具体负责,桂晓杰副书记是第一副组长。除了我和桂书记之外,项目上的大事小事,还可以向县委办副主任关允请示。散会!"

工人们一听散会的命令,如遇大赦一般一哄而散,唯恐落后一步被冷枫点名直接遣送回家。一场有准备有预谋想要一举搅乱孔县局势的群体事件,在冷枫冷静而强势手腕的处理下,化解于无形之中,某些人的阴谋在短短几个小时内就宣告破产。

亲眼目睹冷枫强势出手处理了大坝项目冲突事件,关允心中惊喜不断。果然,冷枫抓住时机,要一改以前在孔县隐忍的形象,准备强力反击了。冷枫在孔县隐忍了足足一年之久,虽然在和李逸风的对抗中,始终有不肯妥协的一面,但却务实多过强势,只是固执而不是咄咄逼人。现在,他却大刀阔斧地挥舞手中的权力,要拿出孔县二号的权威,重新执掌孔县的大权了。

"回县委。"处理完大坝停工事件后,冷枫立刻动身回去,"晓杰,你去医院包扎一下,严重的话,就休息几天。"

"不用了,我没事,挺得过去。"桂晓杰本来还心里委屈,觉得丢人,见到冷枫的悍然出手,他就知道面对李永昌的反击,冷枫不但不会妥协,相反,还有可能要反击到底。说不定李永昌一让位,他的机会就来了,桂晓杰立刻就鼓足了干劲,"冷县长,你有事先回去吧,我盯着现场。另外,就是现在人手不够,王车军不能常过来,关允也顾不上这边,希望县委再安排一个年轻能干的办事员……"

"温琳怎么样？"冷枫有意将温琳调到大坝项目工地，也好让她和关允保持距离。毕竟出了谣言，就算关允借夏莱做出澄清，但温琳是女孩子，名声要紧，和关允分开也好避嫌。

"温琳也行。"桂晓杰点了点头。

"我回头和温琳说一声。"

冷枫说了一句，就和关允上车回县委。一路上，冷枫没怎么说话，脸色沉静，似乎在想什么事情。到了县委，一下车，他才说了一句："流沙河大坝的事情，估计不会是孤立事件，孔县说不定还要乱上一乱，不过也好，大乱才能大治。"

"你从县委要一辆车，陪金一佳到处转转，高效农业的投资要抓紧。说不定改变孔县贫穷落后现状的希望，就落在高效农业上面了。"冷枫微带遗憾地说道，"我本想亲自和金一佳谈一谈，不过时间不允许了，很遗憾。如果等我回来她还没走的话，你转告她，我做东，请她吃饭。"

冷枫对金一佳的重视程度，出乎关允的意料，也证明了一点，冷枫对孔县的执政思路未变，还是以发展农业为主。关允点头说道："好的，县长，请放心，我一定会陪好金一佳。"

"我回省城一趟，快的话，明天回来，最晚后天回来，孔县再有什么动静，你第一时间向李书记汇报。还有，大坝项目的账本，你让温琳仔细审查一下。"冷枫又交代几句，起身向李逸风的办公室走去，走了两步又站住，"你对关支书说了一句什么话，把他吓跑了？"

关允呵呵一笑："他和他女儿都是我妈的学生，他谁都不怕，就怕我妈罚站。"

冷枫听了，愣了一愣，摇了摇头，转身走了。

关允也转身回了秘书科，看来，冷枫决定自上而下施压了。冷枫回省城的用意很明显，就是想动用他在省城的关系网，尽最大可能将触角伸到黄梁市委，调动黄梁市委里面的力量，在讨论李永昌命运的会议上，向蒋雪松施加必要的压力。

冷枫是要力战到底了，关允暗暗握紧拳头。如果说在流沙河大坝项目的冲突之前，关允对李永昌多少还抱了一丝幻想，本着同为孔县人的出发点，觉得李永昌也不必非要轰然倒塌。那么，在亲眼目睹工人和村民的对峙之后，又在经历了被王车军造谣中伤，关允现在也蓦然下定决心，李永昌不除，孔县不宁。

推开秘书科的门，温琳正坐在座位上发呆，她失去了往昔的光彩，一副闷闷不乐的样子，关允看了，不由一阵心疼。

是的,他心疼了。以前的温琳天真烂漫而没心没肺,现在的她,却成了一株忧伤的向日葵。

"温琳,其实……"

"别说了,我知道。"温琳打断关允的话,努力地笑了一笑,"我想通了,你不用安慰我。"

"好吧……"关允知道温琳的倔强,她不想听的话,说也没用,就将账目递过去,"县长说,让你好好审查一下账目,看看账目有没有问题。桂书记还说,准备借调你到大坝项目担任主要成员。"

"审查账目可以,我一定不会放过任何一个漏洞,一定要查出每一笔资金的走向。"温琳目光坚定地说道,"哪怕完全得罪了李永昌我也不怕。不过去大坝项目就不必了,我已经决定了,等我在县委再为你做完最后一件事情,我就辞职!"

幕后酝酿

关允一愣:"你不要意气用事,温琳,事情还没有糟糕到非要你辞职的地步。"

虽然之前温琳也含蓄地提过可能要离开县委,但却一直没有下定决心。此时要辞职,如果说和王车军的造谣没有关系,谁也不会相信。关允可以理解温琳辞职的想法,但暂时接受不了她辞职的时机。

"你不用劝我,真的,我已经决定了。"温琳的目光是前所未有的坚定,"上次晚上在你的宿舍,我其实就想告诉你这件事情。我想了很久,官场不是我的久留之地,一年了,我还是接受不了看到的听到的许多事情。虽然我能看明白想明白许多事情,但我不开心,也不想为了前途去改变什么,选择离开,不是逃避,也不是不敢面对你,而是想要一种更适合我的生活方式。"

温琳紧紧地咬了咬嘴唇,柔情似水,双眼如雾:"关允,我永远记得你说过的一句话——今生只有两行泪,半为江山半美人。"

关允默然无语,在家里当着众人的面,他选择了夏莱,对温琳是不小的打击。人就是这样,有时候知道是一回事,真正面对的时候,又是另外一回事。他对温琳何尝没有感情?但可惜的是,他和夏莱初恋在前,而且夏莱冲破了家庭阻力,为他整整等候和煎熬了一年,他怎能负她一腔痴情?

一个男人确实是今生只有两行泪,一行为江山,一行为美人。他当年和温琳的青梅竹马只有欢笑,而和夏莱的初恋却有过泪水,平生第一次为一个女孩儿流泪，也是为夏莱。

如果两行泪，一行为夏莱一行为温琳，该有多好。

"好了，该说的话我已经说完了。关允，审查账目，就当是我在县委为你做的最后一件事情了。等我走后，你在县委就只能一个人了，没有了我，你自己要多小心一些。或者可以说，没有了我的拖累，你的步子会走得更稳健。"温琳一边努力笑，一边伸手一抹眼中悄然滑落的泪水，"而且我走了，也不会有人再乱嚼舌头。"

"温琳，你……"关允说不出话了，再说什么也只能是苍白无力的辩解，他声音低落地说道，"辞职后，你要去哪里？"

"我哪里也不去，就在孔县。"温琳似乎又恢复了几分活泼和烂漫，"怎么了，你想我离你越远越好，是不是？我不会让你称心如意的，我就在孔县，盯着你不放。"

"当然不是。"关允连忙辩解，"我想是时候说清楚了。"

"说清楚什么？"温琳一脸紧张和期待，咬得嘴唇都发紫了，"难道想说你改变主意不娶夏莱了？"

关允一下乐了："娶不娶夏莱，是以后的事情，现在想不了那么长远。我是想说，平丘山的旅游开发以及投资高效农业，是一个极好的借鸡生蛋的机会。我和宝家、镔力、李理都是公职，不可能参与经营，只能打打外围。你辞职后，我将我和瓦儿、宝家、镔力以及李理的股份，全部转移到你的名下。"

"啊？"温琳惊叫出声，"你不怕我以后不认账，携款出逃，或者干脆当成自己的嫁妆？"

"不怕，既然转移到你的名下，就做好了肉包子打狗的心理准备。"

"你才是狗。"温琳幸福地笑了，"你就这么信任我，是想用股份套牢我，舍不得我走，还是怕我远走高飞去了南方？"

关允倒也老实，实话实说："都有。"

"你是给我希望呢，还是画饼充饥呢？"温琳又问，眉开眼笑，她是一个开朗的姑娘，虽然有心事，但藏不住太多的忧伤。在关允结婚之前，她就会一直心存希望。

"也许都有。"关允有时滑头，有时也会老实得可爱，他知道什么时候老实能讨女孩欢心，更清楚什么时候适当的油滑才会让女孩欢喜，"非要说实话的话，温琳，我希望你一直不离开我的视线。"

温琳想了一想，似乎想通了什么："好吧，我暂时先答应你。不过我有一个条件,等什么时候你为我流泪一次,我就会今生今世对你不离不弃。"

"流泪还不容易?"关允笑道,"我现在就哭给你看?"

"一边去,你吐口唾沫抹眼睛上,恶心给我看呀?"

关允嘿嘿一阵好笑:"我去向李书记汇报一下工作,提议让李理来接替你的位置。你去宾馆找夏莱和金一佳,等下我带车过去,一起考察一下孔县的土质情况。"

"遵命,领导。"温琳又喜笑颜开了。

关允心中的思路就更加清晰了,温琳去意已决,无可挽留,王车军前途未卜,而且王车军的去留和李永昌的命运息息相关。在李永昌的处分决定出台之前,王车军在县委的地位岌岌可危,基本上被边缘化。那么现在秘书科人手不够,正是趁机将李理调进县委的大好时机。

刘宝家、雷镔力、李理三人之中,李理为人最稳重,也最有心机。相比之下,雷镔力政治敏感度不够,刘宝家则是性格容易冲动。如果说三人之中谁最有可能在官场之上走得更远,还是义勇小胖子李理。

关允来到李逸风的办公室。李逸风和冷枫对换了办公室后,装修风格稍微改变了几分,没有大变。关允敲开门,推门进去,李逸风正在打电话。

关允就站在一边等,李逸风抬头见是关允,就温和地一笑,冲关允招手说道:"来,关允,正好是瓦儿的电话。"

瓦儿?关允的记忆一下复苏了,仿佛瞬间回到盛夏的阳光之下,瓦儿欢笑的身影在田间飘荡成孔县夏末最绚丽的一抹彩色,而她微带稚嫩的声音犹在耳边回荡:"拉钩上吊,一百年不许变。"

关允接过电话:"瓦儿?"

"是我,关哥哥。"瓦儿的声音急切地传来,透露出热烈的思念,"你好不好?关哥哥,我想你了。"

瓦儿比小妹小一两岁,但在关允的感觉中,似乎小了五六岁一样。或许瓦儿就在他面前表现出渴望哥哥呵护的一面,有时候装小也是心理的一种需要。

说实话,关允确实有点想瓦儿了。不知何故,瓦儿虽然和小妹的性格大不相同,却让他愿意当她是妹妹。人和人之间或许真的有缘分一说,正是瓦儿的到来,才让他和李逸风之间的关系,无形中发生了根本性的逆转。

瓦儿……或许正如老容头所说的一样,是他运气的开始。

"我也想你,瓦儿,你要好好学习,不要贪玩,等寒假了,再来孔县玩,好不好?"关允明知道他向瓦儿发出邀请或许并不恰当,但不知何故,直觉让他不由自主说出了口。

"好呀,当然好了。我刚才还和爸爸说,一放寒假就去孔县,他也答应了。"瓦儿开心的笑声从电话另一头传来。

李逸风在一旁露出慈祥的笑容,并未对关允的邀请流露出丝毫不满。可见,他对关允能让瓦儿开心很是乐见。

又和瓦儿说了几句,关允才挂断电话,然后向李逸风说明来意:"李书记,大坝项目领导小组缺人手,桂书记说,希望补充一个能挑起大梁的工作人员,并点名了温琳,但温琳可能要辞职了……"

"温琳要辞职?"李逸风吃惊不小,"怎么回事?难道是因为县委的流言?"

"应该是,我劝了她半天,她已经下定决心,估计也就是这一两天的事情。"其实温琳辞职固然与王车军的造谣有关,但从根本上讲,她决心离开官场寻找更适合自己的未来才是主因。但关允就是故意将脏水全泼到王车军身上,谁让王车军黑他和温琳?

李逸风顿时变色,眉宇间闪过一丝愠怒:"太过分了,要是查出是谁造谣,一定严惩。"

关允见好就收,不再继续黑王车军,而是及时推荐了李理:"飞马镇政府办的李理是我的高中同学,他为人沉稳,一直在镇政府办负责协调工作,有基层工作经验。再加上他本身是飞马镇的人,如果调他到大坝项目领导小组,应该可以出成绩。"

李逸风没说话,沉默了一小会儿,意味深长地笑了笑:"李理是和你同年毕业的大学生,也是孔县人才回流的几名大学生中的重点培养对象,调他来县委办,也不是不可以。不过我的建议是,等过了这一段时间再说。"

这一段时间自然指的是李永昌的事情得出结果之前,关允明白了,李逸风出于对李理的爱护,担心李永昌如果不倒,李理调来县委,就成了李永昌的眼中钉。他迟疑一下,说道:"主要是现在大坝项目上缺人,如果想确保大坝项目的顺利进展,李理调到领导小组,能起到承上启下的作用。"

李逸风想了想,觉得关允说得也有道理,就点头同意了:"你和柳主任说一声,让他安排一下。"

话刚说完,桌子上直通市委的电话响了,李逸风也没有避讳关允,直接接听了电话:"冷秘书长,我是李逸风……现在就去市委?好,我马上动身。"

冷枫才去省城,李逸风就被紧急召往市委,毫无疑问,因李永昌的事情,各方力量幕后的第一波碰撞来临了。

点醒

从李逸风办公室出来,关允敲响了柳星雅办公室的门,将李逸风的意思一说,柳星雅毫不迟疑地说道:"先走借调,借调比较快,下周一就可以到县委办报到。调动手续,以后再补上。"

柳星雅确实是一个聪明人,会办事,手法也老到。关允又和柳星雅说笑几句,转身正要离开时,柳星雅说:"小关啊,黄梁市的三大宗姓是崔姓、王姓和郑姓,你不会不知道吧?"

关允心中一阵暗笑,上次问柳星雅三大宗姓的问题,柳星雅含糊不答,现在却主动说出,有意思。更有意思的是,柳星雅基本上每周都会回黄梁市,怎么这周没有回去?是不想回去,还是为了避开黄梁市的风浪?

"以前是知道一些,不敢确定,现在是完全知道了,谢谢柳秘书长。"客气地谢过柳星雅之后,关允才一出门,就见李逸风的司机急匆匆来到柳星雅的办公室。

是福不是祸,是祸躲不过,关允才回到秘书科,就见柳星雅陪李逸风一同上了车,汽车一溜烟消失在县委大门的门口。关允不由摇头一笑,心说,柳星雅不管是出于什么原因不想回黄梁市,但现在还是身不由己地陪同李逸风去了,想必他的心中也很是无奈。

柳星雅一走,关允就只好找政府办主任李华中安排一辆专车。李华中在政府办是老资格了,平常副县长见到他都得赔着笑脸,在他面前,关允几乎没有开口提要求的资格。

但当关允提出要安排一辆专车时,李华中问也没问,直接就调了几名副县长共用的一辆专车给关允,还拍着关允的肩膀说道:"小关呀,不,关主任,需要用车的时候,尽管说一声,哪怕副县长没车用,你也有车用。"

联想到教委主任刘建廷亲自跑来一趟,只是为了母亲民办教师转正的事情,关允算是真正体会到权力的巨大魔力。当然,这也和孔县的局势大变有关,不少人都认为李永昌即将轰然倒塌,而在李逸风和冷枫掌权之下,关允将会是孔县的政治明星。

坐上专车,到宾馆接上夏莱、金一佳和温琳,关允一行数人先去孔县东面考察沙性土质。温琳似乎忘记了在关家关允点夏莱的一幕,又和夏莱、金一佳有说有笑了。

金一佳话不多,一路上一直沉默地思索着什么。等到了孔县最东面的二庄乡,下车之后,司机坐在车里等候,金一佳就来到关允身边,忽然就冒出一句:"李逸风这人不简单,你不要被他表面上的软弱欺骗了。"

温琳和夏莱到远处田地里撒欢去了,见温琳和夏莱还能心无芥蒂地一起开心,关允心中大慰,也想青春飞扬地跑上一圈。冷不防金一佳一句对李逸风的评价,又将他的心思拉回现实。

一开始关允也以为李逸风确实软弱并且手腕不够,选择和李永昌合作,还被李永昌摆布于股掌之间,实在不像一个一号人物的所作所为。虽然可以理解李逸风为了和冷枫对抗而联合李永昌的策略,也算是官场之上常见的妥协,但不得不说,李逸风似乎除了妥协之外,再无还击之力。

那么从瓦儿来后,开始接触到李逸风县委书记面孔之外更真实一面的时,关允才发现,他对李逸风的认识过于表面化了。到李逸风和他在县委后面的荒草院子中的一番长谈之后,关允才恍然惊醒,意识到李逸风远非表面上的软弱那么简单!

李逸风其实是一个很有谋略的县委一号,他隐忍、退让,忍受着被李永昌架空的屈辱,其实一直在等待一个可以一举将李永昌扳倒的机会。而他和冷枫之间的对抗,除了政见不和和执政思路上的原则性冲突之外,何尝没有故意为之的意思?就是为了迷惑李永昌,让李永昌不停地为冷枫制造麻烦,从而让冷枫对李永昌痛恨到极点,也让冷枫和李永昌之间的关系达到有你没我的地步。

李逸风够有耐心,一声不吭地等待着,等待蒋雪松视察的那天,等待让李永昌睁大眼睛跳坑的一天。正是在蒋雪松视察时发生的一系列的事情,才让关允对李逸风的看法发生根本性的逆转。至此,关允才完全确认,李逸风在孔县的隐忍不是软弱,也不是他没有政治手腕,更不是被李永昌玩弄于股掌之间,而是李永昌被他玩弄于股掌之间!

或者更确切地讲,李永昌被李逸风和冷枫联手玩弄于股掌之间。

李逸风和冷枫之间的斗争,和而不同,斗争是为了经济发展的需要。他们之间的较量看似刀光剑影,甚至上升到了有你没我的地步,但实际上,两人之间并没有你死我活。相反,二人却随时可以和光同尘,可以在某种程度上握手言和。

而李永昌却被两人之间看似不可开交的假象所迷惑,一步步掉进李逸风和冷枫配合默契联手为他挖的一个大陷阱之中。李永昌并不知道,他盘踞孔县二十余年,是每一任书记和县长的眼中钉,难道就不是李逸风和冷枫的肉中刺?

当然是了！只不过和前几任书记、县长不同的是，李逸风和冷枫一个用无条件妥协伪装软弱，一个用冷峻掩藏强势，二人手法不同，但隐忍的高明却相同。更可怕的是，二人在激烈的斗争之余，始终没有忘记一点，斗争的最高境界不是你死我活，而是将李永昌拿下！

李逸风和冷枫来到孔县之后就开始和而不同的斗争，到最后，却是风向陡然一转，二人双剑合璧，剑光直指李永昌的喉咙，意图一剑封喉！

好一手漂亮的"明修栈道，暗度陈仓"。

官场之中，三分运气，五分背景，七分运作。关允此时此刻站在傍晚的田间，看夕阳斜照，听秋风阵阵，猛然听金一佳一言，一时思绪纷飞。

也是，他确实缺少五分背景，但现在有了五分悟性。官场之中，运气要有，背景不可少，运作最重要。但如果没有背景怎么办？那么就一定要有悟性，悟性通透的话，可以弥补没有背景的缺憾，再加上七分运作得力，一定就可以官运亨通。

所谓悟性，就是在官场之中审时度势的大局观和拨云见日的眼光。关允不敢自认已经完全看透了孔县局势，也不敢盲目乐观地认为他对李逸风和冷枫的为人已经了如指掌，但至少他现在可以自豪地说，整个孔县，谁也没有他对李逸风和冷枫的研究深入。

关允也是谦虚了。实际上，整个孔县，不但谁也没有他对李逸风和冷枫的性格和政治意图把握得准确而到位，更没有一人如他一样可以将孔县的局势放到全市乃至全省的大局上分析！

平心而论，虽然关允对李逸风的印象也在不知不觉中改观，但他一直将落脚点放在冷枫身上，对李逸风的关注就不是很多，对李逸风的为人也是只知其一不知其二。如果没有金一佳当头棒喝一般的点醒，关允也许还需要一段时间才能对李逸风的认知有像刚才一样系统而全新的改变。说来，关允真应该好好谢谢金一佳才对。

"一佳，谢谢你。"关允诚恳地向金一佳道谢，金一佳对政治的参悟力和敏感度，让他惊讶。

"谢我什么？谢我提醒了你？"金一佳换了一身裤装，是淡蓝色的牛仔裤，紧紧地包裹在她青春美好的身体之上，在秋天的田野中，更显曼妙，"不用谢我，我是为了自己。只有你在孔县的地位越稳固，我的投资才越有保障。"

"不管怎样，我还是要真诚地谢谢你。你刚才一句话点醒了我，让我困扰很久的一个问题，豁然开朗。"关允一脸真诚地说道。

金一佳掩嘴而笑:"这么说,我是你的幸运星了?"

"当然,何止是幸运星,简直就是福星。"

"就是嘛,上次有人说我没有旺夫相,我当场和她翻脸,说她才是扫帚星。"兴奋之下,金一佳就口不择言了。

"嗯,这个,这个……"关允好不尴尬,"你旺的是姐夫,不是丈夫。"

"去,你还想打我的主意?我可警告你,休想。就算你和夏莱成不了,我也不会考虑你。"金一佳倒也大方。

"说说我哪里不符合你的要求,我好改正。有则改之无则加勉,以后也好提升个人魅力,吸引更多的美女。"关允哈哈一笑。

"你还真是花心大萝卜,有了一个夏莱一个温琳还不够,还想怎样?小心我向夏莱揭穿你的本来面目。"金一佳笑眯眯地威胁关允。

关允还没有应答,从远处就传来夏莱的呼唤:"关允、一佳,你们快来。"

关允和金一佳快步来到夏莱面前,夏莱青春的脸庞被夕阳映照得红润多娇,她将手机递给关允,将手指放在嘴唇上,小声说道:"爸爸的电话,他要和你通话。"

夏德长?关允愣住了。

夏德长的触角

关允既惊讶又疑惑,不解地看向夏莱。夏德长突然来电,还要点名和他通话,所为何事?

京城一别,一年多来,关允和夏德长之间再无任何联系,别说见面了,一个电话都没有过交流,怎么突然间夏德长心血来潮,要和他通话了?

关允并不认为夏莱人在孔县滞留没有返回省城,夏德长会蒙在鼓里,而且夏德长明知夏莱在孔县的采访必定会和他见面,肯定也早有了夏莱和他见面的心理准备。不过他还是没有感觉到夏德长对他态度的转变,也不觉得现在就是夏德长和他对话的最好时机。

接过电话,关允一时有些失神,金一佳却拍了拍他的肩膀,一脸认真地说道:"关允,考验你的时刻到了,你要坚持原则,在大是大非的问题上,不能动摇。"

这个金一佳,正事有她,胡闹也有她,关允没理金一佳,将电话放到耳边:"夏部长,我是关允。"

"关允呀,叫什么夏部长,怎么不叫夏叔叔?"夏德长的声音一如既往的从容且缓慢,浓重的京城口音,一字一句都在无形中让他流露出高高在上的官威。

关允见过的高官不多,夏德长是他视线范围之内官威最重的一人。

夏德长比老爸小,叫他夏叔叔确实符合辈分。夏莱到家里的时候,叫老爸也叫叔叔,关允并没有纠正夏莱改口伯伯,只是认为叫得顺口就行,不必在意细节。不过想到以前叫夏德长夏叔叔时的亲切,现在让关允再叫夏叔叔,却已经难以开口。

"夏部长有什么指示?"关允没接夏德长的话,以公事公办的口气问道,不太热情,但也不是拒人于千里之外的冷漠,语气不远不近,把握得恰到好处。

"夏莱在孔县采访,她有什么需要的地方,看在同学一场的分儿上,你能帮就帮她一些。她还年轻,不太懂事,也没有下过基层,对于基层的复杂情况了解不多,准备不允分……"

"孔县有我在,请夏部长放心,我一定会照顾好夏莱。"听了夏德长淡而无味的话,关允也不冷不热地回应说道。夏德长的一句"看在同学一场的分儿上",不是废话,而是还在明确无误地向关允暗示,对于关允和夏莱的爱情,他还是不改初衷,依旧不会同意。

"关允,有一句话,我不知道该不该说,站在省委组织部副部长的立场上,我不该对你说。但作为夏莱的爸爸,出于个人对你的关心,我又不能不说。"和夏莱犹如天籁一样的纯净嗓音相比,夏德长的声音低沉而抑扬顿挫,很有官味,却没有多少人情味。

"夏部长要是不方便说,还是别说好了。"关允的口气愈加冷淡,他抬头看了夏莱一眼。夏莱和金一佳站在近前,夏莱一脸担忧,金一佳则是浅浅而笑,就如西天的云霞一样云淡风轻,当然了,她是事不关己。

倒是温琳在一旁手拿一朵小花,在手中转个不停,支起耳朵听关允说些什么。

"咳……"夏德长好像被呛了一下,停顿片刻,他才又说,"还是告诉你好一些……孔县的事情很复杂,你虽然是冷枫的通讯员,但最好别介入到李永昌的问题中去。大人的事情,小孩子最好不要插手,不好玩。"

夏德长是在暗示什么。关允就知道,夏德长打来电话,不是为了关心他,也不是真的在意夏莱的安危,而是为了孔县的局势。也许夏德长差不多已经摸清了孔县的局势,知道关允在孔县越来越重要,已经成了最关键的一个支点。

而之前夏德长同意夏莱来孔县暗访,真正目的恐怕还是想借夏莱的调查,来摸清孔县的局势,好让他的触角从省城一直伸到孔县。

夏德长真正关心的不是孔县,孔县又不是什么经济强县,离省城又远,也没有什么政治利益可图,他关心的是冷枫和李逸风。如果关允所猜没错的话,夏德长插手孔县局势,和冷枫、李逸风在省城的政治派系有关。联想到夏德长从京城空降过来的曲折,相信他在省委面临的局面会很尴尬,应该正在努力破局。

很不幸,孔县成了他破局的支点。

"谢谢夏部长的指点,我记下了。"关允不辩解,不反驳,一口应承下来,"夏部长还要和夏莱说话吗?"自始至终,他没有喊一句"夏叔叔"。

夏德长估计也猜到关允并没有听进去自己的话,只好说道:"好吧,我再和夏莱说几句。关允,叔叔确实是为了你好,你要三思。"

关允没再接话,忽然就想到夏德长之所以和自己通话的原因,莫不是冷枫在省城的活动,触动了夏德长的利益?

他直接将电话交到夏莱手中,也不知夏德长又和夏莱说了些什么,差不多又打了十分钟才挂断电话。

夏莱收了电话,来到关允身边,轻轻一拉关允的胳膊,说道:"关允,你别生气了好不好?爸爸是爸爸,我是我。"

关允确实对夏德长有气要生,但一见夏莱赔着小心的模样,他又乐了:"别多想,我没生气,我就是在想该怎么从孔县的高效农业投资上也赚上一笔。"男人承受点委屈没有什么,况且夏德长虽然是夏莱的爸爸,夏莱却还是一心系在他的身上。夏莱为了他已经承受许多来自夏德长的压力,难道他还要因为夏德长而迁怒于她?

男人不应该让自己的女人受委屈,更不能拿自己的女人出气。

夏莱粲然一笑:"你呀,现在越来越财迷了。"

"君子爱财,取之有道,男人立足社会有两大法宝,一是权力,二是金钱。"金一佳,替关允说出了心声,"关允现在仕途顺利,如果孔县局势顺利过渡的话,他会成为孔县第一红人,甚至当一个镇长都不在话下。那么权力有了,就该想法赚钱了。关允想从高效农业上赚一笔,想法很正当,我支持。"

"一佳真是你的红颜知己。"温琳凑了过来,含笑飞了关允一眼,"一个男人一生中要有一个爱他的妻子,还要有一个能替他排忧解难的红颜知己。关允,你现在红玫瑰和白玫瑰都有了,太幸福了。"

温琳的话看似玩笑,其实只有关允和她能听懂。上次关允说要将全部股份转移到她的名下,她还心中欣喜无限,忽然见金一佳处处替关允着想,不由心思大动。

"添乱,一边儿待着去。"关允虎着脸,假装发威,"不说闲事,先说一下孔县高效农业的布局。"

"好。"一说到正事,金一佳就立刻表现出了职业的一面,"现在时间还允许,再去看看别的土质。"

又花了一个多小时转完孔县几处不同土质的地段,金一佳心中已经有了大概轮廓。晚上吃饭的时候,金一佳说出了自己的初步设想。

"东面的沙性土壤,适合速生杨,初步规划是承包两千亩地皮,建造一座速生杨培育基地。南面的中性土质地区,准备承包两千亩地皮,建造一座园林绿化树木培育基地。西面黏性土质地段,可以建造温室大棚,打造一千亩蔬菜基地。"金一佳一口气说完,一拢头发,精干的神态透露出职业女性的知性之美。

"很大的一盘棋,一佳,你胸中有丘壑。"关允大为欣慰,金一佳是个才女,如果她从政,必定可以受到冷枫的重用,"孔县被你摸透了。"

"应该说,一佳被你摸透了才对。"不等金一佳答话,温琳又打岔,而且她说话的口气不对,有戏谑的意味。

"温琳!"关允生气了,"再捣乱我就对你不客气了。"

温琳见关允真动怒了,就不敢了,嘟囔了一句:"不就是开句玩笑,至于吹胡子瞪眼吗?"

"我没胡子。"关允又气又好笑,他知道温琳的心思,既是吃醋又是试探,但现在谈论的是正事,"东面的地皮属于二庄乡,南面的地皮属于古营城乡,西面的地皮属于飞马镇,一共五千亩地皮,全部征用下来,是一项烦琐而且庞大的工作。不过由我出面,我保证明年春天,地皮征用的前期和遗留问题会全部顺利解决。"

"你的条件是?"金一佳目光直视关允的双眼,"鉴于你在平丘山的开发上狮子大开口的要价,我希望在高效农业的投资上,你的胃口能小一些。"

"孔县的优势在于地皮便宜,而且还有税收等方面的优惠,交通也算便利,征用地皮的最大难题就是做通农民工作。几千亩地,要是分散开来还好说,成方连片地征用,有一户不同意,工作就会受阻。我确保征地工作的顺利,就等于是为你的计划打通了最后一关。你的高效农业投资虽然为孔县也带来了经济效益,但你的园林绿化公司肯定是来自京城,以京城为中心,方圆四百公里内,孔县的气候、土壤条件和交通,绝对最符合要求。"

金一佳无语了,私下接触时,关允会温柔得让人心动,在谈判桌上,他又精明得让人头疼。不过也别说,她就是喜欢和公私分明的关允打交道,也喜欢关允的风格,只好说:"行了,你开价吧。"

关允深吸一口气,如果说平丘山的开发是他赚钱大计的第一步,而金一佳的高效农业如果顺利落户孔县的话,将会成为他在经济上腾飞的翅膀。金一佳说得对,是时候为自己也为身边所有的人,打下雄厚的经济基础了。

出师

晚饭,关允安排在了县委食堂的单间。单间的环境还不错,而且县委食堂没有外人用餐,私密性较好。还有一点便利,现在关允有权力直接签单了。

"东面的两千亩速生杨基地,我要一百亩。南面的园林绿化基地,我要两百亩。西面的蔬菜基地,我还是要一百亩。"关允笑眯眯地说道,"胃口不大,刚刚好。"

"你……"金一佳气笑了,"你的胃口还不大?小心别撑死了。"

速生杨生长速度快,三五年后就可以见到效益,按保守年亩收入三百元计算,一百亩年收入就是三万元。三万元对于孔县的经济水平来说,绝对是一笔巨款。

相比之下,园林绿化基地的见效周期要长一些,大概要五六年,但亩产值会更高。乐观估计,如果种植法国梧桐或是槐树,第二年卖树苗,此后每年树木直径增长几分,价值就成倍上涨,亩产值达到几千元都不成问题。两百亩,保守估计,五年后的年收入就会达到二十万甚至五十万以上。

关允还真是分得清轻重,速生杨只要一百亩,绿化基地却要两百亩,他的眼光真是犀利。至于一百亩蔬菜基地的开价,还算最合情合理的一个。估计也是他对蔬菜基地的前景,并不十分看好的缘故。

"我不是白要,地皮归我之后,你们只负责种上树苗,后期的管理费用和销路,就不用你们费心了。"关允笑着看了夏莱和温琳一眼,"夏莱,温琳,你们说,我贪心不贪心?"

"不贪心!"夏莱和温琳一起摇头,"你的要求太合理了。"

"你们太气人。"金一佳不满地推了夏莱一下,又瞪了温琳一眼,"三个人欺负我一个,你们好意思?不行,我要和关允一对一地谈判。"

"不行!"夏莱和温琳异口同声。

"为什么?"金一佳很是不解。

"我对你不放心。"夏莱吃吃地笑,咬着筷子。

"我对你和关允都不放心。"温琳狡黠地笑,咬着嘴唇。

金一佳败了:"好吧,关允你再让一步,我负责和投资商沟通。"

"园林绿化的地皮,我退一步,一百五十亩,其他条件不变。"关允也没再为难金一佳,他知道金一佳毕竟不是投资商,她只负责协调和考察,再说他也不是贪得无厌的性格。

"成交!"金一佳伸手和关允击掌,"不出意外,平丘山的第一笔资金近期到账,平丘山的旅游开发,一周内就可以正式破土动工。"

"好,为了一佳的辛勤付出,干杯。"

夏莱和温琳都举起酒杯,夏莱笑靥如花,温琳笑容如月。几个年轻人凭借一腔热情和对明天的美好向往,为孔县,也为自己规划了一份可以展翅翱翔的蓝图。

聚会结束后,夏莱和金一佳回了宾馆,关允回了宿舍,温琳自己回家。县城不大,也才八点多,不算太晚,温琳就步行回家,一路上哼着小曲,开心地想到未来,不由露出会心的笑容。虽然她和关允的关系仍不明朗,但她并不是没有希望,而且关允的经济实力越壮大,她在关允心中的分量就越重。

这么说来,她辞职的一步,算是走对了?与其天天坐在关允对面,不如跳出县委,成为关允前进道路上的经济助力。温琳越想越觉得前景大好,只顾迈着轻快的脚步低头走路,没有留意到身后昏黄的路灯下,跟了两个尾巴。

对,是两个人影,一个个子极高,一个个子中等。个子极高的人影,正是王车军,而跟在王车军身后的人,正是万龙。

"军哥,要不要现在过去就绑了温琳,然后……嘿嘿,你就当一次新郎官。"万龙一脸淫笑。

"强奸罪要判五六年刑。"王车军虽然双眼喷火,对温琳婀娜的身材相当迷恋,但还是保持了足够的清醒,主要也是李永昌的大计实施在即,他不能节外生枝,"再等等,等大事出来了,一乱,温琳就算被人算计了,也怀疑不到我的头上。"

"军哥,干事情就要拿出气魄,女人的第一次就一次,你晚一步被关允抢先了,就算再办温琳也没多大意义了,是不是?你拿走她的第一次,她以后没法嫁人,只能求着你娶她了。"万龙一双阴险的三角眼在黑暗中闪耀出凶狠的光芒。

"也是。"王车军动心了,朦胧的夜色之下,温琳风摆杨柳一般的腰肢、浑圆的臀部以及令人浮想联翩的背影,都让他垂涎三尺。他几乎压抑不住内心熊熊燃烧的欲望,一下扑向前去……还好,关键时刻他的欲火又熄灭了。

"再等等,不能误了大事。"王车军目光闪动,小不忍则乱大谋。舅舅多次告诫他,人在官场,忍字为上,舅舅先忍了十几年,然后才有了十几年的风光。

王车军知道,舅舅的最终命运就要在几天内揭晓。再忍几天时间,到时不但孔县重新掌握在舅舅手中,他还要办了温琳,收拾掉关允,再次成为孔县炙手可热的政治新星。

温琳一拐弯,消失在了小区的门口,王车军又站了一会儿,目光中有不甘和不舍。他一挥手,和万龙一起消失在茫茫的夜色之中。

次日,夏莱接到社里电话,要求她回京城总部报到。夏莱本想周一再走,但总部有事,只能立即动身返回。关允送她上车——市里专程派人来接,不用说,是蒋雪松的指示。临行时,夏莱将关允拉到一边,小声叮嘱了几句,诸如要注意身体,要学会照顾自己,不要生夏德长的气,要经常想她,要记住她会一直在等他,不离不弃,等等。关允就一直面露微笑地听着,还细心地为她理了理头发,整理了一下衣服。

金一佳在一旁静默不语,只是眼神中多了一些复杂的情绪。

夏莱走后,关允和金一佳一起来到老容头的早点摊吃饭,正好温琳也过来,三人就坐在一起吃饭。老容头今天比较忙,没招呼关允,关允都是自己动手。饭后,温琳和金一佳坐着说话,关允就来到老容头的身边。

"生意好像还不错? 我的生意也来了,孔县要旧貌换新颜了。"关允见老容头心情不错,就介绍了金一佳针对孔县的投资大计。

老容头只听不说,等关允说到想借鸡生蛋,从而赚取人生的第一桶金时,他就呵呵一笑说道:"悟性不错,机遇点抓得很准确,这一点是你自己的悟性,我可没有教你,孺子可教。"

难得被老容头夸上一夸,关允不好意思地笑了笑:"我其实是为了宝家几个兄弟和温琳的长远着想。"

"兄弟情谊、儿女情长,关允,官场之上不要太多的柔情和瞻前顾后。不过话又说回来,在最开始的阶段,你的身边确实需要一个团体。官场上,有各种大大小小的利益圈子,一个人的战斗注定长久不了。"

关允好奇地问道:"老容头,你的话是由感而发,还是你以前是官场中人?"

老容头被关允试探一问,哈哈大笑:"读书看报多了,再天天卖烧饼研究人性,一通百通,不是官场中人胜似官场中人,怎么了,你不服气?"

关允不是不服气,而是愈加怀疑老容头的来历,好吧,老容头不肯说实话,他就和老容头过过招,就问:"李永昌倒台后,孔县的局势会怎样?"

老容头没上关允的当:"李永昌倒不倒台,我不知道,所以孔县局势怎么样,我也不知道。"

好吧,关允就继续耍赖:"蒋雪松为什么对李永昌既拉拢又打压?是不是孔县的局势和他在黄梁市的执政思路有一定程度的关联?是不是和黄梁市三大宗姓的本土势力过于强大有关?"

老容头虽然脸色不变,但眼神中明显流露出一丝讶然之色,不过一闪即过,摇头一笑:"你是不是觉得自己可以出师了?"

这话就有敲打关允的意思了,关允在老容头面前脸皮厚得很,不怕,就大言不惭地说道:"自我感觉良好,差不多可以出师了。"

老容头也不知是真生气还是假装,反正他将茶杯重重地一放,气呼呼地说道:"好,你想出师?好呀,等你明白了夏德长为什么明明不受省委一号二号的欢迎,还非要强势空降燕省。再等你清楚了蒋雪松和夏德长是和而不同,还是面和心不和。两个人之间的情谊,是因为同窗之情还是故人之谊。再等你看透了黄梁市的一任对蒋雪松是多么重要,他在黄梁市当了两年多的书记还没有打开局面,再打不开局面会是一个什么下场。然后你再想通了为什么夏德长非要从省里伸长手到孔县,想借孔县的乱局插上一脚,好从中渔利……以上的问题,如果在你心里都有一根线串联起来,找到了最关键的一个点,那时候,你就可以真正出师了。"

真有可能

关允无声地笑了,老容头的一番话,明是敲打,其实暗中还是在点拨他,告诉他该怎样全方位并且从大局观上看待孔县的局势。虽然没有明确地告诉他,李永昌的最终命运会是一个什么下场,但至少告诉他该从哪里入手来分析问题。

切入点非常关键,找不到切入点,就无法在错综复杂的局势中站稳立场,立场不稳,在最后的洗牌中,就很容易被当成没用的废牌打出去。人人都想当底牌,不想当废牌,但当底牌不但要有能力,最重要的是,还要有及时站对队伍的眼光。

关允心中窃喜,他的激将法奏效了,老容头刚才一番话,其实是十分明确的暗示。言外之意是说,蒋雪松之所以对孔县局势十分在意,却又对如何处理李永昌束手束脚,不仅是因为冷枫和李逸风的背景直通省城,也和他本身在黄梁市无法打开局面有关,更确切地讲,和黄梁市三大宗姓的本土势力有关。

如果真如老容头所说,黄梁市一任对蒋雪松以后的前程至关重要,那么就可以理解为,孔县虽小,李永昌虽然级别不高,却让一名堂堂的市委书记难下决心一语定其前程,就说明问题肯定集中在一个症结点上。

老容头一语点醒关允,让关允眼中的孔县局势,更加清晰了几分。他就猜测,等冷枫和李逸风分别从省城和市里回来之时,就是李永昌命运最终尘埃落定之日。

"我错了,老容头,我还得跟随你再学二十年本事,你别生气了,我也就是在你面前说说大话吹吹牛。"关允又哄老容头开心。

老容头哪里会和关允真生气,他刚才明是中了关允的激将法,其实不过是将计就计点拨关允而已。老容头又拿起茶杯喝了一口水,自得地说道:"二十年?二十年内你能出师,你就能名垂青史!二十年后就怕我想走,你都不放我走。"

这话就说得太大了,关允现在可不敢去想名垂青史,只想利用孔县难得的发展机遇,打好政治根基,打实经济基础,等机遇来临时,冲出孔县,走向黄梁市或省城就行了。能在三十岁之前迈入处级干部的行列,他就心满意足了,什么名垂青史,什么一飞冲天,太遥远太不现实了。

"我说错了,我不出师了,我养你一辈子,永远不让你走。"关允为老容头续了水,"还有什么指示精神没有?"

"有,你和温琳最近要提防小人。"老容头一本正经地说道,"有人想借乱闹事,还想背后黑你,暗中贪图温琳的身子。"

"啊?"关允吃惊不小,"老容头,是不是王车军?你又掐指一算算到了?"

"算你个头。"老容头打关允的脑袋一下,"有几个小青年来我的早点摊吃饭,说来说去,话题不是你就是温琳。"

"是谁?"关允立刻心生警惕。也是,老容头的早点摊远近闻名,县城不少人都在他的早点摊吃过早饭,但知道老容头和他关系密切的人没有几个,王车军的同党无意中在老容头的早点摊说漏嘴,也算是天大的意外收获。

"不认识。"老容头摇摇头,"不过,两个人应该是堂兄弟,一个左胳膊上文了青龙,另一个右胳膊上文了白虎。"

关允一时也没有印象,不过县城里的大小号人物,刘宝家肯定知道。

在去各处考察土质的车上,温琳坐在副驾驶座位上,关允就和金一佳坐在后座。奇怪的是,金一佳又换回了紫裙子。虽然裙子洗过了,但皱褶还是很明显,以金一佳的身份,一条旧裙子扔就扔了,何况又是夏莱的裙子,她却又故意穿上,个中意味,怕是只有关允和她知道了。

关允当着温琳的面可不敢提裙子的事情来调笑金一佳,况且他现在心情不好,王车军贼心不死,还真想对他不利对温琳下手?他忍了半天,到了西面的关家村考察土质,下了车,他才对温琳说道:"温琳,最近晚上不要出门,平常走路多留意一下身前身后有没有什么乱七八糟的人跟着你。"

"怎么了?"温琳眉毛一挑,气愤地说道,"王车军还敢对我怎么着?对了,你一说我倒想起来了,昨晚回家,后面好像一直有人跟着,我还以为是错觉……"

关允担心地说道:"以后要么早早回家,要么让宝家送你回去。从现在起,你的一举一动必须向我汇报,听到没有?"

"是,领导。"温琳心中一阵温暖,关允的关心是对她的真情流露,就算他让她画地为牢,她也毫无怨言。

金一佳不解:"王车军好歹也是公职干部,他敢胡来?"

"怎么不敢?"关允双眼隐隐喷出怒火,"县里的人,有多少法律意识?王车军也许还知道顾忌身份害怕法律的制裁,但他身边的人只知道胡来乱来,只要脑子一热,什么事情都敢做出来。"

金一佳也担心了:"那怎么办?可不能让他们害了温琳,要不,你先下手为强?"

"我不怕。"温琳仰起脸,"他对我用强,大不了拼了,一命换一命!"

"别说傻话。"关允想了想,一脚踢飞地上的一块土块,"等我想想办法。"

考察了一上午孔县的土质和地皮归属情况,金一佳基本上对孔县的土质情况做到了心中有数,也非常满意。而关允对地皮归属和下一步征地工作的开展,也有了计较。温琳陪着二人转来转去,高兴而不知疲倦,对于步步逼近的危险,丝毫不放在心上。

下午回到县委,一进大院就发现一号的车子停在停车场,而二号的车子不在。关允心中猛然一跳,李逸风回来了,难道说市里已经有了初步结果?又一想,不对,冷枫不是说今天也要回来,难道省城的事情不顺利?

"温琳,你和一佳先去秘书科。"关允吩咐一句,动身就往李逸风办公室走去,"我去汇报一下工作。"

"好的。"温琳最近在关允面前乖巧得像个小媳妇,她走了两步,忽然又站住,回身说道,"对了,关允,你可以告诉李书记一声,大坝项目的账目混乱得很,少说也有三十笔共计三十多万的资金流向不明,细查下去,肯定有问题。"

"查账我在行,我也帮你们看看。"金一佳冲关允眨了眨眼睛。她不说替温琳看看,却说替关允看看,显然,她很清楚查账是为了什么。

关允笑了笑:"你的手已经伸到孔县的深层,小心点,最近孔县来一场大火的话,说不定会烧到你的身上。"

"温琳都不怕,我怕什么?如果谁以为我好欺负,就放马过来,肯定会让他后悔得找不到北。"金一佳脸色一冷,傲气和高高在上的姿势流露,确实有一种让人不敢仰视的高贵。

关允才不会被金一佳的高贵气质镇住,自从上次野外的意外事件后,金一佳在他眼中已经没有了神秘感。不过,他还是为金一佳的同仇敌忾而高兴。

来到李逸风办公室门口,正要敲门,门自动开了,柳星雅从里面出来。一见关允,柳星雅微有惊喜地说道:"李书记正要找你。"

关允想进门,柳星雅却悄悄掩上房门,将关允拉到旁边他的办公室。进门之后,关上房门,柳星雅小声地说道:"小关,有件事情我得先提醒你一下……"

自从蒋雪松视察之后,关允感受到县委之中变化最明显的一点不是李永昌的影响力迅速消退,而是柳星雅顺势崛起。对,柳星雅由以前为而不争的县委办主任一下变成了县委之中炙手可热的关键人物,处处显示出他的存在,事事可见他的人影,难道说……关允心中蓦然闪过一个念头,万一李永昌让位,莫不是柳星雅趁势而起取而代之?

真有可能!

"柳主任请吩咐。"关允恭敬中不失热情。

"我和李书记去市委,冷秘书长还特意问起你,他对你的印象很深刻。"柳星雅一脸意味深长的笑容,似乎是在试探,又似乎是想暗示什么,"他让我转告你一句话……"

关允心中一惊,冷岳对他的关注过多,固然与蒋雪松和他以字会友有关,但也不排除冷岳和冷枫之间有内在关联。否则,以冷岳堂堂的市委常委、市委秘书长的身份,实在没有必要向一名小小的通讯员传话。

虽然关允现在已经是县委办副主任兼秘书科科长了,但在市委领导眼中,只有副处以上级别的官员才入得了眼,他还是级别太低。再者,就算蒋雪松真有意用他当秘书,也不用冷岳亲自出面,有市委组织部干部处的副处长出面就可以了。

"冷秘书长说,如果可能,尽量留在冷县长身边。"办公室里没有外人,柳星雅却依然压低声音,似乎是多么机密的事情一样。

关允顿时为之一惊,冷岳的话,明白无误地向他暗示,就算蒋雪松真的决定任用他担任秘书,他也最好不要答应……言外之意就是,跟着冷枫会比跟着蒋雪松更有前途?

好一个冷岳,身为蒋雪松的市委秘书长,却总是向着冷枫说话,他和冷枫之间到底是什么关系?

李永昌真要倒台了

上次在孔县,冷岳突如其来的一问就让关允猜测,冷岳和冷枫之间必定有内在的联系。而这一次柳星雅又替冷岳传话,再次坐实了他的推断,冷岳和冷枫或许系出同门!

如果不是同门,冷岳断然不会冒着得罪市委书记的风险,一再提醒关允留在冷枫身边。冷岳这么做,一是为冷枫着想,冷枫在孔县只有依靠他的助力才能推行执政理念;二是对他的看重,或许在冷岳的认知中,他将会成为冷枫的一大助力,并且随着冷枫的步步高升他也会一路青云直上。

离开柳星雅的办公室,关允心思还浮沉不定,冷岳通过柳星雅传话,可见事态紧迫,难道蒋雪松真要用他担任秘书?平心而论,他还真没有想到现在就离开孔县,尽管担任了蒋雪松的秘书,似乎一步登天了。实际上,以关允的根基现在调进市委,除了依附蒋雪松一人之外,再无任何力量可以借助,等于是绑死在蒋雪松的船上,并且没有下船的可能。再万一称不了蒋雪松的心,师龙飞的下场就是前车之鉴。

不过由此也可以说明,冷岳和柳星雅的关系也非同一般,否则也不会托柳星雅传话。联想到柳星雅黄梁市人的身份,关允心中的脉络就更加清晰了几分。

先不管了,万一蒋雪松真有意用他担任秘书,相信冷枫也会想办法阻止。关允一边想着,一边敲响了李逸风办公室的门。

李逸风气色不错,正在喝茶,一见关允进来,放下茶杯就说:"关允,冷县长可能要到后天才回来,他不在的几天内,你有什么情况,直接向我汇报。"

冷枫还要再等两天才回,估计是情况不容乐观,不过从李逸风轻松的表情来看,市里的事情应该顺利,关允就迷惑了。想不通就不去想了,先顾眼前的事情,他就说道:"好的,李书记,我正好有几件事情要向您汇报一下。一是平丘山的旅游开发,就要提上日程了;二是金一佳对孔县的高效农业投资,也有了初步意向。两天来,我陪她转遍了孔县,确定了投资规划。"

简要将金一佳的高效农业的投资规划一说,李逸风听了,微微皱眉说道:"高效农业听上去似乎是什么新兴事物,其实还是农业,孔县的根本出路还是要发展旅游业和工业。你的平丘山旅游开发的创意就很不错,为什么不将平丘山旅游和流沙河大坝项目关联在一起,开发一个山水游?"

关允听了出来,在孔县是走工业化道路还是要农业化道路的原则问题上,李逸风和冷枫之间还是有着不可调和的矛盾。不过李逸风的提议也有几分可行性,关允就说:"我会和投资方协调一下,借开发平丘山的东风开发流沙河旅游,但现在,投资商的注意力主要落在高效农业上。"

就关允对孔县未来经济发展的设想,还是以发展农业为主。孔县的工业基础太薄弱,非要强上工业项目,除非是重污染的工业项目,高精尖的项目也不会落户到孔县。重污染项目引进孔县,为官者是有政绩了,也有可能带来一时的经济繁荣,但损害的却是子孙后代的生存环境和健康。他就一心想推动高效农业,至少在他能力所及的范围之内,为孔县留下一个健康并且可持续发展的生态环境。

"高效农业的事情,你等冷县长回来后,再具体向他汇报。"李逸风摆手岔开了话题,还是继续就平丘山旅游开发的问题深入讨论,"平丘山的开发,县里肯定会大力支持,但市里出了点状况,市旅游局没有批。"

平丘山的开发只差最后市旅游局的批文了,市旅游局一批,就可立刻正式启动。前几天已经上报到市旅游局,没想到会不批,关允随即一想明白了什么,说道:"前几天我和司有立有过一次小冲突。"

"怪不得。"李逸风呵呵一笑,对关允说了实话很高兴,伸手拿起电话,边说边拨出了号码,"年轻人之间有冲突很正常,不能因此影响正常工作,司空太小家子气了。"

司空是市旅游局局长,也是司有立的爸爸。

电话通了,李逸风语气轻松地说道:"司局长,我是李逸风,听说平丘山旅游开发的报备报到市旅游局,你压下了,怎么回事?"

旅游局虽然不在工商、税务、公安等八大局之中,但也不算是边缘局。而且局长也是正处级,和李逸风平级,通常下面区县的一二把手见到市局局长,还要恭敬地说话。关允立刻就听了出来,李逸风对司空的口气不但没有恭敬,相反,还有一股淡淡的自上而下的威压。

怪事,哪里有县委书记敢和市局局长居高临下说话的情形?各局掌握着全市各行业的审核和资源大权,就算副市长批示,到了各局也得局长点头才行。

有时八大局的局长如果强势的话,甚至普通副市长都奈何不了,何况一个县委书记?

司空说些什么,关允听不到,只是过了一会儿,又听李逸风说道:"好说,好说,赶紧抬手放了。孔县好不容易有一个投资项目,要是被你卡了脖子,司局长,我可是要专程到市里和你说道说道……哈哈,行,到了燕市我请客。"

放下电话,李逸风微微一笑:"周一市旅游局下来批文,可以具体着手操作了。"

"李书记路子真广,和司局长也能说上话。"关允此时明白李逸风当着自己的面给司空打电话的用意,就是含蓄地透露一个信息,他李逸风在市里的关系网也很深广。

对于关允这一记不轻不重的马屁,李逸风坦然受之:"司空是我的大学同窗,我的面子,他肯定要给几分。"又沉默了片刻,似乎是在犹豫什么,最后还是说道:"关允,如果市委蒋书记非要调你到他的身边担任秘书,你个人是什么意见?"

又来了,关允心中一惊,先是柳星雅替冷岳传话暗示自己留在冷枫身边为好,现在又是李逸风当面一问,难道市里关于蒋雪松要用他当秘书的风声已经这么紧了?不是吧,不是说蒋雪松的现任秘书师龙飞明年才外放吗?

李逸风的问题不好回答,还好,有柳星雅的提醒在前。再说了,他现在也确定了下一步的方向,不离开孔县,要配合金一佳的旅游开发和高效农业大计,关允就说:"我的志向是在孔县大干三年,打好基础。"

"好,年轻人有立足基层的理想,是好事。"李逸风眼睛亮了,"等冷县长回来后,我和他碰个头,现在提前和你通个气,飞马镇空缺一名主管农业的副镇长……"

副镇长?关允心里怦怦直跳,这么快就要下放到乡镇了?本以为至少还要在县委历练一年,这来得也太突然了,他又一想,心中豁然开朗。飞马镇是县城所在地,又是流沙河大坝项目的所在地,流沙河大坝竣工在即,他明是去担任副镇长,其实是乘机摘取胜利果实去了。

从一上任就有政绩到手的角度考虑,李逸风对他不薄。但从另一个角度考虑,提前下放到乡镇担任副镇长,何尝不是县委含蓄地向蒋雪松表明不想放人的立场?

"谢谢李书记的提携,我怕太年轻,挑不起担子。"该有的谦虚态度必须要有,关允知道就算自己反对也无效,怕是冷枫临走之前就已经和李逸风达成共识,二人都不愿意放他走,他也不想走,那就不走好了。

"年轻就是资本,你是京城大学的高才生,担任副镇长,也算人尽其才了。"李逸风抬手看了看时间,"好了,时间不早了,一会儿车军应该来了,我还要和他谈谈,他的借调时间也不短了,也该回二庄乡了。"

走出李逸风的办公室,关允依然压抑不住心中的兴奋之意。很明显,李逸风虽然只字未提他去市里到底所为何事,更没提李永昌的名字,但一系列的安排无不表明,李永昌怕是真要倒台了!

至少在针对孔县今后的前景规划上，李逸风大胆设想，大笔勾画孔县蓝图，言外之意就是表明，孔县要一切尽在他的掌控之中了。再加上最后把王车军打回二庄乡的安排，关允若是再看不出李逸风的黄梁市之行达到了预期收获，他就白在县委待一年多了。

李永昌真要被一举搬开了？关允心中大喜，满是期待，才走出办公室不远，一抬头，迎面走来垂头丧气的王车军。

"车军。"关允上前一步，想警告王车军收敛几分，就伸手一拍他的肩膀，"有件事情我想提醒你一下。"

王车军正低头走路，没有注意到和关允走了个正面，吓得一激灵，差点跳起来。待看清是关允时，他突然勃然大怒："关允，你干吗推我？滚一边去！"

好，居然张口骂人，关允脸色一寒："王车军，别怪我没有提醒你，如果你敢再在背后捣鬼，我肯定会让你后悔一辈子！"

"癞蛤蟆打呵欠——好大的口气！"一个沧桑并且阴冷的声音突然在身后响起，"关允，我还没死，孔县还没你说话的份儿！"

关允的嚣张

李永昌！

关允回身一看，身后不远处，正站着一脸愠怒的李永昌。几日不见，李永昌苍老了许多，不过依然强打起精神支撑着他不肯退让的雄心，咄咄逼人的威风从他的身上迸发出来，想以他几十年纵横孔县的威势，力压关允屈服。

也不得不说，李永昌虽被停职反省，但他毕竟在孔县屹立了几十年，余威仍在。他当前一站，花白头发被风吹动，悲壮如秋，悲怆如歌。

蓦然，关允想起了一句诗："古来名将如美人，不使人间见白头。"虽说李永昌既非名将更非美人，但他在孔县二十余年不倒，也算是一代枭雄。但最终被两个空降的一号二号联手推进陷阱，挤到退无可退的墙角，如今的李永昌就和一头被困在笼子里的野兽一般，张牙舞爪，隔着铁栏发出最后的低沉的怒吼。

不过是困兽犹斗罢了。

"李书记……"关允毫无惧意，坦荡荡地站在李永昌面前，"该我说话的时候，我会说；不该我说话的时候，我就会闭嘴。孔县有没有我说话的份儿，对不起，李书记说了不算。"

"关允，你小人得志。"

王车军发疯一样冲了过去,盛怒之下,试图对关允动粗。他伸手就想一把将关允推开,幸好他不是抬脚来踢关允,否则他会摔得更惨。关允向旁边一闪,就让到了一边。论打架关允不行,但要是论躲闪的身法,关允还有几下子。

王车军一把没推到关允,更是恼羞成怒,身子一转,还想再动武。不料他身子才转到一半,就感觉屁股一疼,一股大力从屁股上传来,再也收势不住,身子猛然向前一冲,一个踉跄就摔倒在地,正好屁股朝上地爬在李永昌的脚下。

"你才小人得志!"刘宝家、雷镔力和李理三人正好赶到,刘宝家才不管李永昌是不是就在眼前,见到关允要吃亏,当即一脚踹在王车军的屁股上。他还不解恨,又冲倒在地上的王车军呸了一口,一口唾沫正中王车军油光锃亮的头上,"再敢满嘴放炮,再敢冲关哥动手动脚,老子废了你!"

"混账!"李永昌从未受过如此奇耻大辱,他在孔县一直是土皇帝,许多人见到他恨不得跪在地上求他办事。现在倒好,刘宝家竟然当着他的面打了王车军,打狗还得看主人,他还没有下台,关允一帮人就敢骑到他的头上撒尿,是可忍孰不可忍。李永昌扬起右手,恶狠狠地朝关允的脸打去。

这一下要是打实了,关允也算在县委丢脸丢大了。

"啪"的一声,李永昌的巴掌还真是打实了,不过没有打在关允的脸上,却打在了雷镔力如蒲扇一样的手掌上。雷镔力及时向前一步,伸出手掌一接,正好接住李永昌这一掌。在不明真相的外人看来,就如李永昌和雷镔力击掌一样。

李永昌毕竟老了,气血不足,哪里有雷镔力的血气方刚。他和雷镔力对了一掌,差点没疼得叫出声来,感觉手腕跟断了一样。

李永昌恼羞成怒:"关允,你连我也敢打,是不是?"

关允不卑不亢地答道:"李书记,自始至终我都没有动手,都是在正当防卫。"

李永昌气得老脸涨红:"你不要嚣张,关允,有你后悔的时候。"

"我跟你拼了!"平常王车军文质彬彬,摩丝锃亮,在县委上班期间,从来不说一句脏话。现在丢人丢大发了,气急败坏之下就露出了本来面目,出口成脏。他从地上一跃而起,手里拎着一块砖头,劈头盖脸地就朝关允的头砸去。

王车军差不多已经疯了,完全是不要命的打法。

要是关允一人,说不得还真要吃点小亏,只可惜,有刘宝家三人在,一个小小的王车军根本不是对手了。关允冷静而沉着地后退一步,他一退,刘宝家和李理就同时向前迈了一步,将他护得严严实实。而雷镔力也是身子一横,完完全全将李永昌挡了个结实,三人配合得天衣无缝,将关允保护得密不透风,就连老到的李永昌也被防范在外。

"咳。"关允轻轻咳嗽一声,咳嗽是动手的信号。

刘宝家和李理就同时出手了,刘宝家一拳打出,正打在王车军的胳膊上。王车军胳膊吃疼,一打弯,手中的砖头就再也拿不住,一下飞了出去。

而李理身子一矮,一个扫堂腿就扫了出去。王车军顾得了上面顾不了下面,就被李理一腿扫中,身子就如被秋风吹落的树叶一样,横向倒了下去。"扑通"一声,他摔在了县委大院的青砖地面上,当即摔了个鼻青脸肿,满脸是血。

李永昌哪里还顾得上什么县委副书记的身份,伸出双手就朝雷镔力打去。他已经急眼了,恨不得亲手掐死关允!

关允冷酷得像是一个杀人不眨眼的将军,而刘宝家三人就如他的士兵,几人配合默契,有人出手,有人防范,就如一个团队在统一作战。李永昌心中既怒不可遏,又第一次对关允产生了浓浓的惧意,是的,他害怕了,才发现自己以前真是小瞧了关允。关允的沉着和冷漠,以及他居中指挥刘宝家三人同进共退的本领,已经初步具备了一个官场中的核心人物指挥协同作战的素质。

关允不除,必成大患,李永昌心中闪过一个无比强烈的念头!

以前李永昌将关允压得死死的,可以说他的一个暗示一个眼神,就会有人替他摆弄关允,让关允坐坐冷板凳,那是何等的威风,是何等的高高在上。但现在,他却悲哀地发现,不管他怎样努力,都无法靠近关允一米之内。当他用尽全身力气向前一冲,想要推开雷镔力冲到关允面前,狠狠打关允一个耳光时,雷镔力却如一堵牢不可破的城墙,在城墙面前,李永昌的所有努力都不过是徒劳无功的挣扎。

雷镔力多少还懂得尊老爱幼,只是用他雄壮的后背挡着李永昌前进的每一步,任由李永昌推他打他,却不还一下手,也算是忠厚的好人了。

"老李,够了,太有失身份了!"

终于,李永昌几十年的形象在关允几个小年轻的逼迫下毁于一旦之时,李逸风及时出现,一声厉喝制止了李永昌的继续发作。

最耐人寻味的是,李逸风嘴中喊出的是老李而不是李书记,一下就震惊了两个人。一个是关允,关允震惊的是,老李的称呼坐实了他刚才的猜测,从李逸风从市里回来就开始着手的一系列的布局,到他对李永昌态度逆转的称呼,无一不说明了一点——李永昌大势已去。

另一个震惊的人当然是李永昌。

从开始迈入孔县县委被人称呼小李开始,熬了十几年终于有了出头之日,从他被人尊称职务而不是老李到现在,也有十几年了,李永昌猛然听到李逸风喊出一句老李,心中坚持的最后一个信念轰然倒塌。他身子一晃,一阵悲怆的感觉如潮水一般涌上心头,难道说一切的努力都白费了?难道说真的到了英雄末路?

"关允,你也是胡闹,怎么能在县委大院动手?回头写一份检查给我。"李逸风脸色一板,各打五十大板。但谁都看得出来,他明显偏袒关允,和堂堂的县委副书记动手,只是写一份检查了事,分明就是高高抬起轻轻放下。

"是,李书记,我错了。"关允低眉顺眼,也不反驳,老实认错,态度好得不能再好了。

"李书记,关允在县委聚众闹事,打群架,一定要严肃处理,要不影响就太恶劣了,县委的形象都被他败坏了。"和关允不辩解只认错的老实态度不同的是,王车军从地上爬了起来,满脸是血,门牙还摔掉了一颗,状若疯狂一般大喊大叫。

李逸风紧皱眉头:"王车军,你嚷什么?刚才明明是你先动手,你不认错,还有理了?"

柳星雅跟在李逸风身后,目光从关允和王车军身上依次扫过,一脸似笑非笑的神情,眼神中流露出玩味的意思,关允真是一个聪明的年轻人。

领导说什么是什么,就算暂时受屈也不辩白,才是一个官场中人初步成熟的标志。反观王车军,失去理智不说,也没有什么政治头脑,更看不清眼下的形势,还想让李逸风替他做主?真是可怜。

不比不知道,和关允一比,高低立判!

王车军已经失去理智,暴躁之下,哪里还会冷静地揣摩李逸风的心理,大声说道:"是关允骂人在先,李书记,你要替我做主,一定要处理关允。"

"老李,你跟我来一下。"李逸风厌恶地瞪了王车军一眼,理也未理他,再次称呼李永昌为老李,转身就走。

李永昌心有不甘,但比起自身前途,王车军的头破血流就不算什么了。他凶狠地瞪了关允一眼,紧随在李逸风身后走了。

李永昌一走,王车军也清醒了几分,用手一抹脸上的血,顿时脸上红红一片,十分狰狞恐怖,他恶狠狠地说道:"关允,你等着,总有一天我要让你跪在我的脚下!"

12 舌战，智取，定大局

柳星雅和郭伟全面面相觑，如果说关允骂退达邵靠的是辩才，吓走陈大头靠的是冷静出手，那么他对陈茉莉说的一番话似乎就不伦不类了，到底是讲大道理还是什么？再说既然陈茉莉已经冲了进来，关允几句不痛不痒的话就能劝退她？

风起

关允只是淡定地看着王车军的背影消失在县委大院的门口，转身向西而去。他收回目光，淡淡地一笑，和刘宝家、雷镔力、李理三人一起进秘书科。

"真过瘾！"刘宝家意犹未尽，摩拳擦掌，"要不是李永昌在，我刚才还得好好收拾王车军一顿。什么德行，敢冲关哥乱喊乱叫，反了他了？一条疯狗！"

"疯狗乱咬人，被咬一口，说不定被咬的人也会得狂犬病。"关允想起老容头的话，问道，"两个人，一个左胳膊上文了青龙，另一个右胳膊上文了白虎，是谁？"

"万龙和万虎。"李理立刻想了起来，"一共四个人，是堂兄弟，还有万鹰和万豹，号称什么万家四雄。"

"我知道万家那四个小子，是王车军的远房亲戚，打架的本事稀松平常，就是敢硬碰硬，出手狠，在县城老街也有点名气。不过他们可不是什么四雄，顶多就是四头狗熊，哈哈。"刘宝家不无讽刺地说道，"怎么了关哥，四熊想惹事？"

几人说话时，温琳和金一佳正在一旁埋头核对账目，不理几人。不过越听越觉得刺耳，金一佳就忍不住了："能不能别成天打打杀杀的，难道除了暴力，就没有别的解决办法了？"

几人一脸愕然地看向金一佳，好像她是外星人一样。

温琳拉了金一佳一把："一佳，你在大城市长大，不知道小地方有多乱，以前严打的时候，孔县枪毙了不知道多少人。现在县城大大小小考不上学又没有正式工作的半大小子，除了打架闹事就是闲逛，你和他们讲道理，还不如对着猪唱歌。"

"对牛弹琴让你改成对猪唱歌,温琳,你太有才了。"金一佳乐不可支,又对关允说道,"不管你了,随便你怎么折腾,我相信你有分寸。"

"你别太高估他了,有时候他也和毛头小伙子没区别。"温琳飞了关允一眼,不知想起了什么,脸颊忽然飞红。

金一佳问道:"关允什么时候和毛头小伙子没区别了?"

温琳低下头,假装没听见金一佳的话。停电的夜晚,在关允的单身宿舍,当他压在她的身上的时候,不是欲求不满的毛头小伙子又是什么?当然,这样的事情可不能说出口,温琳急忙咳嗽一声,用手一指一个数据:"一佳,你看看这里是不是有问题?"

"这个账目乱得一塌糊涂,问题不是一般的多,直接把账目交到纪委,绝对一查一个准。"金一佳扬了扬手中的账目,"哎,关允,要不要我帮忙把账目递到市纪委?"

关允忽然眼前一亮:"你有渠道?"

"小事一桩。"金一佳一脸得意,"不过我可事先声明,如果递交账目打乱了一号二号的部署,我概不负责。"

也是,关允顿时又冷静了下来。金一佳确实不简单,在对全局观的把握上,基本上只有关允可以和她并驾齐驱,其他几人和她一比都差了不少。

也确实,在李永昌最终命运走向的问题上,冷枫和李逸风肯定都有自己的打算。最终想让李永昌走到哪一步,二人应该已经达成共识,相信冷枫去省城和李逸风去市里,在推动李永昌最终命运的结局上,目的相同。如果关允横插一手,说不定会引发不必要的意外。

"等下再说。"关允先将账目的事情放到一边,和刘宝家、雷镔力、李理三个人来到外面,四个人聚在一起说了半天话。

关允说,刘宝家三人边听边连连点头,尤其是刘宝家,一副跃跃欲试的神情,最后李理说道:"关哥,放心,保证完成任务。"

随后,刘宝家三人就迅速离开了县委。

回到秘书科,关允对还在埋头查账的温琳和金一佳说道:"等下账目查清了,列出所有的漏洞,交给我。"

"你不想上交到市纪委了?"金一佳笑眯眯地问道,"又想通了?"

关允老实地点头:"想通了,我只负责将最终结果交给冷县长,最后怎么处理,是领导的事情。"

"算你聪明。"金一佳莞尔一笑。

关允也笑,又说:"对了,一佳,我晚上还有事情,就不能陪你了,让温琳陪你,行不行?"

"为什么?"金一佳一愣,直直盯着关允的眼睛,片刻之后她又好像想通了什么,眼睛狡黠地转了一转,"好呀,没问题,没有你在旁边碍事,我正好可以和温琳说说悄悄话。"

关允笑了笑,没再说话,转身出了门。出来后,他特意绕到李逸风的办公室前看了看,见房门紧闭,应该是李逸风和李永昌的谈话还在继续,就来到冷枫的办公室,拿起电话打给冷枫。

"县长,最近孔县发生了一些事情,您要是方便的话,我向您汇报一下。"

"你说吧。"冷枫的声音听上去很平静,"我正好有时间。"

人在省城正推动李永昌最终的命运,还有空闲时间听他汇报孔县局势,胜若闲庭信步,关允心里就更加笃定了,冷枫的省城之行,一切尽在掌握之中。

关允将孔县的大事小事精简地向冷枫汇报了一遍,尤其对金一佳的高效农业的投资考察说得比较详细,又含蓄地一点李逸风对高效农业的态度。

"我知道了。"冷枫没有直接表态,而是含蓄地说道,"孔县以后走什么道路,还真不好说……等我回来再说。嗯……冷岳是不是托柳星雅传话给你了?"

关允心中一跳。冷枫知道冷岳传话给他不足为奇,奇怪的是,冷枫直呼冷岳大名,而不是称呼冷秘书长。也许是冷枫一时口误,但不管原因如何都证明了一点,冷枫和冷岳之间的关系必定大有隐情。

"秘书长劝我留在您的身边。"

"冷岳就爱多话,当了这么多年的秘书长,还没有学会惜字如金。"冷枫不轻不重地点评一句,又说,"我最晚后天回来,事情差不多定了。其实,本来明天就可以回去,但夏德长约了我见面,就还得耽误一天。"

冷枫在省城的动向,自然不必向关允说个清楚,哪里有领导向下级汇报行程的道理?但冷枫偏偏说了,还点出夏德长的名字,固然与夏德长和关允之间的关系有关,也是再一次从侧面暴露出冷枫深不可测的背景。

哪里有一个堂堂的省委组织部常务副部长要和一名小小的县长坐在一起对话的怪事?显然,夏德长非要和冷枫见面,而且听冷枫的口气还是郑重其事的会面,肯定不仅仅是为了孔县局势。

放下电话,关允想了一会儿事情,心领神会地笑了。他从冷枫办公室出来,出了县委大院,一路向东,步行十分钟,来到一处家属院,上了三楼,敲响了一家的房门。

晚上,温琳和金一佳一起吃了晚饭,温琳回家,金一佳非要送她,温琳还不肯,金一佳说:"我想到你家认认门,行不?"

"行吧。"温琳不好拒绝金一佳的热情,就带路向前走,"县城不大,从东头走到西头,也就是半个小时,从南头走到北头,顶多二十分钟。孔县一共有二十多万人口,县城常住人口才两万人,发展工业,确实基础太薄弱了。"

一边走,温琳一边有一句没一句地介绍孔县的情况。现在的她已经开始转变角色了,想多从金一佳身上学些综观全局的眼光,想从经济学的角度分析孔县的发展前景。

"不过说实话,温琳,平丘山的旅游开发,我认为会一切顺利,高效农业的投资,有可能会遇到阻碍……"夜色凉如水,夜风一吹,金一佳只觉身上微有冷意,不由后悔穿了紫裙子。紫裙子虽然可以衬托得她肌肤如雪——是关允说过的话,她怎么就这么在意关允的一句话——却有些单薄,冷风顺着双腿盘旋直上,让她打了个寒战,一下想起野外那场意乱情迷的肉搏战,不由一阵失神,脸上一阵阵发烫。

怎么了这是?金一佳有点怕了。

"怎么说?"温琳一愣,随即一想又想通了,"你的意思是说,李永昌一倒,李逸风和冷枫之间没有了缓冲地带,就得直接短兵相接了?李逸风主张工业强县,冷枫的执政思路是农业兴县,到时到底走工化业道路还是农业化道路,还得看李逸风和冷枫的胜负?"

"行呀,温琳,没看出来,你也挺有政治头脑,我总觉得你……"金一佳没好说出口。

"总觉得我大大咧咧没心没肺,是不是?"温琳大方地说了出来,又摇头叹息一声,"我一个女孩子在官场里,如果太聪明了,肯定处处被人提防。所以,不如有时装装傻,也算是为自己加一层保护色。"

说话间,正好走到一个拐弯处。从大路拐到小路,有一段百米长的路段,路灯坏了,四下一片漆黑,又没有一个人影,不免阴森吓人。

"这里好吓人。"金一佳声音微微颤抖。

"吓人就对了,不吓人,我们就不来了。"正好一阵秋风刮过,刮得地上的一堆树叶哗啦啦直响,一个沙哑难听的嗓音一响,黑暗之中,突然就出来了四五个黑影。

"原以为只有一个妞,没想到是两个,而且都够味儿,哥儿几个。今晚有大乐子了。"

四五人一分身形,团团将温琳和金一佳包围在正中。

激战

金一佳顿时吓得花容失色。

温琳也是吓得一阵寒战,她一向自以为胆大泼辣,但真遇到被坏人包围,还是心惊胆战,况且黑暗之中的几个坏人都蒙了脸。

每个人都用一条手绢围住了眼睛以下的部分。小时候,温琳没少和伙伴玩蒙面的游戏,当时只觉得好玩,现在却是怕得不行。几个人不但蒙面,而且手里还拎着棍子、绳子和麻袋,一看就知道,肯定不是送礼来了,是绑人来了。

真敢下黑手?

温琳战战兢兢地问了一句:"你们……你们想干什么?"

"干什么?"一个蒙着花手绢看上去有几分滑稽的人说道,"当然是绑架美女,当新郎官了。你长得不错,不过你归老大了,那个妞更好看,归我们兄弟几个了。"

温琳一下想起了什么,惊叫失声:"王车军,是不是你?"

人群之中,一个躲在最后的黑影身子轻微一抖,不由得后退了一步。不过借助黑暗的掩饰,他又很快稳定了身影,眼神中流露出贪婪和欲望,不停地在温琳的山峰和腰间偷看,差一点就流口水了。

不过口水还没有流出来,就牵动嘴里的伤势,疼得他一咧嘴,差点叫出声来。

温琳忽然鼓足勇气:"你们都冲我来,和一佳没关系,让她走。"

"没门,别想好事。"花手绢笑得很淫荡,"她比你还好看,比你身材还顺溜,又是城市的姑娘,玩起来肯定有不一样感觉……"

"滚!"话没说完,金一佳一个耳光已经打了上去,正中花手绢的右脸。她出手又快又狠,花手绢被打个正着,由于用力过大,竟然打得花手绢原地打了一个转。

也一下打掉了脸上的手绢,让花手绢露出了本来面目,温琳一见之下惊呼出声:"万龙!"

原本王车军是想趁大乱之时绑了温琳,然后霸王硬上弓办了温琳,同时再黑了关允,到时孔县正好是乱局,谁也不会怀疑到他的身上。不料计划赶不上变化,市里风声再起,可能舅舅的政治生命真要完结了,而且才发生在县委大院的一幕,是他平生的奇耻大辱,让他怒火中烧,恨不得先办了温琳再掐死关允而后快。

盛怒之下的王车军失去了理智，决定提前下手，先办了温琳再说，等大乱的时候再黑关允。主意既定，他就招呼了万龙几个人一声，晚上就动手了。

没想到除了温琳之外，还有一个额外赠送的美女——金一佳。他也知道金一佳是谁，是关允的小姨子，都说小姨子和姐夫往往会有一腿，这么说，金一佳也算关允的半个女人？关允怎么这么有艳福，身边全是美女，真不公平。好，既然送上门了，一口气办了温琳和金一佳，虽然二人都不算关允的正牌女友，但也算给关允戴了绿帽子。

王车军几乎按捺不住心中的欢喜雀跃，今夜如果得手，那就值了。就算事发，到时找一个替死鬼就行了，整个公安系统的人都是舅舅的亲信，谁还能奈何得了他？

王车军越想越得意，正想到妙处，冷不防金一佳一个耳光打得万龙露出本来面目，他不由怒火冲天。臭女人，都这时候了，还敢嚣张，真当你是京城来的千金小姐没人敢动你？来到了孔县，一样得老老实实地被老子压在身下！

"咳。"王车军咳嗽一声，示意万龙几人别再磨蹭，赶紧动手绑人。才一咳嗽出声，不由想到他用咳嗽当成动手信号也是在学关允，更是心中无比屈辱，索性也不遮遮掩掩，冷哼说道，"动手，别磨叽了。"

"还真是你，王车军。"温琳听出王车军的声音，一扬手，一块砖头出手，准确无误地越过几个人，不偏不倚落在王车军的头上，"打死你这个混账王八蛋！"

王车军没想到都这时候了，温琳还敢动手打人。他被半块砖头击中脑袋，只觉得"嗡"的一声，差点眼前一黑昏倒在地，顿时感觉头上热乎乎的一片，伸手一摸全是血，他一下跳脚了："温琳，你等着，一会儿我不把你收拾得哭爹喊娘，我就不姓王。"

万龙伸手就去抓金一佳，他色心大起，从未见过如金一佳一般千娇百媚的女孩。他抱着有便宜不沾是王八蛋的心理，伸手去抓的部位正是金一佳的双峰。

"臭流氓！"金一佳又羞又怒，怒骂一声，她后退一步，双手一分，抬腿就是一脚。

突然从黑暗中飞出一物，正中万龙的脸。由于速度极快，只听"啪"的一声，结结实实正面拍个正着，仔细一看，竟是一只皮鞋。

"谁他……"被一只皮鞋打脸，比被手打脸还可恨，万龙气得暴跳如雷，正要破口大骂,几个脏字还没骂出口,忽然肚子一疼,却是肚子上中了一脚。

正是金一佳一脚飞出,踢中万龙。

即使没有黑暗中的一只皮鞋飞出,万龙也躲不过去金一佳的一脚。因为金一佳一脚踢出的姿势十分专业,一看就是跆拳道高手。

一脚踢中,金一佳"嘿"的吐气一声,身子一转,又一脚踢出。这一脚踢得更狠,直接就踢在了万龙的脖子上,只听"咕咚"一声,万龙就如半截木头一样摔倒在地,眼见是昏迷不醒了。

万家四雄的头号人物万龙,一个照面就被对方一个女孩儿放倒,不但被人踢晕,而且丢人丢到姥姥家了,他还是什么四雄之首,四熊之首还差不多。

金一佳却是暗道一声侥幸,以她的身手躲开万龙的魔爪没问题,但要说她两脚踢晕万龙,以她的力气,她自认没有可能。万龙之所以被她两脚放倒,还是万龙先被黑暗中的一只皮鞋打得晕头转向,然后她才得以偷袭得手。

王车军被砖头砸得头破血流,万龙被两脚踢晕,形势变化之快,令人瞠目结舌。剩下的万虎、万鹰、万豹三人面面相觑,一时惊呆了。

不过片刻的惊呆过后,三人怒从心头起,恶向胆边生。暴怒之下,万鹰和万豹亮出了弹簧刀,一步步逼近温琳和金一佳。

"放她们的血,反了。"

"对,弄死她们。"

温琳半截砖头打破王车军的头,是偷袭。金一佳虽然是跆拳道高手,但她毕竟是女孩,力气肯定不足。见寒光闪闪的弹簧刀在昏暗的夜色下映照出森森寒光,二人不由都怕了。

万虎拿着绳子一脸狞笑地来到了温琳和金一佳身后,说道:"主动点,赶紧背手让我绑了,否则刀子架在脖子上可不好玩,而且说不定我的手还会不老实……"

金一佳和温琳对视一眼,眼中都流露出绝望和恐惧。

突然,身后传来一阵闷哼,随后是拳拳到肉的瘆人的声音。而站在温琳和金一佳对面手拿弹簧刀的万鹰和万豹,一脸惊恐,似乎是看到了世界上最恐怖的事情一样……出什么事情了?温琳和金一佳一起回头看去。

身后的万虎已经倒在了地上,一个黑影同样蒙面,一只脚踩在万虎身上,一只肩膀上扛着一根警棍,他目露凶光,杀气腾腾,对温琳和金一佳小声说了一句:"让到一边,等着看好戏上场。"

话一说完,他抬起脚踢中万虎的脸。这一脚踢得够狠,当即踢断了万虎的

鼻梁骨,踢掉了万虎的门牙!

随即他如猛虎下山一样,挥舞警棍冲到万鹰和万豹面前,二话不说,沉着冷静地打出一棍。

万鹰和万豹双眼喷火,手中的弹簧刀一晃,就朝黑影的胸口刺来。盛怒之下失去了理智,一出手就是致命一刀。

黑影嘿嘿一笑:"来得好。"手中警棍一收,一棍正打在万鹰的手腕上,力气够大,万鹰的弹簧刀脱手而去。

与此同时,万豹的一刀也赶到了。黑影不慌不忙,后退一步,万豹的一刀就刺空了。万豹不甘心,又向前一步刺出第二刀,第二刀依然直指黑影的心脏……够狠,已经玩命了。

只不过可惜的是,万豹的第二刀才向前伸出半步,他突然感觉哪里不对,似乎是右边传来了呼呼风声。对,就是右边,不等他反应过来,只来得及目光稍微一斜,就看见一根手臂粗细的棍子突如其来从黑暗中伸出,正打在万豹右边的腮帮子上。

这一棍打得真结实,当然打得万豹半边牙齿全部脱落。万豹只觉得眼前一黑,右耳一阵雷鸣般的轰响过后,就什么都不知道了。

万虎吓呆了,才知道对方不是一个人,而是一个团队,脑中顿时闪过一个惊恐的念头——无敌组合。他这念头才起,黑影的棍子就到了,一棍正中肚子上面,只疼得他虾米一样弯了腰,紧接着一只大脚又自下而上飞起,正踢中他的胸口,"咔嚓"一声,肋骨不知断了几根,飞出三米开外,再也动弹不得。

王车军倒也不傻,见势不妙,捂头就跑,才迈开脚步,忽然就一头撞在了一人的身后,感觉和撞在一堵墙上没有区别。他顿时心中大骇,就感觉双腿之间涌出一股热流,然后双腿一软,很没出息地瘫坐在地上。

心硬如铁

王车军被吓得尿了裤子瘫坐在地上,也不算完,来人伸出蒲扇一般的大手,左右开弓,接连打了他十几个耳光。打得王车军牙齿掉了一嘴,头转得跟拨浪鼓一样,脸肿得和猪头没有区别。

等来人十几个耳光打完之后,王车军已经人事不省,像一摊烂肉一样瘫倒在地上。

但来人还是没有放过他,一脚踢在了他的小腿之上。王车军虽然昏迷,但还是疼得呻吟一声,显然是腿断了。

几人干脆利落,不到几分钟时间就将几人荡平,自始至终都是冷静而冷酷地出手,不发一言,也没有露出真面目。随后,为首者悄声对温琳和金一佳说了几句什么,三人就迅速消失在夜色之中。

温琳和金一佳对视一眼,稳定一下心神,二人也手拉手原路返回,不多时就隐没在远处的灯光之下。

随后,几辆警车呼啸而至,几名警察将倒在地上的王车军几人架上警车。等警车一走,又恢复了原有的平静,甚至一场打闹都没有惊动任何一个人。除了满地的血迹和牙齿之外,谁也不知道就在刚才,就在这一处路灯照不到的角落,发生了孔县史上最骇人听闻的刑事案件。

不远处的一辆没有开灯的汽车内,坐着两个人。一名平头、帅气的年轻人面色淡然地看着刚才发生的一切,另一个一身警服的中年人却是一脸冷峻,夹烟的手指甚至微微有些发抖。

"崔局,绑架、恐吓、侮辱妇女,还有持械伤人,这么多罪名罗列在一起,现在又要严打了,你说会是一个什么下场?"年轻人脸色平静如水、冰凉如夜,淡淡的口吻和车窗外的夜色融为一体,让人分不清是他的语气冰冷,还是夜色冰冷。

崔玉强在孔县公安系统工作二十年,孔县再小,二十年间,他也见多了形形色色的刑事案件和民事纠纷,也接触过无数无赖、流氓和滚刀肉一般的人物,自认什么样的角色他都能应付自如。但今天,当关允敲响他家的房门,当他被关允拉到此处,坐在车内远远观望了一出精彩的演出后,他的内心被深深地震撼了。

震撼之余,也被关允的冷静、冷酷和无情震惊了!

关允是他视线之内最让人看不透摸不清并且让人心底生寒的年轻人!

一个才二十三岁的年轻人,大学毕业后工作仅仅一年,就已经练成铁石心肠和不动声色,他真有这么厉害?崔玉强不承认也得承认,关允在县委坐了一年的冷板凳,不但没有从此一蹶不振,反而练就成了一身隐忍、冷静和一旦出手就是致命一击的本领。

不简单,这个年轻人日后必成大器!

崔玉强深吸一口气,回想起刚才刘宝家三人沉默冷静而无情的出手,下手之狠,动作之快,让他这个老公安也叹为观止。尤其是出手痛打王车军时,他都不忍再看。而关允始终冷漠地旁观,甚至没有一丝动容,就如观看一场电影而不是活生生的现实一样,就不由他不佩服关允的心硬如铁。

一个意志坚定的人,只要认准目标并且永不放松,以后必定大事可成。崔玉强此时再看关允,已经不再是居高临下的目光,而是平等的对视,甚至还有一丝莫名的畏惧!

是的,他心中闪过一丝连他自己都不敢相信的胆怯。想想他虽然不如李永昌一样纵横孔县几十年,但好歹在公安系统干了十几年,在孔县大小也是一个人物,怎么会莫名怕一个毛头小伙子?开玩笑。

但又确实不是开玩笑,他是从内心深处冒出一股寒气。再仔细一想,崔玉强终于明白自己怕的是什么,怕的不是关允的阴冷——实际上关允是一个阳光大男孩,也不是刘宝家三人的狠手,再狠的出手他也见过,实际上让他心底生寒的是,关允明知道王车军要对温琳不利,还要故意设局让王车军跳进去,要的就是彻底毁掉王车军的前程!

再回想起上次有人暗中设计刘宝家三人一次,现在关允还了回来。但和刘宝家三人到派出所潇洒走一回不同的是,王车军这一次不仅仅是掉了满嘴牙断了几根肋骨么简单,他的前途全完了。

不为别的,就为他得罪了温琳,对了,还有一个金一佳。

金一佳是谁?是来自京城的投资商,是大有来头的人物,是县委县政府高度重视高规格礼遇的贵宾!而王车军鬼迷心窍,不但想碰温琳,还想碰金一佳,现在正是李永昌落难的时候,王车军不好好夹起尾巴,反而还要张扬,不是自取其辱自取灭亡又是什么?

笨呀,蠢笨如猪,不,比猪还笨。

关允够狠,崔玉强心底深处发出一声悠长的叹息,关允的出手也真是时机。他也听到传闻,李逸风从市里才一回来,就开始着手规划孔县的下一步了,都是官场老人了,谁还看不出来李永昌真要轰然倒塌?

王车军此时惹了关允,不是故意让关允拿他当垫脚石吗?崔玉强更想通了一点,关允之所以对王车军痛下杀手,不仅仅是为了一报私仇,也是为了点燃李永昌最后的怒火。由此,好让李永昌失去理智,做出失控的事情,从而让李逸风和冷枫抓住机会,好让李永昌的倒台更加彻底,甚至会让李永昌乘机被李逸风和冷枫连根拔起!

好一个冷静出手、用心深远的关允,崔玉强坐在车内想通了所有环节之后,只觉后背冷汗涔涔,手一抖,一段长长的烟灰掉落在了腿上,差点烧疼他。

好一手一箭双雕的出手!

崔玉强知道是时候站稳立场了，现在的关允不仅是冷枫跟前的红人，也是李逸风可以依仗的助力。关允的意思，毫不夸张地说，就是冷枫和李逸风的意思。

"万龙、万虎、万鹰和万豹，直接以绑架、故意伤害罪向检察机关提起公诉，借严打的东风，差不多就出不来了。"崔玉强一咬牙，他明知道万家四个小子和李永昌有七拐八拐的亲戚关系，但现在不狠不行了，再不及时站对队伍，他的公安局局长的位置不保。

李逸风已经放出风声，要研究一下孔县的干部。李逸风上任之后的第一次孔县人事调整，必定是一次对李永昌班底的洗牌和调整，严格算来，他也是李永昌的班底之一，肯定也在清算之内。没有了公安局局长的宝座，他在孔县将没有立足之地。

将万家四个小子直接送上断头台，他肯定是往死里得罪李永昌了。但也没有办法，形势比人强。

"王车军呢？"关允意味深长地笑了笑。

"王车军……"崔玉强犹豫了一下，蓦然下定决心，"王车军的情况我会如实向县委汇报，他毕竟是党员和秘书科通讯员，最终是什么处理结果，我服从县委的决定。"

好，关允心中大定，崔玉强彻底和李永昌划清界限，李永昌失去崔玉强这个最大的助力，今晚的事件，等于敲响了李永昌最后的丧钟。

"谢谢崔局。"关允就及时表露出热情和真诚，"王车军马上就不是秘书科通讯员，李书记说了，他的借调期满了。"

崔玉强心中一惊，好一个城府极深的关允，到现在才说出王车军即将被打回原籍的事实。如果他不是看清了形势，说不定也会被关允绕了进去。

不过，崔玉强心中又想明白了一个环节，官场上的风云变幻，都要自己在关键时刻看清方向，如果他事先还要被关允点醒，就白在官场混了二十年。都到现在了，他要是还沉迷在李永昌是孔县不倒的平丘山的幻想中，还嗅不到孔县风声大作的前兆，他就得自己请辞公安局局长职务，回家抱孩子了。

"冬冬的基础还不错，不过他考京大比较吃力，可以考虑报考人大。我的同学在人大任教，到时只要上了分数线，打个招呼，就保证能提档。"关允见好就收，说起崔玉强儿子的学习情况。

崔玉强一听关允在号称高官摇篮的人大都能说上话，顿时喜笑颜开："要是真能上人大，关允，我可得好好谢谢你。"

"不用谢我,得冬冬自己努力才行,我只是在他快要上去的时候,轻轻推他一把,出点小力,出不了大力。"关允继续保持谦虚谨慎的态度。

一瞬间就让崔玉强对关允好感大增,这个年轻人进退有度,爱憎分明,难得,实在难得。一时之间,车内其乐融融,关允和崔玉强有说有笑。谈笑间,孔县的局势已然悄然大变。

翌日,周一,孔县县城笼罩在一层秋天常见的薄雾之中。天一亮,县城的街头就开始忙碌了,卖早点、卖菜、卖鸡蛋、卖花生,各自出摊,人声次第热闹起来,县城的早晨,也在逐渐喧嚣的热闹中苏醒了。

和以往无数个早晨一样的是,早起的人们都到各自的常摊吃饭。但又和往常不一样的是,老容头的早点摊没有出摊。几个失望的熟客正结伴再去别家吃早饭时,忽然惊奇地发现,县委门前的大街两侧,有两股人流逐渐形成,至少有数百人之多,慢慢地汇聚一处,赫然聚集到了县委的门口!

利益点

周一一早,关允比往常提前一个小时来到秘书科,他早,温琳更早。等关允推门进去的时候,温琳已经端端正正地坐在座位上,收拾好了自己的全部东西。

秘书科打扫得干干净净,茶杯中的热水正冒着热气。桌子也擦得一尘不染,桌子上,整整齐齐地摆放着温琳的私人用品。

"要走了,最后一次为秘书科做些事情。"温琳有三分伤感四分不舍,不过说话时却是轻松的口气,"以后你再睡觉的时候,就没有人偷看你流口水了。"

关允摸了摸嘴:"绝对胡说,我睡觉从来不流口水,除非梦到了美女。"

"你呀,真有出息。"温琳眉开眼笑,慢慢凑了过来,轻轻地踢了关允一脚,"再踢踢你,感受一下欺负你的快感。"

"弄得好像生离死别一样,孔县才多大?想见你还不容易?"关允老老实实地挨了温琳一脚,嬉皮笑脸地说道。此时的他和昨晚的冷酷无情判若两人,如果让崔玉强见了,肯定会惊掉大牙。

此时,关允嬉笑的神情才和他的年龄相符。

"那不一样,以前是天天见你,抬头不见低头见,见到不想见,见到烦,还得见。以后要是想见你,要么我跑县委来,要么你去平丘山,还是隔了距离。"温琳低声说道,又飞快地打了关允一下,"再打你一下,解解恨。"

"昨晚的事情,吓着你了,都是我不好。"关允知道昨晚温琳吓得不轻,她后来没有回家住,和金一佳去了宾馆,"不过引蛇出洞,才能一下打到七寸,打到毒蛇没有还手之力。以后你就可以放心大胆地在县城的大街上卖弄风骚了,谁也不敢再招惹你。"

"去你的,什么叫卖弄风骚?真难听。应该叫我的美丽我做主……我长得好看怎么了,好看也有错?我好看又不是让别人看,是为了让我和我喜欢的人看。"温琳近乎自言自语,其实也是说给关允听。

"一佳怎么样了?"关允没想到金一佳是跆拳道高手,虽然他自认安排得万无一失,不过由于金一佳的意外出手,也差点出了差错。

不过还好,金一佳是个绝顶聪明的女孩儿,在关允暗示让温琳陪她时,她就大概猜到了什么。只是有一点让关允心中隐隐担心,他和金一佳认识时间才多久,怎么和她之间的默契不但远超了夏莱,甚至就连温琳也无法理解他的暗示,金一佳却能马上心领神会,到底是好事还是坏事?

"一佳没事,她在睡懒觉,说是要睡到下午才起床。她还说你估计今天没空理她,让我下午陪她。还有,流沙河大坝的账目已经理清了,漏洞太多了,有几笔资金明显是被挪用了,只要查,保证能查到李永昌和王车军身上。"

金一佳够聪明,知道昨晚的事情一起,今天会出大事,她索性就睡起大觉,倒也落个自在。

"好,我向李书记汇报一下。"关允本来是想将账目的事情汇报给冷枫,但以现在的情形来看,等不到冷枫回来了。事不宜迟,宜速战速决,或许账目问题递交到李逸风手上,还可以派上用场。

正要出门,门一响,金一佳款款走了进来。关允一愣,惊讶地说道:"你怎么又来了?"

"县委门口有人聚众闹事,我不来凑凑热闹,就太可惜了。"金一佳笑意盈盈,不认识似的上下打量了关允几眼,"够狠,够有手腕,我现在越来越佩服你了。"

关允假装不知道她在说什么,问道:"聚众闹事?是想引发群体事件吧?"

"你说对了,群体事件闹大了,责任重大。我来就是想特意提醒你一下,现在正好冷枫不在县委,群体事件如果解决不好,会背一个政治污点,这可是一个让孔县彻底洗牌的大好时机。"金一佳还在笑,不过已经由刚才的俏笑变成了意味深长的微笑。

关允心中大跳,金一佳刚才说他够狠够有手腕,自然是指昨晚对付王车军几人的一手引蛇出洞的布局。但刚才她的一番话却让他明白,真要论到政治上的翻云覆雨,他有可能还不如金一佳下得了狠心!

金一佳的话是在暗示他,如果他运作巧妙,乘机让群体事件闹大并且暗中推波助澜的话,不但可以一举将李永昌彻底埋葬,还可以因此连累李逸风的政治前途。而冷枫就可以借势抓住机遇,让李永昌的倒台也成为李逸风政治生命的滑铁卢。

谁都清楚,群体事件必定是李永昌的手笔,是他孤注一掷的最后的张狂!而此时冷枫正好人不在县委,群体事件如果酝酿成流血冲突,或是闹到不可开交的地步,固然李永昌会背负一个大大的处分而轰然倒塌,李逸风也会因为处理不当而首当其冲成为第一责任人。背负一个政治污点还是轻的,闹不好蒋雪松一怒之下借机会将李逸风就地免职!

李逸风被免的话,冷枫必定可以顺势上位。毕竟孔县不可能拿下一个三号,免掉一个一号,再撤换一个二号。真要这样的话,孔县就完全乱套了。

金一佳……关允不认识一样盯住金一佳秀美的脸庞,从她青春美好的容颜上,任谁也看不出她心深如海。而且,她的一双美目如一泓秋水,盈盈一水间,怎么看怎么是一个年纪轻轻的女孩子,怎么就长了一双拨云见日的慧目,一语就道破了孔县大乱之中的利益点。

乱中取利,绝对是每一个官场中人必备的智慧之一,没有乱中取利的眼光,很难走到很高的位置。关允不是没有想过在李永昌大举闹事的时候,乘机也将李逸风拉下马,但他只是念头才起,就被自己否定了。且不提李逸风一心扑在孔县上为孔县呕心沥血的付出,就是李逸风现在对他的态度以及他和瓦儿的关系,关允就下不了狠心拖李逸风下水。

但政治上要不得半点温情,或者说,感情不能代替政治。如果真从孔县今后发展方向的大局上考虑,冷枫主持孔县的全面工作才更符合他的利益。

诚然,李永昌悍然发动最后一击,并不是他没有政治头脑,也不是他丧心病狂,而是昨晚的事件深深地刺激了他脆弱的神经。同时,市委关于他的处分决定应该已经敲定,他自知一切无望,不如破罐子破摔,既想临死反扑一下拉李逸风下马,也想含蓄地告诫市委,就算他下了台,孔县也会是他的天下,谁也别想把他连根拔起。

当然,关允还清楚一点,李永昌煽风点火引爆群体事件,估计也有想趁乱黑了他的意思。王车军被打得不成人样,万家四雄真成了万家四熊,李永昌不气得个半死才怪。

也得承认，李永昌临死之前的最后一次反扑，看似莽撞，其实手段辛辣而歹毒，相信李逸风此时也正在大为头疼。毕竟，受到正面冲击的人是他，冷枫不在县委，处理不好，所有的责任都得由他背负。

"想好怎么办了没有？"金一佳见关允沉默半天一言不发，就知道关允在做激烈的思想斗争，她就趁热打铁，"我从各方得到的信息综合之后得出的结论是，孔县只有在冷枫主持全面工作下，才能走农业兴县的道路。如果冷枫还是二把手，高效农业的投资就有可能会黄。"

金一佳是在逼迫关允暗中出手推李逸风下马，她年纪不大，在涉及自身利益时，决心却是非同一般的大，而且出手毫不留情，有大将之风。相比之下，关允不免自问，自己是不是太优柔寡断了？

蓦然，他下定了决心："想好了。"

"怎么样？"金一佳眼睛大亮，期待关允的回答称她心意。

"不怎么样！"关允若无其事地回敬金一佳一个无辜的眼神，"我是好人，请不要教坏我。"

"你……"金一佳气坏了，抓起一本书就扔向关允，"你就是一个大笨蛋，优柔寡断，错失良机，是不是因为李瓦儿才让你下不了手？如果真是的话，你就更是一个不分轻重的蠢蛋。"

关允无语了，一伸手接住书，金一佳发作起来也够凶。不过他心中主意已定，不再受金一佳的想法左右，说道："山人自有妙计。"

"不理你了。"金一佳真生气了，将头扭到一边，"从现在起，你不许和我说话。"

不说就不说，关允现在还真没空和金一佳说话，外面已经传来人群叫嚷的声音。秘书科离县委大院的大门虽有一段距离，但依稀可以听到人群此起彼伏的高喊。

"李永昌书记是孔县的明灯，是孔县人民的救星，孔县不能没有李书记！"

"留下李书记，还孔县一片蓝天！"

"李书记，人民的好书记，孔县的好书记，孔县人民永远缅怀你……"

听到最后一句，关允差点笑喷了，李永昌还没死，缅怀什么？不过他还是忍着没笑出来，正要出去看看，门一响，柳星雅进来了。

"小关，快，李书记找你！"

孔县的基石

关允拿起账目紧随柳星雅身后,出门向西,路过内门的时候,见门口已有数辆警车警灯闪烁,横在大门口,挡住了人群。而人群群情激奋,有人要爬上警车,试图冲进县委,崔玉强亲自指挥警察阻拦人群,眼见形势有失控的迹象。

"何必这样呢?"柳星雅忧心忡忡地看了门口一眼,说道,"其实市委已经很照顾他了,安排他到人大担任常务副主任,而且等明年三月两会过后,还会扶正,解决正县级,也算他在孔县辛苦几十年的安慰。现在这么一闹,让市里也很尴尬,尤其是蒋书记,说不定还得再拍桌子。"

柳星雅的话意味深长,再拍桌子的说法显然是暗指之前蒋雪松已经拍过桌子,关允就试探着一问:"让李永昌到人大,是蒋书记的意思?"

柳星雅没有隐瞒,微一点头:"听说呼延市长主张拿下李永昌,蒋书记不同意,说是李永昌劳苦功高,为孔县工作了一辈子,最后一下倒了,会寒了许多孔县本土干部的心。他力主让李永昌先到人大过渡几个月,明年人大主任退下,由李永昌接替,也算是就地解决正县级待遇。当时许多人不同意,有过半常委附和呼延市长的提议,结果蒋书记盛怒之下拍了桌子,才力排众议,定下最后的基调。"

好一个蒋雪松,戏演得挺足,关允心中更加摸透了蒋雪松的脉搏——除了有他和蒋雪松正面接触的深入了解之外,也有老容头点醒的功劳在内。其实蒋雪松并不一定非要保下李永昌不可,而是在演戏给黄梁市的三大宗姓看,特别是一句"会寒了许多孔县本土干部的心",肯定会让黄梁市三大宗姓听了十分受用,认定蒋书记是一个重视本土干部的好书记。

柳星雅的一番话终于让关允看清局势,李永昌不是蒋雪松的底牌,但也不是废牌,而是一张可以迷惑对手的诈牌。在处理李永昌的问题上,蒋雪松的出发点不是个人感情,也没有考虑李永昌的感受,而是通盘在为他的政治大计布局。

说白了,李永昌的个人命运无关紧要,他是半倒还是全倒,只看政治需要。

黄梁市的政治形势怎样,关允不得而知,也无从猜测三大宗姓在黄梁市有多么庞大的实力,更无从得知呼延市长和蒋雪松之间的关系究竟是和而不同还是各自为政。所以,关允就无从推测蒋雪松利用李永昌大做文章,借以和黄梁市三大宗姓势力保持和睦共处的策略是否真的有用。但不管有用没用,却是彻底搅乱了孔县的局势。

相信李永昌最后的悍然一击,必定会让蒋雪松大为恼火。不过恼火之余,蒋雪松也不会全无收获,如果有机会拿掉孔县两个不听话的一号二号的其中之一,也算是意外之喜。

但不得不说,万一事情闹到不可收场的地步,蒋雪松力保李永昌的举动,就落了别人的口实。再如果被政治对手充分加以利用,他说不定也会背一个用人不明的政治污点。

一切,就全落在今天事件的最终处理结果之上。

而关允还不知道,李永昌事件最终会如何解决怎样收场,他却没有选择地成为最关键的一个支点。也就是说,李永昌的命运、李逸风的前途甚至蒋雪松是否背上政治污点,一切的成败,全部落在他的身上!

眼见到了李逸风的办公室外,关允忍了一忍,没忍住,还是问了一句:"冷秘书长又是什么态度?"

本来这话关允不该问,市委领导开会研究的内容,不是他这个级别的干部应该问的,一问,就越界了。但关允就是问了,也是他摸透了柳星雅的心思,刚才柳星雅详细一说市委会议的争论,就是有意要向他透露什么。

"呵呵,你倒是挺关注市里的局势。"柳星雅呵呵一笑,反问一句,"你真想去蒋书记身边?"

"我只是关心冷秘书长的态度,毕竟,冷秘书长对我也很关心。"关允巧妙地答道。

"冷秘书长提议调李永昌到外县。"柳星雅笑道,"听说没人附议冷秘书长的提议。"

没人附议就对了,冷岳明知李永昌不会离开孔县,却故意提出调李永昌去外县,不过是故意虚晃一枪的提议罢了,要的就是重在参与。他没有附和蒋雪松的提议,态度就耐人寻味了,历来秘书长明是市委的总管,实际上往往只是书记一人的总管。秘书长在重大问题上没附和书记,冷岳这个秘书长当得很有意思。

抛开冷岳的问题,关允和柳星雅来到李逸风的办公室。

李逸风正在打电话,见二人进来,他捂住电话问道:"外面情况怎么样了?"

"不容乐观。"柳星雅微微皱眉,"人太多了,估计挡不住。"

李逸风一皱眉头,又冲电话里说了几句,对关允说道:"关允,冷县长有话要和你说。"

李逸风此时和冷枫通话商议如何解决突发情况，符合常理。但冷枫是什么态度就不好说了，多半会是置身事外，以人不在县委为由，让李逸风全权处理，他好袖手旁观。

关允轻轻地将账目放到李逸风的桌子上，接过电话，平静了一下心情，说道："县长，我是关允。"

"关允，刚才李书记向我通报了一下县里的突发情况，我很震惊，如果不是和夏部长见面，我现在就想赶回去……"冷枫微一停顿，又说，"一定要服从大局，听从县委的统筹安排，在李书记的指挥下，妥善处理群体事件。本着个人利益服从集体利益的出发点，以稳定压倒一切的战略高度，将群体事件扼杀在萌芽状态。关允，你肩上的担子很重，现在县委中，你是唯一一个可以出面协调的孔县本地人，要充分认识到自己的重要性，要勇于冲到前面，拿出力挽狂澜的勇气……不过万一形势失控了，你也要保护好自己。"

如果说冷枫开头的几句话是官话套话，明显是说给在场的李逸风和柳星雅听，那么最后一句话点醒了关允，就是很直白地暗示关允，在处理李永昌挑起的群体事件的问题上，他的重要性无可替代。关允现在就是李永昌携纵横孔县二十余年的余威试图一举冲垮李逸风权威的关键支点，他如果冲锋在前，抵挡住李永昌的冲击力，李逸风就会安然无事。如果他抵挡不住，李逸风说不定会被冲击得七零八落，而孔县局势也有可能岌岌可危。

关允一阵苦笑，他才多大，级别也低得可怜。但形势所迫，因缘际会之下，双肩羸弱的他，此时此刻竟然成了保证孔县局势不至于摇摇欲坠的最大的基石！

不过关允也听了出来，冷枫再三强调让他在李逸风的领导下服从大局，言外之意再明显不过，冷枫既想让他力挽狂澜，不让孔县大乱，又暗示万一局势不可收拾时，要及时全身而退，然后将责任完全推卸到李逸风身上。

果然和他所料的一样，冷枫虽然人不在孔县，却准确地判断了孔县的局势，远在省城隔岸观火。不管孔县最终局势如何收场，他都可以坐收渔人之利，莫非真如老容头所说，官场之上，有官运一说？至少从眼下的形势判断，冷枫的运气确实比李逸风好上一等。

人，有时不服运气不行，如果今天的局面是冷枫坐镇县委而李逸风人在外地，就是完全不同的情形了，只可惜，偏偏就让李逸风赶上了。关允在刚才听了金一佳之劝，还没有下定决心要推波助澜借机拉李逸风下马，但接到冷枫电话之后，心中蓦然闪过一个无比强烈的念头——群体事件过后，李永昌必定轰然倒塌。李永昌一倒，出于平衡孔县局势的需要，市委必定不会让两个空降的一号二号完全掌握孔县，那么说不定李逸风和冷枫还要有一人会被调整。

与其到时赌谁会被调整，还不如现在直接拉下李逸风，省得到时赌输了就惨了。关允心思跳跃不定，目光悄然落在李逸风的脸上。

李逸风脸色阴沉，正看关允拿来的账目，目光中透露出坚毅之色。他见关允打完电话，就说："关允，先由你、伟全和星雅出面协调一下，能劝退尽可能劝退，如果实在不行，我再露面。"

李逸风将关允排在第一位，显然是在暗示处理群体事件的核心人物是关允。而郭伟全和柳星雅，一个常务副县长，一个县委办主任，却全部成了陪衬，关允立刻感觉身上压力倍增。

关允理解李逸风暂不露面的考虑，如果李逸风现在露面，那么在谈判的时候就没有了回旋的余地，他先出面挡上一挡，也是缓兵之计，就点头说道："我会尽力，请李书记放心。"

李逸风摆了摆手："去吧，让崔玉强来我办公室一趟。"

关允和柳星雅走出办公室，刚和郭伟全汇聚一处，正要向外走，只听到外面传来轰隆隆一声巨响。柳星雅和郭伟全顿时脸色大变，发生了什么事情？怎么好像爆炸的声音？

关允更是无比震惊，因为他听出了是什么声音，心中叹息一声，事情，还真是闹大了！

骂功

孔县县委大门是两扇黑铁门，黑铁门连接红砖墙，不管是黑铁门还是红砖墙，都年久失修，接连的部分早已锈迹斑斑，每天大门开合的时候，都是嘶哑直响的摩擦声音。关允每次从大门通过都会加快脚步，唯恐什么时候大门轰然倒塌，砸在自己身上。

县委的大门确实有些年头了，据说初建于李永昌在县委第一次执掌大权之时。当时李永昌是副县长，他带领一帮工人，亲自动手，一砖一瓦建起县委大院的新大门。一晃十几年过去了，历任的书记和县长上任之后，再无一人扩建过县委大院，自然也没人在意大门是好是坏。

孔县一直流传一个说法，县委大院的大门都是李永昌建的，每一个从县委大门进出的县委领导，都走在李永昌的阴影之下。言外之意就是，县委大门不换,风水就改不了,李永昌就永远是孔县的不朽传说。

轰隆隆一声巨响,不是爆炸的声音,而是县委大门的黑铁门连同连接的一部分红砖墙轰然倒塌的声音。

大门一倒,被大门挡在外面的人群就一哄而上。跃过倒塌的砖墙,冲开拦截的警察,几十人气势汹汹手持条幅,冲进县委!

白色条幅上黑笔大字:"还我李书记!"

也不知幕后总策划是谁,又不是祭奠死人,怎么用白底黑字?而且用的还是还我李书记的标语,李永昌明明还活得好好的……

崔玉强带领的一帮警察一共几十人,抵挡不了几百人的队伍,被几十人突破了人墙,崔玉强吓得不轻。万一这帮人冲撞了县委领导,误伤了李逸风,他就不用考虑是不是被清洗了,直接就得引咎辞职算了。

这么一想,就更加痛恨李永昌了,崔玉强会不清楚今天的事情是李永昌的手笔?整个孔县能在短时间内无声无息地号召几百人聚集在一起,有如此影响力的人,唯李永昌一人而已。

李永昌下狠手了呀,不但想冲击县委大院,临死也要拖李逸风下水,而且还想拉他当垫背,够狠够无耻!崔玉强气得七窍生烟,奈何县公安局警力不够,全局出动了也抵挡不了滚滚人流。

难道真要鸣枪示警?不提都是乡里乡亲的,不好翻脸,就是翻脸,他的枪也未必吓得住人。在基层工作多年,崔玉强比谁都清楚,一旦群情沸腾起来,不明真相的群众的情绪被别有用心的人鼓动之后,很难平息,就如一群狂躁的奔牛,谁挡在前面谁就会首当其冲地被撞得粉身碎骨。

但职责所在,他又不能不管,崔玉强大喊一声:"谁敢再向里面跑,我就对谁不客气了!"他用了高音喇叭,还用足了力气,声音回荡在县委大院之中,却无一人理会。冲在前面的几十人依然大步流星地向前冲,眼见就冲到距离内门不到百米的警戒线之内。

一到内门,就等于接近李逸风的安全距离范围,等于说,李逸风随时可能被人群所伤。崔玉强已经吓得魂飞天外了,他一下飞跃而起,一个箭步冲了过来,试图拦住众人。

堂堂的公安局长,在孔县威风八面的崔玉强,猫着腰,跑得飞快,总算在人群冲到内门之前拦住了众人。他伸开双臂,大喝一声:"谁敢再向前一步,就抓谁进局子。"

以往崔玉强只要在县城街头一出现,大小混混儿都会如猫见老鼠一样避之不及,但现在崔玉强急赤白脸,几乎要火冒三丈了,几十人却当他不存在一样。为首的一个六十上下的老头儿更是双目圆睁,伸手一把推开崔玉强,骂道:"叛徒,败类,滚一边去,孔县没你这号人!"

老头儿是县一中的退休教师,名叫达邵,教了一辈子的政治,没想到老了老了,还被人成功地鼓动,成为替李永昌申冤叫屈的先行军。由此可见,纵然教了一辈子书活了一辈子人,也未必能看清真相明辨是非。

达邵还曾经教过崔玉强,崔玉强平常见了他总要恭敬地尊称一声老师。在老师面前,他的公安局局长的身份就不管用了,尤其对方还是孔县教育界德高望重的前辈。崔玉强被达邵推开,既没法还手,更不能用强,只好尴尬地说道:"邵老师,您一把年纪了,怎么还这么冲动?"

"冲动,我不是冲动,我是'老夫聊发少年狂',你懂什么?"达邵须发皆张,用手指着崔玉强的鼻子,"崔玉强,枉我教你一场,你懂不懂什么叫仁义礼智信?你身为孔县人,却吃里爬外帮着外人摆布孔县,李永昌为孔县辛苦一辈子,没有功劳也有苦劳,凭什么李逸风和冷枫要搬开他?你还帮着李逸风和冷枫算计自己人,你脑子让驴踢了?分不清里外?哪里有胳膊肘向外拐的道理?"

"达老师,我……"崔玉强被达邵一连串的质问逼问得哑口无言,他对付地痞流氓有一百种手腕,对能说会道的知识分子却束手无策,只能尴尬地搓着双手,"我,我是从大局出发……"

"什么大局?是孔县的大局还是李逸风和冷枫的大局?"达邵继续对崔玉强口诛笔伐,"如果说为了孔县的大局,你问问门口几百名百姓,他们能不能代表孔县人说话?我看你就是为了保你的官位,是为了李逸风和冷枫的大局,是为了拍李逸风和冷枫的马屁,你就是孔县的叛徒、孔县的败类。"

一番话骂得崔玉强狗血喷头,让崔玉强哑口无言!

"达老师,您这话就说得不对了……"崔玉强被骂得羞愧难当,既不能动手又笨嘴拙舌无法还口,眼见他一个堂堂的公安局局长就要一败涂地时,关允挺身而出,替他接招了,"崔局长身为公安局局长,职责所在,必须维持秩序,他维护的大局既是孔县的大局,又是李书记和冷县长的大局。"

说话间,关允悄然向崔玉强使了一个眼色,示意崔玉强去向李逸风汇报。崔玉强会意,感激地看了关允一眼,急忙溜走了。

达邵一双老眼白眼球多黑眼球少,充满敌意地打量了关允几眼:"小毛孩一个,你没有资格和我说话。"

关允看了出来,最先冲进来的一拨人以达邵为首,是教育系统的一帮人,应该全是教职员工。他也认识达邵,知道达邵的性格刚愎自用、自以为是,用一句通俗的话形容就是老顽固,说得再难听点就是为老不尊,喜欢事事挑理,看谁都不顺眼。

"应该这样说,达老师,您不是县委工作人员,没有资格冲进县委大院。"关允可不像崔玉强一样笨嘴拙舌,他在大学时代就经常参加辩论赛,又有一对喜欢大讲道理的教师父母,对付如达邵一样好为人师并且冥顽不灵的老顽固,最是拿手,"我虽然年纪小,但我明事理懂人事,孔子还拜七岁小儿为师,达老师,我都快二十四岁了,怎么就连和您说话的资格都没有?"

"你!"达邵被关允有理有据的反驳呛得满脸通红,他再倚老卖老拿年纪压人,就是自认比孔子高上一等,偏偏他又最推崇孔子,就被关允拿捏住了痛处,"你是关允对吧?你也是孔县人,怎么甘愿当外地人的走狗?我今天要好好替你爹你娘教育教育你。"

关允谦和地一笑:"爸妈经常教育我,仁义礼智信,温良恭谨让。刚才达老师以仁义礼智信质问崔局长,我倒想请问达老师一句,您做到了温良恭谨让了吗?"

"我一辈子教书育人,桃李满天下,一言一行符合圣人言教。"达邵鼻孔朝天,轻哼一声,心想,小毛孩想说服我,痴心妄想。

关允笑得更意味深长,他不是骂死王朗的诸葛亮,但今天他要做舌战达邵的关副主任。如果不将达邵说得心服口服,让他知难而退,还真不好解决达邵的难题。达邵的脾气又臭又硬,偏偏他在教育系统很有威望,只有他回头,教育系统的一帮人才会退走。否则,对付一帮老师,打不得骂不得,确实十分棘手。

柳星雅和郭伟全也不顾及自身身份,站在关允身后,一言不发。柳星雅还好一些,站得不远,而且一脸坦然,随时做出挺身而出的准备,郭伟全则站得很远,做出随时转身躲进内门的准备。

"达老师,您先是倚老卖老痛骂崔局长,又摆出老资格来训斥我,说我没有资格和您说话,还骂我是走狗。身为老师,理应为人师表以理服人,但我实在看不出来达老师讲了什么道理,只听到达老师一言不合就出口骂人,看不到一点温良恭谨让的品德。"

关允先是和风细雨地说了几句,陡然间,声音一下提了高度:"达老师,我还想请问您一句,孔子说,四十不惑,五十知天命,六十而耳顺,您今年六十多了,十年前知了天命没有?现在又耳顺了没有?"

一番话说完,达邵满脸涨红,被关允不吐一字脏话的骂功骂得目瞪口呆!

一战舌战，二战智取

知天命是指人到了五十岁，就应该顺天而知命。六十而耳顺，更是指人到了一定年纪，应该事事顺耳，不要固执己见，更不要冥顽不灵。知天而顺命，听风可辨雨，才是一个有智慧的老人应有的境界。而如达邵一样为老不尊，还抬出一辈子教书育人的资历来动手推人张口骂人，好，既然他喜欢讲大道理，关允就抬出圣人言教来让他自取其辱！

关允不但痛斥达邵为老不尊，而且还含蓄地指责达邵白活了一把年纪，四十没有不惑，五十没有知天命，六十还没有耳顺，用一句最难听的话形容就是，一把年纪活狗身上了！当然，以关允的文明，他在面对为人师表的达邵时，绝对不会说出一个脏字。

但对达邵来说，自认一辈子教书育人，以孔县师德第一人自称，他平生最不喜说脏话，就喜欢咬文嚼字批评别人。只可惜，他遇到在京城读了四年大学的关允，善于辩论的关允，虽然阳光但有时也会发坏不着痕迹、骂人不带脏字的关允。

而偏偏对于达邵来说，不带脏字的污辱比脏话连篇的谩骂更有杀伤力，更让他无法忍受！而让他不得不承认的是，关允说的全是事实，他无力反驳一个字。一向自诩高人一等，号称孔县师德第一人、孔县文化第一人的达邵，被关允痛击软肋，脸色由红变紫，又由紫变青，终于勃然大怒。

"关允，你有水平，关成仁和母邦芳教出了一个好儿子！"达邵实在无话可说，只好转而攻击关允的父母。

"孔县是孔县人民的孔县，也是黄梁市的孔县，李书记和冷县长是孔县的最高党政领导人，所以，要说谁最能代表孔县，还是李书记和冷县长。达老师教了一辈子政治，这个道理不会不懂吧？"关允脸色就冷了几分，说话虽然客气，但又加强了攻击力度，"李书记和冷县长能代表孔县，是孔县的父母，谁不尊重父母？达老师先是指责父母官，和我辩论又攻击到我的父母，还谈论什么仁义礼智信？"

"我……"达邵被噎得脸红脖子粗，半天说不出一句话来。

关允见火候到了，趁热打铁："达老师如果还想和我辩论，我看您年纪大了，要不搬一把椅子给您？"

"道不同不相为谋。"达邵恼羞成怒地扔了一句，辩论不过关允，没脸再气势汹汹地非要和李逸风理论,转身拂袖而去。

达邵一走,随同他一起的几十名教育系统的一帮人群龙无首,也就紧随他的身后,一哄而散。第一拨冲进县委大院逼近县委内门几米之处的队伍,被关允一番舌战之后,来得快,走得也快,转眼间走得一干二净,甚至没有回到聚集在门口的人群之中,而是从人群旁边灰溜溜地走了。

第一次危机,解除了。

柳星雅的表情既惊讶又佩服,再看关允时的眼神,就更多了赞赏之意。原本他以为达邵三言两语骂得崔玉强哑口无言,达邵必定是孔县德高望重的老字辈人物,怕是就连关允见了也会退避三舍。不料关允铿锵有力,几句柔中带刚的反驳,竟然逼迫得达邵羞愧而退,不由他不震惊。

其实在李逸风做出以关允为首出面解决危机的决定时,柳星雅心中并不太赞成李逸风的决定,总觉得关允毕竟年纪太轻,压不住场,而且关允也级别太低。尽管关允是目前县委之中李逸风和冷枫最信任的孔县人,但到底没有经历过大事,再说嘴上连胡子都没有长长,俗话说嘴上没毛办事不牢,关允能行吗?

不只柳星雅怀疑关允的能力,郭伟全更对关允出面化解危机的能力深表怀疑。他也清楚事情闹得这么大,连公安局的警察全体出去都挡不住,等于是说孔县要天翻地覆了。这肯定是李永昌背后下的套,就是要借机生事,就是想将孔县折腾一番,闹不好连李逸风也要被暴打一顿,一个小小的关允出面,不是螳臂挡车吗?他甚至得意地想,说不定关允马上就要被打得头破血流了。

郭伟全一直就看关允不顺眼,总觉得关允言过其实,处处显示出高人一等的傲气,而且在他面前也没有表现出应有的毕恭毕敬的姿态,自以为是冷枫的跟前红人就不将他这个常务副县长放在在眼里,姿态太高了。也不知道李逸风哪根筋错乱了,偌大的孔县县委难道没人了?非要让关允出面协调,关允能办成什么事情?

除了能写几个字背几句诗讨蒋雪松欢心之外,还真没什么真本事!郭伟全刚才就一边袖手旁观,准备看关允出糗,一边做好随时撤退的准备。他反正抱定好汉不吃眼前亏的想法,谁爱当出头鸟谁当,他不会让不明真相的群众的一根手指落到他的身上。

不料等他看到崔玉强败退,关允挺身而出,三言两语舌战达邵,让达邵灰溜溜败走之后,他惊呆了,关允竟有这等本事?郭伟全心中酸甜苦辣咸五味俱全,不知道是忌妒关允的才能还是犹豫着是不是该重新考虑站队了?万一关允成功地化解了危机,李永昌将会倒台倒得更加彻底,到时李逸风和冷枫联合掌控了孔县的大局,他一个常务副县长,没有副书记联手,哪里还有立足之地?

不过又一想,市委蒋书记肯定不会任由李逸风和冷枫联手把持孔县,新上任的副书记必定会是蒋书记的亲信。到时孔县倒了李永昌,局势依然还会被蒋书记牢牢抓在手中,甚至有可能今天的事件会拖李逸风下水,也可能事件过后,李逸风和冷枫会有一人被调整……想通此节,郭伟全心中大震,机会,机会又要来了。

再抬头看关允时,郭伟全恨不得关允被第二拨队伍一拳打倒在地。虽然关允骂退了第一波达邵的队伍,但第二波横冲直撞冲过来的队伍虽然人数不多,只有七八个人,但个个是彪形大汉,不是达邵类型的知识分子队伍,而是由县城老街流氓混混组成的暴力队伍。

为首一人郭伟全也认识,是号称打遍县城无敌手的陈大头。陈大头今年三十五岁,按说已经过了一个混混儿的黄金年龄,但他依然孔武有力,五短三粗的身材真实地暴露出他四肢发达头脑简单的生理特点。郭伟全不是孔县人,他之所以知道陈大头,是因为他早就听说过,陈大头在孔县的威名长盛不衰的根本原因就是陈大头当年担任过李永昌的司机。

陈大头名气之大,刘宝家也不能与之相比,算起来刘宝家只能算是县城老街的第三代混混。陈大头是第二代,在陈大头打遍孔县无敌手的时候,刘宝家还在流沙河边玩泥巴。

达邵身上有知识分子的迂腐,关允可以花言巧语靠辩论取胜,陈大头只认拳头不认理,以关允的小身板,难道他还能和陈大头大讲道理?秀才遇到兵,有理说不清,郭伟全就想看看陈大头怎样提着铁拳一般的拳头,一拳将关允打倒在地。

是的,没错,就在关允刚刚骂退以达邵为首的第一拨队伍之后,才向前走了没有几步,又有几人冲破了警察的人墙,如猛虎下山一般冲了过来。而关允向前走了不过十几米,就又和以陈大头为首第二拨队伍狭路相逢!

见陈大头满脸横肉目露凶光的凶狠模样,柳星雅心里顿时打了一个寒战。再一看警察连维持大门秩序的人手都不够,更不用提腾出人手过来保护了,柳星雅心想这下完了,怕是连同他在内,包括关允、郭伟全都要一起被打了。

不由心中一阵无奈的叹息,孔县终究还是李永昌的孔县。昨天李逸风刚和李永昌一番长谈,话说得很委婉,态度也很诚恳,而且还含蓄地表明让李永昌先在人大常委会副主任的位子上过渡一下,明年解决正县级。李永昌当时答应得也挺好,说他为孔县辛苦一辈子,也该歇歇了,还说完全服从市委的决定,并且还虚情假意地感谢李逸风和冷枫为孔县做出的贡献,他会在人大继续发挥余热,为孔县的明天奉献毕生的心血。

不料李永昌当面一套背后一套,果然就如冷岳形容的一样是,白脸奸臣,而且还阴险无比。如果说上一次引发大坝项目停工事件只算是小试牛刀的话,那么今天的冲击县委的群体事件,就是李永昌图穷匕见,露出真正的狼子野心。

一时间柳星雅思维乱飞,胡乱想了一气,再一看陈大头已经大马金刀地站在关允面前,双手抱在胸前,从鼻孔中哼出一句:"关允,你有两条路,要么滚开,要么被我打趴下,你自己选吧。"

柳星雅和郭伟全对视一眼,知道关允这一关不好过了,也清楚凭借他们三人谁也拦不住如狼似虎的陈大头,怎么办?职责所在,也不能转身就跑,但关允的小身板不可能打得过陈大头。

面对陈大头的威胁,关允还能笑得出来:"呵呵,大头哥,我有句话要对你说……悄悄话,你要不要听?"

三战定大局

关允葫芦里卖的是什么药?柳星雅都无法形容自己的心情了。现在不是论交情的时候,也不是小孩子过家家,现在是危机时刻,是弄不好就要出大乱子的突发事件,甚至是可能出现流血冲突并且掀翻县委书记将孔县搅乱的大事件!

关允以为一句悄悄话就可以吓退陈大头?简直是滑天下之大稽。柳星雅近乎绝望了,关允卖弄几下嘴皮子还行,能骂退达邵算是误打误撞,再想如法炮制对付根本就是一介匹夫的陈大头,完全就是异想天开。

难道关允也是言过其实不可重用之人?柳星雅心中对关允蓦然产生了一丝不信任。

郭伟全就更不用说了,见关允天真地想和陈大头说什么悄悄话,差点讥笑出声。关允脑子出毛病了,都什么时候了,还想要把戏?现在不是要把戏就能过关的时候。

果然,陈大头一听关允要对他说什么悄悄话,顿时哈哈大笑:"关允,你小子傻了吧?悄悄话?我和你没什么话可说,你赶紧让开,要不然我对你不客气了。"

"是吗?真没话要说?"关允脸上的笑容转冷,"你不想听听万家四雄会不会被判死刑?你不想知道你过了今天会是一个什么下场?"

"敢威胁我？"陈大头伸手就抓关允衣领，"信不信我现在就灭了你？"

关允不躲不闪，任由陈大头抓住他的衣领，双手放在陈大头的手上，嘿嘿一笑："有本事你就灭了我。"

"找死！"陈大头勃然大怒，他右手拎住关允的衣领，左手高高举起，就要一拳砸向关允的脸。不料左手刚刚举起，忽然他就一下跳了起来，一脸惊恐，左手紧紧握住右手，嚷道："关允，你……你……你手里是什么东西？"

刚才陈大头和关允近身缠斗，柳星雅和郭伟全看不清关允怎么出的手，等陈大头跳到一边时，二人都看清楚了，顿时大吃一惊。陈大头的右手鲜血直流，转眼间就湿了整条胳膊，而且血还滴滴答答地沿着胳膊滴到地上，只瞬间工夫，地上也湿了一片。

柳星雅脸都白了，陈大头手腕上的动脉被划破了！

关允一脸镇静，冷冷一笑："我手里没什么东西，也许是我的扣子太锋利了，划破了你的动脉。出了县委大门向东三百米是县医院，几个人抬着你的话，五分钟肯定能赶到，还死不了。要是耽误了半分钟，血一流光，就不好说了。记住了，千万别自己跑，越跑血流得越快……"

陈大头不可一世的嚣张立刻不见了，变成满脸恐惧和愤恨："关允，算你狠！"

"半分钟过去了。"关允淡淡地说了一句。

"我们走。"陈大头不敢再硬撑了，和生命相比，任何的嚣张都无足轻重，也包括面子，他瞪了跟随他的一帮人一眼，"还愣着干什么？赶紧抬我走，想看着我死是不是？"

七八个人哪里还顾得上冲关允发横，更顾不上再去冲击县委找李逸风摆威风了，几人抬起陈大头狼狈而窜。走出不远，陈大头愤怒加不甘的声音还传了过来："关允，你等着，咱们的事情没完……"

关允并不理会陈大头的叫嚣，回头对柳星雅和郭伟全说道："柳主任、郭县长，咱们继续向前？"

柳星雅和郭伟全已经震惊得说不出话了。

关允不但诡计多端，而且够狠，不管他用什么划破了陈大头的动脉，只此一手，就是让人防不胜防的狠手，而且手法十分巧妙，谁也没有看出关允是怎么出的手。最关键的是，自始至终他都镇静自若，不但没有在陈大头面前露怯，而且他显然早有准备，就是要故意哄骗陈大头上当。

冷静、漠然、无情，不出手则已，一出手必定一招制敌，这个年轻人，太可怕了。

柳星雅推翻刚才对关允的看法,才知道他太轻看了关允。以关允的年纪,虽然不能用深不可测来形容,但他实在想不出用什么更好的词语来形容刚才关允当机立断的致命一击,三个字:狠、准、绝。

是的,绝了,谁也想不到关允会险之又险地用了这么一手。柳星雅承认,如果让他出面的话,他只有败退一条路可走,别无他法。

郭伟全更是震惊得无以复加,他的手止不住一阵颤抖。一直以来,在他眼中低调隐忍并且无害的关允,竟也有如此强悍的一面,枉他在官场混了十几年,从未见过如关允一样笑着出手一刀致命的年轻人。

虽然他没看清关允是怎么划破陈大头的手腕,但只凭关允敢以命相逼陈大头的出手,就让郭伟全心底生寒。这样一个平常温顺如绵羊变脸如恶狼的关允,虽然年轻,虽然级别低,但留给他的印象十分深刻,令人终生难忘。

"继续,继续。"柳星雅忙说,神情惊魂未定,却又努力保持一丝镇定。

"继续,继续。"郭伟全不由自主赔了笑脸,笑了之后又觉得笑得不是时候,而且有点向关允示好的意思,就忙板了脸。

关允在陈大头面前冷峻而无情,但在柳星雅和郭伟全面前,却又是谦逊而恭谨,让人分不清哪个才是真实的他。柳星雅对关允心无芥蒂倒不觉得有什么,郭伟全却心里不停地犯嘀咕,以后再和关允共事,还真得提防他几分。但又一想,关允如此强硬,如此有恃无恐,是否说明李逸风对今天的突发事件已经掌控了大局?或者说,李逸风已经征求了市里的意见,最后肯定会拿出一个解决方案?但李逸风派他和柳星雅会同关允一起出面解决危机,到底是李逸风身边无人可用,还是想乘机推他入坑?

李永昌肯定要倒台,不管能不能拉李逸风下水,他这么一折腾,会倒得更彻底。郭伟全心思大乱,第一次动了要临门一脚出卖李永昌以明哲保身的想法。

向前只走了十几米,距离大门还有几米的时候,第三拨人群冲了过来。

好嘛,才多远的距离,从出了内门起,短短百十米的路程,第一拨是以达邵为首的知识分子的队伍,第二拨是以陈大头为首的流氓团伙,眼下冲到眼前的第三拨是一群妇女,为首者不是别人,正是陈茉莉。

十几名妇女一字排开,年纪大者有五六十岁,小者十三四岁,人人义愤填膺,仿佛受了多大的委屈一样。关允施施然站在陈茉莉面前,心想,先是知识分子队伍,然后是流氓无赖,现在又是"妇女联合会",李永昌在孔县的号召力真不简单。而且从一拨又一拨队伍的安排来看,他也是煞费苦心,是铁了心要黑李逸风。

知识分子的队伍自不用说,不能动粗,只能劝走;流氓无赖的队伍,道理讲不通,动手打不过,摆明就是耍赖;现在又是妇女队伍,也是只能劝说不能动手。李永昌的手腕真不是一般的高明。

"陈姐,你怎么也来凑热闹?你平常挺聪明的一个人,不乱掺和事情,今天又是怎么回事?"关允拦住陈茉莉的去路,笑眯眯地问道。

"关允你让开,陈姐今天气不顺,要找李逸风讲讲理。李逸风凭什么要让李永昌下台?李永昌副书记在孔县这么多年,为孔县人民做了多少实事好事,我的饭店还是在李永昌副书记的扶植下,才有了今天的规模!"陈茉莉是当年的孔县交际花,她现在快语连珠,咄咄逼人,双手叉在腰间,活脱脱要吃了关允一样。

关允还是站在陈茉莉身前一动不动,既没有前进一步,也没有后退半步,耐心地等陈茉莉说完,他才慢条斯理地问道:"陈姐,谁告诉你是李书记要让李永昌下台的?"

陈茉莉一愣:"还用谁告诉我?大街上都传遍了,说是书记和县长联合要搬开李永昌……孔县不能没有李永昌书记,李书记一倒,孔县就全是外乡人的天下了。"

"我要纠正你一个原则性的错误,书记和县长没有权力免去一名县委副书记的职务,只有市委有权力对副县级干部进行任免。如果你们要为李永昌讨还公道,不应该来县委,应该坐车去市里。"关允依然是一脸微笑,浑然不似刚才害得陈大头满身是血时的坚毅果断,他的样子不但看上去无害,而且还很阳光,"孔县不管是谁担任领导,都是为了孔县的经济发展,孔县的经济好了,富裕的是孔县人民。领导来来去去,只有孔县人民在孔县的土地上生生不息,所以说孔县永远是孔县人的孔县。陈姐,你是聪明人,今天的事情到底是怎么回事,你还想不明白?我向你保证,只要你现在转身回去,你今天冲击县委的事情,既往不咎。"

柳星雅和郭伟全面面相觑,如果说关允骂退达邵靠的是辩才,吓走陈大头靠的是冷静出手,那么他对陈茉莉说的一番话似乎就不伦不类了,到底是讲大道理还是什么?再说既然陈茉莉已经冲了进来,关允几句不痛不痒的话就能劝退她?

尽管对关允刚才解决危机的手法很欣赏,但柳星雅和郭伟全还是不认为关允能顺利解决眼下的危机。唯女人与小人难养也,何况眼前的女人一看就不是好相与之辈,三言两语就能打发了?笑话!

不料接下来的一幕,让见多识广的柳星雅和郭伟全都目瞪口呆。

闪亮登场

陈茉莉还是双手叉腰，一副丝毫不肯退让的傲慢姿态，她直视关允的眼睛，似乎要用目光将关允逼退一样。

关允却是坦然而立，目光云淡风轻，和陈茉莉对视，毫不退让，却又没有咄咄逼人的气焰，只有心平气和及淡然。

对视了大概一分钟多，陈茉莉突然哈哈一笑："关兄弟，成，我信你了，现在就回。不过你要记住，你欠我一个人情。"

"我记下了。"关允笑眯眯地说道，"以后一定加倍奉还。"

"行了，有你这句话，我就没话说了。"陈茉莉一摆手，转身就走，"姐妹们，走了，戏演完了，回家歇着了。"

陈茉莉一走，随同她的几个妇女团的老少女人，也就立刻转身回去，来也匆匆去也匆匆，转眼就穿过门口的人群，消失在远处。

啊？柳星雅和郭伟全简直不敢相信自己的眼睛，这样也行？到底关允和陈茉莉说的几句话是什么意思，打的又是什么哑谜？

不过，此时柳星雅和郭伟全更佩服李逸风和冷枫的眼光了。一号二号联名提议让关允出面解决危机，冷枫还好说，可能是出于对关允的盲目信任，李逸风让关允出面，莫不是出于想让关允当替死鬼的心思？现在看来，不管是冷枫还是李逸风，对关允的判断都百分之百正确，关允确实是一个可以力挽狂澜的基石。

也难怪柳星雅和郭伟全无法理解关允为何一句话就能劝退陈茉莉，其实里面涉及关允和陈茉莉之间的秘密。陈茉莉的饭店虽然是在李永昌的帮助下才有了现在的红火，但在饭店成长的过程中，关允也出了不少力，确切地讲，关允的几个兄弟出了不少力。而且陈茉莉的丈夫在外面鬼混，有几次都被刘宝家发现，刘宝家告诉了陈茉莉，陈茉莉才得以挽救婚姻。

陈茉莉不仅仅欠关允一份人情，她也有把柄捏在关允手中。刚才关允想让她退让，她就直视关允，看看关允是不是想要挟她，她是一个吃软不吃硬的人。后来发现关允确实云淡风轻，眼神真诚，丝毫没有逼她之意，就是想劝退她，她就彻底服了关允。而且关允说的话合情合理，她是一时义愤之下才挺身而出，现在冷静一下，铁打的衙门流水的官，孔县人在孔县的土地上生生不息了多少年，书记和县长也换了不知道几茬，只有李永昌一个人一直矗立了二十年。

女人才有十几年的青春,李永昌能二十年不倒已经不错了,就算现在不下台,能再坚持几年?几年后,就是关允一代年轻人的天下了。女人不服老不行,官场也一样,没有不老的神话,何必为了一个土埋了半截的人得罪后起之秀?以后的孔县,将会是关允的孔县。而且关允许诺以后要照顾她,她等于又有了新的靠山,还是见好就收为好。

陈茉莉当年身为孔县的交际花,多少有点政治头脑,知道今天的事情闹大了,法不责众,闹事的群众是没事,但鼓动闹事的幕后人物肯定不会落好。也就是说,李永昌最后会倒得更彻底。她是何等左右逢源的人物,一想即通,其实她是被李永昌当枪使了。

这么一想通,又有关允的亲口一诺,此时不走,更待何时?陈茉莉才赶紧拍屁股走人了。她那健硕的屁股在郭伟全的眼中无比晃眼,却又无生动,仿佛是一张嘲讽的笑脸,在讥笑李永昌的失败。

"两位领导,下一步该怎么办?"关允力退三拨队伍,此时依然指挥若定,表现出一个下属应有的谦让,"请领导指示。"

距离大门已经咫尺之遥了,虽然已经退了三拨人,但聚集在大门口的队伍依然不少。面对群情激愤的队伍柳星雅要说没有胆怯,那是骗人,毕竟他不是孔县人,也知道基层百姓不讲理,说动手就动手。

郭伟全更是不肯再向前一步,连忙说道:"既然李书记交代以关允为主,接下来怎么办,关允,你来决定。"

郭伟全不肯承担责任,临阵退缩,早在关允的意料之中。关允见柳星雅也是面露难色,就没有再为难柳星雅,说道:"好吧,既然郭县长有了指示精神,柳主任,我就托大出面了。"

柳星雅很感激地看了关允一眼,他不想显得他没有担当,又不想出头,关允主动应承下来,正是求之不得的好事,忙说:"就辛苦你了。"

关允点头一笑,后退两步,猛然向前快跑几步,将身一跃跳到了正挡在门口的一辆警车的车顶之上。由于动作幅度过大,跳得过高,他落到车顶上时,就发出"咚"的一声巨响。

不但声如雷动,而且关允还一脚踩碎了警灯,再加上人群正在和警察对峙,谁也没有留意会有一人突然跳到车顶上,关允的出场就如从天而降一般,闪亮登场!

所有人顿时惊呆了!

正在推推搡搡的人群和警察,都目瞪口呆地看着关允,一时都想不明白怎么就突然多了一个人，突如其来的意外让刚刚还沸腾如开锅一样的现场鸦雀无声。

关允一亮相，让所有人都大吃一惊，效果就达到了。

不过，等不少人看清从天而降闪亮登场的关允是一个小年轻时，不少人就起了轻视之心。有认识关允的，一阵哄笑；不认识关允的，连连讥笑。甚至还有几人指着关允哈哈大笑，有一个坏小子从地上捡起一块土块扔向关允，想要打关允一个下马威。

关允上来之前就已经做好了迎接鸡蛋的准备，当然他也明白，孔县的百姓穷，没人舍得拿鸡蛋扔人。见有人扔来土块，他嘿嘿一笑，一扬手就接住了土块。土块不大，也不硬，他瞧准暗下黑手的坏小子，一扬手还了回去，正中坏小子的鼻子。

坏小子"哎哟"一声，双手捂着鼻子蹲在地上。

好嘛，先是闪亮登场，然后又毫不犹豫还手，一击即中，关允这一跳一扔，顿时给所有人留下了不好惹的霸道印象。

"乡亲们，我是关允，你们中不少人肯定认识我，有的是我的叔叔、爷爷辈，也有的是我的侄子、孙子辈。我的辈分大，真要论起来的话，你们得有不少人要叫我叔叔或爷爷，就刚才朝我扔土块的小子，他爹见了我也得叫叔叔。孙子，朝爷爷扔土块，真是没大没小！"关允的话，既严肃又活泼，听上去是骂人，实际上又像开玩笑一样。

"哈哈……"人群就笑开了。

蹲在地上的坏小子恨恨地看了关允一眼，低头灰溜溜地走了。关允说得没错，论辈分他真得叫关允爷爷，街坊辈分虽然比较混乱，但有时也会让人与人之间的关系受到一定程度的制约。孙子扔爷爷，怎么说怎么都不好听。

柳星雅现在对关允的佩服如滔滔江水一样绵绵不绝，他现在才算真正见识了关允的手腕，不但层出不穷，而且见人说人话，见鬼说鬼话。关允小小年纪就练成一身刀剑不入的本领，以后如果有了海阔天空，他一旦蛟龙出水，那还了得？他绝对是一个官场之上游走不定、一遇风云便化龙的高手。

柳星雅心中蓦然闪过一个执拗的念头，如果关允真要去了黄梁市，取得了蒋雪松的信任，是不是可以助蒋雪松打开黄梁市的僵局？从关允过关斩将的手腕上不难看出，他是一个可塑性极强的人才，而且适应能力也非同一般。从他坐了一年冷板凳时的默默无闻和隐忍，到现在力挽狂澜时令人拍案叫绝的手法，完全让人刮目相看。

官场之中的年轻人多如牛毛,可塑性强的年轻人却是不多,而如关允一样失意隐忍得意时狂放,却又不失方寸和规矩的年轻人,就如凤毛麟角了。此时此刻,柳星雅从来没有如此热烈地渴望关允调往黄梁市,因为不出意外的话,明年他将要调回市里。如果机会合适的话,他到时再和关允一起共事,可以联手在黄梁市大展手脚,相信会比在一个小小孔县更风起云涌。

相比柳星雅对关允的佩服不同的是,郭伟全现在对关允是既佩服又忌妒,还有一丝畏惧。他也年轻过,在他和关允一样的年龄时,别说能骂退达邵吓走陈大头了,就连一个区区的陈茉莉他都应付不了。冷枫真有眼光,有关允相助,再加上有强硬的后台,冷枫全面执掌孔县的大局指日可待。

再想起蒋雪松一手将他提拔到常务副县长的宝座的用心,就是为了和李永昌联手制衡冷枫和李逸风,现在李永昌即将全面倒台,他在孔县将何去何从?

正寻思时,手机响了,郭伟全一看来电,顿时吃惊不小,急忙后退几步,躲到一边接听电话。

"蒋书记,请指示。"

竟然是蒋雪松亲自来电。

"孔县的事情我听说了,刚才逸风同志打来电话,简单地汇报了一下情况。"蒋雪松的声音很平静,听不出来他对孔县的突发事件到底是什么态度,"听说你在现场,详细说一说现场的情况。"

郭伟全明白了,蒋书记到现在还没有拿定主意要怎么定性孔县的群体事件,问他现场的情况,就是想根据事态发展最后拍板。也就是说,他现在所说的每一句话,都将可能左右蒋雪松做出的最终决定。

官场天才

郭伟全深吸一口气,一瞬间做出一个影响他一生的决定,他郑重其事地向蒋雪松说道:"蒋书记,现场情况已经得到控制,没有发生大规模冲突事件,秩序井然,危机马上就要解除了……"

"哦?"蒋雪松的语气似是轻松又好像是疑问,"谁出面解决了危机?"

"关允。"郭伟全从背后看了关允一眼,目光中第一次流露出钦佩之意。他蓦然下定决心,从此以后他要在孔县踏实做好手头工作,为孔县的发展尽一份心出一份力,也体现出自己真正的价值所在,不能浑浑噩噩在官场干了十几年,还不如一个关允,"在我和柳星雅的配合下,关允打前阵,连退三拨队伍,以

过五关斩六将的气势,眼见就将一场危机化解于无形之中……"

"呵,你说书呢?"蒋雪松呵呵一笑,语气大为轻松,"没想到呀,这个小关不但书法一绝,有一定的文化修养,还有独当一面的本事,他才二十三岁吧?明年才二十四岁,不简单,后生可畏。"

郭伟全心中暗喜,蒋书记的话明显流露出对关允的偏爱,他刚才高抬关允的一步算是走对了。看来以后要和关允处好关系了,早晚关允会成为蒋书记的身边红人,未来的市委第一秘,可是得罪不起。而且孔县即将变天,是该他及时认清方向站好队伍的时候了,不能再和以前一样依靠李永昌了。关允这么年轻就有主见,他还能一直跟在别人身后亦步亦趋?

"是,关允最近进步很快,我正准备向县委提议要给他加加担子,年轻人嘛,要勇挑重担才能成长得更快。"郭伟全立刻附和了一句。

蒋雪松没接郭伟全的话,说道:"孔县县委县政府在此次事件之中,要负一定的领导责任。"话一说完,他就挂断了电话。

郭伟全心怦怦直跳,蒋书记的话是再明显不过的暗示,是指事件不管怎样收场,李逸风和冷枫必有一人要承担相应的政治责任。万一李逸风被调离孔县,冷枫接任了县委书记,谁会顺势递进县长?一般而言,如果副书记年轻的话,副书记是第一接任人选。但副书记是李永昌,李永昌肯定要摔个半死,那么岂不是说身为常务副县长的他是第一接任人选了?

这么一想,郭伟全差点激动得跳起来,他不是孔县人,担任县长没问题。也就是说,孔县事件过后,整个孔县最大的受益者有可能非他莫属。

对,还有关允,关允再次显示出他官场天才的一面。学习上有天才,而在官场中,也有天才般的佼佼者,关允就是!

关允当然不知道蒋雪松的来电和郭伟全对他的心态变化,他站在车顶之上,心中更加笃定,整个事件即将宣告全面胜利,因为,他看到了老容头的身影。

老容头挤在人群之中,双手抄在袖子里面,一副举世皆浊我独醒的淡然,摆出的正是袖手旁观的姿态。他见关允投来征询的目光,只是微一点头,眼神中多了一些赞赏和肯定,却不回应关允对今天事情的疑问。

不过,随后关允看到了令他震惊的一幕。老容头伸手拍了拍旁边一个中年男人的肩膀,小声对他说了几句什么,中年男人听了后一脸愕然,又问了老容头一句。老容头点了点头。他就蓦然变色,拉过旁边几个人,低头说了几句,随后大概五六人聚在一起,转身走了。

老容头又如法炮制,接连拍了七八个人的肩膀,说了七八句话,结果这七八人各自带动了五六人,转眼工夫就走了一大片。

关允连退三拨,老容头又帮他哄走几十人,现在场中剩下的人已经不多了。关允心中大定,朗声说道:"你们谁有什么问题都可以向我提出来,我负责记录在案,反馈给县委领导,肯定会有困难解决困难,有麻烦化解麻烦。但各位父老乡亲,你们现在这么做,不是为县委添乱,而是在为你们自己添乱。你们上有老下有小,老人要养老,小孩要上学,不是一人吃饱全家不饿。有人说法不责众,好,我可以明确地告诉你们,有一句话叫各个击破……"

关允的话,既是劝导,又是点醒,提醒在场众人不要因一时激愤就失去理智,任何事情都有后果,不要以为法不责众,事后一样可以秋后算账。

柳星雅暗暗赞许,如果说关允和达邵说的是人话,和陈大头说的是鬼话,和陈茉莉说的是神话,那么现在在众人面前说的就是胡话了。官场中人如果达到见人说人话,见鬼说鬼话,见神说神话,人鬼神都在就说胡话的境界,就证明已经初步具备一名成熟的官场中人的基本素养。他心中喟叹一声,他在三十岁的时候才修炼到说胡话的境界,而关允才二十三岁就已经运用得炉火纯青了,相比之下,他比关允晚了整整七年。

七年,对于年龄是个宝的官场中人来说,甚至是两届的生死关,柳星雅再次坚定了他对关允的判断,关允此人,必成大器。

关允话一说完,人群就一阵躁动,有失控的迹象。人群中就有人喊了一声:"别听他的鬼话,他一个毛头小伙子懂什么道理?他说的话就当放屁。"

"卫特,你家小子上初一了吧?听说学习成绩全班倒数第二?"关允认出挑事者是供电局的职工卫特。卫特年轻时是个浑小子,不学无术,成年后接了班在供电局工作,成天吊儿郎当没个正形,年纪也不小了,除了吃喝玩乐一事无成,"有一次上课的时候老师让他背课文,他说没心情,不背,老师批评他,他说老师的话是放屁。"

关允的话立刻引发哄堂大笑,卫特儿子说老师放屁的笑话在县城很出名,几乎人人皆知。

卫特臊红了脸,恶狠狠地瞪了关允一眼,实在是没脸再反驳关允,一跺脚走了。

没脸没皮的代表人物卫特一走,他的同类见讨不了好,又见身边的人不知何时走了大半,也就纷纷转身,悄悄走了。主要也是关允上来点破了卫特的家庭情况,法不责众的心理防线一破,这几人都怕被关允记住然后秋后算账,就相继溜之大吉了。

最后剩下的十几个人,应该都是李永昌的中坚力量,也是事件的组织者。关允就脸色一变,冷冷说道:"各位,你们还不走,是请你们到公安局坐一坐,还是给你们每人发一张奖状,让你们回家贴在墙上时刻反省?告诉你们,李永昌本来还能在人大享享清福,但经你们一闹,他马上就要一退到底了。你们的后台都倒了,现在还杵在这里,是想当电线杆还是想当靶子?"

"跑了,赶紧跑了,李永昌倒台了。"人群之中,一个老头儿忽然配合关允似的大喊一声,一喊完,他转身就跑,好像晚跑一步就真被人抓了一样。

人都有随众心理,老头一跑,就马上有人跟在他的身后跑,结果人越跑越多,不一会儿门口的人群就跑得一干二净,再也没有了一个人影。

这也行?谁也没有料到事情最后会是这样一个结果。关允三招力退三拨队伍,最后智取门口的人群,将一场有可能波及李逸风政治生命的大潮生生挡在内门之外,只凭他一人之力,力挽狂澜,硬是没有让潮水冲进县委的核心之地,这是何等的潇洒和本事!

关允笑呵呵地从车顶上跳下来,柳星雅和郭伟全一左一右,都上前一步,如迎接李逸风一般隆重地扶住关允。关允被县委两大常委左右搀扶,享受了就连县委书记也不曾有过的待遇,他却没有像功臣一样坦然受之,而是忙抽回胳膊,连连说道:"不敢,可不敢让两位领导扶我。"

不居功自傲,也是官场中人应有的基本素质之一。郭伟全一旦想通,对关允的偏见来了一个一百八十度逆转,全部变成了欣赏,说道:"关允,今天你立了大功,我会向县委提议对你进行表彰。"

柳星雅一脸疑惑地看了郭伟全一眼,郭伟全怎么见风使舵,改变立场了?对了,刚才他接了一个电话,应该是市委来电,那么是否可以说明郭伟全的态度大变,是接到什么暗示的缘故?

关允正要说话,见县委办副主任周立从内门匆匆跑出来,边跑还边向关允几人招手:"郭县长、柳主任、关主任,李书记让你们马上来办公室一趟,准备一下,迎接市委领导。"

来得真快,关允心中蓦然闪过一个念头,市委领导现在就赶来孔县,除了宣布李永昌的处分决定之外,还能有什么要紧事?

不对,孔县的火才灭,市委领导就即刻动身前来,恐怕不仅仅是为了李永昌的处分问题,肯定还有别的事情,否则也不会这么紧急。

关允几人赶到李逸风办公室的时候,李逸风还在接听电话,他一手拿着账目,一手抓住话筒,恭敬地说道:"是,请呼延市长放心,县委一定配合市纪委的调查取证工作,绝不姑息,绝不手软。等白书记到后,我会亲自陪同白书记彻查流沙河大坝贪污腐败案!"

关允明白了,李逸风绕过蒋雪松,将账目问题捅给呼延市长,现在要的不是将李永昌搬开,也不是让李永昌下台了事,而是要让李永昌永无翻身之日。

结局和开始

李逸风终于忍无可忍要痛下狠手了。

关允暗暗点头,李逸风迈出这一步不容易,至少说明李逸风已经对蒋雪松完全失去耐心,宁肯冒着得罪蒋雪松的风险也要彻底一棒子打死李永昌,也表明他对李永昌的完全失望和无比愤怒。

但又不得不说,李逸风此举等于是背水一战,不管他是不是最终能将李永昌斩落下马,他和蒋雪松之间已经没有了握手的可能。任何一个市委书记都不能容忍县委书记绕过他和市长联手,尤其是这个市长的触手还很长,竟然伸到了市纪委,和市纪委书记白沙关系非同一般。

当然,呼延市长和白沙之间的关系到底有多密切,关允不得而知。他只是从李逸风和呼延市长的通话中听到市纪委书记白沙,由此分析之下得出结论:作为市纪委书记的白沙,不和市委书记蒋雪松关系良好,却和市长呼延傲博关系密切,黄梁市的局势大有耐人寻味之处。

刚才在县委大门最后力战众人之时,关允不是没有想过不如及时收手,任由事态扩大,借群情激愤之势,酿成可以将李逸风掀翻的一出闹剧。

实际上,最开始金一佳提出暗示的时候,他当时确实动心了。但后来在李逸风的办公室里,当李逸风指示以他为首出面解决危机时。他一瞬间改变主意,决定要顺其自然,能化解就化解危机。如果超出了他的能力范围,事情最终失控的话,他也问心无愧,至少他付出了全部的努力。

关允的原则是,李逸风就算受到事件的牵连,也不能是因他的故意失误而造成的!

李逸风点名由他出面解决危机,不是想让他去触雷,而是想给他一个独当一面的机会。成,可以为以后的提拔埋下伏笔;败,也不算是他一人之过。毕竟还有柳星雅和郭伟全同时出面,李逸风点他的名,也是出于好心。

还有一个原因,当时关允和老容头目光交汇时,他读懂了老容头对他的暗示,是在告诫他,不可任意而为,要尽量化解危机。以他和老容头的默契,在老容头出手哄走众人时——不管老容头说的是什么,反正以他的睿智有的是办法——关允就知道,老容头是在用实际行动再次提醒他,不能因小失大,从而在这件事情上得罪李逸风。

关允也想通了一点,多个朋友多条路,他虽然和冷枫走得更近,但和李逸风又没有不可调和的矛盾,何必非要置李逸风于死地?而且说实话,冷枫和李逸风之间也只是和而不同,并不是你死我活。他真的借此事拉李逸风下水,或许冷枫会感谢他一时,但日后李逸风再次崛起并且出手打压他的话,冷枫还会记得今天之事而竭力为他掩护?也许不会。

关允知道他在官场之上最大的短板就是没有深厚的背景,而恰恰冷枫和李逸风都有深厚的背景。尽管他推测出冷枫的背景比李逸风的背景更深不可测,但李逸风的背景也不简单,并非无名小卒。况且他现在和李逸风之间的关系大为缓和,瓦儿的出现或许是一方面,另一方面,也和李逸风与蒋雪松之间的关系渐行渐远有关。

只不过……关允忽然大感头疼了,在李逸风、冷枫都和蒋雪松渐行渐远之际,偏偏蒋雪松对他越来越欣赏,还想调他到身边担任秘书,事情就更加复杂化了。等等,他忽然脑中灵光一闪,似乎一下抓住了什么。对,就是似乎从夏德长空降之后,蒋雪松对李逸风、冷枫的态度就微妙起来,对他的态度也大为改变,难道一切变化的背后,是夏德长的巨手摆弄的结果?

是不是也由此可以得出结论:夏德长在省里所处的阵营,和李逸风、冷枫在省里的阵营,分属不同的派系,而蒋雪松对孔县局势的关注以及对李逸风、冷枫态度的改变,固然与夏德长的空降有一定的关系,同时应该还和黄梁市的局势变化有关。

似乎有一条脉络在关允脑中正在逐渐清晰地成形,他相信,他已经差不多摸到一系列事件背后的脉搏,距离真相,真的就只有一步之遥了!

"关允,今天的事情多亏了你,我代表县委、县政府,向你表示感谢。"放下电话,李逸风做出一个令人大吃一惊的举动,他向关允郑重其事地道谢。

柳星雅和郭伟全一时震惊,关允则是感慨万千。李逸风是聪明人,清楚今天的事情稍有不慎,就会成为他政治生涯的滑铁卢,与其说李逸风明是感谢关允力挽狂澜挽救了孔县的局势,还不如说李逸风是在感谢关允没有顺势推上一把拉他下水。

关允暗道一声幸运,如果他刚才听了金一佳的话故意放水,虽然可以将李逸风拖入水中,但李逸风肯定不会被淹死,他总有上岸的一天,那么过节就结大了，永远没有了和解的可能。

"李书记，这些都是我应该做的，我身为县委办副主任，是职责所在，您这么一说，太让我无地自容了。"关允后退一步，微微向李逸风弯了弯腰，态度十分谦恭。

真是一棵好苗子，柳星雅心中再次发出感慨，关允不但知进退，而且在李逸风面前态度十分端正，丝毫不以孔县最大的功臣自居——没错，柳星雅现在确信经过此事之后，关允绝对是公认的孔县第一功臣。以前，他怎么就没有发现关允这么有才能？

"好了，不说了。"李逸风微微感慨，眼睛都湿润了，显然是动了感情，"我以前对你有过分严厉的地方，你也别记在心上，就当是你的磨炼好了。玉不琢，不成器。以后有机会去省城，欢迎到家里做客，相信瓦儿会非常高兴你去看她。"

这一番话等于是李逸风含蓄地为他一年多来打压关允而道歉！好嘛，堂堂的县委书记向一名县委办副主任道歉，哪怕只是含糊其词地一提，也是官场之中极为罕见的场面。不过由此也证明，李逸风确定是性情中人，也有坦诚对人的一面。

郭伟全至此完全看清形势，如果说以前王车军是县委第一红人，但仅限于李逸风的信任，那么现在关允为孔县第一红人的身份，就是深受李逸风和冷枫的同时信任。官场之中能同时做到让一号二号都信任者寥寥无几，关允真是官场之中的高才。

"市纪委白书记和市委组织部副部长叶林，大概一个小时后就到孔县，现在赶紧先准备一下。大门坏就坏了，先不要管，只让出一条车道就行了。"李逸风又将手放在账目上，"流沙河大坝的账目一塌糊涂，李永昌和王车军经手的账目，漏洞百出，明显有贪污腐败行为……"

柳星雅和郭伟全对视一眼，心中不约而同地想，李逸风要对李永昌痛下狠手了。孔县的较量，终于引发市委之中的对抗，毫无疑问，孔县要有一次彻底的洗牌了。

突然，李逸风的电话又响了，他也没有避讳关允几人在场，当即接听电话，不一会儿放下电话说道："冷县长已经从省城动身了，不管多晚，他今天一定会返回孔县。"

值此孔县最盛大的一出大戏就要上演之际，冷枫如果不亲身经历，肯定是人生憾事。不过关允想的比别人都更多一些，他还想知道冷枫和夏德长的会面。他们会谈论一些什么，是达成一些什么共识，还是无疾而终。

"星雅,你安排一下,马上召开书记办公会,研究一下今天事件的定性以及王车军故意伤人的问题。关允,你列席会议。"李逸风拿出一把手的权威,雷厉风行,要一举肃清后李永昌时代的乱局了,"还有关于温琳辞职、李理调入县委的问题,也一并讨论一下。"

关允心中大喜,虽然他级别不高,资历不够,但平生第一次列席书记办公会,绝对是他步入官场一年多来最大的一扇大门向他打开了,哪怕只是列席,也是良好的开端。

柳星雅一脸喜色,拍了拍关允的肩膀,点头一笑,一切尽在不言中。

郭伟全和关允并肩走出书记办公室,要准备一下开会的材料。两人到院中,郭伟全紧紧握住关允的手,说道:"关允,刚才我接到蒋书记的电话,蒋书记问起今天的事情,我如实向他做了汇报,你在紧要关头力挽狂澜的事迹,蒋书记已经第一时间知道了。"

郭伟全态度大变倒让关允吃了一惊,而且郭伟全有向他示好之意。一瞬间,他心中转了几个弯,立刻想通了其中的环节,恐怕还是因为蒋雪松对他的赏识之故。

这么说,李永昌倒台,郭伟全态度大变,孔县的局势在经过一场混乱之后,迅速回归正常轨道。那么随着纪委对李永昌的立案调查,孔县的局势是最终掌握在李逸风和冷枫的手中,还是县委班子又面临着再一次的调整?一切都将会随着市纪委白书记对李永昌贪污案件的最终调查结论,再伴随着冷枫的回归,最终拉开大幕。